KB195059

집으로 가는 길

집으로 가는 길

로즈 트러메인 장편소설 공진호 옮김

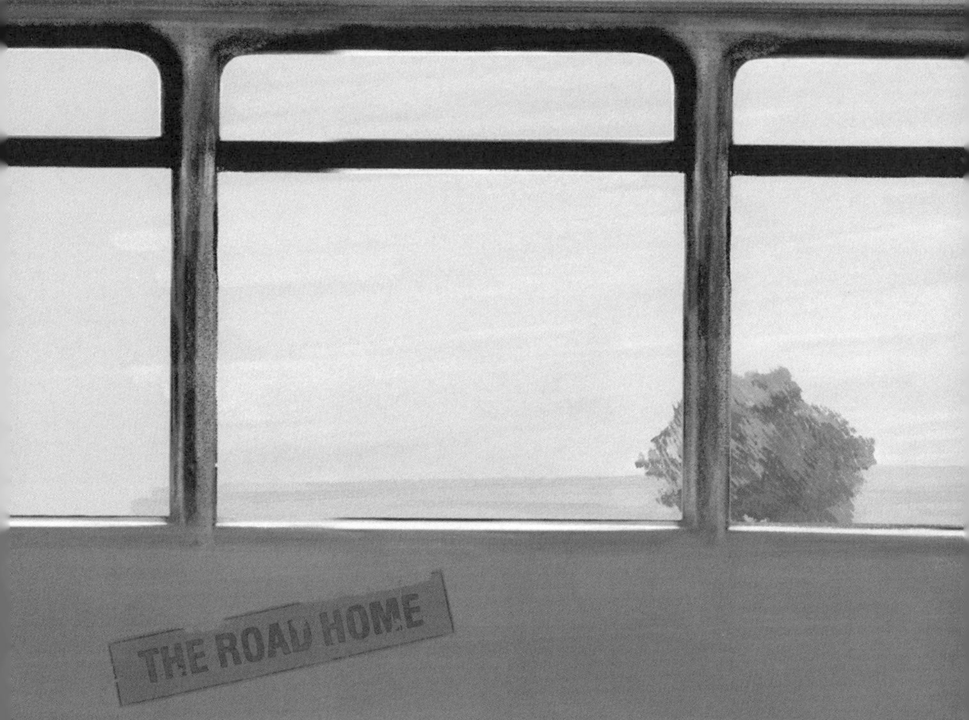

문학동네

"과거를 등지고 어떻게 살 수 있을까?"
— 존 스타인벡, 『분노의 포도』

브렌다와 데이비드 리드에게
깊은 애정을 담아

차례

일러두기

1. 주석은 모두 옮긴이주다.
2. 본문 중 고딕체는 원서에서 이탤릭체 등으로 강조한 부분이다.
3. 장편 문학작품은 『　』, 영화, 연극, 음악, TV 방송명, 연속간행물 등은 〈 〉로 구분했다.

1
담배와 회상

버스에 오른 레브는 뒷자리를 택해 창가에 기대어 웅크리고 앉은 뒤 물끄러미 밖을 내다보았다. 마른바람에 누렇게 뜬 해바라기밭, 양돈장, 채석장, 강, 파릇파릇 새순이 돋기 시작한 길가의 야생마늘 등 그가 뒤로하는 땅이 눈에 들어왔다.

가죽재킷과 청바지 차림에 가죽모자를 눈 위로 푹 눌러쓴 그는 잘생긴 얼굴이지만 흡연 탓에 혈색이 좋지 않았다. 움켜쥔 두 손에는 낡은 빨간색 손수건과 찌그러진 러시아산 담뱃갑이 들려 있다. 머지않아 그의 나이 마흔셋이었다.

몇 마일이나 달렸을까. 해가 떠오를 때 레브가 담배를 꺼내 물자 옆자리의 여자가 대뜸 한마디 꺼냈다. 흙탕물이라도 튄 듯 얼굴에 점이 많고 통통한 몸집에 차분한 사람이었다. "저, 이 버스에서는 금연인데요."

그도 모르는 바 아니었다. 탑승하기 전부터 알고 있었다. 그래서 긴 시간 동안 감수해야 할 금연의 고통에 대비해 마음의 준비를 단단히 해두었다. 불을 붙이진 않았어도 담배는 그의 위안거리였다. 뭔가 의지할 수 있는 것, 기대감을 주는 것이었다. 레브는 마지못해 고개를 끄덕였다. 그녀의 말을 들었으며 폐를 끼치지 않을 테니 걱정 말라는 표시였다. 각자 아픔과 꿈을 품은 채 부부처럼 나란히 앉아 오십여 시간을 함께 있을 수밖에 없으니까. 상대방의 코 고는 소리나 한숨짓는 소리를 듣기도 하고, 각자 챙겨온 음식과 음료수 냄새를 맡기도 하고, 걱정이나 두려움이 있든 없든 그게 어느 정도인지 서로 알게 되기도 하고, 탐색하듯 잠깐씩 대화를 하기도 할 터였다. 그리고 시간이 흘러 마침내 런던에 도착하면 작별인사를 나누거나 한번 쳐다보는 일도 없이 차에서 내려 아침 빗속으로 걸어나가 각자 새로운 인생을 시작할 터였다. 레브는 그 모든 게 이상하지만 필요한 과정이며 그가 향해 가고 있는 세상의 면면을 미리 보여주는 것이라고 생각했다. 그 세상은, 일자리를 찾을 수만 있다면 그가 등골이 휘도록 일할 곳이었다. 그는 다른 사람들과 거리를 두고, 구석지고 그늘진 곳을 찾아 앉아 담배를 피우며, 어디에도 소속되지 않아도 괜찮다는 것을, 자신의 가슴은 고국에 두고 왔다는 것을 입증해 보일 것이다.

버스 운전사는 둘이었다. 그들은 교대로 운전하며 잠을 잘 터였다. 차 안에 화장실이 있기 때문에 버스는 주유할 때만 멈출 것이다. 그러면 승객들은 뻣뻣해진 몸을 끌고 차에서 내려 걷는 둥 마는 둥 서성이고, 도로변의 야생화를 기웃거리다 풀숲 틈의 더러운 휴지를 보기도 하고, 도로에 비치는 햇빛이나 고인 빗물을 보기도 할 것이다. 기지개를 켜고, 쏟아져내리는 자연광을 가리려 짙은 선글라스를 쓰고, 행운의 클로버를 찾아보기도 하고, 고속도로를 질주해 지나가는 차들을 바라보며 담배를 피울 수도 있을 것이다. 그리고 다시 우르르 버스에 올라타 처음 자세대로 앉아, 다음에 정차할 때까지 수백 마일의 여행에 대비할 것이다. 공장지대의 악취, 갑자기 눈길을 사로잡는 호수의 은물결, 비와 저녁놀, 적막한 습지에 내려앉는 어둠이 그들 앞에 놓여 있었다. 여행이 끝이 없는 듯 느껴질 때도 있을 터였다.

레브는 앉은 채로 잠자는 데 익숙하지 않았다. 나이가 들면 그렇게도 잘 수 있는 듯했지만, 마흔두 살이면 아직 젊은 나이였다. 레브의 아버지 스테판은 여름이면 간혹 점심시간에 배린 제재소의 딱딱한 나무의자에 앉아 자곤 했고, 무릎 위에 올려놓은 종이에 싼 소시지와 홍차가 담긴 납작한 통 위로는 뜨거운 햇살이 내리쬐었다. 스테판과 레브는 건초더미나 이끼가 푹신하게 뒤덮인 숲에 누워 잠을 자기도 했다. 레브는 딸이 아프거나 무서움을 탈 때면 보통 딸의 침대 옆에 래그 러그를 깔고 잤다. 아내 마리나가 병원에서 죽어가고 있었을 때는 기껏해야 양팔 벌린 폭밖에 되지 않는 리놀륨 바닥에 누워 분홍색과 보라색 데이지 꽃무늬 커튼과 마리나의 병상 사이에서 오 일 밤을 잤다. 그때 잠은 혼란스럽게 찾아왔다 사라지며 레브의 머릿속에 이상한 그림을 그렸고, 그후 결코 사라지지 않았다.

주유하기 위해 두 번 정차하고 나니 저녁이 가까워졌다. 점투성이 여자가 삶은 달걀 한 개를 꺼내 조용히 껍질을 벗겼다. 달걀 냄새를 맡고 레브는 마리나를 데려갔던 요르의 유황천을 떠올렸다.

인간은 치료할 수 없다고 포기했지만 만에 하나 자연은 고칠 수 있을까 해서였다. 마리나는 더껑이가 낀 물에 순순히 몸을 담그고 누워 암컷 황새가 높은 곳에 튼 둥지로 날아가는 것을 쳐다보다 레브에게 말했다. "우리가 황새라면 얼마나 좋을까."

"왜 그런 말을 해?" 레브가 물었다.

"황새가 죽는 건 본 적이 없으니까. 황새들은 죽지도 않나봐."

우리가 황새라면 얼마나 좋을까.

여자는 깨끗한 면 냅킨을 무릎에 깔고 흰 손으로 반듯하게 펴더니 흑빵과 소금을 끌러놓았다.

"저는 레브라고 합니다."

"저는 리디아라고 해요." 두 사람은 악수를 나누었다. 레브의 손에는 뭉친 손수건이 쥐어 있었고, 리디아의 손은 소금이 묻어 깔끄러웠고 달걀 냄새를 풍겼다. 레브가 물었다. "영국에 가면 무슨 계획이라도 있으신가요?" 그러자 리디아가 말했다. "런던에서 통역 일로 면접 볼 데가 좀 있어요."

"잘될 것 같은데요."

"그랬으면 좋겠어요. 저는 야블의 제237학교에서 영어를 가르쳤어요. 그래서 영어로 일상 대화가 가능하죠."

레브는 리디아를 쳐다보았다. 학생들 앞에 서서 칠판에 글자를 쓰는 그녀의 모습을 쉽게 상상할 수 있었다. "왜 야블의 제237학교라는 좋은 일자리를 두고 떠나시는 거죠?"

"창밖으로 내다보이는 풍경이 지긋지긋했거든요. 여름이고 겨울이고 매일 학교 운동장과 높은 담장, 그 담장 너머의 아파트들밖에 보이지 않았어요. 언젠가부터 나는 저것들을 보다가 죽겠지 하

14

는 생각이 들기 시작했어요. 저는 그러고 싶지 않았어요. 제 말 이해하시죠?"

레브는 가죽모자를 벗고 손가락으로 숱진 회색 머리를 쓸었다. 리디아가 잠깐 고개를 돌려 진지하게 그의 눈을 들여다보았다. 그는 대답했다. "네, 이해합니다."

그러고는 침묵이 흘렀고, 리디아는 삶은 달걀을 먹었다. 씹는 소리가 거의 나지 않았다. 그녀가 달걀을 다 먹자 레브가 말했다. "저는 영어 실력이 좋지 않아요. 완전히 엉터리도 아니지만요. 배린에서 강의를 좀 들었는데, 선생님이 제 발음이 션찮다고 하더군요. 제가 몇 단어를 말해볼 테니 발음이 정확한지 봐주시겠어요?"

"네, 그럼요." 리디아가 말했다.

"Lovely. Sorry. I am legal. How much please. Thank you. May you help me."

"May I help *you*." 리디아가 틀린 곳을 고쳐줬다.

"May I help you." 레브가 따라서 발음했다.

"계속하세요."

"Stork. Stork's nest. Rain. I am lost. I wish for an interpreter. Bee-and-bee."

"Be-and-be요? 아뇨, 그게 아니라 'to be, or not to be'겠죠."

"아뇨. Bee-and-bee 있잖아요. 가정식 호텔인데 아주 싸요."

"아, 네, 알아요. B&B."

창밖으로 어둠이 내리기 시작했다. 레브는 생각했다. 내가 살아오는 동안 우리 마을의 밤은 일찍 오든 늦게 오든, 여름이나 겨울이나 봄이나, 언제나 같은 숲 너머 같은 방향에서 늘 똑같은 방식으로 왔었지. 밤은 그의 마음에 언제나 그 밤처럼, 오로 특유의 그 밤처럼 올 것이다.

그래서 그는 리디아에게 털어놓았다. 자신이 오로 출신이며, 이 년 전 배린 제재소가 문을 닫을 때까지 거기서 일했고, 그후로는 전혀 일자리를 구하지 못해 어머니가 주석으로 장신구를 만들어 팔아 번 돈으로 다섯 살 먹은 딸과 함께 세 식구가 먹고살았다고.

"아, 주석으로 장신구를 만들다니 재주가 좋으시네요."

"네, 하지만 그걸로는 충분하지 않아요."

레브의 부츠 안쪽에는 보드카가 담긴 작고 납작한 통이 끼워져 있었다. 그는 통을 꺼내 한 모금 쭉 들이켰다. 리디아는 계속 흑빵을 먹었다. 레브는 빨간색 손수건으로 입가를 훔치고 차창에 비친 자신의 얼굴을 보았다. 그는 즉시 고개를 돌렸다. 마리나가 죽은 뒤로는 거울에 비친 자신의 모습조차 보고 싶지 않았다. 그 모습을 보면 늘 자신은 아직 살아 있다는 죄책감이 느껴졌기 때문이다.

"배린 제재소는 왜 문을 닫은 거예요?" 리디아가 물었다.

"더는 나무가 없었거든요."

"안타깝네요. 그 일 외에 하실 수 있는 일은 없어요?"

레브는 보드카를 한 모금 더 마셨다. 영국에서는 보드카가 워낙 비싸 마시기 힘들다는 말을 들은 적이 있었다. 그래서 이민자들은 감자와 수돗물로 직접 술을 담가 마신다고 했다. 그런 근면한 이민자들을 생각하자 그의 머릿속에 비 내리는 창밖으로 빨간색 버스가 지나가고, 한쪽 방구석에 화면이 지지직거리는 TV가 켜진 높은 집의 석탄 난롯가에 둘러앉아 웃고 떠드는 그들의 모습이 떠올랐다. 레브가 한숨을 내쉬었다. "아무 일이나 다 할 겁니다. 제 딸 마야는 옷과 신발, 책, 장난감 등 모든 게 필요하니까요. 영국은 제 희망이죠."

밤 열시가 가까웠을 때 버스 승객들에게 빨간색 담요가 제공되었다. 이미 잠든 사람도 있었다. 리디아는 먹고 남은 음식을 치우고 담요를 덮었다. 그리고 머리 위 수하물 선반에 달린 조야한 작은 전등을 켜고 색 바랜 헌책을 읽기 시작했다. 영어로 쓰인 책으로, 제목이 『권력과 영광』이었다. 레브는 보드카를 마신 뒤로 담배를 피우고픈 욕망이 점차 커졌고, 이제 그 욕망은 매우 강렬해졌다. 허파와 혈관이 애타게 담배를 갈구하고 있었다. 그의 손은 가만있질 못했고 다리도 약간 떨렸다. 다음 주유소까지 얼마나 가야 하지? 네다섯 시간은 더 가야 할 것이다. 그때까지 운전사 한 사람과 레브 말고는 버스의 모든 사람들이 잠들어 있을 테고, 두 사람만 쓸쓸하고 진이 빠지는 밤샘을 할 터였다. 운전사는 어둠 속에서 헤드라이트에 조금씩 드러나는 길의 변덕과 경고에 주의를 기울이느라 몸이 경직될 테고, 레브는 니코틴 혹은 망각이 주는 위안을 간절히 바라지만 아무것도 얻지 못할 것이다.

레브는 책에 몰두한 리디아가 부러웠다. 그도 뭔가 다른 데 관심을 돌려야 했다. 가져온 우화집이 한 권 있었다. 어둠이 내리면 새로 변하는 여자들, 사냥꾼을 죽여 불에 구운 멧돼지 등 그가 한때 좋아했던 황당한 이야기들이 담긴 책이었다. 하지만 그런 환상적인 이야기들을 읽기에는 마음이 너무 들썽했다. 에라 모르겠다 싶어진 그는 팔을 뻗어 머리 위의 독서등을 켜고 지갑에서 이십 파운드짜리 새 지폐를 꺼내 살펴보았다. 한쪽 면에는 왕관을 쓴, 어딘지 모르게 촌스러운 엘리자베스 2세 여왕의 얼굴이 보라색 바탕에 회색으로 인쇄되어 있었다. 반대쪽에는 짙은 콧수염을 길게 늘어뜨린 옛 유명인사의 초상화가 있었다. 그의 위쪽에서 천사가 나팔을 불고, 천사의 빛이 그를 수직으로 비추고 있었다. "영국인은 자신들의 역사를 숭상한다." 레브가 영어 시간에 들은 말이었다. "영국은 점령당한 적이 없다는 게 가장 큰 이유다. 그리고 그들이 과거에 잘못을 저지른 적이 있다고 생각하는 경우는 드물다."

지폐에는 남자의 생몰연도가 1857~1934년으로 적혀 있었다. 그는 은행가처럼 보였는데 무슨 업적을 남겼기에 21세기의 이십 파운드짜리 지폐에 올랐을까? 레브는 그의 단호해 보이는 턱을 쳐다보다 남자가 입은 윙 칼라 셔츠 아래에 흘림체로 쓰인 이름을 실눈으로 들여다봤지만 무슨 글자인지 알아볼 수 없었다. 레브는 이 남자가 자본주의 외의 다른 체제에서는 살아본 적이 없을 거라고 생각했다. 히틀러나 스탈린의 이름을 들어는 봤겠지만 두려워하지는 않았을 것이다. 미국인이 '와해'라고 일컫는 대공황 당시 뉴욕에서는 지붕이나 창문에서 몸을 던진 사람들도 있었지만, 그는 자본을 조금 잃는 것 외에는 아무것도 두려워할 필요가 없었을 것이다. 그는 런던이 폭격으로 폐허가 되기 전에, 유럽이 산산조각나기 전에 자신의 침대에서 안전하게 숨을 거두었을 것이다. 숨을 거두는 그 순간에도 천사의 빛이 그의 이마와 퀴퀴한 옷을 비췄겠지. 영국인이 운이 좋다는 것은 세상이 다 아는 사실이니까. 레브는 생각했다. 자, 나는 지금 그들의 나라로 가고 있으니 그걸 나눠 가질 거야. 그들의 지독히 끈질긴 운을. 나는 오로를 떠났어. 집을 떠나는 게 힘들고 괴로웠지만 나한테 기회가 다가오고 있어.

레브는 리디아의 책이 버스 바닥에 떨어지는 소리에 상념에서 깨어났다. 그녀는 잠들었다. 그는 동정심을 자극할 만큼 점이 많은 그녀의 얼굴을 관찰했다. 서른아홉 살쯤 되어 보였다. 그녀는 아무런 불편도 느끼지 않고 자는 듯했다. 그는 탁한 연갈색 머리에 수신기를 쓰고 통역 부스 안에 앉아 쉴새없이 전개되는 동시통역에 활기차게 집중하는 그녀의 모습을 상상했다. *May you help me please*. 아니지. *May I help you*.

밤은 점점 깊어갔고, 레브는 과거에 있었던 담배와 관련한 몇몇 의미 있는 일들을 떠올려보기로 했다. 그는 활발한 상상력의 소유자였다. 배린 제재소에서 일할 때 사람들은 그를 "몽상가"라고 조롱했다. "인생은 꿈꾸기 위한 게 아닐세, 레브." 소장이 경고했었다. "꿈은 체제의 전복을 초래해." 그러나 레브는 자신의 천성이 무르고 매우 산만하며, 사소하고 별 이상한 일에 즐거워하거나 우울해한다는 걸 알고 있었다. 그런 까닭에 어린 시절과 사춘기를 거치면서 쉽지 않은 시간을 보냈다. 어쩌면 그 때문에 어른이 되어서 사회생활을 하는 데 지장을 받았을 것이다. 특히 마리나가 저세상으로 가버린 뒤로는 더욱 그랬다. 그녀의 죽음은 그의 영혼을 찍은 엑스레이의 음영처럼 항상 그와 함께 있었으니까. 여느 남자들 같았으면 술이나 젊은 여자나 색다른 방식의 돈벌이 등으로 그 음영을 쫓아버릴 수 있었을 것이다. 그러나 레브는 시도조차 하지 않았다. 마리나를 아직 잊을 수 없다는 걸 잘 알고 있었기 때문이다.

주변의 승객들은 모두 졸고 있었다. 어떤 이들은 통로 쪽으로 몸이 씰그러진 채 굴복하듯 팔을 축 늘어뜨리고 있었다. 버스 안은 반복되는 한숨소리로 가득했다. 레브는 모자챙을 푹 눌러써 얼굴을 더 가리고, 자신과 어머니 이나에게는 늘 "포인세티아의 기적"으로 기억되는 일을 떠올렸다. 결말이 좋은 이야기, 사랑처럼 완벽한 담배 한 모금을 피우며 끝난 이야기였다.

이나는 무슨 일에든 결코 마음을 주지 않는 여자였다. "부질없는 일이야, 인생은 모든 걸 앗아가버려." 그녀는 곧잘 그렇게 말하곤 했다. 하지만 그녀를 기쁘게 하는 게 몇 가지 있었고, 그중 하나가 포인세티아꽃이었다. 이나는 진홍색 잎, 전나무 같은 모양새, 살아 있는 식물이라기보다 기막힌 조형물 같은 포인세티아에 감탄을 금치 못했다. 독특하고 신기해 보였기 때문에, 그리고 끊임없이 시들어 죽어가는 것들로 가득한 세상에서 변함없을 것처럼 보였기 때문이다.

몇 년 전 어느 일요일 아침, 이나의 예순다섯번째 생일 즈음에 레브는 새벽같이 일어나 자전거로 야블까지 24마일을 달렸었다. 야블 기차역 뒤편에 꽃이나 묘목을 살 수 있는 장이 섰기 때문이다. 가을 같은 날이었다. 소리 없이 좌판을 까는 사람들의 검은 형체가 은은한 새벽빛에 드러났다. 레브는 역사의 카페에서 커피와 보드카를 마시고 담배를 피우며 구경하다 장터로 나가 포인세티아를 찾았다.

야블 장에서는 양배추 모종, 해바라기씨, 씨감자, 까치밥나무, 월귤나무 등 주로 식용으로 키울 작물을 팔았다. 사람들은 장식에나 쓸 수 있는 쓸모없는 것들은 거의 잊고 살다 점점 그런 것에 마음을 쏟으면서 꽃 판매량이 해를 거듭할수록 늘어났다.

포인세티아는 멀리서도 금방 눈에 띄는 꽃이었다. 레브는 빨간색에 집중하며 천천히 걸었다. 온통 긁힌 자국투성이인 구두에 햇빛이 비쳤다. 이상할 정도로 마음이 홀가분했다. 현관 포치에 놓인 긴 화분에 포인세티아를 심어, 예순다섯 살이 되는 어머니를 깜짝 놀라게 해줄 생각이었다. 어머니는 저녁이면 그 앞에 앉아 뜨개질을 하다 꽃을 바라보고 흐뭇해할 것이고, 이웃들이 건너와 꽃과 아들의 효심을 칭찬하며 어머니의 생일을 축하해줄 터였다.

하지만 포인세티아는 보이지 않았다. 레브는 터벅터벅 장터를 훑으며 관상용 양치식물과 양파 종자, 퇴비와 회분이 가득 든 비닐봉지 등에 침울한 눈길을 보냈다.

포인세티아가 없다니.

그는 그게 의미하는 참담함을 실감하며 줄지은 좌판을 따라 걸어왔던 길을 되돌아가다 간혹 멈춰 좌판 상인들을 성가시게 했다. 그들이 포인세티아를 미국 달러나 자동차 부속이나 약을 주고 사려는 손님들에게 내놓으려고 좌판 밑에 숨겨둔 암거래상이라도 되는 듯 그들을 닦달했다는 생각이 들 정도로.

"포인세티아가 없으면 안 된다니까요." 레브는 갈증에 목이 타는 사람처럼, 성마른 외동아이처럼 징징거렸다.

"미안해요." 상인들이 말했다. "크리스마스 때만 있는 거라서."

그냥 오로로 돌아가는 수밖에 없었다. 자전거 뒤에 매달린 손수레(배린 제재소에서 슬쩍 가져온 자투리 목재로 만든 수레였다) 바퀴가 집으로 돌아오는 내내 그를 조롱하듯 계속 삐걱거렸다. 어머니의 예순다섯번째 생일에 아무것도 드릴 게 없다는 생각이 폐광처럼 레브 앞에 크게 입을 벌리고 있었다.

레브는 리디아가 깰까봐 조용히 자세를 고쳐 앉은 다음 차가운 차창에 머리를 기댔다. 그러자 그날 집으로 가는 길에 있는 한 퇴락한 마을에 들어섰을 때 환영처럼 그의 눈앞에 나타났던 광경이 떠올랐다. 검은색 옷을 입은 할머니가 집 앞 의자에 말없이 앉아 있었고, 그 옆 플라스틱 수레 안에서는 어린아이가 자고 있었다. 할머니의 발치에는 팔려고 내놓은 잡다한 가재도구가 널려 있었다. 축음기, 저울과 추, 수놓은 숄, 가죽풀무. 그리고 잎이 빨갛게 물들기 시작한 포인세티아 한 수레.

레브는 페달을 밟다 말고 꿈인가 싶어 비틀거리다 메마른 땅에 한쪽 발을 짚었다. "할머니, 그거 포인세티아죠?"

"그게 이것들 이름이오? 난 붉은 깃발이라고 부르는데."

그걸 몽땅 사 수레에 꽉꽉 채우니 수레는 무거워졌고 주머니는 가벼워졌다.

그는 아무도 포인세티아를 보지 못하게 포대로 덮어두었다가 날이 어두워진 뒤 별빛을 받으며 기다란 화분에 심었다. 포인세티아를 다 심은 뒤 몸을 펴고 동이 트는 것을 가만히 바라보았다. 햇빛이 닿자 포인세티아 잎의 붉은색이 강렬해지는 모습이 비 온 뒤 피는 사막의 크로커스만큼이나 놀라웠다. 그는 담배에 불을 붙이고 포치 계단에 앉아 포인세티아를 쳐다보았다. 담배가 그의 몸속에서 빛을 발하는 호박琥珀처럼 느껴졌다. 그는 꽁초가 될 때까지 담배를 바싹 피운 뒤 비벼 끄고는 흙 묻은 손으로 꽁초를 꼭 쥐었다.

레브는 결국 잠이 들었다.

버스가 주유소에 멈춰 서자 그는 잠에서 깨어났다. 크고 밝은 주유소였다. 오스트리아 어디쯤인 듯했다. 주유소 한쪽 주차구역에 독일식 이름이 적힌 트럭들이 소리 없이 몰려서 있었다. 누런 나트륨등이 그 글자들을 비췄다. *Freuhof. Bosch. Grunewald. Königstransporte……*

리디아도 잠에서 깨어났고, 레브는 그녀와 함께 버스에서 내려 차가운 밤공기를 마셨다. 리디아는 카디건을 어깨에 둘렀다. 레브는 동이 트는지 하늘을 살폈지만 그럴 조짐은 보이지 않았다. 그는 담배에 불을 붙였다. 입에서 담배를 물었다 뗄 때마다 손이 떨렸다.

"영국은 추울 거예요. 대비는 되어 있어요?" 리디아가 물었다.

레브는 자신이 상상하던 높은 집, 비 내리는 창밖, 화면이 지지직거리는 TV, 집 앞을 지나가는 빨간색 버스를 생각했다.

"글쎄요."

"겨울이 되면 놀랄 거예요."

"우리 나라의 겨울도 추운걸요."

"그래도 우리 나라는 겨울이 짧잖아요. 영국은 겨울이 좀처럼 가지 않는 해도 있대요."

"여름이 없다는 건가요?"

"여름이 있긴 해도 피부로 느낄 수 있을 정도는 아니라는 거죠."

다른 승객들도 주유소 여기저기서 버정거렸다. 화장실에 가기도 하고 여기저기 흩어져 레브나 리디아처럼 약간 떨면서 그냥 서 있기도 했다. 모두 자신들이 뭘 쳐다보는지도 모르는 구경꾼이었다. 차에서 내려 아직 도착 아닌 도착을 한 사람들이었다. 모두 이동중이어서 현지 시간이 몇시인지 정확히 몰랐다. 트럭들이 주차한 구역 너머로는 숲이 짙어 아무것도 분간할 수 없었다.

문득 레브는 이곳에서 딸 마야에게 엽서를 보내고 싶은 생각이 들었다. 딸에게 이 지옥 같은 밤에 대해, 누런 나트륨등이 비치는 하늘과 흔들리지 않는 나무에 대해, 눈이 부실 정도로 밝은 공중전화 박스와 설명이 없는 전시물을 앞에 두고 막막해하는 미술관 관람객 같은 사람들에 대해 말해주고 싶었다. 하지만 딸은 그 어느 것도 이해할 만한 나이가 아니었다. 마야는 이제 겨우 다섯 살이었다. 아침이면 할머니의 손을 붙잡고 학교에 갔다. 점심으로 차가운 소시지와 양귀비씨 빵을 먹고, 집에 오면 노란색 컵에 계피를 탄 염소 우유 한 잔과 건포도 케이크, 장미꽃잎 잼을 먹었다. 그리고 식탁에서 숙제를 한 다음 오로의 중심가에 나가 친구들을 만나 흙먼지 속에서 염소나 닭과 놀았다.

"벌써 딸아이가 보고 싶네요." 레브가 리디아에게 말했다.

버스가 독일과 네덜란드의 국경을 넘을 무렵 레브는 굴복했다. 자신만의 작은 창가 자리에, 끝없이 윙윙거리는 에어컨 소리에, 달걀이나 건과일이나 초콜릿을 권하는 조용한 리디아의 존재에, 다른 승객들의 냄새와 목소리에, 차 안 화장실에서 나는 화학약품 냄새에, 광막한 지역을 느리지만 끊임없이 앞으로 나아가는 느낌에.

너른 평야와 어렴풋이 빛나는 미루나무, 네덜란드의 수로와 풍차, 마을과 풀을 뜯는 가축들을 바라보던 레브는 버스를 타는 게 그의 삶이 되기라도 한 느낌에, 아무도 그에게 더는 이 버스 인생의 타성에서 이탈하라고 요구하지 않을 것 같은 느낌에 마음이 차분해지고 평온해졌다. 유럽이 더 컸으면 하는 마음이 들었다. 그러면 자기 안의 뭔가가 바뀔 때까지, 삶은 달걀이나 푸른 목초지의 소들이 싫증날 때까지, 목적지에 이르려는 의지를 되찾을 때까지 몇 날 며칠이고 바깥 경치가 계속 이어질 테니까.

레브는 점점 무감각해지는 자신이 위험하다는 것을 알고 있었다. 그는 절친한 친구인 루디가 함께 있었으면 하고 바랐다. 무엇에든 굴복하는 법이 없는 루디라면 계속 달리는 여정이라는 아편에도 굴복하지 않을 것이다. 지금까지 루디는 깨어 있는 시간 내내 인생을 상대로 치열한 전면전을 벌여왔다. "인생은 하나의 체제일 뿐이야." 루디는 누누이 레브에게 상기시켰다. "중요한 건 그 체제에 균열을 일으키는 거지." 루디는 잠잘 때 권투선수처럼 꼭 쥔 주먹을 가슴에 모은 채 몸을 웅크리는 버릇이 있었다. 그리고 눈을 뜨면 이불을 걷어차며 벌떡 일어났다. 그의 부스스한 검은 머리가 불굴의 빛으로 희미하게 반짝였다. 그는 보드카와 영화, 축구를 좋아했다. 그리고 그가 '고급 차'라고 부르는 것을 소유하겠다는 꿈이 있었다. 루디라면 버스에서 노래를 부르고 통로에서 민속춤을 추고 승객들과 물건을 교환하기도 했을 것이다. 루디라면 굳세게 저항했을 것이다.

루디도 레브처럼 골초였다. 제재소가 문을 닫은 뒤 그들은 함께 줄담배를 피우며 오로에서 멀리 떨어진 글릭으로 여행을 간 적이 있었다. 겨울의 보랏빛 강추위 속에 태양은 앙상한 나뭇가지 사이로 낮게 걸려 있었고, 철로 위의 얼음은 다이아몬드 코팅처럼 반짝였다. 루디의 호주머니에는 암거래상한테 바꾼 돈이, 여행용 가방에는 보드카 열한 병이 짚으로 싸여 있었다.

글릭에서 미국산 자동차 쉐보레 피닉스가 매물로 나왔다는 소문이 오로에 사는 루디의 귀에까지 들어왔다. 루디는 애정을 담아 이 차를 '체비'라고 불렀다. 그는 흰색이 가미된 푸른색 차체에 크롬 도금된 테두리, 주행거리가 24만 마일에 불과한 그 차를 글릭에 가서 직접 봐야겠다고 했다. 주인을 만나 가격을 깎을 수 있다면 두말할 나위 없이 사가지고 올 작정이었다. 루디는 지금까지 한 번도 운전을 해본 경험이 없었지만 전혀 개의치 않았다. "걱정할 게 뭐 있어?" 루디가 레브에게 말했다. "염병할 인생 내내 매일같이 제재소에서 기중기를 몰았는데. 운전은 운전일 뿐이야. 게다가 미국산 차들은 기어 걱정을 할 필요가 없거든. 스틱을 '드라이브의 D'에 팍 집어넣고 몰면 그뿐이야."

기차 안은 더웠다. 좌석 밑으로 굵은 난방용 파이프가 지나갔다. 레브와 루디가 탄 칸에 다른 승객은 없었다. 두 사람은 양가죽 코트와 털모자를 짐 선반에 차곡차곡 올려두고, 보드카가 든 가방을 열고, 소리가 거칠고 크기가 쥐만한 작은 라디오를 켜고 음악을 들었다. 실내는 보드카 냄새가 진동하고 후덥지근했지만 아름답고 열광적인 분위기로 가득했다. 그들은 곧 용병처럼 무모해졌다. 차장이 티켓을 받으러 오자 그들은 그를 끌어안고 양쪽 뺨에 입을 맞췄다.

글릭에 내렸을 때 눈보라가 쳤지만 더워진 피가 식지 않아 그들은 몰아치는 눈마저 얼굴을 어루만져주는 여자의 손길처럼 느꼈다. 그들은 크게 소리 내어 웃으며 비틀비틀 길을 걸었다. 날은 어두워지고 있었고, 루디가 큰 소리로 말했다. "어두울 때 체비를 보지 않을 거야. 체비가 빛나는 걸 봐야지." 그래서 그들은 제일 먼저 눈에 띈 싸구려 여관에 들었다. 굴라시*와 만두로 빈속을 채우고 좀약과 리놀륨 바닥의 왁스 냄새가 나는 좁은 방에서 잠든 두 사람은 아침까지 한 번도 깨지 않았다.

활짝 갠 푸르른 하늘에 해가 떠 있었다. 레브와 루디는 체비 주인의 집을 찾아갔다. 깨끗한 눈이 주변에 잔뜩 쌓여 있었다. 체비가 눈에 띄었다. 우중충한 거리에 홀로 서 있는 한 그루 보리수나무 밑에 유난히 길고 커다란 차가 덩그러니 주차되어 있었다. 측면의 돌출 부분이 흰색인 낡은 하늘색 쉐보레 피닉스의 크롬 테두리가 빛났다. 루디는 털썩 무릎을 꿇었다. "저기 내 여자가 있어, 내애인이!"

그 차에는 나름의 결점이 있었다. 운전석 문의 경첩 하나가 녹슬었고 앞유리 와이퍼의 고무는 몇 년째 계속된 추운 겨울 날씨 탓에 거의 닳아 남아 있지 않았다. 타이어는 네 개가 모두 닳아 있었다. 라디오도 작동하지 않았다.

레브는 머뭇거리는 루디를 지켜보았다. 루디는 주위를 빙빙 돌며 차체를 더듬고, 지붕의 눈을 치우고, 와이퍼의 날을 가만히 들여다보고, 타이어를 발로 툭툭 차보고, 선찮은 문을 여닫아봤다. 그러고는 몸을 구부린 채 레브를 올려다보았다. "나 이거 살 거야." 루디는 흥정을 벌였지만 주인은 그가 그 차를 얼마나 갖고 싶어 하는지 알고 푼돈 이상은 깎아주려 하지 않았다. 루디는 가진 돈을 모두 털고도 모자라 양가죽 코트, 털모자. 여행가방에 남은 보드카 여덟 병 중 다섯 병을 얹어줘야 했다. 차 주인은 수학 교수였다.

"무슨 생각을 그렇게 하세요?" 문득 어떤 목소리가 들려왔다.

---

* 소고기, 양파, 파프리카, 고추 등으로 만든 헝가리식 수프.

리디아였다. 돌연 그녀가 새로 시작한 뜨개질을 멈췄다.

　레브는 그녀를 빤히 쳐다보았다. 누군가로부터 그런 질문을 받은 게 얼마 만인가. 어쩌면 그런 질문을 받은 적이 없었는지도 모른다. 마리나는 레브가 무슨 생각을 하는지 항상 아는 것처럼 보였고, 그것이 무엇이든 받아들이려 했다.

　"그냥, 제 친구 루디 생각을 하고 있었어요. 미국산 차를 사러 함께 글릭에 갔던 일을요."

　"아, 친구분이 부자인가보네요?"

　"아뇨. 돈이 생겨도 오래가진 않고요. 하지만 거래를 좋아해요."

　"밀거래는 정말 나쁜 거예요." 리디아가 코웃음을 쳤다. "밀거래가 존재하는 이상 우리 나라는 발전하지 못할 거예요. 그런데 그 차는 어떻게 됐어요? 친구분이 차를 샀나요?"

　"네, 샀어요. 그런데 뭘 뜨고 계세요?"

　"스웨터예요. 영국의 겨울에 대비하려고요. 영국에서는 이런 옷을 '점퍼'라고 해요."

　"점퍼라고요?"

　"네, 알아두실 단어가 하나 늘었네요. 친구분과 차 얘기를 듣고 싶어요."

　레브는 보드카를 꺼내 마신 다음, 루디가 체비를 사고 난 후의 이야기를 들려줬다. 루디는 아파트 단지 주변의 한적한 도로를 두어 차례 돌며 차를 시험해봤다. 아스트라한 모자를 쓴 수학 교수는 문간에 서서 재미있다는 표정으로 그 모습을 구경했다.

　그리고 레브와 루디는 집으로 향했다. 햇빛이 얼음에 덮인 고요한 세상을 비췄다. 루디는 자동차 히터를 최대한으로 틀더니 천국이 따로 없다고 했다. 자동차 엔진에서 보트같이 그르렁, 부르릉 소리가 났다. 루디는 그게 음악적이고 우렁찬 미국의 소리라고 했다. 레브가 글러브박스를 열어보니 오래되어 색이 바랜 스위스산 초콜릿바가 세 개 있었다. 그들은 자동차 라이터로 불을 붙여 담배를 피우는 사이사이에 그것을 나눠 먹었다. 루디가 말했다. "이제 오로에서 새 직업을 가질 거야. 택시 운전사가 되는 거야."

오후가 되었을 무렵 그들은 주유소에 들렀다. 집까지는 아직 갈 길이 멀었다. 조용한 계곡에 위치한 주유소에는 녹슨 주유 펌프가 한 개뿐이었는데, 점박이 개가 지키고 있었다. 루디가 경적을 울리자 한 노인이 나무오두막에서 절룩거리며 나왔다. 거기서 자루에 넣은 석탄을 팔기도 했다. 노인은 체비가 마치 탱크나 UFO라도 되는 듯 두려움에 질려 쳐다보았고, 이어 점박이 개가 일어나 짖어대기 시작했다. 루디가 바지와 부츠, 체크무늬 셔츠만 입은 채 차에서 내려 문을 쾅 닫자 하나 남은 경첩마저 부러졌고, 문은 떨어져나가 눈 속에 처박혔다.

루디가 욕설을 내뱉었다. 루디도, 주유소의 노인도 그 불운한 사태를 쳐다보기만 했다. 당장 어떻게 손쓸 수 있는 일이 아닌 듯했다. 개도 놀란 나머지 입을 다물었다. 루디가 문을 집어들고 제자리에 달려고 했다. 하지만 문은 좀처럼 제자리에 붙어 있질 않았다. 그는 결국 너덜너덜해진 로프를 사용해 문을 의자의 받침대에 묶어 고정시켜야 했다. "이 빌어먹을 교수 새끼! 이렇게 될 줄 알았던 거야. 나를 완전히 속여먹었어."

루디는 연료통에 기름이 채워지는 동안 눈을 쿡쿡 밟아댔다. 날이 다시 얼어붙기 시작했다. 코트와 모자도 없는데 문짝마저 떨어져나가자 루디가 느끼던 희열은 터진 풍선 꼴이 되었다. 레브가 차에서 내려 부러진 경첩을 이리저리 살펴보았다. "루디, 경첩만 고치면 돼. 집에 가면 고칠 수 있어."

"알아. 그런데 이 빌어먹을 문짝이 남은 백 마일을 달리는 동안 붙어 있겠냐고."

차에 기름을 가득 채우고 레브가 돈을 지불한 뒤 그들은 다시 출발했다. 석양을 마주하며 서쪽으로 달렸다. 짙은 주홍색이던 하늘이 흐릿한 붉은색으로 변했다 다시 보랏빛으로 변하더니 연보랏빛 그림자가 눈 덮인 들판에 드문드문 드리웠다. "이 나라도 어떨 때는 제법 아름다워." 레브가 말했다. 그러자 루디가 한숨을 쉬었다. "오늘 아침까지만 해도 그랬지. 하지만 우리는 곧 다시 어둠에 잠길 거야."

날이 어두워지자 자동차 앞유리에 서리가 서렸다. 닳아빠진 와이퍼 날은 느릿느릿 움직이며 얼음과 부딪혀 서걱서걱 소리를 내고 움직일 때마다 신음하는 소리만 낼 뿐 제구실을 하지 못했다. 결국 얼마 가지 않아 앞을 분간할 수 없게 되었다. 루디는 길 한쪽에 차를 세웠고, 두 사람은 서리가 서린 모양과 앙상한 나뭇가지를 비추는 연노란색 헤드라이트 빛을 쳐다보았다. 레브가 보니 루디가 손을 덜덜 떨고 있었다.

"젠장, 이제 어떡하지?" 루디가 말했다.

레브는 두르고 있던 모직 목도리를 벗어 루디의 목에 둘러주고, 차에서 내려 트렁크를 열고 짚으로 싸놓았던 보드카 세 병 중 한 병을 꺼내왔다. 그리고 루디에게 차의 시동을 끄라고 했다. 시동이 꺼지자 와이퍼 날이 마지막으로 쓸모도 없는 둥근 선을 그리고는 지친 나머지 스케이트장 밖에 일렬로 드러누운 두 노인처럼 가로 누웠다. 레브는 병마개를 비틀어 따고 술을 한 모금 쭉 들이켠 다음 술을 앞유리에 천천히 부었다. 그리고 알코올이 얼음에 길을 내는 걸 지켜보았다. 서리가 천천히 사라지면서 앞유리에 바싹 갖다 댄 루디의 넓적한 얼굴이 보이기 시작했다. 놀라워하며 올려다보는 얼굴이 어린아이 같았다. 그러고 나서 자동차는 밤의 어둠 속을 달렸다. 그들은 가끔 멈춰 보드카를 부었다. 연료 미터기의 빛나는 바늘이 갈수록 뚝뚝 아래로 떨어졌다.

리디아는 뜨개질하던 손을 잠시 멈추더니 '점퍼'를 자신의 가슴에 대보며 소매 다는 부분까지 마무리하려면 얼마나 더 떠야 하는지 가늠했다. "여행이 흥미로워지는데요. 집에는 잘 도착하셨어요?"

"네, 새벽녘에 도착했죠. 아주 피곤했어요. 완전히 녹초가 되었죠. 연료통은 바닥나다시피 했고요. 그 차는 연료를 많이 먹어서 루디는 거덜날 거예요."

리디아가 웃으며 고개를 저었다. "차문은요? 고쳤나요?"

"아, 그럼요. 유모차에서 떼어낸 새 경첩을 납땜해 붙였어요. 운전석 문이 요란하게 열리는 것만 빼면 꽤 괜찮아요."

"요란하게요? 그럼 그 요란한 문짝을 달고 택시 영업을 계속한다는 거예요?"

"네. 여름에는 창문을 전부 연 채 차를 몰기 때문에 타고 가는 동안 머리칼이 바람에 헝클어져요."

"아, 그건 싫은데요. 머리가 바람에 헝클어지지 않게 하려고 공을 많이 들이거든요."

다시 어두워질 무렵 후크반홀란드*에 닿은 버스는 페리에 오르기 위해 길게 늘어선 줄에 합류했다. 버스 승객들을 위해 예약된 침대는 없었다. 버스 운전사는 자려면 벤치나 갑판 의자를 이용하고, 술값이 터무니없이 비싸니 가급적 배 안의 바에서는 마시지 말라고 조언했다. "배가 영국에 도착하면 목적지인 런던까지는 약 두 시간밖에 안 걸리니 잠을 자두는 게 좋을 겁니다."

배에 오른 뒤 레브는 갑판 위층에 올라 항구를 내려다보았다. 기중기와 컨테이너, 거대한 창고와 사무실, 기름 묻은 자국이 어른어른 빛나는 주차장과 부둣가가 눈에 들어왔다. 눈에 보일 듯 말 듯 한 실비가 내렸다. 갈매기가 오래전에 잃어버린 고향 섬을 그리는 듯 울어댔다. 레브는 평생 바닷가에 살며 하루도 빠짐없이 이 울적한 소리를 들어야 한다면 정말 힘들 거라고 생각했다.

바다는 잔잔했고 페리는 조용히 출발했다. 거대한 엔진 소리가 어둠에 감싸여 둔탁해진 느낌이었다. 난간에 몸을 기댄 레브는 미끄러지듯 시야에서 벗어나는 네덜란드의 항구를 바라보며 담배를 피웠다. 육지가 시야에서 사라지고 하늘과 바다가 어둠으로 합쳐지자 마리나가 죽어가던 때 꾸었던 꿈이 생각났다. 가없는 바다, 인간 세상의 해안에 닿지 않는 바다를 표류하는 꿈이었다.

바다 공기의 짠맛 때문에 담배 맛이 쓰게 느껴지자 레브는 담배를 발로 비벼 끄고 벤치에 누워 잠을 청했다. 모자를 눌러써 눈을 가리고 마음을 진정시키며 오로의 밤을 생각했다. 전나무로 뒤덮인 언덕과 옹기종기 모여 있는 굴뚝들, 학교 건물의 목조 첨탑에

---

* 네덜란드 서남부의 항구.

밤은 어김없이 내려앉았다. 아늑한 그날 밤, 마야는 거위털 누비이불을 덮고 누워 있었다. 할머니와 함께 쓰는 작은 방을 눈에 보이지 않는 방문객에게 안내라도 하듯 한쪽 팔을 이불 밖으로 늘어뜨린 채. 침대 두 개, 래그 러그, 초록색과 노란색으로 칠한 서랍장, 등유 난로가 있고 선선한 공기와 밤이슬과 부엉이 울음소리가 들어올 수 있게 네모난 창문을 열어놓은 방이었다.

기분좋은 장면이었지만 레브는 그 장면을 머릿속에 붙들어둘 수 없었다. 배린 제재소가 문을 닫고 대여섯 군데 다른 마을도 오로와 같은 운명에 처했다는 생각이 그 방과 잠든 딸, 심지어 어둠 속에서 서성이다 무릎을 꿇고 기도하는 이나의 모습까지 거듭 지워버렸다.

"염병할, 기도가 무슨 소용이람." 마지막 나무를 잘라 실어 내보내고 기계가 모두 멈춰 잠잠해지자 루디가 말했다. "레브, 심판의 날이 왔어. 수완 좋은 사람만 살아남을 거야."

2
다이애나 비 기념엽서

오전 아홉시, 버스는 빅토리아역에 도착했다. 의외로 해가 나 밝은 날이었다. 버스에서 내린 지친 승객들은 자신들을 둘러싼 빛나는 건물과 반짝이는 수화물 카트, 런던의 포장도로에 드리운 자신들의 그림자 등 사방을 두리번거리며 눈부신 빛에 적응하려 애썼다. "비가 내릴 줄 알았어요." 레브가 리디아에게 말했다.

날씨는 따뜻했다. 리디아는 뜨다 만 스웨터를 여행가방에 챙겨 넣었다. 겨울 코트가 그녀의 팔 위에 무겁게 놓여 있었다.

"잘 가요, 레브." 그녀가 손을 내밀었다.

레브가 몸을 구부리고 점투성이인 리디아의 양볼에 입을 맞추고 말했다. "May you help me. May I help you." 둘은 함께 웃은 다음 레브가 진작에 예상했던 대로 각자 다른 미래를 향해 미지의 도시로 발걸음을 옮겼다.

하지만 레브는 뒤돌아서서 리디아를 보았다. 리디아는 검은색 택시들이 줄지어 선 쪽으로 서둘러 걸어가고 있었다. 그녀는 택시 문을 열더니 뒤돌아보고 손을 흔들었다. 손을 흔드는 모습이 슬퍼 보였다. 아니, 갑작스럽고 예상치 못한 책망처럼 보였다. 레브는 가죽모자의 챙을 살짝 들어 응답했다. 그는 이 동작이 너무 군대식이거나 구식이라는 걸, 혹은 둘 다 해당된다는 걸 알았다. 리디아가 탄 택시가 출발했다. 리디아는 평균대에 올라 균형을 잡으려 단단히 마음먹은 체조선수처럼 앞을 똑바로 응시하고 있었다.

레브는 가방을 집어들고 화장실을 찾았다. 몸에서 고약한 냄새가 났다. 해초에서나 날 법한 악취가 체크무늬 셔츠 안쪽에서 풍겨나왔다. 그는 생각했다. 당연한 일이야. 바다에서 뭍으로 나왔으니까, 기대하지 않은 햇빛이 비치는 이 섬에…… 하늘에서 비행기의 굉음이 들리자, 유럽의 절반은 이곳으로 오고 있다는 생각이 들었다. 그러나 런던이 이럴 거라고, 기온은 올라가고 하늘이 이렇게 행하고 푸르리라고 상상한 사람은 아무도 없었다.

레브는 표지판을 따라 기차역의 화장실을 찾아갔지만 회전식 개찰구가 앞을 가로막고 있었다. 레브는 가방을 내려놓고 사람들이 어떻게 하는지 지켜보았다. 사람들이 동전 구멍에 돈을 집어넣자 회전식 개찰구가 돌아갔다. 하지만 레브의 수중에는 이십 파운드짜리 지폐들뿐이었다. 일자리를 찾을 때까지 이십 파운드로 일주일씩 버틸 수 있을 거라며 루디가 계산해준 대로 꾸린 돈이었다.

"저 좀 도와주시겠습니까?" 레브가 회전식 개찰구로 들어가려는 말쑥한 노인에게 말했지만 노인은 레브 따위는 안중에도 없다는 듯 거만한 태도로 동전을 집어넣고 허벅지로 개찰구를 밀며 들어갔다. 레브는 노인의 뒷모습을 물끄러미 바라보았다. 자신이 뭔가 잘못 말한 걸까? 노인은 당당한 걸음을 조금도 늦추지 않았다.

레브는 기다렸다. 루디라면 뒷일은 생각하지도 않고 단숨에 개찰구를 뛰어넘겠지만, 레브는 그러려고 해도 지금은 그럴 수 없을 것 같았다. 레브의 다리에는 루디처럼 지칠 줄 모르는 활력이 없었다. 루디는 자기만의 방식으로 행동했지만 레브는 달랐고, 그건 변치 않을 것이다.

그 자리에 서 있자니 깨끗이 씻고 싶은 마음이 더욱 굴뚝같아졌다. 종기라도 난 듯 피부가 여기저기 따끔거렸다. 머리에서 식은땀이 나더니 목덜미를 타고 쪼르륵 흘렀다. 속이 약간 메스꺼웠다. 거의 빈 담뱃갑에서 담배를 꺼내 불을 붙이자 화장실을 출입하는 사람들이 그를 쳐다보았다. 그들의 시선을 따라가보니 몇 발자국 떨어진 곳의 타일 벽에 금연 표지가 붙어 있었다. 그는 마지막으로 달콤한 한 모금을 빨고 꽁초를 발로 밟아 문질렀다. 그러다 검은색 신발이 진흙 때문에 더러워진 걸 보고 레브는 생각했다. 고향에서 묻어온 흙, 유럽을 횡단하며 묻은 흙. 어디서 헝겊 조각이라도 찾아 닦아야 하는데……

시간이 얼마나 흘렀을까. 작업복 차림에 수염이 까칠한 청년이 공구가 든 캔버스 가방을 들고 화장실 개찰구로 다가왔다. 젊은 사람이니까, 또 과거에 명예로웠던 무산계급의 일원처럼 작업복에 공구 가방을 들었으니까, 그러니까 자기를 못 본 척하지 않으리라 생각하고 레브는 최대한 조심스럽게 말을 꺼냈다. "저 좀 도와주시겠습니까?"

청년은 머리가 길고 부스스했으며 얼굴은 피부에 묻은 횟가루 때문에 하얬다. "네, 뭐죠?"

레브는 몸짓으로 회전식 개찰구를 가리키며 이십 파운드짜리 지폐를 들어 보였다. 청년은 웃더니 작업복 주머니를 뒤적여 동전을 하나 찾아 레브에게 건네주고는 지폐를 탁 채갔다. 레브는 기겁해 청년을 빤히 쳐다보았다. "아니, 안 돼, 제발……"

하지만 청년은 돌아서서 개찰구를 통과해 화장실로 들어갔다. 레브는 멍하니 쳐다보았다. 영어는 한마디도 생각나지 않아 모국어로 크게 욕을 퍼부었다. 그때 청년이 하얀 횟가루가 묻은 얼굴에 짙은 주름이 지도록 웃으며 레브에게 되돌아왔다. 그가 이십 파운드 지폐를 내밀었다. "형씨, 장난이오, 장난."

레브는 화장실 칸에 들어가 옷을 벗었다. 가방에서 낡은 줄무늬 타월을 꺼내 허리에 둘렀다. 메스꺼웠던 속이 가라앉았다.

그리고 세면대로 가 뜨거운 물을 틀었다. 출입구 옆에 앉은 늙은 시크교도 관리인이 머리에 공들여 감은 터번 아래로 눈 한번 깜박이지 않고 레브를 엄숙한 표정으로 쳐다보았다.

레브는 얼굴과 손을 씻고 면도기를 꺼내 사흘 동안 까칠까칠 자란 턱수염을 밀었다. 그리고 다 해진 타월이 흘러내리지 않게 신경쓰며 겨드랑이와 사타구니, 배와 종아리에 비누칠을 했다. 관리인은 재미있지만 외우다시피 알고 있어 더이상 감동을 주지 않는 옛날 영화를 보듯 레브를 응시할 따름이었다. 몸에 닿는 따뜻한 물과 비누의 감촉이 너무 좋아 레브는 울고 싶을 정도였다. 사람들이 자신을 힐끔힐끔 쳐다보는 게 거울에 보였지만 뭐라고 하는 이는 아무도 없었다. 살갗이 벌게지고 얼얼하도록 비누칠을 하고 벅벅 문질렀더니 고약한 바다 냄새가 사라졌다. 깨끗한 팬티를 입고 발을 씻고는 타월에 올라서서 발을 말렸다. 가방에서 양말과 깨끗한 셔츠를 꺼내 입고, 올이 굵은 잿빛 머리를 빗었다. 눈은 피곤해 보였고 말끔하게 면도한 얼굴은 화장실의 음산한 빛 아래 수척해 보였지만 다시 인간다워진 느낌이었다. 뭔가 준비된 느낌이었다.

레브는 짐을 챙겨 출입구로 향했다. 관리인은 플라스틱 의자에 앉은 채 꼼짝하지 않았다. 관리인 옆에 팁 그릇이 있었다. 사람들이 급히 드나드느라 팁을 줄 여유조차 없었는지, 눈이 상한 노인의 팁 그릇에 놓인 동전은 몇 개 되지 않았다. 레브는 잔돈이 없어 당황스러웠다. 자신이 사용한 비누, 바닥을 온통 적실 정도로 사용한 물의 양을 생각해서라도 관리인에게 작은 대가를 지불해야 했다. 레브는 그 자리에 멈춰 서서 주머니를 뒤적이다 야블의 버스정류장에서 산 값싼 플라스틱 라이터를 찾아냈다. 그는 이것을 그릇에 놓으려다 생각했다. 아니, 이 시크교도는 일자리가 있고 앉아 있을 의자도 있지만 나에겐 아무것도 없어. 내가 가진 것 어느 하나라도 이자에게 주기엔 아까워. 관리인은 주변에서 돌아가는 상황에 전혀 흔들림이 없는 것 같으니 하찮은 라이터를 줘봤자 마찬가지일 거라는 데 생각이 미치자, 그가 주지 않으려는 팁에 관한 생각이 좀더 복잡미묘해졌다. 결국 레브는 그대로 화장실을 나서서 개찰구를 통과했고, 햇살이 내리쬐는 거리로 발걸음을 옮겼다. 그는 관리인이 굳이 고개를 돌려 자신의 등에 대고 욕을 퍼붓지도 않으리라 생각했다.

레브는 버스가 들어와 섰다 떠나는 곳에 멈췄다. 오래전—그에게는 오래전 일로 느껴졌다—유럽 횡단 버스표를 샀을 때 여행사의 젊은 여자 직원이 해준 말이 있었다. "런던에 도착하면 일자리를 주겠다는 사람들이 접근할 거예요. 그러더라도 절대 어떤 계약서에도 미리 서명하지 마세요. 어떤 일자리이며 돈은 얼마나 주는지, 또 어떤 숙소가 제공되는지 먼저 물어보세요. 그런 다음 모든 조건이 괜찮아 보이거든 그때 수락하세요."

레브는 여행사 직원이 말한 '사람들'이 야블이나 글릭 같은 도시의 경찰처럼 근육질 팔뚝에 혈색이 좋고 교묘한 곳에 권총을 차고 다니는 건장한 체구의 사람들일 거라고 상상했다. 지금 레브는 그런 사람들이 나타나 단 몇 시간 며칠이라도 짐을 덜어주길 바랐다. 임금을 받고, 일과가 있고, 누울 침대만 있다면 정말이지 어떤 '일자리'라도 괜찮았다. 그는 너무 피곤한 나머지, 따뜻한 햇살 아래서 누구든 나타나길 기다리며 그 자리에 그대로 눕고 싶은 심정이었다. 하지만 그는 낮이 얼마나 긴지, 영국의 여름 낮이 얼마나 긴지, 오후와 저녁 시간이 언제부터 시작되는지 몰랐고, 날이 어두워지는지도 모르고 거리를 헤매고 싶지 않았다.

사람들이 버스나 택시, 자가용을 타고 도착하거나 떠났지만 레브에게 다가오는 사람은 아무도 없었다. 그는 뚜렷한 계획도 없이 무작정 해가 있는 쪽으로 걷기 시작했다. 갑자기 배가 고팠지만 어떻게 허기를 채워야 할지도 몰랐다. 커피숍 앞을 지나던 그는 향기로운 커피 냄새에 마음이 끌렸지만, 음식과 커피 값을 낼 잔돈이 없다는 걱정이 앞서 밖에서 망설이기만 했다. 레브는 다시 루디 생각이 났다. 루디는 이런 소심함을 비웃으며 성큼 안으로 들어가 적절한 말로 가격을 알아내고 원하는 것을 얻었을 것이다.

레브가 있는 거리는 넓고 시끄러웠다. 빨간색 버스들이 보도에 바싹 붙어 기우뚱거리며 달리면서 매연을 내뿜어 공기를 오염시켰다. 바람 한 점 없었다. 높은 건물에 매달린 깃발은 깃대에 축 처져 있었다. 얇고 가벼운 드레스를 입은 머리가 긴 여자가 인물화처럼 보도 가장자리에 조용히 움직이지 않고 서 있었다. 비행기가 머리 위를 계속 지나다니며 하얀 꽃장식으로 하늘을 수놓았다.

레브는 붐비는 큰길에서 벗어나 나무들이 늘어선 거리로 들어 섰다. 그리고 나무 그늘 아래 서서 무겁게 느껴지기 시작한 가방을 내려놓고 담배를 피워 물었다. 오래전 처음으로 담배를 피우기 시 작했을 때 흡연으로 허기를 잠재울 수 있다는 것을 알았다. 이 사 실을 아버지 스테판에게 말하자 아버지가 말했다. "물론이지. 그걸 이제 안 거냐? 그리고 굶어죽는 것보다는 담배 때문에 죽는 게 훨 씬 낫단다."

레브는 나무에 몸을 기댔다. 어린 플라타너스나무였다. 자연이 디자인한 벽지인 듯 땅에 드리워진 나무. 그림자의 무늬가 섬세하 고 정밀했다. 스테판은 '담배 때문에 죽었다'. 아니, 오랜 세월 허 구한 날 배린 제재소에서 들이마신 톱밥 때문에 죽었다. 그의 나이 쉰아홉이었다. 마야가 태어나기 전, 마리나가 몸져눕기 한참 전, 배린 제재소가 문을 닫는다는 소문이 떠돌기 한참 전의 일이었다. 마지막 순간, 그는 변성기 소년의 갈라진 목소리처럼 힘없는 목소 리로 단 한마디 했다. "레브, 이렇게 죽는 건 고약하구나. 가능하다 면 넌 내 전철을 밟지 마라."

불쑥 감정이 복받쳐 목이 메었다. 레브는 담배를 버리고 통을 꺼 내 얼마 남지 않은 보드카를 마저 마셨다. 그리고 플라타너스나무 를 둥글게 에워싼 철제 받침대에 앉아 눈을 감았다. 척추에 나무가 닿는 느낌이 몸에 익숙한 의자에 앉은 듯 편안해 그는 곧 고개를 옆으로 기울이고 잠이 들었다. 한쪽 손은 가방에 얹은 채, 보드카 통은 무릎에 놓은 채. 머리 위에서는 참새가 둥지를 트느라 부지런히 나무를 드나들었다.

레브는 어깨에 뭔가 닿는 느낌에 잠을 깼다. 오토바이 헬멧을 쓴 퉁퉁한 얼굴에 배가 불룩한 사람이 앞에 서 있었다. 레브는 그를 멍하니 쳐다보았다. 드넓은 감자밭에서 길을 잃고 끊임없이 이어진 두둑과 고랑 사이를 헤매는 꿈을 꾸던 중이었다.

"일어나요, 경찰입니다."

경찰도 며칠 동안 쉬지 않고 계속 여행이라도 한 듯 퀴퀴한 입냄새를 풍겼다. 레브가 여권을 꺼내기 위해 재킷 호주머니에 손을 집어넣으려 하자 경찰이 넓적한 손으로 그의 손목을 확 채더니 무지막지한 힘을 주며 잡았다.

"가만, 가만! 허튼 짓은 말고. 일어나시오!"

경찰은 레브를 거칠게 일으켜세우더니 나무에 밀어붙여 꼼짝 못하게 하고는 부츠 발로 그의 발목을 쳐서 다리를 벌리게 했다.

보드카 통이 땅에 떨어졌다. 경찰의 허리춤에 달린 무전기에서 갑자기 죽음을 앞둔 사람의 기침 같은 거친 소리가 터져나왔다.

경찰이 한 손으로 레브의 몸을 쓸었다. 팔, 상체, 둔부, 사타구니, 다리, 발목순으로. 레브는 최대한 뚝심 있게 버티면서도 저항하지는 않았다. 이대로 체포되어 강제 출국을 당하는 건 아닐까, 집을 떠나며 아픔과 혼란을 주었는데 보여줄 게 아무것도 없는 상태로 한없이 면길을 되돌아 수치스럽게 오로의 집으로 가게 되는 건 아닐까 하는 생각이 머리 한구석에서 어른거렸다.

무전기에서 다시 지지직거리는 소리가 나더니 레브의 팔을 쥔 경찰의 손이 느슨해졌다. 경찰은 불룩한 배가 레브의 허리띠 버클에 닿을 정도로 바짝 다가서서 레브의 얼굴을 정면으로 쳐다보았다.

"난민이오?"

경찰은 난민이라는 단어에 구역질이 난다는 듯, 그의 입냄새를 쿼쿼하게 만들었을 음식을 금방이라도 게워낼 듯, 그 단어를 내뱉었다. 레브는 경찰의 말을 알아들었다. 야블의 젊은 여행사 직원이 도움이 되는 말을 해줬었기 때문이다. "명심하세요, 당신은 합법적인 이주노동자이지 '난민'이 아니라는 걸요. 영국인은 가진 걸 모두 잃은 사람들을 그렇게 불러요. 우리 나라도 이제 EU 회원국이라 당신에게는 영국에서 일할 권리가 있어요. 그러니까 절대 긴장하지 마세요."

"제 신분은 합법적입니다."

"여권 좀 봅시다."

레브가 머리 위로 나무를 짚고 있던 두 손을 천천히 내리고 호주머니에서 여권을 꺼내자 경찰이 홱 채갔다. 그리고 여권 사진과 레브의 얼굴을 번갈아 보았다.

"민병은 모두 멍청한 놈들이야." 언젠가 루디가 말했다. "얼간이 같은 놈들이나 옆구리에 수갑과 거지 같은 무전기를 차고 건들거리지."

"됐소." 경찰이 말했다. "방금 도착한 거요?"

"네."

"가방 좀 봅시다."

경찰이 웅크려 앉는데 허리띠에서 삐걱거리는 소리가 났다. 관쁢 모양으로 겹겹이 접힌 배가 꽉 눌려 뭉친 모양새가 영 불편해 보였다. 경찰은 레브의 싸구려 캔버스 가방 지퍼를 열고 내용물을 꺼냈다. 기차역 화장실에서 갈아입은 옷, 때가 꼬질꼬질한 세면도구 주머니, 깨끗한 티셔츠와 스웨터, 새 신발 한 켤레, 몇 갑의 러시아산 담배, 자명종, 바지 두 벌, 마리나와 마야의 사진, 전대, 영어사전, 우화집, 보드카 두 병……

레브는 꾹 참고 기다렸다. 빈 뱃속이 꼬르륵거렸다. 리디아가 먹으라며 억지로 건넨 그 삶은 달걀들 때문에 변비가 생긴 탓이었다. 레브는 길바닥에 널린 자기 물건들의 초라한 모습을 응시했다.

마침내 경찰이 물건들을 도로 가방에 주워 담고 몸을 일으켰다. "런던에서 머물 곳의 주소를 가지고 있소? 지낼 곳 말이오. 호텔? 아파트?"

"비앤드비 Bee-and-bee요."

"비앤드비 B&B라? 어디?"

레브는 어깨를 으쓱했다.

"어디에 있는 비앤드비를 말하는 거요?"

"모릅니다. 찾아야죠."

무전기에서 다급한 목소리가 터져나왔다. 경찰(레브는 경찰의 계급을 알아보지 못했다)은 무전기를 확 뽑아 귀에 갖다댔다. 무전기에서 알아들을 수 없는 말들이 쏟아져나왔다. 이때 경찰 오토바이가 레브의 눈에 들어왔다. 현란한 형광색 줄무늬가 있는 오토바이의 앞바퀴가 갓돌에 닿아 있었다. 루디가 그것을 봤더라면 어디 제품인지, 배기량은 얼마나 되는지 알고 싶어했겠지만 레브는 그런 것엔 관심이 없었다. 레브가 조용히 기다리는데 머리 위에서 새가 나뭇잎을 흔드는 소리가 들렸다. 나무 그늘이었지만 더웠다. 레브는 아직도 아침인지 아닌지 알지 못했다.

경찰은 무전기에 대고 뭔가 말하면서 레브에게서 멀어졌다. 줄을 매어놓지 않은 개가 어디 가지 못하게 하려는 개 주인처럼 간혹 레브를 돌아보았다. 경찰이 돌아왔다. "좋소."

경찰은 가방과 빈 보드카 통을 주워 여권과 함께 레브에게 내밀었다. 그 순간 레브는 같은 학교에 다녔던 드미트리라는 불량배를 떠올렸다. 불량배 드미트리는 야블 시장에서 전차 전복 사고로 죽었다. 그때 레브와 루디는 그가 죽었다는 소식을 듣고 환호성을 지르며 웃고 발을 굴렀다.

"이제 가요. 길거리에서 자면 안 됩니다. 반사회적 행동이라 무거운 벌금을 물 수 있어요. 그러니 잘 처신하시고. 그놈의 구두도 좀 닦고, 머리도 좀 잘라요. 그러면 기회가 올지도."

레브는 그 자리에 그대로 서 있었다. 천천히 여권을 재킷 호주머니에 집어넣고, 경찰이 육중한 몸을 육중한 오토바이에 싣고 차도로 빠져나가는 모습을 지켜보았다. 경찰은 시동을 걸고 요란한 소리를 내며 멀어져갔다. 레브의 존재가 이미 머릿속에서 사라진 듯 한 번도 뒤돌아보지 않았다.

손목시계를 보니 열두시 이십삼분이었지만 영국 시간인지 오로 시간인지 알 수 없었다. 그 시간쯤이면 마야가 다니는 작은 학교의 학생들이 벤치에 나와 앉아 점심을 먹을 때였다. 보통은 점심으로 염소 우유와 빵과 피클을 먹었고, 여름에는 간혹 마을 언덕에서 딴 야생딸기가 포함되기도 했다.

강에 이른 레브는 가방을 내려놓고 지갑에서 이십 파운드 지폐 한 장을 꺼냈다. 노점에서 핫도그 두 개와 코카콜라 한 캔을 샀더니 잔돈이 손에 한 움큼 쥐어질 정도였다. 그렇게 거래를 하고 나니 뿌듯한 기분이 들었다.

그는 제방 벽에 기대앉아 런던을 바라보았다. 음식은 기름지고 자극적이었다. 콜라가 잇몸을 콕콕 쑤시는 듯했다. 하늘은 푸르른데 강은 오팔처럼 빛깔이 일정치 않은 암녹색이었다. 도시의 강은 몇 세기에 걸쳐 쌓인 바닥의 검은 진흙 때문에 하늘의 푸름을 비추지 못한다는 사실이 어디에나 해당되는 모양이라는 생각이 들었다. 거대한 유람선들이 양쪽 방향으로 다녔고, 느긋해 보이는 관광객들이 갑판 위에 몰려나와 햇볕을 쐬며 사진을 찍고 있었다.

레브는 관광객들에게서 눈을 떼지 못했다. 그들의 안락하고 여유 있는 삶과 짧은 여름 바지가 부러웠다. 그들이 유람선에서 당황하거나 불편해하지 않도록 서너 가지 다른 언어로 건물들을 설명하는, 잔물결 위로 퍼져나가는 관광가이드의 목소리 역시 부러웠다. 그들의 여행은 기약 없는 여행이 아니었다. 그들은 상류 쪽으로 몇 마일만 거슬러가면, 매우 약해 보이는 기둥 두 개에 의지해 천천히 돌아가는 거대한 흰색 회전관람차를 지나면 그들이 출발했던 곳으로 돌아갈 터였다. 반면 자신의 영국 여행은 이제 겨우 시작되었을 따름이다. 끝이 보이지 않는, 목적지도 기약도 없는 여행이었다. 벌써부터 그는 시간이 흐를수록 혼돈과 걱정으로 머리가 아파왔다.

레브의 등뒤로 조깅하는 사람들이 지나갔다. 쓱쓱, 찍찍, 조깅화 내딛는 소리, 가쁜 숨소리가 그에게는 비난의 소리로 들렸다. 그는 콜라로 입술을 축이며 아무런 계획 없이 그저 서 있을 뿐이었지만, 달리기를 하는 이들에게는 결의와 힘, 자신을 개선하려는 끈질기고 작은 목적이 있었다.

레브는 콜라를 마저 마시고 담배를 피워 물었다. 레브 '자신'도 분명 개선할 필요가 있었다. 그는 오랜 세월 침울해하고, 우울해하고, 걸핏하면 화를 냈다. 심지어 마야에게도 그랬다. 며칠이고 꿈쩍도 않고 포치에 앉아 있거나 낡은 회색 그물침대에 누워 담배를 피우며 하늘만 바라보곤 했다. 마야가 함께 놀자고 해도, 책을 같이 읽어달라고 해도, 모든 걸 이나에게 미룬 적이 한두 번이 아니었다. 그도 그게 불공평하다는 건 알았다. 이나는 장신구를 만들어 가족의 생계를 꾸려나갔다. 뿐만 아니라 밥도 하고 집안 청소도 하고 텃밭도 일구고 가축도 키웠다. 그런데 레브는 그저 누워 구름만 쳐다보았다. 불공평한 정도가 아니라 정말 한심한 노릇이었다. 하지만 마침내 그는 어머니에게 상황을 바꿔보겠다는 말을 할 수 있었다. 영어를 배워 영국으로 건너가 어머니와 딸을 건사하겠노라고 했다. 앞으로 이 년만 있으면 세상 물정에 밝아질 것이다. 값비싼 시계를 찰 것이고, 이나와 마야를 유람선에 태워 이름난 건물들을 구경시켜줄 것이다. 레브 자신이 런던에 있는 모든 것의 이름을 익히 알 테니 관광가이드는 따로 필요 없을지도 모른다.

자신의 게으름과 이나를 배려하지 못했던 것을 자책하며 레브는 기념품과 엽서를 파는 강변 노점으로 향했다. 높은 다리 기둥의 그림자가 노점에 드리운 탓에 햇빛에서 그늘로 들어가자 갑자기 한기가 느껴졌다. 노점의 국기와 장난감, 모형, 머그잔, 리넨 타월을 들여다보며 어머니에게 어떤 것을 사다드릴까 궁리했다. 그늘진 한쪽 구석에서 노점상이 께느른하게 그를 쳐다보았다. 리넨 타월은 두툼하고 튼튼했다. 이나는 타월을 좋아하겠지만 가격표를 보니 5.99파운드나 해서 레브는 물러섰다.

엽서가 꽂힌 회전 진열대를 살살 돌리니 런던의 일상 장면들이 고분고분하게 눈앞을 스쳐갔다. 그중에 사야 할 게 눈에 띄었다. 다이애나 비의 두상 모양으로 만든 기념엽서였다. 그녀는 그 유명한 가슴 저미는 미소를 짓고 있었고, 금발머리에는 다이아몬드 티아라를 썼으며, 놀라울 정도로 선명한 파란 눈에는 슬픔이 어려 있었다.

다이애나 비 엽서를 산 뒤 레브는 진이 다 빠진 느낌이었다. 어깨를 움츠리고 다시 햇빛으로 나오자 완전히 지치고 불구가 된 듯했고, 그날은 더이상 버틸 수 없을 것 같았다. 어디가 되었든, 침대를 찾아 누워야 했다.

레브는 결정을 내렸다. 무모한 생각이라는 건 알았지만 달리 아무것도 할 수 없을 듯했다. 그는 택시를 잡기 위해 손을 흔들었다. 택시가 실제로 앞에 와서 서자 그는 깜짝 놀라기까지 했다. 택시 운전사는 체구가 작으면서 길고 가느다란 흰머리가 엉겨붙은 노인이었다. 운전사는 레브가 말할 때까지 참을성 있게 기다렸다.

"비앤드비로 갑시다."

"네?"

"몹시 피곤해서요. 비앤드비로 데려다주세요."

택시 운전사는 머리를 긁적였다. 오랜 세월 묵고 묵은 머리칼 몇 가닥이 두피에 붙어 있다 떨어져내렸다. "이 근방엔 아는 데가 없어요. 얼스코트에 믿을 만한 데가 있긴 한데. 그리 가도 괜찮겠어요?"

"뭐라고요?"

"얼스코트요." 운전사가 목청을 높였다. "얼스코트 로드에서 좀 벗어난 곳에 있는데, 어떻게 할까요?"

"좋아요. 갑시다."

레브는 차에 올라 널찍하고 푹신한 좌석에 몸을 푹 기댔다. 주행 중에도 그를 유심히 쳐다보는 운전사의 모습이 백미러에 비쳤다. 전쟁의 기억이 지워진 위풍당당한 도시 런던이 차창 밖으로 가물 거렸다. 야블의 영어 클래스에서 슬라이드로 본 적 있는 건물들이 가끔 눈에 띄었지만 그게 맞는지 확실하지는 않았다. 그는 갑작스 레 전개된 영국의 하루, 시간을 재촉하듯 움직이는 차량들, 분주한 사람들, 지붕이나 고층건물 너머에서 비쳤다 사라지는 햇빛만 느 껴질 뿐이었다.

챔피언스 B&B 호텔의 주인은 술리마라는 여자였다. 나이는 쉰 살 정도로, 사리를 입은 그녀의 피부는 올리브빵 색이었고, 진홍색 입술은 반들거렸으며, 상냥한 목소리에다 행동은 예의바르고 느릿 했다.

레브는 그녀를 따라 카펫이 깔린 깨끗한 복도를 통과해 7호실로 갔다. 그녀가 방을 보여줬다.

"마지막 남은 방이에요. 운이 좋으신 거예요. 샤워시설과 커피 메이커가 방마다 다 있어요. TV도 있고요. 이 방은 아파트 쪽으로 창문이 나 있어서 좀 어둑하지만 조용해요. 푹 주무실 수 있을 거 예요."

레브는 고개를 끄덕였다. 그의 시선이 침대에 머물렀다. 목제 머리판이 있고 깨끗한 베개 두 개가 놓인 좁은 침대였다.

술리마가 그에게 미소 지었다. "며칠이나 계실 거죠?"

레브는 그 질문을 알아들었지만 어떻게 대답해야 할지 몰랐다. 그는 가방을 내려놓았다.

"하루? 아니면 이틀 밤?" 술리마가 물었다.

"얼마입니까?"

"잠만 자면 이십 파운드고, 아침식사까지 하면 이십이 파운드 예요."

이십 파운드. 이십이 파운드……

레브는 돈 계산을 엉망으로 한 루디를 원망하며 한숨을 내쉬었다. "하룻밤요."

"아침식사도 하실 건가요?"

레브는 머뭇거렸다. 어떤 음식이 나올지, 아침이 먹히기는 할지. 그의 뱃속에서는 아직도 핫도그가 들끓었고, 마치 기름진 가스가 가득찬 듯했다.

"모르겠습니다."

술리마는 방에 불을 켜고 침대 머리맡 테이블에 TV 리모컨을 놓았다. 그녀는 우아하고 조심성 있게 움직이며 침대를 매만졌다. "전화로 알려주시면 돼요. 프런트로 전화하세요. 아침에 깨워드릴 까요?"

"네?"

"아침에 전화로 깨워드릴까요?"

레브는 어깨를 으쓱했다. 술리마가 한 말이 무슨 뜻인지 알 수 없었다. 하지만 그녀가 웃는 모습을 보니 그녀는 그의 심정을, 그가 더는 질문에 답할 수 없는 상태라는 것을, 그가 당장이라도 쓰러질 듯한 상태라는 것을 아는 듯했다. 그녀는 레브에게 열쇠를 주고 아무 말 없이 나갔다.

드디어 침대가 생겼다. 레브는 침대에 앉았다. 눈을 감는 달콤한 순간을 좀더 미룰 수 있을 것 같았다. 재킷을 벗은 레브는 호주머니 속에 든 돈을 꺼내 얼마나 남았는지 세어보려 했지만 그 상태로는 도저히 어떤 셈도 할 수 없을 것 같았다. 그래서 그냥 앉은 채 낯선 동전들을 쳐다보는데, 돈과 함께 딸려 나왔는지 찢기고 구겨진 종이쪽지가 눈에 들어왔다. 뭔지 알 수 없었다. 쪽지를 집어 펴보니 모국어로 몇 글자가 쓰여 있었다.

레브 씨, 함께한 여행 즐거웠어요. 행운을 빌게요. 혹시 통역해줄 사람이 필요할지 모르니 제 전화번호를 알려드릴게요. 런던 북부에 사는 친구네 번호예요. 힘이 닿는 한 도와드릴게요. 리디아.

레브는 쪽지를 뚫어지게 바라보았다. 리디아가 언제 그걸 쓸 생각을 했는지, 언제 그걸 그의 가죽재킷 호주머니에 넣기로 했는지 궁금했다. 기분이 좋아진 레브는 미소를 지었다. 이런 건 연인들끼리나 할 법한 은밀한 일이었지만, 리디아가 그런 생각을 품었을 리 없었다. 그녀는 인정이 많은 것뿐이었다. 어쩌면 좀 외로웠던 건지도 모르지만, 인정에 이끌린 것이지 이성에 이끌린 건 아니었다. 게다가 그녀는 레브가 전화하지 않을 거라는 것을, 그런 전화로 인해 그녀에게 손해가 생길지 모르는 상황을 만들지 않을 거라는 것을 알 만큼 섬세했다. 하지만 레브는 쪽지를 버리지 않았다. 그것을 지갑에 넣으며 리디아의 뜨개질, 옴폭한 하얀 손, 삶은 달걀을 떠올리자 마음이 푸근해졌다. 그녀는 어찌나 조심스럽게 달걀을 먹던지 부스러기가 치마나 버스 바닥에 하나도 떨어지지 않을 정도였다.

레브는 천천히 창가로 가 밖을 내다보았다. 고층건물 때문에 해가 들지 않았다. 창문에서 몇 피트 떨어지지 않은 곳에 지저분한 평면 지붕이 보였다. 비둘기 한 마리가 지붕 위를 이리저리 돌아다녔다.

"비둘기는 시골의 혼을 도시로 실어나른단다." 언젠가 스테판이 레브에게 말했다. "나무의 혼들과 나무 요정들을 말이야. 숲의 정령들이지."

"'숲의 정령들'요?" 레브가 아버지에게 물었다.

"고생한 자들의 혼령 말이다. 이 나라의 과거사가 네게는 아무런 의미도 없느냐?"

레브는 일어났고, 대화를 피해 그 자리를 떴다. 걸핏하면 아버지가 자신을 그런 식으로 윽박지르는 게 견딜 수 없이 싫었다. 게다가 '나무 요정'이니 뭐니 하는 얘기를 들을 때마다 화가 치밀고 당혹스러웠다. 그는 아버지가 오로 뒤편의 숲에 '혼을 기리는 띠'를 매달았다는 걸 알고 있었다. 죽은 자들에게 바치는 그 한심한 띠들이 숲의 나무에 매달려 있는 걸 본 적이 있었다. 레브는 루디에게 그 띠들을 보여주며 말했다. "저것 좀 봐. 아버지와 아버지 세대는 정말! 지긋지긋해. 젠장, 머리들이 완전히 어떻게 됐나봐."

"맞아." 루디가 띠를 바라보며 말했다. "그 양반들, 한창 감수성이 예민할 때 역사의 소용돌이에 휘말렸지."

레브는 계속 비둘기와 비둘기의 와인색 다리, 까닥거리는 작은 머리를 바라보았다. 아버지는 이제 '숲의 정령'이었다. 그는 전나무와 물푸레나무가 다시 씨를 뿌리는 오로 뒤편의 무성한 작은 숲에 묻혔다. 레브는 아버지의 무덤을 거의 찾지 않았다. 하지만 이나가 가끔은 마야도 데리고 그곳에 간다는 걸, 그리고 여름이면 집으로 돌아오는 길에 야생 데이지를 한아름 따오곤 한다는 걸 알았다. 마야는 레브에게 "할아버지가 잠들어 있는 곳을 봤어요" 하고 말하곤 했다. 영국으로 떠나기 전에 아버지에게 작별인사라도 하러 한번 가볼까 하는 생각이 들었지만 결국 가지 않았다. 그곳을 멀리하는 건 어렵지 않았다. 무덤에 가는 게 무슨 의미가 있느냐고, 감상적인 의식이라고 일축해버리면 그만이었다. 그럼에도 지붕 위의 비둘기를 보고 있자니 바로 아버지 생각이 났다. 그리고 갑자기 햇빛처럼 분명하게 아버지가 보였다. 아버지는 배린 제재소의 딱딱한 의자에 앉아 반쯤 먹은 소시지 조각을 든 채 지저분한 손으로 빵을 뜯는가 하면 손수건으로 축 늘어진 수염을 훔치기도 했다. 레브는 자신이 이곳 런던에 있는 이유의 일부가 그런 아버지 때문이라는 걸 알고 있었다. 변화에 저항하던 아버지와 같은 열망이 자신에게도 있음을, 그것을 물리쳐야 함을 알고 있었다. 그는 생각했다. 제재소가 문 닫은 걸 다행으로 여겨야 해. 그런 일이 없었다면 나도 아버지가 계시던 바로 그 자리, 그 의자에 언제까지고 앉아 있었을 거야. 제재소에 꼼짝없이 발이 묶여 일하다 죽었을 거야. 매일 똑같은 점심을 먹고, 매년 똑같이 외지고 낙후된 곳에 눈이 내리고 쌓이는 것을 볼 수밖에 없었을 거야.

레브는 야윈 몸을 침대에 누였다.

이미 오후였다. 레브는 시트와 담요를 반쯤 덮은 채 꼼짝도 하지 않고 잠에 곯아떨어졌다.

그는 그 마비 상태에서 단 한 번 깨어나 비틀거리며 화장실로 가아까 마셨던 콜라를 배설했다. 깨끗한 변기에서 단내가 났다. 밖을 보니 런던의 하늘은 어두워지고 있었고, 맞은편 아파트의 몇몇 집에 불이 켜진 게 보였다. 그가 세면대 수도꼭지를 틀어 물을 받아 마시는데 복도에서 웃음소리가 들렸다.

침대가 그가 누워본 어느 침대 못지않게 편안했기에 레브는 숙박료는 잊고 거기에 누워 있는 게 얼마나 다행스러운 일인지만 생각하려 했다. 도시는 그의 주변에 차분하게 가라앉아 중요한 밤을 지낼 준비를 했고, 술리마라는 이름의 여자는 현관 앞에 말없이 얌전하게 앉아 불침번을 서고 있었다.

침대 머리맡 갓등을 켜자 오로에서 그랬듯 습관적으로 언제 정전이 될까 하는 생각이 들었다. 야블 발전소의 얄미운 기술자가 스위치를 조작해 전기를 다른 지역으로 돌리곤 했었다. "왜 항상 불이 나가요, 아빠?" 마야가 그렇게 물은 적이 있었는데 레브는 자신이 어떻게 대답했었는지 기억나지 않았다. 전기가 세상의 모든 사람이 쓰기에 너무 부족하다고 했었나? 그래서 나눠 써야 한다고 했었나? 그랬을지도 모른다. 그가 기억하는 게 있긴 했다. 어느 날밤, 루디의 집에서 연기로 자욱한 그 익숙한 어둠 속에서 술에 취해 이렇게 말했었다. "일부러 정전시키는 거야. 전기는 남아도는데우리의 저녁 시간을 망치고 싶어 저러는 거라고."

루디의 아내 로라가 잠옷 차림으로 그들이 술을 마시고 있던 방에 들어왔다. 금이 간 받침접시에 양초 토막을 올려 가지고 와 빈 보드카병들 사이에 놓고 아무 말 없이 나갔다. 루디가 말했다. "로라는 정말 좋은 여자야. 언젠가는 좋은 남편을 만나겠지." 그리고 그들은 가물거리는 촛불을 사이에 두고 앉아 배에 경련이 일도록 웃고 또 웃었다. 취한 상태로 조용히, 왜 웃는지 알지 못하면서 웃는 웃음, 그칠 것 같지 않은 웃음을 터뜨렸다.

레브는 다시 눈을 감았다. 감은 눈 너머로 느껴지는 빛은 초콜릿 색이었다. 잠도 부드럽고 짙은 초콜릿 같을 것이고, 아침까지 이어질 것이다.

3
"몸은 타향에 있어도 마음은 고향에"

안녕하세요, 어머니. 안녕, 마야. 이건 다이애나 비 기념엽서란
다. 아빠는 잘 도착했어. 날씨가 제법 덥구나. 오늘은 일자리를 찾
을 거란다.

XXX 레브/아빠가

레브는 잘 정돈된 술리마의 식당에 앉아 차를 마시며 엽서를 썼
다. 식당에 다른 사람은 없었다. 홍차를 마시니 위안이 되고 힘이
나는 듯했다. 젊었을 때 루디가 두 달 동안 감옥살이를 했던 적이
있었다. 루디는 야블의 형무소 수감자들 사이에서 가장 위력을 발
휘하는 통화가 홍차라고 했다. 레브와 루디가 젊었던 시절에는 세
상에 아직 순수한 구석이 조금이나마 남아 있었다. 마치 침몰하는
배 안에 남은 최후의 공기 한 줌처럼. 열린 창문으로 들어오는 훈
훈한 바람에 망사 커튼이 너울거렸다. 레브의 자리 위쪽 벽, 화려

하게 채색한 호랑이 그림 가까이에 걸린 벽시계의 바늘이 소리 없이 움직였다. 역시 삼십오분이 조금 지난 시간이었다.

레브는 샤워를 하고 머리도 감아 깨끗한 느낌이 들었지만, 겉으로는 젊어 보여도 속은 노인네인 양 몸이 찌뿌둥했다. 무거운 가방을 질질 끌고 무더운 런던 거리를 걸으며 낯선 사람에게 말을 걸려는 노인, 일하려는 의지가 있고 튼튼하며 언제라도 일할 준비가 되어 있을 뿐 아니라 기술도 많은 척하는 노인의 모습이 머릿속에 그려졌다.

현관으로 나가는 아치형 입구로 슐리마가 들어왔다. "홍차 좀 더 드릴까요?" 그녀가 상냥하게 물었다.

슐리마는 다른 사리를 입고 있었다. 암녹색 강 같은 오팔색이었다. 사리의 보디스와 치마 사이로 불룩 나온 배 부분이 매끈하고 노랬다. 그녀는 레브와 다이애나 비 기념엽서를 보더니 맞은편에 앉았다. "저는 외국에서 온 사람들에게 도움이 되려고 노력해요. 제가 여기 처음 왔을 때 도움을 받았거든요. 애비뉴라는 호텔의 객실 청소 일을 얻었죠. 일이 정말 고됐어요. 청소하고 또 청소하고. 커튼레일 장식 덮개 위의 먼지 떨기, 화장실 휴지 끝을 접어놓기 등 모든 걸 말끔히 정돈해야 했죠."

커튼레일 장식 덮개가 뭔지, 화장실 휴지 끝을 왜 접어야 하는지 몰랐지만 레브는 고개를 끄덕였다. 슐리마가 아침식사 그릇을 치웠다. 소시지는 반쯤 먹었지만 달걀과 베이컨은 건드리지도 않았다. 레브는 담뱃갑에서 마지막 한 대를 꺼내 불을 붙였다. 슐리마가 유리 재떨이를 앞에 놔주었다.

"아내와 가족이 있나요?"

레브는 담배를 쭉 빨고는 고개를 옆으로 돌려 연기가 술리마에게 가지 않게 내뱉었다. "아내는 죽었어요."

술리마가 손으로 자신의 입을 막았다. 레브가 보기에 이런 행동은 적절하지 않거나 옳지 않은 말을 했을 때 뉘우치도록 교육받은 훨씬 젊은 여자, 아니면 오히려 어린아이가 보일 법한 행동이었다. 그녀가 불편해하지 않도록 레브는 호랑이 그림을 가리키며 말했다. "딸아이의 이름은 마야예요. 다섯 살이죠. 동물을 좋아해요."

"그래요?"

"네. 간혹 이런 말도 해요. '아빠, 이 돼지는 슬퍼요, 이 거위는 피곤해요.'"

"정말요?"

"저 호랑이 그림을 보면 아마 호랑이가 화났다고 할걸요."

술리마가 레브를 빤히 쳐다보다 안절부절못하며 눈을 깜박이더니 부드러운 손으로 이리저리 머리를 매만지기 시작했다. 거리에서 차들이 끽끽거리며 천천히 지나가는 소리가 들렸다.

"저는 마야를 위해서라도 일자리를 찾아야 해요."

술리마가 목청을 가다듬었다. "애비뉴호텔은 없어졌어요. 아이참, 그렇지 않으면 거기를 알아볼 텐데. 이젠 헬스클럽으로 바뀌었어요. 사람들은 심장을 보호하려고 거기서 페달을 밟아대죠. 일자리를 구하려면 얼스코트 로드에 가서 알아보셔야 할 거예요. 별의별 음식점이 다 모여 있는데 항상 일손이 딸려요."

"그래요?"

"거길 제일 먼저 가보시는 게 좋을 거예요."

"코트 로드라고요?"

"얼스코트 로드예요. 여기서 나가서 왼쪽으로 쭉 가다가 오른쪽으로 꺾으세요. 그리고 다시 왼쪽으로 가세요. 부인 일은 정말 안됐어요."

그렇게 해서 레브는 무거운 가방을 들고서 지저분하고 빛이 일렁이는 거리에 섰다. 그가 가장 사고 싶은 게 있다면, 바로 선글라스였다.

길을 걷는데 야블의 영어 선생이 한 말이 생각났다. "일자리를 물어볼 때는 공손한 태도를 취하세요. 우리는 자부심을 가질 만한 민족입니다. 비굴해서도 안 되고, 그렇다고 무례할 필요도 없겠죠. 그러니 예를 들자면, 이렇게 말하세요. "번거롭게 해 죄송하지만 혹시 제가 얻을 만한 일자리가 있을까요? 저는 불법 체류자가 아닙니다."

혹시 제가 얻을 만한 일자리가 있을까요? 그 문장을 말하는 건 고사하고 기억하는 것조차 쉽지 않았다. 큰맘 먹고 상점에 들어가거나 패스트푸드점의 카운터 앞에 서더라도 무슨 말을 꺼내기가 어려웠다. 주로 신문을 파는 불빛이 침침한 구석 구멍가게에 들어가자 그는 서글픈 마음이 복받쳐 숨도 제대로 쉴 수 없었다. 러시아산 담배를 달라는 말 말고는 아무 얘기도 하지 않았다. 카운터 건너편에 앉은 뚱뚱한 여자애가 코를 후비며 미친 사람 보듯 그를 빤히 쳐다보았다.

"러시아산 담배요?"

"네, 러시아나 터키."

"없어요. 그런 건 우리 동네에 없어요."

레브는 천장에 달린 선풍기가 밝은 조명등 사이에서 천천히 도는 시원한 피자집에 들어가 나이 어린 웨이터가 다가올 때까지 문가에 서 있었다. "흡연석에 앉으시겠어요? 아니면 금연석?"

흡연석 아니면 금연석.

"혹시 제가 얻을 만한 일자리가 있을까요?"

"네?"

"아니, 실례합니다. 전 일자리를 찾고 있어요. 번거롭게 해서 죄송합니다."

"아아, 알겠어요, 알겠어요. 잠시만요."

레브는 웨이터가 돌아서서 외부인 출입금지 푯말이 붙은 문을 열고 들어가는 것을 바라보았다. 손님은 거의 없었고, 흰색 셔츠에 빨간색 나비넥타이를 맨 웨이터들이 레브를 멀뚱멀뚱 쳐다보며 서 있었다. 천장에 달린 선풍기에서 나는 소음에 레브는 배린의 옛날 스케이트장을 떠올렸다. 마리나와 의자 등받이를 잡아가며 스케이트를 타던 곳, 그곳의 차가운 공기에선 소독약 냄새가 났다.

어린 웨이터가 돌아오더니 말했다. "죄송한데요, 저…… 매니저가 출타중이에요."

"출타요?"

"네, 나가셨다고요. 그런데 지금은 아무것도 없어요. 죄송하지만 일자리가 없어요."

"그렇군요."

가방이 걸리적거리기 시작했다. 무게도 무게지만 보기에도 그랬다. 가방에는 지난 삶을 등지고 떠나오며 가져온 전부가 들어 있었다. 레브는 사람들이 어떤 방법으로든 가방 안을 볼 수 있어서 보잘것없는 그의 소지품을 비웃는 상상을 했다. 그 밖에도 걸리적거리는 게 또 있었다. 가방을 내려놓을 때마다 안에 든 보드카병들이 땡그랑땡그랑 부딪혔던 것이다. 그는 자신이 뭘 팔아야 하는지 세상에 광고하고 다니는 서투른 밀거래꾼 같아 창피했다. 챔피언스 B&B의 술리마에게 가방을 맡아줄 수 있는지 물어볼걸. 하지만 이제 가방은 몸의 일부인 양 떼어놓을 수 없었다.

인도와 차로 사이에 놓인 쓰레기 수거함 앞을 지나는데, 널빤지와 더러운 침대 매트리스, 쓰레깃더미와 함께 버려진 녹슨 고철더미가 눈에 들어왔다. 레브는 발걸음을 멈추고 가방을 내려놓았다. 그리고 고철을 쳐다보며 이것이 이나에게 얼마나 큰 가치가 있을지 생각해봤다. 그녀는 작은 가위로 모양을 따라 자를 수 있을 만큼 양철을 얇게 망치질할 것이다. "녹은 아름다워." 이나는 종종 말했다. "내 일을 대신 해줘. 시간이 흐르면 모든 게 녹으로 약해지니까."

레브는 수거함에 몸을 기댔다. 어려서부터 그는 늘 이나 때문에 마음고생을 했다. 꼭 집어 설명할 순 없지만 어머니가 왠지 유령처럼 보였기 때문이다. 마치 사람들의 눈에 띄지 않게 인생이라는 경주에 참가해 근심이 가득한 눈을 하고 꼴찌로, 어김없이 꼴찌로 들어오는 사람 같았다. 레브는 그러지 않았으면 하고 자주 바랐지만 그건 바람일 뿐이었다. 이나는 그 오랜 세월 동안 매일매일 다른 여자들, 특별히 슬퍼해줄 필요도 없고, 자신감 넘치는 미소에 멋진 부츠를 신는 여자들, 담배를 피우고 소리 내어 웃고 세상에 저항하는 여자들을 위한 장신구를 만들었다. 이나는 세상에 저항해본 적이 한 번도 없었다. 그녀는 마치 살아 있어 숨쉬는 듯 소곤대는 듯

유 램프가 켜진 어둑한 나무오두막에 앉아 일했다. 작업대에는 금속 자투리와 길고 짧은 구리철사가 가득했다. 그녀의 손은 온통 불대와 인두에 덴 흉터투성이었다. 시간이 갈수록 시력도 약해졌다. 레브는 어느 누구도 그녀가 마침내 시력을 잃는 날을 생각하고 싶어하지 않는다는 걸 알고 있었다.

"하지만 어머니는 다이애나 비를 보실 수 있을 거야." 레브는 혼잣말을 했다. 레브는 이나가 작업대 뒤에 엽서를 세워놓고, 희멀건 등유 램프로 다이애나의 상기된 장밋빛 얼굴과 수줍은 미소를 밝힌 다음 의자에 기대앉아, 죽은 그녀가 잃은 그 모든 것과 매혹적이고 정교한 다이아몬드 티아라를 쳐다보는 모습을 그릴 수 있었다. 마야도 간혹 오두막에 들어가 다이애나 비를 볼 것이다. 그리고 자주는 아니어도 이따금 두 사람이 함께 엽서 뒤에 적힌 글을 읽을 것이다. 오늘은 일자리를 찾을 거란다.

레브는 가방을 다시 집어들었다. 땡그랑 병 부딪는 소리가 났다. 그는 공상에 잠겼던 자신을 욕했다. 배린 제재소의 점심시간에는 괜찮았을지 몰라도 글릭이나 요르 같은 도시, 더욱이 런던 같은 곳에선 공상이나 해서는 살아남을 수 없었다. "도시는 빌어먹을 서커스야." 언젠가 루디가 말했다. "너나 나 같은 사람들은 춤추는 곰이고. 그러니까 쉬지 말고 춤을 추라고, 동지, 계속 춰. 아니면 채찍 맛을 보게 될 거야."

기온이 다시 치솟고 있었다. 지저분한 포장도로에서 피어오르는 열기가 느껴졌고, 그 열기가 자동차들 위에서 가물거렸다. 마르긴 했어도 건강했고, 몸이 튼튼하다는 데 자부심까지 가졌던 그였지만 지금은 비틀거리고 있었다. 이마에서 땀이 흘렀다. 행인들이 괴상망측해 보이기 시작했다. 뚱뚱하고 조롱하는 듯하고 어딘가 아파 보였다. 순진하게도 레브는 영국 사람들이 〈콰이강의 다리〉에 나오는 알렉 기네스처럼 마르고 야릇한 표정에 놀란 눈을 하고 있을 거라고, 혹은 파랑새처럼 분명한 목표하에 바삐 움직이는 마거릿 대처 같을 거라고 상상했었다. 그런데 이곳 사람들은 나태하고 흉해 보였다. 머리를 밀어버렸거나 염색을 한 사람들 가운데 캔 콜라를 마시며 걸어가는 이들이 많았다. 레브는 그들이 뭔가 비극적인 일을 당한 거라고 생각했다. 그게 무엇인지 말해준 사람은 없지만 그들의 얼굴과 어색하고 구부정한 자세를 보면 그랬다.

레브는 '아메드의 케밥'이라는 간판이 붙은 가게로 들어갔다. 실내가 시원하고 환했다. 한 아랍인이 표백제로 타일 바닥을 닦고 있었다. 카운터 뒤의 수직 그릴에서는 회색의 원통형 고깃덩어리가 돌아가고 있었다. 냉장보관고에는 썰어놓은 양상추와 다진 토마토와 여러 가지 빵이 그득했고, 유리문이 달린 커다란 냉장고에는 청량음료 캔이 가득 채워져 있었다.

레브가 바닥에 가방을 놓자 아랍인이 대걸레를 짜면서 고개를 돌려 그를 쳐다보았다.

"실례합니다만 뭔가 제가 얻을 만한 게 있을까요?"

아랍인이 물통과 대걸레를 집어들고 카운터 뒤로 갔다. 그리고 돌아서서 레브를 천천히 뜯어보았다. 그의 눈동자는 걱정으로 산란해 보였고, 루디처럼 윤기가 흐르는 머리는 헝클어져 있었다.

"거기 앉아요."

카운터 앞쪽에 크롬으로 장식된 플라스틱 스툴이 세 개 있었다.

레브는 그중 한 의자에 올라앉아 차가운 카운터에 팔을 얹었다. 아랍인이 종이접시 하나를 카운터에 놓았다. 그리고 냉장보관고에서 밀가루로 만든 피타빵을 꺼내더니 그 안에 양상추 썬 것과 원통형 고깃덩어리를 쓱쓱 몇 조각 저며내어 넣고 종이접시에 얹어 레브 앞에 놓았다. 레브는 접시를 물끄러미 쳐다보았다. 염소고기 냄새가 났다.

그리고 아랍인은 음료수 냉장고 앞에 가 있었다. 거기서 초록색 캔을 꺼내 고리를 따더니 접시 옆에 놓았다. "마셔요."

레브는 감사인사를 하고 천천히 캔을 끌어당겼다. 그리고 다른 손으로 이마의 땀을 닦고 음료수를 마셨다. 아랍인은 그를 뚫어지게 쳐다보았다. 음료수가 입안을 톡톡 쏘는 바람에 혀가 긁히는 듯한 느낌이 들었지만 그 시원함은 이루 표현할 수 없을 정도였다. 계속 마시고 있자니 마리나 생각이 났다. 그녀는 병원 물이 미적지근하고 하수구 맛이 난다며 시원하고 아무런 맛이 나지 않는 물을 달라고 졸랐다.

"내 이름은 아메드예요. 어서 먹어요. 그냥 주는 거니까."

"네?"

"얻을 만한 게 뭐 있냐고 해서. 음, 그래서 이렇게 먹을 것과 마실 것을 주는 거예요. 어디서 왔어요? 동유럽 어디일 거 같은데? 어서 먹어요. 이 케밥 고기는 아주 맛있어요. 부담 갖지 말고 자유롭게 먹어요."

자유롭게.

레브는 이 단어를 아주 잘 알고 있었다. 영어 선생이 서유럽 국가들은 스스로를 '자유 세계'라고 부른다고 했고, 그도 이 두 단어에 반해 몇 개월 동안 헤어나오지 못했다. 하지만 이 자유를 어떻게 상상해야 하는지는 알지 못했다. 레브의 꿈속에서 그것은 새 몇 마리가 원을 그리며 날다 하얀 하늘을 향해 방향을 바꾸곤 했다. 평평한 지평선으로 곧장 뻗어나간 시커먼 길로 나타나곤 했다. 뭔지 모르게 준엄하고 삭막한 풍경이었다. 그는 루디에게 꿈 이야기를 했다. "도무지 무슨 꿈인지." 그러자 루디가 말했다. "네가 알 리가 없지. 빌어먹을 도로를 차를 몰고 달려봤어야지! 자유는 속도야. 자유는 마력과 회전력이고. 자유는 네 엉덩이를 받쳐주는 바퀴 네 개라고."

레브는 음식과 음료수를 준 것에 다시 감사를 표했다. 그리고 그 케밥이라는 걸 먹어보려 했지만 한입 먹고 더는 먹지 못했다. 담배 생각이 간절했지만 남은 두 갑은 가방 깊숙이 들어 있었다. 레브는 창피해서 가방을 뒤지지 못했다.

"그러니까 일이 필요하다 그거죠? 어떤 일을 원하는데요?"

"아무 일이나요."

"그럼 형씨는 운이 좋네요. 제대로 찾아왔어요. 난 무슬림이거든요."

"네?"

"자신을 돌보지 않고 친절을 베풀면 나중에 하늘나라에 가서 보상을 받는다는 구절이 코란에 있어요. 나는 형씨에게 귀중한 음식을 주었으니 이 이타적 행동에 대한 보상을 받을 거예요. 한 걸음 더 나아가 형씨에게 일자리까지 줄 작정이고요."

레브는 가만히 기다렸다. 자신이 아메드의 말을 얼마나 알아들은 건지 확신이 서지 않았다. 아메드는 이름과 출신지를 물었고,

레브의 대답을 들은 후 미소를 지었다. "몸은 타향에 있어도 마음은 고향에 있는 법."

"네?"

"아무것도 아니에요. 그냥 금언을 짓는 걸 좋아해서." 이내 아메드는 함박웃음을 짓더니 소리 내어 웃기 시작했다. 웃음소리가 타일이 깔린 실내에 울려퍼졌다. 문득 레브는 생각했다. 이자가 나를 속이려는 거야, 이 음식과 음료수는 거저 주는 게 아닐 거야. 아메드가 비닐 커튼을 젖히고 어디론가 들어갔다. 여름이면 이나가 문에 달았던 커튼, 시간이 흐르면서 햇빛에 색이 다 바랜 커튼과 아주 비슷했다. 주변에 아무도 없다는 것을 알고 레브는 가방을 내려둔 자리로 갔고, 담배를 찾느라 떨리는 손으로 가방을 마구 뒤적였다. 그는 담배를 찾자마자 찢다시피 갑을 뜯어서 담배를 꺼내 물고는 버스정류장의 화장실 관리인에게 줄 뻔한 플라스틱 라이터로 불을 붙였다. 첫 한 모금을 깊고 맛있게 들이켜자 마음과 몸이 안정되는 듯했다. 그는 다시 플라스틱 의자로 돌아가 앉아 기다렸다. 꼼짝하지 않고 앉아 담배를 피우는 데 집중했다. 수직 그릴에 꿴 염소고기가 자동으로 돌아갔다. 그 옆의 거울 같은 것에 레브의 등 뒤쪽 거리가 비쳤다. 차들이 막히고 보도에는 배가 불룩한 사람들이 구부정한 자세로 지나가고 있었다.

꽤 긴 시간이 흐른 듯했고, 그제야 아메드가 돌아왔다. 그는 흑백 전단이 가득 든 큰 종이 상자를 카운터에 내려놓았다. 전단에 '아메드의 케밥'이라는 가게명이 구불구불하고 기운 글씨체로 쓰여 있었다. 그가 전단 뭉치를 주먹으로 탕 내려쳤다. "형씨가 할 일이에요. 전단을 돌려요. 알겠죠?"

"네?"

"네. 이 동네 주변에 빠짐없이요. 사람 사는 곳은 어디든지. 좋은 집, 허름한 집, 아파트, B&B, 어디든 돌려요. 특히 지하층은 빠뜨리지 마요. 케밥을 좋아하는 사람들이 주로 그런 데 사니까. 호텔은 아예 생각하지도 말고. 전단 한 장 붙이는 데 이 페니 줄게요. 열 군데 붙이면 이십 페니, 백 군데 붙이면 이 파운드. 형씨는 신을 믿지 않는 거 같은데, 오늘 알라 덕분에 운수대통한 줄 알아요."

가방이 문제였다.

모든 소지품이 든 가방을 두고 다닐 순 없었다. 하지만 그걸 들고 집집마다 돌아다닐 수도 없었다. 레브는 손잡이를 어깨에 걸어 등에 짊어질까도 고려해봤지만 그 무게에 눌릴 일을 생각하자 아메드를 믿고 가방을 맡긴 다음 아예 잊는 게 낫겠다고 판단했다. 어차피 가방에 든 소지품은 다른 사람들에겐 아무 가치도 없었다.

일하러 나가기 전 레브는 억지로 염소고기 케밥을 몇 입 더 먹었다. 몇 시간을 버티려면 무엇이든 먹어야 했다. 곧 한낮 더위가 시작될 텐데, 자칫 더위로 정신이 혼미해져 미로 같은 잿빛 거리에서 길을 잃을지도 몰랐다. 한편 레브는 기분이 좋기도 했다. 이 일거리는 말을 한다거나 다른 사람이 하는 말을 알아들을 일이 없었다. 그는 다시 혼자 익숙한 상념에 젖을 수 있을 것이다.

아메드는 가지고 온 전단의 절반을 비닐봉지에 넣어 레브에게 주었다. 그 안에 전단이 얼마나 많이 들었는지 가늠할 순 없었지만, 그 무게 때문에 봉지의 손잡이가 손가락에 파고들 거라는 건 알 수 있었다. 오래전 학교에 다닐 때 메고 다니던 작은 캔버스 책

가방이 있으면 좋을 텐데. 그 당시 오로의 학교에는 여전히 쇠종이 달려 있었고 언덕 위로는 독수리가 날았다. 레브는 문득 그 종이 어떻게 되었을지, 독수리들은 어떻게 되었을지 궁금해졌다. 하지만 이런 생각을 하기에 적절한 상황이 아니었기에 얼른 떨쳐버려야 했다. "대부분의 것은 사라지기 마련이야." 루디가 말하는 소리가 들리는 듯했다. "그러니 일부라도 네 호주머니 속으로 사라지도록 단단히 챙겨."

레브는 햇빛이 쏟아지는 거리로 나왔다. 그는 장미와 백합, 수레국화가 그득한 가판대를 지나며 도심에서 이런 향기가 난다는 사실에 놀랐다. 마치 고요한 곳에서만 꽃이 향기를 뿜는다고 생각해왔던 것처럼.

바로 전단을 돌려야 한다는 생각에 레브는 번화한 얼스코트 로드에서 벗어나 높은 집들이 줄지은 길로 들어섰다. 그가 짐작하지 못했던 견고한 웅장함 외에는, 감자로 보드카를 만드는 이민자들의 거주지로 상상했던 모습과 크게 다르지 않았다. 어떤 집들은 난간에 새로 페인트칠이 되어 있고 굵은 기둥이 더위 속에서 하얀색이나 크림색으로 빛나고 있어 외관이 말끔해 보였다. 그런가 하면 어떤 집들은 거의 방치되어 당장 무너질 것 같았고, 창문턱에 금이가고 쓰레기봉지가 현관 앞 계단에 버려져 있었다. 레브는 가는 곳마다 재단장된 건물과 황폐한 건물이 공존하는 것을 보고 위안을 받았다. 마침내 런던에서 아무도 지우지 못한 전화戰火의 흔적을 찾은 듯.

레브는 전단을 한 움큼 꺼내 첫번째 집의 우편함에 집어넣었다. 전단에는 '아메드의 케밥'이라는 문구 아래에 '최상급 할랄* 고기,

최저가, 식당 이용·포장 모두 가능, 언제나 친절한 서비스'라는 글이 인쇄되어 있었다. 하지만 몇 단어 외에는 레브에게 전혀 의미 없는 말들이었다. 그가 아는 '최상'은 중요한 개념인데, 고국에서는 루디 같은 사람들 말고는 좀처럼 언급하는 사람이 없었다. 루디는 사람들이 놀라워할 만하게 자신을 꾸미려는 욕구가 강했다. 그래서 부츠도 감탄을 자아내는 것이어야 했고, 면도용 로션도 남녀를 막론하고 누구에게든 강한 매력을 풍기는 것이어야 했다. 마리나가 살아 있을 때 자신이 얼마나 그녀를 소중히 여기는지 보여주고 싶어 그녀에게 근사한 저녁을 사주러 데려갔던 고향의 몇 안 되는 식당을 떠올리자, 레브에게는 '친절한 서비스'라는 말이 모순으로 느껴졌다. 고향의 웨이터와 웨이트리스는 힘줄투성이 고기 요리를 식탁에 내던지듯 놓고, 지저분한 유리병에 내온 와인을 튀기며 잔에 따르고, 식사를 마치지도 않았는데 접시를 휙 치우는 등 마치 강제수용소의 경비원처럼 굴었었다.

"여기 있는 사람들은 왜 아무도 웃지를 않죠?" 한번은 마리나가 지저분한 앞치마를 두른 퉁명스러운 웨이터에게 물었다. 그러자 그 소년이 깜짝 놀라 그녀를 쳐다보았다. 그는 정말로 성인이 아닌 소년이었다.

"손님에게 미소를 짓는다고 뭔가를 잃는 건 아니잖아요." 마리나가 상냥하게 말을 이었지만 소년은 고개를 돌렸다.

"아뇨. 웃으면 자존감을 잃게 됩니다." 소년이 대답했다.

소년 웨이터가 접시와 잔, 빈 와인병을 쟁반에 얹어 기우뚱하게

---

* 이슬람의 계율에 따라 먹고 사용할 수 있는 제품.

들고 무거운 신발을 쿵쿵 디디며 주방으로 서둘러 물러가자 마리나가 레브의 손을 잡고 말했다. "이제는 저 아이가 불쌍해요. 조금 전만 해도 몹시 화가 났는데 이제는 동정심이 느껴져요. 화가 났을 때가 차라리 나았는데!"

마리나.

지금은 그녀를 생각하지 않는 게 중요했다. 살아남으려면 절대 그녀에 대한 공상에 잠기지 말아야 했다.

길옆의 층계를 몇 걸음 내려가자 지하층이 나왔고, 레브는 인도에서 거의 보이지 않는 아주 작은 정원을 발견했다. 월계수와 라벤더, 큰 수국 관목이 햇빛을 받으려 기를 쓰고 있었다. 줄무늬 고양이 한 마리가 지하층 아파트의 낮은 창턱에 웅크리고 있었는데, 레브가 전단 몇 장을 꺼내 밝은 노란색 문의 틈으로 끼워넣는데도 거의 눈을 뜨지 않았다. 문가의 벨 위에 코왈스키와 셰퍼드라는 두 이름이 붙어 있었다. 레브는 잠시 멈춰 섰다. 그의 시선은 두 이름에서 노란색 문으로, 정원으로 옮겨갔다. 작은 정원에는 식물이 몇 가지 없었지만 나름 아름다웠다. 불현듯 코왈스키와 셰퍼드라는 사람들이 부러워지면서 놀라울 정도로 가슴이 아려왔다. 레브는 그들이 보수가 좋은 직장에서 퇴근해 집으로 오는 모습, 화초에 물을 주고 고양이에게 먹이를 주는 모습, 아메드에게 케밥을 주문하는 모습, 와인이나 보드카를 사는 모습, 식탁에 붙어 앉아 식사하고 웃음꽃을 피우고 담배를 태우다 밤이 되어 손잡고 침실로 가는 모습을 머릿속에 그려봤다. 내 인생은 결코 그렇지 못하겠지. 결코.

레브는 다시 걷기 시작했다. 세 거리를 거쳐 어느 조용한 광장에 들어서자 전단이 담긴 봉지가 어느 정도 가벼워졌다. 광장에서 어린아이들이 안전하게 울타리가 쳐진 고르지 않은 잔디밭에 들어가 놀고 있었다. 광장의 공기에선 쥐똥나무 향이 났다. 그는 배달의 최면에 빠져 있었다. 현관 계단을 올라간다, 전단을 집는다, 우편함에 확 밀어넣는다, 계단을 내려와 다시 지하층으로 내려간다, 문패로 사람 수를 확인한 뒤 그 숫자대로 전단을 집어넣고, 햇빛이 비추는 거리로 되돌아 나온다, 그리고 다음 집으로 향한다…… 다리가 조금 아팠고 한낮의 눈부신 햇살 때문에 모자를 깊이 눌러써야 했지만, 그는 이 일에 불만이 없었다. 얼마 지나지 않아 계산해보니 이미 일 파운드를 번 셈이었다.

그는 잠시 광장 정원으로 통하는 문에 기대어 쉬며 그네를 타는 아이들, 꼭 끼는 작은 조끼와 청바지 차림으로 뽕나무 그늘 아래 잔디에 한가히 앉아 있는 젊은 엄마들을 구경했다. 담배를 한 대 피워 무니 맛이 그만이었다. 허파에 담배 연기와 함께 쥐똥나무 향기도 빨려들어오는 듯했다. 이 조합에 뭔가가 있었는지 그는 기민해지고 대담해져, 밤이 되면 이곳에 돌아와 뽕나무 아래서 잠을 청하며 주변을 둘러싼 집들에서 벌어지는 삶을 구경해야겠다고, 그걸 통해 런던의 새로운 광경을, 비밀스러운 풍경을 포착해야겠다고 생각했다. 그는 기분이 좋아졌다. 자유로운 곳, 비밀스러운 곳, 주변을 살필 수 있는 곳에 잠자리를 정했다는 사실에……

그런 생각을 하고 있는데 젊은 엄마들이 모두 고개를 돌리고 레브를 쳐다보며 서로 소곤거렸다. 그는 시선을 내리고 손을 오므려 담배를 감추듯 쥐었다. 여자들 중 한 명이 일어나 그를 향해 척척 걸어왔다. 레브의 모자챙 아래로 그녀의 모습이 들어왔다. 창백하지만 예쁜 얼굴에 팔은 주근깨투성이였다. 그녀가 가까이 다가서

자 선크림 냄새가 났다.

"여기는 사유 공원이에요." 그녀가 말했다.

"그런가요?"

"네. 주민 전용 공원이에요. 그러니 딴 데로 가주시겠어요?"

그 젊은 여자 뒤쪽에 있는 다른 여자들은 그네를 타던 아이들을 불러 끌어안고 있었다. 그는 자신이 위협과 배척을 당하고 지역사회에서 입에 올리기 꺼려하는 야블 형무소의 범죄자처럼 여겨지고 있다는 걸 깨달았다.

"설마 나를⋯⋯" 그는 말하려다 이내 입을 닫았다. 말이 달렸다. 하지만 설사 말을 알더라도 차마 자신을 그런 단어로 지칭하지는 못했을 것이다. 주근깨가 가뭇가뭇한 젊은 여자는 두 손을 허리에 짚은 채 그의 앞에 마주서 있었다. 레브는 자기한테도 공원에서 노는 아이들 또래의 딸이 있다고 말하고 싶었다. 그 시간쯤이면 마야가 작은 책가방을 메고 학교에서 집으로 걸어가고 있을 것이라고. 다 해진 신발을 신고⋯⋯

"아시겠어요? 지금 가실 거죠?"

레브는 고개를 가로저었다. 사람을 잘못 봤다고, 자신은 나쁜 사람이 아니며 딸을 사랑하는 아버지라는 것을 보여주려고. 하지만 이 행동에 그녀는 깜짝 놀라 친구들을 향해 소리쳤다. "이 사람이 안 가겠대. 경찰 불러."

"아뇨, 경찰 부르지 마요⋯⋯"

"그럼 가세요."

"저는 여기가 처음이라서, 길을 찾고 있을 뿐이에요."

친구 한 명이 곁으로 오자 여자가 한숨을 쉬었다. "미친 사람이야. 미친 외국인. 해는 끼치지 않을 것 같은데."

그녀의 친구가 레브에게 다가서며 말했다. "이제 꺼져요, 콤프렌
도*?"

늦은 오후, 전단을 모두 돌리고 나자 허기와 갈증이 레브를 괴롭
히기 시작했다. 리디아의 삶은 달걀이 눈앞에 아른거렸다.

그는 자신이 길을 잃었다는 걸 알아챘다. 온 길을 되짚어갈 수
있도록 전단으로 표시해둘걸 하는 생각이 들었다. 그는 거리에 멈
춰 서서 얼마간 좌우를 두리번거리다 자신이 지나왔던 길을 기억
해내려 애쓰며 다시 걷기 시작했다.

마침내 아메드의 케밥집에 도착했을 때, 가게는 고기 케밥과 종
이컵에 커피를 마시는 아랍인들로 붐볐다. 이제는 염소고기마저 향
기롭고 맛있어 보였다. 그는 카운터로 가서 빈 봉지를 올려놓았다.

"다 돌렸어요."

아메드는 레브에게서 등을 돌린 채 원통형 고깃덩어리에서 살을
잘라내고 있었다. 팔뚝이 땀으로 번질거렸다.

"형씨." 잠시 후 아메드가 말했다. "정말 집집마다 다니며 우편
함에 한 장씩 넣었겠죠. 전단을 쓰레기통에 처박고 돌아와서는 돈
을 달라는 자들이 있었거든요. 그러면 내가 제아무리 독실한 무슬
림이라도 뚜껑이 열리거든."

주변의 아랍인들이 웃기 시작했다.

저들은 '뚜껑이 열린다'는 말 때문에 웃는 걸까? 레브는 영어 선

---

* 스페인어로 '이해하느냐'라는 의미.

생이 한 말을 떠올렸다. "외국어의 경우, 의미는 말을 하고 난 다음 어느 정도 지나서야 드러나기도 해요."

아메드는 피타빵 세 개에 고기와 샐러드를 넣어 카운터 앞에 앉은 아랍인 손님들 앞에 놓고는 커피머신 쪽으로 갔다. 의미로 말하자면, 레브는 아메드의 기분이 아침과는 다르게 변했다는 것을 알 수 있었다. 그는 아메드가 커피를 따라주고, 돈을 받고, 그것을 정교한 금전등록기에 집어넣는 모습을 지켜보았다. 금전등록기는 레브가 고국에서 보았던 것과 달리 벨소리가 나지 않고 현금 서랍이 열릴 때 살며시 인식음만 났다. 레브는 금전등록기를 물끄러미 쳐다보았다. 아메드의 넓적한 손이 현금 서랍 위에 잠시 머뭇거리는가 싶더니 지폐 한 장을 홱 잡아 빼고는 서랍을 닫았다. 아메드는 레브가 서 있는 쪽으로 와서 카운터에 지폐를 놓았다.

"자, 오 파운드예요. 전단 이백 장어치. 선심 쓰는 거지. 알겠어요? 내가 인정이 많아 형씨를 믿어주는 거예요. 커피 한잔 하겠어요?"

"고맙습니다. 정말 고맙습니다." 레브가 말했다.

잘 곳이 없다는 것과 배고픔, 이 둘을 얼마간 그저 참아낼 수밖에 없겠다고 레브는 생각했다. 굶주리고 잘잘 곳이 없는 사람들이 이 세상에 수천, 수백만이다. 그렇다고 그들이 꼭 죽거나 희망을 잃거나 미치는 건 아니다.

하지만 런던에서 첫 노동으로 하루를 보낸 레브는 아메드의 전단을 뿌리는 일로는 생계를 유지하기가 불가능함을 알았다. 과일 노점에서 바나나 두 개, 빵가게에서 부드러운 흰 롤빵 한 개, 우체국에서 다이애나 비 기념엽서에 붙일 우표 한 장, 신문가게에서 연초 한 봉과 담배 종이와 물 한 통을 사고 나자 그날 번 오 파운드가 온데간데없었다.

무거운 짐을 끌고 코왈스키와 셰퍼드의 집이 있는 거리로 간 레브는 저녁이 되자 그들의 지하 근처로 내려가 보도 밑의 월계수와 수국 관목 뒤에 몸을 숨기고 앉았다. 이 은신처의 제일 구석 쪽에 마분지 상자가 펴진 채 쌓여 있었다. 그는 그것을 가져다 바닥에 깔고 앉아 바나나와 흰 롤빵을 먹으며 어두워지는 주변을 바라보았다.

그는 코왈스키와 셰퍼드가 귀가하기를 기다렸다. 분명 젊은이들일 그들의 목소리와 창문에서 새어나올 안온하고 은은한 불빛을 벌써부터 상상할 수 있었다. 만일 나무에 물을 주러 나오는 그들과 마주친다면, 나무와 노란색 문 때문에 그곳을 택했다고 설명하고 단 하룻밤이라도 지내게 해달라고 설득할 수 있을 것 같았다.

하지만 마음 한구석으로는 그들을 기다린다는 게 멍청한 짓으로 느껴졌다. 머리 위에서 사람들의 웃음소리와 자동차 문이 닫히는 소리, 보도를 걷는 여자들의 하이힐 소리가 또각또각 들려왔다. 그러자 그는 저 런던 사람들만큼 풍족하지는 않아도, 마리나가 살아 있을 때는 자기도 적당히 평범한 삶을 살았다며 스스로를 다독이기 시작했다. 마리나의 서른번째 생일에 자신이 배린 시장에서 굽 높이가 3인치에 발가락 부분이 트인 진홍색 구두를 산 기억이 났다. 마리나는 주름 장식이 있는 검은색 스커트와 로라에게 빌린 빨간색 숄 차림에 그 구두를 신었다. 그리고 그들은 함께 거위 구이를 먹은 뒤 맥주와 보드카를 마시고 루디의 집 포치에서 탱고를 추었다. 그때 루디와 로라, 마리나와 레브는 행복감과 욕망으로 제정신이 아니었다. 레브는 지금까지도 마리나가 그의 팔에 의지해 나긋나긋한 등을 젖혔을 때의 무게를 느낄 수 있었고, 섹시하게 허공을 차는 빨간색 구둣발을 볼 수 있었으며, 오로 뒤의 언덕으로 울려퍼지던 그녀의 웃음소리를 들을 수 있었다. 정말 근사한 밤이었다. 루디도 그날 밤을 잊지 못하고 간혹 레브에게 말하곤 했다. "마리나의 생일 밤 말이야. 그때는 뭔가 달랐어, 레브. 우리는 죽음을 초월했지."

죽음을 초월했지.

마분지 상자를 깔고 앉아 있자니 녹초가 된 몸과 머리 위의 도시가 가하는 상상할 수 없는 중압감의 무게가 피부로 느껴졌다. 레브는 긍정적인 생각을 하려고 애썼다. 이나와 마야에게 배달되는 다이애나 비 기념엽서에 대해, 리디아와 술리마 같은 여자들의 친절함에 대해, 그가 낙담하지 않고 버텨내면 벌 수 있을 돈에 대해……

여전히 지하층으로는 아무도 내려오지 않았다. 고양이는 자취를 감췄다. 가로등 불빛이 커다란 파란색 수국에 주황색 빛을 드리웠다. 레브는 가방을 끌어당겨 어머니가 떠준 스웨터를 꺼내 접은 다음 베개로 삼았다. 그리고 담배를 꺼내 불을 붙이고 소리 없이 피우며, 담배 연기가 은신처에서 구불거리며 빠져나가 월계수의 검은 나뭇잎에 닿자마자 공기 중에 흩어지는 것을 물끄러미 바라보았다. 그리고 자신이 담배를 미처 다 피우기도 전에 저항할 수 없는 잠에 빠져들고 있음을 알았다. 그는 잠이 들기 전에 겨우 손을 뻗어 담배를 끄고는 곯아떨어졌다.

그는 꿈속에서 옛일을 보았다. 배린 제재소에서 자전거를 타고 오로의 집으로 가는 길이었다. 등에는 제재소의 나뭇조각들을 밧줄로 둘둘 말아 지고 있었다. 그걸로 낮은 수레를 만들어 자전거 뒤에 달 작정이었다. 이미 간단한 설계도까지 그려놓은 이 수레는 그간 레브가 만든 무엇보다 쓸모 있을 것이다. 셀 수 없이 많은 물건을 쉽게 나를 수 있게 해줄 것이고, 시간이 지나면서 수레의 필요성은 명백히 드러날 것이다. "인생이 그렇지." 루디가 말했다. "눈앞에 구멍을 만들어 거기에 무엇인가를 채우게 만들거든."

나뭇조각들은 레브의 등에 대각선으로 매여 있었다. 배린 제재소의 십장 비탈리는 레브가 자투리 목재를 챙기는 걸 눈감아줬다. 아니, 완전히 눈감아준 건 아니었다. 그는 레브에게 이렇게 말했다. "벌금을 좀 물어야 할걸세. 그리 어려운 건 아니고. 달걀 몇 개면 되네. 아니면 내 아내에게 줄 주석 팔찌도 좋고."

오로로 가는 길은 좁고 가팔랐다. 초여름 늦은 오후, 자전거 페달을 밟느라 땀은 나고 밧줄은 어깨를 파고들었다. 그는 나무와 자신의 무게 때문에 타이어에 펑크가 나는 일이 없기만을 간절히 바랐다.

가장자리에 깊은 도랑이 난 평평한 길에 이르렀을 때 맞은편에서 트랙터가 달려왔다. 트랙터가 끄는 수레에는 건초가 잔뜩 실려 있었다. 달리는 트랙터의 건초더미가 좌우로 기우뚱거리는 게 보였다. 그는 트랙터가 지나갈 수 있게 자전거를 세우고 길에서 비켜나야겠다고 생각했다. 하지만 등에 짊어진 짐 때문에 자전거에서 내리기가 쉽지 않을 것 같아 그냥 계속 가기로, 비틀거리지 않고 똑바로 자전거를 몰기로 결정했다. 길의 폭이 자전거와 수레가 나란히 지나갈 수 있는 정도인데다 트랙터를 모는 사람이 곧 그를 보고 속도를 늦출 거라고 생각했기 때문이다.

하지만 트랙터는 속도를 늦추지 않았다. 바퀴가 큰 트랙터는 요란한 엔진 소리를 내며 계속 달려와 레브 옆을 지나쳐 갔다. 그러면서 수레 뒷부분에 실려 약간 삐져나온 건초 한 더미가 레브의 나뭇짐과 부딪히는 바람에 그는 그만 옆으로 쓰러져 도랑에 처박혔다.

잠시 사방이 캄캄해졌다. 그러다 다시 눈에 빛이 들어오자 레브는 하늘을 올려다보았다. 여름날 저녁의 순수한 분홍빛 구름이 가득했다. 레브는 그 광경을 보고 힘을 내려 했지만 등과 축 늘어진 팔다리가 몹시 아팠다. 나무가 뼈를 누르고 있었다. 십자가형이라도 받는 건가 싶었다. 하지만 어째서 십자가형을 받는단 말인가? 아버지를 사랑하지 않았다고? 루디처럼 인생을 악착같이 살지 않았다고? 울적해질 때면 회색 그물침대에 드러눕기나 했다고?

그는 알지 못했다. 아는 건 오로지 일어나야 한다는 것뿐, 자신이 진 나무십자가에서 빠져나와 가던 길을 가야 한다는 것뿐이었다.

4
오염된 호수

눈을 뜨자 우유처럼 뿌연 햇살이 지하층에 스며들었고, 보슬비가 내리고 있었다. 레브는 꼼짝 않고 누운 채 물끄러미 빗줄기를 쳐다보았다. 잠을 자고 났더니 가뿐한 느낌이었다. 이렇게 조용히 내리는 비는 본 적이 없는 것 같았다. 비가 내리는 것 같지 않을 정도로 가벼운 보슬비였다. 하지만 서서히 월계수 나뭇잎과 수국과 뜰에 놓인 회색 돌이 비에 젖으며 반짝였다.

코왈스키와 셰퍼드의 집 벽에는 수도관이 돌출해 있었고 그 밑에는 하수구가 있었다. 수도꼭지에는 정원용 호스가 감겨 있었다. 레브는 은신처에서 나와 수도꼭지 쪽으로 기어가 귀를 기울였다. 거리에 지나다니는 자동차는 몇 대 되지 않는 듯했다. 아직 이른 시간이었다. 집안에서는 아무런 소리도 들리지 않았고 고양이도 보이지 않았다. 레브는 최대한 조심스럽게 하수구에 오줌을 누고 수돗물을 틀어 손을 씻은 다음 얼굴에 물을 축였다. 그리고 누웠던 자리로 돌아가 스웨터를 베고 도로 누웠다. 영국인은 그것을 '점퍼'라고 부른다는 말이 기억났다. 어떻게 '점퍼'라는 말이 생겨났는지 알 길이 없었다. 그는 담배에 불을 붙였다.

누운 채 담배를 피우며 노란색 문이 열리는지 귀를 기울였다. 자신의 존재가 발각될까 두려워서가 아니라 코왈스키와 셰퍼드가 어떤 사람들인지 보고 싶어서였다. 화초를 돌봐줄 테니 그곳에서 지내게 해달라고 물어볼까 하는 생각까지 들었다. 하지만 루디가 조롱하며 웃는 소리가 들렸다. "아무렴. 생면부지인 인간이 벽을 화장실로 취급하고, 인간의 탈을 쓰고 석탄창고를 엉망으로 만든다면 좋아 환장하겠지. 잠깐 화분의 화초에 물이나 주는 대가로 말이야. 분명 네 제안을 들으면 자신들이 운수대통했다고 믿을걸!"

보슬보슬 내리던 비가 얼마 뒤 그치고 젖은 나뭇잎에 햇빛이 비치기 시작했다. 거리는 더 시끄러워졌고, 사람들이 출근 준비를 하면서 도시의 맥박은 더욱 빨라졌다. 그런 가운데 레브는 코왈스키와 셰퍼드가 누구든, 그들은 집에 없다는 걸 확신했다. 그들은 모든 것을 깔끔하게 정돈해두었다. 호스는 얌전히 감겨 있었고, 문에 달린 놋쇠 노커는 잘 닦여 윤이 났다. 그들은 어딘가 다른 곳에 가 있었다.

아메드가 케밥집의 창살문을 올리고 있을 때 레브가 가방을 들고 나타났다.

"잘 왔어요." 아메드가 이를 활짝 드러내고 웃으며 말했다. "전단 담당. 일할 준비는 되었겠죠?"

레브는 화장실을 써도 되는지 물었고, 아메드는 커튼을 젖히고 들어가 레브를 어두운 복도로 안내했다. 콜라 상자와 종이접시가 잔뜩 쌓인 복도 끝에 세면대와 아크릴 거울이 걸린 화장실이 있었다. 소독한 지 얼마 안 되었는지 타일을 바른 창문 없는 화장실에서 소독약 냄새가 났고, 바닥에는 화장실을 빨리 말리기 위한 신문지가 널려 있었다. 세면대 가까이 깔린 신문지에 알몸의 상체를 드러낸 여자 사진이 실려 있었다.

레브는 면도를 하고 몸을 씻었다. 반라의 여자 사진 때문에 혼란스러웠다. 마리나가 죽은 뒤로 섹스는 감히 생각할 수도 없었다. 어느 날 밤인가 레브는 루디에게 말했다. "이제 수도사가 될 수도 있겠어. 그래도 아무렇지 않을 거야." 그러자 루디가 말했다. "그럼. 이해해, 친구. 하지만 그것도 지나갈 거야. 빌어먹을 모든 게 지나가니까. 언젠가는 너도 다시 활기를 되찾을 거야."

활기를 되찾을 그날은 아직 멀게만 느껴졌다. 레브는 바닥의 사진을 내려다보았다. 어떻게 저런 사진이 전국지全國紙에 실리지? 모델의 가슴은 호박만할 정도로 터무니없이 컸고 입술은 두툼하고 촉촉했다. 모델이 걸친 것이라고는 스팽글이 달린 G스트링뿐이었다. 그는 사진의 여자가 죽은 사람이었기를 바랐고, 사진을 찍은 사람도 죽은 사람이었기를 바랐다. 옛날 우표를 수집하는 것처럼, 공산주의 지도자들의 사진을 벽에 걸어놓는 것처럼, 하나의 일로서의 성교 역시 소멸하기를 바랐다.

21세기의 남자는 개였다. 이빨을 드러내고 자줏빛 성기를 단단히 세우고 탐욕스러운 입에서 역겨운 침을 질질 흘리는 비열하고 추잡한 개……

그는 사진을 뒤꿈치로 짓이겨 찢어버렸다. 가방에서 타월을 꺼내 몸의 물기를 닦아냈다. 거울에 비친 얼굴을 들여다보며 자신이 마음에 들어할 만한 시선이나 느낌을 갖고 있는지 살폈다. 하지만 화장실의 형편없는 불빛 때문에 얼굴이 누렇고 유령처럼 보일 뿐 영 사람 같지 않았다. 눈에서 빛을 찾아볼 수 없었다.

그리고 이따금 겪어야 했던 것처럼 지금 그는 마리나의 죽음으로 인한 슬픔에 휩싸여 있었다. 고작 서른여섯 해의 인생을 살다 간 그녀. 서른여섯 해. 마리나는 목소리에 웃음기가 가득한 아름다운 여자였다. 그녀는 매일 아침 깔끔한 흰색 블라우스를 입고 배린의 공공사업국 국장실로 출근했다. 저녁에는 줄무늬 앞치마를 두르고 요리를 하며 노래를 불렀다. 그리고 성모 마리아처럼 헌신적으로 자신의 조그마한 침대에서 아이를 재웠다. 어느 여름밤에는 빨간색 구두를 신고 탱고를 추었다. 해진 천 조각을 몇 달 동안 기워 잇더니 러그를 만들어냈다. 사랑을 나눌 때면 광기에 사로잡힌 집시처럼 검은 머리칼을 레브의 얼굴 위로 드리웠다. 그녀는 완벽했고, 이제 이 세상에 없다……

이곳은 울음을 터뜨리기에 좋은 장소가 아니었다.

레브는 루디라면 취했을 행동을 흉내내려 했다. 솟구쳐오르는 눈물을 억누르기 위해 욕을 하고 발을 굴렀다. 그러나 목이 메어 그만 눈물을 쏟아내고 말았다. 축축한 타월을 얼굴에 갖다댔다. 이 고통이 어서 지나가길 간절히 바랐다. 짧은 폭우처럼, 깨어날 수 있는 악몽처럼. 하지만 고통은 쉽게 지나가지 않았다. 그는 그곳에 선 채 울었다. 얼마나 지났을까, 아메드가 문을 두드렸다.

"레브." 아메드가 살며시 불렀다. "무슨 일이에요?"

"아무것도 아닙니다." 레브가 더듬더듬 대답했다.

잠시 침묵이 흐르더니 아메드가 말했다. "남자가 우는 건 절대 아무것도 아닌 일이 아니예요. 이건 내 말이 아니라 진리고요."

레브는 슬픈 와중에도 자신이 바보처럼 느껴졌다. "미안합니다, 미안합니다."

아메드가 말했다. "그럼 나는 가서 커피를 내릴 테니, 천천히 하고 나와서 커피를 들어요. 알겠어요?"

아메드가 가는 소리가 들렸다. 커피를 주겠다는 그의 말에 마음이 움직였다. 레브는 생각했다. 21세기의 남자는 개지만 때론 충견처럼 잊지 않고 호의를 보이기도 하는구나.

하루만 더.

레브는 아메드에게 하루만 더 전단을 돌리고 보수가 좀더 좋은 일자리를 찾아야겠다고 말했다.

"이해해요." 아메드가 말했다. "내가 주는 건 보수도 아니지. 알고 있어요. 가게는 작은데 우라질 임대료는 엄청나니. 그런데 어떤 일자리를 찾아요?"

"모르겠습니다."

"형씨, 내 말하지만, 직업안내소에 가봤자 아무 도움도 못 받을 거요."

"아무 도움도요?"

"그래요. '캐치-22'란 말이지. 이게 무슨 말인지 알아요?"

"아뇨."

"이래도 저래도 실패한다는 뜻이에요. 실패할 수밖에 없다는 미국 속어."

"그래요?"

"일자리를 얻으려면 그전에 일 년간 사회보장 혜택을 받았어야 하는데, 그 혜택을 받기 위해선 이 나라에서 일 년간 일한 경력이 있어야 한다는 거지. 웃기지 않아요? 이제 알겠죠, '캐치-22'가 뭔지."

레브는 손을 서툴게 놀리며 새로 산 담배를 말았다. 비통함을 이기지 못해 계속 손이 떨렸다. 영어 수업에서 '사회보장 혜택'이라는 말을 들은 기억이 났다. 그러나 거기에는 자신이 절대 밝혀내지 못할 복잡한 의미가 담겨 있다는 걸 알았다. 레브는 아메드를 바라보며 영어 선생이 한 말을 기억해내려 애썼다. 아메드는 수직 그릴의 남은 고기를 잘라내어 쓰레기통에 버리고 그릴에 묻은 기름을 닦아내기 시작했다. 레브는 가늘게 만 담배에 불을 붙였다. 버지니아 담배의 맛은 낯설었다. 이방인의 입에서 나는 단내 같았다.

얼마 뒤 아메드가 지저분한 행주에 손을 닦으며 레브를 향해 돌아섰다. "커피 맛 괜찮아요?"

"네, 고맙습니다, 아메드 씨. 정말 친절하세요."

"독실한 무슬림이니까요. 천국에 가면 적어도 처녀 여럿이 내 몫일 거예요." 아메드가 웃었다.

레브는 그 '처녀'들도 가슴이 호박만큼 크고 입술이 반질반질할까 생각했다. 아메드가 카운터 아래쪽의 물건으로 가득한 선반에서 구겨진 신문을 꺼내 레브 앞에 놓았다.

"이브닝 스탠더드." 아메드가 엄지로 검은색 글자를 짚으며 말했다. "런던의 신문. 여길 봐요, 형씨. 잘 살펴봐요. 구직란이 보일 거예요. 셋방 광고도 수없이 많지. 오늘은 전단을 돌리고, 내일은 이 신문을 보고 일자리를 구해요. 일자리와 셋방을, 알겠어요? 그러면 모든 게 순조로울 거예요."

그날 하루가 가고 전단을 돌린 보수로 아메드에게 오 파운드를
받고 나자 레브는 그의 은신처인 코왈스키와 셰퍼드의 뜰 외에는
달리 갈 곳을 생각할 수 없었다. 그날 저녁은 갈색 빵 한 덩이와 살
라미 한 팩으로 때웠다. 그날 번 오 파운드 가운데 남은 돈은 고작
2파운드 24펜스였다. 그는 다른 모든 것에 들어갈 비용을 생각해
볼 엄두를 내지 못했다. 목이 마르면 건물 외벽에 나 있는 수도꼭
지에서 물을 받아 마셨다.

밤이 왔지만 집안의 불은 켜지지 않았다. 그는 보도 아래 그의
자리에 앉아 담배를 피우고 가방에서 손전등을 꺼내 신문의 구직
란을 살폈다.

크로이든에서 호드 운반 인부 구함. 관리 매니저 설비 기계 전기
경험 요. 시드넘에서 드라이라이너 실링 픽서. 런던 지하철 순찰 영구
직. 배관공 조합 소속원, 연장 소지자 우대……

레브는 지끈거리는 머리를 식히려고 드러누웠다. 켜놓은 손전등
의 가는 빛이 수국을 비쳤다. 손전등의 강청색 불빛을 보니 루디와
함께 갔던 밤낚시가 생각났다. 그때 인생에서 가장 기이한 것을 발
견했던 날이었다.

체비를 타고 에셀 호수에 갔을 때였다. 오로에서 제법 떨어진 곳
에 있는 물이 차고 잔잔한 호수였다. 루디는 전나무와 소나무로 둘
러싸인 그 호수에서 전깃불로 물고기를 기절시킨 다음 손으로 건

져낼 수 있다고 했다. 루디가 레브에게 설명했다. "아주 외진 곳에 있는 호수라 그곳 물고기들은 인공조명을 본 적이 없거든. 그래서 불빛을 보러 몰려드는데, 그땐 이미 늦은 거지! 호기심 때문에 죽는 거야."

에셀 호수는 찾기 힘들었다. 루디가 운전하는 체비는 이 길 저 길 비포장도로를 지나는 동안 삐걱거리고 엔진도 그르릉댔다. 길 위로 드리워진 나뭇가지가 차의 지붕을 두드렸고, 바퀴는 모래진 흙과 바닥에 쌓인 솔잎 위에서 헛돌았다. 간혹 저멀리로 달빛이 비치는 호수가 보이기도 했지만, 그리로 이어지던 길은 끊어지고 다른 길은 찾을 수 없었다. 그래서 후진할 때마다 엔진은 끙음을 냈고 레브는 뭔가 타는 냄새가 난다고 루디에게 말했다.

"탄내?" 루디가 콧방귀를 뀌었다. "그건 빌어먹을 탄내가 아니야. 항의라고! 픽업트럭 취급을 당하는 훌륭한 엔진이 불평하는 소리. 경주마한테 달구지를 끌게 하면 가만있지 못하는 거나 마찬가지라고. 길들이기만 하면 돼."

마침내 그들은 호수를 찾았다. 루디는 모래밭이 둥글게 곡선을 이루는 물가에 차를 바짝 주차했다. 호수에 헤드라이트를 비추기 위해서였다. "물고기들은 이렇게 어마어마한 불빛을 본 적이 없을걸." 루디가 말했다. "물속의 저 멍청이들이 곧 이리로 몰려들 거야." 차의 뒷자리와 트렁크에는 양동이가 가득했다. 양동이를 살아 있는 물고기로 가득 채워 야블로 가져가 토요일 새벽시장에 내다 팔 계획이었다. 죽은 것보다는 살아 있는 물고기가 비싼 값을 받았다. 소문에 의하면 이 호수에서 잉어가 잡힌다고 했다. 잉어는 이 고장에서 진미로 여겨졌다. "잉어가 아니어도 잉어라고 하자. 그놈의 뱀장어만 아니면 말이야. 뱀장어면 그냥 뱀장어라고 해야지, 뭐." 루디가 말했다.

레브와 루디는 차에서 내려 물에 비친 달빛을 바라보며 가만히 밤의 소리와 잔물결이 호숫가에 찰랑이는 소리를 들었다. 그러고 나서 모닥불을 지피고 그 옆에 앉아 보드카를 마시며 담배를 피웠다. 구부러진 나뭇가지에 작은 검은색 냄비를 걸어 이나가 만들어준 만두를 끓였다. 여름밤이었고 나방이 모닥불로 날아들었다. 그들이 맛있는 만두를 먹는 동안 달이 기울어 전나무숲 뒤로 숨었다. 배도 부르고 보드카와 담배로 마음이 여유로워지자 잉어낚시는 집어치우고 그냥 계속 앉아 인생살이나 얘기하고 싶은 유혹이 일었다. 하지만 물고기를 잡아 야블에 내다 팔면 벌 수 있는 돈을 생각하니 그날 밤 그곳에서 해야 할 일을 도저히 포기할 수 없었다.

"달이 기운 지금이 적기야." 루디가 속삭였다. "달이 있으면 놈들이 헷갈리거든. 물고기는 그렇게 똑똑하지 않아."

한동안 아무런 일도 일어나지 않았다. 그러다 물속에서 독특한 섬광과 파란색 빛이 아른거렸다. 그 빛이 다가오다 뒤로 물러가더니 다시 다가왔다. 레브와 루디는 그것을 뚫어지게 쳐다보았다. "저게 도대체 뭐지?" 루디가 말했다. "이 호수에 외계인이 바글거리는 건가? 그래서 아무도 이곳에 오지 않는 건가?"

하지만 레브는 이내 그것이 물고기라는 걸 알아챘다. 자동차의 헤드라이트 불빛이 물고기에 반사되면서 파란색 네온광을 냈던 것이다.

"이런 제기랄!" 루디가 말했다. "왜 파란색이지?"

"러시아 물고기인가보지." 레브가 말했다. "러시아에서 온 게이

잉어."

'파란색'은 러시아어에서 게이 남성을 의미했다. 루디가 낄낄거렸다. 하지만 두 사람은 파란색을 보니 마음이 꺼림칙했다. 게다가 물고기도 작았다. 잉어처럼 보이지 않았다. 수족관에나 있을 법한 열대어 같았다. 그중 몇 마리가 레브와 루디의 다리 가까이까지 다가왔지만 그들은 물고기를 잡을 마음이 없었다.

잠시 하릴없이 물고기들을 바라보다 루디가 물에서 나가더니 어떤 일이 벌어지는지 보려고 헤드라이트를 껐다. 파란색 물고기들은 어둠 속에서도 여전히 빛을 발했다. 마치 천천히 흔들리는 가스 불꽃처럼 주변을 밝혔다. 레브는 그런 이상하고도 놀라운 광경이 처음이었다. 손을 내밀어 한 마리를 잡아보려 했지만 물고기가 물에서 튀어오르더니 유성처럼 눈부신 원을 그리며 다시 물속으로 들어갔다. 그러자 열 마리, 스무 마리가 한꺼번에 뛰어오르기 시작하더니 그들 주변에 네온빛 분수를 그렸다. 얼마 후 그 모든 게 잠잠해지고 파란빛이 점점 희미해지더니 결국 레브와 루디의 눈앞에는 호수의 캄캄한 수면만 남았다.

그들은 불씨가 남은 모닥불 앞에 앉아 발을 말렸다. 두 사람 모두 방금 환상을 본 것인지 백일몽을 꾼 것인지 헷갈렸다. 잠시 후 루디가 말했다. "그건 진짜였어. 그 색 말이야. 이 호수는 뭔가 잘못된 게 틀림없어. 어디선가 방사능 물질이 유출됐을 거야. 물고기는 거기에 오염된 거고."

"뭐, 어쨌든 너무 작아서 팔지도 못하잖아."

"작다고 팔지 못할 건 없어." 루디는 그렇게 말했고, 레브는 동의했다. 야블 시장에는 머리핀도 있었고 솔방울도 있었다. 그래서 그들은 거기에 앉아 죽 늘어놓은 양동이를 쳐다보며 '민물 정어리'나 '에셀의 파란 사루기' 등 그런 작은 물고기에 붙일 수 있는 이름을 궁리했다. 그러다 자신들이 먹은 만두를 떠올렸다. 오염된 호수의 물로 요리한 터였다. 자신들이 이미 병에 걸렸거나 죽는 것은 아닐까 걱정이 들었다. 두 사람은 아무 말 없이 양동이를 비운 뒤 차에 싣고 집으로 돌아왔다.

그후 가끔씩 레브는 별다른 증상은 나타나지 않았지만 에셀 호수의 물로 요리해 먹은 만두나 공중으로 튀어오른 물고기를 무심결에 만진 것 때문에 자신이 서서히 죽어가는 건 아닐까 생각하곤 했다. 코왈스키의 뜰에 핀 수국 꽃잎의 파란색이 그 물고기의 색깔과 비슷해 예전의 걱정이 되살아났다. 그 별난 걱정과 기분좋은 추억이 서로 얽혀 레슬링 선수들처럼 부대끼며 맞섰다.

추운 밤이었다. 전날 밤보다 훨씬 추웠다. 가방에서 옷을 모두 꺼내 덮었지만 쉽게 잠들 수 없었다.

"잠잘 수 없을 때는 계획을 세워라." 그의 아버지는 말하곤 했다. "그러면 그 시간을 허비하지 않을 테니." 마침내 레브는 결정을 내렸다. 그 결정에 스스로도 놀랐지만 그건 현명한 결정이었다. 그는 다음날 리디아에게 전화하기로 마음먹었다. 그녀는 도와주겠다고 했었고, 그는 지금 도움이 필요한 상황이니 기꺼이 그녀의 제의를 받아들일 것이다. 복잡하게 생각할 것 없었다. 거기가 어디든 그녀가 사는 친구의 집에 찾아갈 것이다. 그녀가 신문의 구인광고를 보며 무슨 내용인지 해석해줄 것이다. 그녀라면 '호드'가 뭔지 알 것이고, 구직란에 인쇄된 연락처로 전화를 걸어 인터뷰 약속을 잡아줄 것이다. 그러면 하루가 다 가기 전에 일자리를 찾을 수 있을 것이다.

　영어 선생은 영국으로 갈 학생들에게 '사정이 허락하는 대로' 휴대폰을 사라고 조언했지만, 공중전화 사용법 또한 가르쳐줬다. 레브는 시를 외듯 그 방법을 기억해두었다.

　수화기를 든다.
　동전을 넣는다.
　번호를 돌린다.
　말을 한다.

　아직 이른아침이었다. 남자의 목소리가 들리자 레브의 이마에 식은땀이 났다. "실례합니다." 레브가 말했다. "리디아 좀 바꿔주시겠습니까?"
　"누구시죠?" 영국인의 목소리가 무뚝뚝했다.
　"레브라고 합니다."
　"올레브라고요?"
　"네, 레브요. 리디아 좀 바꿔주시겠습니까?"
　전화를 받은 남자가 리디아의 이름을 부르는 소리가 들렸다. 곧 리디아의 목소리가 들렸다.
　"레브?" 그녀가 물었다. "버스에서 만난 레브예요?"
　모국어를 듣자 레브는 기뻐서 웃음이 나올 것 같았다. 귀찮게 해서 미안하다고 사과하자 리디아는 전혀 그렇지 않다고, 오히려 반갑다고 말했다. 그는 신문의 구인광고를 전혀 이해할 수 없다는 사연을 얘기했다.

리디아가 즉시 말했다. "통역이 필요하군요. 오늘 저녁에 머스웰힐로 오실래요? 우리가 함께한 여행 얘기나 해요."

레브가 머스웰힐이 어디냐고 묻자 리디아는 아주 좋은 동네라고, 단독주택과 아파트 주변에 정원이 있고, 밤이면 여우 우는 소리가 들리는데 여우들은 가정집 쓰레기통을 뒤져 먹이를 구하고 교묘하게 정원 담장 밑에 굴을 파 새끼를 치는 곳이라고 대답했다.

레브가 말했다. "그럼 저도 여우나 마찬가지군요. 저도 거리 밑의 굴에서 잤거든요."

그 말을 듣고 리디아는 마음이 편하지 않았다. 그녀는 지하철 노선도를 찾아와 하이게이트까지 오는 방법을 가르쳐주겠다고 레브에게 말했다. 하이게이트는 머스웰힐에서 가장 가까운 지하철역이었다. 그녀는 역 밖에서 그를 기다리고 있겠다고, 자기 친구인 라리사네 집에서 함께 저녁식사를 하자고 덧붙였다.

레브는 거의 하루종일 그의 여우굴에서 졸다시피 했다. 볕이 들었다 물러갔다. 그는 담배를 말며 거리의 소리에 귀를 기울였다. 우편배달부가 지하층으로 내려왔지만 레브를 보지 못한 채 코왈스키의 우편함에 편지를 넣고는 서둘러 가버렸다. 배가 고파진 레브는 남은 빵조각과 마지막 남은 살라미 두 장을 먹었다.

만원 지하철에서 레브는 가방을 꼭 끌어안은 채 꼼짝 않고 앉아있었다. 눈을 돌려 주변 승객들을 관찰해보니 고국에서는 사람들의 생김새나 체격이 비슷했던 데 반해 여기 영국에는 여러 나라 사람들이 모인 듯했다. 이 피부색이 다양한 인종들은 모두 지나칠 정도로 잘 먹은 듯했다. 심지어 한 세대 전만 해도 마르고 품위 있어 보였을 어린 흑인 여자애들도 지나치게 뚱뚱했다. 임신이라도 한 것처럼 꼭 끼는 옷 겉으로 배가 불룩하게 나와 있었고, 둥글넓적한 얼굴에 통통한 손가락을 꽉 조이는 은반지를 낀 손은 뭉툭하고 보기 흉했다. 여기 지하철 안에서도 많은 음식이 소비되고 있었다. 흑인 여자애 중 한 명이 막대사탕을 빨고 있었다. 어린아이들은 갓난아이처럼 통통하고 작은 손으로 감자튀김을 입에 잔뜩 욱여넣었다. 육중한 몸집의 백인 남자 둘이 그 불룩하니 은밀한 부위를 과시라도 하듯 무례하게 무릎을 쫙 벌리고 앉아 마분지 상자에 든 햄버거와 양파튀김을 먹어치우고 있었다. 썩는 듯한 냄새를 풍기는 양파튀김 때문에 레브는 한쪽 손으로 얼굴을 가렸다. 두 남자가 지하철에서 내리며 좌석 등받이 뒤 좁은 공간에 버리고 간, 음식이 반쯤 남은 상자 안에서 냄새가 진동했다. 레브는 속이 느글거렸다. 미국이 비만의 나라라는 걸 모르는 사람은 없었다. 그런데 어찌된 일인지 영국이 비만의 나라로 퇴락했다는 소식은 오로까지 전해지지 않아 모르고 있었다. 오로의 주민들은 아직도 영국인이 마르고 창백하며 허리띠를 졸라매고 산다고 상상했다.

레브는 임뱅크먼트역에서 노던라인으로 갈아타러 가다가 색소폰을 연주하는 사람 앞을 지났다. 적선을 바라며 환기가 잘 안 되는 긴 통로에 서서 연주하는 그 사람은 레브처럼 매우 홀쭉했다. 레브는 그가 멀리서 왔는지, 지하철역에서 누더기 같은 코트를 이부자리 삼아 잠을 자는지, 템스강의 유람선을 구경하며 시간을 보내는지 궁금했다. 또한 그가 돈을 얼마나 버는지도. 무의식적으로 재즈 음악에 맞춰 걷는 사람들도 있지만 모두가 바쁘게 지나칠 뿐

멈춰서 동전 한 닢이라도 던져주는 사람은 없었기 때문이다. 하지만 연주자는 아랑곳하지 않고 연주를 계속했다. 구걸하는 것보다는 낫지. 레브는 생각했다. 그게 시간을 보내는 방법이기도 하고.

머스웰힐이 마치 다른 도시에 있는 것처럼 느껴질 정도로 임뱅크먼트에서 하이게이트까지 가는 데는 꽤 많은 시간이 걸렸다. 무릎에 얹은 가방이 점점 더 무겁게 느껴졌다. 주변 승객들의 눈에 어린 지친 기색이 그에게도 나타나기 시작했다. 그러자 야블이나 글릭에서 느꼈던 피로가 생각났다. 지금 느끼는 것과 같은 피로, 복작거리는 사람들로 인해, 다른 사람들의 호흡으로 인해, 무자비한 도시의 조명으로 인해, 수많은 시선에 노출됨으로 인해 느끼는 피로였다. 배린 제재소가 문을 닫은 후로는 마야와 이나, 그리고 간혹 루디와 로라를 제외하고는 거의 사람들을 보지 못했다. 그런 노출되지 않은 생활을 하다보니 도시에 대응할 준비가 되어 있지 않았고 도시의 시선에도 익숙하지 않았다.

리디아가 약속대로 지하철역 밖에서 그를 기다리고 있었다.

그녀는 주홍색 꽃무늬가 그려진 여름용 드레스를 입고 있었다. 드러난 팔에는 핏기가 없었고, 눈부신 일광을 가리기 위해 푸른색 선글라스를 쓰고 있었다. 그녀가 레브를 보고 미소 지었다. 그가 다가서자 그녀는 마치 오랜 벗을 만난 듯 핏기 없는 양팔을 벌려 그를 맞이했다.

그녀는 톰과 라리사네 집이 멀지 않다고 했다. 그들은 보도용 판석이 비뚤어지고 울퉁불퉁한 가파른 길을 따라 걸었다. 길가의 자그마한 정원들은 초록으로 넘쳐났고 대기는 쥐똥나무와 장미꽃 향기로 진동했다. 리디아는 라리사가 그들과 같은 나라 사람으로, 요가를 가르친다고 알려줬다. 톰은 영국인인데 심리치료사이고 돈을 잘 벌 뿐 아니라 인심도 좋다고 했다. 그녀가 덧붙였다. "보시는 것처럼 머스웰힐은 낙원이에요."

그들의 집은 높은 건물의 일층에 있었다. 지하실은 톰의 상담실로 별도의 출입구가 있고, 환자들의 준비실 겸 회복실로 쓰이는 대기실과 화장실이 달려 있었다. 집안에서 내다보이는 정원은 사과나무가 밀집해 짙은 그늘이 지고, 금이 간 점토 화분 몇 개에 제라늄이 심겨 있었다. 길고 환한 거실에는 마룻바닥에 아프가니스탄 깔개가 깔려 있었고, 가죽소파와 피아노와 저녁식사용 식기가 놓인 둥근 식탁이 있었다. 레브는 거실을 보는 순간 생각했다. 이런 색상과 조화를 갖춘 멋진 방은 처음이야. 그는 현관에 가방을 내려놓고 서서 거실을 바라보았다. 리디아가 말했다. "무슨 생각 하는지 알아요, 레브."

라리사가 주방에서 나와 레브와 악수했다. 피부색이 가무잡잡하고 우아한 여자였다. 헝클어진 머리를 대충 위로 올려 묶었고, 커다란 두 눈은 이름이 기억나지 않는 어떤 그리스 여배우와 비슷했다. 얼떨결에 옛날식으로 그녀의 손에 입을 맞춘 레브는 그녀가 손을 거둬갈 때 자신이 바보스러운 짓을 했다는 생각이 들어 쑥스러워졌다. 하지만 그녀는 불쾌해하지 않고 오히려 재미있어했다. "어서 오세요." 그녀가 말했다. "리디아가 레브 씨 얘기를 해줬어요. 함께 대화하며 온 덕분에 여행이 길게 느껴지지 않았다고요."

"그래요?" 레브가 말했다.

"네. 그래서 톰과 저는 레브 씨가 잘 아는 사람처럼 느껴져요.

자, 이리 와서 앉으세요. 리디아가 어떤 일을 하는지 말하던가요?"

"아뇨." 레브가 말했다.

"어머, 말씀드려, 얘." 라리사가 말했다.

리디아가 얼굴을 붉히며 주홍색 꽃무늬 드레스를 쓸어내리기 시작했다. 성대한 야회에 입장할 준비라도 하듯.

"그냥 운이 좋았어요. 라리사와 톰이 표토르 그레츨러라는 우리나라의 유명한 지휘자를 알아요. 그런데 마침 그분이 런던 필하모닉 오케스트라와 리허설을 하기 위해 바로 얼마 전에 런던에 왔고, 제가 여기 도착했을 때 이 일자리가 이미 준비되었던 거예요.

표토르 씨가 나이도 많고 영어도 서툴러서 제가 그분의 전속 통역사가 됐어요. 오케스트라와의 소통을 위해서. 표토르 씨의 말을 연주자들에게 전해주고, 또 그들의 말을 표토르 씨에게 통역해주는 거예요. 그렇게 지시사항을 전달하고 음악을 들으며 거기에 하루종일 있는 거예요. 그렇게 근사한 일자리를 얻을 수 있으리라고는 전혀 상상도 못했는데."

리디아가 라리사의 볼에 살짝 입맞추자 라리사가 웃으며 말했다. "우리도 너무 기뻐, 리디아. 말할 수 없을 정도로." 그런 뒤 그녀가 레브를 돌아보며 말했다. "리디아가 일을 시작한 다음날 표토르 씨가 제게 전화해서 리디아와 함께 일하게 되어 진짜 기쁘다고 하더라고요. 음악적인 분위기를 살리는 아주, 아주 감수성이 뛰어난 통역을 한다고. 리허설에 그녀가 있어서 정말 즐거웠다고 했어요. 굉장하지 않아요?"

"그런데 한 가지 문제는," 리디아가 말했다. "마에스트로 그레츨러와 함께 있는 시간 때문에 아직 살 곳을 찾지 못했다는 거예요. 고맙게도 톰과 라리사가 언제까지고 여기서 지내라고 해줬어요. 행운의 여신이 제게 미소를 지었나봐요. 제가 뭘 했다고 이런 행운을 얻었는지 모르겠어요."

레브는 상기된 표정으로 활짝 웃는 리디아의 얼굴을 보면서, 자신이 포인세티아꽃을 얻었을 때처럼 살다보면 때로는 숨겨져 있던 놀라운 일들이 드러나기도 한다는 생각을 했다.

레브가 리디아에게 축하인사를 하려는 순간 톰이 들어왔다. 그는 낯선 사람이 있을 거라고는 생각지 못했는지 잠시 당황한 듯했다. 라리사가 재빨리 말했다. "톰, 이분은 레브 씨야. 리디아의 친구. 기억하지?"

톰이 레브를 쳐다보았다. 어떤 면에서 톰은 레브가 상상한 영국인의 모습 그대로였다. 키가 크고 약간 몸이 구부정했고, 파란 눈에 무채색 머리칼은 가장자리로 갈수록 회색을 띠었다. 옷차림은 별다른 특징이 없었다. 톰이 레브와 악수하며 말했다. "런던에 잘 오셨습니다." 레브는 기분이 야릇했다. 마치 런던에 처음 도착했던 건 실수였고, 머스웰힐이라는 '낙원'에서 비로소 진정으로 그의 새 인생이 시작되는 듯 느껴졌기 때문이다.

"고맙습니다. 선생님." 레브가 말했다.

"자, 한잔해야지, 톰." 라리사가 명랑하게 말했다.

"그럼." 톰이 말했다. "와인? 보드카? 뭘 마실래요?"

"레브는 보드카를 좋아해요." 리디아가 재빨리 말했다.

"라리사 당신은?"

"응, 나도 보드카로 할게. 그래도 화이트와인은 한 병 따줘. 농어 요리를 하고 있거든."

"좋았어." 톰이 말했다. "와인과 보드카를 대령하지."

톰이 거실을 나가 주방으로 가자 레브가 라리사에게 화장실을 사용해도 좋을지 물었다. 갑자기 속에서 경련이 일어나기 시작했다. 나흘 동안 잠자고 있던 그의 대장이 때맞춰 깨어나기라도 한 듯했다.

라리사가 밝고 작은 화장실로 그를 안내했다. 창턱에 조가비가 일렬로 죽 놓여 있고, 부드러운 흰색 타월이 나무로 된 수건 걸이에 걸려 있었다. 전등을 켜는 스위치는 실크로 땋은 줄로 잡아당겨 조작하게 되어 있었다. 화장실 창문 밖에서 정원의 신선한 냄새가 들어왔다.

수납장 문에 붙은 밝은 거울에 레브의 얼굴이 비쳤다. 볼에 검댕인지 때인지 뭉개진 자국이 있었다. 머리에는 먼지가 뿌옇게 내려앉았고 셔츠는 지저분했다. 변기에 앉아 최대한 소리가 나지 않게 볼일을 보았다. 영국인 심리치료사의 집에서 뒤를 본다는 생각이 들자 아주 살짝 두려움이 일었다. 볼일을 마치고 세면대에 따뜻한 물을 받아 손과 얼굴을 비누칠해 닦은 다음 더러운 셔츠를 벗었다. 땀냄새와 아메드의 케밥 냄새가 진동했다. 물로 겨드랑이를 씻고 흰색 타월로 닦았다. 그리고 욕조를 뚫어져라 쳐다보았다. 레브는 가방에서 깨끗한 셔츠 한 장을 꺼내 입었다. 야블 시장에서 나무비행기와 대못을 주고 바꾼 갈색과 흰색 줄무늬 셔츠로, 그에게 남은 마지막 깨끗한 셔츠였다.

이제 레브는 원래 자신으로 되돌아온 기분이었다.

화장실에서 나오니 생선 굽는 냄새가 났다. 레브가 가죽소파에 앉자 톰이 커다란 보드카잔을 건넸다. 담배를 피워도 되느냐고 묻자 톰이 대답했다. "네, 물론입니다, 물론이에요." 그러고는 재떨이를 가져왔다. 레브는 번잡하게 담배를 마는 작업을 시작했다. 리즐라 담배종이에 담뱃잎을 얹어 일자가 되도록 세심히 배열하다 문득 고개를 들어보니 리디아가 보호자처럼 그를 쳐다보며 미소 짓고 있었다.

레브는 저녁 요리를 보고 깜짝 놀랐다. 후추를 뿌린 토마토 수프와 따뜻한 빵, 회향풀에 얹어 요리한 농어, 여기에 윤기가 흐르는 신선한 감자와 오이 샐러드가 곁들여졌다. 한입 한입 먹을 때마다 새롭고 강렬한 풍미에 놀라움을 금치 못했다. 자신도 모르게 라리사의 손과 얼굴을 번갈아 쳐다보았다. 어떤 비법을 가졌기에 이토록 맛있는 음식을 만들 수 있는지 궁금했다. 레브는 음식을 조금씩 입에 넣으며 최대한 천천히 먹었다. 접시의 요리를 다 먹고 나자 주홍색 수프부터 또다시 먹고 싶어졌다. 그런 음식을 매일 평생토록 먹을 수 있으면 좋겠다고 생각했다.

시간이 지나면서 실내가 어둑해지기 시작하자 라리사가 식탁에 촛불을 켰다. 레브는 높은 창문을 내다보았다. 사과나무 뒤의 하늘이 영롱한 초록색으로 물들어갔다.

머스웰힐이라는 낙원.

그 말은 훌륭한 음식으로 인해, 마침내 다시 모국어를 말하는 데서 오는 편안함으로 인해 더욱 근사하게 느껴졌다. 하지만 그곳은 그에게 오래도록 계속될 낙원이 아니었다. 리디아와 신문의 구인 광고를 살펴본 다음에는 다시 혼자 거리로 나가야 했다. 그는 코왈스키의 뜰에서 무척 멀리 와 있었다. 오늘은 어디서 자야 하지? B&B를 알아봐달라고 할까? 깨끗한 침대와 샤워를 위해 이십 파운드를 써야 하나?

레브는 이 문제를 나중에 생각하기로 했다. 부득이할 경우 사과나무 아래서 잘 수도 있었다. 밤중에 여우들이 와서 꿈꾸는 자신의 냄새를 맡을지도 몰랐다. 리디아가 들떠서 계속 자신의 일자리와 음악에 대한 사랑, 그리고 표토르 그레츨러의 천재성에 대해 떠드는 동안 레브는 화이트와인을 마시고 취기가 돌았다. 톰과 라리사가 미래를 위하여 건배하자며 다시 와인잔을 채웠다. 톰이 한 병을 더 따기 위해 자리에서 일어났다. 그때 리디아가 말했다. "제 얘기는 그만해야겠어요. 너무 제 생각만 했어요. 자, 이제 레브가 좋은 일자리를 얻도록 도와줘야죠. 그게 우리가 해야 할 일이에요."

"그래, 맞아." 라리사가 말했다. "레브, 무슨 일을 하고 싶으세요?"

레브는 오직 한 가지 일에만 재주가 있다고, 바로 제재소의 기술자 일이라고 대답했다. 그리고 어느 순간 그는 설명하고 있었다. 벌목으로 배린의 나무가 모두 사라졌는데 새로 나무를 심지 않아 결국 제재소가 자를 목재가 없어 모든 기계가 멈췄으며, 계절이 바뀌는 동안 녹만 슬어갔다고.

"아주 우리 나라답지, 라리사?" 리디아가 말했다. "아무도 앞날은 생각지 않아. 지금까지 그래왔어. 그런데 이제 그 앞날이 닥치니 모두 떠나는 거야."

"난 옛날에 떠났고." 그리고 라리사는 1992년에 어떻게 톰을 만났는지 얘기했다. 그때 톰은 국제 심리치료사 회의에 참석하느라 글릭을 방문중이었고, 라리사는 요가 수업을 마치고 친구와 함께 밤늦게 술집에 갔다가 그곳에서 혼자 술을 마시던 톰과 만나 하룻

밤 만에 사랑에 빠졌다.

라리사가 얘기하는 동안 톰은 와인을 홀짝이며 빙그레 웃었다. 촛불에 비친 그의 파란 눈이 어린아이의 눈처럼 환했다. 나는 결코 이들처럼 살지 못할 거야, 레브는 생각했다. 나의 인생은 단조롭고 사랑이 없을 거야. 그는 부러워하는 마음을 들키고 싶지 않았다. 그래서 라리사가 들려주는 두 사람이 술집에서 만난 이야기와 톰이 구애한 이야기, 침대에서 서로의 언어를 가르쳐준 이야기에 엄청 흥미가 있는 척했다. 레브의 일자리는 더이상 거론되지 않았다. 저녁 시간을 망칠까봐 아무도, 심지어 리디아마저도 그런 비참한 얘기를 꺼낼 엄두를 내지 못하는 듯했다. 에라, 신경쓰지 말자, 훌륭한 음식과 와인이 있고, 황금색 조명이 있지 않은가. 사과나무 아래서 자고 아침 일찍 일어나 리디아와 함께 신문의 구인광고를 보자.

저녁식사를 마친 뒤 그들은 가죽소파에 앉아 커피를 마셨다. 레브는 담배를 피웠고, 그들은 요가 얘기를 했다. 라리사가 말했다. "요가를 하는 사람들은 이른바 '깨어 있는 수동' 상태로 살아요. 다시 말해, 우리는 완전히 깨어 있어요. 이 나라 사람들 대다수가 감정적으로나 영적으로나 잠들어 있지만 우리는 달라요. 하지만 깨어 있다고 쉴새없이 이것저것 추구하지는 않아요. 이해되세요? 우리는 민감한 의식 상태로 기다려요. 이런 식으로 기다리면 우리가 하려는 모든 계획과 다양한 문제에 대한 해결책이 어렵지 않게 떠올라요."

레브는 그 말이 마음에 들었다. 자신의 경우에도 해당되기를 바랐다. 하지만 한마디하지 않을 수 없었다. "라리사, 당신이 말하는 것과 같은 마음 상태를 가진 사람은 많지 않을 듯해요. 제 친구 루디를 예로 들자면, 그 친구는 지금까지 살아오는 동안 정말 '쉴새 없이 이것저것 추구'해왔거든요!"

모두 웃음을 터뜨렸다. 리디아가 말했다. "아참, 톰하고 라리사한테 체비 얘기 좀 해줘요, 레브." 그래서 레브는 루디와 자동차를 사러 가고, 눈 속에서 문짝이 떨어져나가고, 앞유리에 보드카를 부어 얼음을 녹였던 그 드라마 같은 긴 이야기를 시작했다. 그는 이야기를 하면서 새로운 사실을 보태며 윤색했다. 마치 주어진 주제를 가지고 즉흥연기를 하는 배우처럼. 그는 끔찍한 상황과 유쾌한 순간이 어우러지다 행복한 결말에 이르는 그 이야기가 지닌 힘을 느꼈다. 이야기가 끝났을 때 톰과 라리사는 완전히 사로잡혔다. 그 뒤로는 다른 대화가 시시하게 느껴졌는지 모두 잠잠했다. 레브는 무척 흡족했다. 그가 마흔두 해를 사는 동안 중요했던 순간들은 거의 언제나 다른 사람들의 몫이라고 생각했는데, 이 몇 분만은 오로지 그의 몫이었다.

잠시 후 머스웰힐의 언덕진 거리 어디선가 울려오는 교회 종소리가 자정을 알렸다. 라리사가 일어나 와인잔과 커피잔을 거두기 시작했다.

레브는 담배를 비벼 껐다. "가야겠어요. 정말 근사한 저녁식사였어요."

레브는 리디아가 초조한 표정으로 라리사를 쳐다보는 것을 보았다. 라리사가 리디아의 표정을 보고 톰을 향해 고개를 돌렸다. "내 생각에는 레브가 소파에서 자면 어떨까 싶은데, 어떻게 생각해, 톰? 지금 숙소를 찾기에는 너무 늦었잖아."

"그럼." 톰이 환한 표정으로 말했다. "좋은 생각이야."

"아, 잘됐어요!" 리디아가 두 손을 모으고 불쑥 소리쳤다. "저도 그 얘기를 하고 싶었지만 엄두가 나지 않았거든요. 소파에서 자는 게 좋은 방법 같아요. 그러면 내일 아침에 레브를 위해 통역을 해줄 수 있으니까요."

레브는 머리를 깨끗한 베개에 누이고 흰색 시트와 격자무늬 담요를 덮었다. 그는 창문을 열고 커튼을 젖힌 채로 두었다. 창밖의 밤을 내다보며 잠들기 위해서였다. 비행기가 날아가는 소리가 들렸다.

세시경, 거리에서 술 취한 청년들이 떠드는 소리에 레브는 잠이 깼고, 그들이 뭐라고 떠드는지 이해해보려고 귀를 기울였다.

"에이 씨-!"

"그래, 씨-!"

"에이 개-아!"

"개-씨-아!"

그들은 깡통을 걷어차며 천천히 멀어져갔다. 누군가가 토하는 소리가 났다.

머스웰힐이라는 낙원.

완전히 잠이 달아났다. 레브는 담배종이를 집으려 손을 뻗었다. 리디아가 그 소란한 소리를 들었을까 생각하는데 문이 열리는 소리가 나서 쳐다보니 그녀가 가운을 입고 서 있었다.

"리디아? 무슨 일이에요?"

"미안해요. 잠이 안 와서요. 기분이 별로 안 좋네요."

레브가 일어나 불을 켰다. 리디아는 분홍색 누빔 공단 가운을 입고 털 달린 흰색 슬리퍼를 신고 있었다. 얼굴에서 윤이 나 보였다.

"기분이 너무 안 좋아요. 우리가 당신에게 제대로 신경써주지 못해서요."

"무슨 말입니까?"

"당신의 일자리에 대해 좀더 얘기하고 계획을 세웠어야 했어요. 밖에서 들려온 고성과 욕설을 듣고 거리가 얼마나 끔찍할 수 있는지, 그리고 그동안 저 밖에서 당신이 어떻게 지냈을지 생각하자 어젯밤에 당신을 도우려 하지 않았다는 게 떠올랐어요."

"이미 도와주셨잖아요. 근사한 음식도 그렇고……"

"미래를 얘기하는 거예요. 당신에게도 확실한 미래가 있으면 좋겠어요."

리디아가 거실을 가로질러 다가와 소파 옆 바닥에 앉았다. 거리는 다시 고요해졌고, 어둠이 짙게 깔린 정원에서 밤새 한 마리가 잔잔하게 우는 소리가 들렸다. 레브는 담배를 말기 시작했다. 리디아가 그의 팔에 손을 얹었다.

"한번 해보고 싶어요…… 당신을 도우며 가까이 지내고 싶어요." 그녀가 속삭였다.

담배를 다 말아서 다행이었다. 레브는 재빨리 담배에 불을 붙여 연기를 들이마셨다.

리디아의 얼굴이 그의 얼굴 가까이에 있었다. "당신이 이걸 원하지 않을지도 모른다는 걸 알아요. 고인이 된 부인 때문에 아직도 애통해한다는 걸 아니까요. 그 마음 존중해요. 그렇지만 생각했어요. 지금 내겐 좋은 일자리가 있으니 당신을 도와서……"

"그렇게 생각해줘서 고마워요. 정말 고마워요. 그리고 당신이 마에스트로 그레츨러와 함께 일하게 되어 나도 정말 기뻐요. 하지만 그건 당신의 새 인생이에요. 리디아. 내일 나는 당신을 본보기로 삼아 내 인생을 찾아야 해요."

"돈 얘기를 하는 게 아니에요." 리디아가 당황해서 말했다. "그저 서로를 좀 돕자는 거죠. 함께 지내기도 하면서……"

"네, 그럼요. 신문 구인광고에서 일자리 찾는 일은 꼭 도와주세요." 리디아가 시선을 떨어뜨렸다. "버스에서 당신과 함께 있는 데 익숙해졌어요. 나란히 함께. 얼토당토않게 들릴 거예요. 하지만 난 우리가 동반자라고 나 자신을 속였어요. 내가 작별인사를 할 때……"

"리디아." 레브가 상냥하게 말했다. "우리는 동반자가 아니었어요."

"네, 알아요, 안다고요. 내가 정말이지 바보 같은 말을 했네요."

"아뇨, 바보 같다니요. 그게 아니라……"

리디아가 레브의 손목을 꼭 쥐었다. "레브, 머리를 만져도 될까요?" 그녀가 속삭였다. "당신 머리칼은 정말 아름다워요. 굵고 멋져요. 만져보기만 할게요, 네?"

레브는 갈색 점투성이에 윤이 나는 리디아의 얼굴을 내려다보았다. 그녀가 깔끔하게 싸 온 삶은 달걀을 먹는 모습이었을까, 잔잔한 목소리였을까, 처음에 보았을 때 레브의 마음을 움직이게 한 뭔가가 그녀에게 있었다. 하지만 그녀가 자신을 만진다는 생각을 하자 레브는 거북해졌다.

"내 얘기 좀……" 레브가 말을 꺼냈다.

"머리카락만요. 그뿐이에요."

"머리가 먼지투성이예요."

"상관없어요."

"내 얘기 좀……" 그가 다시 말하려 했지만 리디아는 손을 뻗어 손등을 레브의 귀 윗부분에 갖다댔다. 레브는 움직이지 않았다. 리디아의 손도 움직이지 않았다. 담배가 계속 타들어갔다. 그는 저녁 시간 동안 이 방에서 행복감에 가까운 것을 느꼈지만, 이제 그것은 피상적이고 위태로운 행복처럼 여겨졌다. 레브는 리디아에게 전화한 자신을 저주했다.

"레브." 리디아가 아이 같은 음성으로 조용하고 작게 말했다. "당신은 아주 잘생긴 남자예요. 줄곧 독신으로 지내기로 한다면 애석한 일일 거예요. 키스가 어떤 느낌인지 기억해요? 네?"

"네, 기억해요. 그런데 우리 이제 그만 자야 할 것 같네요."

레브는 최대한 부드럽게 리디아의 손을 잡아 그녀의 무릎에 올려놓았다. 그러자 리디아는 마치 그가 예기치 못한 선물을 놓기라도 한 듯 눈을 내려뜨고 자신의 손을 응시했다.

"아침이 거의 다 되어가는군요. 새소리 들려요?" 레브가 물었다.

"네, 뭐, 저는 새에 특별한 관심이 없어요."

5
스테인리스 건조대

레브는 리디아의 도움으로 클러켄웰에 있는 식당에서 접시닦이 일자리를 얻었다. 시급은 오 파운드 삼십 펜스였다.

지케이 애시 식당의 주방장 겸 주인의 이름은 그레고리(지케이) 애시였다. 매니저인 데이미언이 오후 세시에 그를 면접하며 말했다. "지케이 애시는 런던의 떠오르는 별이야. 알겠지, 올레브?"

"네." 레브가 대답했다.

데이미언은 혈색이 창백하고 머리를 빡빡 민 중년 남자였다. 비싼 정장에 레모네이드색 셔츠를 말쑥하게 차려입고 있었다. 그는 입술에 떠오르자마자 사라져버리는 그런 미소를 지었다. 데이미언이 레브를 뚫어지게 쳐다보고는 빈틈없는 갈색 눈으로 온몸을 샅샅이 살피더니 말했다. "말랐군. 그건 좋아. 사장님은 뚱뚱한 직원을 안 좋아하거든. 마른 건 민첩하다는 표시니까. 주방에서 일하는 사람은 모두 민첩해야 해. 민첩하고 빠르고, 또 피로를 몰라야 해.

내가 하는 말 알아듣겠나?"

"피로를 몰라야 한다뇨? 그게 무슨 말씀이죠?"

"절대로 지치지 말아야 한다는 거야. 지치더라도 절대 피곤한 기색을 보이면 안 돼. 근무시간이 기니까 그걸 감당할 수 있어야 해. 여기서 하품은 금물이야, 알겠나? 무조건 참아야 해. 하품하다 걸리면 중탕냄비가 자네 머리로 날아갈 수도 있어."

"중탕냄비요?"

"그리고 절대로, 절대로 음식을 먹으면 안 돼, 알겠나? 레몬 껍질 한 조각이라도 입에 들어가는 걸 사장님이 보는 날엔 자네는 끝이야. 그러니까 먹지 말게. 직원 식사시간은 오후 다섯시야. 식사량이 적을 거야. 직원들의 배가 단백질로 무거워지는 걸 원치 않으니까. 하지만 견딜 수 있을 거야. 직원들이 서비스를 특별히 잘한 날이면 간혹 사장님이 아량을 베풀어 새벽 한시에 크로스티니*를 만들어주기도 해. 맥주도 좀 마시고. 그때는 한 가족 같아. 나중에 보면 알 거야."

데이미언이 신속히 사라지는 미소를 지어 보였다. 레브가 말했다. "가족은 좋은 거죠."

"그럼, 물론이지." 데이미언이 말했다. "고향에 가족이 있겠지? 전에도 보면 자네 같은 친구들은 버는 돈을 전부 고향의 시골 마을로 보내던데, 그런가?"

"어머니와 딸을 위해서요."

---

* 작은 크기의 빵을 바삭하게 굽고 그 위에 갖가지 재료를 올려 만든 이탈리아 전채 요리.

"그래? 음, 자네는 착한 사람이로군. 부인은 영국에 같이 왔나?"

"아뇨. 제 아내는…… 죽었습니다."

"그렇군. 그렇군. 그렇게 됐군. 안됐네. 자, 이리 와서 자네가 일할 싱크대를 보게. 이거야. 개수대 두 개와 2.5미터짜리 스테인리스 건조대. 최신식 위생 관리 구역이지. 여기 이 선반은 접대용 큰 접시와 일반 접시를 놓는 데고, 이 다용도 프로그램 식기세척기는 유리용기 전용이네. 이건 분사 세척기. 이건 온도가 조절되는 헹굼용 수도. 알겠나, 올레브? 이 시설이면 1개 연대의 식기도 닦을 수 있을 거야."

레브는 싱크대 앞에 서서 싱크대 뒤쪽의 스테인리스로 마감한 벽을 죽 훑어보고, 스테인리스 걸이에 가지런히 걸린 깨끗한 식기 건조용 행주를 쳐다보았다. 루디가 여기에 함께 있어 그 모든 것을 보고 놀라는 모습이 보고 싶었다. 그가 말하는 소리가 들리는 듯했다. "아니, 이럴 수가! 이 기막히고 반짝이는 것 좀 봐!"

레브는 이튿날부터 일을 시작하기로 했다. 오후 네시가 출근 시간이었다.

"올레브, 잊지 말게." 데이미언이 레브와 함께 주방문 쪽으로 가며 말했다. "식당의 주방은 오케스트라처럼 정확하게 움직인다는 걸. 모든 사람이 집중해서 박자를 맞춰야 해. 지휘자는 단 한 명, 주방장이야. 그러니 정신 바짝 차리게. 쉬지 말고. 쉬는 시간을 갖지 말라고. 자네에게 주어진 악기를 계속 연주하되 박자를 맞춰야 해. 그러기만 하면 잘해낼 걸세. 그럼 내일 보세."

밖에 나오니 햇살이 좋았다. 레브는 담배를 말아 불을 붙였다. 길 건너편 선술집 테이블에 손님 몇 명이 앉아 아이들처럼 거리낌

없이 떠들썩하게 웃어대고 있었다. 레브는 그들 가까이에 자리를 잡고 앉았다. 한 여자가 담배를 피우며 희롱하듯 말했다. "안녕하세요, 멋진 양반!" 그러자 사내들이 고개를 돌려 레브를 쳐다봤지만 잠시뿐이었다. 눈앞의 술 때문에 다른 사람에게 관심을 가질 만한 상황이 아니었기 때문이다.

레브는 맥주를 시켰다. 조촐하게나마 자축할 만한 일이었다. 그는 이제 영국 경제의 일부가 되었다. 아메드의 전단을 돌리러 돌아가지 않아도 되었다. 이나에게 시간당 오 파운드 삼십 펜스를 받는 직장에 취직했다고 알리는 엽서를 보낼 수 있었다. 배린에서 하루 종일 일해 벌 수 있었던 돈보다 많은 금액이었다.

하지만 여기서는 돈이 새로운 두려움을 안겨준다는 사실이 떠올랐다.

리디아가 터프넬 파크에 알아봐준 셋방은 일주일에 구십 파운드였다. 여기에 지하철과 버스 요금, 식대, 담배에 들어가는 돈을 빼면 이나에게 얼마나 보낼 수 있을까? 남는 돈이 있기나 할까? 레브는 자신을 "멋진 양반"이라고 부른 젊은 여자를 쳐다보았다. 저 여자는 수요일 오후 시간을 술이나 마시며 보내는데 어떻게 생계를 유지하고 살까지 찔까? 어디서 그런 여유가 나오지? 레브는 그 여자가 혐오스러웠다. 불룩한 배에 번질번질한 얼굴은 런던의 햇빛을 받아 타오르는 듯했다. 그는 찬 맥주를 마시며 혼자 조용히 있는 편이 좋았다. 지하철 노선도를 펼치고 터프넬 파크로 가는 길을 궁리하기 시작했다.

셋방은 작은 집들이 빽빽한 벨리샤 로드라는 거리에 있었다. 길 한쪽에는 마가목이 짙게 그늘을 드리우고 있었다. 보도는 갈라지고 울퉁불퉁하고 지저분했다.

12번지는 그늘진 쪽에 있었다. 울타리 역할을 하는 키 큰 쥐똥나무가 무성하게 자란 탓에 입구가 어둑했다. 울타리 안쪽에는 쓰레기로 넘쳐나는 쓰레기통과 창살에 사슬로 묶어둔 자전거가 세워져 있었다.

레브는 C. 슬레인이라는 문패 옆의 초인종을 눌렀다.

그리고 계단에 서서 기다렸다. 가방을 옆에 내려놓은 채. 거리에서 개가 짖어댔고 유모차에 탄 어린아이가 발길질하며 빽빽 소리를 질렀다. 마가목 열매가 누런색으로 익어가고 있었다.

문이 열리고 꼬마 요정 같은 작은 남자가 나왔다. 눈은 옅은 색에 불안해 보였고 콧등에는 습진이 돋아 있었다. 옷은 낡은 흰색 티셔츠에 빛바랜 청바지를 입었는데, 마른 체격에 비해 바지가 많이 헐렁했다.

"슬레인 씨세요?"

"네, 크리스티 슬레인이에요. 들어와요, 들어와. 기다리고 있었어요. 당신 친구인 리디아 씨가 셋방을 알아보러 전화했었죠."

어둑한 현관 복도에 운동화 여러 켤레가 아무렇게나 놓였고 그 위의 옷걸이에 아노락 점퍼와 목도리, 배낭, 양털 스웨터, 가죽재킷이 걸려 있었다.

"이 잡동사니는 다 내 게 아니에요." 크리스티 슬레인이 말했다. "아래층에 사는 사람들 것이죠. 신발을 안에 두면 구린내가 난다며 이렇게 밖에 둬서 아주 거치적거려 죽겠어요. 남을 배려하는 마음은 물론 상상력도 전혀 없죠."

레브는 크리스티 슬레인을 따라 위층으로 올라갔다. 크리스티의 집 문에는 흰색 페인트칠이 되어 있고, 거기에 집을 그린 어린아이의 그림이 테이프로 붙여져 있었다. "내 딸 프랭키가 그린 겁니다. 이제는 여기서 살지 않죠. 그래서 방을 세놓은 거예요. 그림을 떼야 하는데, 도저히 그러지를 못하겠어요."

크리스티가 흰색 문을 닫았다. 집안도 밝은 흰색으로 페인트칠이 되어 있었는데, 갓 바른 칠 냄새와 더불어 뭔가 다른 냄새가 났다. 레브는 그것이 담배 냄새이기를 바랐다. 그는 좁은 현관 복도를 따라 나 있는 방문들을 둘러보았다. 거실을 슬쩍 보니 가스난로와 등나무 안락의자 두 개와 식탁과 TV가 있었다. 천장에 달린 램프의 종이갓은 찌그러졌고 창문에는 커튼이 없었다.

"지금은 최소한의 가구만 있어요. 아내가 자기 물건을 챙겨 가면서 내 것도 절반이나 가져갔거든요. 누가 영국 여자 아니랄까봐. 하지만 내가 준 물건은 하나도 가져가지 않았어요. 심지어 딸아이한테 준 것도. 그래서 당신이 지낼 방에 장난감집이 내가 플로리다의 올랜도에서 사다준 작은 플라스틱 장난감가게와 인형 한두 개가 있어요. 당신이 그것들을 신경쓰지 않았으면 좋겠는데. 만일 걸리적거릴 것 같으면 나와 함께 다락으로 치워버립시다."

크리스티가 딸이 쓰던 방의 문을 열자 사다리가 달린 목제 이층침대와 기린 무늬 침대보가 보였다. 창턱에는 봉제 장난감이 잔뜩 놓여 있었다. 바닥에는 초록색 카펫이 깔렸고, 그 위에 빨간색 굴뚝이 있고 문에 꽃이 그려진 작은 나무집이 놓여 있었다. 침대 옆 알록달록한 깔개를 보니 마야 방의 래그 러그가 생각났다.

"어때요, 괜찮겠어요?" 크리스티가 물었다. "청소도 하고 환기도 시켰어요. 침대가 보기엔 작아도 표준 크기예요. 빨래는 일주일에 한 번 내가 세탁기로 빨아줍니다. 전부 구십 파운드에 포함돼요. 편안하게 지낼 수 있겠죠? 방 크기는 내 방과 별로 다르지 않아요. 내가 어렸을 때 더블린에서 살 때는 짐승을 베고 잤어요. 하지만 저게 정 거슬리면 홀러웨이 로드에서 싼 침대보를 살 수 있어요. 알겠죠?"

레브는 방으로 들어가 가방을 내려놓았다. 크리스티 슬레인의 말을 모두 알아듣진 못했지만, 이 방이 그의 딸이 쓰던 방이며 이제는 여기 살지 않는다는 것만은 알아들었다. 그는 어린아이의 물건들을 둘러본 뒤 창밖으로 단풍나무를 내다보았다. 넓게 뻗은 가지가 창문에 닿을락 말락 했다. 크리스티는 방안으로 들어오고 싶지 않은 듯, 두 손을 허리에 올린 채 문가에 서서 어쩔 줄 몰라했다. 그 모습을 본 레브는 잠시 몸이 굳었다. 크리스티에게서 자신의 모습을, 기꺼이 항복하고 싸우지 않으려는 모습을, 모든 게 어서 끝나기를 바라는 위험스러운 갈망을 보았기 때문이다.

"방이 아주 좋군요. 여기로 하지요."

"네, 좋아요. 뭐, 그래도 앤젤라가 이 커튼들은 남겨두고 갔어요. 게다가 이 방은 조용한 편이에요. 아래층 사람들이 정원에서 바비큐를 하는 날만 빼면요. 뭐, 관리하는 걸 보면 정원이랄 것도 없지만. 아래층 집에 강아지가 한 마리 있는데, 간혹 밤에 집안에 들이지 않았을 때 킹킹거리기도 해요. 그것 말고는 조용합니다. 그럼 이제 화장실을 보여줄게요."

화장실도 흰색에 조명이 밝았다. 욕조와 세면대와 변기 모두 새것처럼 보였다. 크리스티의 얼굴에 쓴웃음이 스쳤다. "여기가 하이라이트죠. 앤젤라가 파이프 분해하는 법을 몰랐기에 망정이지, 알았다면 아마 날름 가져갔을 거예요."

"아주 근사한 화장실인데요."

"네, 알아주니 기쁘네요. 내가 손수 설치한 겁니다. 그게 내 직업이거든요. 배관공이에요. 지금은 프리랜서로 일하고요. 실직자를 그렇게 부른다면 말이에요. 앤젤라가 떠난 뒤로는 한 일자리에 꾸준히 있을 수 없었어요. 하지만 그 결과, 최소한 볼일을 보기에는 매우 훌륭한 환경이 생겼지요. 타월을 가져올게요."

곧 다른 방에서 벽장이 열리는 소리가 들렸다. 레브는 모형 집 옆에 놓인 플라스틱 모형 가게를 내려다보았다. 가게문에 푯말이 붙어 있었다. 어서 오세요! 나의 가게는 열려 있습니다.

크리스티가 돌아와 레브에게 초록색 타월을 건넸다. "그럼, 당신 이름을 알려주세요."

"이름요?"

"나는 크리스티예요. 알아채지 못했을 수 있지만 아일랜드 출신이에요. 세례명이 '크리스천'인데, 그 이름은 짊어지기에 너무 어마어마해요. 큰 멍에죠. 무슨 말인지 알겠어요? 하지만 '크리스티'는 괜찮아요. 나를 그렇게 부르세요."

"네. 난 레브예요."

"아, 네, 레브. 이제 차를 내려 올 테니 돈 문제를 매듭지읍시다. 세는 한 달 치가 선불인데, 지금 당장 낼 돈이 없으면 이 주일 치만 받을게요."

"이 주일 치가 좋겠는데요."

"좋아요. 그렇게 합시다."

레브는 돈을 셌다. 가진 돈의 거의 전부였다. 일주일에 이십 파운드면 살 수 있다고 장담하던 루디가 다시 생각났다. "난 세상이 어떻게 돌아가는지 알아." 루디는 곧잘 말하곤 했다. "뉴스도 그냥 보는 게 아니라 해석을 해. 그래서 그와 관련된 다른 글들을 읽고 그걸 바탕으로 판단한다고." 레브는 루디라면 구십 파운드를 그냥 받아들이지 않고 분명 크리스티가 단 얼마라도 깎아주도록 만들었을 거라는 걸 알았다. 하지만 레브는 그런 주장을 펴지 못했다. 크리스티 슬레인을 만나 딸의 방을 얻을 수 있게 된 것만도 행운이라고 여겼다. 기린 무늬 베개를 베고 자는 건 창피한 일도, 자존심 상하는 일도 아니었다.

"정말이지 남자는 불쌍해요." 크리스티가 차를 마시며 말했다. "요즘 세상에서는 여자가 남자를 쥐고 흔드는 것 같아요."

"네?"

"물론 인정해요. 술버릇이 나쁜 나 같은 인간이랑 사는 게 유쾌할 리 없다는 건요. 술을 마시면 지저분한 버릇이 나와요. 하지만 누구에게나 그런 면이 있잖아요, 여자도 마찬가지고. 인간의 본성이 그러니까. 그저 보통 때는 밖으로 잘 드러내지 않는 것뿐이죠. 무슨 말인지 알죠? 보통 때는 그런 지저분한 부분이 안 보인다는 겁니다."

레브가 고개를 끄덕였다. 두 사람 모두 담배를 피우고 있어 싸구려 재떨이에 꽁초가 쌓여갔다.

"앤젤라가 좀 안됐다는 생각은 들어요." 크리스티가 계속 말했다. "그녀의 입장을 이해해요. 한데 너무 고약하게 굴더라고요. 내가 아무것도 아니라더군요. 그것도 프랭키 앞에서 말입니다. 그러면 프랭키는 나랑 말도 안 하려 들어요. 밤에 잘 때 뽀뽀해주는 것도 싫다고 하고. 이제 당신 방이지만, 내가 그 아이의 방에 들어가면 고개를 돌려버려요. 그러면 장난감을 하나 집어들고 '프랭키, 여기 좀 봐, 어릿광대 새미가 아빠한테 잘 자라는 인사 하라고 하잖니……'라고 말하죠. 그래도 못 들은 체하니 제 꼴이 정말 한심했죠. 머리까지 이불을 뒤집어쓰더라고요. 내가 때리기라도 할 것처럼. 나는 아이를 절대로 때리지 않아요. 하늘에 맹세코. 앤젤라 때문에 아이가 그렇게 된 거예요."

레브는 고개를 끄덕였다. 자신이 알아듣지 못해도 크리스티는 별로 개의치 않는다는 것을 알았다. 어쩌면 내가 알아듣지 못한다는 걸 알기에 더 얘기하는 걸지도 몰라. 레브는 생각했다. 크리스티는 자신의 근황을 늘어놓기 시작했다. 얘기를 그만둘 생각이 없는 듯했다. 레브는 개의치 않았다. 이 아일랜드인의 외로움이 자신의 외로움만큼이나 극심하다는 걸 차츰 이해하기 시작했다. 나이도 서로 비슷했다. 두 사람 모두 가장 사랑했던 사람을 잃기 전으로 돌아가고픈 갈망을 품고 있었다.

"아주 엉망진창이에요." 크리스티가 한숨을 쉬었다. "언젠가는 깔끔히 정리될까요? 아마 아닐 거예요. 앤젤라가 내게 올가미를 씌운 것 같아요. 프랭키의 학교에 가서 쉬는 시간에 그 아이가 운동장에서 줄넘기를 하며 뛰노는 모습을 지켜봐요. 하지만 가까이 가지는 못해요. 선생들에게도 지시가 내려졌죠. 내가 아이와 접촉하지 못하게 하라고요. 접시하고 유리잔을 몇 개 박살낸 적이 있다는 이유로 '용납할 수 없는 위험인물' 취급을 받죠. 그래서 내 권리를 되찾으려면 법원에 가야 해요. 아버지로서의 권리, 인간으로서의 권리 말이에요. 그러다 패소하면 어쩌죠? 술을 마시지 않으려 애쓰고 있어요. 나를 도와줘요. 레브. 나는 당신이 자제력 있는 사람이라는 걸 알아요. 나를 도와줬으면 좋겠어요. 내가 술집에 가지 못하도록. 그리고 집에서 기네스 맥주병을 따기라도 하면 그 빌어먹을 것을 뺏어줘요. 알겠죠? 뺏어서 개수구에 쏟아버려요."

"네. 그럴게요. 하지만 지케이 애시에서 일하는 시간이 길어서요."

"그렇겠네요. 잠시 그걸 깜박했어요. 우리가 앞으로 며칠이고 이렇게 차나 마시며 앉아 있을 수 있기라도 한 것처럼요! 나는 이처럼 모든 게 근사하고 조용한 시간이 좋아요. 차 한 잔 마시고, 담배를 피우고, 조용한 시간을 갖는 것. 그게 좋아요."

"네. 나도 그래요."

"당신 딸 얘기 좀 해봐요."

레브가 지갑에서 마야의 사진을 꺼내 크리스티에게 건넸다. 그날 마야가 입었던 모직 드레스의 부드러운 질감이 선명하게 기억났다. 크리스티가 다정한 표정으로 사진을 들여다보았다.

"딸아이들은 정말 사랑스러워요. 그렇죠?" 크리스티가 말했다. "아주 귀엽고 사랑스럽죠. 새침데기이기도 하고요. 그런데 어느 날 갑자기 휙 등을 돌려버린단 말이죠. 아빠가 밉다면서. 가슴을 아프게 하죠."

레브는 크리스티가 돌려준 사진을 지갑에 도로 집어넣었다. 잠시 침묵이 흘렀다. 레브는 마리나의 죽음에 대한 얘기를 꺼냈다. 그 얘기를 미리 해둠으로써 나중에라도 준비가 안 되었을 때, 그 얘기를 하기가 너무 힘들 때, 그 얘기를 하게 되는 일이 없게 하기 위해서였다. 마리나가 어떻게 죽었는지 크리스티가 물었다. 오로와 배런 지방에서 백혈병은 흔한 병이었는데, 그 이유는 아무도 모른다고 레브는 가까스로 설명했다. 물의 오염 때문이라는 사람도 있었고, 붉은살 고기를 너무 안 먹어서 혹은 장미꽃잎 잼을 너무 많이 먹어서 그렇다는 사람도 있었다.

레브는 마리나의 죽음이 고압 송전탑과 관련이 있다는 나름의 이론을 갖고 있었다. 늦은 오후면 그의 집 위로 송전탑 그림자가 드리웠다. 레브는 그 그림자에 어떤 섬뜩함이, 마음을 어둡게 만드는 섬뜩함이 있었다고, 그 느낌은 그 그림자의 독특한 무엇이었다고 설명하려 애썼다. 그림자는 정원을 가로질러 염소 우리와 닭장, 마리나가 정성들여 가꾸던 작은 텃밭까지 뒤덮었다. 그림자를 볼 때마다 레브는 분노를 느꼈고 나쁜 예감이 들었다. 오로에 전기가 들어온 건 고마운 일이었지만 송전탑이 드리우는 그림자에 대한 증오와 두려움은 그를 떠나지 않았다.

크리스티가 손으로 얼굴을 괴고 레브를 응시했다. 비쩍 마른 손 여기저기에 화상 자국이 있었다. 잠시 후 그가 물었다. "송전탑이 아니라 그 그림자를 두려워한 까닭이 뭐죠?"

레브는 그 이유를 곰곰이 생각해봤다. 그리고 그림자가 그 모든 것에 닿았다고 설명하려 애썼다. 그림자는 격자무늬 모양으로 드리웠다. 송전탑은 조금 떨어진 오로 뒤 언덕에 있었지만 그림자는 곧장 그들 위에 드리웠고, 그들이 할 수 있는 건 아무것도 없었다.

크리스티가 찻잔을 치웠다. 오후가 지나가고 벨리샤 로드에 저녁이 오는 소리가 하나둘 들리기 시작했다. 가장 분명한 소리는 아래층에서 들려오는 크고 댕댕거리는 음악소리였다.

"이스트엔더스." 크리스티가 알려줬다. "그 드라마를 봐요. 당신이 발을 들인 이 미친 세상에 대해 좀더 알 수 있을 거예요."

크리스티가 스테이크앤드키드니 파이*를 데웠다. 그들은 등나무 의자에 앉아 TV를 보며 파이에 완두콩 통조림을 곁들여 먹었다. 식사를 마친 뒤 레브는 TV로 앨버트 스퀘어라는 곳에서 벌어지는 맹렬한 언쟁을 보다가 잠들었다. 깊고 편안한 잠에서 깨어보니 TV는 꺼져 있었고 방은 거의 깜깜했으며 크리스티 슬레인은 보이지 않았다.

레브는 혼자 집안을 둘러보았다. 주방은 깔끔했고, 저녁식사에 썼던 접시는 깨끗이 닦여 정돈되어 있었다. 크리스티의 침실에 있는 더블침대는 헝클어져 있었고, 침대 옆 테이블에는 문고본 몇 권과 편지와 약통이 어지러이 널려 있었다. 침대와 테이블 말고는 아무것도 없었다. 창문에 담요 한 장이 커튼 대신 걸려 있었다.

레브는 거실로 돌아왔다. 전화를 하고 싶은 간절한 마음에 전화기를 뚫어지게 쳐다보았다. 그 간절한 마음을 물리치려 한참을 애썼지만 허사였다. 결국 그는 고국으로 거는 국제전화 요금이 얼마인지 몰랐지만 주머니에서 동전 몇 개를 꺼내 전화기 옆에 놓고 수화기를 들고서 루디에게 전화를 걸었다. 루디의 딱딱거리는 친숙한 목소리를 듣자 레브는 마음이 푸근해졌다.

"야!" 루디가 소리쳤다. "보고 싶다! 모두들 보고 싶어해. 어떻게 지내? 벌써 돌아올 생각이야?"

레브는 웃고 나서 루디에게 식당 주방에서 일하게 되었다고, 어

---

* 저민 살코기와 콩팥을 넣어 만든 파이.

린아이가 쓰던 방에 세를 들게 되었다고, 런던 사람들은 생각보다 뚱뚱하다고 말했다.

"뚱뚱하다고? 그럼 좀 어때? 뚱뚱하다고 너무 뭐라 하지 마, 레브. 우리가 여기서 먹는 음식이 살을 찌울 정도로 좋다면 나는 마다하지 않겠어. 오히려 살찐 배를 과시하고 다닐 거야. 잘 먹을 수만 있다면 집사람 엉덩이가 푹 퍼져도 환영이라고. 얼굴에 대고 뽀뽀라도 해줄 거야."

"그래, 알았어. 하지만 사람들이 이 정도로 뚱뚱할 줄은 생각도 못했어. 〈콰이강의 다리〉에 나오는 알렉 기네스 같을 줄 알았는데."

"그건 냉전시대에 만들어진 영화니까 그렇지. 아니, 빌어먹을 냉전이 시작되기 전이었지. 넌 뭐든 시대에 뒤져 있어."

"너도 다를 거 없어. 이십 파운드면 일주일을 너끈히 버틸 수 있다고 한 건 너였잖아. 방세만도 구십 파운드인데."

"구십 파운드? 너 바가지 쓴 거야."

"바가지는 무슨 바가지. 〈이브닝 스타〉라는 신문을 보고 거의 삼십 군데나 알아봤는데 이게 제일 싼 방이야."

루디가 잠잠해졌다. 레브는 잠시 뜸을 들인 다음 마야와 어머니의 안부를 물었다. "어머니는 잘 계셔. 마야도 잘 있고." 루디가 대답했다. "염소 한 마리가 없어진 것 말고는 아무 일도 없어. 어머니는 누군가 염소 우리에서 훔쳐간 거라고 생각하셔. 네가 없는 걸 알고 한 마리씩 전부 훔쳐갈 거라고도 생각하시고."

이번에는 레브가 할말을 잃고 가만히 있었다. 염소들이 먼지 나는 우리 안에서 톡톡 뛰어오르며 우아하게 돌아다니는 모습이 떠올랐다.

118

"밤에는 염소를 집안으로 들이라고 어머니에게 전해줘." 레브가 말했다.

"집안 어디에?"

"어디든, 주방에라도."

"그럼 사방에 똥을 싸지를 텐데? 그리고 도둑놈이 집안까지 침입해 훔쳐갈 수도 있고. 그래도 좋아?"

"문에 빗장을 하나 더 다시라고 해."

"그래, 그렇게 말씀드릴게. 그런데 어머니가 나한테 '내 아들이 왜 떠난 거니? 말 좀 해봐라, 왜 떠난 건지' 하고 물으시더라."

"내가 왜 떠났는지 알면서 그러시네. 모두 아는 사실이잖아. 그런 걸로 나 좀 괴롭히지 마. 다음주 주말에는 송금할 수 있을 거야. 그러면 어머니도 기뻐하시겠지."

"알았다, 알았어. 그 말도 전할게. 다음주 주말이면 기뻐하실 일이 생길 거라고."

레브가 화제를 바꿔 택시 일은 어떻게 되어가느냐고 묻자 루디가 말했다. "네가 떠난 뒤로 변한 건 아무것도 없어. 너도 알다시피 이제 아무도 자전거를 타고 다니려 하지 않아. 체비가 있다 이거지. 체비의 가죽시트에 폼나게 올라타고 싶어해. 그런데 이제 보니 문제가 좀 있더라고. 사람들 때문에 가죽시트가 닳아 없어질 지경이야! 엉덩이로 아주 미끄럼을 타거든. 그 미끄러지는 느낌이 좋아서 그러는 거겠지만 그러면 시트가 남아나겠느냐고."

"그저 시트 가죽만 그런 거라면 그러려니 해야지, 뭐."

"그래, 그러려니 하지. 그래도 화가 나는 걸 어떻게 해."

"기계 부품이 고장나는 것보다야 낫지 뭘 그래."

"너 오늘은 맞는 말만 한다. 그 말 마침 잘했다. 혹시 런던에서 자동차 부품 좀 사서 보내줄 수 있겠냐?"

"그럼. 내 앞가림을 좀 하게 되면. 그리고 여기 생활에 좀 익숙해지면……"

"외롭냐?" 루디가 말했다.

"응."

다시 침묵이 흘렀다. 레브는 택시 운행 일지를 놓아두는 마호가니 서랍장과 부서진 뻐꾸기가 밤낮없이 튀어나와 시간을 알리는 벽시계가 있는 현관 복도에 루디가 서 있는 모습을 떠올렸다.

"네가 보낸 다이애나 비 기념엽서를 봤어." 잠시 후 루디가 말을 꺼냈다. "어머니가 보여주셨는데, 그거 보고 나 발기해버렸잖아. 어떤 생각이 든 줄 알아? 다이애나, 나에게 사랑스러운 미소를 지어줘요. 그리고 이리 와서 내 무릎에 앉아요."

레브는 웃음을 터뜨렸다. 자신의 웃음소리가 먼 데서 들려오는 것처럼 느껴져 스스로도 깜짝 놀랐다. 잠시 후 루디가 친숙한 웃음으로 장단을 맞추자, 레브는 글릭으로 기차 여행을 하며 보드카에 취했던 일, 별이 가득한 하늘 아래서 탱고를 추던 일, 에셀 호수에서 파란 네온 불빛을 발하는 물고기를 본 일이 생각났다.

"다이애나는 잊어." 레브가 말했다. "나는 내일 2.5미터짜리 스테인리스 건조대와 데이트 약속이 있어."

지케이 애시는 레브가 상상했던 모습과 달랐다. 깡마른 몸집에 키는 별로 크지 않았고, 헝클어진 검은 머리에는 면모자를 썼으며, 눈은 시원하고 눈에 확 띄는 파란색이었다. 나이는 서른다섯 살쯤 되어 보였다.

애시는 거의 네시가 다 되었을 때 주방에 들어왔다가 줄무늬 앞
치마를 두른 레브를 보았다. 그가 레브와 악수하며 말했다. "내가
지케이 애시네. 함께 일하게 되어 반갑네, 올레브."

"저도 반갑습니다, 사장님." 레브가 말했다.

"'사장님'이라고 부르지 말고 '주방장님'이라고 부르게."

"주방장님……"

"이곳이 엄격하고 일사불란하게 돌아간다는 건 데이미언에게
들었겠지."

"엄격하고 일사불란하게요?"

"게으르고 부주의한 사람들이 일하는 주방과 모든 사람이 전력
을 다해 일하는 주방의 차이는 성공한 기업과 실패한 기업의 차이
만큼이나 크네. 그리고 '실패'라는 말은 내 기분을 잡치게 하지. 생
각조차 하고 싶지 않아, 알겠나? 여기서 일하는 사람은 누구든 자
기 밥값을 충분히 해야 해, 알겠나?"

"밥값요?"

지케이 애시는 레브를 지나쳐 싱크대로 갔다. "이 싱크대를 수
술실처럼 대해야 해. 스푼, 깡통, 소쿠리, 그릇, 분쇄기, 식칼, 씨 제
거기, 강판, 감자칼 등 모든 걸 빠짐없이 철저히 살균 세척하게. 구
이용 팬도 내가 거기에 칵테일을 부어 마실 수 있을 정도로 깨끗이
닦게, 알겠나?"

"칵테일요?"

"그래. 어떤 주방들은 위생 상태가 정말 형편없어. 식당 주방이
이 나라에서 발생하는 식중독 원인의 칠십 퍼센트를 차지해. 내 주

방에서는 어림도 없지. 어림도 없어. 이 점 명심하게." 애시가 레브
의 어깨에 손을 얹었다. "이제부터 자네를 '간호사'라고 부를 거야.
나는 내 주방의 보조들을 그렇게 불러. 간호사. 자네도 그 호칭에
부족함이 없도록 하게."

"간호사요?"

"모욕으로 생각하지 말게. 당치도 않지. 이건 일종의 임명이야.
자부심을 갖고 주어진 일만 제대로 하면 모든 게 잘될 거야."

"열심히 하겠습니다."

애시가 웃고는 한쪽 발끝으로 휙 돌아서더니 다시 레브를 쳐다
보며 말했다. "오늘 저녁부터 새 메뉴를 시작해서 좀 바쁠 거야. 접
시가 꽤 많이 교체될 텐데, 그럴 때 간호사가 해야 할 일은? 침착하
게 더러워진 그릇을 닦는다. 알겠지? 자네를 믿겠네, 올레브."

다른 직원들이 속속 출근하기 시작했다. 그들은 레브에게 다가
와 자신을 소개했고 레브는 부지런히 그들의 이름을 기억했다. 부
주방장인 토니와 피에르, 케이크류와 디저트 담당인 왈도, 채소와
샐러드 담당인 소피, 그리고 웨이터인 스튜어트와 젭과 마리오. 모
두 레브보다 나이가 어렸지만 긴장한 배우들처럼 표정이 엄숙해
보였다.

다섯시가 되자 직원들이 모두 식당 뒤편의 테이블에 둘러앉았
다. 젭이 토니가 요리한 닭다리 조림에 셀러리, 당근, 뇨키*를 곁들
여 내왔다. 레브는 아주 천천히 먹었다. 뇨키에 뭔가 깔끔한 맛을

---

* 감자, 밀가루, 달걀을 반죽해 작게 잘라 삶아서 버터와 치즈, 혹은 소스에 버무린
파스타의 한 종류.

내는 허브가 첨가된 듯했는데 그게 무엇인지 궁금했다. 그는 맛있는 감자 뇨끼를 입안에서 굴리며 음미했다. 파슬리, 그건 파슬리였다. 그는 다른 사람들이 새 메뉴에 대해 토의하고 요리사들이 결정된 사항을 메모하는 동안 말없이 음식을 먹으며 그것을 어떻게 만들었을까 생각했다.

지케이 애시가 말했다. "송어 테린*을 접시에 담을 때 이파리들을 장미꽃 모양으로 놓되 테린에는 닿지 않게 해. 그렇다고 아무렇게나 흩어놓아선 안 돼. 비네그레트 소스만 살짝 뿌리고 다른 소스는 치지 마. 그레이프프루트 마요네즈는 군복 단추처럼 보이게 테린 위에 장식하고. 그림이 그려져?"

"네, 주방장님." 피에르가 말했다.

"조금만 놓아야 해." 계속 애시가 말했다. "송어는 즙이 많고 기름지니까. 손님에게 당신의 입맛을 새로 들여놓겠습니다, 마요네즈를 많이는 말고 약간만 써서 말입니다, 그 맛을 음미해야 합니다, 이렇게 말하듯이."

레브가 알아들은 말은 몇 마디 되지 않았다. 그는 뇨키를 계속 먹으며 그것을 맛있는 닭고기 수프에 넣어 마야에게 가져다주는 상상을 했다.

메뉴 이야기는 갈수록 열기를 띠었다. "뿔닭 요리 말인데요." 토니가 말했다. "방 드 누아**를 넣으면 아주 근사한 다갈색이 날 겁니다. 그리고 생각해봤는데 비트루트를 데쳐서 가슴 부위에 세 줄

---

* 고기나 내장을 으깨 굳힌 요리.
** 호두를 첨가해 만든 레드와인.

기쯤 얹어 내면 선명한 색깔이 근사한 대조를 이룰 것 같습니다."

"아냐." 애시가 말했다. "비트 말고 세프 버섯을 써. 이미 얘기한 거잖아. 세프 버섯을 쓰고 감자 그라탱을 모래성 모양으로 약간만 곁들이라고. 자, 가자미 요리에 대해서는 다들 잘 알고 있지?"

"네, 주방장님."

"피에르, 엔다이브는 좋은 걸로 샀나?"

"네, 주방장님."

"좋아, 너무 삶지 마. 곤죽이 된 채소에 내가 만든 근사한 가자미를 앉히고 싶진 않으니까."

그 말에 모두 한바탕 웃고 나자 소피가 말했다. "그 말 때문에 밥맛이 떨어졌어요."

"잘됐지, 뭐." 애시가 말했다. "그렇잖아도 살 좀 빼야 하잖아."

모두 잠잠해졌다. 레브가 접시에서 눈을 들어 쳐다보니 소피가 얼굴을 붉히며 음식이 남은 접시에 칼과 포크를 내려놓았다. 언젠가 로라가 한 말이 떠올랐다. "영국에서 여자들이 직장에 나간다는 건 매일 전쟁터에 나가는 거나 마찬가지예요."

레브는 소피에게서 눈길을 돌렸다. 스튜어트와 마리오가 빈 접시들을 치우자 왈도가 크렘브륄레를 내왔다. 토치램프의 열기가 남아 아직도 표면이 보글보글했다.

왈도가 말했다. "주방장님, 모두 이걸 좀 맛봤으면 좋겠어요. 블루베리를 써봤거든요. 열매가 부드러워지도록 일 분 정도만 끓였어요. 크렘브륄레에 상큼한 떫은맛을 가미하려고요."

"좋아." 애시가 말했다. "스푼 좀 가져오게." 그러고는 레브를 바라보았다. "자네도 시식해보게. 영국에서는 디저트를 '푸딩'이라고 불러. 옛날에는 찐 푸딩이 오늘날의 디저트 역할을 해서 지금까지 그 말을 쓰는 거라네. 아마 그래서 빅토리아여왕이 그렇게 뚱뚱했을 거야. 하지만 이제 영국에서는 민트셔벗을 디저트로 먹기도 하지. 리치를 데쳐서 솜사탕 바구니에 담아낸 걸 먹기도 하고. 무슨 말인지 알아듣겠나?"

"푸딩 말이죠?" 레브가 말했다. "네, 영국 푸딩을 압니다."

"좋아." 애시가 스푼 끝으로 크렘브륄레의 표면을 톡톡 가볍게 치며 살폈다. "하지만 이제부터 제대로 알게 될 거야. 그게 뭘 의미하는지도. 올레브, 주방에서 일하려면 그곳에서 쓰이는 말들을 제대로 알아야 해. 용어들을 잘 외워둬."

"그러겠습니다, 주방장님." 레브가 대답했다. 그리고 '레브'라는 이름을 외워줄 수 있겠는지 최대한 공손하게 말하려고 입을 여는 순간 애시가 그에게서 돌아섰다. 모두 왈도가 만든 크렘브륄레에 집중하고 있었다.

"맛있는걸." 데이미언이 말했다. "꽤 참신해."

"왈도, 아주 근사한데." 마리오가 말했다.

"괜찮군." 애시가 말했다. "하지만 과일은 일주일 내내 같은 걸 쓰지 말고 다른 걸로 바꿔가며 쓰게. 대황이나 자두도 써보고."

레브는 푸딩을 맛보았다. 입안에 느껴지는 크림의 질감은 부드럽고 차가웠으며, 표면은 뜨겁고 달콤했다. 무엇을 넣은 건지, 어떻게 그토록 놀라운 맛의 대비를 이룬 건지 전혀 짐작할 수 없었다. 아버지의 말이 생각났다. "모든 건 본분을 벗어날 수 없다. 우리 공산주의자들은 이 말의 의미를 항상 이해했지만 요즘 젊은 세대는 그렇지 않더구나. 빵조각은 한낱 빵조각에 지나지 않는다는 사실을 계속 상기시켜줘야 하다니. 그건 금조각이 아니야. 뮤직박스도 아니고." 그리고 어머니가 웬일로 아버지에게 말대꾸하던 것도 기억났다. "모든 게 본분을 벗어날 수 없다면 배린의 세인트니콜라스교회는 왜 실내수영장으로 바뀌었죠?"

레브는 싱크대 깊숙이 손을 담갔다. 머리에 두른 깨끗하고 흰 수건은 지케이 애시가 손수 둘러매준 것이었다. 레브의 탄력 있는 머리칼을 수건 밑으로 밀어넣는 애시의 손길은 부드럽기까지 했다. "간호사의 모자야." 애시가 말했다. "빠짝 매고 있게. 알겠지? 설거지물에 인간의 유전자가 들어가지 않도록."
　레브는 갈수록 요란하고 분주해지는 요리사들의 작업 속도에 맞추려고 애썼다. 뜨거운 물, 장대한 스테인리스 표면, 거센 물줄기 때문에 이 일이 보잘것없는 일이라는 사실을 잊었다. 타일에 자욱하게 김이 서렸다. 요리사들이 사용한 조리기구들이 오른쪽에서 쏟아져들어왔다. 레브는 믹싱볼, 체, 나이프, 커다란 오븐용 팬, 거품기, 도마 등을 집어 물에 담갔다. '간호사'라는 별칭을 얻은 그는 이제 스스로를 이 모든 조리기구를 보살피는 간호사로 상상했다. 임상적인 방법으로 찌꺼기를 살살 긁어내 모든 팬과 조리기구 하나하나를 끈기 있게 새것처럼 만들어놓은 다음 틈나는 대로 돌보자고 혼잣말했다.
　얼마 후, 다시 밀려들어온 것들을 설거지하려고 뜨거운 물을 틀었다. 그의 뒤쪽에서는 요리사들이 각자의 버너 앞에 몸을 구부리고 서 있었고, 생선을 찌는 냄새가 공기 중에 가득했다. 레브는 딴 생각을 하기 시작했다. 요르의 유황천에서 흰색 간호사복을 입고

서 도움이 필요한 사람들을 회색 물에 몸을 담그도록 돕는 자신을 상상했다. 굴뚝 위에 앉은 황새들이 유황물에 몸을 담근 사람들을 내려다보았다. 사람들의 창백한 피부가 푸른빛이 도는 연무 속에서 빛나기 시작했다.

그 사람들 가운데 마리나도 있었다. 레브는 마리나의 몸을 닦아주기 시작했다. 목과 겨드랑이, 엉덩이, 발과 귀를 문질러 닦은 다음 입을 헹궈주었다. 그리고 마리나가 물위에 드러눕자 레브는 그녀를 안아올려 깨끗한 흰색 타월로 감싼 다음 다른 사람들이 기다리고 있는 목제 발코니에 내려놓았다. 물론 마리나의 병은 낫지 않았다. 레브가 해야 할 일은 이제 겨우 시작되었을 뿐이다. 병을 낫게 하려면 간호사의 인내심으로, 기꺼운 마음으로 마리나를 유황천에 담그고 거칠게 피부를 문지르고 닦아주는 불가피한 일을 되풀이해야 했다. 단념하지 않고, 쉬지 않고 계속……

레브는 음식 냄새를 풍기는 뭔가가 팔꿈치에 닿는 느낌에 상념에서 깨어났다. 지케이 애시가 그에게 대걸레를 던지고는 바닥을 가리켰다. "이게 뭐야?" 애시가 말했다. "내 주방을 빌어먹을 바다로 만들 셈이야!"

레브는 아래를 내려다보았다. 자신의 갈색 신발이 물웅덩이에 잠겨 있었다. 채소 냉장고 뒤쪽에도 더러운 물이 닿아 찰랑거렸다. 앞치마는 흠뻑 젖었고 바지마저 젖어 맨살에 들러붙었다. "죄송합니다, 주방장님."

애시가 한쪽 싱크대 밑에서 빨간색 플라스틱 양동이를 홱 잡아꺼내 레브에게 던졌다. 양동이가 레브의 허벅지를 치고는 미끄러운 바닥에 나동그라졌다.

"닦아!" 애시가 말했다. "그리고 공상은 집어치워. 자네를 지켜보고 있었다고. 집중하란 말이야!"

그때 마리오가 사슴고기 소스 파스타를 세 접시 들고 홀로 통하는 문 쪽으로 가며 소리쳤다. "주방장님, 4번 테이블 갑니다!"

애시가 돌아서서 마리오에게 달려들 기세로 소리를 질렀다. "'간다'고 하지 말랬잖아. 발로틴은 어디 있어?"

"그건 다음에 나가요, 주방장님……" 마리오가 말하며 문밖으로 사라졌다. 애시가 중얼거렸다. "간다고 말하지 말란 말이야. 제자리에 있는 테이블이 어딜 간다고. 아무도 수를 셀 줄 몰라?"

애시가 레브의 구역에서 떠나자 레브는 양동이에 물을 채워 걸레질을 시작했다. 요르의 유황천을 떠나 주방으로 돌아오니 눈이 따끔거리고 등이 계속 쑤셨다. 담배 생각이 간절했다. 혼비백산할 정도로 사방이 물바다였지만 이 상황을 극복해야 한다는 것을, 또 걸레로 계속 닦아내 바닥의 물기를 없애야 한다는 것을 알았다. 하지만 아무리 해도 바닥이 마르지 않았다. 자신의 더러운 발자국 때문에 깨끗이 할 수도 없었다.

레브는 바닥 걸레나 헝겊 조각이 있는지 둘러보았다(어머니는 물청소를 하고 나면 아메드처럼 바닥에 신문지를 깔았다. 그러면 신문지가 물기를 빨아들이며 차츰 검어졌는데 마야는 간혹 그 위에 무릎을 꿇고 앉아 신문에 난 인물 사진들이 검어지는 것을 구경하곤 했다). 아무도 보는 사람이 없자 레브는 접시를 닦는 마른 행주를 홱 잡아챈 뒤 쭈그리고 앉아 바닥을 닦기 시작했다. 점점 뜨거워지는 오븐과 버너에서 퍼지는 열이 등에 느껴졌다.

레브는 행주를 짠 다음 싱크대 밑으로 안 보이게 던져버렸다. 그리고 손의 물기를 말린 다음 싱크대에 놓인 커다란 팬을 쳐다보았다. 노란색 본드 같은 것이 범벅되어 있었다. 〈배린 인포머〉에서 읽었던 기사가 생각났다. 이탈리아의 농부들이 먹던 음식 폴렌타가 서유럽에서 새로이 각광받고 있다는 내용이었다. "폴렌타는 옥수수가루를 조미한 물로 반죽해 만든 음식으로, 대대로 남아프리카의 가난한 흑인들이 '옥수수가루'라고 부르던 것이었다. 따라서 폴렌타는 고가에 파는 기아 구제용 식량인 셈이다. 폴렌타를 값비싼 메뉴에 올리는 것은 기만적이고 퇴폐적인 행위다."

레브는 폴렌타 팬을 들었다. 추수기의 보리밭에서 날 법한 냄새가 났다. 레브는 뜨거운 물을 틀었다.

열한시쯤 되자 주방이 조금 한산해졌다. 레브의 싱크대에 놓이는 용기도 달라졌다. 제빵판, 셔벗용 잔, 램킨, 달걀 거품기, 페이스트리 커터, 스푼, 커피잔, 카페티에르. 그는 다른 사람들은 뭘 하는지 궁금해 잠깐 뒤를 돌아보았다. 소피가 채소 냉장고 문을 닫고 흰색 유니폼을 벗는 게 보였다. 면으로 된 흰색 모자를 벗자 축축해진 곱슬곱슬한 머리칼이 온통 눌려 있었다. 마치 수영이라도 한 것 같았다.

"먼저 갈게요, 여러분." 그녀가 말했다.

지케이 애시가 소피에게 다가와 축축한 머리에 한 손을 얹고 담청색 눈으로 그녀를 쳐다보았다. "차분하게 아주 잘했어, 소피." 그가 말했다. "모든 게 서로 아주 잘 맞아떨어졌어. 잘했어."

"고맙습니다, 주방장님." 소피가 말했다.

다른 요리사들이 그녀에게 손을 들어 보였다. 소피가 레브에게 돌아서며 말했다. "수고해요, 올레브."

레브는 두 손에 그릇과 거품기를 쥔 채 자신도 모르게 바보같이 허리를 살짝 굽혀 인사했다. 왈도와 젭이 키득거렸다. 소피가 웃자 레브가 나직이 말했다. "소피, 미안하지만 내 이름은 올레브가 아니라 레브예요."

"아, 그렇군요." 소피가 말했다. "나도 미안해요."

"미안해할 것 없어." 애시가 말했다. "저 친구의 이름은 간호사니까."

새벽 한시, 주문이 가능한 시간이 지난 지는 오래였고 마지막 손님들까지 떠나자 식당 홀의 조명이 꺼지고 조용해졌다. 직원들도 모두 퇴근했다. 주방에는 레브와 지케이 애시만이 남았다.

애시는 자신의 작업대 앞에 스툴을 놓고 앉아 화이트와인을 마시며 메뉴 노트에 뭔가를 적고 있었다. 그의 파란 눈이 이곳저곳을 재빨리 훑다가 요리판과 철판, 접시 예열기, 스테인리스 조리대를 닦는 레브에게서 멈췄다. 레브는 그 일을 끝낸 다음에는 바닥을 쓸고 걸레질을 할 참이었다.

"지난번 간호사는 잘렸어." 레브가 빨간색 양동이에 뜨거운 물과 세제를 붓는데 애시가 말했다. "이런 야간 작업을 제대로 하지 않아서. 내가 말했지. '네가 바보라는 거 알아? 바보는 똑똑한 사람들이 일할 때 잠을 자.' 그랬는데도 알아듣지 못하더군. 그래서 안 됐지만, 그 친구는 끝난 거야. 자네에겐 행운이고."

"네, 행운입니다, 주방장님."

하지만 레브는 늙은 노새처럼 피곤했다. 담배를 피우고 싶어 몸

이 떨릴 지경이었다. 손바닥이 쓰라리고 화끈거렸고 등은 상처라
도 난 듯 아팠다. 여기저기 거니는 기린들의 놀란 얼굴이 그려진
베개에 머리를 누이고 싶은 마음이 간절했다.

6
엘가의 초라한 시작

런던의 무더위는 오랫동안 계속되었다.

벨리샤 로드의 대문과 난간, 자동차들에 먼지가 쌓였다. 12번지의 정원 잔디도 누렇게 떴고, 영양실조에 걸린 강아지는 오후 내내 메마른 단풍나무 그늘에서 낑낑거렸다.

크리스티 슬레인은 집의 창문들을 모두 활짝 열어놓았다. 다른 사람들은 좋아하지만 자신은 도저히 그럴 수 없는 현대음악에 익숙해지듯 레브는 런던 북부의 소음에 익숙해졌다. 시에서 나온 사람들이 전기톱으로 마가목 가지를 자르는 소리까지도.

간혹 레브는 자기 방에 앉아 담배를 피우거나, 이것저것 궁리하거나, 어머니에게 보낼 십 파운드짜리 지폐를 신문지로 싸서 갈색 포장지에 꾸린 소포 속에 꼭꼭 숨겨 넣으며 오후 시간을 보냈다. 어떤 날은 몸이 피곤하지 않으면 국회의사당까지 산책을 나가 매트리스 모양의 괴상한 연이 파란 하늘을 윙윙거리며 나는 모습을 구경하거나, 히스 공원의 탁한 연못가에서 드문드문 사람들의 대화를 엿듣기도 했다. 또한 연인이나 어린아이를 데리고 나온 젊은 부부를 구경하며 부러워하기도 했다. 회색빛이던 그의 안색과 팔뚝이 늦은 오후의 햇빛에 갈색으로 그을었다. 그의 머리칼은 셔츠 칼라에 닿을 정도로 길었다.

대개 레브와 크리스티는 해가 중천에 뜨도록 침대에서 일어나지 않았다. 크리스티는 차를 우려 마시고 미적거리다 갓 구운 빵을 사러 그리스인이 하는 가게에 가곤 했다. 때로는 베이컨을 굽거나 감자 스콘을 만들거나 토마토를 튀기기도 했다. 그러면 두 사람은 휑한 거실의 창가에 놓인 식탁에 앉아 음식을 먹으며 직장이나 돈에 대한 얘기를 했다. 오래전 딸에게 가르쳐준 동요를 불러보기도 했다. 크리스티는 아일랜드가 노래의 나라라는 것을 레브에게 상기시켜줬다. 그는 산울타리의 녹음에도, 양의 울음소리에도 음악이 있다고 말했다. 몽상적인 서쪽 해안의 동굴에도, 기네스 양조장의 맥아제조소에도 있었다. 하지만 영국에는 노래가 없다고, 행진곡과 쇠퇴한 위업을 기리는 오래되고 낯부끄러운 비가悲歌가 있을 뿐이라고 말했다. "노래가 없는 나라에 오면 금세 모든 게 잘못돼요." 크리스티가 말했다. "앤젤라와 결혼하기 전에 그걸 알았어야 했는데."

여름이 끝나갈 무렵, 레브는 크리스티와 함께 아치웨이의 작은 상점에 들러 휴대폰을 샀다. 젊은 인도인들이 점원으로 일하는 곳이었는데, 크리슈나라는 점원이 가장 싼 모델을 골라줬다. 상점에서 나오자 크리스티가 레브의 어깨를 탁 치며 이제 '진짜 런던 시민'이 되었다고, '현대인'이 되었다고 선언했다. 레브는 휴대폰이 마음에 들었다. 외장이 청록색이었다. 루디 말고는 달리 전화를 걸 사람도 없었지만 그것을 들고 다양한 벨소리를 시험해보는 게 재미있었다. 새벽에 심야버스에서 내려 벨리샤 로드의 집까지 걸어갈 때 간혹 크리스티에게 전화를 걸기도 했다. 크리스티가 친구네 집의 연기 자욱한 방이나 24시간 영업하는 아일랜드 선술집에서 전화를 받으면 "레브예요, 그냥 걸어봤어요" 하고 말했다.

그러면 크리스티는 변함없이 "레브! 이제 곧 집에 갈 거예요" 하고 답했다.

하지만 대개는 말뿐이었다. 크리스티는 일거리가 들어오면 자기는 저녁에만 일한다고 말했지만, 레브가 출근하고 나면 혼자 식탁에 앉아 직소퍼즐을 맞추거나 이불보와 티셔츠를 세탁해 화장실에 너는 일로 시간을 보낼 뿐이었다. 그런데 어느 날 오후, 레브가 일하러 가기 전에 크리스티가 그에게 돈 한 다발을 보여줬다.

"현금이에요." 그가 말했다. "현금은 금이에요. 그 사실을 잊지 마요, 레브. 급료를 현금으로 받도록 해요. 세금으로 나무를 자르거나 도로 공사를 하는 멍청이들한테 기부할 순 없다고요. 딴 나라에서 벌어지는 전쟁이나 의회 화장실을 새로 단장하는 데 돈을 보낼 생각 역시 추호도 없고요. 나는 오직 내 인생을 위해 돈을 쓸 거고, 그게 다예요. 그게 내가 원하는 삶의 방식이고."

크리스티는 레브에게 구경하라며 이십 파운드짜리 지폐 한 줌을 쑥 내밀었다. 레브가 감탄을 금치 못하는데, 크리스티가 지케이 애시에게 가서 급료를 현금으로 지불하도록 설득해보겠다고 제안했다. 그러자 레브는 말했다. "괜찮아요, 크리스티. 생각해줘서 고마워요. 하지만 데이미언의 도움을 받아 은행계좌를 만들었어요. 가끔 클러켄웰 지점에 가보곤 하는데, 내 돈이 안전하다고 생각하면 마음이 뿌듯해요."

"그렇다면 뭐." 크리스티가 말했다. "자본주의 착취자들의 부지에서 그런 감상적인 애착을 느끼는 거 십분 이해해요. 하지만 당신의 그 쥐꼬리만한 급료에서 의료보험료나 다른 명목으로 돈을 떼는 건 강도질이에요."

"저녁식사를 제공받잖아요."

"아무렴. 그것도 어느 정도 가치는 있겠죠. 하루에 한 끼는 일류 요리사의 음식을 먹는 거니까. 하지만 퇴근해서 집에 올 때 보면 당신은 완전히 녹초가 되어 있잖아요. 그들은 당신을 노예처럼 부려먹는다고요."

"아뇨, 난 괜찮아요. 고향집에 돈도 보내고요."

"얼마나 보내요? 여윳돈이 거의 없을 텐데."

"경우에 따라 달라요. 어떤 때는 일주일에 이십 파운드 보내요. 고향에선 그것도 적지 않은 돈이거든요."

"그래요? 세상에, 그럼 그리 가서 살면 좋겠는걸요."

크리스티와 레브는 거실 테이블에 마주앉아 있었다. 크리스티의 마른 팔뚝이 테이블 위의 오래된 홍차 얼룩을 덮고 있었다. 그는 한숨을 쉬고 나서 계속 말했다. "정말 그리로 가서 살고 싶네요. 일주일에 이십 파운드로 예전에 살 수 있었던 걸 살 수 있다면 안 될 거 없죠. 거기에도 배관공은 필요할 거 아니에요, 그렇죠? 위생변기나 욕조를 근사하게 설치하는 거예요. 당신 딸에게 돌고래 모양 수도꼭지가 달린 세면대를 따로 설치해주고 말이죠. 어때요?"

"거기로는 이주하지 않는 게 좋을 겁니다."

"왜요? 듣자 하니 살기 좋을 것 같은데요. 거리에선 염소들이 짤랑짤랑 방울을 울리며 다니고, 주석으로 장신구를 만들고, 옛날 민속춤을 추고. 생각만 해도 정말 좋은데."

"아뇨, 실제로 살아보면 좋아하지 않을 겁니다. 거기엔 미래가 없어요. 일자리도 없고."

"일이야 만들어서 하면 되죠, 뭐. 루디가 택시를 몰 생각을 한 것처럼. 당신이랑 루디랑 함께 술을 마실 수도 있고. 무엇보다 앤젤라와 변호사들로부터 멀어질 수 있고. 변호사들로부터……"

"그러면 프랭키와도 멀어지잖아요."

"알아요." 크리스티가 우울하게 한숨을 쉬며 말했다. "하지만 여기 있다고 딸을 제대로 보는 것도 아니니까요. 그저 잠깐씩 훔쳐볼 뿐. 그리고 내가 얘기하지 않은 거 같은데, 앤젤라한테 남자친구가 생겼어요. 얼간이 같은 부동산 중개업자인데, 곧 그자와 살림을 합칠 계획인가봐요. 프랭키도 데려가고요. 그 얼간이의 집으로 이사를 하다니. 그것 때문에 미치겠어요. 프랭키가 그자를 '아빠'라고 부르기 시작하면 나는 누군가 죽이지 않고는 못 배길 거예요. 정말이에요, 뭔가 큰일을 저지르고 말 거예요."

레브는 이십 파운드짜리 지폐 뭉치를 고무줄로 묶는 크리스티를 쳐다보았다. 갸름한 얼굴에 벌건 습진이 넓게 번져 있었다.

"왜 프랭키를 못 만나는 거예요?" 레브가 나직이 말했다. "당신 딸인데."

크리스티는 여전히 눈을 내리깔고 동그랗게 만 돈뭉치를 쳐다보기만 했다. 그가 잠시 뜸을 들이다 대답했다. "앤젤라가 허튼소리를 하는 거예요. 내가 술을 마시면 난폭해진다고, 그래서 자기를 때린다고. 아내를 때리는 사람이라면 아이도 때릴 수 있다고 그랬어요."

크리스티는 돈을 내려놓고 담배에 불을 붙였다. 그가 레브를 외면한 채 말했다. "나는 앤젤라를 때린 적이 없어요. 장담할 수 있어요. 만일 그랬더라도 내게서 제멋대로 증발해버린 거예요, 허공 속으로. 그래서 변호사에게 '모른다'고 할 수밖에 없었어요. 한번은 앤젤라가 내게 부은 입술을 보여주더군요. 아마 내가 그랬을 거예요. 아마도요. 하지만 내게 그런 면이 있다는 걸 믿을 수 없어요. 크리스티 슬레인이 조금이라도 그런 짓을 했다고는 생각할 수도 없다고요. 하지만 어떻게 장담하겠어요?"

레브는 꼼짝 않고 앉아 있었다. 사랑에 관해서라면 자신도 나중에 부끄럽게 여길 말과 행동을 할 여지가 있었다고 크리스티에게 고백하고 싶었다.

하지만 그 문제는 시간을 충분히 두고 할 이야기였다. 벽난로 선반에 놓인 싸구려 시계가 세시 삼십분을 가리켰다. 레브는 곧 일하러 가야 했다. 시간에 맞춰 버스를 타야 했다. 그는 손을 뻗어 크리스티의 실크컷 담뱃갑에서 한 개비를 꺼냈다. 담배를 나눠 피우는 건 두 사람이 암묵적으로 동의한 습관이었다. 레브의 생각에 그 습관은 두 사람이 친구라는 사실을 공고히 해주었다. 그는 담배 연기를 들이마시고는 말했다. "나는 당신이 그런 짓을 하지 않았다는 걸 믿어요. 당신 마음이 그 사실을 말해주겠죠."

"그럴까요? 나도 그건 확신이 없어요. 그래서 나 자신을 변호할 수 없어요. 아무것도 기억나지 않거든요. 아무튼 이제 부동산 사무소에서 일하는 이 얼간이가 앤젤라와 같이 자고, 프랭키가 잠들기 전에 동화를 읽어주겠죠. 나는 어느 모로 보나 실패자예요."

레브가 새벽 두시가 다 되어 퇴근해서 돌아와보니 크리스티가 집 앞 층계참에 잔뜩 토해놓고 쓰러져 있었다. 레브는 집으로 들어 갔다가 종이타월 한 다발에 물을 적셔서 나와 크리스티의 입가에 묻은 토사물을 닦아줬다. 그런 다음 욕조에 물을 틀어놓고 크리스티를 부축해 데려가 옷을 벗긴 다음 따뜻한 물속에 들어가게 했다. 그제야 크리스티는 정신을 차리고 자신이 어디에 있는지 깨달았다. 심한 습진 자국을 제외하면 그의 얼굴은 아주 창백했다. 연결 상태가 불안정한 휴대폰에서 들리는 목소리처럼 가는 소리로 그가 머뭇머뭇 말했다.

"미안해요. 젠장 어처구니가 없네요. 옛날에 우리 어머니가 말하곤 했어요. '난 네 아버지가 술 마시고 소란을 피우는 것도 괜찮고, 네 숙모의 찻잔 세트를 박살내는 것도 괜찮은데, 제발 마신 걸 게워내지만 않았으면 좋겠다.'"

"괜찮아요, 괜찮아." 레브가 말했다.

레브는 목욕수건에 비누를 풀어 목을 닦는 크리스티를 남겨두고 밖으로 나가 층계참의 토사물을 걸레로 닦아냈다. 냄새가 역겨웠지만 참을 만했다. 마리나가 병중일 때 자주 토했기 때문에 그 뒤처리를 하는 데 익숙했다. 이건 아내의 일부분이다. 그는 이렇게 되뇌곤 했다. 그건 일상적인 인간의 오물이고, 마리나가 아직 살아 있다는 증거였다.

어느새 쌀쌀한 가을이 왔다.

어느 날 오후, 레브가 출근할 무렵에는 벨리샤 로드 12번지의 창틀이 햇빛을 받아 여전히 따뜻했는데, 일을 마치고 클러켄웰 거리로 나오자 술집들이 모두 문을 닫아 인적이 끊긴 가운데 얼어붙을 듯 추운 바람만 쌩쌩 불었다. 레브는 버스 정류장으로 향했다. 그리고 비가 오기 시작하자 가죽재킷의 목깃을 세웠다. 거리 청소차의 노란색 회전등에 비친 거리가 갑자기 낯설게 보였다.

레브는 비스듬히 기울어진 좁은 벤치에 앉아 야간버스를 기다리며 마리나가 배린의 공공사업국 국장실에서 일하던 때를 생각했다. 당시 레브는 그녀가 자기 세계의 수호자라고 상상하고, 무슨 변화가 생긴다면 제일 먼저 알아챌 사람은 아내일 거라고 확신했다. 심지어 날씨의 변화까지도. 공공사업국이 국장이 '믿을 만한 일기예보 시설'이라고 한 뭔가에 투자했기 때문에 마리나는 눈이 언제 올지 등에 관한 정보를 빠짐없이 알고 있었다. 그녀가 일하던 부서는 오래된 제설차에 기름 치는 일을 감독하고, 눈이 오면 은퇴한 제설차 운전자들을 소집할 허가를 내주었다. 집으로 연락을 받은 그들은 배린 교통부 차고에서 대기했는데, 그건 끔찍한 일이었다. 대기실의 편의시설이라고는 벽에 연결해 고정시켜둔 낡은 사모바르 주전자와 칸막이 안에 놓인 전혀 청소하지 않은 녹슨 소변기뿐이었기 때문이다.

"이 노인들은 화장실을 자주 사용해야 하는데, 무슨 병에라도 감염되지 않을까 걱정이에요." 마리나는 말하곤 했다.

버스에 올라탄 레브는 내부에 약간이나마 온기가 돌고 레몬색 불빛이 어둠을 밝혀줘 고마운 마음이 들었다. 영국 날씨는 순식간에 변한다고 누구라도 미리 말해줬다면 좋았을 텐데. 화창한 날씨에 익숙해졌던 터라 쌀쌀한 가을 날씨에 전혀 대비되어 있지 않았다. 겨울이라는 긴 터널이 눈앞에 다가와 있었다. 겨울의 어스레한 오후가, 옛부터 한밤중에 바람이 나무를 고문하는 소리가 들릴 때면 겪던 서글픔이.

레브는 눈을 감았다. 싱크대에서 오랜 시간 구부리고 일한 탓에 등이 쑤셨다. 가죽재킷 주머니에 두 손을 집어넣으니 돈이 만져졌다. 그 귀한 돈을 꼭 움켜쥐자 마리나가 일하던 공공사업국 사무실의 퀴퀴한 냄새, 육중한 문이 여닫히던 소리, 마리나의 책상에 놓인 명패가 머릿속에 떠올랐다.

마리나와 격렬한 말다툼을 벌였던 때도 겨울이었다. 그는 당시에도 자신이 아내에게 보인 혐오스러운 행동이 겨울 추위와 어둑한 분위기, 그리고 피가 너무 묽어 건강하지 못했던 것과 관련이 있다는 걸 알았다. 그 암울한 시간 내내 그는 스스로를 증오했다. 자신의 고함소리와 굳은 마음을. 하지만 그렇다고 해서 그의 감정이나 행동이 달라진 건 아니었다. 그 암울한 시간 내내 자신이 오해했을지 모른다고 생각했지만 상황을 돌이킬 순 없었다. 단 하루만에 별안간 맹목적으로 확신하게 된 일을 무효화할 순 없었다.

레브는 부정을 저지른 것 아니냐며 마리나를 추궁했다. 그는 그 상대가 그녀의 직장 상사인 국장이라고 믿었다. 쉰 살인 리바스 국장은 과거에 리바스 동지라고 불렸다.

레브가 그런 확신을 갖게 된 건 배린 제재소의 일이 일찍 끝난 어느 추운 금요일 오후였다. 레브는 얼어붙은 시내를 가로질러 마리나의 직장까지 걸어갔다. 공공사업국의 현관문을 지나 리놀륨 바닥에 진흙과 톱밥을 묻히며 걸어가는데 안내데스크 직원이 가로막았다. 못생기고 위협적인 그 여자는 레브에게 무례한 말투로 신발을 벗으라고 했다.

레브는 하라는 대로 했다. 배린에서는 공무원의 권위에 이의를 제기하지 않고 복종해야 했다. 그의 축축한 양말 뒤꿈치에는 구멍이 나 있었다. 진흙투성이 신발을 들고 계단을 오르며 레브는 굴욕을 느끼고 자신이 얼마나 가난한지 절감했다. 복도를 지나 마리나의 사무실 앞에 이른 그는 노크도 하지 않고 불쑥 문을 열었다.

그녀는 책상에 앉아 서류를 읽고 있었다. 말쑥한 정장 차림의 국장이 마리나의 뒤에서 어깨에 팔을 두른 채 함께 그 서류를 읽고 있었다. 어쩌면 읽는 척만 한 것인지도 몰랐다.

레브는 그 광경을 물끄러미 쳐다보았다. 리바스 동지가 깜짝 놀라 얼른 팔을 거두고 몸을 곧추세웠다. 마리나의 입에서 기어들어가는 듯한 작은 소리가 흘러나왔는데, 레브에게는 죄의식에서 나온 소리로 들렸다. 그는 두 사람의 얼굴을 번갈아 쳐다보았다. 잠시 침묵이 흐른 끝에 마리나가 말을 꺼냈다. "리바스 국장님과 전기가스공사의 새 운영비용을 검토하고 있었어요."

리바스가 손목시계를 보더니 말했다. "이런, 금요일인데 퇴근이 너무 늦어졌군. 그럼 남편과 함께 퇴근하도록 해요." 그러고는 마리나를 돌아보지도 않고 레브 옆을 지나 반질반질한 구둣발로 뚜벅뚜벅, 뚜벅뚜벅 걸어 자신의 사무실로 들어가 문을 닫았다.

레브는 더러운 작업화를 바닥에 내려놓고 가죽의자에 앉았다. 그러면서도 눈은 마리나의 얼굴에서 떼지 않았다. 마리나는 책상 위의 서류를 정리하면서 그를 한 번도 쳐다보지 않았다. 얼굴부터 목까지 살이 발갰다. 레브는 단정한 흰색 블라우스에 가려진 그녀의 가슴골까지 붉어졌을 거라고 생각했다. "아까 내가 본 게 뭐야?" 레브가 물었다.

마리나는 계속 서류를 정리했다. "아무 일도 아니에요. 이제 집에 가요." 그녀는 옷걸이에 걸린 코트를 집어들고 모직 목도리를 목에 두르면서 손으로 머리를 매만졌다.

"아무렴." 레브가 말했다. "내가 당신이라도 그러겠어. 저자의 손길이 닿았던 머리를 매만져야지. 립스틱도 봐야 하지 않아? 아니지, 입술에 립스틱이 남지 않았을지도 모르겠네."

"당신이 생각하는 그런 게 아니에요. 국장님은 모든 직원을 다정하게 대하세요. 인간적인 태도가 더 생산적이라고 생각해서……"

"무엇에 생산적이라는 거지?"

"구시대적이고 엄격한 위계질서보다는 더 생산적이고……"

"나는 무엇에 더 생산적이냐고 물었어."

"사무실에서 큰 소리 좀 치지 마요. 단결하는 데, 모두 함께 일하는 데……"

"함께하는 게 또 뭐가 있을까?"

마리나는 대꾸하지 않고 코트 주머니에서 스카프를 꺼내 머리에 둘러맸다. 스카프를 두른 그녀의 얼굴이 사랑스럽게 보여 레브의 마음이 약해졌다. "당신이 미워." 레브가 말했다. "이제 내 인생은 엉망이 되었어."

두 사람은 자전거를 타고 집으로 향했다. 어둠이 내리고 있었다. 레브는 마리나를 보는 걸 견딜 수 없어 앞장서 갔지만, 뒤처져 따르는 마리나의 자전거에서 비치는 희미한 전조등 불빛을 계속 의식했다.

겨울이 깊은 동굴처럼 느껴지는 1월인가 2월이었다. 레브는 이

겨울이 언제까지고 자신의 곁을 떠나지 않을 것만 같았다. 설령 봄이 온다고 해도 그를 위한 봄은 아닐 것 같았다.

지금 레브는 야간버스에 앉아 마리나가 리바스 국장과 부정을 저질렀다고 지레짐작해 그녀를 못살게 굴었던 일을 떠올렸다. 레브는 마리나와 한 침대에서 자지 않고 밖으로 나가 어머니와 마야가 자는 거실 바닥에서 잤다. 며칠 밤을 그녀와 떨어져 지냈고, 루디와 술을 마시는 바람에 다음날 아침에 일을 나가지 못한 적도 있었다. 일자리를 잃는 것도 시간문제였다. 딸도 돌보지 않고 어머니를 함부로 대하기도 했다. 마리나의 생일에는 석탄 한 덩어리를 포장해 그녀의 부정한 손에 쥐어주었다.

포장을 뜯어본 마리나는 끝내 감정을 억제하지 못하고 울음을 터뜨렸다.

그녀는 리바스 국장의 침대 근처에도 가지 않았다고, 딸의 목숨을 걸고 맹세한다고 했다. 공공사업국도 그만두겠다고 했다. 배린뿐 아니라 온 세상의 그 어떤 여자보다 남편을 사랑한다고, 어처구니없는 오해 때문에 지금 그 사랑이 더럽혀졌다고 그녀는 단호하게 말했다. 주먹으로 벽을 탕탕 치다 머리를 대고 울었다. 그때 두 살이던 마야가 빽빽거리며 울자 이나가 아이를 안고 밖으로 나가 닭모이를 주게 하며 달랬다.

마리나가 벽을 치기 시작했을 때 돌연히 엄습했던 피로가 레브의 기억에 되살아났다. 공공사업국에서 그런 일이 있었던 오후 이후로 줄곧 끔찍하게 무거운 짐을 등에 진 채 얼음 벌판과 설원을 지나고 빙하와 크레바스를 가로질러 헛되이 황무지와 공허를 탐사하는 것 같았다. 이제는 지친 나머지 쓰러져 죽을 것 같았다. 이 모든 게 세상에서 유일하게 자신을 행복하게 해준 여자에게 상처를 주는 짓이었다.

레브는 다가가 마리나의 손을 자신의 가슴에 가져가 토닥이며 그녀를 달랬다. 그리고 그녀의 어깨에 머리를 묻고 용서를 빌었다.

런던의 기온이 점점 떨어지자 터프넬 파크의 술집 손님들은 모두 아늑한 집이나 따뜻한 당구장으로 찾아들었다. 그즈음 레브는 리디아가 보낸 편지 한 통을 받았다.

레브에게

직장생활도 잘하고 있고, 지금 사는 곳도 편안한지요.

전에 라리사네 집에서 있었던 일에 대해 사과하고 싶어요. 그날 밤 조금 취한 나머지 그만 철부지 학생처럼 굴었어요. 아마 여자 라면 누구든 간혹 그럴 거예요. 너그럽게 봐주리라 믿어요.

그 일에 대해 사과하는 의미에서 당신을 이 주 뒤에 있을 마에 스트로 그레츨러의 멋진 콘서트에 초대하고 싶어요. 10월 30일 일 요일에 페스티벌 홀에서 런던 필하모닉 오케스트라를 지휘해요. 엘가와 라흐마니노프의 곡들을 연주할 거예요. 마에스트로 그레 츨러가 아주 좋은 좌석으로 표를 두 장 주셨어요. 엘가의 첼로협 주곡을 러시아의 천재 므스티슬라프 로스트로포비치가 연주해요. 더할 나위 없이 훌륭한 콘서트가 될 거예요. 요즘 로스트로포비치 는 나이가 많아 거의 콘서트에 나오지 않았거든요. 하지만 그분의 천재적인 연주는 여전해요. 그날 저녁 제 초대에 응해주길 간절히 바랍니다.

레브는 편지를 읽자마자 생각했다. 리디아는 항상 나를 놀라게 한다고. 버스에서 그녀를 봤을 때는 별다른 재능이 있을 것 같지 않았는데, 자신이 사람을 완전히 잘못 본 것이었다. 뒤이어 휴대폰으로 전화할 사람이 한 명 더 늘었다는 생각이 들었다. 그는 먼저 리디아의 전화번호(알파벳 순서에 따라 데이미언의 휴대폰 번호와 뻐꾸기시계 옆 루디의 유선전화 번호 사이에)를 휴대폰에 저장한 다음 그녀에게 전화를 걸었다.

"레브예요. 휴대폰을 샀어요."

"그랬군요. 기술의 혜택을 보셨네요."

"어떤 사람은 나한테 이제 '진짜 런던 시민'이 되었다고 하더군요."

"맞는 말이네요. 그 멋진 새 휴대폰으로 전화해줘서 고마워요. 콘서트에 가겠다는 전화면 좋겠어요."

크리스티의 실크컷 담배를 피우고 있던 레브는 담배를 한 모금 깊게 빨아들이고 말했다. "배린의 민속음악 공연이나 봤지 그런 콘서트에는 가본 적이 없어서요."

"민속음악과는 거리가 멀지만, 분명 좋아할 거예요."

"내가 선뜻 가겠다고 하지 못하는 또다른 이유가 있어요. 콘서트에 입고 갈 옷이 없어요."

리디아는 낙심한 듯 잠시 잠자코 있다 입을 열었다. "레브, 그건 상관없어요. 넥타이만 매면 돼요. 어때요?"

"글쎄요……"

"결코 후회하지 않을 거예요. 마에스트로 그레츨러의 지휘에 로스트로포비치가 연주하는 엘가를……"

"엘가가 누구죠?"

"엘가가 누군지 몰라요? 몇 안 되는 훌륭한 영국 작곡가 중 한 사람이에요. 연주할 곡은 그가 만년에 쓴 것인데 느린 템포로 아주 유명하고 슬픈 곡이에요. 연주를 들으면 울고 싶어질지도 몰라요. 제발 와서 울겠다고 말해줘요."

레브는 결국 콘서트에 가겠다고 했다. 리디아가 조그맣게 환호하는 소리가 들렸다. 그녀가 날짜를 수첩에 표시해두라고 말했고, 레브는 그러겠다고 약속했다. 수첩이 없다는 말은 하지 않았다. 밤이나 낮이나 똑같이 단조롭고 틀에 박힌 생활을 하고 있다는 말도.

크리스티는 홀러웨이 로드에서 그의 아일랜드인 친구들이 토요일마다 여는 노점에 레브를 데려갔다. 레브는 흰색 면 셔츠와 왈도가 만든 크렘브륄레의 표면과 같은 색의 넥타이를 사 와 침대에 펼쳐놓았다. 그리고 가진 옷 중에서 가장 괜찮은 회색 바지를 그리스인이 하는 세탁소에 맡겼다. 그런 다음 갈색 구두를 닦았다.

"리디아한테 잘 보이려고 애쓰네요." 크리스티가 말했다.

"그게 아니라 콘서트에 어울리게 차려입으려는 거예요."

"음악이란 게 그런 수고를 들일 가치는 있죠. 내가 어렸을 때 우리 아버지는 바이올린을 켜곤 했어요. 이웃에 스탠 래퍼티라는 분이 사셨는데, 그때 그분 나이가 최소 아흔은 됐을 거예요. 그런데도 토요일 밤이면 우리 아버지와 함께 동네 술집에서 꽤 근사한 음악을 연주했죠. 나와 어머니는 나들이옷을 차려입고 가서 어설프게 손가락이나 발로 박자를 맞췄어요. 그때만큼 어머니가 행복해 보였던 적은 없었어요. 그 춤곡에 사로잡혔죠. 활짝 웃는 어머니의 얼굴에 빛이…… 콘서트에 다녀오면 기운이 생길 거예요."

"그럴까요?"

"그럼요. 전과 달리 리디아가 매력적으로 보일지도 모르고."

"아뇨, 리디아와는 그런 사이가 아니에요."

"그건 바뀔 수 있어요. 그런 건 불변하는 게 아니니까."

레브가 헝거퍼드 다리를 건너는데 강에서 얼음장 같은 찬바람이 불어왔다. 하지만 그는 다리 한가운데 멈춰 서서 위풍당당한 템스 강의 제방을 따라 늘어선 건물들을 환히 비추는 불빛을 바라보았다. 리디아와의 약속 시간에 늦을까봐 워낙 서둘러 나선 터라 다리에서 잠시 시간을 보냈다.

그는 담배를 말아 거의 무의식적으로 피웠다. 그러면서도 파노라마처럼 펼쳐진 눈부신 강변의 전경에서 눈을 떼지 않았다. 면면한 빛의 흐름이 건물들을 밝혔다. 그 조명들이 단순히 장식을 위한 것이라는 데 놀라면서도 한편으로는 마음이 불편했다. 레브는 고향에서 얼마나 전기가 귀했는지, 어머니를 비롯한 많은 사람들이 정전이 되지 않기를 얼마나 간절히 바랐는지 생각하지 않을 수 없었다. 공산주의 정권이 붕괴된 후 들어선 새 정부는 몇 년 동안 수차례 안정적인 전력 공급을 약속했지만 오로에는 여전히 정전이 계속됐다. 간혹 이나는 어둠 속에서 송전탑을 올려다보며 욕을 하곤 했다. "저것 좀 봐라! 우리집 위로 전기선이 지나가는데 우리한테는 쓸 전기가 없다. 우리 마을 같은 건 안중에 없는 거야."

레브는 담배를 비벼 껐다. 마음이 초조했다. 공연 시간이 얼마나 될지, 안달하지 않고 끝까지 자리를 지킬 수 있을지 걱정되었다. 졸거나 재채기를 하지 않아야 할 텐데. 자신을 책망하는 리디아의 다양한 표정이 눈에 선했다.

리디아는 바 부근의 테이블에 토마토주스를 놓고 혼자 앉아 레브를 기다리고 있었다. 세련되게 머리를 자른 그녀는 검은색 정장에 초록색 블라우스를 입고 있었다.

레브를 본 리디아는 자리에서 일어났고, 두 사람은 악수를 나누었다.

"레브, 넥타이가 아주 멋지네요."

시간이 아직 일러선지 휘황찬란한 조명이 켜진 넓은 로비에는 사람이 얼마 없었다. 하지만 청중들이 정결해지거나 다시 세례를 받기 위해 그곳에 오기라도 한 듯 콘서트에 대한 기대감으로 팽팽한 분위기가 느껴졌다.

리디아가 콘서트 프로그램을 쥔 채 말했다. "레브, 엘가에 대해 좀 말해줄게요."

레브가 의자에 앉았다. 옷깃이 얼룩진 낡은 재킷보다 좀더 좋은 걸 입었더라면 좋았을걸 하는 생각이 들었다. "에드워드 엘가 경은 20세기 초 영국 음악에서 아주 중요한 인물이에요. 하지만 그도 우리처럼 처음에는 아주 평범했어요. 아버지는 어느 시골 마을에서 작은 악기점을 했죠."

"악기점?"

"왜 있잖아요, 악기도 팔고 악보도 파는 가게요. 배린에도 한 군데 있어요. 마켓 스퀘어 뒤쪽 오래된 골목 모퉁이에. 혹시 거기 알아요?"

"아뇨."

리디아가 계속 말했다. "배린에 있는 그 가게는 먼지가 풀풀 나는 곳이었죠. 중고 플루트와 바이올린 같은 걸 팔았어요. 악보는 찢어졌거나 페이지가 빠진 게 있기도 했고요. 엘가가 훗날 자신의 출신을 수치스러워했던 걸 보면, 아마 그의 아버지가 운영하던 가게도 마켓 스퀘어의 가게와 다를 게 없었을 거예요."

"악기점이라면 작곡가가 되려는 사람이 태어나기에 아주 좋은 장소인 것 같은데, 왜 수치스럽게 생각한 거죠?"

"그건 그렇지만, 당시 영국의 분위기는 그랬어요. 엘가 같은 신분의 사람들은 출세한 뒤 자신의 비천한 과거를 수치스러워하게 돼요. 주변 사람들이 수치를 느끼지 않을 수 없게 만들거든요. 지금 우리 나라만 해도 예전에 공산주의자였던 사람들이 수치심을 느끼잖아요. 이런 수치심을 갖도록 분위기를 조장하니까. 공산주의가 그들의 잘못이 아닌 것처럼 악기상 집안에서 태어난 게 엘가의 잘못이 아닌데. 이렇게 관련짓는 게 이해돼요?"

"그럭저럭요."

"하지만 엘가는 먼지투성이 비올라들로 자신의 비천한 태생을 극복했어요. 그의 선율은 아주아주 아름답고, 관현악 조곡은 표현할 수 없을 정도로 섬세해요. 들어보면 알 거예요. 아주 완벽해요. 어렸을 때 그는 악기점이 있는 마을 부근의 강가에 앉아 자연의 소리에 귀를 기울이곤 했대요. 그는 그걸 '마음에 소리 새기기'라고 불렀어요. 그때 그런 소리를 들으며 뭔가 위대한 것을 갈망하게 됐대요. 그리고 결국 이렇게 위대한 음악이……"

그때 '대런'이라는 명찰을 단 페스티벌 홀의 젊은 직원이 다가오는 바람에 말이 끊겼다. 그가 그녀에게 몸을 숙이고 말했다. "대화중에 죄송합니다만 마에스트로 그레츨러가 리디아 씨를 찾으십니다."

"아, 그렇군요. 이분은 내 손님인데 가서 인사해도 괜찮겠죠?"

직원이 레브를 쓱 쳐다보더니 다시 리디아에게 고개를 돌렸다. "네, 괜찮을 것 같습니다. 따라오시겠어요."

리디아가 자리에서 일어났다. "같이 가요, 레브. 그레츨러 씨에게 소개할 수 있을지 몰라요."

"괜찮아요. 나는 여기서 기다릴게요."

"아뇨, 그러지 말고 같이 가요." 리디아가 고집을 부렸다. "그러면 고향에 계신 어머니께 표토르 그레츨러를 직접 만났다고 편지를 쓸 수 있잖아요."

리디아와 레브는 넓고 환한 분장실로 안내되었다. 표토르 그레츨러가 모직 가운을 입고 홀로 앉아 있었다.

그는 일흔 살이었다. 크롬 장식을 한 가죽의자에 축 늘어진 채 앉아 있었다. 그는 침울한 표정으로 잔에 든 하얀 약물을 홀짝거렸다. 허옇게 센 긴 머리칼에 축 늘어진 흰 콧수염까지 더해 주름진 얼굴이 더없이 우울해 보였다. 레브를 보자 그는 약이 든 잔을 탕 내려놓고 기분이 상한 듯 손을 휘저었다. "뭐야, 리디아, 여기에 낯선 사람을 들이다니! 누구야?"

"죄송합니다, 마에스트로." 리디아가 말했다. "제 친구 레브예요. 우리 나라 사람인데, 마에스트로께 인사드리려고……"

"안 돼, 지금은 그럴 수 없어. 나가라고 해. 나가, 나가라고!"

"저 이만 가볼게요." 레브가 뒤로 물러서며 말했다.

"리디아, 이리로 와." 그레츨러가 짜증스럽게 말했다. "나 좀 도 와줘야겠어. 시간이 얼마 없어……"

레브는 서둘러 분장실에서 나와 문을 닫았다. 대런은 보이지 않았다. 연습중인 악기 소리가 복도에 드문드문 울려퍼졌다. 그는 당황한 나머지 얼굴이 달아올랐다. 루디가 방금 일어난 일을 보고 농담이라도 해줬으면 싶었다. 레브는 넥타이를 느슨하게 풀었다. 목 주변에 땀이 흐르고 있었다.

겨우 일 분인가 이 분 만에 리디아가 방에서 나왔다. 아주 심각하게 걱정하는 표정으로. "이리 와요." 리디아가 말하고는 아까 왔던 방향으로 앞장서 걷다가 제일 처음 보이는 출구를 열더니 레브를 끌고서 춥고 어두운 바깥으로 나갔다.

"무슨 일이에요?"

"약국에 가야 해요. 가장 가까운 약국이 워털루역에 있을 거예요."

리디아가 뛰다시피 걷기 시작했다. "제발 열려 있어야 하는데. 빨리 걸어야 해요. 어서요." 종종걸음치는 그녀의 정장 구두가 내는 또각또각 소리에서 조바심이 느껴졌다.

"뭐가 잘못됐어요?" 레브가 리디아와 보조를 맞추려 급히 걸으며 물었다.

"나중에 말해줄게요. 다행히 제가 지름길을 알아요."

레브는 시계를 보았다. 콘서트가 시작하기 삼십오 분 전이었다. 표토르 그레츨러가 의자에 축 처져 앉아 흰색 약을 먹는 모습이 생생했다.

리디아가 워낙 빨리 걷는 바람에 두 사람은 금세 숨이 가빠졌다. 니코틴에 중독된 레브의 폐가 불평하기 시작했지만 리디아는 걸음을 늦추지 않았다. 역 안으로 들어서면서 리디아가 소리쳤다. "정말 인간의 몸이란! 그처럼 숭고한 것이 그렇게 연약하다니."

두 사람은 약국으로 뛰어갔다. 리디아는 뛰어가며 미리 지갑에서 돈을 꺼냈고, 약국으로 들어가며 레브에게 밖에서 기다리라고 했다.

레브는 그날 밤 리디아를 만났던 수수한 테이블에 돌아와 앉아 다시 그녀를 기다렸다. 워털루역까지 달리듯 다녀온 터라 앉을 수 있다는 사실이 반가웠다. 극장 로비에서 종소리가 반복해 울렸다. 콘서트 시작까지 삼 분밖에 남지 않았다. 레브 주변에 있던 사람들이 음료를 마저 마시고 연주회장으로 들어가기 시작했다. 레브는 콘서트가 무사히 열릴지, 아니면 (마리나가 공공사업국에서 같이 일했던 유의) 감독쯤 되는 사람이 무대에 나와 엄숙한 표정으로 콘서트가 취소되었다고 알릴지 궁금했다.

세번째인가 네번째 종소리가 울렸을 때 바에 앉아 있는 사람은 레브밖에 없었다. 로비 저쪽에서 몇몇 사람만이 전시된 사진 앞에서 어슬렁거릴 뿐이었다.

곧이어 실내가 조용해지자 레브는 음악사를 장식할 이후의 몇 분이 리디아에게 달렸다는 생각에 놀라움을 금치 못했다.

리디아가 그에게 달려오는 모습이 보였다. 습한 밤거리를 뛰어다닌 탓에 단정한 모습이 흐트러진 그녀를 보니 살가운 느낌이 들었다. 이마에는 땀이 반들거렸고 맵시 있게 손질했던 머리칼은 제멋대로 구불거렸다. 그녀가 숨을 헐떡이며 말했다. "레브, 이런 일을 겪게 해서 미안해요. 숨 좀 고르고 나서 같이 들어가요."

리디아는 의자에 앉자 휴지로 얼굴의 땀을 닦고 머리를 빗었다. 그리고 레브에게 바에 가서 물을 좀 가져다달라고 부탁했다. 그녀는 콘서트가 늦게 시작될 테니 물 마실 시간은 충분하다고 했다.

레브는 리디아에게 물을 가져다주고 다시 자리에 앉았다.

리디아가 물을 벌컥벌컥 마시고 나서 말했다. "어떡하지, 어떡하지. 아무 일 없어야 할 텐데. 그런 심부름을 하게 될 줄이야."

"무슨 일이에요?"

"그게……" 리디아가 목소리를 낮췄다. "이제 말할게요. 마에스트로 그레즐러는 체내의 독소 때문에 엘가의 첼로협주곡을 지휘할 수 없다고 했어요. 아무리 해도 독소를 배출해낼 수 없었다고요. 무대에 서기 전에 어떻게든 배출해내야 했기에 관장약을 사 오라고 했던 거예요. 영국인에게 부탁하긴 창피했던 거죠. 그분은 우리가 같은 민족으로서 영국인에게는 신비로운 존재라고 생각해요. 신비롭고 두려운 존재요. 관장약이 효과가 있어야 할 텐데!"

레브는 싱긋 웃으며 리디아의 손을 쥐고 잠시 가만히 있었다. 그녀가 정말 용감하다는 생각을 하자 갑자기 그녀가 조금만 더 예뻤으면 좋았을 거라는 마음이 들었다. 그를 위해서만큼이나 그녀를 위해서도.

리디아는 손을 빼지 않은 채 눈을 크게 뜨고 레브의 얼굴을 쳐다보다 시선을 떨어뜨렸다. "아까 넥타이가 멋지다고 한 말은 진심이에요."

연주회장에 들어선 레브는 거대하고 숨막히는 공간과 조명이 환하게 밝혀진 무대에서 소리를 조율중인 오케스트라에 압도되었다. 리디아는 레브를 데리고 서둘러 자리를 찾았다. 그녀에게서 버스 여행 때도 맡았던 향수인지 탈취제인지 모를 냄새가 땀냄새와 섞여 풍겼다. 레브는 지금 둘이서 함께 유명한 콘서트홀에 나란히 앉아 있다는 데 놀라고 있었다.

시간이 계속 흘렀다. 오케스트라는 지휘자를 기다렸고 관객석에는 침묵이 흘렀다. 여기저기서 기침소리가 들렸다 잠잠해졌다. 리디아는 여전히 얕게 거친 숨을 몰아쉬고 있었다. 그녀의 초록색 블라우스에 레브가 미처 보지 못했던 토마토주스 얼룩이 살짝 묻어 있었다. 그녀의 깊은 근심이 레브에게도 느껴졌다.

레브는 그녀를 진정시키고 피를 말리는 시간을 잊게 해주려고 나직이 말했다. "엘가에 대해 좀더 말해줘요."

"글쎄요, 뭘 말해야 할까요. 이 협주곡을 들으면 깊은 향수를 느낄 거예요. 과거의 시간이나 장소에 대한 깊은 갈망 같은 건데, 그건 어쩌면 아무리 해도 찾을 수 없는 완벽한 곳을 향한 갈망일지도 몰라요. 어디선가 읽었는데, 엘가가 세상에서 사랑한 건 오직 하나뿐이었다고 해요. 영국 서부 어딘가에 있는 강. 아마도 그가 어렸을 때 '소리를 마음에 새기던' 강이겠죠. 저도 잘 모르겠어요."

"고향에 대한 '향수'를 느껴요?"

"네? 고향이 그립냐고요?"

"여기에 온 게 잘한 결정인 거 같아요?"

"네." 그녀는 힘주어 대답했다. "야블에는 아무것도 없어요. 구습에 얽매인 부모님이 전부죠. 저는 여기서 새 삶을 시작했어요.

제대로 살아볼 생각이에요."

이윽고 무대 왼쪽에서 뭔가 움직임이 있었다. 과거 오십 년간 그들의 조국이 배출한 가장 유명한 인물인 표토르 그레츨러가 멋진 연미복을 입고 꼿꼿한 자세로 오케스트라 사이를 지나 걸어나왔다. 머리는 단정하게 빗었고, 우울해 보였던 얼굴은 웃음을 띠었다. 그는 단호한 걸음걸이로 걸어나와 지휘대에 뛰어오르다시피 올라서서 환호하는 관객에게 손을 들어 보였다. 리디아가 열정적으로 박수를 치며 레브를 돌아보며 웃었다. "혈색이 좋아졌어요. 관장약이 잘 들었나봐요. 정말 다행이에요."

마에스트로 그레츨러는 자신이 나온 입구 쪽을 바라보며 손을 들어 로스트로포비치의 입장을 반겼다. 로스트로포비치는 조심스럽게 천천히 걸어나와 독주자용 의자로 갔다.

박수갈채가 더욱 커졌다. 관객 가운데 한두 사람이 자리에서 일어났다. 노인인 로스트로포비치가 고개를 숙여 인사했다. 그의 안경이 조명을 받아 어른어른 반짝였다. 레브는 리디아가 황홀해하는 걸 느꼈다. 곧 아름다운 음악이 연주될 참이었다.

관객석이 점점 조용해졌다. 로스트로포비치가 자리에 앉아 자세를 잡았다. 그레츨러는 지휘봉을 손에 들고 기다렸다. 단원들은 가만히 자세를 잡고 앉아 그레츨러를 응시했다. 그렇게 기대감으로 팽팽한 침묵의 순간을 레브는 한 번도 본 적이 없었다. 침묵이 계속됐다. 위대한 첼리스트는 이제 나이가 너무 많아 준비하는 데 시간이 걸렸다. 지휘대에서 그레츨러도 팔을 내민 채 지휘할 태세를 갖추고 기다렸다.

이렇게 쥐죽은듯 고요한 가운데 문득 레브의 귀에 예기치 못한,

그러나 낯익은 소리가 들렸다. 아주 가까운 데서 나는 것 같았다. 고개를 든 레브는 자기를 쳐다보는 사람들의 시선을 느꼈다. 옆에 앉은 남자가 옆구리를 세게 쿡 찌르자 그제야 레브는 깨달았다. 그건 자신의 휴대폰 소리였다! 레브가 마지막으로 지정한 벨소리는 '회전목마'였다. 배린의 장터에서 들을 수 있는 음악과 비슷한 감상적인 벨소리였다. 그런데 이 중요한 순간, 엘가의 첼로협주곡이 연주되기 바로 직전에 경쾌하게 울려나오다니.

리디아는 그렇게 하면 집요한 벨소리를 그치게 할 수 있기라도 하다는 듯 손으로 자기 입을 틀어막았다. "끄세요!" 그녀가 꾸짖듯 말했다.

레브는 휴대폰을 찾으려고 여기저기 뒤적거렸지만 재킷에는 주머니가 한둘이 아니었다. '회전목마' 벨소리는 세 번 울리고 나면 소리가 더 커지도록 지정되어 있었다. 더듬거리는 손에 휴대폰이 잡히지 않았다. 지휘대에서 그레즐러가 화난 듯 뒤돌아서서 관객석을 바라보며 절망스럽다는 동작을 취하고는 소리쳤다. "휴대폰 꺼요! 제발, 제발! 여긴 야만인이 있을 곳이 아닙니다!" 백 명의 오케스트라 단원도 성난 얼굴로 레브가 앉아 있는 쪽을 쳐다보았다. 레브는 이 주머니 저 주머니에 손을 찔러넣었다. 돈, 열쇠, 빗, 담배. 그러나 휴대폰은 없었다. 등에 식은땀이 흘렀다. 리디아가 절망적인 목소리로 계속 성을 냈다. "레브, 레브, 레브!"

휴대폰은 레브의 재킷 어디에도 없었다. 경쾌한 '회전목마'는 아랑곳하지 않고 계속 울렸다. 레브는 얼굴이 화끈거렸다. 휴대폰이 주머니에서 튀어나와 떨어졌을 리 없다고 생각하면서도 몸을 구부려 좌석 밑을 더듬는데 벨소리가 멈췄다. 그는 천천히 몸을 일으켰다. 몸이 떨렸다. 그레츨러가 여전히 관객석을 잡아먹을 듯 노려보고 있었다. 레브는 바로 조금 전까지 관객을 사로잡았던 심오한 마법은 완전히 깨졌으며, 그 장본인이 자신이라는 걸 깨달았다. 설상가상으로 휴대폰도 찾지 못했다. 언제고 다시 울릴 텐데. 게다가 이내 '부재중 전화'가 왔었다는 알림음이 울릴 게 뻔했다.

레브는 수치심에 망연자실해 자리에서 일어났다. 리디아를 쳐다보지도 않고서 열네다섯 명 앞을 비집고 통로로 나와 계단을 내려가 연주회장 밖으로 나갔다. 그리고 멈추지 않고 뛰어 제일 먼저 눈에 띈 출구를 열고 밤거리로 나갔다.

7
도마뱀 문신

레브가 집에 들어왔을 때 크리스티 슬레인은 콜라를 마시면서
다림질을 하고 있었다. 머잖아 법원에 출두해야 하기에 일주일째
술을 마시지 않고 있었다. 다리미에 그슬린 옷 냄새가 토스트 굽는
냄새처럼 조용한 집안에 퍼졌다.

"연주를 못 들었다니 유감이네요." 크리스티가 빛바랜 기린 무
늬 베갯잇을 접으며 말했다.

레브는 햄샌드위치를 만들어 천천히 먹으며 생각에 잠겼다. 리
디아를 내버려두고 온 죄책감이 분노로 바뀌었다. "그런 곳은 내가
갈 데가 아니에요. 머스웰힐. 페스티벌 홀. 완전히 딴 세상이에요.
나는 접시닦이고요! 리디아한테 말할 걸 그랬어요. 그건 잘못이라
고, 빌어먹을 짓이라고!"

"빌어먹을이라. 말투를 보니 낭패를 봐서 아주 참담한 기분인가
보군요. 내가 줄곧 하는 말이지만, 인간 사회는 구십 퍼센트가 오

물인데, 이게 적절한 곳으로 분산되지 않아요. 그래서 나는 배관공이라는 직업을 택했죠. 누군가는 그 오물이 모두 바다로 씻겨내려가게 해야 하니까요."

레브는 가죽재킷 안주머니에서 휴대폰을 찾았다. 그런 주머니가 있었는지조차 기억에 없었다. 그는 휴대폰을 식탁 위에 내려놓고 언짢은 표정으로 쳐다보았다. 곧 전화벨이 울릴 것이고, 그건 리디아의 전화일 거라고 생각했다.

"전화가 오면 내가 대신 받아 당신이 아프다고 할게요." 크리스티가 말했다. "식중독에 걸렸다고."

"정말요?"

"그럼요. 연주회에 가기 전에 엄청 상태가 안 좋은 새우바게트를 먹었다고. 그래서 뛰쳐나올 수밖에 없었다고."

"좋아요. 그렇게 말해줘요. 그러고 나서 며칠 후에 내가 리디아에게 전화하죠, 뭐."

"그럽시다. 그런데 궁금한 게 있는데, 도대체 누구 전화였어요?"

"누구 전화라뇨?"

"그 중대한 순간에 그 엄청난 '회전목마' 벨소리를 울린 게 누구였냐고요."

"몰라요."

크리스티는 다리미를 내려놓고 레브의 휴대폰을 집어들어 부재중 전화로 기록된 발신자 번호를 레브에게 보여줬다. "이게 누구 번호죠?"

레브는 그 번호를 한참 들여다보았다. 데이미언의 번호도, 루디의 번호도 아니었다.

"방글라데시의 누군가가 이중유리를 팔려고 건 전화였는지도 모르죠." 크리스티가 말했다. "아니면 지케이 애시가 감자와 양배추 볶음으로 일요일 만찬을 즐기자고 전화했든가요. 좀 억지스러운 생각이긴 하지만. 그 번호로 걸어서 누군지 알아보지 그래요?"

레브는 담배에 불을 붙였다. 시계가 아홉시 사십분을 가리켰다. 그는 페스티벌 홀에서 나와 추운 밤공기를 마시며 워털루역으로 걸어가는 리디아를 떠올렸다.

"한번 걸어볼까요?" 레브가 크리스티에게 말했다.

"그래요. 걸어봐요."

레브는 '통화' 버튼을 누르고 기다렸다. 전화벨이 여섯 번 울리더니 음성 녹음으로 넘어갔다.

안녕하세요. 소피입니다. 지금은 일하거나 나가서 한잔하는 중이에요. 메시지를 남기면 전화하겠습니다.

월요일 저녁의 '지케이 애시'는 데이미언이 '장사 다이어트'라고 부르는 날이었다. 열시 사십오분이면 영업을 마치고 손님들은 음식값을 계산하고 나갔다. 애시는 토마토와 돌체라테 치즈를 얹은 크로스티니를 만들어 '심야의 연회'를 열겠다고 직원들에게 알렸다.

젭이 전처럼 식당 뒤쪽에 테이블을 준비했지만 레브는 일이 끝나려면 아직 멀었기에 다른 직원들이 모두 모여 앉을 때까지 그릇을 문질러 닦고 헹구는 일을 계속했다. 그는 애시가 크로스티니를 요리용 철판에 얹는 것을 보았다. 녹으며 보글거리는 치즈 냄새가 나자 어린아이처럼 배고픔을 참을 수 없는 상태가 되었다.

애시가 크로스티니를 접시에 담아 내고 마리오가 맥주병을 따는 모습이 보였다. 레브는 따끈한 치즈와 찬 맥주야말로 이 순간 인간이 만들어낼 수 있는 최고의 음식이라고 생각했다. 다들 음식을 먹기 시작했다. 그들도 참기 어려운 시장기를 느낀 듯했다. 기름이 밴 바삭바삭한 크로스티니를 아삭아삭 씹는 소리가 레브의 귀에 들렸다.

"훌륭한 저녁이었어." 애시의 목소리가 들렸다. "손님은 많지 않았지만 좋았어. 모든 것이 체계적으로 아주 잘 이루어졌어. 실수도 없었고. 피에르, 도미를 조리한 살사 소스가 기가 막혔어."

"고맙습니다, 주방장님."

"시나몬을 입힌 배를 곁들인 갈색 빵 아이스크림은 최고였네, 왈도."

"그렇게 생각해주셔서 기쁩니다, 주방장님."

"매일 오늘과 같아야 해. 식당이 만원이라도. 그렇게 잘 돌아가야 해. 자, 모두 건배하지. 그런데 간호사는 어디 있지?"

그들의 시선이 모두 싱크대에 서 있는 레브에게 향했다. "이봐, 간호사!" 애시가 소리쳤다. "어서 이리 와서 크로스티니 좀 먹게. 미스 먹보 소피가 다 먹어치우기 전에!"

레브는 깨끗한 타월로 손의 물기를 닦고 머리의 수건을 풀어 얼굴의 땀을 닦았다. 의자에 앉는 그에게 맥주가 건네졌다. "건배!" 애시가 다시 말했다.

레브는 음식을 먹고 맥주를 마셨다. 늘 그렇듯 이 순간에도 등이 쑤셨지만 그는 운이 좋은 사람이었다. 이 일자리를 잃지 않는 한 이 같은 보상이 뒤따를 것이다. 어머니에게 보낼 다음 편지에는 좋은 식당에서 일하고 있다고 쓰리라. 이곳의 훌륭한 음식과 배린 제재소에서 아버지와 함께 먹었던 녹말 일색의 거친 음식을 비교해서 쓰리라.

레브는 소피를 쳐다보았다. 최근 그녀는 곱슬머리를 붉은색으로 염색했다. 흰색 유니폼을 벗은 그녀의 팔뚝은 통통했고, 무더운 여름 햇빛에 그을린 살은 여전히 갈색을 띠었다. 그녀의 어깨 부근에는 도마뱀 모양 문신이 새겨져 있었다. 레브는 왜 전화했는지 물어볼까 망설였다. 페스티벌 홀에서 벨소리 때문에 난처했던 일을 말하는 장면을 상상해봤지만 그 상황을 설명할 적당한 말을 찾아내지 못할 것이었다. 그리고 어차피 마리오나 젭에게 전화하려던 것을 데이미언이 번호를 잘못 가르쳐줘 생긴 실수일지도 모를 일이었다.

"영국 여자들의 유일한 문제는 그들이 인종차별주의자라는 거예요." 언젠가 크리스티가 그렇게 말했다. "본인들은 그렇게 생각하지 않고 또 그런 비난을 듣는 걸 끔찍이 싫어하지만, 사실이 그런 걸요. 전부는 아니더라도 말이에요. 당신이나 나나, 둘 다 외국인이에요. 앤젤라만 해도 뭔가 일이 틀어진다 싶으면 '빌어먹을 외국인하고 결혼한 내가 잘못이지' 하고 말하는 게 전부였어요. 나한테 그런 식으로 말했죠. 같은 언어를 쓰고 런던에서 십오 년을 산 나도 그 여자한테는 여전히 '외국인'이라고요. 미리 말해두지만, 영국 여자들이 그래요. 아니, 이건 경고예요. 영국 여자와 깊이 사귀지 마요."

"나는 아무하고도 안 사귈 거예요." 레브는 대답했다.

"그렇다면 됐어요. 만일 사귀더라도 영국 여자는 피해요."

레브는 소피에게서 눈길을 돌렸다. 애시가 레브의 어깨에 손을 얹었다. "잘하고 있네, 간호사. 생쥐도 없고, 바퀴벌레도 없고, 좀 벌레 한 마리도 보이지 않으니. 아직까지는. 아무튼 계속 그렇게 하게. 방심하지 말고. 알겠지?"

애시가 열두시 반에 돌아간 다음 다들 하나둘씩 퇴근하고 레브만 혼자 남아 바닥에 대걸레질을 했다. 하지만 개의치 않았다. 맥주 때문에 취기가 돌았다. 속으로 옛날 민요를 부르며 장단에 맞춰 걸레를 밀었다. 무의식중에 낙관적인 기분에 사로잡힌 듯했다.

그때 출입문이 열리는 소리가 나더니 소피가 나타났다. 해진 양가죽 코트에 노란색 축구팀 스카프 차림이었다.

"도와주려고 다시 왔어요." 그녀가 말했다. "당신만 혼자 내버려두고 모두 싹 가버린 게 갑자기 마음에 걸려서요."

레브는 몸을 곧추세우고 그녀를 쳐다보았다. 그리고 생각했다. 옷차림이 마음에 들어.

그녀는 스카프를 풀며 물었다. "나는 뭘 할까요? 쓰레기통을 내놓을까요?"

레브는 그녀를 보고 싱긋 웃었다. 그녀는 털이 북슬북슬한 코트 안에 머리색과 비슷한 색의 스웨터에 베이지색 가죽치마를 입고 있었다.

"괜찮아요. 이건 내 일인 걸요."

"알아요. 그냥 쓰레기봉지를 묶어 밖에 내놓기만 할게요."

"그럴 필요 없는데……"

"안다니까요. 그 말 좀 그만해요. 내가 하고 싶어서 하는 거니까. 어서 하고 집에 가요."

레브는 쓰레기통에서 검은색 봉지를 들어내 묶어 문밖에 쌓아두
는 그녀를 유심히 보았다. 그녀가 그 일을 하다가 갑자기 말했다.
"간밤에 당신한테 전화했었어요. 당신이 터프넬 파크에 산다고 데
이미언이 말해줬거든요. 가끔 내 친구 사만다와 그 동네 술집에 가
요. 친구의 진짜 이름은 샘 디아스 모란트인데 패션 분야에서 일해
요. 그냥 심심해서 당신을 불러내 한잔 사려고 했던 거예요."

"그래요?" 레브가 말했다.

"통화가 됐어도 안 나왔겠죠?"

"글쎄요……"

"당신은 남들과 어울리지 않는 것 같아요. 사실 난 그런 점이 좋
아요. 대부분의 남자들은 남창 같거든요."

그 말을 이해하지 못한 레브는 어깨를 으쓱하고는 말했다. "전
화했다는 거 알아요. 그때 나는 페스티벌 홀에 있었어요."

"그래요? 뭣 때문에요?"

"엘가 연주회였는데, 엘가를 알아요?"

"그럼요. 〈희망과 영광의 땅〉 같은 곡들을 만들었잖아요."

"나는 엘가를 몰랐어요. 엘가가 아주 가난한 환경에서 자란 거 알
아요? 아버지는 악보와 악기를 파는 작고 영세한 가게를 했고요."

"그래요?"

"아주 가난했대요."

"정말요? 그런데도 이제 이십 파운드짜리 지폐에 새겨졌으니 엄
청난 일이네요."

"그게 엘가예요?"

"네!"

"사업가가 아니고요?"

소피는 코트 주머니를 뒤져 싸구려 비닐지갑을 꺼내더니 이십 파운드짜리 지폐를 뽑아 이름을 가리켜 보였다. 에드워드 엘가 경 1857~1934.

레브는 버스에서 유심히 관찰했던 그 얼굴을 알아보았다. 단호한 표정을 짓고 있는 은행가의 얼굴, 사방에서 그에게 내리비치는 빛줄기. 레브는 웃으며 대걸레를 짚고 서서 소피에게 영국으로 오는 버스에서 엘가의 얼굴을 면밀히 관찰한 일, 역사적인 첼로협주곡이 시작되기 직전에 벌어진 사고로 연주를 듣지 못한 일을 들려줬다.

"뭣 때문에 못 들었는데요?"

"당신 때문에요."

"나요?"

"연주가 시작되려는데 휴대폰이 울렸어요. 휴대폰을 끄지 않은 사람은 저뿐이었던 거죠. 그런데 그게 당신 전화였어요."

소피는 머리를 흔들며 웃었다. 붉은색 곱슬머리가 주방의 밝은 조명등 아래서 빛났다. "당신이 그런 콘서트에 가 있으리라곤 꿈에도 생각 못했어요. 집에 혼자 있으려니 했죠. 내 예상이 그렇게 자주 빗나가요."

레브는 소피의 부드러운 팔과 도마뱀 문신을 쳐다보았다. 잠깐만이라도 그 팔을 어루만지고 거기에 머리를 기대고 싶은 마음이 들었다. 그는 다시 대걸레질을 시작했고, 소피는 쓰레기봉지를 들고 안팎을 들락날락했다. 그럴 때마다 아직 따뜻한 주방 내부에 밤

공기가 불어들어왔다.

일이 끝나자 레브는 소피에게 담배를 권했다. 애시의 규칙을 무시하는 행동이었지만 소피는 그와 함께 건조대 옆에 서서 담배를 피웠다.

"한잔할래요?" 소피가 말했다.

"네?"

"반응이 탐탁지 않네요. 그럴 만도 해요. 샘하고 나는 제멋대로라서. 당신 고향 사람들은 술을 마시나요?"

"네. 보디츠카를 마시죠."

"보드카 같은 건가요?"

"보드카 같은 게 아니라 보드카예요. '사랑스러운 보드카'라는 뜻이죠."

"그렇군요. 우리는 '사랑스러운 진토닉'이나 '사랑스러운 스텔라 맥주'를 마신 다음 럼이나 위스키를 마셔요. 하루는 압생트를 한번 마셔봤다가 정신을 잃었어요. 그리고 처참할 정도로 토했어요."

"왜 그렇게 술을 마셔요?"

"왜 마시냐고요? 글쎄요, 사람들이 왜 술을 마실까요? 술기운이 돌면 세상이 달라 보여서 아니겠어요?"

"그렇죠."

"나는 일요일은 대부분 양로원에서 일해요. 아침 열시부터 저녁 여섯시까지 일하는데 그 일을 하고 나면 술이 필요해요. 노인들 앞에서 성질 부려봤자 아무 소용 없거든요. 하지만 그분들 덕분에 웃기도 하죠. 나는 정말 그분들이 좋아요. 노인들이 제일 좋아하는 오락이 뭔지 알아요?"

"뭔데요?"

"헐뜯기."

"헐뜯기요?"

"남들의 흠을 잡는 거죠. 비난을 늘어놓는 거예요. '나는 걔가 이러저러해서 언제나 싫었어.' 사위를 두고 하는 말이에요. 그러다 점점 강도가 세져요. '그놈은 게으른 밥통이야. 운전 실력도 형편없고, 쓰레기 같은 크리스마스 선물이나 주고, 그 염색한 머리 꼬라지란……' 알겠어요? 그렇게 계속되죠. '걔는 설거지한 그릇도 닦을 줄 몰라. 검은색 구두에 흰색 양말을 신은 꼴이라니. 새 모이통도 망가뜨렸다니까!' 정말 재미있어요. 나는 맞장구치며 분위기를 만들죠. '좋아요. 오늘은 차를 마시며 헐뜯기 대회를 열어 누가 가장 신랄한지 가려보자고요.' 그러면 다들 좋아하며 환호성해요. 농담 아니에요."

"그래요?"

"증오의 힘으로 살아 있는 거예요. 더글러스라는 할아버지는 '내 누이보다 먼저 죽을 순 없지. 지난 칠십오 년 동안 나를 내려다봤다고. 그러니 이제 누이가 무덤에 들어가면 내가 내려다봐야지' 이러세요. 그래선지 아직도 짱짱해요. 누이를 죽게 할 다양한 방법을 궁리중이죠. 그중 하나가 누이의 집에 몰래 들어가 창문의 커튼레일을 내려 그 속에 참새우를 가득 채우고 다시 걸어놓는 거예요."

"참새우를요?"

"네, 여기서는 그냥 '새우'라고 하는데 그분은 미국의 롱아일랜드로 휴가를 다녀온 적이 있거든요. 그런 다음 숨겨둔 새우가 썩어 풍기는 악취에 누이가 괴로워하기를 기다리는 거예요. 어디서 악취가 나는지 찾지 못하면 돌아버릴 테니까. 집에 대한 자부심이 엄청 대단하대요. 그래서 집안 구석구석에서 고약한 광택제 냄새가 난대요. 심지어 전구의 먼지도 털고! 참새우 악취 때문에 누이가 집에 들어가지 못한다는 생각을 하면 기분이 그렇게 좋을 수가 없나봐요. 그 심정 이해할 만해요. 작년에 나도 죽이고 싶은 남자친구가 있었거든요."

"죽이고 싶었다고요?"

"네. 그런 충동 느껴본 적 없어요?"

레브는 리바스 국장의 심장에 칼을 꽂고 싶어 안달했던 기억이 떠올랐다. 마리나가 비명을 지르는 가운데 리바스가 치명적인 상처를 움켜쥐고 의자에 자빠지면서 육중하게 걷던 규격화된 그의 발이 허공에 치솟는 모습을 마룻바닥 위 슬픔으로 가득한 침대에 뜬눈으로 누워 상상하던 때였다. 레브는 행주를 집어 건조대 가장자리를 살살 닦았다. "어쩌면요……" 그가 대답했다.

"나는 그런 적이 있었어요." 소피가 계속 말했다. "진담이에요. 내 남자친구는 운동 강사였어요. 진짜 건강하고 튼튼했어요. 올림픽에 출전한 체조선수 같았죠. 그런데 몸 좋은 걸 얼마나 과시하던지. 정말 멍청해요! 제자리에서 백덤블링을 할 줄 알았는데, 그의 주특기였죠. 그걸 하면 사람들이 모두 '와, 세상에, 그거 대단한데!' 하고 감탄했어요. 그런 묘기도 여러 번 보면 지겹잖아요, 딱 내가 그랬어요. 그래서 급기야 다음번엔 확 목뼈나 부러져라, 하는 심정이 되었죠. 그런 일은 결코 벌어지지 않았어요. 나는 차라리 소방관하고 결혼하고 싶어요. 멍청한 짓을 하지 않는 사람하고요. 이해돼요?"

레브는 소피를 보며 그녀가 하는 말을 알아들으려 노력했다. 넓적한 얼굴에 보조개가 패고 가슴이 컸으며 다리는 다부진 게 건강해 보였다. 마리나와 닮은 구석이라곤 조금도 없었지만 그는 이 전혀 다른 모습에, 이 새로운 체형에 마음이 끌렸다. 그런 부분들 때문에 그녀는 어딘가 먼 곳, 설탕 냄새가 가득하고 햇빛이 강렬한 장소 같은 이국적인 분위기를 풍겼다. 그는 그곳에 가서 달콤한 공기를 마시면 어떤 기분일지 궁금했다.

"뭘 봐요?" 소피가 레브의 시선을 두고 물었다.

"미안해요. 그냥 문신을 봤어요. 문신할 때 아프지 않았어요?"

"전혀요. 그냥 도마뱀이에요. 이름은 레니예요. 이 년 전에 했어요. 양로원의 노인들도 모두 알아요. 그분들이 '소피, 레니는 오늘 어때?' 하고 물으면 나는 '좋아요, 버터 빵을 다 먹으면 레니가 코를 핥아준대요'라고 말하죠. 나는 그렇게 유치함의 극을 달리는 별난 사람이에요."

레브가 웃었다. "내가 보기엔 별나지 않은데요."

"별나요. 나는 레니가 좋아요. 잠자리에 들면 때로 팔을 이렇게 얼굴에 둘러요. 그러면 레니가 나를 쳐다보죠. 우리는 어둠 속에서 얘기를 나눠요."

주방의 불을 끄고 두 사람은 잠시 문 앞에 섰다. 어둠 속에서 냉장고가 윙윙거리는 소리가 들렸다. 거리로 나가자 눈발이 날렸다. 소피는 머리에 축구팀 스카프를 둘렀고 레브는 목깃을 세웠다. 그는 여유가 생기면 어디서 겨울 코트를 구할 수 있을지 생각했다.

소피는 자전거의 자물쇠를 풀고 체인을 둘둘 말았다. "잘 가요. 내일 봐요."

"네, 내일 봐요."

레브는 자전거를 타고 눈을 맞으며 텅 빈 거리를 달리는 그녀를 바라보았다. 그는 야간버스 정류장으로 가서 나무의자에 앉아 담배를 피우며 시린 손을 허벅지에 문질렀다.

레브가 집에 도착했을 때 거실 불이 켜져 있었다. 크리스티는 잠들었다. 늦은 시간이었지만 레브는 잠도 오지 않고 마음이 심란했다. 그래서 홍차를 한 잔 우려 침대로 가져가 마시면서 장난감 집과 가게 그리고 창문턱에 놓인 인형들을 차례로 돌아보았다. 레브는 그 가운데 광대 인형을 집어들고 헝겊에 그려진 얼굴과 길쭉한 펠트모자를 보았다. 인형의 몸통이 푹신하고 부드러운 게, 마야가 얼마나 좋아할지 상상할 수 있었다.

레브는 시간을 확인했다. 갑자기 루디에게 전화해 마야의 안부를 묻고 싶은 마음이 간절해졌다. 루디가 로라 곁에서 평화롭게 코를 골고 있을지 몰라 얼마간 망설이다 결국 휴대폰을 꺼내들고 루디의 번호를 눌렀다. 신호가 가자마자 루디가 바로 받았다.

"레브." 루디가 그르렁거리듯 말했다. "목소리를 들으니 반갑다. 아직 안 잤어. 잠이 와야 말이지. 어떻게 지내?"

"잘 지내. 직장 일도 순조롭고. 어머니는 내가 송금한 돈을 잘 받으셨어?"

"응, 그럼. 내가 지난 월요일에 배린에 모시고 가서 장신구 작업장에서 쓸 가스히터를 새로 사 왔어. 이제 눈이 와도 괜찮으실 거야."

"잘됐다. 여기는 눈이 와. 마야는?"

"잘 있지. 다음주 토요일 장에 마야를 데려가려고 하는데 이 빌어먹을 체비가 고장이 났지 뭐냐. 그래서 내가 잠을 못 자는 거야."

"어디가 고장났는데?"

"자동변속기."

"그래?"

"젠장, 질질 밀려."

"밀리다니?"

"그러니까 차를 주차했다 뺄 때, 기어를 '드라이브'에 놓고 약간 전진한 다음 '후진'에 놓으면 바로 매끄럽게 천천히 뒤로 가야 하는데 이놈의 차가 말을 안 들어. 앞으로 조금 밀리다 뒤늦게 후진 기어라는 걸 깨닫고 갑자기 캥거루처럼 튕기며 후진한다고."

"그래서 뭘 어떻게 해야 하는데?"

"벨트를 새로 갈아야 해. 그런데 문제는 벨트를 구할 수 없다는 거야."

"그럼 어떡해?"

"내가 어떡해야 할지 알면 지금 잠도 못 자고 이 전화를 받겠냐? 계속 벨트를 찾아봐야지. 아니면 누군가를 매수해서 만들게 하든가. 다른 수가 없어. 체비가 고장날 때마다 아주 죽을 맛이야. 내 몸의 일부처럼 아끼는 차인데."

"나도 알아."

"내 생계수단이기도 하고. 그동안 로라와 새로운 사업을 구상해 봤어. 바로 별자리 운세 사업."

"별자리 운세?"

"응. 사람들이 난데없이 점성술에 열을 올리더라. 예전에는 그게 뭔지도 몰랐으면서 지금은 꿀꿀이죽에 몰려드는 돼지 같아. 그러니 여물통을 계속 채워주기만 하면 되는 거야."

"그걸 도대체 무슨 수로 채우려고?"

"도서관에서 점성술에 관한 책을 여러 권 빌려 왔지. 로라가 그걸로 열심히 공부하고 있어. 뭘 배워도 금방 깨우치거든. 그래서 조만간 점성술을 본다는 광고를 낼 거야. 사람들이 현찰을 내고 생년월일을 말하면, 우리가 가까운 미래를 점쳐주는 거지. 한 번 봐주는 데 사 유로나 오 유로를 받고 말이야."

"그렇군. 그런데 운세가 적중하지 않으면 어떡해?"

"적중하게 되어 있어. 요령이 있거든. 모든 걸 대체로 아울러서 말하면 돼. 그러면 모든 경우에 대충 맞아떨어져. 딴 놈들이 우리와 똑같은 생각을 하기 전에 빨리 뛰어들면 돼."

레브가 미소 지으며 조용히 말했다. "나도 내 미래가 어떨지 알고 싶다."

"뭐? 왜? 무슨 일 있어? 목소리가 이상한데."

레브는 항복한다는 듯 방바닥에 부드러운 팔다리를 벌리고 누운 광대 인형을 잠자코 바라보다 말했다. "아니, 아무 일도 없어. 마야 얘기 좀더 해봐."

루디의 집에 있는 부서진 뻐꾸기시계가 세시를 알리는 소리가 들렸다. 루디가 기침을 하더니 말했다. "잘 있어. 아주 잘 있어. 더는 염소도 도둑맞지 않았고. 아, 그렇지. 얼마 전에 이가 하나 빠졌다. 그래서 내가 뱀파이어처럼 보인다고 했더니 '뱀파이어가 뭐예요?' 하고 묻더라. 그런데 빌어먹을, 생각이 안 나는 거야. 죽어도 떠오르질 않더라고. 그래서 장에 가면 볼 수 있을 거라고 했는데, 과연 갈 수나 있을지 모르겠다."

"나한테 편지 좀 쓰라고 해. 그림을 그려 보내든가."

"알았다. 무슨 그림이면 좋겠냐?"

"몰라. 집이나 뭐, 그런 거. 마야가 집 그리는 걸 좋아하니까. 해바라기도 좋고."

"지금은 해바라기 필 때가 아니지, 이 사람아. 아마 잊은 모양인데, 내일모레면 겨울이야."

"잊기는 뭘. 상상해서 그릴 수 있잖아. 다른 소식은 없어?"

"무슨 소식? 여기서는 아무 일도 안 일어나잖아. 그건 내가 너한테 물을 말이지."

"음. 콘서트에 가서 연주를 들을 뻔했어."

"들을 뻔했다고? 새로운 종류의 문법이냐?"

루디가 자초지종을 듣고 너무 크게 웃는 바람에 로라가 잠에서 깼다. 전화에서 로라가 "무슨 일이야?" 하고 묻는 소리가 들렸다.

"아무것도 아냐." 루디가 로라에게 말했다. "그냥 레브가 런던에서 활약하는 얘기를 듣고 있었어."

"지금 새벽 세시야."

"알아. 깬 김에 레브한테 인사나 해."

로라가 전화를 받고 말했다. "레브, 이 사람도 나도 당신이 보고 싶어요. 마야도 아빠를 보고 싶어하고요. 다시는 아빠를 못 볼까봐 겁이 나나봐요."

레브가 잠시 잠자코 있다 말했다. "그런 생각은 하지 말라고 해줘요. 곧 장난감을 보내줄 거예요."

레브는 여자 꿈을 꾸었다. 이 년 만에 처음이었다. 아름다운 여인과 눈 위에 누워 있었다. 그가 여인이 두른 천을 풀어내는데, 피부 같은 천이 벗겨지면서 부드럽고 빛나는 알몸이 드러났다. 그가 사랑을 나누는 방법을 잊었다고 하자, 여인은 "하나도 믿을 수 없어요" 하고 말하더니 한 손으로 그의 목을 끌어당겨 입을 맞췄다.

그는 여인의 이름을 입에 담지 말아야 한다는 것을 알았다. 그러면 어떤 묵시적인 결속, 어떤 암묵적인 이해가 깨질 것만 같았다. 하지만 그 이름을 입 밖에 내고 싶었다. 그렇게 해서 그녀가 현실이 되게 만들고 싶었다. 그녀의 이름을 말하지 않으면 숨이 막힐 것 같은 기분이었지만, 꾹 참고 입을 떼지 않았다.

전화벨 소리에 잠이 깨어 받아보니 리디아였다.

그녀가 말했다. "당신에게 화내지 않으려고 무진 애를 쓰고 있지만, 당신 정말 예의가 없는 것 같네요."

8
충격의 필요성

홀러웨이 로드의 아일랜드인 노점에서 레브는 양털 안감에 후드 가장자리에 인조털이 달린 아노락 점퍼를 샀다. 값을 치르고 그 자리에서 점퍼를 입은 그는 집으로 가다 옷이 따뜻하고 만족스러워 노점으로 되돌아가 자기 것과 똑같은 걸로 어린이용을 하나 더 샀다. 레브는 그것을 마야에게 소포로 부치면서, 겨우내 내것과 똑같은 모양의 점퍼를 입은 마야를 늘 떠올리며 지내겠지 생각했다.

크리스티가 레브가 산 점퍼를 보고 감탄하며 말했다. "마야한테 잘 어울리겠어요. 지금 술 한 방울 안 마시고 말하는 거예요."

크리스티는 거의 항상 맑은 정신을 유지하려고 애썼다. 법원은 그에게 '보호자의 입회'하에 딸을 볼 수 있다는 판결을 내렸다. 딸은 패링던 로드에서 조금 벗어난 곳에 자리한 건물의 다락 공간을 개조한 집에서 앤젤라와 그녀의 부동산 중개업자인 애인과 함께 살았다.

"문제는 앤젤라가 보호자로 붙어 있다는 거예요." 크리스티가 말했다. "공평하지 않아요. 내게서 프랭키를 앗아간 여자를 함께 봐야 한다니, 그게 말이 돼요?"

"아뇨." 레브가 말했다. "내가 '보호자'가 되면 안 될까요?"

"그러면 얼마나 좋겠어요. 하지만 친엄마 아니면 여성 사회복지사만 된대요. 그런데 앤젤라는 어디 가는 걸 싫어해요. 한번은 프랭키를 동물원에 데려가고 싶다고 했더니, 보슬비가 내리는 걸 보고 이러더라고요. '안 돼, 동물원에 갔다가는 흠뻑 젖을 텐데.' 그래서 영화를 보러 가자고 했죠." 크리스티는 영화라는 단어를 힘주어 발음했다. "그랬더니 이러더군요. '천만에. 난 웨스트엔드엔 절대 안 가, 얼마나 끔찍한 곳인데.' 그러니 우리가 할 거라곤 집안에 처박혀 그림을 색칠하거나 레고를 맞추는 것밖에 없는 거죠. 프랭키에게 학교는 어떤지, 친구는 어떤지 물으면 나를 쳐다보지도 않고 네 혹은 아니요로만 대답해요. 고개를 푹 숙이고 레고를 보거나 엄마만 쳐다봐요. 그 집은 너무 밝아서 눈이 아파요. 거실 한쪽 벽이 통유리로 되어 있죠. 천장도 끔찍하게 거대한 판유리로 되어 있고. 도대체 그 모든 유리를 어떻게 닦는지, 빗방울 떨어지는 소리가 들리고 온갖 불빛이 쏟아져들어오는데 잠은 어떻게 자는지 모르겠어요. 나 같으면 돈 주고 살라고 해도 못 살 텐데."

레브는 앤젤라의 애인인 집주인 토니 마이어슨힐이 어떤 사람인지 물었다. 크리스티가 대답했다. "그자에 대한 말을 듣지 않을수록 내 정신 건강에 좋은데. 그 집에 있는 가구는 얼마나 흉한지 몰라요. 커다란 검은색 가죽소파에 튜브 모양의 철제 테이블이라니. 또 모든 게 반드시 제자리에 있어야지, 그렇지 않으면 간질 환자처럼 발광을 한다니까요. 그런데도 어떻게 다섯 살 먹은 어린아이하고 같이 살 수 있는지 알 수가 없어요. 샤워실도 별나요. 벽은 회색 화강암으로 되어 있고 굉장히 커요. 그런데 문이 따로 없더라고요. 프라이버시란 게 전혀 없어요. 무슨 놈의 인테리어가 그 모양인지. 유행을 좇는 데는 둘째가라면 서러울 걸요."

그러고서 크리스티는 레브에게 어느 날 오후 그 집에 갔을 때 프랭키가 돌을 반질반질하게 닦는 일만 하려 했다는 얘기를 해줬다.

토니 마이어슨힐은 돌을 닦는 기계를 산 뒤 프랭키에게 돌을 하나 닦을 때마다 십 페니를 주겠다고 했다. 프랭키는 윤이 나는 돌을 샤워실의 화강암 벽에 죽 올려놓더니, 토니가 그걸 보면 '정말로, 정말로 행복해서' 주말에 자기를 동물원에 데려갈지도 모른다고 말했다.

"생각 좀 해봐요." 크리스티가 말했다. "동물원이라니! 동물원은 내가 처음 그 집에 갔을 때 제안한 거예요. 그러니 프랭키가 그걸 잊어버렸거나 내 가슴을 아프게 하려고 한 말이 아니고 뭐겠어요. 그 염병할 유리집을 둘러보니 대문짝만한 플라스마 TV에 CD와 DVD가 칠백칠십구 개나 되고 컴퓨터도 세 대였어요. 나는 승산이 없다는 생각이 들더군요. 이 집과 당신 방에 있는, 프랭키가 가지고 놀지 않은 작은 장난감가게를 생각하면, 패링턴 로드의 마이어슨힐과 그 집은 미래고 나는 과거예요. 프랭키 문제에 관한 한, 나는 끝장난 셈이에요."

레브는 무슨 말을 해야 할지 몰랐다. 그는 인생이 자신을 등지고 떠나갔다는 아버지의 말이 생각났다. 그리고 그 말은 맞다는 게 증명되었다. 그러니 그 이야기는 크리스티에게 해줄 만한 게 아니었다. 레브는 절망한 크리스티에게 해줄 적절한 말을 찾다가 루디와 함께 칼리닌산에 갔던 이야기를 꺼냈다. 마리나가 죽은 지 일 년 뒤에 있었던 일이다.

크리스티가 프랭키 이야기를 계속하지 않아도 돼서 잘됐다는 듯 등나무의자에 앉으며 말했다. "그 얘기 좀 들어봅시다."

여행을 가자는 건 루디의 생각이었다. 루디는 레브에게 모든 일을 잊으려면, 슬픔에 잠겨 그물침대에나 누워 있는 생활에서 벗어나려면 걸어야 한다고 했다. 하지만 레브는 그물침대에 누워 있어도 아무렇지 않다고 대꾸했다. 그러자 루디는 아니라고, 이제 다시 일어나 스스로 뭔가를 시험해봐야 할 때라고 말했다. 이 '시험'을 사전에 계획하고 필요한 돈도 마련한 루디와 말씨름해봤자 소용없는 일이었다.

그들은 배낭을 꾸렸다. 식량, 침낭, 튼튼한 부츠를 챙기고 여러 가지 길이의 로프를 샀다. 두 사람 다 암벽등반을 할 줄 몰랐다. 루디는 칼리닌 산맥의 낮은 구릉지대에 있는 동굴이 목적지라고 했다. 만약 그 동굴에 도착한다면 여행 목적이 달성되는 것이었다. 레브가 여행의 목적이 뭐냐고 묻자 루디가 대답했다. "뭔가를 포용하는 거."

그들은 제재소에서 주는 휴가중 사흘을 썼다. 배린은 초봄이었지만 추웠다. 낙엽송의 초록색은 눈에 잘 보이지 않는 희미한 먼지 같았다. 그래도 출발하자마자 레브는 기분이 나아지는 느낌이었다. 어쨌든 이나의 정원이나 쳐다보고 있는 것보단 어디든 여행하는 게 좋았다. 게다가 목적지가 산이고, 인적이 없는 그곳에 파묻힐 수 있다는 생각이 마음에 들었다.

동굴에 이르기 위해 그들은 배린강을 따라 바위가 많은 수원으로 향했다. 제대로 된 길도 없고, 산염소가 지나다니는 좁은 길만 띄엄띄엄 이어져 있을 뿐이었다. 미끄러운 편암과 거친 히스 덤불이 발에 밟혔다. 오름길이 계속되어 레브는 폐가 터질 지경이었고, 숨을 고르기 위해 자주 멈춰 서야 했다. 이렇게 쉬는 동안 주위를 둘러보는 그의 눈에 위로는 산봉우리들이, 아래로는 언덕에 난 길고 허연 자국이 들어왔다. 배린 제재소에서 가공할 소나무와 전나무를 벌목한 자리였다. 공기는 습했지만 맑고 향기로웠다. 오로에서는 더이상 느낄 수 없는 것이었다. 레브가 오랫동안 잊고 있었던 마음의 평화가 찾아왔다.

네 시간을 걸은 그들은 보온병에 담아 온 차를 마시며 빵과 훈제 청어를 먹었다. 로라가 준비해준 것이었다. 그리고 두 사람은 이끼가 덮인 둥근 바위에 앉아 담배를 피웠다. 새 한 마리가 그들의 눈에는 보이지 않는 먹이를 쪼고는 돌아보기를 반복하고 있었다. 해가 떨어지기 전에 동굴에 도착해 모닥불을 피우고 흙바닥에서 자는 게 루디의 계획이었다. 그는 밤에 몸을 따뜻하게 하려고 우크라이나산 브랜디를 휴대용 술병에 담아 왔다.

"우크라이나산 브랜디라." 크리스티가 말허리를 자르고 물었다. "그건 맛이 대체 어때요?"

"짐작하다시피 아주 형편없어요." 레브가 말했다. "굉장히 싼 술이에요. 어쨌든 추우면 차이를 못 느껴요."

"무슨 말인지 대충 알 것 같아요." 크리스티가 말했다.

레브가 크리스티 맞은편에 앉아 담배에 불을 붙였다. 루디와 레브가 동굴 아래로 내리뻗은 암벽 아래에 도달한 건 해가 떨어지기 한두 시간 전이었다. 암벽에 거의 수직으로 100피트쯤 되는 철제 사다리가 고정되어 있었다. 그 주변의 덤불과 돌멩이들 사이에는 간 소시지와 정어리 통조림, 연유 깡통이 버려져 있었다. 세월과 비바람에 부대꼈음에도 녹슨 깡통들에는 빛바랜 상표가 여전히 붙어 있었다. 그들은 사다리를 올려다보았다. 사다리 역시 깡통처럼 녹슬었고, 암벽에 고정시킨 볼트가 여기저기 빠져 있었다. 사다리의 단도 부러진 게 여러 개였다. 그러나 레브도 루디도 사다리의 형편없는 상태에 대해서는 한 마디도 하지 않았다.

"거기에 올라갔던 일은 결코 잊지 못할 겁니다." 레브가 말했다. "주변에는 허공과 공기 말고는 붙잡을 게 없었죠. 오직 사다리뿐이었지만 그것마저 심하게 부서져 있었고요. 하지만 나는 루디에게 말했어요. '내가 먼저 올라갈 테니 너는 내가 동굴에 도착할 때까지 밑에서 기다려.' 둘 중 한 사람이 죽어야 한다면 그게 나이기를 바랐거든요.

그래서 오르기 시작했는데, 등에 진 배낭이 무척 무겁게 느껴졌어요. 등에 어린아이를 업은 것처럼요. 한 단 한 단 발을 디딜 때마다 생각했죠. 바람이 나를 밀어 떨어진다면 그것으로 끝장이다. 그런데 말이죠, 크리스티, 암벽을 오르는 동안 마리나 생각이 전혀 나지 않았어요. 그저 동굴에 도착해야 한다는 생각뿐이었죠. 그게 금 같은 것으로 된 동굴이기라도 한 듯 말입니다."

"음, 금으로 된 동굴은 생각해본 적도 없지만 어떻게 해서 모든 잡념을 몰아낼 수 있었는지 알겠어요." 크리스티가 말했다.

"나는 계속 올랐어요." 레브가 말을 이었다. "팔이 쑤셨죠. 온몸이 쑤셨어요. 사다리가 몇 단이나 되었을까요? 나도 몰라요. 세어

보지 않았으니까. 하지만 수도 없이 많았어요. 그때 나는 생각했죠. 이건 끝이 없구나."

사다리가 끝나는 곳과 동굴 입구 사이에 넓은 바위턱이 있었는데, 그곳도 빈 깡통과 플라스틱 병으로 너저분하기는 마찬가지였다. 레브는 바위턱에 몸을 던지고 너저분한 바닥에 엎드려 숨을 몰아쉬었다. 그곳에서는 바람이 더 세게 불었고 흙먼지가 동굴 입구에서 소용돌이쳤다.

레브는 루디가 올라오기 전에는 동굴에 들어가고 싶지 않았다. 그는 배낭을 내려놓고 사다리가 끝나는 지점에서 허공을 마주하고서 무릎을 꿇고 앉아 루디가 올라오는 것을 지켜보았다. 루디는 레브보다 몸이 더 무거웠다. 허공에 쇳소리가 울렸다. 부츠를 신은 루디의 발이 단을 디딜 때마다 사다리가 떨리는 게 느껴졌다. 바로 그때, 루디가 절반쯤 올라왔을 때 레브는 자신도 모르게 중얼거렸다. '밑을 보지 마…… 밑을 보지 마……' 동시에 루디가 왜 그곳에 오자고 했는지 깨달았고, 자신이 포용해야 할 것은 인내라는 생각이 들었다.

그들이 동굴에 들어갈 때쯤 안개가 걷혔다. 해가 떨어지기 직전, 동굴 바닥에 뭔가 있는 게 보였다. 그들은 기어서 가까이 다가다가 멈췄다. 짙은 갈색 얼룩이 지고 잔뜩 먼지를 뒤집어쓴 군복처럼 보이는 옷을 입은 해골이 있었다. 두개골이 있어야 할 자리를 쳐다봤지만 보이지 않았다. 한때 금색으로 반짝이는 제복 단추가 달려 있었을 가슴 부근에 낡은 칼라슈니코프 소총이 기대어 있었다. 해골 옆에는 빈 깡통과 철제 스푼이 놓여 있었다.

"맙소사!" 크리스티가 말했다. "시체에서 냄새가 났어요?"

"아뇨. 뼈밖에 남아 있지 않았거든요."

"두개골은? 그건 발견했나요?"

"아뇨. 뼈 몇 조각이 있었는데, 아마 소총을 이렇게 턱밑에 대고 머리를 날려버렸나봐요."

크리스티가 일어나 창가로 가더니 벨리샤 로드를 내다보았다. 경찰차가 사이렌을 울리고 파란 불을 번쩍이며 지나가자 돌아서서 레브를 바라보고 물었다. "그 사람은 누구였어요? 누군지 알아냈나요?"

레브는 한숨을 쉬고 말했다. "그건 나였어요."

크리스티는 레브를 뚫어지게 쳐다보았다. 사이렌 소리로 봐서 경찰차는 정크션 로드에서 속력을 올려 아치웨이 쪽으로 향하는 것 같았다. 크리스티가 다른 질문을 하려고 입을 여는데 레브가 먼저 말했다. "루디는 거기에 시체가 있다는 걸 알고 있었어요. 그 사람은 우리 나라에 새 시대가 시작되기 전, 그러니까 공산주의 시절에 대령인가 장군을 지냈던 인물이었어요. 그런데 이 대령인가 장군인가 하는 사람은 인생의 막다른 골목에 처했던 거예요. 파멸했던 거죠. 내가 그물침대에 누워 있었던 것처럼 그는 동굴에 누워 깡통에 든 음식이나 먹다가 그게 모두 바닥나자 총으로 머리를 날려버린 거예요."

새로 꺼낸 실크컷 담배에 불을 붙이는 크리스티의 손이 떨렸다. 잠시 후 그가 말했다. "그 친구 루디 말이에요. 자기 뜻을 알리려고 참 멀리도 갔네요."

"그렇죠." 레브가 말했다. "그런데 그게 도움이 됐어요. 그후 더는 그물침대에 눕지 않았으니까요."

"그거 잘됐네요. 누군가 살아남은 이야기는 언제나 듣기 좋아
요." 크리스티가 한숨을 쉬며 말했다.

소피의 친구 사만다는 깡마른 체형이었고, 남자아이 같은 머리
는 백금색으로 염색을 했다. 시끄러운 술집에서 만난 그녀는 가슴
이 깊게 파인 짧은 검은색 드레스에 보라색 뱀가죽 부츠 차림이었
다. 모두가 그녀를 샘이라고 불렀다. 소피는 레브에게 샘 디아스
모란트가 모자 디자이너로 유명해질 거라고 말했다. 비어트리스와
유제니 공주가 샘의 가장 나이 어린 고객이었다.
"그래요?" 레브가 말했다.
"네. 가엾은 애들이죠." 샘이 말했다. "아름다워지려고 별짓을
다하지만 나 말고는 별로 도움이 되는 사람이 없어요."
청바지에 달라붙는 크림색 스웨터를 입은 소피는 레브에게 샘이
만드는 모자는 대부분 그날 밤 그녀가 술집에 쓰고 온 것 같은 소
형 모자라고 말해줬다. 앙증맞은 검은색 토퍼가 반짝이는 고무줄
로 머리에 고정되어 있었다. "샘은 풍자정신을 잃어버린 모자의 시
대가 완전히 끝났다고 생각해요. 아주 특별한 얼굴이 아닌 이상은
요. 그러니까 세상 사람의 구십구 퍼센트가 이 규칙에서 벗어나는
거죠. 그래서 옛날 스타일을 뒤섞어 아주 작은 모자를 만드는데,
놀라울 정도로 인기를 끌고 있어요. 앤 머잖아 부자가 될 거예요."
"그래요?" 레브가 말했다.
"굉장한 부자는 아니고, 그저 안락할 정도로요." 샘이 웃었다.
"애는 영화시사회 같은 데도 초대받아요. 샘, 그렇지?"
"가끔요. 난 그냥 개인적으로 패션쇼를 여는 셈 치고 가서 내 모

자를 과시하는 거예요."

"런던 패션 위크에서 큰 쇼도 했어요."

"그렇게 크진 않았어."

"대단한 스타라니까요."

"그렇게 대단하지 않아요. 아직 켄티시 타운에 사는데요, 뭘."

대단한 스타가 레브를 아래위로 훑어보았다. 흰담비 같은 눈을 깜박이며 레브의 새로 감은 회색 머리에서 입으로, 입에서 왼손으로 시선을 옮겼다. 레브의 왼쪽 손가락에는 여전히 결혼반지가 끼여 있었다.

"결혼한 줄 몰랐어요, 레브." 샘이 레브가 사준 보드카 토닉을 마시며 말했다.

"내가 말했잖아." 소피가 얼른 말했다. "레브의 아내는 죽었다고."

"참, 그렇지. 미안해, 잊었어. 얼마 안 있으면 패션쇼가 있는데, 그 생각에 머리가 혼수상태야. 당신네 나라에서는 어떤 모자를 써요?"

"우리 나라의 모자요?"

"나는 세계 곳곳에서 영감을 얻거든요. 스페인은 정말 환상적이에요. 돋보이게 하는 데는 만티야가 딱이에요. 거의 모든 사람에게 어울리는데, 경우에 따라 레이스로 얼굴을 가릴 수 있기 때문이에요. 아, 난 못됐어요! 하지만 공평하게 말하자면, 여자들 대부분은 기마 투우사가 쓰는 챙 넓은 모자를 쓰면 웬만큼 멋져 보이기도 해요. 나는 그 모자에 리본을 늘어뜨려 약간 변화를 주었어요. 당신 나라에 가본 적은 없지만, 여자들이 머리에 스카프를 두르고 다닐 것 같은데, 어떤가요?"

"그런 여자도 있죠." 레브가 말했다.

"무슬림이 쓰는 히잡인가 뭔가 하는 스카프가 아니라, 영국 여왕이 머리에 쓰는 것과 같은 거요. 그렇죠?"

"네."

"하지만 이제 상황이 변하고 있지 않나요? 여자들도 꾸미기 시작하고요. 모자가 다시 유행하나요?"

레브는 배린이나 글릭의 거리를 떠올려봤다. 부실한 싸구려 우산을 받쳐들거나 잡지로 머리를 가리고 바쁘게 빗속을 걸어가는 여자들이 보였다. 모자를 쓴 여자는 볼 수도, 상상할 수도 없었다.

"아뇨." 레브가 말했다.

"그럼 요르나 그 외의 다른 곳에도 가볼 필요가 없겠군요?"

"음, 요즘에는 요르에 가면 좋은 옷을 살 수 있어요. 상당히 비싸지만……" 레브가 말했다.

"난 쇼핑을 하려는 게 아니라 전통 모자를 보려는 거예요. 결혼식 땐 어때요?"

레브의 어머니는 수를 놓은 모자를 서랍장에 보관했다. 1959년에 아버지와 결혼할 때 썼던 것이었다. 마야가 그걸 발견하고 한번 써본 적이 있는데, 어머니가 그걸 보고 화를 내며 마야의 손에서 모자를 잡아챘다. 레브는 어머니가 왜 그랬는지 혼자 짐작할 뿐이었다. 레브가 그 이야기를 해주려고 입을 여는 순간, 샘이 돌아서더니 머리가 치렁치렁하고 짙은 선글라스를 쓴 젊은 남자를 포옹했다. "앤디. 자기야, 잘 있었어?"

"응." 그가 가늘고 게슴츠레한 눈에서 안경을 벗으며 말했다. 그의 시선이 사만다의 빈약한 가슴골에 머물렀다. "자기는 어때?"

"정신없지 뭐." 샘이 말했다. "끔찍한 쇼가 이 주 뒤에 있거든. 내 손가락 좀 봐. 바느질 때문에 다 까졌어."

"드레스도 마음에 들고, 부츠도 마음에 들어. 그 앙증맞은 모자는 완전 마음에 들고!"

"그래? 진짜? 다행이네. 그런데 리허설은 어떻게 됐어?"

"아직 안 했어. 여전히 캐스팅중이야…… 누군가와 얘기는 하고 있는데……"

"누구? 누군데?"

"말하자면 길어. 셰리던 폰손비를 쓰려고 한참 쫓아다녔는데, 그 멍청한 귀족은 우리 연극을 전혀 이해하지 못하더라고."

"어머, 세상에! 나 폰손비 무지 좋아하는데."

"그래? 나도 예전에는 그의 작품을 좋아했는데 알고 보니 허세만 가득한 멍청이더라고. 이튼 칼리지를 나왔지만 '영국의 두뇌'는 아니야. 계속 내 연극이 '관습을 거스른다'는 거야. 그래서 내가 그게 바로 요점이라고 했지. '그게 바로 빌어먹을 핵심이에요. 이 연극은 처음부터 끝까지 관습을 거스르는 이야기라고요. 훌륭한 취향의 경계를 시험하자는 거고, 관객이 받는 충격을 시험하자는 거예요. 우리가 〈제리 스프링거 디 오페라〉를 넘어서는 방식이란 말입니다.'"

"무슨 말인지 알겠어."

"배우들은 왜 그렇게들 머리가 나쁘지? 하지만 올리버 스크로프펜턴이 있으니까 잘되길 바라야지. 그의 에이전트와 논의중이야."

"올리 스크로프펜턴. 기막힌 생각이야! 내가 좋아하는 배우야! 아주 혁신적인 무대가 될 거야."

"그랬으면 좋겠지만 누가 알겠어. 그건 그렇고, 자긴 어때?"

"좋아." 샘이 다시 레브와 소피에게 돌아서서 말했다. "소피는 알고, 여기는 소피의 친구 레브야. 애시의 식당에서 함께 일해. 여기는 앤디 포트먼, 굉장히 유명한 극작가예요."

유명한 극작가인 포트먼은 레브가 내민 손을 잡고 힘차게 악수했다. "안녕하세요, 레브. 사장이 잘 대해줘요?"

"네." 레브가 말했다. "나를 '간호사'라고 불러요."

"그래요? 왜요?"

"내가 청결을 유지하는 일을……"

"아, 그렇군요. 흠."

"세 르 플롱제. 메 일 에 아세 보."* 샘이 앤디에게 속삭였다.

"그렇군." 앤디가 말했다. "한잔해야지. 모두 좋지?"

앤디 포트먼이 바 부근의 혼잡한 사람들 속으로 사라졌다. 샘 디아스 모란트는 가방에서 담배 홀더를 꺼내 간절히 피우고 싶은 눈빛으로 바라보더니 그걸 잠시 입에 물었다 도로 집어넣었다. "자초지종을 말해줘야겠군요." 그녀가 레브에게 말했다. "앤디는 〈페커딜로〉라는 멋진 희곡을 썼고, 코트에서, 그러니까 로열코트 극장에서 공연될 예정이에요. 연초에 개막해요. 지금껏 영국 무대에서 보지 못한 연극이 될 거예요."

"'페커딜로'라고요?" 레브가 말했다. "그게 뭐죠?"

"왜 그거 있잖아요. 소피, 네가 좀 설명해봐."

"네가 해."

---

* 프랑스어로 '접시닦이지만 아주 괜찮은 사람이야'라는 의미.

"음. 약간 외설적인 짓을 하는 건데…… 그렇지, 소피?"

"그럴걸."

"별로 기억에 남을 만한 제목은 아니죠." 샘이 말했다. "앤디도 처음에는 피커릴리와 혼동했어요."

"피커딜리요?" 레브가 말했다.

"아뇨, 피커릴리라고, 우리 엄마가 냉육과 함께 내놓는 식탁용 오이 소스예요."

"헷갈려요……"

"아, 신경쓰지 마요. 욕망이 취할 수 있는 극단적인 형태에 관한 연극이에요. 인간의 상상력의 절대적 무한을 보여주려고 해요."

"'무한'이 단어야, 샘?" 소피가 말했다.

"글쎄, '무한성'이겠지. 뭐든 어때. 젠장, 내가 알 게 뭔데. 아무튼 〈페러딜로〉는 획기적인 극이야."

잠시 침묵이 흘렀다. 샘 디아스 모란트가 앙증맞은 모자의 반짝이는 고무줄을 매만졌다.

"미안하지만 무슨 말인지……"

"그래요, 단순하지 않죠." 샘이 말했다. "앤디에게 물어봐요. 그 주제에 관해서라면 꽉 잡고 있으니까 잘 설명해줄 거예요."

샘이 돌아서서 가버리자 레브는 멍하니 소피를 바라보았다. 소피가 일부러 시선을 피하는 게 느껴졌다. 보드카잔이 비었고, 문득 외롭게 뛰는 자신의 심장 소리와 함께 실내의 열기와 소음이 느껴졌다. 그는 빈 잔을 내려놓았다.

소피가 불안한 시선으로 그를 돌아보았다. "샘과 앤디는 재미있는 친구예요." 그녀가 밝은 음성으로 말했다. "차차 알게 될 거예요. 야망에 눈이 먼 애들이지만, 같이 어울리기 좋은 친구들이에요. 재미있는 저녁 시간이 될 거예요."

소피는 팔을 뻗어 레브의 볼을 어루만졌다. 생각지 않은 소피의 손길에 레브는 깜짝 놀랐지만, 그 손길에 위로받아 그곳을 벗어나 추운 바깥으로 나가고 싶은 굴뚝같은 마음이 사라졌다. 그는 소피와 자신의 잔을 들고 바로 가서 내려놓은 뒤 지갑을 꺼냈다. 영국의 보드카 값은 매번 들을 때마다 그에게는 충격적이었다.

레브는 앤디 포트먼이 옆에 서 있는 걸 알아채지 못했다. 포트먼은 레브와 거의 비슷한 가죽재킷 차림이었다. 레브가 그를 빤히 쳐다보다 말을 걸었다. "샘이 당신이라면 연극에 대해 설명해줄 수 있을 거라더군요."

"내 연극에 대한 설명요?"

"꽉 '잡고' 있다면서요."

"꽉 잡아요? 연극 말입니까?"

"글쎄요……"

앤디가 한숨을 쉬며 술값을 치르려고 불룩한 지갑을 뒤졌다. "이젠 그 얘기를 하는 게 피곤해요." 그가 말했다. "하지만 원한다면 짧게 말해줄게요. 괜찮죠?"

"좋아요." 레브가 말했다.

앤디가 바텐더에게서 잔돈을 받고 맥주를 들이켠 다음 말했다. "이 사회를 집이라고 상상해봐요."

"집이라고요?"

"네." 앤디가 손등으로 입가의 거품을 닦아내고는 바에 놓인 작은 타월에 손을 닦았다. "집. 거실, 침실, 주방 등이 있는 평범한 집을."

"네."

"1950년대의 영국 드라마는 무대가 거실에, 혹은 사람들이 응접실이라 즐겨 부르는 장소에 국한되었어요. 그곳에 있는 모든 존재가 점잖고, 말이 없고, 예의바르지만 거짓으로 가득했죠. 그러다 1960년대가 되자 무대는 주방으로 옮겨졌어요. 아널드 웨스커, 존 오즈번, 데이비드 스토리 같은 극작가들이 활약했죠. 그때는 극이 정직했고, 노동계급의 정서가 살아 있었어요. 그러고는 침실로 들어갔죠. 혹시 해럴드 핀터의 〈배신〉을 본 적 있어요?"

"아뇨."

"하지만 그게 뭔지는 알겠죠. 지금까지 무슨 말인지 이해했죠?"

"잘은……"

"그럼 간단하게 말하죠. 나는 극작가 스토파드와 프레인과 그들의 지적인 세계에 대해 논평하려고 했어요. 사회적이고 가정적인 공간 밖에서 빙글빙글 도는 연극을 유행시킨 잘난 척쟁이에 대해. 근데 이 비유가 잘 맞지 않네요. 어쨌든 잘 모르겠죠?"

레브는 아무 말도 하지 않았다. 무력하고 무식한 기분이 들었다. 포트먼이 왁자지껄한 사람들 사이에 서 있는 소피와 사만다를 흘끔 쳐다보고는 마지못해 다시 레브에게 고개를 돌리기를 반복했다.

"내가 집에 비유해서 무슨 이야기를 하려는지 알겠어요?" 포트먼이 물었다. "영국의 연극 무대에서 정말 단 한 번도 배경이 되지 않은 작은 공간이 뭔 줄 알아요?"

"모르겠는데요."

"한번 생각해봐요. 당연히 화장실이죠. 우리 영국인들이 '루'라고 부르는 데요. 이 말 알아요?"

"네."

"좋아요. 이제 그 안을 들여다볼 때예요. 언제나 우리와 가까운 곳에 있는 오물을, 다시 말해 우리 안에 있는 오물을 쳐다볼 용기를 낼 때라는 거죠. 그렇잖아요?"

그때 바텐더가 레브 앞에 서자 레브는 보드카 두 잔을 주문했다. 십 파운드짜리 지폐를 쥐고 있는 자신의 손을 보니, 오랜 시간 설거지물에 담근 바람에 익히지 않은 순무처럼 살갗이 벌겋게 여기저기 벗겨져 있었다. 그는 생각했다. 이게 사람들에게 비치는 내 모습이다. 지성도 없고 목소리도 없는 순무 같은 모습.

"왜요, 동의하지 않아요?" 앤디가 말했다. "아마 사람들이 대부분 그렇듯 당신도 모든 게 훌륭하고 깨끗하고 산뜻하게 미리 준비되어 있기를 바라는군요. 우리 각자가 배설물더미에 자신의 것을 더하고 있다는 생각은 단 한 번도 해본 적이 없겠죠?"

"없어요……"

"당신만 그런 건 아니에요. 대부분의 서유럽 사람이 그렇죠. 물론 그들은 인정하지 않지만. 하지만 나는 사람들이 보기를 꺼리는 곳을 억지로라도 보게 만들고 싶어요. 그들의 어두운 면을. 우리 내면에는 어두운 면이 있어요. 어떤 경우에는 정말 심각하게 어두워요, 우리 모두."

"어두운 면이라고요?"

"네. 사람들이 갈망하는 게 절대적으로 관습을 거스르는 것일 수 있다는 사실을 인정하자는 거죠. 그 사실을 직시할 필요가 있다는 겁니다. 사람들은 내 생각에 공감해요. 그렇지 않으면 〈페커딜로〉를 무대에 올릴 생각은 하지도 못했을 거예요. 사람들이 충격을 받을 게 분명하지만, 그게 바로 이 연극의 취지인 걸요. 그런데 당신은 충격의 필요성을 아직 느껴보지 못한 문화권 출신일지도 모르겠군요."

레브도 '충격'이라는 말의 의미를 모르진 않았다. 그는 간신히 미소를 살짝 지으며 말했다. "선생, 우리 나라는 '충격'을 겪었어요. 아주 큰 충격을. 오랜 세월 동안······"

"네. 물론. 알겠어요. 하지만 정치체제를 말하는 게 아니에요. 그리고 제발 그 '선생'이란 말은 쓰지 않았으면 좋겠어요. 나는 '예술'을 얘기하는 거예요."

"네······"

"당신 나라는 예술 분야에서 따라잡을 게 많은 것 같은데, 좋아요. 전적으로 이해해요. 그 점은 동정하는 바지만, 여기 영국은 모든 게 최첨단을 걷고 있어요. 그래서 작품도 예리해야 하는데, 그렇지 않으면 씨도 안 먹혀요."

앤디가 맥주잔을 들고 가려다 멈칫하더니 십 파운드 지폐를 꼭 쥔 레브의 손을 쳐다보고 말했다. "소피의 술도 사는 겁니까?"

"네." 레브가 말했다.

"우리 모두 소피를 좋아해요." 앤디가 말했다. 레브는 훈수를 두는 말이나 경고가 따를 거라 생각하고 기다렸지만, 앤디는 그를 잠깐 더 쳐다보더니 돌아서서 가버렸다. 소피가 있는 쪽을 돌아보니 그녀는 샘과 얘기를 하고 있었다. 레브는 샘의 작은 모자가 우스꽝스럽다고, 세상의 어떤 여자도 그 모자를 써서 아름답게 보일 리는 없을 거라고 생각했다.

레브는 보드카 값을 내고 잔돈을 재킷 주머니에 집어넣었다. 그리고 있던 자리에서 꼼짝하지 않고 바의 카운터에 앞으로 기댄 채 술잔의 얼음을 꺼내버리고 보드카를 스트레이트로 마셨다. 몇 주 동안 크리스티 덕분에 줄어들었던 외로움이 결핍과 분노의 감정으로 다시 찾아들었다. 담배를 피우고 싶었다. 등뒤에서 들리는 요란한 웃음소리가 그를 떠밀어 넘어뜨릴 듯했다. 구두에 난 구멍을 통해 딱딱한 나무바닥이 느껴졌다. 침을 뱉고 싶은 충동이 일었다. 자신의 타액 덩어리가 반질반질한 바의 표면에 떨어지는 것을 보고 싶었다. 이 타액 덩어리를, 스스로가 만들어낸 자국을 상상하는데 문득 자신을 부르는 소리가 들렸다. 고개를 돌리지 않았지만 소피가 자기 옆에 서 있는 게 보였다. 그녀는 보드카잔을 집어들고 그 안에 토닉을 부어 한 모금 마신 다음 카운터에 놓았다.

레브는 그녀를 보고 싶지 않았다. 자신의 분노 속에 잠겨 있고 싶었다. 그때 그녀의 부드러운 손이 목에 닿는 게 느껴지더니 그 손이 그녀 쪽으로 얼굴을 당겼다. 입술을 벌린 채 기다리는 그녀의 얼굴이 보였고 그는 소피가 이끄는 대로 따랐다. 소피의 키스는 격렬하고 성적인 것이었다. 그를 바짝 죄어 못 빠져나가게 하려는 듯 이와 이가 맞물리는 느낌이었다.

레브는 분노와 외로움에 못 이겨 그녀의 허리를 휘감아 안고서 그녀의 가슴이 자신의 몸에 눌리는 걸 느껴볼 수도 있었지만 그러지 않았다. 그는 저항했다. 그는 소피를 떼어놓고 술집을 나왔다.

집으로 돌아온 레브는 방에 들어가 앉았다. 손질 안 된 정원에서 개가 낑낑거리는 소리가 들렸다.

레브는 침대에 앉아 담배를 피우며 플라스틱 장난감가게를 쳐다보았다. 어서 오세요! 나의 가게는 열려 있습니다라는 푯말이 눈에 들어왔다. 무릎을 꿇고 앉아 가게의 문을 열어보니 플라스틱으로 만든 주인 인형이 있었다. 검은색 콧수염에 거칠거칠한 작업복을 입고 허리를 졸라 맨 차림이었다. 인형은 유쾌한 웃음을 띤 얼굴로 천진난만하게 손바닥을 앞으로 내밀고 있었다.

레브는 카운터에 진열된 소형 상품들을 자세히 들여다보았다. 수프 통조림, 밀가루와 설탕 포대, 성냥갑, 구두약통 등이 있었다. 그것은 오래전, 전쟁이 일어나기 전 아버지와 어머니가 나무신발을 신던 어린 시절에 배런에 존재했던 재래식 상점 같았다. 레브는 가게 주인을 정답게 손바닥에 잠시 올려놓았다 도로 카운터 뒤에 놓았지만 그만 쓰러져버렸다. 하지만 인형을 그대로 내버려둔 채 문을 닫았다.

레브는 좁은 침대에 누웠다. 잠을 자고 싶었다. 어머니가 손수 만든 수면제를 가져왔으면 좋았을걸 싶었다. 웃을 때 입이 약간 비뚤어지는 어머니. 포인세티아꽃이 생각났다. 예순다섯번째 생일 아침에 그 꽃을 보고 드물게 기쁨에 겨워하던 어머니의 표정도. 그러고는 오로에서의 어린 시절을 생각했다. 레브는 어머니의 손을 붙잡고 학교에 가는 내내 고개를 젖히고 파란 하늘에서 구름이 퍼지며 흘러가는 속도에 놀라워했다. 그러면 어머니가 꾸짖곤 했다. "레브! 제발 앞 좀 보고 걸어."

레브는 일어나 어머니에게 편지를 쓰기 시작했다. 밤의 추위가 더해가는 동안 정원의 개는 쉬지 않고 낑낑댔다.

어머니께

이 편지에 이십 파운드를 동봉합니다. 어머니와 마야가 무척 보고 싶어요. 오늘밤은 유난히 오로의 집에, 삶이 단순한 그곳에 함께 있고 싶네요. 여기서는 균형을 유지하기가 쉽지 않아요. 사람들이 저를 어떻게 생각하는지, 저는 또 그들을 어떻게 생각하는지 잘 모르겠어요.

더는 도둑맞는 일 없이 염소가 안전하게 잘 있었으면 좋겠네요. 이 돈으로 제발 겨울 날 준비를 하세요. 제가 보내준 코트를 입은 마야 사진도 보내주시고요. 루디가 가지고 있는 코닥 사진기로 찍어달라고 하세요.

저는 여전히 그 식당의 주방에서 일합니다. 지금은 요리사들에게 요리법을 묻기도 하고, 기회가 될 때마다 주방장이 일하는 걸 살펴보기도 해요. 저도 이 식당의 몇몇 요리법을 익혀 훌륭한 요리사가 될 거예요! 어쩐지 제 인생에 쓸모가 있을 것 같아요.

이 식당의 주방에서 본받을 점은 재료를 낭비하지 않는다는 거예요. 닭뼈나 고기뼈, 채소나 양파 자투리는 육수(요리사들은 이걸 '부용'이라고 불러요)를 만드는 데 쓰이는데 아주 감탄스러워요. 부용의 맛도 아주 일품이고요. 하지만 손님들이 남기는 음식은 버려야 하는데, 제게 주어진 일 가운데 하나가 그걸 치우는 거예요. 매일 밤 적어도 쓰레기통 한 개는 거의 꽉 차요. 그러면 쓰레기봉지를 꺼내 거리에 내놓는데, 가끔 마음이 혼란스러워요. 쓰레기봉지들을 그렇게 내버려두는 게 때로는 쉽지 않아요.

9
행복할 권리

영국의 겨울 추위가 매서워지기 시작했다. 벨리샤 로드의 마가목들은 개화기에 시에서 전기톱으로 가지치기를 한 바람에 거무칙칙한 게 죽은 나무처럼 보였다. 서리가 내린 아침은 고요했다. 크리스마스 장식등이 어둑한 오후에 불어닥치는 바람에 깜박거리며 흔들렸다. 야간버스를 기다리는 레브는 아노락 점퍼 주머니에 손을 깊이 찔러넣고 후드를 이마까지 뒤집어쓴 채 몸을 웅크렸다. 이러고 있으면 사람들이 두려워할지도 모른다는 생각이 들었다.

식당에서 소피는 그에게 거의 말을 걸지 않았다. 그녀의 작업대는 레브의 등뒤에 있었다. 그는 가끔 뒤돌아봤지만 그녀는 언제나 고개를 숙이고 있었다. 고개 숙인 머리에, 매끄러운 모자와 삐져나온 붉은 머리칼에 불빛이 밝게 내리비쳤다.

레브는 이런 그녀의 모습에 무관심할 수 없었다. 껍질을 벗기고, 속을 빼고, 긁어내고, 써는 소피의 손을 쳐다보았다. 그녀는 손재

주가 정말 좋았고, 손만 보아도 병에 걸리거나 죽는 것과는 거리가 멀어 보였다. 가끔 그는 그녀와의 키스를 생각했다. 둘 사이의 침묵을 깨고 싶었지만 어떻게 해야 할지 몰랐다.

레브는 크리스티에게 조언을 구했다. 크리스티는 새로 써보는 초록색 습진 연고를 코와 볼에 듬뿍 바르고 있었다.

"아무래도 사람을 잘못 고른 것 같네요. 요즘에야 깨닫는 거지만 난 한 번도 여자를 이해해본 적이 없는 것 같아요." 그가 말했다. "교미기에 미쳐 날뛰는 토끼보다 마누라를 이해하기가 더 힘든 판이니까. 내 생각에 여자들은 모두 달나라로 보내야 해요."

크리스마스가 다가오면서 크리스티는 더 자주 술을 마셨다. 그는 크리스마스에는 수면제를 세 알 먹고 다음날이 될 때까지 깨어나지 않을 거라고 레브에게 말했다. "프랭키가 크리스마스 양말을 마이어슨힐과 연다는 생각을 하면 죽을 것 같아요."

레브는 크리스티의 얼굴에 묻은 초록색 연고를 물끄러미 바라보다 입을 열었다. "나한테 좋은 생각이 있어요. 내 말 듣고 있어요, 크리스? 여기서 프랭키를 위한 크리스마스 만찬을 여는 거예요. 피에르한테 칠면조 요리에 어울릴 소스를 물어볼게요. 안에 넣을 속도요. 내가 만들 수 있어요."

크리스티가 레브를 다정하게 쳐다보았다. 순간 그의 충혈된 눈에 눈물이 맺히며 반짝였다. "당신은 좋은 사람이에요."

"어때요?" 레브가 말했다. "프랭키를 위해 근사하게 차려보자고요."

"우선 아이 엄마가 허락하지 않을 거예요. 죽었다 깨어나도. 하지만 좋은 생각이네요. 당신 같은 세입자를 만나다니 기쁘고 다행한 일이에요. 돈만 있다면 함께 비행기를 타고 당신 고향으로 날아가서 크리스마스를 보낼 텐데."

"가능하지 않은 일이에요……"

"알아요. 하지만 생각만 해도 신나는 일이잖아요. 루디가 공항으로 마중나올 테고, 그러면 체비도 타볼 수 있겠죠. 여기 있는 플라스틱 장난감가게를 마야에게 가져다줄 수도 있고요."

크리스마스. 모든 거리가 크리스마스를 알렸고, 모든 사람이 그 생각밖에 하지 않는 듯했다. 어디를 가든 눈부셨지만 사람들의 눈에는 근심이 어려 있었다. 레브는 특히 크리스티가 크리스마스를 얼마나 큰 시련으로 느낄지 이해했다. 얼마나 견딜 수 없는 고통의 함대로 느낄지. 그는 매일매일 고민과 걱정으로 연명하는 듯했고, 약간의 행복감으로는 그 고통을 덜어낼 수 없었다.

레브는 시간이 나자 웨스트엔드로 갔다. 쓰레기가 널린 거리, 마음이 조급한 사람들과 느릿한 버스들이 다니고 사방이 밝게 번쩍거리는 거리에서 마야에게 보낼 선물을 찾았다. 고향의 장난감들은 소리가 나지 않았다. 누군가가 사기 전까지는 잊힌 듯 보이는 물건들이었다. 그러나 이곳의 장난감은 쇼윈도 안에서 날카로운 소리를 내며 현란한 색을 번쩍였고 비싼 가격표를 과시했다. 심지어 장난감 상자마저 비싸 보였다.

"그놈의 옥스퍼드나 리전트 스트리트는 갈 생각도 마요." 크리스티가 충고했다. "캠든의 중고품점에 가봐요. 거기 가면 수공예품들이 있는데, 어린 여자아이에게는 건전지로 움직이는 공룡 장난감보다 훨씬 나을 거예요."

하지만 중고품점에 들어서자 레브는 숨이 막혔다. 그는 찌그러진 행거에 흐늘흐늘하게 걸린 옷들을 헤치는 노인들 사이를 캑캑거리며 조심조심 다니면서 구경했다. 가게에서는 낡은 신발 냄새와 상태가 형편없는 헌책 냄새가 났다. 볼품없는 형광등 불빛을 보니 배린의 허름한 상점이 생각났다. 펠트를 손바느질해서 만든 푹신한 인형이 몇 개 눈에 띄었는데 얼굴이 무표정했다. 레브는 딸이 놀랄 만한 크리스마스 선물을 주고 싶었다.

밖으로 나와 캠든 마켓으로 간 그는 살을 에는 아침 공기에 얼굴이 얼지 않도록 열심히 껌을 씹는 노점상에게서 은색 펭귄이 그려진 포장지를 샀다. 레브는 집에 와서 펭귄 포장지를 풀어 방바닥에 펼쳤다. 그리고 담배를 한 대 물고는 펭귄들을 보며 오로의 크리스마스를 떠올렸다. 공산정권하에서 기독교 의식이 금지되었지만, 어머니는 당국의 지시를 무시하고 금으로 된 낡은 성상을 꺼내 벽난로 위의 나무들보에 놓고 주위에 촛불을 밝혔다.

크리스마스 아침이면 그녀는 그 앞에 무릎을 꿇고 앉아 큰 소리로 기도했다. 레브에게 어떻게 두 손을 모으는지 보여주고 자기 바로 옆에 앉힌 다음 예수와 성모마리아에게 가족의 행복을 빌었다. 아버지는 참견이든 잔소리든 아무 말도 하지 않고 어머니를 내버려두었다. 훗날 레브가 아버지와 함께 배린 제재소에서 일할 때 아버지가 이런 말을 한 적이 있었다. "난 항상 네 엄마가 기도하도록 그냥 내버려뒀지. 예수에 관한 미신은 전혀 믿지 않지만, 누가 알겠냐? 만약 그게 진짜라면? 그럼 네 엄마의 기도가 내게 보험 같은 것이 되어주겠지. 나를 좁은 문으로 들어가게 해줄 보험."

마리나가 죽자 이나는 며느리가 천국으로 갔다며 애써 사람들을 위로했다. 그녀는 마리나의 사진을 들보의 성상 옆에 놓았다. 황금빛 촛불이 그녀의 사진을 밝혔다. 이나는 속삭이곤 했다. "하느님과 함께 마리나는 그곳에 있단다, 레브. 나는 알 수 있어. 내 모든 감각이 마리나가 천국에 있다고 말해주는구나."

시대가 바뀌어 종교의식이 다시 허용되었다. 이나는 크리스마스 시기가 되면 방 한구석을 전나무 가지들로 장식하고 그곳에 크레이프 종이로 포장한 작은 선물들을 놓았다. 마야에게는 나무 장난감, 스테판과 레브에게는 장갑이나 목도리를 선물했다. 배린 제재소는 크리스마스에 일꾼들에게 하루 휴가를 주었다(지독한 바람둥이였던 소장은 한 해 동안 저지른 죗값을 크리스마스 하루를 내내 가족과 함께 보내는 것으로 대신하려 했다. 새해가 밝음과 동시에 가뿐한 마음으로 다시 바람을 피울 속셈이었다).

이나는 거위를 잡아 로즈메리와 밤을 넣고 요리했다. 스테판은 제일 좋은 보드카를 한두 병 땄고, 어둠이 내리고 잠자리에 들 때까지 하루가 평화롭게 저물어갔다. 그것은 일종의 죽음이었다. 레브는 기억했다. 일종의 항복이기도 했다. 마치 기름진 음식을 먹고 과음을 한 뒤에 깊은 휴식을 취하며 모든 감각기관이 잠잠해진 것처럼, 아침이 다시는 침범하지 않을 것처럼. 그러나 바로 그 아침이 오면 작은 창문으로 눈부신 흰빛이 들어왔고, 여전히 살아 있는 어른 셋은 깜짝 놀라 침대에서 비틀거리며 나왔다. 그들은 나사로가 된 기분이었다.

레브는 마침내 마야에게 줄 선물을 발견했다. 그걸 사기 위해 매주 고향에 보내는 돈보다 더 많은 돈을 써야 했다. 살아 있는 아기를 닮은 인형으로, 까르륵거리기도 하고 눈을 감았다 뜨기도 하고 기저귀에 오줌을 싸기도 했다. 아기용 우주복을 입은 인형은 부드러운 바구니 안에서 수놓은 하얀 베개를 베고 분홍색 모직 담요를 덮고 누워 있었다. 레브는 인형을 꼭 끌어안은 마야의 모습을 떠올렸다. 마야는 잠잘 때 인형을 옆에 누이고 상냥하게 지시를 하거나 타이르며 토닥거릴 것이다.

어머니에게 보낼 선물로는 장신구를 만드는 데 유용할 미국산 철사절단기와 향비누 한 상자를 샀다. 이 선물들을 은색 펭귄 포장지로 싸서 부치자 레브는 갑자기 마음이 가벼웠다. 그렇게 잘 만들어진 물건을 살 수 있는 자신이 자랑스러웠다.

크리스마스 주간이 시작될 무렵 리디아에게서 전화가 왔다. 기분이 좋지 않은 듯했다. 리디아는 레브에게 표토르 그레츨러가 영국 공연 일정을 마치고 돌아갔다는 소식을 전했다. 다른 통역 일을 구하려고 했지만 찾지 못했다고, 머스웰힐의 라리사네에서 너무 오래 신세를 지는 게 면목이 없어 하이게이트의 한 부유한 가정에 오페어*로 들어갔다고 했다. "이 일은 전에 하던 일과 완전히 달라요. 마에스트로 그레츨러는 나를 존중해줬는데, 이 집에서는 하찮은 존재에 불과해요."

그녀는 레브에게 줄 크리스마스 선물을 준비했다며, 일요일 아침에 그녀가 일하는 곳에서 멀지 않은 워터로 파크에서 만나자고

---

* 언어 공부를 목적으로 현지의 가정에 입주해 아이 돌보기 등의 집안일을 하고 약간의 보수를 받는 것.

했다. "그곳을 구경시켜줄게요. 내가 곧잘 산책을 가는 곳인데 정말 좋아요. 녹음도 우거지고 조용하고 종종 나무에 조형물을 설치하기도 하고. 그러고 나서 카페 루즈로 가 커피 한잔해요."

"나는 당신에게 줄 선물이 없는걸요." 레브가 말했다. "마야에게 줄 인형을 사느라 가진 돈을 모두 썼어요."

"당신에게 선물을 기대한 게 아니에요." 리디아가 말했다. "우리 아직 친구 맞죠? 공원에 함께 산책하러 갈 수 있는 친구. 제가 잘못 생각하고 있나요?"

리디아의 음성이 약간 떨렸다. 레브는 점투성이인 그녀의 얼굴을, 페스티벌 홀의 바에서 상기된 채 미소 짓던 얼굴을, 그리고 연주회장에서 그가 비틀거리며 성난 관객 앞을 지나 밖으로 나갈 때 속상해하고 화가 나 있던 얼굴을 떠올렸다. 그는 언제나 그녀를 실망시킬 수밖에 없는 운명 같았다.

"물론 우리는 친구죠……"

"그럼 됐어요." 리디아가 말했다. "열한시에 만나요. 워터로 파크는 작으니까 쉽게 만날 거예요."

그는 리디아가 가르쳐준 대로 공원을 찾아갔다. 점퍼 주머니에 구겨진 런던 지도를 넣고 스웨인스 레인을 터벅터벅 걸으며 생각했다. 리디아에게 이런 묘한 면이 있었구나. 그는 항상 그녀가 시키는 대로 했다. 그러다 무슨 일이 생기면 그녀에게서 달아났다. 버스 여행의 인연이 그와 그녀를 묶어줬기에 그녀를 따르는 거라는 생각이 들었다. 참 특이한 끈이었다. 삶은 달걀과 영어 단어 연습과 창밖으로 지나가는 유럽의 벌판으로 형성된 끈. 이미 끊어졌어야 할 끈인데 끊어지지 않았다.

리디아는 햇빛 없는 12월 하늘에 대비되는 빨간색 코트를 입고 진흙이 뒤범벅된 잔디에 혼자 서 있었다. 레브가 다가오는 것을 보고 구조를 청하듯 힘차게 손을 흔들었다. 그 모습을 보자 레브는 웃지 않을 수 없었다. 소녀 같은 몸짓, 무의식적으로 드러나는 절박함. 그는 추위로 벌그스름한 리디아의 뺨에 입을 맞췄다. 그녀가 그의 얼굴을 만지며 말했다. "머리가 많이 길었네요."

그녀는 그의 팔짱을 끼고 잔디밭을 가로질러 옹이투성이인 나무가 있는 쪽으로 갔다. 나뭇가지에 크고 알록달록한 조형물이 걸려 있었다. 혼응지로 만들어 갈색과 빨간색과 노란색으로 칠한 조형물들은 가벼워서 바람에 곧잘 흔들렸다. 줄에 매달린 그것들은 소리 없이 흔들리다 간혹 빙빙 돌기도 했다.

"어때요, 맘에 들어요?" 리디아가 말했다. "아주 독창적인 것 같아요."

"저걸로 전달하려는 의미가 뭐죠?"

"그런 질문은 하는 게 아니에요. 구시대에나 하던 질문이라고요. 이제 예술은 그저 예술일 뿐이에요. 이 조형물들은 당신이 당신이고, 내가 나인 것처럼 그 자체일 뿐이에요."

레브는 나무를 보면서 은근히 짜증이 났다. 아버지가 오로 뒷산의 나무에 혼령을 기리는 띠를 매달던 생각이 났기 때문이다. 그는 조형물이 단풍잎 색으로 칠해졌다는 걸 알아챘다. 사람이 만들어 매단 것이 없으면 겨울나무가 훨씬 더 아름다울 것 같았지만 그는 잠자코 있었다. 조형물을 바라보고 있는데 갈색 잡종개 한 마리가 그들 쪽으로 달려와 코를 킁킁댔다. 리디아가 쭈그리고 앉아 개를 쓰다듬었다. "개가 한 마리 있으면 좋겠어요. 나를 사랑해줄 작은 존재요."

리디아는 호랑가시나무가 있는 관목숲으로 레브를 이끌었다. 빛나는 열매가 달린 나무에 여러 필의 자주색 천이 걸려 있었다. "나는 왠지 모르게 이 공원에 오면 행복해져요. 이지력을 소유한 누군가가 여기서 일하고 있어선지 모르겠어요. 신비로 충만한 이지력의 소유자가요. 이 호랑가시나무 장식, 보기 좋지 않아요?"

레브는 천을 바라보았다. 아무 감흥도 일지 않았다. 인공적인 것에선 무엇이든 어떤 감흥도 느끼지 못했다. 뒤쪽 어디선가 테니스 시합이 시작되는 소리가 나자 그는 그들이 부러웠다. 영국에 온 뒤로 어디서고 더는 뛰어본 적이 없었다. 싱크대 앞에 서 있거나, 버스정류장의 차양 아래 앉아 있거나, 노인처럼 느릿느릿 거리를 쏘다닐 뿐이었다. 그런 생각을 하던 레브는 한심하게 장식된 빛나는 호랑가시나무를 가만히 서서 쳐다보다 느닷없이 자신이 달려가고 싶은 곳이 어디인지 깨닫는 상심이 더욱 커졌다. 그는 꼼짝도 않고 서서 땅만 뚫어지게 응시했다. 그러다 리디아의 팔을 풀고 담배를 찾아 주머니를 더듬거렸다. 그런 생각에 스스로 충격을 받은 나머지 손을 덜덜 떨었다.

"레브, 괜찮아요?" 리디아가 말했다.

그는 담배에 불을 붙여 깊이 한 모금 빨고는 마음이 진정되기를 기다렸다.

"레브……" 리디아가 다시 말했다.

"괜찮아요." 레브가 말했다. "춥네요. 눈이 올 것 같은데, 우리 카페로 갈래요?"

"아, 어두워지기 전에 멋진 산책을 할 계획이었는데. 이제 해가

204

좀 나니까 몸이 녹을 거예요. 우리, 공원 한 바퀴 돌아요."

레브는 계속 담배를 피우며 그녀가 이끄는 대로 걸었다. 해가 났다 들어갔다 하더니 구름이 짙어졌다. 테니스 치는 소리가 점점 희미해졌다. 그들은 오리 몇 마리가 쌍쌍이 헤엄치는 연못을 둘러 갔다. 레브는 담배꽁초를 연못에 던지고 빨리 걷기 시작했고, 그 바람에 리디아는 그와 보조를 맞추기 위해 뛰다시피 걸어야 했다. 그는 자기의 심장박동 소리가 리디아에게는 쿵쿵거리며 걷는 자신의 발소리로 들릴지 궁금했다. 하지만 그렇게 듣든 말든 상관없었다. 그 심장은 그의 것이니까. 심장의 피가 고막에서 요동쳤다. 그도 남자였다. 그는 12월의 한 일요일, 바로 오늘 다시 살아나기로 마음먹었다. 당장 그녀의 집으로 달려가고 싶었다. 몇 주 전 데이미언의 직원 명부에서 봐둔 주소를 기억하고 있었다. 언젠가는 필요할 거라는 걸 알았기 때문이다. 지금이 바로 그때였다. 그는 어엿한 남자고 그녀와 키스도 했다. 이제 때가……

"레브……" 리디아가 총총걸음으로 레브 옆에 따라붙으며 울상을 지었다. "좀 천천히 걸어요."

그는 속도를 늦췄다. 서두르지 말고 리디아 생각도 좀 하라고 마음속으로 자신을 타일러야 했다. 아무런 설명도, 아무런 언질도 없이 또 그녀를 내버려두고 갈 순 없었다. 그는 다시 팔짱을 끼는 그녀를 내버려두었다. 그녀의 작은 손이 그의 옷소매를 움켜쥐는 게 느껴졌다. 그녀는 콘크리트 받침대에 설치된, 뒤틀린 인간의 몸통을 닮은 조각품에 대해 얘기하기 시작했다. 그녀는 그렇게 "불안하게 만드는 생소함"이 좋다고, 자기도 뭔가를 창조하길 갈망한다고, 그래서 사후에도 자신의 일부분이 표현된 별개의 존재가 남을 수

있으면 좋겠다고 말했다. 그런 생각을 하게 된 건 지금 삶의 속도
가 너무 빨라졌다는 자각 때문이었다. 특히 런던에서. 그녀가 말했
다. "고향에서는 매일이 항상 똑같고 변화에 대한 희망도 없었기에
시간이 엄청 느리게 갔죠. 그런데 여기는 시간이 쏜살같이 지나가
는 것 같아요. 그렇지 않나요, 레브?"

레브는 고개를 끄덕였다. 그랬다, 쏜살같았다. 바로 오늘이 그랬
다. 그는 그것에 실려 멀리, 그가 있는 곳에서 멀리 갈 것이다. 하
지만 리디아에게 이걸 무어라 설명할 수 있을까? 그녀의 손이 그의
팔꿈치 안쪽을 편안하게 잡고 있었다. 그녀는 레브에게 크리스마
스 선물까지 주었다. 그들은 다정한 연인처럼 함께 워터로 파크를
산책했다. 호랑가시나무에 걸린 자주색 천들이 바람에 펄럭였다.
짝지어 다니는 오리들이 울어댔다.

"내 상황을 설명해줄게요." 거품을 얹은 커피를 마시며 리디아
가 말했다. "우리 나라에서 온 많은 젊은 여자들이 런던에서 오페
어 일을 하는 것 같아요. 그런데 분명한 건, 그 일이 나한테는 잘
안 맞는다는 거예요."

"그래요?"

"네. 전혀 안 맞아요. 그 일을 하기에는 나이가 너무 많은가봐
요. 내가 보기에 영국 아이들은 가정교육이 부족해요, 너무 버릇이
없어요. 부족한 게 없어선지 모든 걸 똑같이 취급해요. 뭘 가지고
놀든 금방 싫증내고 던져버려요. 사람에 대해서도 마찬가지죠. 아
이들 이름은 휴고와 제미나인데, 나를 '뮤즐리'라고 불러요."

"뮤즐리라뇨?"

"그렇게 부르며 재미있어해요. 내 얼굴의 점 때문이죠. 뮤즐리 시리얼요."

레브가 커피를 마시다 말고 고개를 들었다. 다른 데 정신이 팔린 탓에 적절한 말이 떠오르지 않아 아무 말도 못했다.

"적어도 당신은 놀라는 것 같네요. 맞아요, 놀랄 일이죠. 나도 그렇게 생각해요. 내 나이 서른아홉인데 일곱 살, 아홉 살 먹은 어린아이들한테 뮤즐리라고 불리기나 하고."

"그렇게 부르지 말라고 해요."

"했어요."

"그럼 걔들 부모한테 말해요, 리디아. 그런 건 용납할 수 없다고."

"그럴까요? 그랬다 일자리를 찾기 힘든 이런 때에 여기서마저 쫓겨나면요?"

"음……"

"알겠지만, 그레슬러 씨와 일할 땐 정말 행복했어요. 존경하는 마에스트로니까요. 그분이 많이 보고 싶어요. 알다시피 나는 그분을 위해서라면 뭐든 했어요. 서로를 잘 이해했죠. 그 일자리가 영원할 줄로 착각했어요. 당연히 영원한 건 아무것도 없는데. 기막힌 행운을 만났지만 이제는 모든 게 사라진 것 같아요."

"거기를 그만두고 다른 일을 찾아봐요."

"네, 그럴 수도 있겠죠. 하지만 이 한겨울에 어디를 가겠어요? 내가 영국의 겨울이 얼마나 긴지 경고했던 거 기억하죠? 최소한 지금 나는 엄청 근사하고 큰 집에 있는 따뜻한 방에서 지내요. 제 방에 따로 화장실도 딸렸고요. 그러니 사실 불평할 수 없죠. 단지 그 전에 했던 일이 너무 좋았던 데 반해 지금은 괴물들하고 있다는 것뿐이에요. 그 집에는 문화생활이라는 게 없어요. TV와 플레이스테이션 게임기가 전부인데, 그마저 모두 폭력적인 내용이죠. 잠자리에서 책을 읽어주겠다고 했더니 애들이 웃더라구요. 심지어 나더러 꺼지라더군요. 상상이 돼요?"

"한심하네요……"

"내 말이 지루한가보네요. 그럴 거예요. 여기에 앉아 기껏 불평이나 늘어놓으니. 이 얘기는 그만하죠. 별로 유쾌하지 않으니까요. 당신은 어떻게 지내는지 얘기해봐요."

레브는 눈을 깜짝였다. 여전히 심장이 쿵쾅거렸다. 뭔가 말을 해야 한다는 게 고통스러웠다. 흥분과 두려움 때문에 현기증이 났다.

"난 잘 지내요." 그가 덤덤하게 말했다. "당신이 그 집을 찾아준 게 나한테는 얼마나 큰 행운인지 몰라요. 당신한테 큰 신세를 졌어요. 크리스티 슬레인은 좋은 사람이에요."

"그래요? 어떤 사람인데요?"

"음, 나름 문제가 있긴 한데 지금 그 얘기를 하자면 너무 길어질 거예요. 곧 가봐야 해서요."

"아, 가지 마요, 레브. 오늘은 일요일이잖아요. 점심을 주문하는 게 어때요?"

"전혀 배고프지 않아요."

"그럼 간단히 치킨 바게트라도 먹어요. 아니면 샐러드나."

"배가 안 고파요."

리디아가 웃으며 말했다. "버스에서의 일이 생각나네요. 당신이 처음에는 배고프지 않다고 했는데, 얼마 지나지 않아 내가 준 달걀과 호밀빵과 초콜릿을 먹었잖아요. 금방 없어지던걸요. 기억해요?"

"네."

"웨이터한테 메뉴를 달래야겠어요. 바게트만 먹으면 돈이 얼마 안 들 거예요."

"지금은 아무것도 먹고 싶지 않아요."

"돈은 내가 낼게요. 내가 살게요."

"아뇨! 난 이제 가봐야 해요."

그의 단호한 목소리에 리디아가 그를 똑바로 쳐다보았다. 레브는 생각했다. 아이들이 뮤즐리라고 부를 때도 이렇게 푸른 눈을 크게 뜨고 당당하게 쳐다보겠지. 그러다 이내 단념하고 지금과 똑같이 시선을 돌리겠지. 그녀는 몸을 굽혀 발치에 둔 가방에서 반짝이는 포장지로 정성들여 싼 타원형 꾸러미를 꺼내 내밀었다.

"나는 배가 좀 고프지만, 뭐 괜찮아요. 이건 당신에게 주는 선물이에요. 메리 크리스마스." 그녀의 목소리는 가냘프지만 차분했다.

레브는 손을 내밀어 선물을 받았다. 향초든 목욕용 오일이든 그녀에게 줄 뭔가를 샀더라면 좋았을 텐데. 값싼 선물이라도 샀다면 이 순간을 모면할 수 있었을 텐데. 그를 그렇게까지 이기적이고 배려 없는 인간으로 만들지 않았을 텐데.

"고마워요."

"지금 풀어봐도 돼요."

그 말을 듣고 레브는 생각했다. 지금 이 선물을 풀면 다시 한번 고맙다고 한 다음 가도 되겠지. 선물을 풀어보는 것으로 그날 만남을 마무리짓고 빠져나갈 수 있을 것이다. 그는 선물을 두 손에 들고 바라보았다. 선물에 달린 꼬리표에는 간단하게 레브에게, 리디아라고 쓰여 있었다.

"크리스마스에 풀어봐야 하지 않을까요?" 그가 물었다.

"괜찮아요, 풀어봐요. 당신이 그걸 좋아할지 알고 싶어요."

그가 포장지를 찢는 동안 리디아는 작은 손수건을 꺼내 코를 풀었다. "기대하던 게 아니라고, 선물이 좀 이상하다고 생각할지 모르겠어요."

"아무것도 기대하지 않았어요."

"하지만 보면 내가 왜 그 선물이 적절하다고 생각했는지 알 거예요. 그리고 아마……"

그것은 『햄릿』의 영문 문고판이었다. 레브는 책을 펴고 영어로 읽었다. 덴마크의 왕자 햄릿의 비극. 제1막.

"고마워요. 러시아에서 영화화한 〈햄릿〉은 본 적이 있지만 희곡을 읽은 적은 없어요." 레브가 말했다.

"당신이 분명 읽지 않았을 거라고 생각했어요. 오로에서 『햄릿』을 읽은 사람이 어디 있겠어요? 이 책에는 자세한 설명도 달려 있으니 내용을 이해하는 데 도움이 될 거예요. 그 뒤에 보면 주석이 있어요."

"내가 읽으려면 그게 정말 필요하겠네요……"

"망명자라고 부르든 뭐라 부르든 우리 같은 사람들한테는 이 희곡이 특별한 의미가 있어요. 그게 뭔지 읽어보면 알 거예요. 햄릿 왕자는 쫓겨난 사람이잖아요. 아니, 자신의 원래 자리를 바로잡기 위해 스스로를 쫓아낸 거죠."

"그래요?"

"네. 그리고 나서 그는 과거 때문에 계속 시달려요. 읽어보면 알 거예요."

레브는 다시 한번 고맙다고 인사하고 책을 점퍼 주머니에 집어넣었다. 더이상 무슨 말을 해야 할지 몰랐다. 그는 커피값을 꺼내 목제 테이블 위에 놓았다.

이제 그는 그곳에서 멀리 떨어졌다. 하이게이트에서 벗어나 있었다. 켄티시 타운 지하철역에서 밖으로 나오자 살을 에는 찬 공기가 그를 맞이했다. 그는 로스베일 로드를 따라 뛰었다. 번지수가 새겨진 문패들이 시야에서 휙휙 뒤로 밀려났다. 소피가 사는 거리였다. 남자라고 행복을 선택하지 말라는 법이 있겠는가? 아내와 사별했다고, 다시는 여자를 가까이하지 않겠다고 다짐했다고 남들처럼 새로운 시작에 도전하면 안 된다는 법이 있겠는가?

눈이 내리기 시작했다. 눈이 얼굴에 휘몰아쳤지만 레브에게는 부드럽고 시원하게 느껴졌다. 레브는 밤새 눈이 내려 도시를 정적과 함께 뒤덮어, 지금 달려가는 그 방에 그를 가두는 장벽이 되어주길 바랐다. 그래서 옅은 보랏빛 동이 터오는 은은한 새벽이, 오래전 루디와 함께 체비를 몰고 집으로 돌아갈 때 밝아오던 그런 새벽이 그를 맞이하기를 바랐다.

드디어 로스베일 로드 5번지에 도착했다. 그는 벨을 눌렀다. 그리고 인내하며 기다리는데 인터콤에서 그녀의 목소리가 흘러나왔다. 목이 약간 잠긴 듯했다. 생각해보니 그 목소리는 언제나 그에게 감정적 자극을 주었다. 그를 자유롭게 해줄 목소리였다.

"레브예요."

있는 힘을 다해 달려온 뒤라 숨도 제대로 쉬지 못했다. 달음박질과 욕망과 희망으로 현기증이 났다.

인터콤에서는 아무 소리도 들리지 않았다. 하지만 잠시 후 문이 열리는 기계음이 들렸다. 그는 육중한 문을 밀어 열고 작은 현관 안으로 들어섰다. 파란색 카펫이 깔린 바닥에 광고 우편물이 너저분하게 흩어져 있었다. 레브는 거울에 비친 자신의 얼굴을 쳐다보았다. 상기된 얼굴, 흐트러진 머리칼, 흑옥처럼 반짝이는 눈. 그는 이마의 땀을 훔치고 머리칼을 매만졌다.

좁은 계단을 올려다보니 소피가 이층의 자기 집 앞 복도에 서서 그를 내려다보고 있었다.

그녀는 맨발에 운동복 차림이었다. 손에는 신문인지 잡지가 들려 있었다. 레브가 계단을 올라갈 동안 소피는 꼼짝도 않고 서 있었다. 하지만 그가 올려다보자 그녀의 얼굴에 점차 미소가 번지며 보조개가 팼다. 마치 머잖아 그가 오리라는 것을, 결국에는 어떤 설득도 필요없으리라는 것을, 그저 기다리기만 하면 되리라는 것을 알고서 안달하지 않고 그를 기다렸다는 듯한 표정이었다.

레브가 계단을 다 올라 그녀 앞에 서자 소피는 다정하게 그를 집 안으로 들이고 문을 닫았다. 그는 그녀를 벽에 기대세웠다. 그리고 그녀의 밝고 구불구불한 머리칼을 움켜쥐었다. 자신이 무엇을 느끼고 있는지 전부 그녀에게 말하고 싶었지만 언어가 멀리 떠내려가버린 듯했다. 그는 그녀의 입에 입술을 가져갔다. 그녀의 숨결이 캐러멜처럼 달콤했다.

10
'여긴 완전히 난장판……'

크리스마스 아침, 레브는 소피의 침대에서 잠을 깼다. 하얀 커튼이 드리워진 창문 밖에서 햇빛이 반짝였다. 레브는 도마뱀 문신 레니에게 입을 맞췄다. 소피가 잠에서 깨며 웅얼거렸다. "레니가 당신이 아주 맛있대요."

레브는 자고 일어나 번질번질한 그녀의 얼굴을 어루만지며 말했다. "나는 레니가 되고 싶어. 항상 당신의 피부에 있으니까." 그녀는 빙긋 웃으며 그의 손을 잡고 손목의 검은 털에 키스한 뒤 그게 모피라도 되는 양 윗입술에 살살 문질렀다. 레브는 생각했다. 그래, 이건 꿈이 아니야. 나는 이제 그녀에게 지울 수 없는 존재가 되기를, 절대로 지울 수 없는 사람이 되기를 원해. 그녀는 정말 놀라운 사람이니까. 이 놀라움은 좀처럼 그를 떠날 줄 몰랐다.

레브는 일하는 중에도 그녀를 보면 가슴이 쿵쿵 뛰었다. 모든 요리사들이 있는 데서 그녀를 끌어안고 싶었다. 싱크대에 서서 일하는 긴 시간 내내 그녀의 목소리를 들으려 귀를 기울였다. 빨리 밤이 되었으면 하는 갈망이 태산 같았다. 그는 거울에 비친 자신의 모습에서 청년을 보았다. 청년의 눈이 꿈으로 불타올랐다.

루디에게 그녀에 대해 말해야 했다. 어느 일요일 아침 일찍, 레브는 소피가 자고 있을 때 루디에게 전화를 걸었다. "나 사랑에 빠진 것 같아."

루디네 뻐꾸기시계가 일곱시를 알렸다. 루디가 지친 듯 말했다. "뭔가 있는 줄 알았어."

레브는 그 모든 일이 예기치 않게 순식간에 일어났기에 어떻게 생각하고 행동해야 할지 분간할 수 없었다고 말했다.

"그거야 자전거 타는 거나 마찬가지 아냐?" 루디가 말했다. "다시 생각나지 않아?"

"그런 건가?" 레브가 말했다. "모르겠어. 딱히 다시 생각났다기보다 전에는 몰랐던 경험 같아."

"그래?"

"마리나와의 관계는 아름다웠지만 뭐랄까…… 아주 깊었어. 언제나…… 언제나 분노어린 뭔가가 있었어. 음울하거나 다루기 힘든 어떤 것이. 그런데 이번에는 달라. 순수한 느낌이야."

"무슨 말인지 잘 모르겠다."

"몰라도 돼. 사랑은 말로 설명할 수 없는 거잖아. 아무튼 이번 경우는…… 글쎄…… 복잡하지 않아. 이해하겠어?"

루디가 하품을 했다. "복잡하지 않다는 건 좋은 일이지. 나도 그게 좋아. 계속 그런 상태를 유지하도록 해. 그러면 다른 생각은 할 여유도 없을 테니. 이름은 뭐야?"

"소피."

"소피? 설마 러시아 여자는 아니겠지."

"영국 여자야. 식당에서 일해. 주방장이 되고 싶어해."

"그렇구나." 루디가 말했다. "뭐, 사람은 저마다 꿈이 있으니까."

침묵이 흘렀다. 루디가 더는 소피 얘기를 하고 싶어하지 않는 것 같아 레브는 다른 말을 꺼냈다. "체비는 어때?"

"말도 마. 변속기 때문에 미치겠어. 아직도 그놈의 벨트를 못 구했거든. 그걸 사려고 독일 어딘가에 편지를 보내긴 했는데, 운송료만 해도 상당할 거야. 차가 여기저기 부딪히기 일쑤야. 왜 전에 말했잖아. 체비가 전진과 후진을 헷갈려 해서 앞뒤 범퍼에 흠집만 생긴다고."

"딱하게 됐구나."

"그러게. 차가 완전히 망가지면 뭘 해먹고 살지? 밀거래에 다시 손을 댈 수밖에 없을 텐데, 그 일을 하면 악몽을 꾸니까 빌어먹을 잠을 자기가 겁나."

"별자리 운세를 본다고 하지 않았어?"

"별자리 운세? 그래, 그렇지. 뭐, 그런대로 괜찮아. 적지만 로라한테 고객이 좀 있어. 하지만 그것도 아주 위험한 거짓말 장사야. 우리가 무슨 거짓말을 하는지 생각하면 아찔해져. 그렇지만 어떡하겠어, 살아남아야 하는데."

"그래, 살아남아야지."

다시 침묵이 흘렀다. 루디의 전화기가 놓인 테이블 위에서 똑딱거리는 시계 소리가 들렸다. 잠시 후 루디가 말했다. "레브, 네 얘기를 들으니 기쁘다. 정말이야. 진짜 기뻐. 소피 사진이나 한 장 보내. 생일도 알려주고. 그러면 로라가 점성술로 두 사람의 미래를 봐줄 거야."

미래라.

레브는 미래를 생각하고 싶지 않았다. 현재 다시 살아났다는 사실, 그것만으로 족했다.

이번 크리스마스 선물로 이나는 미국산 철사절단기를, 마야는 인형을, 레브 자신은 소피를 받았다.

그것만으로 충분했다.

새벽빛이 은은하게 밝아오는 가운데 그는 소피와 천천히 사랑을 나눈 후 깜박 잠이 들었다. 그런 뒤 그들은 함께 일어나 나란히 서서 아침으로 스페인식 오믈렛과 빵과 커피를 만들었다. 아침을 먹는 동안 레브는 빨강과 금색이 섞인 소피의 머리칼과 무거운 초록색 커피잔의 가장자리에 닿는 그녀의 입술을 쳐다보았다. 그러면서 그녀와 춤추러 가면 얼마나 좋을까 생각했다.

소피는 레브에게 '평범한' 크리스마스를 보낼 수 없을 거라고 미리 얘기했었다. 대부분의 시간을 펀데일하이츠 양로원의 노인들과 함께 보내기로 약속했기 때문이다. 그녀는 상근자들이 크리스마스에는 근무를 꺼리기 때문에 자기가 여섯 시간 교대 근무를 자원했다고 했다. 언젠가 그녀가 말했었다. "몇몇 노인들은 이번이 그들의 마지막 크리스마스가 될 수도 있다는 걸 알고 있거든요."

레브는 그녀에게 거기서 무슨 일을 하는지 물었다. 그녀는 크리스마스 요리 준비를 거든 다음 함께 게임을 하고 노래를 부를 거라고 말했다. "모두 아스티 스푸만테를 마시고 알딸딸하게 취해 과거를 떠돌겠지만 나는 개의치 않아요. 이 나라에서는 늙으면 아무도 몸에 손대려 하지 않고 얘기도 들어주지 않아요. 그래서 나는 남들이 안 하는 걸 해요. 가서 만져주고 얘기를 들어주죠. 머리를 빗겨주기도 하고 손뼉치기 놀이를 하기도 해요. 얼마나 재미있다고요! 그분들이 전후의 조립식 가옥이나 다 허물어져가는 대저택에서 살았던 얘기를 듣기도 하죠. 내가 기타를 치면 간혹 우는 분도 있어요. 내가 제일 좋아하는 분은 루비라는 할머니인데, 인도에서 수녀들 손에 자랐대요. 지금도 수녀회 부속학교와 할머니가 제일 좋아했던 베네딕타 수녀를 기억하세요. 아주 자세하게, 그때 느꼈던 것까지 말예요."

레브는 그녀와 함께 펀데일하이츠에 가서 요리와 설거지를 돕겠다고 말했다. 그러자 소피가 그의 목을 끌어안으며 말했다. "당신이 좋은 사람일 줄 알았어요. 요즘엔 좋은 사람이 거의 없는데. 당신은 좋은 사람이에요. 얼굴에 다 쓰여 있다고요."

그들은 아침 먹은 것을 치우고 샤워를 한 다음 옷을 입었다. 그리고 소피는 화장을 했다. 머리칼은 윤이 나고 예쁜 립스틱을 바르고 향수를 뿌리면 펀데일하이츠 양로원의 노인들이 기분좋아한다면서. 레브는 낡은 가죽재킷을 입었다. 소피가 그 차림을 좋아하고, 그걸 입으면 매우 섹시해 보인다고 말했기 때문이다.

그들은 손을 잡고 로스베일 로드를 따라 지하철역으로 가면서 가정집들의 창문으로 크리스마스트리와 종이 장식 리본과 장식용 흰 눈을 들여다보았다. 소피는 캔버스 천으로 된 기타 케이스를 들고 있었다. 검게 칠한 난간과 보도와 차도 사이 도랑에 쌓인 플라타너스 낙엽, 새 니트를 입은 사람들, 새 목걸이와 줄을 단 개들을 비추는 햇빛이 반짝였다.

펀데일하이츠의 진입로 바깥에 꽃장수가 추위에 떨며 서 있었다. 그는 손가락 없는 장갑을 끼고 털모자를 눈썹 위까지 푹 눌러쓰고 있었다. 그의 등뒤에 가대가 있었는데, 장미가 담긴 양동이와 카네이션이 담긴 양동이 사이에 포인세티아 다발이 있었다. 레브는 걸음을 멈추고 꽃을 쳐다보았다.

"안녕하세요?" 꽃장수가 손을 녹이려 비벼대며 말했다.

"네." 레브가 말했다.

"친척에게 줄 크리스마스 선물을 찾으세요?"

"아니에요." 레브가 말했다.

그는 다시 걸음을 떼고 서둘러 소피를 쫓아갔다.

펀데일하이츠는 이스트핀즐리의 한적한 도로 끝, 맞닿은 지붕들이 내다보이는 곳에 위치해 있었다. 창문마다 철제 창살이 쳐진 삼층짜리 붉은 벽돌건물이었다. 홈통의 빗물이 넘쳐 벽을 타고 콘크리트 보도로 흘러나가는 부분의 벽돌에 시커먼 얼룩이 있었다. 인도 주변에는 초록색 잔디가 깔려 있었다. 가지를 축 늘어뜨린 주목에서 떨어진 붉은 독성 열매가 잔디밭에 흩어져 있었고, 그 주위를 비둘기들이 서성였다.

"날씨가 좋은 날이면 여기도 그렇게 나빠 보이지 않아요." 소피가 말했다. "죽기에 그다지 나쁜 장소는 아니죠."

건물 안으로 들어서자 마리나가 오랫동안 입원했던 병원에서 나던 냄새가 났다. 오줌과 소독약이 뒤섞인 냄새, 오래된 커피 냄새, 최근에 뭔가 탄 듯한 알 수 없는 희미한 탄내. 소피가 레브의 손을 잡았다. 입주자들이 모두 잠이라도 자는지 주위가 조용했다. 레브는 벨리샤 로드의 집에 혼자 있을 크리스티를 떠올렸다. 해가 저물 때까지 종일 컴컴하게 해놓은 방에서 수면제에 취해 누워 있을 것이다.

소피는 복도를 따라 방이 죽 늘어선 곳으로 레브를 데려갔다. 방문 옆에 이름표가 붙어 있었다. 아라민타 홀랜더 부인, 버클리 브라더턴 함장, 팬지 에이딘 부인, 조앤 스콧 양…… 몇몇 방에서 목청을 가다듬는 소리, 기침하는 소리, 전화를 하며 조용히 우는 소리가 흘러나왔다. 작은 고통의 소리들이었다.

레브와 소피는 복도 끝에 있는 방 앞에 멈췄다. 방문은 열려 있었고, 닫히지 않게 밑에 뭔가를 받쳐둔 상태였다. 그들이 올 걸 예견하기라도 한 듯. 소피가 문을 두드렸다. 문가의 이름표에 '루비 콘스태드 부인'이라고 적혀 있었다. 느릿느릿 발을 끄는 소리가 들리더니 체격이 큰 할머니가 모습을 나타냈다. 구불구불한 반백의 머리칼에 얼굴은 혈색 없이 푸석했지만 눈은 여전히 아름다웠다. 그녀는 아주 오래된 진주목걸이를 하고 있었다. "오, 소피, 메리 크리스마스!" 그녀가 말했다. "어서 들어와 앉아. 누가 설탕절임 자두를 보내왔어."

그들은 루비 콘스태드의 작은 방으로 들어갔다. 앤티크 가구와 유화 액자, 장식용 자기와 변색한 은제품이 사방 구석에 가득했다. 깔끔히 정돈된 침대에는 초록색 문직으로 겉을 댄 구식 깃털 이불이 덮여 있었다. 그 옆에 변기 의자가 놓여 있었다.

소피는 장식이 화려한 난로 철망에 기타를 기대어놓았다. 벽난로에는 불이 켜져 있지 않았다. 소피가 말했다. "루비 할머니, 이 사람은 제 친구 레브예요."

루비 콘스태드는 통통한 손을 살짝 떨며 자두 상자를 들어 레브에게 권했다. "누가 보낸 건지 모르겠지만 좀 먹어봐요. 사람들이 주소를 잘못 적어 엉뚱한 데로 오기도 해요. 아니면 여기 직원들이 혼동했는지도 모르고. 민티 홀랜더한테 갈 게 나한테 잘못 온 걸 거야. 대부분 그러니까."

레브는 순순히 설탕절임 자두를 한 개 집었다. 딱히 먹고 싶지는 않았지만 손에 든 걸 달리 어떻게 할 수도 없어 한입 베어물었다.

루비가 소피를 바라보고 물었다. "친구의 이름이 뭐라고?"

"레브예요." 소피가 말했다.

"레브? 외국 이름인가? 아니면 약칭?"

"레브는 일 때문에 영국에 왔어요. '지케이 애시'라고, 전에 말씀드린 식당 있잖아요. 거기서 같이 일해요. 기억나세요?"

"지케이 애시라니, 식당 이름치곤 아주 특이하군. 윌러스*같이 식당에 좀더 어울리는 이름으로 하잖고."

소피가 키드득했다. "시대가 바뀌었어요, 할머니. 식당 이름도, 파는 음식도 다 달라졌어요."

"어떻게?"

"현대 음식으로 바뀌었죠."

"윌러스가 좋았는데. 굴이며 가자미 요리를 먹었지. 우리는 그것들이 꽤 현대식이라고 생각했어. 자두 맛은 어떠우?"

"맛있어요. 고맙습니다." 레브가 말했다.

루비 콘스태드는 레브의 이목구비를 찬찬히 뜯어보았다. 레브는

---

* 런던의 오래된 해산물 식당.

세간이 너무 많은 방이 덥게 느껴져 목도리를 잡아당겨 벗었다. 루비가 찬찬하게 그를 올려다보았다.

"친구가 제법 잘생겼군." 루비가 소피에게 속삭였다.

소피가 다시 키득거렸다. 그리고 레브의 팔뚝에 손을 얹고 말했다. "할머니가 당신더러 잘생겼대요. 나도 동감이에요."

"그래요?"

방안이 두 여자의 웃음소리로 가득했다. 그는 어린아이 같은 즐거움이 배어나는 웃음에 빙긋 미소를 지었다. 루비가 자두 상자를 내려놓고 베개 밑을 더듬더니 봉투를 꺼내 소피에게 건넸다.

"이거 받아. 이 뚱뚱한 할망구한테 잘해준 게 고마워서. 여기 노인네들을 일요일마다 즐겁게 해준 것도 고맙고."

레브는 루비의 눈이 어느새 눈물로 그렁그렁해진 것을 보았다. 하지만 그녀는 곧바로 카디건 소매에 말아둔 손수건으로 눈물을 훔쳤다.

소피는 봉투를 내려다보며 말했다. "할머니……"

"자, 객쩍은 소리는 할 생각도 말고 그걸로 코트나 한 벌 사 입어. 그 너덜한 양가죽 코트인지 뭔지는 유통기간이 지나도 한참 지난 것 같으니. 자, 어서 카드나 꺼내봐."

루비는 소피가 봉투를 여는 동안 레브에게 시선을 돌렸다. 레브는 크리스마스카드에서 수표가 떨어지는 것을 보았다. 소피는 몸을 굽혀 수표를 주웠다.

"여기에 있는 우리는 모두 유통기간이 지난 사람들이야." 루비가 레브에게 말했다. "버클리 브라더턴은 아흔셋이지."

소피가 수표를 빤히 쳐다보다 루비에게 다가가 그 커다란 몸집을 끌어안았다. "너무 많아요."

루비는 소피의 붉은 머리칼에 입을 맞추고 레브에게 말했다. "소피는 귀한 여자야."

"알고 있습니다." 레브가 말했다.

"내 딸아이보다 훨씬 나아. 알렉산드라는 내게 노래를 불러주는 법이 없어. 십자말풀이도 도와준 적이 없고. 나를 웃게 만든 적도 없지."

루비는 그들에게 어수선한 방에 앉으라고 권하고 자신은 변기 의자에 앉았다. 레브는 낮은 스툴에 걸터앉았다. "그건 카슈미르 의자라네." 루비가 말했다. "내가 인도에서 가져온 거야. 여기 은 제품도 대부분 인도에서 가져온 거고."

"그래요?"

"소피가 얘기했는지 모르겠지만, 나는 젊었을 때 인도에 살았어. 인도가 독립하기 전이었는데, 그때만 해도 총독이니 뭐니 다 있었지. 그때 우리 학교에서 총독을 환영하는 행사를 열었는데 여학생들이 무대를 가로질러 몸으로 'Welcome'이라는 글자를 만드는 거였어. 나는 'O' 자의 절반 역할을 했고. 지금까지 그 일을 잊은 적이 없어. 그래서 간혹 생각해. 루비 콘스테드, 결국 네 인생은 절반의 인생이었던 거야. 그게 무엇이든 절반이었지. 우리가 평생 잊지 못하는 게 그렇게 어이없는 것들이라니까. 자네는 뭘 기억하고 사나?"

"제가 기억하는 건…… 아버지가 집 뒤의 숲에 나무 요정이 있다고 하신 말과……"

"나무 요정? 저런! 난 영국에는 그런 게 없는 걸로 아는데. 나무 요정은 도대체 어떻게 생겼나?"

"그건 저도 모릅니다. 고통스러운 삶을 살다 죽은 사람들의 혼이라는데. 아버지는 '그들은 새가 될 수도 있고 여자가 될 수도 있다'고 하셨어요."

"저런. 요정이 한순간에 여자로 변하는 건 달갑지 않군. 그러면 그걸 보는 사람이 헷갈릴 것 아냐?"

레브가 빙긋 웃었다. "네. 하지만 제 아버지의 상상 속에서만 여자가 되었을 거예요."

"그렇군. 상상 속에서만……"

"저도 나무 요정을 실제로 본 적은 없어요. 보고 싶어 찾아본 적은 있지만요. 네잎클로버를 찾듯 말예요. 하지만 한 번도 못 봤어요."

레브가 고개를 들어보니 두 여자가 공감한다는 듯 미소를 짓고 있었다.

루비가 손을 내밀어 소피의 손을 잡았다. "소피, 레브와 함께 나를 보러 와줘서 정말 기쁘구나." 그런 다음 레브를 바라보았다. "소피가 체조선수를 데려온 적이 있었어. 백덤블링인지 뭔지를 보여주겠다고 하길래 내가 말했지. '아니, 이 방은 정말 그걸 할 만큼 넓지가 않네.'"

레브와 소피는 주방에서 일을 도왔다. 오븐 안에서 칠면조가 익는 동안 싹양배추를 손질하고, 파스닙을 잘게 썰어 볶고, 소시지를 베이컨에 돌돌 말았다. 또 소피는 정향을 가미한 브레드 소스를 만들고, 레브는 양파와 감자와 싹양배추 줄기를 넣은 부용을 만들었다. 그런 다음 그는 육즙용 과립이 든 단지를 선반에 도로 올려두고 진하고 냄새가 좋은 육즙 소스를 만들었다. 그는 지케이 애시가 부용에 와인을 뿌린 뒤 구이용 팬에 남은 굳은 찌꺼기로 소스를 만드는 것을 본 대로 따라 했다. 크리스마스의 모자란 일손을 메우기 위해 일하러 온 남아프리카 출신의 두 여자가 이 소스를 보고 입을 떡 벌렸다. "와, 냄새가 기가 막혀요. 두 분이 우리를 살렸어요. 우리는 기본적인 것밖에 할 줄 모르거든요."

요리가 모두 준비되자 레브는 맥너턴 원장의 감독하에 입주자들이 모여 있는 식사실로 갔다.

입주자 열일곱 명 중 다섯 명이 휠체어를 이용했다. 그중 대부분이 파킨슨병으로 인한 경련과 떨림을 억누르려 안간힘을 썼다. 각 접시 옆에 크리스마스 크래커*가 한 개씩 놓여 있었다. 민티라는 우아한 할머니가 보석으로 치장한 야윈 손으로 크래커를 흔들며 엘리자베스여왕 같은 목소리로 말했다. "하고 싶은 말이 있어요…… 모두 들어봐요…… 작년 크래커 터뜨리기는 완전히 엉망이었다는 거 다들 기억하죠? 칠면조를 먹은 다음에 터뜨려야 해요. 그래야 선물이 음식에 떨어지지 않아요. 알았죠? 모두 내 말 알아들었죠?"

"민티, 식사를 한 다음에 크래커를 터뜨리려면 해질녘까지 기다려야 할지도 몰라요." 해진 체크무늬 셔츠에 페어아일 무늬 새 스웨터를 입은 노인이 말했다.

"그러니까, 우리들 대부분이 식사를 마치면 말이에요." 민티가

---

* 크리스마스 파티용 폭죽. 안에 선물을 넣는다.

말했다.

"'우리들'이 아니라 '우리'겠지. '우리'가 이미 복수대명사니까."

"입 좀 다물어요, 버클리." 민티가 말했다. "복수대명사 같은 영감 같으니라고. 그놈의 지긋지긋한 복수대명사 타령은."

테이블에 앉은 사람들의 얼굴에 웃음을 참는 기색이 역력했다. 누군가가 보청기에 대해 불평하는 소리가 들렸다. 그러자 맥너턴 원장이 부드럽게 "쉿!" 하고 눈치를 주었다.

"나는 지금 터뜨릴 거야." 휠체어에 앉은 한 할머니가 큰 소리로 말했다. "저 고고하신 분의 명령을 따를 순 없어. 여기에 있는 우리는 모두 평등하니까." 그녀는 옆에 있는 할아버지에게 크래커의 한쪽 끝을 잡으라고 했다. 한없이 우울함에 빠져들어 있는 모습이 레브에게 아버지를 떠올리게 하는 노인이었다.

"집어치워요, 조앤." 할아버지가 꾸짖듯 말했다.

"좋아요. 그럼, 까짓 거 나 혼자 하지." 할머니가 말했다.

"조앤!" 민티가 소리쳤다. "쯧!"

"이건 다 그놈의 크래커 얘기를 꺼낸 민티 할멈 잘못이야." 버클리가 말했다.

"크리스마스가 좀 질서정연하면 했을 뿐이라고요." 민티가 툴툴거렸다. "그렇지 않으면 여긴 완전히 난장판이니까."

조앤이 두 손에 쥔 크래커를 잡아당겼다. 크래커가 부서지며 늘어났지만 터지지는 않았다.

소피가 조앤 곁에 다가섰다. "조앤 할머니." 그녀가 상냥하게 말했다. "이제 곧 식사를 내올 거예요. 지금 저랑 크래커를 터뜨리실래요, 아니면 좀 기다리실래요?"

"난 다른 사람이 하라고 할 때가 아니라 내가 하고 싶을 때 하고 싶을 뿐이야."

"식사시간만 되면 언제나 말썽을 일으키니 원." 휠체어에 앉은 더글러스가 말했다.

"조앤 할머니는 말썽을 일으키는 게 아니에요." 소피가 말했다. "아라민타 할멈이 한때 레슬리 캐런과 일했다고 해서……"

"난 레슬리 캐런을 좋아했는데." 다른 할머니가 한마디했다.

내 마음은 '당신의 워털루로 가라'고 속삭이네,
보나파르트보다 웰링턴이 되기를 기도하나니……

"노래는 나중에!" 민티가 쏘아붙였다.

"또 시작이군." 조앤이 다시 크래커를 터뜨리려 끙끙대며 말했다.

"제발 이제 식사 좀 합시다." 더글러스가 말했다.

"그래요." 맥너턴 원장이 재빨리 활기차게 말했다. "더글러스 할아버지 말이 맞아요. 먼저 제가 식사 기도를 한 다음 음식을 차리도록 하죠."

조앤이 마지못해 크래커를 내려놓았다. 휠체어에 앉은 노인 중 한 명이 고개를 크게 끄덕였다. 맥너턴 원장이 단조로운 어조로 기도를 시작했다. "하느님, 감사합니다. 오늘 주님의 강탄일에……"

"주님의 강탄일이 아니라 그의 아들의 강탄일이에요." 버클리가 기도를 끊었다.

"입 좀 닥쳐요!" 팬지가 말했다.

"엄밀히 말하자면 버클리의 말이 맞아요." 루비가 갑자기 끼어들었다. "내가 가톨릭을 믿으며 자라서 말인데……"

"식사 기도를 다시 시작할 테니 좀 조용히 해주시겠어요?" 맥너턴 원장이 말했다.

"이 나라에서는 종교가 엉망이 되었어요……"

"루비 할머니? 기도하는 동안 좀 조용히 해주실래요?"

"사람들은 자기가 뭘 믿는지도 모른다니까. 여기서 조금, 저기서 조금, 자기 맘대로 섞어서 믿어. 이슬람의 몰라들은……"

"몰라가 아니라 물라야! 멍청한 할망구 같으니."

맥너턴 원장이 일어나 손뼉을 쳤다. "정말 왜들 그러세요!" 그녀가 말했다. "크리스마스라고 어린애처럼 굴 필요는 없잖아요. 이제 기도할게요. '하느님, 감사합니다. 오늘 복된 크리스마스에 음식과 와인을 허락하시고, 추운 날에 따뜻한 곳을 허락하시고, 외로운 가운데 같이 지낼 친구를 허락하시고, 주님의 완전한 사랑으로 저희를 축복해주셔서 감사합니다. 아멘.'"

잠시 침묵이 흘렀다. 맥너턴 원장과 소피가 돌아다니며 휠체어를 바로 세우고, 냅킨을 턱에 받쳐주고, 플라스틱 텀블러에 물을 채우고, 잔에 값싼 레드와인을 따랐다. 조앤은 크래커를 도로 집어 입으로 물어뜯기 시작했다.

레브는 주방으로 돌아가 칠면조 구이를 잘라 접시에 담았다. 다시 한번 애시 식당의 요리사들이 하던 대로 접시 여섯 개를 늘어놓고, 고기와 부속 음식이 각 접시의 중앙에 놓이도록 세심한 주의를 기울였다. 그리고 브레드 소스와 육즙 소스가 뭉근히 끓는 동안 남아프리카 출신 도우미들에게 구운 감자와 싹양배추와 파스닙을 고기 주변에 어떻게 놓아야 먹음직스럽게 보이는지 시범을 보였다.

접시에 모든 요리를 담은 다음 스푼으로 소스를 떠서 접시 가장자리에 소스가 떨어지지 않도록 음식 가까이에 대고 뿌렸다. 도우미들은 준비된 접시를 나르기 위해 옆에서 대기하며 정성들여 일하는 레브를 지켜보았다.

"요리사세요?" 그중 한 명이 물었다.

"아뇨." 레브가 말했다.

그는 접시 여섯 개를 새로 깔았다. 음식 냄새가 좋았다. 그는 칠면조 껍질 한 조각을 입에 넣었다. 바삭하면서도 촉촉했다. 그는 음식을 접시에 담고 소스를 치는 자신의 손을 보다가 어머니의 손을 떠올렸다. 작고 예쁜 주석 조각을 구리철사에 끼우는 어머니의 손, 근사한 미국산 철사절단기를 집어들고 그것으로 작업하며 흡족해하는 어머니의 손을.

이제 양로원의 노인들은 민스파이*와 아스티 스푸만테를 먹고 있었다. 크래커는 이미 터뜨렸고 모두 종이모자를 썼다. 더글러스가 속이 메스껍다고 해서 맥너턴 원장이 그의 휠체어를 밀고 나갔다. 그의 무릎에는 여전히 플라스틱 그릇이 놓여 있었다. 노인 둘은 의자에 앉은 채 잠이 들었다. 테이블의 한쪽 끝에서는 민스파이에 뿌린 가열된 브랜디에서 나는 냄새와 명백한 오줌 냄새가 섞인 악취가 났다. 레브와 소피가 주방에서 접시와 팬을 닦는데 밖에서 크래커 안에 든 선물을 교환하는 소리가 들렸다.

---

* 잘게 다진 고기를 넣고 구운 파이. 특히 영국에서 전통적으로 크리스마스에 먹는 음식이다.

"버클리, 당신은 반짇고리가 필요 없잖아요." 민티가 도도하게 말했다. "돌고래 열쇠고리를 주고 북극곰 농담도 가르쳐줄 테니 그거 나한테 줘요."

"그걸로는 부족하지."

"그것뿐이에요. 크래커를 하나밖에 못 받았잖아요."

"교환하면 되잖소, 아라민타. 재래시장에서 하는 것처럼 댁이 가진 물건이 좋다고 말하면서 말이오. 그놈의 법칙은 잊은 게요?"

"다들 우즈오브윈저의 탤컴파우더를 가지고 싶어한다는 거 알아요. 하지만 이건 내 거고 다른 것과 바꾸지 않을 거라고요!" 팬지 에이딘이 말했다.

"탤컴파우더를 원하는 게 아니오." 버클리가 말했다.

"그럼 뭘 주면 그 반짇고리와 바꾸겠어요?"

"그 무엇과도 안 바꿀 거요. 난 이게 좋아."

"당신은 남자잖아요." 민티가 말했다. "남자는 바느질을 못해요. 하지만 이 예쁜 돌고래 열쇠고리는……"

"난 해군이었으니 할 수 있소." 버클리가 말했다. "당신이 태어나기 전부터 할 줄 알았다고."

"우즈오브윈저의 탤컴파우더를 주면 아주 쓸모 있는 밤비 스테이플러를 주리다." 루비가 제안했다.

"탤컴파우더를 그 무엇과도 바꾸지 않을 거야." 팬지가 말했다.

"스테이플러가 얼마나 유용한지 생각 좀 해봐요." 루비가 말했다.

"무엇보다 그걸로 민티 할멈의 입을 봉할 수 있겠지!" 버클리가 말했다.

웃음소리가 잔잔히 이는 가운데 루비가 물었다. "그 반짇고리랑 밤비 스테이플러를 맞바꿀래요, 버클리?"

"절대로 안 바꿔. 이걸로 구멍난 주머니를 꿰맬 수 있는데."

"아, 그러니까 주머니를 꿰매 더 인색해지려고?"

"닥쳐요."

"말조심, 말조심하세요……" 맥너턴 원장이 말했다.

"탤컴파우더를 주머니에 넣어놔야지."

"절대 반짇고리를 다른 것과 바꾸지 않을 거요."

"난 스테이플러가 필요 없는데."

"이젠 차도 없는데 열쇠고리가 무슨 소용이람."

"어쨌든 그 북극곰 농담은 시시했어."

"무지개 너머 어딘가……"

그들이 언쟁을 멈췄다. 소피가 식사실로 돌아와 기타를 치며 노래를 시작했기 때문이다.

"……저 높은 곳……"

펀데일하이츠의 노인들은 금세 크래커 선물은 잊었는지 그것들을 테이블에 내려놓았다. 그리고 경련이나 기침을 참고 꾸르륵거리는 속을 달래려 애썼다.

"……자장가에서 한번……"

맥너턴 원장이 두 손을 모아 가슴에 얹었다.

"……들었던 나라가 있다고……"

레브는 식사실로 돌아와 아스티 술병을 들고 가만히 서 있었다. 모든 사람의 시선이 노래를 부르는 소피에게 향해 있었다. 소피의 목소리는 감미롭고 자연스러웠다. 그녀를 보면 제일 먼저 부드러움과 보조개가 패는 소녀 같은 미소가 눈에 들어왔다. 그러다 그녀와 친해지면 그녀가 지닌 자신감이 느껴졌다.

노래가 끝나자 버클리 브라더턴이 루비 콘스태드와 마찬가지로 식탁에서 냅킨을 집어 눈물을 닦았다. 박수가 터져나왔고 사람들이 그녀의 이름을 힘차게 삼창했다. 민티가 자리에서 일어섰다. 와인 때문인지 그녀의 볼은 불그레했고 퍼런 힘줄이 돋은 손에선 오래전 그녀의 미모 덕에 얻은 다이아몬드들이 반짝거렸다. 그녀는 떨리는 소프라노 톤으로 노래를 부르기 시작했다.

어느 마법 같은 저녁
사람들로 붐비는 방을 가로지르다
낯선 사람을 볼지도 몰라,
낯선 사람을 볼지도……

거의 모두가 이 노래를 아는지 하나둘 따라 부르기 시작했다. 멜로디에 맞춰 몸을 흔들고 팔을 젓고 박자를 놓치지 않으려 애쓰면서.

레브와 소피가 펀데일하이츠 양로원을 나섰을 때는 이미 날이 저문 뒤였다. 소피가 걸어가며 말했다. "저분들이 밤에 혼자 누워 있다는 생각을 하면 마음이 안 좋아요."

"무슨 말인지 알아요. 하지만 오늘 정말 좋았잖아요. 음식도 맛있었고." 레브가 말했다.

"음식은 최고였어요. 모두 맛있게 먹었어요."

"더글러스 할아버지는 탈이 났지만."

"너무 많이 드셔서 그런 것뿐이에요. 듬뿍 담아 두 접시나 드셨잖아요. 1957년 이후로 먹어본 브레드 소스 중에 제일 맛있었다면 서요."

레브는 빙긋 웃었다. 그들은 지하철역을 향해 걸었다. "노래 잘 하던데요." 그가 말했다. "그리고 루비 할머니는 당신을 정말 좋아하시네요."

"힘든 인생을 사신 분이에요." 소피가 말했다. "남편한테 다른 여자가 생기는 바람에 버림받았죠. 그러고는 남편이 죽었어요. 그 때 할머니의 나이가 오십이었는데, 그뒤로 줄곧 혼자 사셨죠. 자식들하고도 거의 왕래가 없고."

"자식들이 찾아뵙지 않아요?"

"간혹 오긴 와요. 정말 이기적인 인간들이에요. 일 년에 한 번쯤 오려나. 할머니가 나한테 백 파운드나 주신 거 알아요?"

레브는 팔을 둘러 소피를 바짝 끌어안고 걸었다. "그걸로 쇼핑하러 가요. 멋진 드레스 한 벌 사요."

"아뇨." 그녀가 말했다. "저축할 거예요. 두 번 생각할 것도 없어요. 다람쥐처럼 저축할 거예요."

집에 돌아온 소피와 레브는 침대에 눕자마자 바로 잠이 들었다. 소피는 레브에게 등을 돌린 자세였고, 레브는 팔을 그녀의 허벅지에 걸친 채였다.

저녁이 소리 없이 다가왔다.

레브는 여덟시가 채 못 되었을 때 잠에서 깼다. 그는 소피를 돌아보았다. 젊은 여자들은 한 번의 뒤척임도 없이 조용히 자는 것처럼 보여 정말 이상하면서도 사랑스럽다는 생각이 들었다.

그는 옷을 입고 담배에 불을 붙였다. 그리고 거실로 나가 어두운 창가에 앉았다. 휴대폰으로 벨리샤 로드에 전화를 걸었지만 아무도 받지 않았다. 레브는 크리스티가 아직도 잠을 자고 있을지, 아니면 술집에 갔을지 궁금했다. 크리스티가 캠든 타운의 세인즈버리 마트에서 장을 보다 산 프랭키의 선물을 생각하자 얼굴에 미소가 번졌다. 보디스에 반짝이는 장식이 달린 보라색 발레복과 반짝이는 티아라였다.

레브는 얼마간 어두운 바깥을 내다보며 담배를 피웠다. 거리에는 오가는 차가 별로 없었다. 맞은편 집의 창에서 파란색 나무를 장식한 전구가 깜박거렸다. 길모퉁이의 술집에서 희미하게 웃음소리가 들려왔다. 레브는 다시 휴대폰을 집어들었다. 전화요금이 많이 나왔지만 한도액은 넘지 않게 유지했다. 그는 루디의 전화번호를 눌렀다.

"레브 동지." 루디가 말했다. "후방에서 안부를 전하오. 망할, 난 완전히 만신창이가 됐어! 하지만 신경쓰지 마. 자네 어머니와 마야가 여기 와 있어. 로라가 어머니가 가져오신 성질 나쁜 어린 수탉을 잡아 요리했는데 완전 질기더군. 몇 달 동안 암탉들한테 쫓겨다닌 바람에 기름기가 다 빠졌나봐!"

"그래?"

"응. 하지만 괜찮아. 말끔히 소화시켜버렸으니까. 우리 모두 좋은 시간을 보냈어. 로라한테 별자리 운세를 본 사람이 와인도 보내왔고. 맛이 지지리도 좋더군. 마야 바꿔줄게……"

한참 잠잠하더니 딸의 목소리가 들렸다.

소리가 아주 작고 멀게 들렸다.

"아빠?"

"그래, 아빠야. 우리 꽃님, 잘 있었어? 인형은 마음에 드니?"

"네."

"인형한테 이름은 지어줬어?"

"릴리."

"그래? 릴리라고 부르는구나?"

"릴리는 잠도 잘 수 있어요."

"릴리를 사랑하니?"

"기저귀에 쉬도 해요."

"그렇구나. 그럼 이제 기저귀도 빨고 새 걸로 갈아주기도 해야겠구나."

"네. 집에는 언제 와요, 아빠?"

"금방 갈 거야. 기저귀는 난로 앞에 널어 말려야 할 거야. 불붙지 않게 조심하고. 할머니한테 도와달라고 하렴……"

"마야가 잠에 취했구나." 이나가 전화를 받았다. "하루종일 네가 언제 오느냐고 물었단다."

"아시잖아요." 레브가 말했다. "돈을 벌면 간다고 하세요. 어머니와 마야가 이리로 와도 되고……"

"얘야." 이나가 말했다. "오늘은 크리스마스잖니."

"알아요. 그렇잖아도 크리스마스 인사를 드리려고……"

"그러니까 영국에 오라는 말로 기분을 망치지 마라. 고향을 떠나기에는 내 나이가 너무 많아. 마야랑 같이 있고 싶으면 돈을 보내렴. 그러면 버스표를 사서 태워 보낼 테니. 나도 혼자 지내다보면 익숙해지겠지……"

"어머니……"

레브가 고개를 드니 소피가 격자무늬 가운을 걸치고 문가에 서 있었다. 자다 일어난 탓에 머리가 헝클어져 있었다.

이나가 계속 말했다. "오로에서 거의 칠십 평생을 살았다. 난 여기서 죽을 거야."

"걱정 마세요, 어머니." 레브가 담뱃갑을 집어 소피에게 내밀며 말했다. "억지로 오로를 떠나시라고 할 사람은 아무도 없어요. 그나저나 제 선물은 받으셨어요?"

"그래. 절단기 받았다. 정말 무겁더구나."

"어머니한테 너무 무거워요?"

"너무 무거워. 남정네라면 모를까."

"그렇군요."

소피가 다가와 그의 곁에 앉아 담배에 불을 붙였다.

"얘야, 내 말 들었니?" 이나가 말했다. "철사절단기가 너무 무겁다고. 아까운 돈만 버렸어."

"괜찮아요."

"괜찮다니? 어째서 '괜찮다'는 거냐? 흥청망청 쓸 만큼 돈을 벌기라도 한다는 거니?"

"그게 아니고요……"

"주방에서 일하면서?"

"아뇨."

"그럼 그게 무슨 말이냐?"

"가볍고 작은 절단기가 있는지 찾아볼게요."

"그럴 것까지 없다. 내가 쓰던 도구만으로 충분하니까."

"비누도 보내드렸는데, 그건 마음에 드세요?"

"비싸 보이는구나."

"별로 안 비싸요. 냄새 좋죠?"

"그래."

"그렇다면 다행이에요, 어머니. 그리고…… 메리 크리스마스. 마야는 점퍼를 입어요?"

"그래. 그런데 밤만 되면 운단다. '아빠도 엄마가 잠든 곳으로 갔어요?' 하면서 말이다."

"안 돼요!" 레브가 소리쳤다. "말도 안 돼요! 그런 건 믿지 못하게 하세요."

"아이들이야 본래 자기가 믿고 싶은 걸 믿는데, 내가 뭘 어쩔 수 있겠니?"

"설명해주면 되잖아요! 아빠가 반드시 돌아올 거라고……"

"언제? 나도 네가 언제 올지 모르는데 어떻게 말하란 말이냐?"

"돈을 충분히 모으는 대로 갈 거예요. 제발 부탁이에요, 제가 이러는 건 오직 마야와 어머니를 위해서예요. 우리 모두를 위해서라고요. 어머니가 조금만 도와주세요."

잠시 침묵이 흐르더니 어머니의 울음소리가 들렸다. 레브는 숨 죽여 욕을 내뱉었다. 전화를 걸지 말았어야 했다. 레브는 수화기를 손으로 가리고 소피에게 말했다. "어머니가 우세요."

이나가 울먹이며 말했다. "영국이라니. 잘못된 생각이야. 〈배린 인포머〉에서 영국에서 벌어지는 범죄에 대한 기사를 읽었는데, 정말 끔찍한 곳이 되어가더구나. 폭력. 음주. 마약. 사람들은 지나치게 뚱뚱하고. 너도 여기서 살 때가 더 좋았을 거야."

"그렇지 않아요." 레브는 최대한 부드럽게 말하려고 애썼다.
"거기는 일자리가 전혀 없었잖아요. 잊으셨어요? 이제 그만 우세
요. 어머니, 제발……"

소피가 일어나 방안을 서성거렸다. 레브는 섹시하면서도 우아한
그녀의 사랑스러운 움직임을 쳐다보면서, 한편으로는 어머니를 위
로할 말을 찾으려 머리를 쥐어짰다. 그러나 그와 이나를 갈라놓는
어두운 거리감만 느껴질 뿐이었다. 그들 사이에는 광대한 유럽 대
륙이 놓여 있었다.

"어머니." 그가 한숨을 내쉬며 말했다. "이제 끊어야겠어요. 휴
대폰 요금이 너무 비싸서요. 제발 상황을 좀 다른 각도에서 봐주세
요. 곧 송금할게요……"

"너도 루디처럼 오로에서 일거리를 찾았어야 하는데."

"무슨 일거리요?"

"택시 운전이나 자동차 수리나. 낸들 알겠니."

"모르시는 게 당연하죠. 거기엔 할일이 아무것도 없으니까요. 일
자리가 없다고요. 그러니 그 말씀은 이제 그만하세요. 끊을게요,
어머니. 아셨죠? 끊어요."

"그래, 끊어라."

"다음주에 이십 파운드 보낼게요. 들으셨어요? 다음주에 이십
파운드 보낸다고요."

"그래, 들었다. 잘 있어라, 얘야. 내가 오늘 성모님에게 너를 집
으로 돌려보내달라고 하느님께 기원해달라고 부탁했다."

이나가 전화를 끊었다.

레브는 무릎에 휴대폰을 내려놓고 가만히 앉아 있었다. 갈비뼈

안에 돌덩어리가 박힌 것 같았다. 그는 두 손으로 머리를 감쌌다.

"무슨 일이길래……" 소피가 말했다.

"어머니 때문에요. 내가 당신과 마야를 위해 노력하고 있다는 걸 이해하지 못해요. 그저 '얘야, 집에 돌아와, 집에 돌아와'라는 말뿐이에요. 집이라니! 거기엔 아무것도 없는데. 일자리가 없어요. 삶도 없고요. 가족만 있을 뿐이죠."

소피가 피우던 담배를 레브에게 주었다. 레브는 그것을 받아 길게 한 모금 빨았다. "오늘 펀데일 양로원에서 소피와 루비와 모든 사람들과 시간을 보낼 때 행복했어요. 정말 행복했어요. 그분들에게 근사한 음식을 대접하면서 정말 행복했어요. 소피가 노래할 때도 행복했고요. 내 일생에 최고의 크리스마스였어요. 그런데……"

"알아요." 소피가 말했다. "가족은 큰 부담이죠. 그래서 나는 좀처럼 가족을 만나지 않아요. 그보다 아직 오늘이 가지 않았어요. 자, 우리 나가요. 맛있는 스테이크파이도 먹고, 술도 마셔요. 어때요? 우리가 한 일도 있으니 그 정도는 즐길 수 있잖아요?"

레브는 손을 뻗었다. 그녀를 끌어당겨 팔로 감싸고는 그녀의 주홍색 머리칼에 머리를 묻고 꼼짝하지 않은 채 앉아 있었다. 그는 그녀의 체취를 사랑했다. 그 체취만으로도 흥분할 것 같았다. 얼마나 미치도록 그녀에게 빠져들까 궁금했다.

11
침수

휴일이 지나고 식당이 다시 문을 여는 날 아침에 소피가 말했다. "레브, 오늘은 당신 집으로 가요. 할일이 있어요."

할일? 할일이라니? 그녀 없이 지낼 길고도 외로운 하루가 심연처럼 앞에 놓여 있었지만 그는 따지지 않았다. 방 청소를 하고 이나에게 송금하는 등 다른 일을 하자고 생각했다. 집에 혼자 있을 크리스티도 떠올랐다. 크리스티와 햄스테드히스 공원으로 산책을 나가 연날리기나 강인한 사람들이 얼어붙은 연못을 깨고 수영하는 모습을 구경할 수도 있을 터였다.

레브가 가기 전에 소피가 머리를 깎아주겠다고 했다. 그녀는 레브의 머리를 감겨주고 타월로 벅벅 문질렀다. 그리고 그를 목제 화장대 앞에 앉혔다. 레브는 밝은 불빛 아래의 구식 삼면 거울에 비친, 어깨에 타월을 두른 자신의 모습을 보았다. 그리고 거울 양쪽에 비친 옆모습과 축축한 머리를 만지는 소피의 부드러운 손을 응시했다.

거울 앞에는 화장품이 옹기종기 놓여 있고, 나무 모양으로 생긴 장신구 걸이에 목걸이와 구슬 액세서리가 걸려 있었다. 레브가 어디를 보든 그 물건들이 거울에 비친 그의 모습을 둘러싸고 있었다. 그는 로션과 크림을 응시하며 가만히 앉아 있었다. 그러다 마리나가 살아 있을 때의 일이 생각났다. 그는 이런 향기나고 친숙한 용품을 좋아했다. 그건 마리나가 여자로서 누리는 소박한 허영이었다. 립스틱과 파운데이션, 하나뿐인 귀중한 향수 냄새가 늘 은은하게 감돌았다. 눈썹에 우아한 곡선을 그리던 몽당 눈썹연필……

레브는 마리나 얘기를 하고픈 충동을 느꼈다. 그도 한때 사랑받은 적이 있다는 사실을 소피에게 알려주고 싶었다. 그러면 그녀가 그를 더욱 멋진 남자로, 보다 실체적이고 강한 남자로 볼 것 같았다. 하지만 그녀는 머리를 자르는 데 정신이 팔려 있었다. 그의 머리를 이리저리 다듬으며 움직이지 말라고 거듭 말했다. 그녀는 그에게 다정하게 굴었지만, 그녀의 일부는 이미 그를 떠난 것 같은 느낌이 들었다. 집안은 고요했다.

이 침묵 속에서 마리나가 레브의 상대가 되어주었다. 그녀가 그와 함께한 것이 참으로 오래전인 듯했다. 하지만 이제 그녀는……

마리나와 레브는 버스를 타고 오로에서 배린으로 가던 중이었다. 한겨울이었는데, 버스 안에서 마리나의 진통이 시작되었다. 마야가 태어나는 순간이었다. 아기는 마리나의 뱃속에서 주먹질과 발길질을 하며 자신이 잠겨 있던 양수를 내보냈다. 버스 바닥이 순식간에 양수로 흥건해졌다. 그것을 본 버스 운전사가 욕을 하기 시작했고, 버스는 미끄러운 도로에서 갈팡질팡했다.

버스가 미끄러지며 정차했다. 승객 중 한 명이 자신의 모직 숄로 마리나를 덮어주었다. 다른 여자들도 주변에 몰려들었다. 남자들은 아연한 표정으로 뚝 떨어져서 바라보았다. 레브가 운전사에게 곧장 배린의 병원으로 가달라고 했다. 운전사는 속력을 내어 버스를 몰았다. 정류장마다 진눈깨비 속에서 기다리던 사람들이 지나치는 버스를 향해 손을 흔들었지만 소용없었다. 마리나는 삼사 분마다 진통을 했다. 레브는 곁에서 무릎을 꿇고 그녀의 손을 잡았다. 산고가 시작되자 그녀는 더는 울부짖지 않고 레브의 손을 단단하게 쥐었다. 그녀의 손톱이 레브의 손바닥을 파고들었다.

가는 길은 멀고 잿빛에 인정머리가 없어 보였다. 얼굴에 주름이 깊게 패고 고된 삶의 흔적이 역력한 러시아인 할머니가 레브에게 속삭였다. "동지, 영웅이 되어 동지의 아기를 직접 받아야 할지 모르겠소. 혹시 소독용으로 쓸 보드카라도 있소?"

소독용 보드카.

나중에 레브와 루디는 이 말을 우스갯소리로 들먹이곤 했다. 살면서 작은 불만거리라도 생기면 루디는 말하곤 했다. "젠장, 소독용 보드카가 필요하겠는걸."

기억이 여기에 미치자 레브의 얼굴에 웃음이 어렸다. 소피가 말했다. "왜 웃어요?"

"아무것도 아니에요." 레브가 말했다. "루디 생각이 나서."

그녀는 계속 가위질을 하며 머리 모양을 다듬었다. 레브는 의자 옆 바닥에 흩어진 흰머리를 바라보았다. 그는 다시 버스 생각으로 돌아갔다. 그림자 하나 없는 풍경이 차창 밖으로 쓱쓱 지나갔다. 러시아인 할머니가 레브의 소매를 걷어올리더니 손과 팔뚝에 보드카를 부었다. 그는 놀라거나 겁먹기는커녕 배린으로 가는 길 위에서 자신의 아기를 직접 받아낸다는 생각에 흥분했던 기억이 되살아났다. 심지어 버스가 제때 병원에 닿지 않기를 바라기까지 했다. 그는 자신을 영웅으로 탈바꿈시키고, 인생의 가장 멋진 한순간이 되리라 생각하며 마음을 안정시켰다.

"됐죠?" 소피가 말했다. "다 된 거 같아요. 이제 70년대 티를 벗었네요."

레브는 긴 머리칼이 잘려나간 자신의 얼굴을 쳐다보았다. 거울 속의 모습처럼 보이기는 이번이 처음인 것 같았다. 한 손으로 목을 만져보니 뜻밖에도 부드러우면서 차가운 느낌이 들었다. 그는 어깨에 걸쳤던 타월을 잡아당겨 어정쩡하게 뭉쳐 무릎에 얹었다.

"됐죠?" 소피가 다시 말했다.

"응, 좋아요. 고마워요."

소피가 그가 쥐고 있던 타월을 집었다. "약간 짧지만 며칠 지나면 근사해 보일 거예요."

그녀가 그의 입술에 살짝 키스했다. 그는 일어나 무릎의 머리칼을 털어내고 침실로 들어가 소지품을 챙겼다. 침실에서 내다본 로스베일 로드가 배린으로 가던 길의 풍경같이 그림자 없는 길처럼 보였다. 젊은 여자가 아기를 태운 유모차를 밀면서 지나갔고, 작은 개가 그 뒤를 따랐다. 레브는 체크무늬 셔츠를 접으며 한숨을 쉬었다.

그렇게 극적인 준비를 했건만 그는 마야의 탄생 설화에서 영웅이 되지 못했다. 버스는 제때 배린의 병원에 도착했다. 승객들은 환호성을 질렀고, 러시아인 할머니는 마리나의 볼에 키스를 했으며, 운전사는 번들거리는 이마의 땀을 닦았다. 병원 잡역부들이 이동침대를 밀며 밖으로 달려나와 마리나를 태워 갔다. 레브가 할 수 있는 거라곤 그저 이동침대의 뒤를 따르며 자신의 몸에서 나는 보드카 냄새를 의식하는 것뿐이었다.

병원 복도는 초록색으로 칠해져 있었다. 레브는 종종걸음으로 뒤따르며 이동침대를 잡은 한쪽 손을 놓지 않으려 했다. 그러나 곧 반회전문이 앞에 보였다. 더는 따라갈 수 없었다. 반회전문이 마리나를 태운 이동침대를 삼켰다. 난데없이 나타난 흰색 가운의 의사가 레브더러 나무의자에 앉아 기다리라고 했다. 공공사업국의 의자와 같은 종류였다.

레브는 의자에 앉았다. 자신의 거친 숨소리가 들렸다. 대기실에 다른 사람은 없었다. 그는 나무의자에 앉아 한참을 기다렸다. 양철 재떨이가 담배꽁초로 수북이 쌓여갔다. 몸에 묻은 보드카는 증발한 지 한참되었다.

마침내 문이 열리고 간호사가 똘똘 만 꾸러미를 안고 나왔다. "딸입니다." 그녀가 짧게 말했다. "아빠가 되셨네요."

레브는 크리스티와 앉아 차를 마셨다. 함께 담배를 피우고 동시에 기침을 했다. 크리스티를 쳐다보니 습진은 가셨지만 야윈 얼굴에 붉은빛이 약간 남아 있었다.

"잠을 자서 그런가봐요." 크리스티가 말했다. "서른아홉 시간이나 잤으니. 그저 크리스마스에 고통을 겪을까봐 안전 차원에서 그런 거예요. 알잖아요? 전화벨이 한두 번 울리고, 오줌 누러 일어나고, 우유 한 잔을 마신 게 전부예요. 그 약을 먹었더니 꿈도 아주 근사하더라고요. 꿈속에서 내가 스패니얼 강아지처럼 쾌활하더라니까요."

"그랬어요?"

"네. 당신은 머리칼이 아주 짧아졌네요. 일부러 짧게 깎은 거예요?"

"소피가 그러는데 내가 70년대 사람 같았대요."

"내가 보기엔 긴 머리가 어울렸는데. 뭐, 그게 중요한 건 아니니까. 내 꿈 얘기를 계속할게요. 나는 서쪽의 실버스트랜드에 있었어요. 앤젤라와 프랭키를 데리고 한두 번 갔던 곳이죠. 바다가 아름다운 곳이에요. 해변도 근사하고 깨끗하고요. 나는 아무런 걱정도 없이 바람처럼 가볍게 해변을 돌아다녔어요. 큰 파도가 포말을 일으키며 철썩거리는데, 포말에 햇빛이 반사되어 반짝이더군요. 거기서 모든 아름다움을 봤어요, 하나도 빠짐없이."

"꿈이 근사하네요, 크리스티……"

"네, 그래요. 그랬죠. 약 기운이 다 되어 잠에서 깨어나자 갑자기 낙관적인 기분이 들었어요. 그리고 혼자 생각했죠. 만약 소피가 보호자가 되어준다면 하루 날 잡아 앤젤라의 숨막히는 눈총을 피해 프랭키를 데리고 나올 수 있을지 모른다고요. 어때요? 일요일에 말입니다. 다 함께 동물원에 가도 좋고요."

레브는 담배를 비벼 껐다. "아니면 당신이 꿈에 본 거기는 어때요? 실버스트랜드. 거기 같을까요?"

크리스티가 레브를 빤히 쳐다보더니 늘 그렇듯 불안하게 눈을 깜박였다.

"글쎄요…… 꿈속에서는 아름다웠지만, 가본 지가 하도 오래되어서……"

"파도치는 해변을 따라 걷는 거예요. 뛰기도 하고."

"뛴다고요?"

"네, 모래사장에서."

"가만, 가만. 내가 뛸 수 있을지 모르겠어요! 그러다 결국 물웅덩이에 얼굴을 처박을지도 몰라요. 그러면 갈매기들이 자기 영역을 침범한 내 몸 위에서 빙빙 선회하겠죠."

크리스티가 웃음을 터뜨리더니 이내 기침을 해댔다. 레브는 휴대폰이 울리자 자기 방 쪽으로 가며 전화를 받았다. 소피가 다시오라고 건 전화일지 모른다고 생각했다. 하지만 지케이 애시였다.

"간호사, 크리스마스는 어땠나?" 애시가 말했다.

"좋았습니다. 고맙습니다. 주방장님." 레브가 말했다.

"좋아, 반가운 말이군. 내 말 잘 듣게. 문제가 생겼어. 토니가 그만뒀네."

"그래요?"

"망할 놈. 제대로 알리지도 않고 그만둬서 우리를 시궁창에 빠뜨렸어. 예약 손님이 꽉 찬 12월의 마지막날인데. 완전히 예약이 꽉찼다고. 그래서 이렇게 하려고 하네. 소피를 제2부주방장으로 삼을 거야. 열심히 하는데다 눈썰미도 있고 금방 배우니까 일찌감치그렇게 했어야 했어. 잘해낼 거야. 그렇잖나?"

"맞습니다, 주방장님."

"그리고 자네는 채소를 맡아줘야겠네. 어렵지 않아. 전혀 복잡하지 않다고. 주의만 기울이면 돼. 할 수 있겠나?"

레브는 침대에 걸터앉아 장난감가게를 바라보았다. 구식 가게 주인이 아직도 카운터 뒤에 엎어진 채로 있었다.

"하겠습니다, 주방장님." 레브가 말했다.

"좋아. 잘 생각했어. 내일 저녁은 '장사 다이어트' 날이라서 뭔가 잘못되어도 최악의 상황은 생기지 않을 거야. 하지만 12월 31일에는 우리 모두 최상의 컨디션을 유지해야 해. 가서 쓸 만한 칼을 사게. 스위스코티지에 있는 주방용품점으로 가면 돼. 돈은 나중에 주지. 그리고 샐러드용 상추, 엔다이브, 감자, 당근 등 뭐든 구할 수 있는 것을 사서 연습을 해. 알았지? 채소를 다듬는 속도가 붙도록. 칼질할 때 칼끝이 아니라 칼 전체를 움직여야 한다는 걸 기억해. 손가락이나 손이 잘리지 않게 조심하고. 그라탱에 자네 피가 들어간 걸 보고 싶지 않으니까."

"네, 주방장님."

"그리고 설거지와 청소는 걱정 말게. 간호사를 새로 구할 거니까. 간호사 구하기는 어렵지 않거든. 자네와 소피가 어떻게 하는지 일주일 동안 지켜보고, 잘해내면 자네 급료도 올려주겠네. 시간당 칠 파운드로. 반대로 죽을 쑤면 싱크대로 되돌려보낼 거야. 내 말 무슨 뜻인지 알아듣겠나?"

"네, 주방장님."

"좋아. 그러니까 자네에게 달렸네. 이제 모든 게 자네 하기에 달렸단 말이야."

레브는 전화 통화가 끝나고도 잠시 휴대폰을 바라보며 멍하니 앉아 있었다. 그리고 크리스티에게 갔다. 그는 찻잔들을 치우고 있었다. "크리스티." 레브가 말했다. "지금 장 보러 갈 거예요. 저녁에 맛있는 채소 수프를 끓일까 해요."

"그래요?" 크리스티가 말했다. "그럼 어서 가봐요. 우유와 파이에서 근사한 메뉴로 바뀌겠네요."

샐러드용 상추: 밑동을 잘라내고 잎은 분리해 씻는다. 요리사가 바로 쓸 수 있도록 원심탈수기로 물기를 제거해서 체에 담은 다음 깨끗하고 촉촉한 타월을 덮어놓는다.
어린 당근: 줄기를 0.5인치 남기고 꼭지를 다듬는다. 문질러 씻어놓는다.
시금치: 씻은 다음 요리사가 원하면 약한 불에 살짝 데쳐놓는다. 물기를 빼고 양념하는 건 요리사가 하도록 한다.
로켓: 물에 씻어 원심탈수기로 물기를 뺀 다음 체에 담아둔다.
강낭콩: 꼭지 부분을 손가락으로 따낸다. 너무 큰 것은 골라내 육수 냄비에 넣고 나머지는 씻어서 요리사가 쓸 수 있도록 준비해 둔다.
애호박: 끝을 잘라내고 씻어서 물기를 닦은 뒤 요청에 따라 얇게 저미거나 막대 모양으로 자른다.
토마토: 끓는 물에 살짝 데쳐 껍질을 벗긴다. 다지기 전에 씨를 빼낸다.

소피는 레브를 위해 자신이 '채소 청사진'이라고 부르는 것을 벽에 붙여줬다. 레브는 새로운 자리에 허리를 굽히고 서서 채소를 자르고 씻고 긁고 분류하고 써는 일을 했다. "항상 귀를 기울이게." 애시가 그에게 일러두었다. "피에르나 소피나 내가 시금치가 필요하면 소리칠 거니까. 막대 모양 당근이나 썰어놓은 회향풀이 필요

해도 소리칠 거야. 그럼 부리나케 대령해야 해, 알겠나?"

"알겠습니다, 주방장님."

"도마는 항상 깨끗해야 해. 엔다이브에 호박씨가 묻어 있는 꼴은 보고 싶지 않으니까. 칼에 손가락을 베면 신속하게 씻어내고 말린 다음 붕대를 감고 다시 일해야 하네. 반창고 등은 저기, 자네 머리 위쪽에 있네. 치료한 다음에는 항상 손가락에 골무를 끼우고 피가 묻어나오지 않도록 해."

레브는 머릿수건 대신 면모자를 썼다. 요리사가 쓰는 것과 같은 것이었고, 이발한 머리에 편안하게 잘 맞았다.

가끔씩 레브는 자신이 맡았던 접시닦이 왕국의 간호사로 새로 들어온 열일곱 살 난 깡마른 청년을 힐끗 쳐다보았다. 이제 머릿수건은 청년의 머리에 둘러져 있었다. 레브의 눈에 청년은 자신의 주변을 둘러싼 광대한 강철색 바다에 나온 잔뜩 긴장한 초보 해적처럼 보였다. 머릿수건에서 삐져나온 갈색 머리칼이 증기로 축축해진 목덜미에 들러붙어 있었다. 그의 이름은 비타스였고, 레브와 같은 나라 출신이었다. 레브는 청년에게 보호본능을 느꼈지만 신경써줄 시간이 없었다. 요리사의 요구는 갈수록 빨라질 뿐 늦춰질 줄을 몰랐다. 쿨리 소스에 들어갈 토마토의 껍질을 벗기고 씨를 빼다 피에르가 요청한 시금치가 퍼뜩 생각났다. 그런 와중에 애호박 경단을 빚던 애시가 민트 잎이 다 떨어졌다고 레브에게 소리쳤다. 레브는 토마토를 자르다 말고 작업대 한쪽으로 도마를 밀어놓은 뒤, 냉장고에서 민트 한 단을 꺼내 물에 씻고 이파리를 떼어 후다닥 체에 담았다.

"레브!" 피에르가 소리쳤다. "시금치! 이것 때문에 6번 테이블에 음식이 못 나가잖아."

"갑니다, 요리사님……"

민트 잎이 레브의 손에 들러붙었다. 잎을 뗀 다음에 씻어야 한다
는 것을 깨달은 순간 눈을 돌려보니 토마토즙이 작업대 앞으로 흘
러내리기 일보 직전이었다. 얼른 손을 닦고 싱크대에 물을 튼 뒤
시금치를 던져넣고는 다시 민트를 다듬으면서 팔꿈치로 찬물 수도
꼭지를 잠갔다. 고개를 들어 흘끔 보니 애시가 손을 놓고 쳐다보고
있었다. 레브는 그 이글거리는 시선이 무엇을 의미하는지 알았다.
말이 필요 없었다.

레브는 시간당 칠 파운드를 주겠다는 그의 약속을 생각했다. 그
정도면 이나에게 매주 십 파운드는 더 송금할 수 있었다. 그러면
그녀는 집으로 돌아오라는 푸념을 그만두고 마침내 아들이 무엇을
위해 그토록 애쓰는지 알고 자랑스럽게 생각할 것이다……

"사태를 수습해야지." 그는 애시의 단호한 명령을 흉내내며 자
신을 다그쳤다. "침착하게, 펀데일하이츠에서 그랬듯 침착하게 사
태를 수습하자."

그는 시금치를 건질 체를 옆에 두고 엄지와 검지로 민트 잎을 일
일이 뗀 다음 부리나케 애시에게 가져다주고 다시 제자리로 부리
나케 돌아와 시금치를 깨끗이 씻어 체에 차곡차곡 쌓았다. 피에르
가 서서 레브를 쳐다보았다. 그는 다른 사람 때문에 일손을 놓고
있다는 사실에 화가 난 나머지 행주를 어깨에 홱 걸쳤다.

"어떻게 된 거야, 레브, 어서! 여기 시금치가 필요하다고……"

레브는 비타스가 고개를 돌려 자기를 쳐다보는 것을 보았다. 어
린 청년의 얼굴은 겁에 질려 있었다. 소피는 여전히 등을 돌린 채

였다. 그녀는 동그란 양고기를 접시에 담고 스푼으로 양파 마멀레이드를 조심스럽게 고기에 얹었다. 계속 찬물을 쓰다보니 레브는 손이 얼얼했다. 애시는 다시 몸을 구부리고 애호박 경단을 만들고 있었다. 레브는 애시가 다시 고개를 들고 보기 전에 시금치를 피에르에게 가져다줄 수 있기를 마음속으로 빌었다.

마침내 시금치가 준비되었다. 피에르가 레브에게서 체를 채가더니 준비해둔 냄비에 시금치를 한 움큼 넣었다.

"레브." 소피가 소리쳤다. "약 이 분 삼십 초 안에 토마토가 필요해요."

"네." 그가 침착하게 대답했다. "토마토 갑니다."

그는 종이타월을 잡아뜯어 흘러내린 토마토즙을 훔친 다음 다시 깍둑썰기를 시작했다. 토마토 씨는 젤리처럼 끈적끈적한데다 과육에 들러붙어 있어 손가락으로 훑어내야 했다. 그 작업이 거의 끝났을 때 토마토 그릇에 시금치 한 잎이 떨어졌다. 애시가 언젠가 레브에게 말했다. "요리는 말이야, 최소한 팔십 퍼센트는 분리와 혼합의 문제야. 요리사는 요리 과정에 대해 말할 때 거의 언제나 분리 아니면 혼합을 얘기하지. 내가 아는 프랑스의 어느 식당은 이혼과 사랑이라는 말을 쓰더군……"

그래서 지금 유혹적인 토마토 과육에 이 홀딱 반한 초록색 시금치가 얹혀 있는 것이다. 레브는 미소 지으며 그걸 집어 버림으로써 그것이 육수 냄비로 들어가는 제2의 삶을 허락하지 않았다. 그는 깍둑썰기 한 토마토를 그릇에 담아 소피에게 가져다줬다. 각 없는 모자를 쓴 그녀의 얼굴은 분홍빛에 습기를 머금고 있었다. 동그란 양고기에 조심스럽게 아스파라거스 순을 얹으며 윗입술을 혀로 훔치는 모습이 천진난만해 보였다. 그녀와 사랑을 나누고 싶은 욕망이 엄습하자 정신을 못 차릴 지경이었다. 그녀는 토마토 그릇을 꼼꼼이 살펴보고는 그를 향해 미소 지었다. "좋아요. 잘했어요."

소피가 웃자 그는 그녀를 만지고 싶어 안달이 났다. 그저 볼이라도 어루만졌으면, 아니 그녀 엉덩이의 감미로운 곡선을 손으로 느낄 수 있다면 더 좋을 텐데. 하지만 그녀는 둘의 관계를 직원들에게 비밀로 하자는 데 그가 동의하고 약속하도록 했다. 그 사실이 알려지면 한 팀으로 일하는 모든 직원들의 분위기가 흐려질 거라고. 그러면 애시의 신경이 날카로워질 거라고.

그래서 그는 자신의 작업대로 돌아갔다. 모든 상황이 제자리를 찾는 듯했다. 그의 옆에 있는 채소 냉장고가 기름기와 습기가 가득한 공기 속에서 윙윙거렸다. 그는 빈 토마토 그릇을 비타스에게 가져갔다. 비타스는 구이용 팬을 문질러 닦고 있었다. 비타스의 발치가 물로 질퍽했고 그의 바지도 흠뻑 젖어 있었다. 그는 대걸레와 양동이를 꺼내 서둘러 비타스에게 건넸다. 그가 조용히 말했다. "여기 당장 닦아. 주방장님이 보기 전에."

크로스티니를 먹는 날이었다.

직원들이 모두 맥주를 들고 그 기름내나는 따끈한 요리를 앞에 두고 앉자 애시가 입을 열었다. "여러 상황을 종합해볼 때 오늘밤은 그리 나쁘지 않았어. 모두 다 잘했어."

"주방장님, 내일은 좀더 빨리 하겠습니다." 레브가 말했다.

"오늘 잘했네. 중요한 건 자네가 당황하지 않았다는 거야. 내 머릿속에 당황하지 않는 사람이라고 접수되었지. 그 점이 맘에 들어.

하지만 레브, 내일은 조금 일찍 나오게. 주문이 시작되기 전에 미리 준비를 좀더 해줘."

"그러겠습니다, 주방장님."

"소피도 아주 잘했습니다." 피에르가 말했다.

애시가 소피를 돌아보고 그녀의 머리칼을 흩트렸다. 레브는 그녀가 얼굴을 붉히는 것을 보았다. "동감이야." 애시가 말했다.

"7번 테이블에서 양고기 요리를 칭찬했어, 소피." 데이미언이라거 맥주를 들이켜며 말했다.

"삼십 초쯤 덜 익혔어야 했던 것 같아요." 소피가 말했다.

"그걸 바탕으로 다음부터 더 잘하면 돼." 애시가 말했다. "내일도 그걸 메뉴에 올려야겠군. 내일은 12월 31일이니 완벽하게 해보라고."

"어쨌든 소피는 아주 잘해냈어요." 피에르가 힘주어 말했다. "부주방장으로 일한 첫날치고는 말이에요. 주방장님, 그렇죠?"

"응, 내가 그렇다고 했잖아." 애시가 말했다. 그는 소피에게서 눈길을 거두고 주방 안을 쓱 둘러보고는 비타스를 잡아먹을 듯 쏘아보았다. 주방에 냄비와 조리기구, 접시가 아직도 씻기지 않은 채 쌓여 있었다. 레브가 비타스를 보았다. 비타스는 애시가 쏘아보는 것도 모르는 듯 맥주를 들이켜고 있었다. 비타스는 피로로 눈가가 푸르딩딩했고, 창백하고 침통한 얼굴 주위로는 머리칼이 축 늘어져 있었다.

"자네는 어떤가, 간호사?" 애시가 말했다. "할일을 조금 등한시한 거 같지 않나?"

비타스는 멍해 보였다.

252

"저 안이 엉망이잖아. 그렇지? 게다가 오늘은 비교적 가벼운 날이었는데, 어떻게 된 거지?"

"피곤해요." 비타스가 말했다.

데이미언이 얼굴을 찌푸렸다. "이 녀석아, 내가 말했잖아? 주방에서는 '피곤하다'는 말을 쓰면 안 된다고. 피곤은 참고 견뎌야지 입 밖에 내선 안 돼. 우리는 그저 꾹 참고 묵묵히 일하는 거야."

애시가 공감의 표시로 고개를 끄덕이고 비타스에게 말했다. "퇴근하기 전에 주방을 깨끗이 치우도록 해, 알겠지? 간호사, 알아들었나?"

"내일 아침에 와서……"

"안 돼." 애시가 말했다. "망할 아침에 오다니, 안 될 소리. 아침은 냉장고와 냉각기에 재료를 채우는 시간이야. 왈도가 와서 디저트를 만들고, 나도 하루를 준비할 수 있는 시간이라고. 더러운 주방에 발을 들여놓는 일은 있을 수 없어, 알았어?"

비타스는 눈만 껌벅거렸다. 그는 모국어로 레브에게 말했다. "주방장은 내가 지금 잠을 자야 한다는 걸 이해하지 못해요."

"뭐라는 거야?" 데이미언이 레브에게 말했다.

"지금 무척 피곤하지만 하겠다고 합니다. 제가 돕겠습니다."

"좋아, 하지만 그애를 도와줄 필요는 없어. 자네는 이제 채소 담당이야."

"압니다." 레브가 말했다. "하지만 오늘밤은 도와주겠습니다."

레브는 자기를 쳐다보는 소피를 보았다. 그녀는 재미있다는 표정이었고 섹시하고 다정스러웠다. 레브는 그녀에게 보이지 않는 웃음으로 응답했다. 그러고는 마시던 맥주를 비우고 일어섰다. "비타스, 가자. 한 시간 후에는 퇴근할 수 있을 거야."

이제 식당에는 레브와 비타스뿐이었다. 레브는 소피가 머리에
축구팀 스카프를 두르고 자전거에 올라 어둠 속으로 멀어져가는
모습을 지켜보다가 자신의 옛 일터인 싱크대로 다시 돌아와 섰다.
비타스에게는 버너와 철판의 찌꺼기를 긁어내고 바닥을 걸레질하
라고 했다. 곁눈질로 보니 넋이라도 나간 듯 비타스의 동작이 굼떴
다. 무슨 일을 어떻게 해야 할지 모르는 듯했다. 기름때가 낀 곳들
을 멍하니 바라보다 다른 손에 든 세제를 뿌리지도 않고 쓸데없이
걸레질만 설렁설렁 해댔다.

레브는 냄비 설거지를 끝내고 식기세척기의 스위치를 건조에 놓
은 다음 싱크대를 윤이 나도록 닦았다. 그러고서 젖은 행주를 세탁
물 바구니에 던져넣고 깨끗한 행주들을 꺼내 스테인리스 걸이에
걸었다. 그는 평생을 보낸 것 같은 설거지 작업대를 애정어린 눈으
로 바라보다 문득 시계를 보았다. 열두시 오십오분이었다. 그는 어
디로 가야 할지 알았다.

비타스가 대걸레에 몸을 기대고 서 있었다. 그의 얼굴에 눈물이
흐르고 있었다. 레브는 퇴근하고 싶었지만 비타스를 그냥 두고 갈
순 없었다. 비타스에게 다가가 그의 손에서 대걸레를 빼냈다. "잠
이 부족하냐?" 레브가 물었다.

"이 일을 못하겠어요……" 비타스가 울먹였다.

"못하다니?"

"우리집 개가 보고 싶어요."

"개가 보고 싶다고?"

"에딕이 생각나요. 우리집 문가에서 나를 기다리는 에딕. 영국에 올 때 에딕을 데려오고 싶었지만 허가를 받지 못했어요. 광견병이 있을지 모른다고요. 하지만 에딕은 광견병에 걸리지 않았어요. 세상에서 제일 좋은 개인데……"

비타스가 울음을 터뜨렸다. 레브는 그에게 축축한 행주를 건넨 뒤 애시가 늦은 밤에 메뉴를 짤 때 앉곤 하는 스툴에 앉았다.

"에딕은 한 주인밖에 모르는 개예요. 제가 그 주인이고요."

레브는 비타스가 우는 동안 잠자코 있다 벌떡 일어나 데이미언의 바로 가서 작은 잔에 보드카를 더블로 따랐다. 그리고 그 잔을 비타스에게 가져다줬다. "마셔."

비타스가 보드카를 한입에 털어넣었다. 마침내 그는 울음을 멈추고 행주로 눈물을 닦았다.

"여기서 어떻게 견뎌내세요? 이 망할 놈의……"

"나는 일하는 거야."

비타스가 처량한 표정으로 주방을 둘러보았다. 여전히 깨끗하지 않았다. "이 일이 싫어요. 주방장도 싫고요."

레브가 어깨를 으쓱했다. "노력해봐."

"왜요? 그자는 끔찍해요. 무례하고요. 나는 그자가 정말 싫어요. 오만한 후레자식. 간호사, 간호사라니. 나는 빌어먹을 간호사가 아니라고요."

"알아. 그 말은 그냥 무시해. 여기에 눌러붙어 있어봐. 그러면 이 나라에서 앞날이 보일지도 몰라."

"영국에서의 앞날 따위 필요 없어요. 나는 영국이 싫어요. 무슬림과 흑인이 더 많을 뿐, 구질구질한 요르와 다를 게 없어요. 고향에 돌아가 에딕과 함께 있고 싶어요."

레브는 어린 청년을 바라보며 극도의 젊음은 거의 언제나 극도의 우울과 맞닿는다는 생각을 했다.

"어디 사니?" 레브가 물었다.

"해크니윅에 있는 쓰레기통 같은 방에서요. 해크니윅은 쓰레기 같은 이민자들로 득실거려요."

레브는 그 말을 무시했다. "집에 가는 길은 아니?"

"네. 야간버스를 타요."

"그래. 그럼 이제 그만 퇴근해라. 마무리는 내가 할 테니."

비타스는 말이 없었다. 약간 겸연쩍은 듯했다. 눈가에 흘러내린 젖은 머리칼을 옆으로 넘기고 종이타월로 코를 풀었다. "아저씨 고향은 어디예요?" 잠시 후에 비타스가 물었다.

"오로." 레브가 말했다. "네 고향처럼 작은 마을이지. 배린 위쪽에 있어."

"댐을 짓는다는 그 지역요?"

"뭐?"

"거기에 댐을 지을 계획이라는 얘기를 들었어요. 배린강에요."

"그 얘기는 어디서 들었니?"

"모르겠어요. 어디선가 들었는데. 어쩌면 다른 곳인지도 몰라요."

레브는 꼼짝하지 않았다. 한때 숲이 우거졌던 오로 위쪽의 산에서 흘러내려와 이나의 정원 너머에 있는 목초지를 관통해 흐르던 배린강을 생각했다. 그 강이 배린에 흐르는 유일한 강이라는 사실을 생각했다.

"오로에 댐을 지을 계획이 있다면 내가 알았을 텐데."

"그랬겠죠." 비타스가 말했다.

"예전 같았으면 틀림없이 알았을 텐데." 레브가 느릿하게 말했다. "내 아내가 배린의 공공사업국 국장실에서 일했거든. 하지만 아내는 죽었어."

"죽었다고요?"

"그래. 그러니까 비타스, 서글픈 사람은 너뿐만이 아니야."

비타스가 퇴근한 뒤 레브는 주방에 그대로 앉아 다시 애시의 기본적인 규칙을 어기고 담배를 피웠다. 그의 머릿속에 오로의 이런저런 모습이 잔뜩 떠올랐다. 아버지 무덤 가의 나무에서 바르르 흔들리는 천조각. 우리 안에 옹기종기 모여 몸을 웅크린 이나의 염소들. 마을의 침묵이 들리는 듯했다. 스테판의 기이한 기도를 받던 요정들도 깨지 못한 침묵, 부엉이의 울음소리만이 깃든 감미로운 밤의 침묵이.

그는 휴대폰을 꺼내 루디의 번호를 눌렀다. 로라가 졸린 목소리로 전화를 받았다. "레브, 그이는 집에 없어요. 배린에서 손님을 태우고 운전하는 중이에요."

"체비는 어때요?" 레브가 물었다.

"여전히 불안해요. 하지만 루르의 어딘가에서 벨트를 구했어요. 월요일에 새 벨트를 달 거예요."

"잘됐네요."

잠시 침묵이 흐르고 로라가 하품하는 소리가 들렸다.

"늦은 시간인데 전화해서 미안해요. 오늘밤에 어떤 소문을 들었는데, 배린 위쪽에 댐을 세울 거래요. '배린 위쪽'이면 우리 마을을 지나가는 강어귀를 말하는 걸 텐데."

"댐이라고요? 그런 얘기는 들은 게 없는데요." 로라가 말했다.

"여기 주방에서 일하는 청년이 요르 근방의 마을에서 왔는데 그 얘기를 하더라고요."

"혹시 요르에 댐을 세운다는 얘기 아니에요?"

"아뇨. 배린이라고 했어요. 로라, 어떻게 된 건지 알아봐야 해요. 리바스 국장한테 가서 한번 물어봐줄래요?"

"레브, 내가 그자를 싫어한다는 거 알잖아요."

"알아요. 하지만 리바스 밑에서 일하는 사람들은 알지도 모르잖아요."

"그럴지도 모르지만, 말을 해준다는 보장은 없어요."

"시대가 달라졌으니 이제는 그런 정보가 개방되어야 하는데."

"그렇긴 하지만 구습에서 벗어나는 게 쉽지는 않잖아요. 그자들이 하는 말이 신빙성이 있는지 없는지 또 어떻게 알아요?"

"배린 위쪽에 댐이 세워진다면 오로는 물에 잠겨요. 그런 문제라면 말해주지 않을 수 없을 거예요."

"오로가 물에 잠긴다고요? 우리가 사는 집들이?"

"네. 댐이 강줄기를 막으면 뒤쪽으로 범람할 거고, 그러면 오로는 물에 잠기게 돼요."

"어떻게 그런 짓을, 레브……"

레브는 담배를 한 대 더 꺼내 물고 불을 붙였다. 그리고 비타스가 마무리하지 않고 가버려 엉망인 바닥을 물끄러미 바라보았다. 그가 피곤한 목소리로 말했다. "사실이 아닐지도 몰라요. 그애가 나를 겁주려고 한 말일지도. 나도 몰라요. 하지만 한번 알아봐요,

알았죠? 리바스와 마주치기 싫으면 루디라도 보내요."

"아, 세상에! 무서워요, 레브. 그게 사실이면 어떡하죠? 마을이 없어지면 어떡해요?"

"그러면 보상이 있어야겠죠."

"보상요? 도대체 그게 무슨 소용이 있겠어요? 우리가 갈 데가 어디 있어요?"

"나도 몰라요, 로라. 잘 생각해봐야 해요. 루디한테 내가 며칠 후에 다시 전화하겠다고 전해줘요. 리바스와 만날 약속을 잡아봐요."

"당신 어머니는 어떡하죠?"

"모르겠어요."

"어머니는 아마 견뎌내지 못하실 거예요."

"견뎌내셔야 해요."

"마을의 모든 노인들을 생각해봐요. 오로를 떠난다는 건 그분들에게 세상의 종말일 거라고요."

비타스가 하다 만 일을 마무리하는 동안 그의 머릿속에 어머니의 모습이 그려졌다. 장신구 작업장을 부수고 세간과 소지품을 꾸린 다음 방바닥의 래그 러그를 걷어내는 어머니…… 마지막으로 남편의 무덤을 찾아가 야생 마거리트 한 다발을 거친 돌비석에 놓는 어머니…… 텅 빈 집을 구석구석 쓸어내는 어머니…… 염소들을 도살하는 어머니……

제발 그런 일이 일어나지 않기를.

레브는 어머니의 얼굴을 떠올렸다. 촛불로 밝힌 성상 가까이에, 마리나의 사진 가까이에 있는 어머니의 얼굴, 평생 동안 그 나라에선 무심히 잠만 자는 하느님에게 속삭이는 어머니의 얼굴. 어머니의 부모님은 자신들의 딸에게 집요하게 말했다. 하느님의 성화를 어두운 선반에 안전하게 모셔놓고 언젠가는 그분이 이 세상으로 돌아오는 것이 허락되리라는 집요한 믿음으로 남모르게 기도해야 한다고, 잠들어 있는 하느님이 이 세상의 모든 것을 굽어보고 있다고.

어두운 선반에서 잠들어 있는 하느님이 어떻게 이 세상의 모든 것을 볼 수 있을까?

레브의 어머니는 늘 그런 의문을 품었다. 그녀는 레브에게 이런 얘기를 해준 적이 있다. 어렸을 때 이따금 성상의 포장을 풀고 선반 앞쪽에 놓아 그 금빛 표면에 밝은 빛이 비치게 하고는 아기예수의 통통한 다리를 응시하며, 때가 되면 저 통통한 다리가 자라나 선반에 잠들어 있는 저 성상이 어른이 될 거라는 생각을 했다고. 선반에서 잠들어 있는 사람이 있다는 생각을 하면 그녀는 가슴이 두근거렸다고. 그분의 숨소리가 들리는지 귀를 기울여보기도 했다고. 하지만 그분은 아무 소리도 내지 않았다.

"그렇지만 어떤 의미에서 보면 내가 옳았어." 그녀가 언젠가 말했다. "잠들어 계시던 하느님은 1990년대 초에 깨어나셨지. 그러고는 자신의 권력을 되찾아 가셨어. 그때 그분은 장성하셨던 거야. 인간을 자신에게로 되돌리는 방법을 아셨던 게지."

오로 소식에 욕망이 사라졌다.

레브는 쑤시는 몸으로 쓸쓸하게 버스를 타고 터프널 파크의 집으로 향했다. 야간버스가 켄티시 타운 로드를 달리는데 휴대폰이 울렸다. 소피였다.

"레브……" 그녀가 말했다. 이 한마디에 담긴 목소리의 여운은 작지만 뿌리칠 수 없는 것이었다.

"소피……"

"내가 어디 있는지 말해줄까요?" 그녀가 말했다. "지금 침대에 있어요. 새 시트를 깔았어요. 새틴 시트인데 너무 흥분돼요. 지금 여기 오는 길이면 좋겠는데……"

레브의 얼굴에 미소가 번졌다. 그는 휴대폰을 귀에 바싹 댔다. "소피. 당신한테 듣고 싶은 말이 있어요. 그 말을 해주면 당장 갈게요."

"그러면 정말 올 거예요? 좋아요. 뭐죠?"

"사랑한다고 말해줘요."

그녀가 웃는 소리가 들렸다. "당신 너무 귀여워요. 남자들은 정말 모두 애라니까. 하지만 좋아요, 말하죠. '우리는 이제 둘 다 요리사예요. 그리고 나는 당신을 사랑해요.' 이 정도면 됐죠?"

12
구명보트 박물관

새해가 밝으면서 뜻밖에 추위가 누그러지고 마음마저 푸근하게 해주는 날씨가 찾아왔다. 벌써 봄이 문턱에 이르기라도 한 듯했다. 레브는 소피의 아파트 밖에 늘어선 헐벗은 플라타너스나무에서 새가 지저귀는 소리가 들린다고 말했다.

"새들이 봄이 온 줄 착각해서 그래요." 소피가 밝은 목소리로 말했다. "저러다 둥지를 틀기 시작하면 또 언제 그랬냐는 듯 눈이 오겠죠."

그녀는 행복했다. '미치도록 행복하다'고 그녀는 표현했다. 그녀는 레브가 아침식사를 만드는 모습, 욕조에 들어가 있는 모습, 침대에 알몸으로 누워 있는 모습을 사진에 담았다. 서로의 체취에 둘러싸인 밤이면 그녀는 오래전 레브와 루디가 드나들던 배린의 사창가 여인들처럼 부끄러움을 몰랐다. 자기들의 섹스는 전쟁이라고, 양쪽 편이 모두 이기는 전쟁이라고 그녀는 선언했다.

레브는 지케이 애시에서의 성취감이 그녀의 그런 기분을 북돋는 다는 것을 알았다. 일주일의 시험 기간이 무사히 지나갔다. 소피는 이제 시간당 십칠 파운드를 받는 부주방장이었다. 그녀는 벌써부 터 자신의 식당을 여는 날을 상상해본다고 레브에게 말했다. "그날 은 내 인생 최고의 날이 될 거예요. 내가 사장이 되어 메뉴도 직접 짜겠죠. 지케이 애시와는 달리 지나치게 고급스럽지 않은 요리로 할 거예요. 좀더 기발하면서도 그렇게 비싸지 않은 메뉴, 빌어먹을 빚까지 질 필요 없이 잘 먹고 즐거운 시간을 갖고자 하는 사람들을 위한 메뉴가 될 거라고요."

"어디서요?" 레브가 물었다.

"모르겠어요. 런던 북부 어딘가. 요즘에는 한 집 건너 음식점이 생겨나서 좀 그렇지만. 은행이 있던 자리에 대형 피자집이 들어서 고 있어요. 장의사가 있던 자리에 타파스 바가 들어선 걸 본 적도 있고요. 남아나는 곳이 없다니까."

두 사람은 어둠 속에 누워 서로의 은밀한 꿈을 얘기했다. 레브는 자기도 이제 요리를 배워 요리사가 되는 게 꿈이라고 했다. 마흔두 해를 사는 동안 음식에 대해 생각해본 적이 없었는데, 이제 그의 머리는 그 생각으로 가득했다. 채소를 다듬는 중에도 애시와 소피 와 피에르가 요리하는 법을 지켜보았다. 그리고 틈틈이 흰색 유니 폼 주머니에서 수첩을 꺼내 메모를 했다.

날씨가 좋아지자 크리스티 슬레인은 프랭키를 데리고 외출할 생 각을 하기 시작했다. 실버스트랜드에 가는 쪽으로 생각이 기울었 다고 했다. "그전에 한 가지 해야 할 일이 있어요." 그가 레브에게 말했다. "당신이 앤젤라의 심사를 통과해야 해요. 그녀는 본 적도 없는 사람이 프랭키와 어딜 가도록 내버려두지 않을 거예요."

그래서 레브와 소피는 벨리샤 로드의 거실에 앉아 앤젤라를 기다렸다. 오전이었다. 크리스티는 주방 조리대 위에 커피용 기구들을 가지런히 정렬했다. "페이스트리를 좀 살까 했지만 생각을 바꿨어요. 앤젤라는 내가 권하는 건 뭐든 싫다고 하거든요. 내가 더 이상 줄 수 없는 것만 원해요."

"나라면 페이스트리를 사양하지 않을 텐데." 소피가 말했다.

"아, 그렇군요. 그럼 가서 좀 사 올까요?"

"아뇨. 괜찮아요. 그런데 이 심사라는 거 좀 우습네요. 학부모의 날 같아요."

"알죠, 알아요. 하지만 다른 수가 없는데 어쩌겠어요?"

앤젤라가 들어왔다. 세련된 빨간색 코트 차림이었다. 큰 키에 체구도 컸고 엉덩이도 넓적했다. 그리고 키 큰 여자 특유의 거만한 지소를 짓고 있었다. 크리스티와 나란히 서자 그녀는 거대해 보였다. 그녀의 갈색 눈은 약간 튀어나와 있었다.

레브가 일어나 그녀의 손에 입을 맞췄다. 그녀가 거북하게 웃는 것을 보니 우스꽝스러운 행동이라고 생각하는 모양이었다. 그래도 레브의 행동에 우쭐해진 듯했다.

소피가 말했다. "안녕하세요, 부인. 저는 소피라고 해요. 지케이 애시에서 레브와 함께 일해요. 켄티시 타운에 살고요. 스물아홉 살이고, 아이는 없어요."

"심문하는 것도 아닌데." 앤젤라가 말했다.

"아, 그렇군요." 소피가 말했다. "전 그런 줄 알았어요."

레브는 크리스티가 겁에 질리는 것을 알아챘다. "부인." 레브가 재빨리 말했다. "소피의 말은…… 부인께서 알고 싶어하는 건 무엇이든 말해주겠다는 뜻입니다. 우리가 누구인지. 모든 것을요. 그러면 부인께서 안심할 테니까요."

앤젤라가 세 사람을 돌아가며 쳐다보았다. 여기 있는 사람들이 전부 나를 놀리고 있나? 하고 묻는 듯한 표정이었다. 그녀가 마치 문으로 뛰쳐나가려는 듯 돌아섰다. 크리스티가 얼른 그녀 옆으로 갔다. "코트 받아줄까? 어서 와서 앉아. 추우면 가스난로를 켤게."

앤젤라가 아무 말 없이 천천히 코트를 벗었다. 크리스티는 코트를 받아 현관의 옷걸이에 걸었다. 그리고 커피를 내리겠다고 큰 소리로 외쳤다.

앤젤라는 레브와 소피를 물끄러미 쳐다보았다. 레브가 보니, 괴로운 흔적이 역력한 크리스티의 얼굴과 달리 앤젤라의 피부는 웨일스의 다이애나 왕세자비처럼 잡티 하나 없었다. 그래도 젊음은 사그라져가고 있었고, 그녀 자신도 그것을 안다는 걸 레브는 알 수 있었다.

"이거야 원……" 앤젤라가 말했다.

그녀는 어디에 앉을 줄 몰라 두리번거렸다. 마치 자신이 이 집의 가구 대부분을 가져간 사실을 까맣게 잊은 듯이.

레브가 자신이 앉아 있던 의자를 내어주고 창가에 가서 섰다. 겨울 햇빛이 먼지투성이 망사 커튼에 회색 빛을 비췄다.

소피가 말했다. "부인, 실버스트랜드를 아세요?"

"네, 물론이에요. 내가 태어난 곳이니까요."

"아, 그렇군요. 크리스티가 그 말은 안 했어요."

"실버스트랜드는 별로 볼 게 없는 곳이에요. 바다는 거의 항상 우중충하고 진흙투성이죠. 우리 부모님이 거기를 떠날 때 얼마나 기뻤는지 몰라요."

"어린아이들은 바다를 좋아하잖아요." 소피가 말했다. "저는 그랬어요. 우리 가족은 호브로 놀러가곤 했죠. 거기서 줄무늬 바람막이를 치고……"

"실버스트랜드는 어떻게 갈 거죠? 프랭키를 저 사람이 운전하는 차에 태울 순 없어요."

"기차로요." 소피가 말했다. "입스위치에서 갈아타면 한 시간 반쯤 걸릴 거예요. 솜사탕을 사 먹으려고 돈을 모았어요. 그렇죠, 레브?"

"네. 먹어본 적이 없거든요. 제가 좀 어린애 같아서……"

앤젤라가 자세를 바꿔 레브를 마주보았다. 모직 드레스를 입은 그녀는 살집이 두툼한 무릎을 가리려 자꾸 드레스를 당겨 내렸다.

"커피가 거의 다 됐어요!" 크리스티가 외쳤다. 그 소리가 레브에게는 겁먹은 소리로 들렸다.

레브는 지갑에서 마야의 사진을 꺼내 앤젤라에게 다가가 보여줬다. "제 딸입니다. 고향에 있죠. 이름은 마야고 다섯 살이에요."

앤젤라는 사진을 받아 잠시 무표정하게 보고는 그에게 돌려줬다. "집에 송금은 하시겠죠." 그녀가 콧방귀를 뀌며 말했다.

"네." 레브가 말했다.

"레브는 아이들과 연습한 경험이 많아요." 소피가 말했다.

"연습이라고요?" 앤젤라가 말했다. "그건 좀 우스운 말이군요."

"왜요?"

"어린아이를 돌보는 일이 자전거를 타는 것처럼 들리니까요. 중요한 건 인생에서 각자 어떻게 처신해야 하는지 아는 거예요."

크리스티가 쟁반에 커피를 담아 가져왔다. 레브는 그가 손을 떨어 머그잔이 서로 부딪히는 소리를 들었다. "모두 괜찮아요?" 크리스티가 말했다.

레브가 그에게 다가가 말했다. "커피는 내가 따를게요. 요리사의 기술로."

"고마워요." 크리스티가 말했다. 그러고는 주절대기 시작했다. "여보, 페이스트리를 사 오려고 했는데…… 내 생각에 당신이……"

"내가 너무 거대하다고 생각했다고? 그렇겠지. 토니도 나더러 너무 거대하다고 늘 읊어대니까. 하지만 또 나를 데리고 외식하러 나가. 그것도 비싼 음식점으로. 나는 말해. '토니, 내가 날씬하길 원하는 줄 알았는데 이게 뭐야, 샴페인에 근사한 요리까지. 이래서야 어떻게 살을 빼겠어?'"

"토니가 누구죠?" 소피가 무뚝뚝하게 물었다.

앤젤라가 고개를 돌려 그녀를 마주보았다. "토니가 누구냐고요?" 그녀가 말했다. "당신이 알 바는 아니지만 말해주죠. 토니는 내 배우자예요."

"그렇군요."

"부동산업자죠."

"그래요? 아, 멋지네요."

레브는 소피의 목소리에서 웃음이 터져나오기 일보 직전임을 감지했다. 상황이 파국으로 치달을 수 있는 순간이라는 생각이 들었다. 그는 재빨리 앤젤라에게 커피를 가져가 의자 옆에 무릎을 꿇고 앉았다.

"부인." 그가 말했다. "저는 크리스티의 집에 세든 지 여러 달 되었습니다. 크리스티는 이제 술을 거의 안 마셔요. 맹세할 수 있어요. 크리스티는 저처럼 딸 때문에, 프랭키 때문에 매우 슬퍼합니다."

"프랭키 때문에 슬퍼할 필요는 없어요. 자기 자신 때문에 슬퍼하라고 해요."

"정말입니다. 제 영어가 서툴러 미안해요. 제 말은 프랭키가 없으니까…… 크리스티가 딸을 너무나 보고 싶어해요."

"지금은 그런 말을 할지 모르지만, 우리가 함께 살 때는 어땠는지 알아요? 망할, 항상 밖에 나갔어요. 일하러 간 게 아니에요. 일은 거의 하지도 않았죠. 망할 술집에 처박혀 있었다고요. 딸아이는 늘 '아빠는 어디 갔어?' 하고 물었죠. 그러면 내가 뭐라고 대답해야 했겠어요? 그러다 집이라고 기어들어오면 현관에 토악질이나 해대고, 정말이지 지긋지긋한 악몽이었다고요!"

"지금은…… 술집에 거의 가지 않아…… 거의 안 간다고."

"말은 그렇게 하지."

"정말이야, 여보." 크리스티가 말했다. "내가 한동안 형편없이 군 거 알아. 하지만 이제 진짜 정신을 차렸어."

"정말이에요." 레브가 말했다. "크리스티는 단단히 마음을 잡았어요. 저희 모두가 원하는 건 프랭키를 위해 멋진 하루를 보내는 것뿐이에요. 모두 함께요. 저녁까지 집에 돌려보낼게요. 모든 게 즐겁고 안전할 거예요. 해변을 걷고, 어린이 골프를 치고, 피시앤드칩스를 먹고. 그렇게 모든 게 근사할 겁니다."

앤젤라가 커피에 설탕을 넣고 세게 저었다. "지금 당장 결정할 생각은 없으니 강요하지 마요."

방안이 조용해졌다. 레브가 일어나더니 실크컷 담배를 꺼냈다. "담배를 피워도 괜찮을까요?" 그가 앤젤라에게 물었다.

"좋으실 대로. 내 집도 아닌데요, 뭘."

레브는 크리스티에게 담배를 권했다. 담배를 받는 그의 손이 떨렸다.

"레브가 한 말은 사실이야, 여보……" 크리스티가 말했다.

"그만둬요!" 그녀가 머그잔을 세게 내려놓으며 소리쳤다. "이 빤한 속임수에 정말이지 너무 화가 나! 오 년 동안 내 인생을 비참하게 만들어놓고 이제 와서 다 괜찮은 척, 모든 게 좋고 근사한 척하길 바라다니. 그렇지 않다고! 술집에 가지 않는다고 징징거리는 걸로는 안 돼. 외국에서 온 순진한 사람들한테 세나 받아먹고 사는 걸로는 안 된다고. 다시 일을 시작해. 행동으로 입증하라고. 나한테뿐만 아니라 법원에도. 당신이 이제는 합리적이고 책임감 있는 사람으로 아버지 자격이 있다는 것을 말야. 그러면 당신이 요구하는 것을 고려해볼게. 당신에게 하고 싶은 말이 있는데, 지금 해야겠어. 그래야 당신이 아일랜드식 발작을 일으켜도 당신의 새 친구들이 막을 수 있을 테니까. 토니한테 프러포즈 받았어. 이혼이 마무리되면 재혼할 거야. 프랭키한테도 말했더니 좋대. 프랭키가 토니를 아주 좋아해. 아버지가 없던 아이에게 아버지가 생기는 거라고."

크리스티는 딱딱한 의자에 주저앉아 파란 눈을 껌뻑껌뻑했다. 그것을 보자 레브는 곤충이 겁에 질려 날개를 퍼덕이는 모습이 떠올랐다.

소피가 조용히 말했다. "나는 외국인이 아니에요. 부모님이 서 섹스에 사세요. 사냥개를 사육하시죠."

앤젤라가 일어섰다. 커피에는 손도 대지 않은 채였다. 그녀는 소피를 돌아보고 말했다. "당신이 어떤 사람이든, 어디에 살든 상관없어요. 이 일과 아무 관련도 없으니까. 이건 크리스티와 나의 문제예요. 저이의 친구가 되고 싶으면 딸을 보고 싶다며 나를 성가시게 구는 짓 좀 그만두라고 해줘요. 딸 생각을 하려면 진작 했어야지."

"여보……" 크리스티가 입을 열었다.

"듣기 싫어!" 그녀가 말했다. "내가 왜 여기에 오겠다고 했는지 모르겠어. 프랭키가 장난감가게를 갖다달라고 해서 온 거니까 그거 가지고 그만 갈게."

앤젤라가 쿵쿵거리며 거실에서 나갔다. 레브는 크리스티를 쳐다보았다. 크리스티는 꼼짝도 않고 서 있었다. 그가 턱 아래서 야위고 그을린 손을 쥐었다 폈다 하는 바람에 담배가 바닥으로 떨어졌다. 레브가 담배를 주워 다시 불을 붙여 그에게 주었다. 소피는 어떻게 해야 할지 묻는 표정으로 레브를 바라보았다. 레브는 이내 결정을 내렸다.

그는 거실을 나가 복도를 따라 자신의 방으로 갔다. 자기 방에 있는 몸집이 크고 화가 난 앤젤라를 보자 기분이 불쾌해졌다. 그녀는 허리를 굽혀 철 지난 상품과 어서 오세요! 나의 가게는 열려 있습니다라는 낙천적인 푯말이 붙어 있는 장난감가게를 집었다. 콧수염 난 가게 주인이 바닥에 떨어져 뒹굴었다.

"빌어먹을!" 앤젤라가 말했다.

레브가 바닥에서 가게 주인을 집어들었다. 앤젤라가 말했다. "이걸 담아갈 쇼핑백 같은 게 필요한데, 하나 찾아주시겠어요?"

"유감이군요……" 레브가 말했다.

"네?"

"내 생각에…… 나는 이 가게 주인을 꽤 좋아하거든요. 보고 싶을 거예요."

"뭐라고요?"

"정말입니다. 보고 싶을 거예요. 그래도 뭐, 괜찮아요. 이런 거야 아무것도 아니죠. 하지만 크리스티와 프랭키를 갈라놓는 건 좋은 일이 아닙니다. 내가 마야의 아버지인 것처럼 크리스티도 아버지예요. 고통스러울 거예요……"

"이보세요." 앤젤라가 크게 한숨을 쉬고 말했다. "당신은 정말 좋은 분 같네요. 영국에서 잘되셨으면 좋겠어요. 하지만 아무것도 모르면서 남의 일에 끼어들지 마세요, 아시겠어요? 나는 저이가 나나 내 딸의 인생을 망치게 내버려두지 않을 거예요. 내가 할 말은 그뿐이에요. 그게 전부예요. 끝이라고요. 이제 그만 가야겠어요. 쇼핑백 하나만 주세요."

레브가 가게 주인을 건네주자 그녀는 그것을 받아 장난감가게 문 안으로 집어넣었다.

"쇼핑백은 없는데요."

"관뒤요!" 앤젤라는 복도를 걸어나가 현관의 옷걸이에서 빨간색 코트를 집어들고는 장난감가게를 한쪽 옆구리에 끼고 집을 나갔다. 계단을 내려가는 그녀의 육중한 발소리가 쿵쿵 울렸다.

레브는 소피에게 한동안 크리스티가 술집에 가지 못하도록 그와 함께 집에 있어야겠다고 말했다.

"밤 시간의 절반을 직장에 있는데 그게 소용있겠어요?" 소피가 말했다.

"어느 정도는 있겠죠. 내가 집에 올 거라는 걸 크리스티가 알면, 우리가 아침에 식사를 만든다면……"

"당신은 참 순진해요. 누군가가 자기의 삶을 술로 잊으려 한다면……"

"알아요." 레브가 말했다. "하지만 시도해볼 순 있잖아요. 크리스티는 내게 좋은 친구가 되어줬으니까."

지케이 애시의 바쁘고 긴 밤이 끝날 무렵이었다. 소피가 레브에게서 고개를 돌리고 말했다. "알았어요. 벨리샤 로드로 가요. 어쨌든 나도 나름 할일이 있으니까."

"무슨 '일'인데요?"

"당신과 비슷한 일요. 내 친구들을 돌보는 일."

"하지만 당신이 거기로 올 수도 있잖아요. 우리집으로……"

"뭐라고요? 어린애 침대에서 섹스를? 난 못해. 너무 이상해요."

주방 반대편에서 비타스가 싱크대와 건조대를 열심히 닦고 있었다. 그날 밤 애시가 비타스에게 말했다. "비타스, 너 아주 아슬아슬해. 오늘 내 철판에 염소젖 치즈 덩어리가 그대로 붙어 있었어. 바닥에 핏자국도 보였고."

"피가 아니에요, 주방장님."

"억지 부리지 말고 다신 그런 일이 없게 해. 이번 주말까지 제대로 일할 준비를 갖추지 않으면 넌 해고야. 빌어먹을 링컨셔에서 싹이나 골라내게 되겠지."

애시와 소피가 퇴근한 뒤 비타스가 레브에게 물었다. "링컨셔가 뭐예요?"

"아, 영국 어딘가에 있는 농촌이야."

"차라리 그런 데로 가면 좋겠어요. 나무가 그리워요."

댐에 대한 생각이 침적토처럼 레브의 가슴을 휩쓸고 지나갔다. 꿈에서 오로의 학교 건물이 나룻배처럼 물에 떠다니다 천천히 가라앉았다. 그는 꿈속에서도 그 광경이 야릇하게 아름답다는 생각이 들었다. 그러다 문득 마야를 비롯한 아이들이 모두 건물 안에 있다는 것을 깨달았다. 저멀리 물위에서 아득한 비명소리가 들려왔다.

레브는 크리스티에게 댐 이야기를 했다. 크리스티는 그것에 대해 굳이 생각하려면 담배와 차가 필요하겠다고 말했다. 이윽고 그는 담배와 진한 차를 손에 들고 입을 뗐다. "공공사업국, 그 말만 들어도 몹시 소름이 끼쳐요. 그런 기관에서 하는 일은 유익한 법이 없거든요. 자선을 베푸는 일 같지만, 내 눈에는 외부인을 끌어들여 주민들이 아끼는 것을 걷어내고 필요 없는 걸 들여놓는 거예요."

크리스티는 차를 마시며 손을 떨었지만 자제력을 잃지 않았다. 반 고흐의 천 피스짜리 〈해바라기〉 직소퍼즐 덕분인 듯했다. 그는 그것을 식탁에 펼쳐놓고 담배와 차를 벗삼아 몇 시간이고 그림을 맞추는 데 열중했다. 오로의 댐 건설에 대한 대화 끝에 그가 말했다. "우리가 끝까지 잃지 말아야 할 것은 이성이에요. 이 빈센트란 친구처럼 되지는 말아야죠."

레브는 루디에게 전화하는 것을 미뤘다. 혹시 오로에서 나쁜 소식이 들려올까 두려워서였다. 그러던 어느 일요일 아침, 그는 더이상 미뤄서는 안 되겠다는 생각에 익숙한 전화번호를 눌렀다.

"체비를 고쳤어!" 루디가 의기양양하게 말했다. "갑자기 독일인이 좋아졌지 뭐냐. 그치들한테 간까지 내줄 수 있을 정도야. 글쎄 아주 꼭 맞는 벨트를 만들더라고."

"이젠 미끄러지지 않아?"

"응. 훈련소에 다녀온 개처럼 완전히 달라졌어! 이제 범퍼의 찌그러진 부분을 펴고 크롬에 광만 내면 새 차 같을 거야."

루디는 체비에 대한 안도감으로 다른 문제는 안중에도 없는 듯했다. 댐 이야기를 꺼냈는데도 그는 여전히 쾌활했다. "로라가 공공사업국 직원을 만나봤어. 그 후레자식 리바스 말고, 깡마르고 사시에 기분 나쁘게 생긴 놈인데 직위는 나도 모르겠다. 아마 말단 직원일 거야."

"뭐라는데."

"관공서에서 늘 하는 허튼소리이긴 하지만 믿을 만한 것 같아. 이 년쯤 전부터 배런에 댐을 건설할 '잠정적인 계획'이 있었다고 하더라."

"그런데 그걸 아무도 몰랐다는 말이야?"

"아는 사람도 있었겠지. 하지만 그 사팔뜨기가 로라한테 그 안을 발동할 계획은 없다고 했대. '발동'이라니, 어? 그건 리바스 특유의 말이잖아?"

"가까운 시일 안에 그럴 계획이 없다는 거야, 아니면 영원히 그렇다는 거야?"

"공공사업국이 어떤지 너도 알잖아. 그들은 '가까운 시일'이니 '영원히'니 하는 개념과는 거리가 멀어. 모든 게 잠정적이지. 내 생각엔 이 나라의 빌어먹을 강이란 강은 다 돌아다니며 댐이나 수력발전소나 저수지를 구상하고, 자기들이 설계한 것들을 놓고 쑥덕거리면서 그런 건설이 가져다줄 번영과 자기들이 얻을 보답을 꿈꾸는 고귀한 기술자 무리가 있는 것 같아. 그렇지만 중앙정부에 돈이 없으니 아무것도 진행되지 않는 거지. 그러니까 내 말은, 오로는 안전할 거라는 거야."

레브는 루디의 말을 믿고 싶었다. 하지만 그의 정보가 불충분하다는 생각에 화가 치밀었다. 마리나가 살아 있었다면 분명히 진실을 알아냈을 것이다. 이제 그들은 남들과 다를 게 없었다. 외떨어져 고립되었고, 그들의 운명은 여전히 거짓말만 일삼는 관료주의의 처분에 달려 있었다.

"루디, 잘 지켜봐야 해." 레브가 잠시 후에 말했다. "측량기사들이 오는지 잘 봐. 측량팀이 나타나면 그게 첫 징조야."

"꼭 그렇진 않아. 저 멍청한 공무원들이 어떤지 잘 알잖아. 옆구리에 서류철을 낀 놈들을 몇 보내. 그러면 놈들은 터벅터벅 왔다갔다해. 그놈들이 중요한 사람처럼 보이니까 마을 사람들은 겁먹기 시작하고. 그놈들이 재는 거라곤 지들 물건 크기밖에 없는데!"

루디가 특유의 폭발하는 듯한 전염성 강한 웃음을 터뜨렸다. 하지만 이번에 레브는 함께 웃지 않았다.

"그래." 레브가 말했다. "하지만 배린의 댐에 관한 소문이 요르 인근까지 퍼졌다면 누군가는 그게 실행되리라는 걸 알고 있다는 거야. 그들은 알고 있다고!"

루디가 웃음을 멈추고 기침하는 소리가 들렸다.

"우리가 뭘 더 할 수 있는데? 네가 말 좀 해봐. '발동할 계획이 없다'는 건 말 그대로 계획이 없다는 거 아냐? 그 사팔뜨기가 거짓말한 게 아니라면."

"제재소도 폐쇄를 '발동할 계획'은 없었어."

"그 경우는 다르지. 그때는 나무가 바닥났잖아!"

"전기가 계속 '바닥나는' 것과 똑같아. 하지만 수력발전소를 배린에 세우면 전 지역에 중단되지 않는 재생 전력이 들어오는 미래가 열리는 거라고."

"이 지역의 절반이 물에 잠기고."

"그래."

루디의 한숨소리가 들렸다. "내가 빈틈없이 살필게. 약속해. 리바스의 관용 차량이 고장나면 좋을 텐데. 그래서 그자가 내 체비를 타면 완전히 내 손아귀에 들어오는 거니까. 이 얘기는 그만하자. 세상에서 벌어지는 일이 우리한테 어떤 영향을 끼칠까 생각하면 피곤해져. 레브, 네 연애 얘기나 해봐. 설마 십대 소년처럼 구는 건 아니지? 힘들게 번 돈을 장미꽃 사는 데 다 써버리고 있냐?"

어느 금요일 밤, 레브가 늦게 집에 돌아와보니 크리스티가 아직 따지 않은 기네스 맥주캔 두 개를 앞에 놓고 앉아 있었다.

"축하주예요." 레브가 들어오자마자 크리스티가 말했다. "앤젤라가 마음을 바꿨어요. 그래서 일요일에 프랭키를 실버스트랜드에 데려갈 수 있어요."

레브는 점퍼를 벗고 앉았다. 거리에서 소피에게 키스한 뒤 그녀가 자전거를 타고 가는 뒷모습을 보며 욕구 불만이 생겨 기분이 좋지 않은 상태였다. 그는 그녀를 거칠게 다루고 싶었다. 루디의 상상대로 무모한 십대 소년이 되기라도 한 듯, 그녀를 벽에 밀어붙이고 그 거리 그 자리에서 섹스를 하고 싶었다. 레브는 자기를 가지고 논다며 마음속으로 소피를 비난했다.

"그날 그 난리를 피우고, 내게 그토록 고통을 주더니, 멀쩡하게 전화를 해서는 프랭키를 일요일 아침에 데려올 테니 원하면 바다에 데려가라지 뭐요." 크리스티가 맥주를 따르며 말했다.

레브와 크리스티는 기네스를 마셨다. 크리스티가 한 손에 머리를 괴었다. 그가 조용히 말했다. "앤젤라가 그렇게 하기로 한 건 마이어슨힐이 어딘가 가자고 했기 때문일 거예요. 프랭키 때문에 로맨틱한 하루를 망치고 싶지 않은 거겠죠. 그래봤자 배를 타고 망할 햄프턴궁전인지 어딘지나 가겠지만. 아무튼 아무래도 괜찮아요. 우리가 그날 하루를 근사하게 보낼 수만 있다면 상관없어요."

레브는 빙긋 웃었다. 욕구 불만으로 가득한 기분에서 벗어나는 느낌이었다. 그는 부두의 상공에서 다투는 갈매기와 해초 냄새, 소금기가 밴 바람을 떠올렸다. "걱정 마요. 멋진 하루가 될 겁니다."

실버스트랜드로 가는 기차 안에서 소피가 '단어 맞히기' 게임을 하자고 했다.

"프랭키, 그 게임 할래?" 크리스티가 다정하게 물었다. "아직은 네가 글자를 잘 알지 못할 텐데."

프랭키는 대답하지 않고 좀 떨어지라는 듯 크리스티의 야윈 팔을 툭 밀었다.

"글자 정도는 프랭키한테 문제가 안 될 거예요." 소피가 말했다. "자 그럼. 내 작은 눈에…… 에프로 시작하는 뭔가가 보이네."

"에프가 뭐예요?" 프랭키가 물었다.

"소피, 음가를 말해줘야 해요." 크리스티가 말했다. "그게 프랭키가 아는 알파벳이에요. 에프는 '프'인 거죠."

"알았어요." 소피가 말했다. "내가 아기를 낳아본 적 없는 한심한 여자란 걸 알겠죠? 자, 프랭키. '프'로 시작하는 걸 말해보렴."

소피는 이 말을 하며 레브를 쳐다보고 키득거렸다. 레브는 생각했다. 소피는 내가 아직 만들 줄은 모르지만 꿈속에서 간절히 동경하는 진기한 요리 같아. 그는 소피에게서 시선을 돌려 프랭키를 바라보았다. 프랭키는 심각한 표정으로 에섹스의 벌판을 내다보고 있었다. 작고 오똑한 코를 창에 바짝 대고.

"안 할래요." 프랭키가 말했다.

"말도 안 돼. 그만두지 마." 소피가 말했다. "'프'로 시작하는 말이야."

프랭키는 분홍색 데님바지에 분홍색 상의와 털 달린 작은 방한용 조끼를 입었다. 무릎에는 옷에 맞춘 분홍색 배낭이 놓여 있었는데, 프랭키는 기차에 탈 때부터 배낭을 맡기지 않고 가지고 있다가 지금은 꼭 끌어안고 있었다.

"자, 어서, 프랭키. '프'로 시작하는 거야." 소피가 말했다.

"나무tree?" 프랭키가 말했다.

"아냐. 그건 티로 시작하잖아."

"'트'요. 크리스티가 지적했다.

"맞아, '트'. 알겠니? 난 이 게임에 소질이 없네. 우리 중에 누구의 이름이 '프'로 시작할까?"

"안 할래요." 프랭키가 말했다.

"아냐, 아냐, 생각 좀 해봐." 크리스티가 말했다.

프랭키가 다시 크리스티의 팔을 밀었다. 레브는 창밖으로 겨울 들판을 내다보았다. 초록색 새싹으로 덮여 있었고, 검은 새떼가 먹구름처럼 산울타리 위를 맴돌았다. 강렬한 햇빛이 어스름한 숲의 가장자리를 밝혔고 물에 잠긴 부들과 갈대밭에 아롱거렸다.

"딴 데를 보고 있구나." 소피가 프랭키에게 말했다.

프랭키가 창에서 얼굴을 떼고 주변 사람들을 둘러보았다. 프랭키의 시선이 크리스티를 쓱 스쳐지나가 스텔라 맥주를 마시며 휴대폰으로 통화하는 두 젊은 여자에게 머물렀다. 레브가 보니 프랭키는 워커스 감자칩을 먹는 여자들의 입을 바라보다 그들이 들고 있는 반들반들한 휴대폰을 보고 있었다. 여자들이 머리를 계속 움직이는 바람에 햇빛이 휴대폰에 닿을 때마다 빛이 번쩍였다.

"폰!" 프랭키가 신이 나서 외쳤다.

소피가 웃었다. "잘했어. 제법 잘 들어맞는 단어인걸. 그런데 '폰'은 시작하는 글자가……"

"그리고 그건 사람 이름이 아니잖아, 프랭키." 크리스티가 말했다. "소피가 그랬잖아, 누군가의 이름이라고."

프랭키는 여전히 크리스티를 쳐다보지 않았다.

"안 할래요." 프랭키가 말했다.

"안 돼." 크리스티가 짜증스레 말했다. "젠장, 안 한다고 하지 마."

"엄마가 욕하지 말랬어요."

"그래, 네 엄마 말이 맞다. 욕하지 말아야지. 미안해. 이건 도무지, 네 엄마는 제대로 시작도 하기 전에 그만두라고 가르치니?"

"아뇨……"

"그래, 그럼 이제 생각해봐. 우리 네 사람 가운데 한 사람만 이름이 '프'로 시작하잖아. 그게 누구지?"

"나는 저 아저씨 이름을 몰라요." 프랭키가 레브를 쳐다보며 말했다.

"모르다니, 얘야. 내가 말해줬잖아. 이 아저씨의 이름은 레브야. '프'로 시작하는 이름은 아니지? 아빠 이름도 마찬가지고, 소피의 이름도 그렇고, 그렇다면……?"

프랭키는 꼼지락거리다 앉은 자리에서 미끄러졌다. 아이는 분홍색 배낭을 방패처럼 가슴에 끌어안았다. 그리고 잠깐 있다 입을 열었다. "프랭키."

"그렇지!" 크리스티가 말했다. "프랭키의 '프'였어. 쉽잖아. 그렇지? 식은 죽 먹기지. 자, 이제 그만 똑바로 앉으렴. 집중만 하면 돼."

프랭키는 고개를 돌려 다시 창에 얼굴을 바짝 갖다댄 채 크리스티가 똑바로 앉히는 대로 가만있었다. 그리고 '단어 맞히기' 게임을 그만하고 싶다고 말했다. 들판에 보이는 말을 셀 거라면서.

크리스티가 눈을 비볐다. 앤젤라가 다녀간 뒤로 습진이 도지더니 눈가까지 번져 붉은 각질이 앉았다. 그는 소리를 낮춰 레브에게 말했다. "그 둘이 아이의 교육을 등한시하는 모양이에요. 척 보면 알지."

레브는 말을 하고 싶지 않았다. 프랭키처럼 창밖의 시골 풍경을 구경하고 싶었다. 일렬로 늘어선 산울타리가 나타나는가 하면 외딴 농가들이 나타났다 사라졌다. 그는 그 풍경을 바라보면서 리디아와 함께 이른아침 하리치에 도착해 런던까지 버스 여행을 하며 보았던 영국의 농촌 풍경이 어땠는지 기억을 더듬어보고 싶었다. 그는 그날 해가 떠오르자마자 리디아가 한 말을 떠올리며 빙긋 웃었다. 그녀는 빛을 받아 일렁거리는 호밀밭이나 잎이 무성한 참나무가 드리운 그늘이나 심심찮게 보이는 석조 교회 건물은 신경도 쓰지 않고 지나치는 푯말들을 가리키며 말했다. "*Little Chef*. 저것 봐요, 레브. *Little Chef*가 또 있어요! 어쩜 저렇게 많을 수 있죠." 그녀는 새 푯말이 보일 때마다 배우가 대사를 외듯 작은 소리로 말했다. "*Royal Mail Depot*…… *Kendon Packaging*…… *Multiyork*…… *Atlas Aggregates*…… *Notcutts*…… *Garden Centre*…… *Pick Your Own*……"

"*Pick Your Own*이 뭐죠?" 레브는 그렇게 물은 기억이 났다.

"아, 그건 저도 몰라요." 리디아가 말했다. "문법에 맞는 표현이 아니라서, 꽤 헷갈리는 푯말이네요." 그녀는 잠시 생각에 잠기는 듯하더니 한숨을 쉬고 말했다. "미안해요, 레브. 무슨 뜻인지 아직도 모르겠어요. 번역으로 일자리를 얻을 기대를 하는 건 제 망상인지도 모르겠어요."

아주 오래전 일 같았다.

그때의 레브는 딴사람 같았다. 루디가 알고 있는 사람은, 마야가 기억하고 있을 사람은 이 다른 레브, 예전에 슬픔에 잠겨 걱정으로 가득했던 사람이라는 생각을 하니 이상한 기분이 들기 시작했다. 그는 그들에게 사과하고 싶었다. 앞으로는 더 나은 친구이자 아빠가 될 거라고 안심시켜주고 싶었다.

"아무렴." 크리스티가 침묵을 깨려 말했다. "샌드위치를 먹을 시간이군."

그들은 정오 무렵 실버스트랜드에 도착했다. 태양은 중천에 떴고 바람 한 점 없었다. 곧바로 해변으로 달려갔다. 조수가 조금씩 들어오며 드넓은 베이지색 해변을 조용히 덮었다. 잔주름이 진 모래를 깔짝이면서 부서지는 야트막한 잔물결이 푸른 하늘 아래 은빛으로 반짝였다.

"야아!" 크리스티가 아름다운 경치를 보고 활짝 웃으며 말했다. "정말 좋지 않아요. 이것 좀 봐, 프랭키, 멋지지 않니?"

프랭키는 배낭을 내려놓았다. 그날 처음으로 무표정하던 눈에 빛이 났다. 프랭키는 모래사장 위에서 두 발을 모아 깡충깡충 뛰기도 하고 한 발씩 점프하기도 했다.

"맑은 공기 냄새!" 크리스티가 말했다. "아니면 해초나 조개 냄새인가? 나는 통 구별하지 못하겠더라고요. 아일랜드 서쪽 해안 지역에서는 늘 '맑은 공기 냄새'라고 말해요."

"맑은 공기가 맞아요." 소피가 말했다. "우리는 그 속에 있는 거고요. 레브, 숨을 들이쉬어봐요. 한번 호흡할 때마다 담배 사십 대는 피우지 않은 효과를 얻을걸요."

그녀가 느닷없이 레브의 손을 잡고 물가로 뛰어가더니 획 돌아서서 장난스레 그를 물 쪽으로 밀었다. 그 바람에 파도가 그의 발목을 덮쳤다. 그는 더 밀리지 않으려고 버티며 그녀를 끌어당겼다. 그녀를 안아들고 바다에 들어가고 싶었다. 그는 강해진 느낌이었고 흥분되었다. 무용수처럼 그녀를 머리 위로 번쩍 들어올릴 수도 있을 것 같았다.

"안 돼!" 그녀가 키득거렸다. "안 돼!"

"당신이 시작했잖아요." 그가 말했다. "그러니 당신이 당할 차례예요."

"안 돼! 물이 얼음장이야! 크리스티, 도와줘요!"

레브는 그녀가 자기 품에서 몸부림치는 느낌이 좋았다. 당장에 번쩍 들어올릴 수도 있었지만 그녀가 몸부림치며 앙탈을 부리도록 내버려두었다. 짠 바다 냄새와 그녀의 몸에서 나는 향수 냄새가 코를 자극하자 그는 다시 기쁨으로 가득한 청춘으로 되돌아가 마냥 즐겁기만 한 바보가 되었다. 그는 소피의 치마 밑으로 손을 넣고 엉덩이를 받쳐 그녀를 들어올렸다.

"내려줘요, 레브! 내려줘! 날 물에 빠뜨리면 가만 안 둘 거야! 끔찍한 동상에 걸려 죽을 거라고!"

그녀는 소리를 지르면서도 계속 웃었다. 레브는 그녀를 안아든 채 물속으로 걸어들어갔다. 차가운 파도가 그의 발목을 감싸돌며 신발과 양말을 적셨다. 발에 빙수가 닿는 듯 차가움이 파고들었다.

"레브! 당신 미쳤어!"

"응. 난 미쳤어요. 당신한테 미쳤어요."

"나 좀 내려줘요!"

"내가 당신한테 미친 거 알죠?"

"알아, 안다고요. 물 밖으로 나가요."

"아는 것 같지 않은데……"

그녀는 떨어지지 않으려고 그에게 찰싹 달라붙었다. 그는 그녀와 키스하고 싶었지만 더 흥분할까봐 두려웠다. 그래서 뒤돌아선 다음 그녀를 안은 채 뛰었다. 자신의 힘을 시험하며, 온몸에 힘을 느끼며. 프랭키가 가냘픈 팔을 흔들며 깡충깡충 뛰는 모습이 보였다. 크리스티는 분홍색 배낭을 들고 있었다. 저멀리 해안을 따라 멋지게 페인트칠을 한 작은 방갈로가 늘어서 있었고, 알록달록한 색깔의 옷을 입은 아이들이 그 앞을 뛰어다녔다. 레브는 생각했다. 겨울인데도 세상이 이토록 밝을 수 있다니, 이 얼마나 멋진 일인가!

레브가 자신을 땅에 내려놓자 소피가 그의 머리를 탁 치며 말했다. "머리가 어떻게 된 거 아녜요?"

"저것 좀 봐, 프랭키." 크리스티가 말했다. "아저씨 바지가 물에 흠뻑 젖었어. 참으로 좋은 본보기인데!"

"바닷물에 들어가고 싶어요." 프랭키가 말했다. "바닷물에 들어가고 싶어요!"

"맙소사." 크리스티가 말했다. "레브, 당신이 무슨 짓을 했는지 좀 봐요. 프랭키, 바닷물이 차가워, 눈처럼 차갑다고."

"괜찮아. 바다에 들어가고 싶어!"

"안 돼, 안 돼, 저 아저씨 신발 좀 봐. 네 신발이 저렇게 돼도 좋아?"

"괜찮아, 괜찮아!"

"알았다, 알았어." 크리스티가 분홍색 배낭을 던지듯 놓으며 말했다. "바닷물에 들어가자. 그렇지만 먼저 신발과 양말을 벗고. 나도 벗을 거야. 혹시 누가 타월 가지고 왔어요? 소피?"

"아뇨. 물에 젖을 생각을 한 건 여기 이 정신 나간 사람뿐인 걸요."

"됐어요. 햇빛에 말리면 되죠, 뭐. 자, 신발을 벗자."

크리스티와 프랭키가 모래사장에 앉아 신발과 양말을 벗었다. 프랭키의 볼은 벌써 발갛게 상기되었고 가는 머리칼 몇 올이 헤어밴드에서 빠져나와 흘러내렸다. 프랭키는 크리스티가 분홍색 바짓단을 접어주는 동안 고분고분하게 있었다. 그러고 나서 일어나 그날 처음으로 아버지의 손을 잡았다.

"자, 이제 가자." 크리스티가 말했다. "실버스트랜드에서는 이렇게 하나본데, 꼭 잡아!"

레브는 그들이 바다를 향해 뛰어가는 모습을 바라보았다. 두 사람 모두 비쩍 말랐고 동작이 민첩하며 빨랐다. 물가에 이르자 그들은 놀라움과 기쁨에 겨워 소리를 질러댔다. 파도가 일으킨 잔물결 위에서 크리스티가 깡충깡충 뛰자 프랭키도 따라 뛰었다. 물이 사방으로 튀며 햇빛을 받아 반짝였다. 잠시 후 레브는 두 사람이 호흡을 맞춰 줄넘기를 넘듯 뛰는 것을 보았다.

레브는 부드러운 모래에 발을 묻어 말렸다. 소피는 선 채 크리스티와 프랭키를 바라보며 웃고 있었다. "2월에 뭘 하는 거지!" 그녀가 말했다. "우리 모두 정신이 나갔어."

방갈로 뒤쪽 공터에 겨울 놀이공원이 있었다. 크리스티가 모두를 그리로 데려갔다. 규모도 작고 사람도 거의 없었다. 노점상들은 양지바른 곳에 플라스틱 의자를 내놓고 앉아 눈만 껌벅이고 있었다. 그들 주변에는 찌그러진 스티로폼 컵과 사탕 포장지와 빈 담뱃갑 들이 너저분하게 널려 있었다. 불을 먹는 마귀 프레도라고 쓰인 광고판이 말라버린 여름 갈대에 반쯤 가려진 채 방치되어 있었다. 솜사탕 기계에는 고장이라는 딱지가 붙어 있었다. 하지만 딸랑거리는 음악이 흘러나오고 공원 한복판에는 모형 자동차와 비행기, 우주선, 탱크 등의 좌석이 달린 회전목마도 있었다. 프랭키는 그것을 보자 곧바로 달려갔고, 크리스티가 돈을 냈다. 프랭키밖에 타는 사람이 없었지만 젊은 직원은 회전목마의 중앙에 서서 감시를 게을리하지 않았다. 회전목마가 주크박스의 인형처럼 빙빙 돌아가는 동안 푸른 하늘에서 갈매기들이 날카롭게 울어댔다.

프랭키가 플라스틱 소방관 헬멧을 쓰고 모형 소방차에 자랑스럽게 앉아 돌고 또 도는 동안 크리스티와 레브와 소피는 나란히 서서 담배를 피웠다. 프랭키가 왕족처럼 손을 뻣뻣하게 펴고 그들을 향해 흔들었다. 아이의 갸름한 얼굴에 미소가 흘렀다. 그 모습을 바라보던 크리스티가 말했다. "프랭키는 지금 행복해요. 아니면 내 생각이 틀렸나? 프랭키가 지금 즐거워하는 거 맞죠?"

"아주 즐거워해요." 소피가 말했다.

크리스티가 레브의 옷소매를 툭 쳤다. "마야가 여기 없는 게 유감이네요. 고향에도 이런 회전목마 같은 게 있어요?"

"네. 하지만 이런 군용차들보다는 더 예뻐요. 근사하게 색칠한 말과 다른 여러 동물들을 모두 나무로 만들었죠. 아주 오래된 것들이에요. 공산주의자들이 그런 것까지 없애지는 않았거든요."

"흥미롭네요." 크리스티가 말했다.

"이런 놀이공원이 이미 매우 프롤레타리아적인 거 아니겠어요? 그러니 굳이 없앨 필요가 없었던 거죠."

"그럴지도 모르겠네요."

"배린의 놀이공원은 꽤 근사했어요. 우리도 자주 놀러갔었죠. 어른들도 아주 좋아했어요. 볶은 해바라기씨를 먹으며 민속음악도 듣고, 공기총으로 양철 새를 쏘아 맞히기도 하고. 옛날에는 상품도 있었는데 이제는 없어요."

"그건 왜죠?"

"상품으로 내놓을 게 뭐가 있겠어요? 석탄 조각? 야생화? 그래도 나는 여전히 사격 게임을 했어요."

"새를 맞히기는 했어요?" 소피가 물었다.

"네." 레브가 소피의 어깨에 팔을 두르며 말했다. "아버지가 가르쳐주셨거든요. 숲속에서 진짜 새를 쏘며 연습했죠. 숲의 나무를 전부 벌목하기 전의 일이지만."

"진짜 새로 연습했다고요?" 소피가 레브에게서 떨어지며 말했다. "그런 야만적인 짓을."

"아뇨. 농담이에요. 우리는 먹고살기 위해 새 사냥을 한 거예요."

회전목마가 느려지더니 이윽고 멈췄다. 크리스티가 프랭키를 모형 소방차에서 내려주고 헬멧을 반납했다.

"아이가 착하네요." 직원이 말했다.

"네, 그래요." 크리스티가 대답했다.

프랭키는 다른 흥미로운 놀이를 찾아 사방을 두리번거리다 핫도그 매점이 눈에 띄자 앞장서 갔다. 크리스티가 양파와 겨자 소스를 넣은 핫도그를 샀다. 일행은 철제 벤치에 앉아 핫도그를 먹었다. 갈매기 한 마리가 날아와 그들 발치에서 어정거리며 부스러기를 쪼아 먹었다. 프랭키가 핫도그의 빵을 크게 떼어 갈매기에게 던지기 시작했다.

"프랭키, 그러지 마." 크리스티가 말했다. "배고프다고 했잖니. 그러니 어서 먹어."

레브가 프랭키에게 말했다. "내가 영국에 와서 제일 처음 먹은 음식이 핫도그였단다."

"왜요?" 프랭키가 말했다.

"왜냐고?"

"'어디서'냐고 묻는 거예요." 크리스티가 말했다. "프랭키, 어디서냐고 물으려던 거지?"

"네." 프랭키가 말했다.

"음, 런던의 강가에서. 거대한 유람선을 바라보고 있었어. 나는 영원히 혼자라고 생각하면서……"

"왜요?" 프랭키가 말했다.

"아, 이런." 소피가 말했다. "정말 가슴 아프지 않아요, 크리스티?"

"그렇고말고요."

"그리고 레브는 우리를 만났죠. 켈트인 배관공과 고달밍 출신에 옷 사이즈가 14인 주방장 지망생을! 그들이 나타날 줄은 꿈에도 몰랐을 거예요!"

크리스티가 낄낄거렸다. 레브는 눈을 깜짝였다. 그는 소피가 방금 왠지 자신도 웃어야 할 말을 했다는 걸 알았지만 그게 무엇인지 알 수 없었다. 그는 간혹 영어를 이해하는 데 애를 먹었다. 갑자기 예고도 없이 발작적으로 귀가 들리지 않는 것처럼 말뜻을 알아듣지 못했다. 그는 날카로운 부리로 땅에 떨어진 음식물을 집어먹는 갈매기를 물끄러미 쳐다보았다. 프랭키가 자기를 쳐다보는 게 느껴졌다. 프랭키가 손에 들고 있는 남은 핫도그가 차갑게 식어갔다. 레브는 그날 뭔가가 근본적으로 변했다는 것을 감지했다. 하지만 그게 무엇인지 확실하지는 않았다.

"해가 지네요." 크리스티가 은회색 하늘을 올려다보며 말했다. "구명보트 박물관을 구경하러 갈래요?"

13

정점

레브는 리디아로부터 휴대폰 메시지를 받았다. 중대한 뉴스가 있어요. 일요일에 하이게이트의 카페 루즈에서 점심 같이할래요?

레브는 리디아에게 전화를 걸어 일요일에는 펀데일하이츠 양로원에 가기로 선약이 되어 있다고 말했다. 그러자 그녀는 낙담했다. "오랫동안 나를 피하는군요. 계속하세요. 이제는 나도 적응되었으니까요. 여자친구가 생겼나보네요. 하지만 걱정 마요. 나는 곧 떠날 거니까."

"떠난다고요?"

"네. 어디로 가는지 궁금하지 않아요?"

"어디로 떠나는데요?"

"말하자면 길어요. 전화로는 말할 수 없어요. 당신이 나를 만나고 싶지 않다면 영원히 모를지도 몰라요."

레브는 근무시간이 길어 짬이 나지 않는다고 말을 꺼냈지만 전화

저편에서 계속되는 침묵이 자신을 책망하는 듯 느껴져 기분이 찜찜했다. 그래서 다음날 정오에 하이게이트에서 만나자고 말했다.

"좋아요." 그녀가 말했다. "잘됐네요. 마침내 당신을 보겠군요. 『햄릿』은 잘 읽고 있어요?"

레브는 그 책을 거의 펴보지도 않았다고는 도저히 말할 수 없었다. 자기 방 침대 밑에 빈 담뱃갑들과 함께 내버려져 있다고는. 그래서 이렇게 말했다. "나한테 『햄릿』은 너무 어려워요. 진도가 잘 안 나가요."

"그래도 꾸준히 읽어요, 레브. 극중 인물에서 당신 자신을 발견할 수 있을 거예요. 그럼 내일 봐요."

그는 리디아에게 주려고 꽃을 샀다. 노란색과 보라색 프리지아를. 봄이 코앞에 다가왔지만 프리지아에는 향기가 없었다. 하지만 레브는 리디아가 "아, 레브, 꽃향기가 좋아요!"라며 향기가 나는 척할 테니 상관없다고 생각했다.

아니나 다를까, 그녀는 꽃을 받자 얼굴에 갖다댔다. "아름다워요. 이건 생각지도 못했는데. 내가 당신을 처음 봤을 때 내린 판단이 맞아요. 당신은 자상한 남자예요."

하이게이트의 카페 루즈는 볼품없이 넓기만 하고 조명은 어둠침침했다. 두 사람은 리디아가 전에 주문했던 치킨 바게트를 시켰다. 그녀는 보드카 두 잔도 주문했다. 음식과 술이 나오자 그녀가 말했다. "여기 웨이터 중엔 우리 나라에서 온 사람도 몇 있어요. 저기 마른 사람은 야블 출신이에요."

"그걸 어떻게 알아요?"

"휴일이면 가끔 혼자 여기에 오거든요. 핫초코를 마시고, 웨이터들한테 말을 걸기도 해요. 우리 나라 말을 듣고 싶기도 하고 '뮤즐리' 신세에서 벗어나고 싶기도 해서요. 하지만 조만간 런던 북부에서의 생활도 끝날 거예요. 이제 그 중대한 뉴스를 말해줄게요. 충격받지 않을 준비는 됐어요?"

"네." 레브가 말했다.

"좋아요. 마에스트로 그레츨러와 함께 떠나게 됐어요."

"떠나요? 정말요? 어디로요?"

"그분이 가는 곳은 어디든요. 일단 빈으로 갈 거예요. 다음달인 4월에요. 그다음은 오스트레일리아, 그다음은 뉴욕, 파리로 가요. 가끔 런던에 돌아올 거예요. 그러면 당신한테 안부전화 할게요."

"아, 정말 잘됐네요. 당신이 그레츨러 씨와 일하는 걸 좋아했다는 거 알아요."

"잘된 정도가 아니에요."

"그런데 왜 빈에서도 당신을 필요로 하는 거죠? 당신은 독일어를 못하잖아요."

"조금은 할 줄 알아요. 하지만 실은……" 레브는 리디아의 핏기 없는 얼굴이 갑자기 분홍빛으로 상기되는 것을 보았다. "…… 통역 일 때문에 가는 것만은 아니에요."

레브는 보드카를 마셨다. 리디아는 냅킨으로 얼굴에 부채질을 했다. "말하자면 길다고 했잖아요. 하지만 간단하게 말할게요. 당신한테 진작 말했어야 했는데, 런던에서 마에스트로 그레츨러와 일할 때 그분이 자꾸 나한테 키스하려고 했어요. 나는 허락하지 않았죠. 그분은 요르의 집에 부인이 있거든요. 부인과 세 자녀에 이제는 손주들까지 있어요. 그래서 내 남자가 될 수 없는 그런 사람에게 나를 허락하면 안 된다고 생각했죠. 그런데 그분은 영국을 떠난 뒤에도 내게 일주일에 두세 통씩 계속 편지를 보내왔어요. 나를 사랑한다고, 자기의 정부가 되어 세계를 함께 돌아다니자고."

"정부라고요?"

"그분이 늙은이라는 말을 하려는……"

"아뇨, 아니에요."

"그리고 변비가 있다는 말도."

"아뇨."

"하지만 상관없어요, 레브. 나는 모든 것에 대한 양심의 가책을 떨쳐버렸어요. 심지어 그분의 아내에 대해서도요. 나는 사랑이 필요한 사람이에요. 그리고 그 모든 문제점에도 불구하고 표토르 그레츨러를 사랑할 수 있어요. 아직 남자구실을 할 수 있다고 하더군요. 나와 사랑을 나누는 꿈도 꾼대요."

그녀는 안절부절못하며 소녀처럼 웃었다. 그리고 보드카를 더 주문하려고 야블 출신 웨이터를 찾아 두리번거렸다. 그녀는 작지만 수선스럽게 웃었다.

"아, 레브." 그녀가 말했다. "나를 경멸하지 않았으면 좋겠어요. 유명인의 정부가 된다고, 숨겨진 여자가 된다고요. 하지만 표토르가 가버린 뒤로 여기서 사는 게 말이 아니었잖아요. 자긍심마저 잃어버린 듯했어요. 한낱 '뮤즐리'일 뿐이었죠. 버르장머리 없는 영국 아이들의 노예. 언제까지나 이렇게 살 순 없어요. 이러다 죽을지도 몰라요."

"변명하지 않아도 돼요, 리디아. 수많은 여자들이 마에스트로 그레츨러와 함께 살고 싶어할 거예요. 그는 천재잖아요. 그가 당신을 사랑한다면……"

"일흔두 살 노인한테 사랑이란 뭘까요? 모르겠어요. 하지만 기회를 잡아보려고요. 나도 곧 마흔이 돼요. 늘 세상 구경을 해보고 싶었어요. 뉴욕에 가면 아마 놀라 까무러칠 거예요! 표토르와 함께 최고급 호텔의 제일 좋은 방에 묵겠죠. 맙소사, 내가 너무 세속적인 말을 하는군요. 아무래도 영국의 소비자병에 감염됐나봐요! 호텔 얘기 같은 건 안 한 걸로 해주세요. 내가 지휘자님에게 갖는 마음은 애정이에요. 그분의 키스를 피한 건 혐오감 때문이 아니에요. 그분의 배변을 돕는 일이 괴로운 적은 없었어요……"

보드카를 마신 레브는 속이 후끈 달아올랐다. 리디아에게 감탄했던 예전의 마음이 그의 가슴속에 되살아났다. 그는 부드럽게 물었다. "그레슬러 씨와 함께 다니지 않을 때는 어디에 있을 계획이에요?"

리디아는 보드카잔을 놓고 머리를 매만졌다. "그분은 이미 그 문제도 생각해뒀어요. 아주 자상하세요. 야블에서 부모님과 지낼 거예요. 우리에게 금전적인 도움을 주기로 했어요. 어머니한테 새 냉장고를 사드리고 나한테는 작은 승용차를 사주겠대요. 간혹 그를 보러 요르에 가야 할 테니까요."

"운전할 줄 알아요?"

"아뇨. 배울 거예요. 내가 못할 거 같아요?"

"물론 할 수 있을 거예요. 운전을 아주 잘하게 될 거라고 생각해요. 부모님한테는 말씀드렸나요?"

"네. 정부가 된다는 것만 빼고요. 그것까지 아실 필요는 없으니까요. 순회연주에 마에스트로 그레슬러의 비서로 동행한다고만 알고 계세요. 아주 자랑스러워하세요. 벌써부터 친구분들에게 얘기하고 다니세요."

레브는 리디아의 손을 잡아 입술에 갖다댔다. 가까이서 본 그녀의 얼굴은 환하고 온화했다.

"남자에게서 느낄 수 있는 감정이 어떤 건지 생각나게 해준 건물론 레브, 당신이었어요. 당신이 내게 아무런 감정도 느끼지 않았다는 건 나도 알아요. 하지만 괜찮아요. 아뇨, 아무 말도 하지 마요. 나는 우리가 함께한 여행을 결코 잊지 못할 거예요. 당신은 어때요? 내 인생에서 가장 중요한 여행이었는데, 그 여행을 바로 당신과 함께했으니까요."

그날 저녁 레브는 일하는 내내 도무지 집중할 수 없었다. 머릿속이 모국어로 가득했다. 그리고 새로운 삶을 꾸리는 리디아의 모습이 자꾸만 떠올랐다. 모피코트에 하이힐을 신고 그레슬러와 팔짱을 낀 채 멋지게 꾸며진 호텔 로비로 걸어들어가는 리디아. 그레슬러의 분장실에 서서 그에게 위장약을 먹이고, 흰색 넥타이를 매주고, 그레슬러가 무대에 나가기 전에 속삭이는 은밀한 밀어에 귀기울이는 리디아. 늙은 연인과 함께 킹 사이즈 침대에 누운 리디아, 그의 풍성하고 부드러운 머리칼이 흘러내려 빳빳한 베갯잇에 흩어지고……

소피를 비롯한 요리사들이 레브에게 외쳤다. "레브, 아스파라거스! 레브, 부추! 잎채소! 버섯! 회향풀! 레브, 오크라는 어딨어?" 순간 애시가 느닷없이 얼굴을 들이대더니 소리쳤다. "도대체 오늘 왜 이래? 어떤 손님이 왔는지 몰라? 누가 왔는지 못 들었어?"

"못 들었는데요, 주방장님."

"하위 프리스. 알겠어? 3번 테이블에서 아홉 명이 떠들썩하게 식사를 하고 있다고. 젠장 하위 프리스라고, 알겠나? 접수됐어? 그럼 어서 일해. 집중하라고."

"주방장님, 죄송하지만 하위 프리스가 누굽니까?"

"정말 끝내주는군!" 애시가 폭발했다. "세상에서 가장 유명한 젊은 예술가가 내 식당에 손님으로 왔는데 내가 고용한 직원은 그가 누군지도 모른다니!"

애시가 들고 있던 국자를 내동댕이쳤다. 국자가 타일 바닥에 튕겨오르며 달그락거리다 비타스 발치에서 멈췄다. 그 순간 비타스가 비명을 질렀다. 애시가 손가락으로 딱 소리를 냈다. "간호사, 그거 집어. 지금 당장!"

비타스는 젖은 앞치마에 손을 훔치고 서둘러 국자를 집었다. 그리고 애시에게 건네주려고 하자 애시가 소리쳤다. "비타스, 바보같이 굴지 마. 그 망할 국자를 씻어야지!"

애시는 그 자리에서 휙 돌아서서 자기 작업대로 갔다. 분노한 그의 어깨에 힘이 들어가 있었다. 레브는 다시 양송이버섯을 다듬기 시작했다. 버섯이 자꾸만 손가락에서 미끄러지며 튕겨나가 몹시 성가셨다. 레브는 자신의 등에 끈덕지게 따라붙는 소피의 시선을 느꼈다. 그녀가 애시처럼 홀연 옆에 나타나더니 속삭였다. "실수하지 마, 레브. 오늘밤엔 절대."

레브는 집중하기 위해 한층 더 애썼다. 요리사들의 필요에 보조를 맞출 뿐 아니라 심지어 젭과 마리오가 주문을 외치는 소리에 귀기울이고 있다가 재료가 필요한 순서에 맞춰 채소를 미리 준비해

요리사들이 요청하기도 전에 대령해놓는다고 자부하는 그였지만, 이날 밤은 느렸다. 레브 자신도 알았다. 공상에 잠긴 탓도 있지만 점심때 마신 보드카 때문이기도 했다. 그는 애시가 술냄새를 맡지 못하기만을 빌었다. 일이 끝나기만을 고대했다. 피곤하면서도 섹스를 하고 싶었고, 또 서글펐다. 지친 마음속에서 마리나의 모습이 이상한 형태로 리디아의 모습과 겹쳐졌다. 그는 소피와의 섹스만이 위안을 주고 스스로를 되찾게 해주리라는 걸 알았다.

시간은 매우 더디게 흘렀다. 대부분의 손님은 밤 열한시 반 전에 떠났지만 3번 테이블의 일행은 계속 와인이며 디저트며 커피를 주문했다. 애시가 주방에서 그들을 내다보았다. 그의 탐욕스러운 시선이 하위 프리스라는 예술가에게 머물렀다. 그는 즉흥적으로 데이미언에게 무료 샴페인을 대접하라고 시켰다. "고객을 유치하기 위한 특매품이라고 해두지." 그는 데이미언에게 속삭였다. "프리스와 그의 친구들이 우리 단골이 되면 좋겠어. 2005년산 멈 샴페인 두 병과 함께 주방장 겸 사장의 인사말을 전하게. 그러면 내가 나중에 나가 좀더 비위를 맞출 테니까. 알겠지?"

"그러겠습니다, 주방장님. 그런데 저 테이블에선 이미 96년산 샤토 마르고를 네 병이나 마셨는데요."

"바로 그거야!" 애시가 주먹으로 허공을 치며 말했다. "아주 마음에 드는군."

레브는 자기 일을 마쳤지만 소피와 함께 가고 싶어 비타스를 도우러 갔다. 일하는 도중에 비타스가 그에게 속삭였다. "사장님한테 말하지 마요. 저 조만간 그만둘 거예요. 야체크라고, 휴대폰 살 때 같이 가준 친구가 있는데, 그 친구가 농촌에 일자리가 있다는 얘기를 들었대요. 채소 수확 일인데, 벌이가 좋대요. 그래서 그 일을 하려고요. 주거비도 안 들어요."

"주거비가 안 든다고?"

"주거용 트레일러가 있어요. 호화로운 이동주택이죠. 야체크와 둘이 쓸 거예요. 야체크가 그걸 수리하고 있는데 걔와 함께 가기로 마음먹었어요."

"그거 유감이네." 레브가 말했다. "이제 이 일에 능숙해졌는데. 여기서 좀더 버텨보지그래."

"아뇨. 저는 이 일이 싫어요. 제가 그랬잖아요, 저 사람이 싫다고요. 저 사람 불알을 잘라 철판구이를 해서 개한테 던져주고 싶은 심정이에요."

두 사람은 한동안 아무 말 없이 설거지만 했다. 그러다 레브가 말했다. "비타스, 네 개는 어떠니? 무슨 소식이라도 있었어?"

"소식요? 아뇨. 모르셨어요? 우리 나라 개들은 덜떨어져서 글자를 깨우치지 못한다는 거요? 야체크와 이렇게 하기로 했어요. 개를 한 마리 훔쳐 트레일러에서 기르기로요. 우리 개가 될 거예요. 그러면 에딕 생각은 더 안 하겠죠. 고향으로 돌아갈 때까지는."

"네가 고향으로 돌아가면 훔친 개는 어떻게 할 건데?"

"누가 알겠어요? 우리가 고향으로 돌아갈 때 어떤 일이 벌어질지."

냄비 설거지가 거의 마무리되어갔다. 레브는 자동세척기에 유리잔을 한번 더 채우고 스위치를 켠 다음 건조대를 닦기 시작했다. 고개를 돌리자 소피가 보였다. 그녀는 깨끗한 흰색 유니폼으로 갈아입고 입술에 반짝거리는 자주색 립스틱을 새로 바른 상태였다.

"레브." 그녀가 조용히 말했다. "애시와 손님 테이블에 갈 거예요. 샘과 앤디가 소개해줘서 하위 프리스를 만난 적이 있거든요. 애시가 같이 가서 말 좀 거들어달래요."

레브는 그녀를 쳐다보았다. 윤기 나는 그녀의 입술에 시선이 갔다. 그러자 갑자기 가슴이 두근거리기 시작했다. "안 돼요……"

"말했잖아요. 가봐야 해요, 레브." 소피가 화난 목소리로 낮게 말했다. "투덜대지 말고 그냥 좀 받아들여요. 그럼 내일 봐요."

벨리샤 로드의 집에 편지가 와 있었다. 겉봉을 보니 어머니의 글씨였다. 런던을 '럳넌'이라고 썼는데도 제대로 배달되었다. 봉투를 열어보니 마야가 그린, 아이들이 스케이트를 타는 그림이 들어 있었다. 그림 속 아이들은 모두 털 달린 아노락 점퍼를 입고 있었다. 레브가 마야를 위해 홀러웨이 로드에서 산 것과 똑같은 점퍼였다. 갈색 스케이트를 신은 아이들의 발이 어마어마하게 컸다.

레브는 침대에 누워 담배를 피우며 그림을 얼굴에 가까이 대고 들여다보았다. 그는 그림 속 아이들 중 누가 마야인지 찾아보려다 어린아이들의 얼굴이 얼마나 빨리 변하는지, 그래서 다시 마야를 보면 자신이 기억하던 딸이 아닐지도 모르겠다는 생각을 했다. 그림 뒤에 글이 쓰여 있었다.

아빠,

코를 다쳤어요. 빙판에서 넘어졌어요. 코가 파래졌어요. 릴리가 울고 있어요. 릴리의 기저귀를 빨아줘야 해요. 사랑해요. 마야.

레브는 눈을 감았다. 손에 든 담배가 바짝 타들어갔다.

마리나의 서른번째 생일 밤이 생각났다. 살굿빛 보름달 아래서 그녀와 함께 거위고기와 튀긴 감자를 먹고 레드와인을 마셨다. 루디와 로라도 함께였다. 루디네 집 포치의 테이블에 밝혀놓은 빨간색 양초가 여름밤의 산들바람에 흔들렸다. 마리나는 레브가 사준 빨간색 구두를 신고 있었다. 구두 선물을 받았을 때 그녀는 기뻐서 눈물을 흘렸다.

루디가 글릭의 벼룩시장에서 산, 배터리로 작동되는 구식 카세트 플레이어에서 민속음악이 흘러나오고 있었다. 식사를 마치고 네 사람은 모두 일어나 춤을 추었다. 달이 질 때까지 계속 추었다. 촛불마저 다 타들어갔을 때는 별빛 아래서 춤을 추었다. 루디가 잔에 와인을 채웠다. 그들은 손에 와인잔을 들고 춤을 추었다. 그리고 마리나가 오래 살길 기원하며 건배했다. 레브가 그녀에게 키스했다. 그녀의 혀에서 와인 맛이 났다. 그는 자신의 생명이 다할 때까지 그녀를 사랑하겠노라고 말했다. 그들은 멋진 탱고를 추기 시작했다. 마리나의 새빨간 구두가 포치의 나무바닥에 부딪히며 또각거리는 소리가 들렸고, 그녀의 날씬한 갈색 다리가 허공을 차는 모습이 보였다. 그리고 밤의 어둠 속에서 그녀가 아이를 가지고 싶다고 소리쳤다. 오로의 온 마을이 들으라는 듯.

개들이 짖어대고 산속의 밤새들이 날카롭게 울어댔다.

그녀는 취한 황후인 양 굴었지만 개의치 않았다. 루디와 로라는 비틀거리면서도 테이블의 지저분한 접시와 그릇을 치우려 했다. "마리나에게 아이를!" 루디가 외쳤다. 포크와 나이프가 그의 발등에 우수수 떨어졌다. "동지여, 오늘밤 우리는 죽을 수밖에 없는 인간이 아닐세. 우리는 죽음의 손아귀에서 벗어나 있어. 그녀에게 영원한 아이를 주라고!"

그러고 나서 레브와 마리나는 루디네 뒷방에서 잤다. 석유램프
의 불빛이 회반죽을 바른 벽에 아른거렸다. 그들은 빨간색 구두 외
에는 모두 벗어버리고 좀약 냄새가 나는 누빈 침대보를 덮고 누웠
다. 마리나는 구두를 벗지 않았다. 레브는 뾰족한 굽이 엉덩이를
파고드는 걸 느꼈다. 술에 취해 아내와 사랑을 나누는 동안 살갗을
자극한 그 감각은 인체가 얼마나 다치기 쉬운지, 또 얼마나 민첩하
고 경이롭고 고독한지를 그에게 상기시켰다.

레브는 담배를 비벼 끄고 다시 마야의 그림을 들여다보았다. 마
야는 그날 밤으로부터 여덟 달 반 만에 태어났다. 마야가 그 멋진
밤에 만들어졌을까? 탱고의 아이, 살굿빛 보름달의 아이, 여름밤
별의 아이일까? 레브와 마리나는 그런 생각을 하며 날을 따져보고
재미있어했지만 답을 결코 알 수 없으리라는 걸 알고 있었다.

레브는 살짝 잠들었다. 집안이 고요했다. 침대 옆에 둔 휴대폰도
울리지 않았다. 잠이 깬 그는 소피가 아직 술을 마시며 하위 프리
스 일행과 발랄하게 대화하는 상상을 했다. 새벽 세시가 넘은 시각
이었다. 그는 다시 잠들었고, 스케이트를 타는 꿈을 꾸었다. 희미
하게 빛나는 얼음 위를 미끄러져 달리는데도 아무런 소리가 나지
않았다.

레브가 일어나보니 크리스티가 아침을 준비하고 있었다. 크리스
티가 말했다. "집에 없을 줄 알았는데. 소피 씨네 갔을 거라고 생각
했는데 코고는 소리가 나더군요."

레브가 하위 프리스 얘기를 꺼내자 크리스티가 말했다. "아, 그

친구. 전에 한번 누가 데려가서 그의 작품을 본 적이 있어요. 낡은 테니스공으로 만든 이중나선 설치물이었죠. 너덜너덜한 공의 상태가 인간 유전자의 연약함을 나타낸다나. 하하, 웃기죠. 나는 그가 그 많은 공을 어디서 구했는지 그것만 궁금하더라고요."

"그런데 애시나 소피에게는 아주 중요한 사람 같았어요."

"그렇군요. 그래도 그가 정말 객관적으로 중요한 사람인지는 의심스러워요. 어떤 '개념 concept'은 있죠. 그자가 고심한다는 건 알 수 있어요. 화장실에 앉아 있을 때 그런 발상이 떠올랐는지도 모르죠. 그는 '개념'이라는 단어가 con으로 시작한다는 걸 정확히 이해하고 있어요. 그래서 소위 진지한 뭔가를 고안해낸 거죠. 말하자면 이중나선 / 테니스공 / 죽음을 피할 수 없는 인간의 운명 같은. 유레카! 그리고는 헐값에 부려먹는 작업실 조수한테 그 염병할 공들을 구해오라고 시키는 거죠. 자기 손에는 풀 한 점 묻히지 않고. 자기 거시기나 만지작거리며 돈이 굴러들어오기만 기다리는 거죠. 내가 볼 때 그자는 모든 면에서 이 나라가 비정상임을 보여주는 전형이에요. 다들 눈은 어디에 처박아두고 다니는지 원. 실오라기 하나 걸치지 않은 벌거벗은 황제들이 무수히 돌아다니는데 아무도 그걸 보지 못하잖아요. 스트레스를 받거나 주머니 사정이 아주 나쁠 때 그런 꼴을 보면 정말이지 화가 나서 돌아버릴 것 같아요."

그들은 베이컨 샌드위치를 먹으며 차를 마셨다. 창으로 볕이 들어왔다 나갔다. 크리스티가 그 모습을 물끄러미 바라보다 말했다. "실버스트랜드에 간 날 가장 좋았던 건 얼음 같은 물에서 뛰어놀던 일이에요. 정말 최고였어요."

레브가 다른 재미있는 일도 있었다고 상기시켜줬다. 클록 골프를 치며 프랭키와 소피에게 져준 일. 날이 다시 개고 태양이 저물 무렵 다시 해변으로 나가 잔잔하게 부서지는 파도에 쓸리는 조약돌을 구경한 일, 흰 말을 탄 사람들이 모래사장을 질주하는 모습을 본 일을.

"그럼요." 크리스티가 말했다. "대체로 멋진 날이었어요. 왜 사람의 머리는 늘 취사선택을 할까요? 왜 늘 모든 걸 재고 비교할까요? 내가 왜 자꾸만 그러는지 모르겠어요. 전혀 모르겠어요."

레브는 잠시 침묵을 지켰다. 둘은 함께 실크컷 담배를 피워 물었다. 크리스티가 양철 재떨이를 가져오자 레브는 말했다. "크리스티, 소피가 나를 정말 좋아하는 걸까요?"

크리스티가 색 바랜 청바지를 입은 야윈 다리를 꼬았다. "자, 다시 거창한 질문이로군요. 자, 생각해봅시다. 그렇지만 들어봐요, 소피가 당신을 좋아하는지 아닌지 내가 어떻게 알겠어요? 우리 둘 중 그걸 아는 사람이 있다면 바로 당신일 텐데. 당신 생각은 어때요?"

"모르겠어요. 그래서 묻는 겁니다. 어떨 때는 그런 거 같고, 어떨 때는 아닌 거 같고……"

"나는 내 눈을 집에 두지 않고 달고 다니려고 애쓰는 편이라 하는 말인데, 소피는 예쁜 여자예요. 마음씨도 착하고요. 마음이 있어야 할 자리에 상한 수박이 들어앉은 앤젤라와는 다르죠. 당신들이 헤어지지 않는 걸 보면 분명 소피도 당신과 잠자리를 같이하는 걸 좋아하는 듯하고. 하지만 사랑 문제에 관해서라면 내가 어떻게 가늠하겠어요?"

"모르겠어요."

"내가 해줄 수 있는 말은, 앞날이 별처럼 밝게 빛나리라는 가정은 하지 말라는 것뿐이에요."

"가정이라뇨?"

"무엇도 기대하지 말라는 거예요. 내가 전에도 말했지만 영국 여자들은 조수처럼 변덕이 심해요, 레브. 어쩌면 지금 이 순간에도 소피는 그 너덜너덜한 유전자 덩어리 프리스와 같은 침대에 있을지도 몰라요."

그녀는 레브에게 그런 일은 없었다고 말했다. 스스로 바람둥이인 건 알지만 이제는 그의 여자, 레브의 여자이니 그날 밤 일을 그만 잊으라고 했다. 금요일 밤 늦은 시각이었다. 그녀는 청록색 브래지어와 G스트링 차림으로 가스난로 앞 러그에 누워 있다가 G스트링을 풀고 팔다리를 짚고서 엎드리더니 레브에게 말했다. "이 자세로 해줘요. 암캐처럼요."

그는 그녀의 몸안으로 들어갔지만 거의 움직일 수 없었다. 그녀를 향한 욕정이 이미 극에 달했기 때문이다. 곧 사정할 것 같았다. 그녀는 더욱 빠르게, 아프게 해달라며 소리를 질렀다. 그는 안 된다고, 다 끝났다고, 더이상 못하겠다고 말하려 했지만, 그녀는 소리 지르는 게 섹스의 일부이기라도 한 듯, 그녀가 원하는 것의 일부이기라도 한 듯 계속해서 소리를 질러댔다. 그는 결국 그녀가 원하는 대로 해주었다. 절정의 순간에 아득해지면서 눈앞이 캄캄했고, 그는 녹초가 되어 짐승처럼 그녀의 등 위에 쓰러졌다.

침대에 누운 그녀는 등을 돌리고 그에게서 떨어져 몸을 웅크리고 잤다. 그는 잠들지 않고 거리에서 들리는 소리에, 소피의 잔잔한 숨소리에, 자신의 심장박동에 귀를 기울였다. 그의 심장은 아직도 소리가 들릴 정도로 쿵쾅거렸다. 그는 자리에서 일어나 조용히 집안을 걸어다녔다. 어둠 속에서 그녀의 생활 모습을 살펴보다 이것이, 어두워 잘 보이지 않는 이곳이 그가 그녀에 대해 아는 전부라는 걸 깨달았다.

그는 소파에 누워 자신의 점퍼를 덮고 잠을 청했다. 하지만 심란한 마음은 가라앉지 않았다. 머릿속으로 수프 레시피를 작성하며 마음을 달래봤다. 닭고기, 대구, 오징어, 양파, 토마토, 와인을 넣은 해물 수프. 파슬리와 레몬 오일을 넣은 볼로티 콩 수프. 돼지고기 육수에 정향을 가미해 만든 완두콩과 토마토 수프. 판체타를 곁들인 미네스트로네. 사워크림을 넣은 버섯 수프…… 근사한 쿠르부용에 넣을 온갖 식재료 자투리를 사용할 수 있는 자신을 자랑스럽게 여기다가, 그는 3월의 새벽이 런던에 내려앉고 켄티시 타운 로드의 차들이 서서히 짜증나는 소음을 내기 시작할 무렵 마침내 무의식으로 빠져들었다.

두 시간 뒤, 아침이 환히 밝았을 때 소피는 말이 없고 슬퍼 보이기까지 했다. 청록색 G스트링 차림의 열정적인 여자는 온데간데없었다. 그녀는 레브의 얼굴을 어루만지며 말했다. "레브, 이번 일요일에는 펀데일하이츠에 갈 수 없어요. 엄마 건강이 안 좋아서 고달밍에 가봐야 해요. 혼자 양로원에 가줄래요?"

"당신 없이는 가고 싶지 않은데."

"부탁이에요. 루비 할머니한테 좀 들러줘요. 할머니도 편찮으셨대요. 과일을 좀 사다드리려 했는데. 루비 할머니가 당신을 보고 싶어할 거예요."

"아니. 루비 할머니는 당신을 보고 싶어해요."

"나는 못 가요. 엄마를 본 지도 너무 한참 됐고. 펀데일에 가줘요. 가서 맛있는 점심을 만들게 도와줘요. 거기 계신 분들이 가급적 많이 바깥에 나와 햇볕도 쬐고 수선화도 구경하게 해주고. 특히 루비 할머니의 말상대가 되어주면 좋겠어요. 할머니는 정말 외로운 분이에요."

결국 레브는 마지못해 그러겠노라고 했다. 그가 약속하자 그녀는 고맙다며 다시 그의 얼굴을 어루만졌다. "그래요. 그리고 내 얘기 들어봐요. 이번주에 로열코트 극장에서 앤디 포트먼의 연극〈페커딜로〉에 기자들을 초청한대요. 안 가면 후회할 행사예요. 나와 같이 가지 않을래요?"

레브는 그녀를 바라보았다. 그녀의 친구들에 대해 생각해야 한다는 게 싫었다. 조용히 그녀를 침대로 데려가 부드럽게 다시 사랑을 나누고 싶었다.

"레브, 갈 건지 안 갈 건지 알려줘요. 안 가면 다른 사람을 초대하게요."

"그래요? 하위 프리스라도 초대하겠다는 건가요?"

"아뇨. 그쪽 사람들은 어쨌든 다 올 텐데요, 뭐. 하지만 나는 혼자 갈 수 없어요. 우리 나가서 당신이 입을 근사한 옷을 사요. 그 언론용 행사에서 나를 위해 당신이 멋져 보이게. 당신은 실제로 멋지게 생겼으니 옷만 잘 입으면 돼요."

레브는 담배에 불을 붙였다. 밤새 잠을 설쳐선지 머리가 지끈거렸다. 문득 아래를 내려다보니 손이 떨리고 있었다. "소피, 내가 계속 스스로에게 묻던 게 있는데…… 정말로 나를 좋아해요……?"

"레브." 소피가 날카롭게 말했다. "또 그 얘기. 어떻게 해야 확신할 수 있겠어요? 내가 그렇게 간청하는데, 아니에요? 어젯밤 러그 위에 있던 나를 좀 생각해봐요. 세상에, 당신 앞에서 전혀 부끄럼을 모르는 여자였잖아요. 그걸로 알 수 없어요?"

"모르겠어요."

"당연히 그걸로 알 수 있죠. 내가 크리스티 슬레인이 벽 너머에서 귀를 쫑긋 세우고 있는 그 어린애 침대에서 자지 않는다고……"

"그런 게 아니에요."

"그럼 뭔데요?"

"아무것도 아니에요. 그냥 알고 싶을 뿐."

"뭘요?"

"내가 무엇을 바라야 할지."

"그 생각에 너무 안달하지 마요, 레브. 그냥 마음 편하게 지내요, 알겠어요? 때가 되면 모든 게 분명해질 테니. 자, 이제 나랑 연극을 보러 갈 건지 대답해요."

"응, 알았어요. 갈게요. 나랑 다시 침대로 가서 누울래요?"

그녀는 머뭇거렸지만 곧 레브가 손을 잡아 이끄는 대로 따라갔다. 그들은 침실로 들어가 바깥의 봄날씨를 커튼으로 가렸다. 레브는 먼저 그녀가 소녀인 양 정숙하게 머리를 어깨에 기대도록 자신의 품에 안았다.

일요일 아침에 비가 내려선지 펀데일하이츠의 노인들은 기분이 푹 가라앉은 듯 보였다. "버클리 영감 때문이야." 민티 홀랜더가 레브에게 말했다. "로열프리 병원에 입원했어. 따지기 좋아하는 영감이긴 하지만 여기에는 남자들이 별로 없잖아. 그래서 그이가 살아 돌아오길 기도하고 있어."

"어디가 편찮으신 거예요?"

"폐렴이야. 늙은이에겐 성가신 친구지. 사실 우리 중 몇몇과는 달리 버클리 영감은 진짜 늙은이 중에서도 늙은이지만, 그이가 없으니 허전하네."

레브는 주방으로 가 도움을 자청했다. 비거스 부인과 그녀의 딸 제인이 일요일 점심을 준비하고 있었다. 노란색 작업복을 입은 두 여자는 통통하고 큼지막한 손을 허리춤에 얹고 레브를 물끄러미 쳐다보았다.

"그런데, 누구세요?" 비거스 부인이 물었다.

"레브라고 합니다. 소피와 함께 크리스마스에 와서 일을 도왔어요."

"아, 그래요, 그 얘기 들었어요. 고급 그레이비를 만드셨다죠? 그럼 요리사겠네요?"

"요리사 훈련을 받고 있습니다."

"우린 그런 요리사는 아니에요. 그렇잖니, 제인? 그냥 평범한 음식이나 만들어낼 뿐이죠. 하지만 누구도 음식에 대해 불평한 적은 없어요."

제인이 가까이 오더니 레브를 유심히 쳐다보았다. 그러다 그를 만지기라도 하려는 듯 손을 내밀다 이내 거둬들였다.

"제인!" 그녀의 엄마가 갑자기 소리를 빽 질렀다. "그분한테 일거리나 드려. 소로 쓸 팩소* 가루나 반죽하시게 해."

제인이 깜짝 놀라 움찔했다. 눈밑이 처진 작은 눈에 눈물이 고이며 놀란 듯 동그래졌다. 그녀는 천천히 팔을 뻗어 찬장에서 봉지를 하나 꺼내 레브에게 주었다.

"이게 뭐죠?" 레브가 물었다.

"돼지고기 구이에 쓸 소를 만들 재료예요." 비거스 부인이 말했다. "그냥 물을 붓고 반죽하면 돼요. 제인, 그릇 하나 드려라."

레브는 봉지를 쳐다보다 옆으로 밀어놓았다. 그리고 주방을 돌아다니며 여기저기 찬장을 열어보다 말린 살구 한 봉지와 말린 로즈메리 한 단지를 발견하고 조리대에 꺼내놓았다. 그런 다음 채소 선반에서 양파와 파슬리를 집어들었다. "이걸로 소를 만들게요. 혹시 빵 부스러기 있어요?"

"살구? 돼지고기에요?" 비거스 부인이 말했다. "그러면 저분들은 먹지 않을 거예요."

"드실 겁니다." 레브는 그렇게 말하고 재료를 다지기 시작했다.

비거스 부인은 고개를 젓더니 마지못해 식빵을 내주고 가서는 감자 껍질을 벗기며 그를 힐끗거렸다.

"비자는 있겠죠, 올레브?" 잠시 후 그녀가 말했다.

레브는 일손을 놓지 않았다. 팬에 버터를 풀고서 양파와 살구를 허브와 함께 넣고 서서히 가열했다.

"비댜가 없는 거야." 제인이 말했다. "더 사람은 불법이야."

"그렇지?" 비거스 부인이 말했다. "난민이겠지?"

살구 향이 퍼지기 시작했다. 레브는 덜덜거리는 낡은 분쇄기에 빵을 넣어 갈았다. 그리고 살구가 든 팬을 불에서 내린 다음 소금

---

* 닭이나 칠면조 요리에 곁들이는 소의 상표명.

과 후추를 넣고 소를 반죽했다. "돼지고기를 좀 보여주시겠어요?"

"고깃덩어리 보여줘라, 제인. 대답하고 싶지 않은가본데, 알 만해……"

제인이 고깃덩어리를 가져와 큰 접시에 놓았다. 돼지의 다리뼈를 제거한 다음 둥글게 말아놓은, 껍질이 두껍고 진공포장된 고기였다. 레브는 지케이 애시에서 주방장이 돼지고기 껍질에 칼집을 내 준비하는 과정을 눈여겨봤었다. 그는 칼을 집어 날을 갈았다. 두 여자가 그를 유심히 쳐다보았다.

"이민국에서 나와 그쪽을 잡아다 감방에 처넣을지 모르는데 무섭지 않아요?"

"감방에 처넣어요? 감방이라뇨?"

"저런, 아무것도 모르는군. 이 양반 아무것도 몰라. 이민국 사람들이 위장하고 도처에 깔려 있다고요. 당신이야 알든 말든, 나도 이민국 직원일 수 있어요. 그러면 그쪽은 끝장인 거지. 곧바로 추방당할 거라고."

"추방? 어디로요?"

"어디긴, 그쪽이 살던 데로지. 벨라…… 뭐든가, 카자흐…… 뭐라든가 하는 데로."

레브는 포장을 벗겨내고 고기의 물기를 뺐다. 고기를 묶은 줄을 풀고 준비해놓은 소에 고기를 넣었다. 그리고 돼지고기 껍질에 성냥 굵기의 간격으로 칼집을 낸 다음 소금과 겨자 가루를 문질러 바르고 도로 줄을 묶었다.

"엄마. 더 사람이 금을 그었어."

비거스 부인이 발을 질질 끌며 레브의 조리대로 오더니 이 빠진 포마이카 조리대에 팔꿈치를 괴었다. 그녀의 가슴이 팔뚝에 놓였다. "껍질을 파삭파삭하게 하려는 거라면 꿈 깨요. 그 고기는 절대 그렇게 안 되니까. 돼지 사료에 호르몬제를 넣기 때문에 요리해도 고무처럼 질기다고."

"파삭해질 겁니다." 레브가 말했다.

"그렇다고 해도 어쨌든 그놈의 파삭한 건 먹지도 못해요. 노인네들한테 염병할 이빨이 있어야 말이지!"

"그래요. 하지만 파삭하면 질기지 않으니까 저분들도 씹을 수 있을 겁니다."

제인 비거스가 음흉하게 웃음을 터뜨렸다. 우중충한 주방에 울리는 그 웃음소리에 레브는 몸서리가 쳐졌다.

"파삭파삭!" 제인이 말했다. "크런치 초콜릿바처럼 파삭파삭!"

"그만해, 제인 비그." 비거스 부인이 제인에게 소리치고 레브에게 말했다. "제인은 간혹 사람들이 오해할 만한 행동을 해요. 하지만 스테이크앤드키드니 파이만큼이나 정상이에요."

루비 콘스태드의 방에 간 레브가 말했다. "여기 주방에서 일하는 사람들은 제정신이 아닌 것 같아요."

"그래?" 루비가 말했다. "아주 재미있군."

"제인은 머리가 어떻게 된 게 분명해요."

"이따금 주방에서 괴상한 소리가 들리기는 했지. 하지만 그게 요리에 지장을 주지는 않을 거야."

"제 생각에는 요리를 잘하려면 똑똑해야 해요."

"그래? 그래서 내가 요리를 잘 못했나보군. 그런 머리가 모자랐던 게지. 나는 닭고기와 소고기의 우둔살을 삶아 만두를 만들곤 했지. 만들 줄 아는 건 그 정도가 전부였거든. 그렇지 않으면, 그러니까 혼자 지낸 후로는 막스앤드스펜서의 인스턴트 식품을 주로 먹었지."

루비는 창백하고 피곤한 기색이었다. 한 차례 복통을 수반한 독감에 걸렸던 탓에 돼지고기 구이를 먹을 수 없었다고 했다. "소하고 양배추만 약간 먹었어. 그 정도 양이 딱 알맞아."

"맛있게 드셨다니 기쁩니다……"

"아무튼 이제 좀 나아졌어. 그런데 잠을 통 못 자."

레브가 말했다. "제 친구 루디는 갓난아기처럼 언제나 아주 잘 자요. 그 친구는 그런 복이 있어요. 하지만 저한테는 없어요."

"저런. 그건 불행한 일이지. 사람들 말마따나 팔자인 게야. 요즘 꾸는 꿈은 내 인생이 얼마나 무용했는가 하는 죄의식으로 가득해. 매일 밤. 하지만 이제 와서 뭘 할 수 있겠어?"

"글쎄요."

"내가 할 수 있는 일이 하나 남아 있긴 해. 유언을 변경하는 거. 나는 돈이 많아. 전부 유산으로 받은 거지, 내가 일다운 일을 해서 번 건 없어. 아프리카에 더 많이 기부할 수도 있고, 아니면 나한테는 각별한 나라인 인도의 몇몇 기관에 줄 수도 있어. 못할 게 어딨어? 자네 생각은 어떤가? 어떻게 하는 게 가장 좋을까? 버클리 영감, 그러니까 브라턴 함장한테 물어봤더니 '세무서에서 손대지 못하도록 해요'라고만 하더군. 그래서 내가 그랬지. '세무서에서 좀 떼어가면 어때서? 세금은 도로 공사나 노숙자를 위한 병원이나 숙소를 마련하는 데 쓰이잖아요?' 하지만 그 영감은 그런 일의 가치를 보지 못하는 것 같아. 그렇게 배우며 자랐거나 해군이라는 울타리 안에서 살아서 그럴 거야."

"자녀분들은 어쩌시려고요?" 레브가 물었다.

루비가 앉은 자세를 바꾸더니 눈을 감았다. "자식들은 거의 보지도 못하는걸. 그런 집들이 있지. 자식들이 언제까지나 곁에 있을 것 같지만 그게 아니란 걸 알게 돼. 어느 날 갑자기 자식들이 부모는 안중에도 없다는 걸 알게 되는 거야."

레브는 루비가 또 무슨 말을 하려나 기다렸지만 그녀는 잠잘 준비를 하는 사람처럼 반지를 잔뜩 낀 손을 가슴에 포갰다. 레브는 그녀의 발치 가까이에 놓인 카슈미르산 스툴에 조용히 앉아 있었다.

"내 얘기는 그만하고, 자네 살아온 얘기나 들어보세." 잠시 후 그녀가 말했다.

레브는 시선을 돌렸다. 바깥을 보니 비가 멈추고 희미한 햇빛이 그들을 둘러싼 초록색 공간을 비췄다. "담배를 피워도 될까요?"

"그러게나." 루비가 말했다. "재는 포푸리 그릇에 털고. 어차피 비울 거니까."

레브가 실크컷 담배에 불을 붙였다. 최근 들어 한동안 담배를 피울 수 없다가 오랜만에 피우면 달콤한 산공기를 들이마시는 기분이 들었다. 그는 한 모금 깊이 빨아들이고는 루비를 쳐다보며 말했다. "제 인생은 퍼즐이에요. 말이 되나요?"

"그런 거 같네, 맞아."

"저는 아무것도 모른다…… 그런 생각이 들어요. 그냥 기다리고 있어요, 아시겠어요? 제 말 이해되세요? 그러니까 저는 이렇게 생각해요. '레브, 언젠가는 미래를 알게 될 거야, 모든 게 분명해질 거야.' 그래서 그저 일하며 기다려요. 하지만 아무것도 아는 게 없어요."

"과거는 어땠나?"

레브는 한숨을 쉬었다. 그리고 마리나에 대한 이야기를 시작했다. 루비는 그의 말을 귀담아들으며 이따금 레브가 가져온 포도를 먹었다.

"그렇군." 그녀가 부드럽게 말했다. "아내가 죽었군. 그 때문에 모든 게 바뀌었고."

"네."

레브는 잠시 아무 말 없이 담배만 피우다 입을 열었다. "그전만 해도 저는 행복했어요. 이해되세요? 우리 나라의 실정이 어떻든 저는 괜찮았어요. 루디처럼 행복하고 강했죠. 그런데 지금은, 마음속에 슬픔이 있어요. 간혹 소피와 있을 때는 한동안 괜찮아요. 웃기도 하고, 키스도 하고, 모든 게 있어요. 그러다가 슬픔이 불쑥 찾아와요."

"알지. 슬픔이 그렇다는 걸."

"어쩌면 영원히 그럴지도 모르겠어요. 누가 알겠어요? 그런데 저는 그걸 알고 싶어요, 루비 할머니, 제가 그 슬픔에서 놓여날까요?"

"레브." 루비가 말했다. "내가 젊었을 때는 사람들이 듣고 싶어 할 말만 얘기해줬지만 이제는 안 그래. 그건 잔인한 짓이야. 그래서 자네한테 슬픔에서 자유로워져 새 출발을 하리라고 말해줄 수가 없군. 나도 답을 모르니까."

방안에 정적이 흘렀다. 레브는 담배를 다 피운 다음 포푸리 그릇의 먼지투성이 꽃잎에 비벼 껐다. 침대 옆에 놓인 구식 시계의 바늘이 똑딱거리며 세시를 지나갔다. 핀츨리하이 로드를 성난 강물처럼 달리는 차들이 멀리서 불규칙한 엔진 소음을 냈다.

잠시 후 루비가 손을 내밀어 레브의 손을 쥐었다. 무게를 재기라도 하듯 손바닥으로 그의 손을 살짝 들어올렸다. "오늘 날 보러 와줘서 고맙네. 내가 인도에서 수녀들의 교육을 받으며 가톨릭 신자로 성장했다는 걸 말했던가?"

"네."

"아, 그래, 그랬겠지. 나는 간혹 성모마리아에게 기도를 드려. 그저 습관으로 하는 것이지만. 화장실처럼 기도와 어울리지 않는 장소에서도 기도를 하지. 남편이 중병에 걸렸을 때 우리가 살던 나이츠브리지의 아파트 화장실에서 기도하던 기억이 나는군. 벽지가 물총새 무늬였는데, 지금도 똑똑히 기억해. 나는 내 기도가 실제로 이뤄진다고 믿진 않아. 물총새 벽지에 둘러싸여 드린 기도가 응답받지 못할 건 확실했지. 하지만 아름다운 웃음을 머금은 성모마리아상은 언제 보아도 다정다감해. 오늘밤 내 틀니를 닦으면서 그분과 자네에 대해 얘기를 좀 나눠야겠군."

14
연극

    로열코트 극장의 바는 시끄럽고 어둑했다. 레브는 사람들의 눈에 띄지 않으려 애썼다.

    그는 벽에 기대서 있었다. 마지못해 호흡하는 공기는 압도적이고 불쾌한 성공의 향수 냄새로 가득했다. 레브는 주변에서 조곤조곤 아무렇게나 내뱉는 잡담들이 아무런 뜻이 없는 게 아니라는 것을 감지했다. 그것은 조용히 감탄하는 청중, 레브처럼 새 스웨이드 재킷과 턱도 없이 비싼 셔츠를 차려입었지만 누구의 관심도 받지 못한 채 어둑한 곳에서 벙어리처럼 침묵하는 청중을 전제로 공들여 작곡한 이야기의 심포니요, 대화의 향연이었다.

    소피는 그와 함께 도착했지만 그가 바에 줄을 서서 사 온 보드카 토닉을 얼른 받아들더니 친구들을 찾으러 사람들 틈으로 비집고 들어갔다.

    그녀는 그의 면전에서 문을 닫은 것이나 다름없었다. 그래서 레브는 어둑한 곳을 찾아 자리를 옮기기로 했다. 그는 그녀를 뒤로한 채 조금씩 바에서 멀어져 벽에 면한 이 자리로 왔다. 몇 분이 지난 뒤 레브는 고개를 들어 그녀가 어디에 있는지 두리번거렸다.

그녀가 친구인 샘 디아스 모란트와 함께 있는 게 보였다. 샘은 자신이 만든 미니 모자를 쓰고 있었다. 스팽글로 장식한 황금색 중산모였다. 이따금 그녀의 웃음소리가 베이스 톤의 대화 심포니에서 탬버린 소리처럼 높게 튀었다.

소피와 샘과 함께 얘기를 나누는 이들 가운데 머리를 빡빡 민 사람이 레브 눈에 들어왔다. 큰 머리통이 가느다란 스포트라이트를 받아 푸른빛을 띠었다. 레브는 그게 누구의 머리인지 알았다. 하위 프리스였다.

소피는 희미하게 빛나는, 혼령을 기리는 띠로 만든 것 같은 새 드레스 차림이었다. 밑단이 대각선 모양에 선이 불규칙한 드레스는, 오른쪽 어깨에서 가슴을 받쳐주는 꼭 끼는 보디스까지 가로로 파여 토실토실하고 매력적인 왼팔을 그대로 드러냈다. 그날 밤을 위해 스팽글로 장식한 도마뱀 문신 레니의 꼬리가 왼팔 위에서 불꽃처럼 반짝였다. 레브는 소피의 그런 모습을 본 적이 없었다. 그는 소피와 관계를 가지기 시작했을 때부터 그녀의 옷에 사로잡혀 있었다(마리나가 입던 평범한 블라우스와 스커트가 당시에 아주 매력적이라고 생각했던 것에 간혹 당혹스러운 슬픔마저 느낄 정도였다). 하지만 그날 밤 소피의 의상은 그가 본 것 중 가장 파격적이었다. 소피도 자신이 얼마나 섹시하게 보이는지 안다는 것을 그는 알았다. 자신이 음탕해 보이는 걸 알지만 그녀가 개의치 않는다는 것도. 도톰한 입술은 진홍색으로 칠했고, 굵게 웨이브진 머리칼은 화려하게 적갈색과 자주색으로 새로 물들였다. 그녀를 지켜보는 동안 그는 말도 안 된다는 걸 알면서도 레니에 대한 질투심을 어쩌지 못했다. 그는 반짝이는 꼬리를 뽐내는 향기로운 그녀의 팔을 베고 눕고 싶었다⋯⋯

성공. 명성. 크리스티가 언젠가 레브에게 그렇게 말했다. "영국인에게 인생이란 이제 망할 축구 경기나 마찬가지예요. 옛날에는 안 그랬는데. 자기가 잡은 공을 골대에 넣지 못하면 아무것도 아닌 거예요." 레브는 크리스티의 말이 옳다는 것을 깨달았다. 이 고상한 유명인들로 북적이는 숨막히는 공기가 아니라 다른 공기를 호흡하고 싶었다. 그러나 연극이 시작할 시간이 가까워지자 빛을 발하고 향수 냄새를 풍기는 사람들이 바로 점점 더 몰려들었다. 그들이 발산하는 향수 냄새가 공기 중에 더욱 진동했다. 레브는 그들을 보고 몸매가 잘 다져진 현대 영화배우나 스포츠 스타뿐 아니라 한때 아름다웠지만 우스꽝스럽게 옷을 입은 다른 시대의 귀족들까지 떠올렸다. 그의 아버지는 배린 제재소 안뜰에서 살라미 조각을 먹으며 그런 족속들을 욕하곤 했다. 그자들 때문에 사람들이 공산주의로 치닫는 자멸적인 선택을 했다고. 가난한 사람들은 아랑곳하지 않고 보석과 모피와 꿩의 꼬리 깃으로 치장하고 조명을 밝힌 방으로, 콘서트홀과 야회로, 열 가지 코스 요리가 나오는 연회장으로 나아가는 그 귀족들, 언제나 앞으로, 앞으로 미끄러지듯 나아가는 오래전 영락한 옛 귀족들을 아버지는 비난했다.

레브는 보드카를 한 모금 마셨다. 거기에 섞인 토닉에서 쓴 마멀레이드 맛이 났다. 그는 실내에서 담배를 피워도 되는지 궁금했고, 고개를 돌려 출구 쪽을 쳐다보았다. 그는 슬론 스퀘어로 걸어나가 곧장 역으로 가서 지하철을 타고 조용히 터프넬 파크로 돌아가 어린 아이가 쓰던 자신의 방에서 위안을 찾는 자신의 모습을 상상했다.

소피가 두리번거리는 게 보였다. 레브가 어디 있는지 찾기 위해서일까, 아니면 그저 다른 유명인이 도착하는지 보기 위해서일까? 하위 프리스도 돔 지붕 같은 머리를 획 돌렸다. 그들이 반긴 사람은 다름 아닌 〈페커딜로〉를 쓴 극작가 앤디 포트먼이었다. 그들은 앤디 포트먼과 포옹을 나누고 그의 곁에 바짝 붙어 섰다. 레브는 소피가 앤디 포트먼에게 연극이 멋질 거라고, 성공할 거라고, 영국 연극사에 획을 긋는 순간이 될 거라고 격려하며 행운을 비는 상상을 했다.

레브는 피곤했다. 이유를 알 수 없는 죽을 듯한 피로감이 며칠째 계속되고 있었다. 악몽을 꾸고, 이런저런 불길한 생각과 마리나에 대한 생각으로 다시 마음이 쓸쓸하고 혼란스러워졌다. "모든 건 돌아오기 마련이야." 루비 콘스태드가 그렇게 말했었다. 그녀의 말이 옳았다. 과거에 느꼈던 비참한 기분이 사방에서 기웃거리며 그에게 침입해왔다. 그는 일에 매달리고 소피에게 매달렸다. 일상의 리듬에, 머뭇거리며 좀처럼 오지 않는 영국의 봄에 매달렸다. 하지만 지금 그는 이 바에서 그저 눕고만 싶었다. 어두운 낮잠의 조류에 휩쓸려 자신에게조차 보이지 않는 존재가 되고 싶었다. 눈을 감았다. 하지만 그가 눈을 감고 단단한 벽에 지친 머리를 기댄 순간, 오 분 후에 연극 〈페커딜로〉의 막이 오른다는 안내 방송이 흘러나왔다.

레브의 좌석은 무대에서 대여섯번째 줄, 소피와 덩치가 큰 중년 남자 사이에 있었다. 살이 통통한 손가락에 보석 반지를 끼고, 캐러멜색 캐시미어 코트를 양다리 사이에 욱여넣고 앉은 남자에게선 역겨운 로션 냄새가 났다. 그는 쉬지 않고 오른쪽 다리를 요란하게 떨었는데, 레브와 바짝 붙어 있었기에 레브의 좌석까지 흔들렸다. 레브는 불쾌했다. 그 중년 남자의 다리를 잡아 움직이지 못하게 하고 싶은 마음이 굴뚝같았다.

그는 소피 쪽으로 고개를 돌리고 희미한 어둠 속에서 그녀의 옆모습을 쳐다보았다. 그녀도 자신을 향해 고개를 돌리길 바랐지만 그녀는 꼼짝도 하지 않았다. 연극은 아직 시작되지도 않았는데 소피는 천재적인 앤디 포트먼에 대한 신뢰에 굴복해 이미 기대감에 도취해 있었다.

레브는 다시 무대 쪽을 쳐다보았다. 보라색 조명이 커지면서 더블베드를 밝혔다. 처음에는 침대밖에 없는 것처럼 보였지만 곧 어두한 한쪽 구석에 있는 흰색 옷장이 드러났다. 화려한 글씨체로 "그녀의 것"이라고 쓰인 옷장이었다. 옷장과 침대. 침대와 옷장. 이렇게 대기하고 있는 소품들만 보고도 벌써부터 객석에서 낄낄거리는 소리가 났다.

한 남자와 한 여자가 무대에 나타났다. 둘 다 레브와 비슷한 나이였다. 야회복 차림의 그들은 성공한 사람 특유의 세련된 분위기를 풍겼다. 그들은 각각 침대 양쪽에 앉아 옷을 벗더니 똑같은 갈색 실크 가운을 입었다. 여자는 머리를 빗기 시작했고, 남자는 〈자동차왕〉이라는 잡지를 들춰보았다. 그러면서 그날 저녁이 얼마나 지루했는지, 파티에 참석한 사람들이 모두 얼마나 '멍청한 인간들'이었는지 얘기했다. 그들이 그 멍청한 인간들에 대한 농담을 하자 관객이 크게 웃음을 터뜨렸다. 그들은 각기 벗어놓은 멋진 옷을 윤이 나는 마룻바닥에 내버려두었다(부자인데도 옷걸이가 하나도 없다는 듯, 그것이 마치 그들의 몸에서 빠져나온 오물이기라도 한 듯 그 비싼 옷들을 바닥에 내버려두었다). 옷장 문은 닫힌 채였다.

델루다라는 이름의 여자가 다이서라는 이름의 남자에게 키스하기 시작했다. 그들은 실크 가운을 입은 채 침대에 누워 서로를 어루만졌다. 그러다 다이서가 갑자기 일어나더니 말했다. "버니에게 잘 자라고 인사하는 걸 깜박했어." 델루다는 괜찮다고 했지만 그는 그렇지 않다고 우겼다. 그가 잘 자라는 말을 해주지 않으면 버니는 악몽을 꿀 거라고 했다. 그는 전희처럼 보였던 행위를 중단하고 무대에서 퇴장했다. 델루다는 잠시 꼼짝하지 않았다. 욕구가 채워지지 않아 화가 난 게 분명했다. 그녀는 손을 뻗더니 침대 밑에 감춰둔 진을 꺼내 병째 벌컥벌컥 들이켰다. 관객이 다시 킥킥거렸다.

잠시 후 다이서가 돌아왔다. 하지만 혼자가 아니었다. 아홉 살이나 열 살쯤 된 딸 버니와 함께였다. 그는 버니를 자신과 델루다 사이에 앉혔다. 델루다는 술병을 감췄다. 버니는 눈에 졸음이 가득했다. 다이서가 델루다에게 버니가 악몽을 꾸었다고 말했다.

델루다는 한숨을 쉬었다. 하지만 그녀는 버니의 엄마였다. 다이서와 델루다는 부모로서 버니를 위로해줄 의무가 있었다. 그들은 버니에게 옛이야기를 해주기 시작했다. "옛날옛날, 어느 외딴 숲속에 잔인한 야수가 살았대요……" 버니는 〈미녀와 야수〉 이야기가 시작되고 얼마 되지 않아 엄지를 입에 물고 잠에 빠져드는 듯했다.

여전히 섹스에 몸이 단 델루다는 다이서에게 버니를 침대에 데려다주고 오라고 말했다. 그는 잠든 버니를 바라보며 얼굴을 쓰다듬었다. 그리고 거의 마지못해 아이를 안고 나갔다. 델루다는 옆에 있는 베개가 사람이기라도 한 양 바싹 끌어안고서 다이서를 기다렸다.

다이서가 버니의 방에서 달음질쳐 돌아왔다. 그는 델루다에게 키스를 하더니 필사적으로 서두르며 그녀와 사랑을 나누는 몸짓을 해 보였다. 그녀는 거듭 그에게 천천히 하라고 말했다. 하지만 그는 그녀의 말이 들리지 않는다는 것을 전달하려는 듯 보였다. 그는 자기만의 생각에 빠져 있었다. 눈을 감은 채. 그는 델루다를 "귀여운 내 사랑" "음란한 토끼"라고 불렀다. 다이서가 절정에 올라 소리 지르고 비명을 지르며 만족감을 느끼지 못한 델루다의 배 위로 힘없이 엎어지고, 델루다는 다이서의 몸에 깔린 팔을 빼고 술병을 찾아 더듬으며 막이 끝났다.

관객들은 다시 킥킥 웃으려다 적절치 않다는 것을 깨달았는지 곧 잠잠해졌다. 보라색 조명이 차차 희미해졌다.

레브 옆의 중년 남자는 마침내 다리 떨기를 그치고, 보석 반지를 낀 오른손을 통통한 허벅지에 올려놓았다. 레브는 빈자리가 없는 객석을 둘러보았다. 옅은 어둠 속, 땅속 깊은 곳에서 진동음이 들려왔다. 지하철이 역에서 속력을 올리며 출발할 때 나는 소리 같았다. 그는 손을 내밀어 소피의 팔을 쓰다듬었고, 잠시 손끝에 여전히 느껴지는 따스함에 달콤한 안도감을 느꼈다. 하지만 소피는 그의 손길에 상처를 입거나 불쾌해지기라도 한 듯 팔을 홱 치웠다. "왜 그래요?" 그녀가 작은 소리로 나무라듯 말했다. "저 장면이 이해가 안 가요?"

레브는 손을 거두었다. "이해했어요." 그는 고개를 돌리고 머리 위의 어두운 공간을 응시했다. 열차가 멀어지는 소리와 그 뒤에 남은 정적에 귀를 기울였다.

다음 장면은 피스코라는 회사의 회의실이 배경이었다. 다이서의 상관은 정장을 차려입은 로얄라라는 똑똑한 여자였다. 그녀는 번드르르한 젊은 남자들로 구성된 이사회에서 다이서를 승진시켜야 한다고 주장했다. 다이서가 '탁월한 사업적 두뇌의 소유자일 뿐 아니라 보기 드물게 인간적으로도 아주 괜찮은 사람'이라면서. 젊은 이사들은 따분해하는 표정이었다. 그들은 로얄라를 내보내고 다이서 건을 상의하기 시작했다. 하지만 그들은 모두 다른 일에 정신이 팔려 있었다. 그들의 전화와 블랙베리가 계속해서 울리고 삑삑거렸다. 그중 두 사람은 다이서의 이름도 기억하지 못하는 듯했다. 다이서를 "딕"이라고 불렀다. 하지만 그들은 몹시 바빴고, 그래서 다이서의 승진에 찬성을 표했다. 오직 다른 이사들보다 약간 더 나이가 많은 클래리턴이라는 사람만 예외였다.

피스코의 이사들이 일제히 클래리턴을 쳐다보았다. 클래리턴은 다이서에 대해 '개인적으로 미심쩍은 생각'이 든다고 말했다. 그러나 이사들이 그게 뭐냐고 다그치자 '느낌'이 그렇다는 대답만 할 뿐이었다. 휴대폰들이 울리고 번쩍이고 삑삑댔다. 누군가가 클래리턴에게 느낌이란 '의식이 작용하는 입증할 수 없는 순간일 뿐'이라고 말했다. 그는 마지못해 물러섰고, 다이서에 대한 그의 의구심이 기각되는 것을 두고 볼 수밖에 없었다. 이사회는 투표로 다이서의 승진을 결정했다.

그러고 나서 다이서가 호출되었다. 승진 소식을 들은 그는 안도하는 듯했고, 곧 21세기의 영국이 "더러운 곳이며, 도덕적 불확실성의 조류에 떠밀려 표류하고 있고, 어떤 사람들에게는 더이상 예전의 영국이 아니……"라는 연설을 하기 시작했다. 그러더니 자신과 피스코는 그 조류에 저항해 윤리적 결단을 내리고, 세계화된 세상에서 책임감을 가지고 행동해야 한다고 말했다.

이사들이 그의 말에 공감한다는 표시로 고개를 끄덕일 때 레브의 옆에 앉은 중년 남자가 다시 다리를 떨기 시작했다. 보석 반지를 낀 손도 함께 떨렸다. 덜덜덜덜…… 덜덜덜덜……

레브는 생각했다. 도저히 못 참겠어. 이자의 다리를 바닥에 묶어버리든가 해야지…… 그러면서 무대에서는 무슨 일이 벌어지는지 잊고, 어떻게 하면 자신의 생각대로 할 수 있을까. 런던의 극장 안 어두운 곳에서 옆사람이 가하는 고통을 끝장내기 위해 그 누구도 놀라는 일 없이, 불필요한 아픔을 주지 않고 다리를 움직이지 못하게 할 수 있을까 고심하기 시작했다.

레브가 다시 연극으로 주의를 돌렸을 때, 델루다와 버니는 여행복을 차려입고 다이서에게 작별인사를 하러 와 있었다. 레브는 그들이 떠나는 이유를 놓쳤다. 모두 괴로워하는 표정이었다. 레브는 버니 역을 맡은 소녀의 몸짓을 유심히 살폈다. 소녀는 이 장면에서도 정신이 딴 데 가 있는 듯 자신만의 몽롱한 수면 상태에 빠져 있는 연기를 했다.

소녀가 퇴장하고 델루다도 퇴장했다. 다이서 혼자만 남았다. 그는 컴퓨터 앞에 앉았다. 그의 등뒤에 대형 스크린이 켜지고, 다이서가 컴퓨터 모니터로 보는 것이 스크린에 그대로 나타났다. 다이서는 자판을 두드리거나 마우스를 클릭했다. 그럴 때마다 아주 잠깐씩 벌거벗은 어린아이들의 모습이 나타났다 사라졌다. 다이서는

'상품 보기' 버튼을 클릭하며 뭔가를 찾고 있었다. 그러던 중 대형 스크린에 고무인지 라텍스인지 맨살처럼 보이는 물질로 만든 공기 주입식 인형이 떴다. 밋밋한 가슴, 장미꽃 봉오리처럼 벌어진 입, 다리 사이에 작은 여성 성기가 있는 어린 소녀 인형이었다. 다이서는 그 소녀 인형을 갈망하듯 쳐다보았다. 레브는 관객도 인형을 쳐다보고 있다는 것을 알아차렸다. 그때 중년 남자의 다리가 멈췄다. 덜덜덜덜덜. 정지.

화면에 '주문 제작' 버튼이 나타났다. 다이서가 그 버튼을 클릭하자 다른 버튼이 나타났다. '사진을 스캔하세요.' 책상 앞에 앉은 다이서는 점점 흥분하고 있었다. 그의 숨소리가 거칠어졌다. 버니의 얼굴 사진이 크게 클로즈업되었다. 무대에서보다 더 어려 보였다. 버니는 입을 벌리고 있었다. 다이서는 딸의 얼굴을 부둥켜안기라도 하려는 듯 양팔을 활짝 벌렸다. 화면에 '주문 제작 확인' 버튼이 떴다. 다이서가 버튼의 화살표를 클릭하며 '주문 제작!'이라고 외쳤다. 매번 외칠 때마다 그의 흥분은 더해졌다. "주문 제작! 주문 제작! 주문 제작!"

관객은 쥐죽은듯 조용했다. 레브는 소피를 쳐다보았다. 그녀는 침착했고 표정의 변화가 없었다. 팔뚝의 레니가 반짝였다. 그녀는 그 모든 '주문 제작' 어쩌고 하는 것에 홀린 듯했다.

레브는 갑자기 엄청난 당혹감에 사로잡힌 것처럼 얼굴이 달아올라 견딜 수 없었다. 새 스웨이드 재킷을 벗으려고 소매를 잡아당겼다. 그는 관객 중 오직 자신만이 가만히 앉아 있지 못한다는 것을 알아챘다. 재킷이 유별나게 잘 벗어지지 않았다. 마치 구속복이라도 벗으려는 것처럼. 소매와 목덜미 부분을 잡아당기고 옷깃을 열

어쭙혀 벗으려다 다리를 떠는 옆자리의 중년 남자와 어깨가 부딪
혔다. 그가 눈을 번득이며 레브를 노려보았다. 하지만 레브는 재킷
을 벗어야만 했다. 그러지 않으면 질식할 것 같았다. 기절할 것 같
았다. 이마에 물을 축이고, 마시고, 땀에 젖은 몸에 끼얹고 싶은 생
각이 간절했다. 오로로 흘러들어가는 강처럼 차가운 강물 생각이
간절했다.

"레브!" 소피가 화난 목소리로 낮게 말했다. "제발 좀……"

마침내 레브는 재킷을 벗었다. 한결 시원했다. 차가운 강물에 대
한 환상이 사라졌다. 그는 고개를 들었다. 어떤 장면들을 놓쳤을
까? 다시 한번 그는 자신이 연극을 보러 극장에 와 있다는 사실을
잊었었다. 그가 보든 말든 연극은 계속 진행되었다. 하지만 그게
무슨 대수라고? 역겨운 연극인데. 대형 스크린이 사용된 이상 그것
은 이미 연극다운 연극이 아니었다. 절반은 영화라고 봐야 하지 않
나? 그는 다시 무대에서 눈을 떼고 재킷을 접어 무릎에 올려놓으며
옆자리 남자의 다리를 보았다. 추위에 떨듯 아주 약간 덜덜덜 떨리
더니 곧 멈췄다.

무대에서는 다이서가 로얄라와 식탁에 촛불을 켜고 저녁식사를
하고 있었다. 로얄라는 레브가 알아들을 수 없는 말을 빠른 목소리
로 현란하게 내뱉었다. 레브는 그게 상용어商用語나 전문 용어 같
은 것이리라 추측했다. 루디가 '벨트'나 '자동변속'에 대해 하는 얘
기를 듣고 있는 듯한 느낌이 살짝 들었다. 루디는 세상 모든 사람
이 당연히 다 안다는 듯 그 말들이 무슨 뜻인지 굳이 설명하지 않
았다. 그래도 루디는 내심 남들이 자기 말에는 아무런 관심이 없으
며, 체비와의 은밀한 연애는 외로운 것이라는 사실을 알았다. 하지

만 연극 속의 로얄라는 자신이 사용하는 상용어가 유혹적이라고 생각하는 게 분명했다. 그녀는 다이서가 매혹되었다고 생각했다. 그녀는 특정 사실과 비율에 대한 뛰어난 지식, 전문용어에 대한 이해력과 구사력을 무기로 삼아 다이서를 손에 넣으려 애썼다.

레브는 다이서를 바라보았다. 배우의 표정으로 볼 때 로얄라가 하는 말에 귀기울이며 그녀의 유혹에 그냥 넘어가려고 애쓰는 듯했다. 저녁식사가 끝나자 웨이터가 빈 접시를 가져오거나 치우며 묵묵히 왔다갔다했다. 다이서는 테이블 위로 손을 내밀어 그녀의 손을 잡았다.

레브는 손목시계를 내려다보았다. 야광 시계바늘이 연극이 거의 한 시간 정도 진행되었음을 알렸다. 그런데 연극은 보통 몇 시간 정도 하지? 발레나 콘서트와 비슷하나? 그가 극장에 대해 아는 거라고는 오래전에 본 미국의 TV드라마, 글릭 발레 컴퍼니의 〈지젤〉 공연, 그리고 요르에 몇 번 가서 본 마리나가 좋아하는 포크 가수들의 공연이 전부였다.

레브는 무대를 쳐다보았다. 피곤했다. 다시 침대가 등장했다. 침대와 옷장과 보라색 조명. 연극이 처음부터 다시 시작하는 것 같았다……

다이서가 혼자 등장했다. 그는 1막에서와 똑같이 침대에 걸터앉았다. 그리고 옷을 벗어 내팽개쳐두고 갈색 실크 가운을 입었다.

연극은 그야말로 다시 시작하고 있었다. 델루다가 없을 뿐이었다.

레브는 눈을 감았다. 마리나가 좋아하던 포크송의 가사를 기억해내려 했다. 아침에 보드카를 마시고, 햇볕 아래서 잠을 자고, 달을 바라보며 외로움을 느낀다는 내용이었다. "아, 달을 보며 외로움에 사무치니……"

레브는 눈을 떴다. 다이서가 옷장으로 걸어가고 있었다. "그녀의 것"이라고 쓰여 있는 옷장으로. 그가 옷장을 열었다. 옷장 안에 옷걸이, 드레스, 치마 등이 있었다. 그는 그것들을 한쪽으로 밀고 밑에서 그의 딸 버니의 얼굴을 한 공기 주입식 아이 인형을 꺼냈다. 그는 공기 주입식 버니를 안았다. 그리고 인형의 다리를 벌려 자신의 다리를 감도록 조정하더니 인형을 끌어안고 인형의 입에 혀를 집어넣었다. 그러고는 관객 쪽으로 엉덩이를 드러내더니 성교하는 몸짓을 보이기 시작했다.

막이 내렸다. 관객석에 불이 들어왔다.

레브는 꼼짝 않고 앉아 있었다. 주변은 온통 열광적인 박수 소리로 요란했다. 연극이 끝난 것 같은 분위기였다. 하지만 물론 연극은 아직 끝나지 않았다. '막간'일 뿐이었다. 레브는 '막간'이라는 말을 곰곰이 생각해봤다. '막간'이란 어떤 상황에서는 영원히 계속되어야 한다는 것을, 일시적으로 끝난 것은 다시 시작될 수 없다는 것을 이해한 사람이 있을까?

옆자리의 소피가 일어섰다. 그녀가 레브의 팔을 쳤다. "바에 가요. 하위가 샴페인을 주문했거든요. 자, 어서."

레브는 고분고분 일어섰다. 몸이 쑤셨다. 그는 재킷을 입었다. 새 재킷의 스웨이드 가죽 냄새가 얼마나 자극적인지 여전히 신선한 풀을 뜯는 암소의 일부 같았다. 소피가 계속 그를 재촉했다. 그들은 조금씩 바를 향해 뒤로 나아갔다. 그곳에서 샴페인 병마개를 따는 소리가 들려왔다.

그때 레브의 등뒤에서 갑작스러운 웃음소리가 들렸다. "레브!"

소피가 말했다. "재킷에 여전히 가격표가 붙어 있잖아요!"

그녀가 손을 올려 라벨을 잡아뗐다. 연극이 상연되는 동안 뒤에 앉은 사람들이 라벨을 보았을지 모른다고 생각하면 창피해야 했지만 그는 그 부조리한 상황이 유쾌하게 여겨져 웃기 시작했다.

"웃을 일이 아니에요." 소피가 말했다. "이건 언론사를 위한 공연이란 말이에요. 이런 꼴이 당신을 가짜 관객처럼 보이게 한다고요. 나도 마찬가지고."

"나는 웃긴걸요." 레브가 큰 소리로 말했다. "보라색 침대보다 더."

"쉿, 레브. 그냥 걷기나 해요. 앞으로 계속 가요."

"나는 이게 자기 딸을 범하고 싶어하는 남자보다 더 웃긴 것 같아요."

"알았어요." 소피가 앞장서서 사람들 사이를 헤치고 나가며 말했다. "하위가 저기 있어요. 샴페인 마시고 싶으면 따라와요."

"아니. 마시고 싶지 않아요. 샴페인을 왜 마시죠? 축하할 일이 뭐가 있다고? 이 끔찍한 연극을 위해 건배하자고?"

"조용히 좀 해요, 레브……"

"이름들조차 어처구니가 없잖아요. '다이서'나 '델루다' 같은 이름이 뭔지 알 만큼 나도 영어를 알아요. 어째서 포트먼은 좀더 나은 이름을 생각해내지 못했을까요?"

레브 주변의 사람들이 고개를 돌려 그를 쳐다보았다. 소피는 그의 팔을 꽉 붙잡아 끌어당기며 키가 큰 하위 프리스가 있는 쪽으로 갔다. 하위가 샴페인병을 머리 위로 높이 쳐들고 흔들어 보였다.

가느다란 스포트라이트 아래에 선 하위 프리스의 외짝 다이아몬드 이어링이 반짝였다. "잘 왔어요. 굉장한 파티네요. 볼랭제르 한

잔 해요."

소피가 샴페인잔을 들자 하위 프리스가 돌아서서 한 잔을 더 따랐다. "이 사람은 레브예요." 소피가 조용히 말했다.

하위 프리스는 샴페인을 따를 뿐 고개를 들지 않았다. 마침내 잔이 차자 레브에게 권했다.

"아뇨, 괜찮습니다." 레브가 말했다.

"알겠습니다. 그만큼 우리가 더 마실 수 있겠네요. 나는 하위 프리스입니다."

레브가 고개를 끄덕였다. 하위 프리스는 레브의 눈에 무엇이, 즉 경외감 혹은 그렇게 부를 법한 그 무엇, 사람들이 자신을 보았을 때 드러내지 않을 수 없는 그 무엇이 나타나기를 기다렸다. 하지만 레브의 얼굴에서 그 경외감을 발견하지 못하자 잠시 당황하는 듯했다. 그는 잔뜩 기대하던 시선을 소피에게 돌렸다. "팔에 있는 동물은 뭐죠?"

"아, 이건 도마뱀 레니예요. 자기 전에 내게 키스를 해주죠."

"그래요? 어떻게 키스를 해요?"

소피가 팔을 얼굴에 가까이 대고 반짝이는 레니를 입술로 살짝 쓸었다.

하위는 민달팽이처럼 희고 늘어진 턱살에 턱을 묻고 음흉한 미소를 지었다. "소피 정말 섹시하지 않아요?" 그는 레브에게 말하는 것 같았지만 그 크고 생기 없는 눈을 소피에게서 떼진 않았다.

레브는 소피가 얼굴을 붉히는 것을 보았다. 충동이 일었지만……아, 그는 그 충동이 무엇인지 말할 수 없었다. 다만 그녀가 프리스에게 레니를 보여주는 광경이 매우 불쾌할 따름이었다.

"그나저나 연극 전반부는 어땠던 것 같아요?" 소피가 환한 표정으로 프리스에게 물었다.

"그야 뭐, 이건 포트먼 작품이잖아요. 포트먼은 천재예요. 예외 없이 정확히 핵심을 찌르잖아요. 첼시에 사는 사람 중 절반은 무분별하게 친자식을 범할걸요." 하위 프리스가 말했다.

"훌륭한 연극인 것 같아요." 소피가 말했다.

프리스가 다시 말하려는데 레브가 톡 쏘아붙였다. "어째서 그렇죠?"

"'어째서'라뇨, 그게 무슨 뜻이에요?"

"소피, 그게 어째서 훌륭하다는 건데요?"

"내가 그렇게 생각하니까요."

"왜요?"

"그러니까 그렇다고 할밖에요. 급진적이고 용기 있고······"

"이건 쓰레기예요." 레브가 말했다.

"앤디가 들으면 우울해하겠네! 먼 나라에서 온 사람이 〈페커딜로〉를······"

"이자를 죽여버릴 수도 있어요!" 레브가 말했다.

"뭐라고요?" 프리스가 말했다.

"아버지, 인형, 딸······ 이런 걸 보라고 하다니. 어떻게 이런 걸 보여줄 수 있죠?" 분노와 고통이 참을 수 없는 구역질처럼 레브를 사로잡았다. 그는 손가락으로 소피를 쿡 찔렀다. 다른 사람들이 그러는 걸 보면 몹시 싫어했던, 권위주의적인 행동이었다. 소피는 움찔하며 뒤로 물러서려 했지만 붐비는 사람들 때문에 꼼짝하지 못했다. 레브는 점점 자제력을 잃어가는 자신을 의식했다. 감정을 통제했어야 한다는 걸 알았지만, 그가 발을 들인 이 진정성 없는 세계에서 왜 진정하고 참된 감정을 통제해야 한단 말인가.

그는 다시 손가락으로 소피를 쿡 찔렀다. "당신! 이제야 당신을 알겠어. 당신은 아무것도 보지 못해! '유행'하는 것, '세련'된 것만 보지. 당신한테 중요한 건 그뿐이야. 이 작은 영국 외에는 세상을 모르니까. 당신은 아무것도 몰라, 아무것도!"

"이봐, 지금 너무하지 않아? 도대체 왜 그래?" 프리스가 말했다.

레브는 부들부들 떨었다. 팔에 전깃줄처럼 전기가 흘러 스파크가 일어나는 것 같았다. 팔에 치명적인 힘이 느껴졌다. "엄청나게 화가 났으니까. 어쩌면 미쳤는지도 모르고. 그렇지만 난 이 연극처럼 병들진 않았어. 나는 고향에 마야라는 딸이 있어. 나는 내 딸을 사랑……"

"그래서?" 프리스가 말했다. "그게 이 연극과 무슨 상관인데. 당신한테 딸이 있건 없건 알 게 뭐야? 이건 예술이야. 예리한 칼날같이 전위적인……"

"좋아, 그럼 잘라주지!" 레브가 손가락으로 자신의 목을 그으며 외쳤다. "잘라준다고!"

"이봐, 입 좀 닥치시지! 바보처럼 굴지 말고." 프리스가 말했다.

"아, 그래?" 레브가 소리쳤다. "'바보'라, 연극에서처럼 말이지. 정말 웃기지. 어? 그런데 이 바보는 자를 수 있어! 포트먼의 목을 자를 거야! 모두의 목을! 보고 싶나?"

레브는 소피를 붙잡고 그녀의 목에 팔을 휘감아 꼼짝 못하게 했다. 그녀의 잔이 떨어져 산산조각났다. 그녀는 숨이 막혀 컥컥대기 시작했다. 레브보다 훨씬 키가 큰 프리스가 내려다보며 레브의 턱을 잡았다. 그의 거대한 손이 점점 강하게 조여오자 레브는 턱이 으스러질 듯한 느낌을 받았다. "소피를 놓아줘." 프리스가 말했다. "그러지 않으면 네놈 면상을 박살낼 테니!"

레브는 프리스를 빤히 쳐다보았다. 희고 반들거리는 뺨, 넓은 이마, 수염이 까칠한 턱, 두툼한 입술 등 전체적으로 무시무시한 혼합물 같은 그 얼굴을 보며 레브는 생각했다. 이자는 이제 나의 적이야. 레브는 예전에 리바스 국장을 증오했던 것만큼이나 프리스를 증오했다. 그는 주변 사람들이 놀라 숨죽이고 있다는 것을 깨달았다. 겁먹은 모습들이 희극적이기까지 했다. 하지만 레브는 전혀 개의치 않았다. 그 순간, 그는 소피와의 연인 관계가 끝났다는 것을 알았다.

"소피를 놓아주라니까!" 프리스가 다시 소리쳤다. 하지만 레브는 이미 소피의 목을 감았던 팔을 푼 상태였다. 그는 턱을 쥔 프리스의 손이 느슨해지길 기다렸다. 프리스가 손힘을 빼자 그는 프리스에게서 물러섰고, 계단을 내려가 로비를 지나 쌀쌀한 4월의 밤 거리로 나갔다.

그 생각은 하지 말자. 방금 일어난 일의 돌이킬 수 없는 결말은 가슴에 담지 말자. 지금 레브가 간절히 바라는 건 그뿐이었다. 다른 것은 없었다. 그걸 넘어서는 일이든, 그다음 일이든, 아직 오지 않은 일이든, 아무것도 바라는 게 없었다. 아무것도 느끼지 않는 느낌만을 바랄 뿐이었다.

레브는 런던의 이 세련된 지역에 처음 와본 것이었다. 하지만 멀리 걸을 수 있을 것 같지 않았다. 극장에서 나온 그는 오른쪽으로 돌아 근처의 술집 겸 식당으로 들어갔다.

술집은 자리가 나기를 기다리는 사람들로 미어터질 지경이었지만 레브는 사람들을 비집고 안으로 들어갔다. 바에 이른 그는 담배를 피워 물고 기네스 맥주를 주문했다. 그런 다음 보드카를……아…… 정겨운 보디츠카를 마셨다…… 그러고는 다시 기네스 맥주를 마시고(그는 이제 크리스티 슬레인처럼 이 맥주에 맛을 들였다) 또 보디츠카를 마셨다. 그는 화장실에 가서 마신 것을 모두 몸밖으로 내보내고 돌아와 기네스 맥주부터 다시 마시기 시작했다. 그는 반들반들한 나무의자에 앉았다. 그의 뼈가 표면과 마찰하며 소리를 냈다. 그는 느릿하고 무거운 걸음으로 그를 피해 지나가는 술 취한 사람들의 둥근 얼굴을 쳐다보았다. 그의 뒤에서 식사를 하며 수다를 떨거나 시끄럽게 외치며 웃는 소리가 들렸다. 그는 흐르기를 멈춘 강이었다. 벙어리요 꼭두각시요 인형이었다. 잊힌 노래였다. "아, 달을 보며 외로움에 사무치니……"

사람들이 그에게 말을 걸었다 해도 그는 알아듣지 못했을 것이다. 음악이 흘러나왔다 해도 누가 그 멜로디를 알았을까? 그는 아니었다. 그는 아무것도 몰랐다. 그의 두뇌는 겨 알갱이만큼 작았다. 그것보다 새카맣고 어두운 것은 어디에도 있을 수 없었다.

레브는 자신이 있는 곳에서 유리되고 있다는 것을 알았다. 그의 잘못이 아니었다. 세상의 잘못이었다. 이 세상에는 오래도록 안정을 유지하는 것이 아무것도 없으니까. 그 어떤 것도 오래도록 똑바로 서 있지 않았다. 늘 뭔가가 있었다. 가령 연극의 개막처럼 소리 없이 다가오는 사건이. 그런 것이 모든 것을 바꿔놓으리라는 걸 알고 있었다…… 알고 있었다. 똑바로 설 수 있거나 서 있으려 하는 건 아무것도 없었다. 있더라도 오래 지속되지 않았다. 한순간 제비처럼 날 수 있었을지 몰라도, 온 세상이 네 발치에 펼쳐질 수 있을지 몰라도, 홀연 모든 것은 사라졌다. 그것은 네가 미치지 못하는 곳에서 다시 너를 짓밟았다. 너의…… 그래, 너의 가슴이 수문이라도 되는 양 검어지고 막혀버릴 때까지 너의 가슴에 폐수를 흘려보냈다.

아, 달을 보며 외로움에 사무치니……

레브는 기네스를 더 마시고 싶었다. 보디츠카도 더 마시고 싶었다. 바텐더에게 계속 술을 내오라고 했는데 문제가 생겼다. 돈을 내라는 것이었다. 레브는 지갑을 꺼내려고 새 재킷의 호주머니를 뒤졌다. 이 호주머니, 저 호주머니. 바텐더가 험악한 얼굴로 레브를 똑바로 쳐다보았다. 이 호주머니, 또다른 호주머니. 지갑이 없었다. 멋진 스웨이드 재킷에는 면손수건, 빗, 휴대폰 외에 아무것도 없었다. 바텐더 두 명이 그를 뚫어지게 쳐다보았다. 그들의 숨소리가 들렸다. 레브는 생각했다. 모든 것은 증식한다. 슬픔. 비난하는 사람. 고뇌. 그는 결백의 표시로 바텐더에게 두 손을 들어 보였다. 그 몸짓이 말했다. "나는 아무것도 없소. 모든 것을 빼앗겼소. 하고 싶은 대로 하시오."

두 바텐더는 레브의 얼굴에 대고 소리를 질렀다. 그들의 입에서 브랜디 냄새가 났다. 레브는 그 상황에서 벗어나서 어두운 밖으로 나가 밤공기를 호흡하고 싶었다. 그래서 다시 지갑을 찾기 시작했다. 바지 주머니. 셔츠 주머니. 뒷주머니.

지갑은 거기에 있었다.

낡고 구부러지고 얼룩진 가죽지갑. 그 안에는 마야의 사진이 들어 있었다. 그가 사랑하는 딸. 천진난만한, 천진난만한 아이. 그는 사진을 끄집어냈다. 떨리는 손으로 끄집어내 카운터에 놓았다. 사진을 들여다보니 색이 바래 있었다. 한때 선명했던 색은 간데없고 그 흔적만 남아 있었다. 녹색기가, 하늘에 푸르스름한 녹색기가 돌았다…… 저녁이 가까운 시간…… 오로의 먼 하늘……

차가운 바람에 떠밀리듯 길을 걸었다. 먼지, 나뭇잎, 쓰레기. 바람은 모든 것을 북쪽으로 날려보냈다. 무엇이 바람에 쓸리건 알 게 뭔가? 모든 것은 때가 되면 북쪽으로 날아갔다. 모든 것은 얼음처럼 차가운 목적지에 도달했다.

그는 길을 잃었다는 것을 알았다.

꽉 찬 방광 때문에 고통스러웠다. 그는 나무에 바싹 붙어 길바닥에 오줌을 누었다. 생식기를 잡은 손이 꽁꽁 얼었다. 그는 혼잣말을 했다. 몸이 이렇게 꽁꽁 얼기 시작할 때는 어디든 추위를 피할 곳으로, 어딘가 아무도 보지 않는 곳으로 숨어들어가 누워야 한다. 세상이 빛이라는 형태를 받아들여 무엇으로든 변할 때까지…… 무엇이든 아침이라 할 만한 것으로……

아래로. 아래쪽으로, 안쪽으로, 만물의 중심으로 숨어드는 게 훨씬 낫다. 소리 없이, 동물처럼, 아무도 보거나 들을 수 없도록. 아래로, 더 아래로. 그리고 여기 이 도시에는, 이 런던에는 언제나 그런 곳이 있으니, 그러면…… 음…… 곧 거기에 누울 수 있을 것이다. 위로는 차가 지나다니고, 도로가 스스로 지탱해낼 수 있는 모든 것의 무게를 지고 있고, 오르내릴 계단이 있는…… 그것이 요구되는 전부다…… 누운 채 가만히 있을 수 있는 것.

눈앞에 계단이 보였다. 예전의 계단과 달랐지만 비슷했다. 다시 찾았다. 올라가는 계단, 내려가는 계단, 위쪽에 철책이 있는 계단. 옛날 혼령들이 이 세상에서 다른 세상으로 가기 위해 붙잡을 것이 필요하기라도 했던 것처럼…… 아무도 더는 신경쓰지 않는 혼령. 노동에 지치고 마음의 상처만 가득해, 제재소 안뜰에서 딱딱한 의자에 앉아 이러쿵저러쿵 푸념이나 늘어놓으며 늙어가던 사람들의 머릿속에 어른거리던 혼령…… 스테판의 혼령.

레브의 눈에 계단이 똑바르지 않았다. 떨어질 것 같다는 생각이 들었지만 그 미끄러운 공간으로 떨어질 생각은 없었다.

그는 그 자리에, 거리에 그대로 누워버렸다.

15
밤 아홉시

누군가가 그에게 소리를 지르고 있었다. 암병동의 악취 같은 역겨운 냄새가 났다. 그러나 암병동에 간 기억은 없었다. 어디에 있는지, 왜 이런 상태에 있는지 전혀 기억나지 않았다.

레브는 눈을 떴다. 웬 남자의 얼굴이 위에 있었다. 눈을 깜박이며 시선을 아래로 내리자 제복 차림의 육중한 몸통이 나타났고, 이어 검은색 가죽부츠가 보였다. 부츠가 발을 끌며 물러서는가 싶더니 처음에 본 얼굴이 더 가까이 다가와 그를 빤히 내려다보았다.

그러자 한 가지 기억이 떠올랐다. 루디가 밤에 요란하게 체포되었던 일을 회상하며 짓던 표정이었다. "레브, 잠에서 깨어났는데 코앞에 남자의 얼굴이 있으면, 그건 동성연애하는 꿈을 꾸는 게 아니야. 염병할 의용군이 나타난 거지."

그가 한 팔을 내밀어 레브가 일어나는 것을 도와줬다. 밝은 햇살에 살갗이 따가웠다. 목소리가 아주 가깝게 들렸다. 불친절한 목소리는 아니었다. "자, 이제 괜찮아요? 속이 안 좋았나보군요. 구급차를 부를까요?"

레브는 아래를 내려다보았다. 스웨이드 재킷이 온통 구토물투성이었다. 자신이 왜 눈이 시리게 밝은 햇빛 아래 이곳에, 한 번도 본적 없는 이 거리에 있는 거지?

어떤 여자가 높은 목소리로 걱정스럽게 말했다. "그 사람 좀 데려가세요. 제발 좀 데려가세요."

"갑니다. 갈 겁니다."

그제야 레브는 여자를 보았다. 그녀는 현관 앞 계단 위에 서서 겁에 질린 얼굴로 그를 바라보고 있었다. 그는 경찰차로 갔다. 두 명의 경찰과 함께였다.

"돌아갈 집은 있습니까?" 한 경찰이 물었다.

레브는 끄덕였다. 끔찍했던 연극, 극장 바에서 격분했던 일이 그의 기억에 천천히 고통스럽게 되살아났다.

그는 자신의 머리를 치기 시작했다. "이봐요." 다른 경찰이 말했다. "그러지 않는 게 좋을 겁니다. 집에 가요. 조용히 가지 않으면 불안과 고통을 유발한 혐의로 기소해야 해요."

불안과 고통.

레브는 그 단어의 의미를 알았다.

그는 걷기 시작했다. 발밑에서 거리가 기우는 것 같았다. 멀미나는 배에 탄 듯이. 그는 어디로 걷고 있는지 알지 못했다. 어디가 북쪽이지? 북쪽으로 가야 한다는 건 알고 있었다. 하지만 얼마나 가야 하지? 이 미로 같은 런던에서, 그의 안식처가 있는 벨리샤 로드로 가려면?

도무지 알 수 없었다. 또다시 길을 잃었다. 스스로를 유기하고 말았다. 영국에서는 성질을 죽이겠다고 맹세했건만 실패했다. 이제 그는 내쫓겼다.

역겨운 쓰레기로 넘쳐나는 길가의 쓰레기통이 보였다. 나는 내 인생을 역겹게 만들어버렸어. 레브는 생각했다. 그는 쓰레기통을 걷어찼다. 쓰레기통이 쓰러지는 것을 보고 싶어서, 그 안에 든 모든 게 보도에 쏟아지는 꼴이 보고 싶어서. 하지만 쓰레기통은 쓰러지지 않았다. 그는 욕설을 내뱉기 시작했다. 쓰레기통 뚜껑을 홱 집어 길바닥에 내동댕이쳤다. 그를 향해 달려오는 육중한 발소리가 들렸다.

경찰관들이 그의 팔을 붙들었다. 손목에 수갑이 채워지는 순간 레브는 차가운 통증을 느꼈다. 그들은 레브의 호주머니를 뒤졌다. 한 경찰이 그의 귀에 대고 큰 소리로 말했다. "좋아, 이제 너를 체포한다. 경고했지. 더이상 말썽부리지 말고 집에 돌아가라고. 그런데 너는 그 말을 듣지 않았어. 공공질서법 5항을 위반한 혐의로 너를 체포한다."

레브는 경찰차에 탔다. 창밖으로 낯선 거리의 이른아침 풍경이 지나갔다. 머리가 아팠다. 오한과 두려움에 떨면서도 더러워진 스웨이드 재킷을 입고 있기가 힘들었다. 하지만 수갑 때문에 옷을 벗을 수 없었다.

경찰관이 법에 고지된 내용을 말하는 소리가 들렸다. "…… 법적 위반 사항을 조사하기 위해 억류…… 묵비권을 행사…… 말하는 것은 무엇이든 증거로 채택될 수 있다. 이해했나?"

레브는 고개를 가로저었다. 무슨 법을 위반했는지 알 수 없었다.
자유의 몸이라 생각하고 걸어갔는데 느닷없이 자유를 빼앗기고 수
갑이 채워져 경찰차 뒷좌석에 던져졌다.

경찰이 자기들끼리 말을 주고받았다. 레브는 그들의 말을 최대
한 귀기울여 들어봤지만 알아들을 수 없었다. 하지만 자신의 운명
이 이제 이 법 집행자들의 손에 달렸다는 것만은 알았다. 뉘우치는
태도를 보이는 게 좋을 것 같았다.

"미안합니다." 레브는 말했다.

한 경찰관이 고개를 돌렸다. 가까이서 본 경찰관의 얼굴은 겨울
동안 시체처럼 창백해진데다 오래된 여드름 자국투성이였다.

"영어를 할 줄 아네?"

"네."

"어느 정도?"

레브는 오가는 차들과 잿빛 하늘을 빤히 내다보았다.

영어를 어느 정도 하느냐고?

연극을 이해할 수 있을 만큼. 웨이브진 붉은 머리 애인과 이제
끝났다는 것을 알 만큼……

"잘해요." 레브는 조심스럽게 말했다. 자신의 목소리에서 뭔가
이상한 게 느껴졌다. 상황에 어울리지 않는 자부심 같은 것이었다.

레브는 경찰서로 끌려들어갔다. 더러워진 재킷을 여전히 움켜쥔
채였다. 신발을 보니 거기에도 토사물이 튀어 있었다. 그는 지끈거
리는 머리를 달래보려 애썼다.

칙칙한 복도의 플라스틱 의자에 앉아 기다리라는 지시를 받았

다. 경찰이 레브에게 화장실 문을 손가락으로 가리켜 보였다. 그와 가까운 곳에 젊은이 셋이 앉아 있었다. 두 명은 백인이고 한 명은 흑인이었는데, 그들 역시 기다리는 중이었다. 그들은 플리스 재킷의 후드를 푹 뒤집어쓴 채 레브를 아래위로 훑어보았다. 냉담하기 짝이 없는 시선이 마치 이렇게 말하는 듯했다. "야, 이 새끼야, 이 자리는 우리 자리야. 우리는 나름 이유가 있어서 여기에 이렇게 잡혀 있는 거야. 너든 누구든 우리 안중에 없어." 그들은 레브 나이의 반 정도밖에 안 되어 보였다.

레브는 일어나 화장실에 갔다. 소변을 보고 따뜻한 물로 손을 씻었다. 그리고 찬물을 틀어 수도꼭지 밑에 얼굴을 댄 다음 마셔도 되는 깨끗한 물이기를 바라며 물을 마셨다.

레브는 세면대 가장자리에 걸쳐놓은 스웨이드 재킷을 쳐다보았다. 백칠십 파운드짜리였다. 주머니를 뒤져 안에 든 것을 모두 꺼내보니 머리빗 한 개 외에는 아무것도 없었다. 그는 냄새나는 재킷을 둘둘 말아 플라스틱 쓰레기통에 버렸다. 세탁하더라도 다시는 입지 않으리라는 걸 알았기 때문이다. 다시는.

레브는 복도로 돌아갔다. 젊은이들은 여전히 다리를 쩍 벌리고 축 늘어져 앉아 있었다. 그는 그들에게서 시선을 돌리고 소화기 네 개의 수를 세다가 불현듯 회색 벽을 쳐다보았다. 디지털 벽시계가 오전 9시 47분을 알렸다. 출근 시간까지 여섯 시간 남았다. 여섯 시간 후면 다시 소피를 봐야 하는데……

한 방의 문이 열리더니 금발의 경찰관이 레브에게 오라고 손짓했다. 그는 일어서서 창문이 없는 방으로 들어갔다. 테이블 한 개와 의자 두 개 외에 다른 가구는 없었다. 라디에이터는 마치 유황

불로 가득찬 듯 크기에 어울리지 않는 강도의 열을 뿜어댔다.

경찰관은 테이블에 노트북 컴퓨터를 놓더니 레브를 쳐다보지도 않고, 그 방에 다른 사람이 있다는 어떠한 움직임도 인정하지 않고 자판을 두들겨 코드와 숫자를 입력하기 시작했다. 레브는 기다렸다. 테이블 위에는 오직 크리넥스 티슈 한 통만이 컴퓨터 옆에 놓여 있었다.

"자, 영어할 줄 알죠?" 경찰관이 이윽고 컴퓨터에서 고개를 들고 말했다.

"네."

경찰관은 레브에게 이름과 나이, 국적, 영국 내 거주지 주소 등을 물었다. 그가 그 내용들을 입력하는 도중에 초록색 작업복을 입은 건장한 체격의 흑인 여자가 들어와 레브 앞에 차 한 잔을 놓았다. 레브는 그녀에게 고맙다고 인사했다. 그리고 받침접시에 놓인 각설탕 네 조각을 모두 차에 타서 마시기 시작했다. 차를 마시는데 흑인 여자가 열린 문 앞에서 잠깐 멈추더니 그를 향해 유혹적인 갈색 눈으로 윙크를 하고 문을 닫았다.

"영국에 입국한 날짜는?" 경찰관이 물었다.

레브는 그 날짜가 머릿속에서 지워지지 않을 거라 생각했는데, 그날이 아주 오래전 일처럼 느껴졌다. 그는 날짜를 잊었다.

"작년 7월쯤인데, 정확한 날짜는 생각나지 않습니다."

경찰관은 작고 검은 자판을 두 손으로 어루만지듯 감쌌다. "영국에서는 뭘 해서 먹고 삽니까?"

레브는 고맙게도 그 달콤한 차가 혈관에 퍼지는 걸 느끼기 시작했다.

"지케이 애시에서 일합니다."

"치키 애시? 그게 뭐죠?"

"식당입니다. 지케이 애시를 모릅니까?"

경찰관은 대답하지 않았다. 눈 하나 깜짝하지 않았다. 그는 레브의 질문을 무시했다. 레브는 생명이 없는 기계고 컴퓨터는 다치기 쉬운 생물이라도 되는 양 조심스레 자판을 두들길 따름이었다.

"치키 애시에서 받는 급료는?"

"치키가 아니라 알파벳의 지케이예요."

"의견을 물은 게 아니에요. 주급이나 일당이 얼마인지나 말해요."

"시간당 칠 파운드입니다. 세금을 떼고 일주일에 이백팔십 파운드 받습니다. 고향에 있는 가족에게 송금을 합니다."

그는 계속 자판을 두들겼다. 그 깔끔하고 고분고분한 작은 기계와 더욱 교감하면서. 그러더니 고개를 들어 레브를 똑바로 쳐다보았다. 그 옅은 눈이 흔들림도 두려움도 없는 시선으로 레브를 붙들었다. "알겠어요. 자, 이제 치안방해죄로 벌금이 부과될 겁니다."

"경찰차에서 미안하다고 했는데요."

"그래요? 그 친구들이 그 말을 듣고 기뻐했겠네요. 치안방해죄에 대한 벌금은 일률적으로 팔십 파운드이며, 지금 내야 합니다. 무슨 말인지 이해합니까?"

레브는 아무 말도 하지 않았다. 밖을 내다볼 수 있게 창문이 있었으면 하고 바랐다. 하늘이 보이는, 높은 건물 지붕에 내려앉는 새들이 보이는 창문이. 그는 속으로 셈을 해봤다. 엄청났다. 스웨이드 재킷에 백칠십 파운드, 불필요한 셔츠에 사십이 파운드, 여기에 벌금 팔십 파운드. 모두 이백구십이 파운드를 낭비한 셈이었다.

낭비.

"듣고 있어요? 내 질문 들었어요?"

"네." 레브가 말했다.

"그럼 대답하세요. 죄목과 그에 따른 벌금에 대해 이해합니까?"

"네."

"그럼 어떤 방식으로 지불하겠습니까?"

그러자 가슴을 철렁하게 만드는 장면이 레브의 머릿속에 스멀스멀 떠올랐다. 술집 카운터에 놓인 지갑, 그 옆 맥주를 흘린 자국들 사이에 놓인 소중한 마야의 사진…… 그는 바지주머니를 뒤지기 시작했다. 옆주머니. 오른쪽, 왼쪽. 뒷주머니. 다시 옆주머니. 오른쪽, 왼쪽……

"어서 말해봐요, 올레브 씨. 어떻게 지불할 건지. 현찰? 신용카드?"

주머니에는 아무것도 없었다. 동전과 담배 부스러기, 오래된 리즐라 담배종이만 있을 뿐이었다.

레브는 손으로 머리를 감쌌다. 돈이 없었다. 마야의 사진도 없었다. 신용카드도 없었다. 휴대폰도 없었다. 그는 가슴에서 흐느낌이 솟구치는 것을 느끼며 손바닥으로 눈을 지그시 눌렀다.

소피도 없었다.

그는 터져나오는 울음을 참지 않았다. 늑대가 나타났다고 거짓으로 외친 소년이 생각났다.

"어떻게 내야 할지 모르겠습니다." 레브는 더듬거렸다.

"현금이에요, 신용카드예요?"

"나는 빈털터리예요. 지갑을 잃어버렸어요."

경찰관은 곤경에 처한 레브를 바라보며 기다렸다. 그는 지루한 TV 프로그램이라도 보는 듯한 표정으로 크리넥스 상자를 레브 앞으로 밀어주고는 한숨을 쉬었다. "피의자가 벌금을 내지 못할 경우 우리는 제삼자한테 도움을 청하라고 권고해요."

"네?"

"우리는 그걸 '친구에게 전화하기'라고도 하죠."

"네?"

"아니, 〈누가 백만장자가 되길 원하는가〉라는 프로그램도 못 봤어요?"

"아뇨, 밤에 일을 해서요."

"상관없어요. 친구에게 전화하겠습니까?"

레브는 코를 풀었다. 쓴 구토 찌꺼기가 나오는 것 같았다. 코를 푼 휴지를 버리고 싶었지만 버릴 데가 없었다. 레브는 경찰관이 투명한 비닐봉지를 집는 것을 보았다. 경찰관은 거기서 휴대폰을 꺼내 레브 앞에 놓았다. 레브는 청록색 케이스를 보고 그게 자기 전화라는 걸 알아보았다.

"영국에 친구가 없어요?"

레브는 휴대폰을 물끄러미 바라보다 집어들고 부드럽게 쥐었다. "있습니다."

"좋아요. 그럼 지금 바로 거세요."

레브는 남은 차를 마저 마셨다. 그리고 크리스티의 집 전화번호를 눌렀다. 하지만 음성메시지가 흘러나왔다.

안녕하세요. 크리스티 슬레인입니다. 전화를 끊기 전에 메시지

를 남겨주세요. 혹 배관과 관련된 급한 일이면 휴대폰으로 걸어주
세요. 번호는 07851 6022258입니다. 가능한 한 빨리 연락드리겠
습니다.

"크리스티, 레브예요. 좋지 않은 일이 생겼어요. 휴대폰으로 걸
게요."

하지만 크리스티는 휴대폰도 받지 않았다. 레브는 그가 아직 잠
을 자거나 간간이 들어오는 일거리 때문에 벌써 집을 나간 거라고
생각했다. 다시 메시지를 남겼다.

"운이 없네요." 경찰관이 말했다.

"전화가 올 거예요."

"뭐요? 다섯 시간 안에? 좋아요. 마음대로 하세요, 다섯 시간을
여기서 보내든 말든. 몇시까지 출근해야 하는지 모르겠지만, 나라
면 다른 사람한테 걸어볼 거예요."

레브는 열대지방 같은 방안의 열기 때문에 땀을 흘렸다. 이마
의 땀을 닦았다. 잠시 소피에게 전화해 와달라고 하고픈 유혹이 일
며 갑자기 숨이 막혔다. 하지만 그녀가 도움을 주지 않으리라는 판
단이 그 유혹을 떨쳐냈다. 어쨌든 소피는 하위 프리스와 함께 있었
다. 레브는 확신했다. 〈페커딜로〉 공연이 있던 그 저녁 시간 전체
가 그녀를 그 지점으로 이끌어갔다. 그녀는 프리스의 크고 추한 머
리에 자기 머리를 맞대고 누워 있을 터였다. 그의 거대한 손은 자
면서도 그녀의 가슴을 주물럭댈……

"이봐요." 경찰관이 말했다. "공상은 그만해요. 당신 때문에 피
곤해지기 시작했어요. 다른 데 전화해봐요."

레브가 다시 복도의 플라스틱 의자에 앉아 있는데 리디아가 도착했다. 변함없는 구원자, 제멋대로인 두 영국 아이에게 '뮤즐리'라는 잔인한 별명으로 놀림받는 평범한 여인. 여기 그녀가 다시 와 있었다. 새 베이지색 코트를 입고, 유행하는 짧은 머리 스타일을 하고 있었다. 하지만 핍박당하는 사람 같은 얼굴 표정은 그대로였다. 그 표정이 이렇게 말하는 듯했다. 좋아요. 이번 한 번만 더 봐줄게요. 레브. 그러나 조금만, 아주 조금만 더 나를 시험하면……

그녀가 그의 옆에 앉았다.

레브는 자신의 끔찍한 몰골과 아직도 가시지 않은 토사물 냄새를 의식하고 고개를 푹 숙인 채 말했다. "미안해요, 리디아. 이런 부탁을 해서 정말 미안해요. 갚을게요, 약속해요."

"글쎄요." 리디아가 콧방귀를 뀌며 말했다. "그 돈을 언제 받을지 모르겠네요. 나는 내일 빈으로 떠나요. 마침 내가 아직 여기 있었으니 당신은 정말 운이 좋았네요."

레브는 냉담하게 그와 거리를 두는 그녀의 옆모습을 쳐다보았다. 그다음엔 검은색 코트슈즈를 신고 가지런히 모은 그녀의 발을 보았다. 갑자기 그녀에 대한 애정이 복받쳤다. 그녀가 곧 표토르 그레츨러와 새로운 삶의 여정을 떠나 레브 자신의 인생에서 완전히 사라질 것이라는 생각만 아니었다면, 그는 그녀의 진심에 대한 반복되는 고약한 배신에 부끄러움을 느껴 울음을 터뜨렸을 것이다.

"미안해요." 그가 다시 말했다. "폐만 끼치는군요. 알아요. 지갑을 잃어버리지만 않았어도……"

"괜찮아요, 레브. 그런데 벌금 팔십 파운드는 어디에 내면 되죠?

오늘 할일이 많아서요. 짐도 싸야 하고, 톰하고 라리사한테 작별 인사도 하러 가야 해요. 그래서……"

"현금을 가져왔어요?"

"네. 내가 바보는 아니잖아요. 어디에 내면 되죠?"

그들은 비가 내리는 밖으로 걸어나왔다.

첼시의 거리는 두 사람 모두에게 낯설었다. 레브는 다시 몸을 떨며 빈약한 우산을 받쳐들고 리디아의 팔에 바싹 붙었다. 그는 그녀가 길을 알 거라는 막연한 기대감에 앞을 보지 않고 걸었다. 하지만 그녀는 곧 발길을 멈추더니 길을 모른다고 했다. 그녀는 주변을 둘러보았다. 거리에 흰색으로 페인트칠한 집들이 늘어서 있었다. 주철 난간이 둘린 발코니들은 조각처럼 다듬은 나무로 장식되어 있었다.

"펠럼크레슨트라." 그녀가 말했다. "기억에 없어요."

몸을 다시 따뜻하게 하고, 깨끗하게 씻고, 뭔가 담백하고 달콤한 음식을 먹고, 얼마간 잠을 자고 싶다. 이런 열망만이 레브의 마음속에 가득할 뿐 다른 생각은 끼어들 틈이 없었다. 그는 자기를 쳐다보는 리디아를 보았다. 어쩌면 그녀는 그의 심정을 이해했는지도 몰랐다. 우산 밖으로 달려나가 한 여자에게로 뛰어갔으니까. 멋있는 현관 양쪽에 월계수가 보초병처럼 서 있는 집 앞의 레인지로 버에서 내리는 여자에게. 리디아가 말하는 소리가 레브에게도 들렸다. "실례합니다. 여쭤볼 게 있는데요, 지하철역이 어디죠? 제친구가 아파서요."

레브에게 돌아온 리디아는 그를 어린아이처럼 앞장세우고 걸었다. 그녀는 사우스켄싱턴 지하철역 근처에서 이탈리안 카페를 발견했고, 안으로 들어가 그를 나무의자에 앉혔다. 그리고 베이지색 코트를 벗어 그의 어깨에 걸쳐주었다. 그는 코트의 실크 안감에 남아 있는 그녀의 따뜻한 체온을 느꼈다. 그녀는 커피와 페이스트리를 주문했다.

"레브." 잠시 후 레브가 페이스트리 하나를 얼른 먹어치우고서 거품이 뜬 커피잔을 감싸쥐고 두 손을 녹일 즈음 리디아가 입을 열었다. "레브, 내가 걱정하는 건 하나뿐이에요."

레브는 고개를 들어 그녀를 보았다. 저명한 지휘자 그레츨러의 정부가 될 여자. 털스웨터를 짜고 달걀로 연명하던 시절은 이제 과거였다. 그녀가 아니었다면 그는 여전히 경찰서의 플라스틱 의자에 앉아 있었을 것이다. 그녀가 아니었다면 아직도 아메드의 가게에서 케밥 전단이나 뿌리고, 코왈스키의 정원 구석에서 노숙하고 있었을 것이다……

"내 말 듣고 있어요?" 그녀가 말했다.

"네."

"무슨 일이 있었는지 모르지만 나한테 설명해달라고는 안 할게요. 말해줄 마음이 없는 것 같으니까. 무슨 일이 있었든, 지케이 애시에 계속 다녀야 해요. 내가 가장 걱정하는 건 바로 그거예요. 당신이 그 직장을 그만둘지도 모른다는 거. 그러면 당신은 희망을 잃을 거예요. 그러니까 그러지 않겠다고 약속해줄래요?"

레브가 고개를 끄덕이고 나직한 목소리로 말했다. "요리사들이 일하는 모습을 자세히 봐왔어요. 메모도 해두고요. 레시피를 모두 공책에 기록해둘 거예요."

"잘했어요. 아주 잘했어요. 하지만 당신은 이 식당에 붙어 있어야 해요. 애시가 요리를 배우도록 도와주잖아요. 다른 곳에서는 당신을 하찮게 취급할지도 몰라요. 그러면 아무것도 못 배울 거예요. 그러니 지금 있는 곳에 계속 붙어 있어야 해요."

레브는 잠자코 있었다. 그는 리디아에게 말하고 싶었다. 그게 얼마나 힘들지, 소피와 같이 일하는 게, 매일 그녀와 마주치는 게, 습한 주방 공기와 더불어 그녀의 체취를 맡는 게, 요리사인 그녀의 지시를 따르는 게, 그녀가 축구팀 스카프를 두르고 하위 프리스의 침대로 퇴근하는 모습을 보는 게……

"레브, 내 얘기 듣고 있어요?"

"네."

"빈이나 잘츠부르크에서 당신한테 전화해 지케이 애시의 그날 메뉴가 뭔지 물어볼 거예요. 그때 대답해줄 수 있으면 좋겠어요."

"그럴게요."

"약속해요?"

"네, 약속해요."

"좋아요. 음, 이젠 가야겠어요. 여기서 지하철역이 가까워요. 기억하죠? 여기서 나가 왼쪽으로 가면 돼요. 자, 이건 지하철 요금이에요."

리디아가 일어섰다. 그녀는 일 파운드짜리 동전 세 개를 테이블에 놓았다. 그리고 레브의 어깨에서 코트를 살며시 벗겨 들었다. 레브는 그녀의 얼굴을 끌어당겨 볼에 살짝 입맞췄다. 그의 입술이 부드럽게 그녀의 점들 사이에 닿았다.

"리디아, 당신은 좋은 친구였어요. 당신도 이제 행복해졌으면 좋겠어요. 멋진 인생이 펼쳐지기를……"

"글쎄요, 최소한 '뮤즐리'라고 불리지는 않겠죠. 좀더 품위를 갖출 수 있을 거고요. 대단한 건 아니에요, 그러면 교만해질 거예요. 그냥 가슴을 펴고 다닐 수 있을 정도예요."

"표토르 그레츨러 씨가 잘 대해줄 거라 생각해요."

"물론 그럴 거예요. 자, 그럼 잘 지내요, 레브. 엽서 보낼게요. 파리와 뉴욕의 사진도 보내고요."

"잘 가요, 리디아."

레브는 테이블에서 멀어지는 그녀를 지켜보았다. 그녀의 구두소리가 또각 또각 또각 단정하고 규칙적으로 들렸다. 그녀는 문을 나섰고 곧 시야에서 사라졌다.

레브는 한시가 넘어서야 벨리샤 로드의 자기 집 계단을 올랐다. 그는 크리스티를 불렀다. 그러나 아무런 기척도 없었다. 레브는 욕조에 물을 받아 물이 거의 차가워질 때까지 누워 있었다. 고단한 나머지 잠이 들었다 깨기를 반복했다. 욕조에서 나와 기다시피 방으로 가서 커튼을 드리우고 침대에 누워 눈을 감았다.

그는 마리나 꿈을 꾸었다. 꿈속에서 그는 그녀가 리바스 국장과 바람을 피웠다고 의심했던 힘든 때로 돌아가 있었다. 그는 어느 여름날 저녁 루디와 낚시를 하고 있었다. 오로에 있는 강에서였다. 석양빛을 받으며 수면 위를 무리지어 날아다니는 하루살이떼가 눈에 들어왔고, 루디가 말했다. "저놈들은 하루밖에 못 살아. 자연에 관한 잡지에서 읽은 적이 있어. 상상해봐. 지금처럼 늦은 오후가 되면 공포에 질려 이렇게 말할걸. '도대체 낮이 빌어먹을 어디로 가버린 거지?'"

그들은 오래되고 익숙한 웃음을 터뜨렸다. 그들은 강에서 왜가리처럼 즐겁게 사루기를 잡고 있었다. 그런데 건너편 강둑에서 그들의 낚시 영역을 침범하고 있는 사람이 눈에 띄었다. 리바스 국장이었다.

"망할 놈." 루디가 말했다. "사무실에 있지 않고 뭐하는 거야? 저놈 다리는 보고 싶지 않아. 공공사업국 직원들은 몸뚱이가 허리까지만 있는 줄 알았는데."

"저놈이 우리 영역에 들어왔어. 강 아래쪽으로 내려가라고 해." 레브가 말했다.

그는 리바스를 뚫어지게 쳐다보았다. 리바스는 방수포 같은 걸 댄 거추장스러운 코트를 입었는데 그것 때문에 동작이 영 어색했다.

"저것 좀 봐. 낚싯대를 드리우는 저 한심한 꼴을. 도대체 전에는 어디서 낚시를 한 거야? 공원의 분수식 식수대에서 했나?"

그들의 웃음소리가 강 건너까지 울려퍼졌다. 리바스가 고개를 들었다. 레브는 심술 그 자체로 가득한 리바스의 얼굴을 보았다. 그들은 웃음을 멈췄다. 레브가 말했다. "강 상류로 가자."

그들은 낚싯줄을 거두어 감고 낚시도구와 잡은 사루기를 챙기기 시작했다. 그때 리바스 국장이 걸려든 물고기를 낚아 끌어당기려 애쓰는 것이 보였다. 낚싯대가 급격하게 휘었다. 금방이라도 부러질 것만 같았다. 그는 숨을 거칠게 몰아쉬며 물고기와 씨름했다. 그러면서 점점 더 물속으로 들어갔고, 급기야 사타구니까지 잠겼다. 그의 얼굴에서 땀이 났다. 그러다가 그가 낚싯대를 놓더니 몸을 구부려 물속에서 건져낸 것은 마리나의 머리와 어깨였다.

마리나는 알몸이었다. 몸이 회색으로 미끈거렸다. 마치 사루기의 몸통 같았다. 머리칼이 반짝이는 수면을 쓸었다. 리바스 국장은 미끈거리는 회청색 몸통을 끌어당기느라 끙끙댔다. 마리나의 머리가 그의 어깨에 닿았다. 젖가슴이 그의 떡 벌어진 가슴에 착 달라붙었다. 그가 이마에 키스하며 그녀의 이름을 불렀다. "마리나, 마리나." 하지만 그의 팔에 안긴 그녀는 죽은 몸이었다.

"어처구니가 없군." 루디가 말했다. "마리나가 오래전에 죽었다는 걸 왜 모르지? 저런 바보 같으니. 도대체 그걸 왜 모르는 거야?"

레브는 잠을 깼다. 방안이 어두웠다. 그의 이름을 부르는 목소리가 들렸다. 악몽의 여운이 채 가시지 않은 상태에서 고개를 돌렸다. 크리스티가 그를 굽어보고 있었다.

"레브. 나 지금 들어왔어요. 지금 일하고 있을 시간 아니에요?"

레브는 자리에서 벌떡 일어났다. 그 바람에 이층침대에 머리를 세게 부딪혔다. "지금 몇시죠? 몇시예요?"

"아홉시가 넘었어요." 크리스티가 말했다.

아홉시, 아홉시라니? 세상에 어떻게 아홉시나 될 수 있지?

"아홉시라면, 밤 아홉시요?"

"그래요. 오늘 쉬는 날이에요?"

레브는 불을 켜고 두 손으로 머리를 문질렀다. "아, 맙소사⋯⋯ 애시한테서 전화 없었어요?"

"음성메시지는 아직 확인 안 해봤는데, 지금 해볼까요?"

크리스티가 거실로 갔다. 레브는 휴대폰을 들어 액정화면을 들여다보았다. 부재중 전화 표시가 없었다. 음성메시지를 확인하니 하나의 메시지가 있었다. 그가 끄기도 전에 소피의 목소리가 흘러나왔다. 몇 주 전의 것이었다. "안녕 미스터 섹시, 그래도 몸은 움직일 수 있겠죠? 그 나라의 사내들은 전부 당신처럼 끝내줘요?"

레브는 메시지를 확인한 뒤 휴대폰을 탁 내려놓고 부랴부랴 깨 끗한 옷을 찾아 입었다.

아홉시.

다섯 시간이나 늦었다! 식당이 가장 바쁘게 돌아갈 시간이었다. 하지만 모든 게 느릴 것이다. 참담할 만큼 느릴 것이다. 왜냐하면 요리사들이 직접 자신에게 필요한 채소를 준비해야 하고 애시는 제정신이 아닐 테니까……

"아무런 메시지도 없어요." 크리스티가 문가에서 말했다. "당신 이 문제가 생겼다며 남긴 거 외에는. 근데 무슨 문제가……"

"시간이 없어요, 크리스티. 나중에 말해줄게요. 지갑을 잃어버 렸어요. 버스비 좀 빌려줄래요?"

"그러죠." 크리스티는 바지 호주머니를 뒤졌다. "현금이 잔뜩 있어요. 보일러를 고치러 파머스그린에 갔었어요. 그걸 고치는 데 하루종일 걸렸지만 보람이 있었죠. 인도 여자였어요. 온갖 장식이 달린 사리를 입었는데, 당황스러울 정도로 아름답더라고요. 게다 가 브레드 소스 같은 아주 맛있는 냄새도 풍기고요. 그 보일러는 1991년쯤에 이미 갈았어야 했는데, 어쨌든 내가 고쳐놨어요. 그 여자 이름은 재스미나예요. 재스-미나. 너무 고맙다며 신부에게 쓰듯 돈을 아끼지 않더라고요."

"잘됐군요, 크리스티, 잘됐어요."

"재스미나. 이제 프랭키가 갖고 싶어하는 스파이더우먼 복장을 사줄 수 있어요."

레브는 열시 십 분 전에 지케이 애시에 도착했다.

그는 흰색 유니폼을 입으며 주방에 들어갔다. 애시가 휙 돌아서더니 그를 물끄러미 쳐다보았다. 달걀 거품기를 위로 쳐든 채였다. 으깨진 달걀흰자가 바닥에 툭툭 떨어지기 시작했다.

"주방장님……" 레브는 말을 더듬었다. "…… 죄송합니다. 잠이 들어서 그만. 한 번만 봐주십시오. 다시는 이런 일이 없도록……"

애시는 소피 쪽을 바라보았다. 그녀는 어떤 요리를 플랑베*하는데 열중해 레브도 애시도 쳐다보지 않았다.

"도대체 어떻게 된 거야?"

"제 잘못입니다, 주방장님. 다시는 이런 일이 없도록 하겠습니다. 맹세합니다……"

애시가 시계를 보았다. 달걀 거품기에서 여전히 흰자가 툭툭 떨어졌다. "지금 열시가 다 됐어. 자네가 와서 호박 속을 긁어내주실 때까지 우리가 여섯 시간이나 기다리며 일손을 놓고 있을 줄 알았나? 유니폼 벗고 집에 가게. 내가 할 말은 그것뿐이야. 자네가 해야 할 일은 우리가 다 했으니까."

레브는 곤혹스레 주변을 둘러보았다. 소피는 등을 돌리고 서 있었다. 여봐란듯이. 감미로운 등의 곡선이 낯익었다. 주방의 열기로 축축해진 팔도.

"전화를 안 하셨잖아요 주방장님. 왜 주방장님이나 데이미언은 전화를 안 한 거죠?"

---

* 음식에 술, 특히 브랜디를 끼얹고 잠깐 불을 붙여 향이 배게 하는 것.

"나더러 빌어먹을 알람 노릇을 하라고! 나는 깨워주지 않아도 스스로 알아서 출근하는 직원을 원해. 그러니 집에 가라고."

"아뇨, 주방장님…… 비타스를 도와 접시라도……"

"비타스? 걘 끝났어. 이스트앵글리아로 배추 캐러 갔거든. 봉고랜드인가 어딘가에서 새로 간호사가 왔어. 이봐, 간호사, 어디서 왔다고 했지?"

"니제르입니다, 주방장님."

"그렇지. '니-제아'라고 발음하지. 많은 물에 익숙하지 않은 친구야. 거긴 비가 언제 올지 모르는 곳이니까. 하지만 그럭저럭 잘하고 있어. 그러니 저 친구는 그냥 내버려둬, 레브. 내일 세시 삼십분에 여기서 나 좀 보지. 알겠나?"

"주방장님, 제발 지금 무슨 일이든 하게 해주세요."

"아니. 말했잖아, 자네가 할 일을 우리가 모두 했다고. 자네는 지금 필요 없어. 집에 가."

애시는 돌아서서 다시 달걀을 저었다. 레브는 몸이 마비된 듯 꼼짝 않고 서서 소피를 쳐다보았다. 그녀는 고개를 숙이고 플랑베한 오리 가슴살을 접시에 담고 있었다. 가슴살과 함께 가늘게 썬 당근과 애호박이 놓였다. 그는 플랑베를 하는 데 사용한 프라이팬에서 주니퍼베리를 스푼으로 떠서 노르께한 오리고기에 얹는 소피를 쳐다보았다. 그녀는 완성된 접시를 따뜻한 카운터에 올려놓고 "4번 테이블!" 하고 외친 다음 돌아섰다.

레브는 유니폼을 벗어 옷걸이에 걸었다. 니제르에서 온 청년이 고개를 돌려 그를 물끄러미 쳐다보았다. 레브는 주방에서 나와 데이미언의 바 옆에 서서 식당 안을 들여다보았다. 그날은 여느 월요

일처럼 '장사 다이어트' 날이었다. 그런데 한쪽 끝에서 데이미언이
예닐곱 명쯤 되는 일행의 시중을 드느라 안절부절못하고 있었다.
그들 가운데 레브가 예상했던 대로 흡족한 표정을 짓는 하위 프리
스의 커다란 얼굴이 보였다.

16
햄릿만 남고 모두 퇴장

"사람들이 훌륭한 작품을 만들어 그 대가로 어마어마한 돈을 받는다면 나는 전혀 불만이 없어요." 크리스티 슬레인이 말했다. "하지만 이것 좀 봐요. 예전에 〈블루 피터〉라는 어린이 프로그램에서 우유병 뚜껑으로 만들던 게 생각나요."

크리스티는 레브에게 총천연색 주말 잡지를 쓱 밀었다. 그들은 식탁에 앉아 차를 마시는 중이었다. 늦은 밤이었다.

벨리샤 로드 저쪽에서 술에 취한 젊은이들이 마가목을 끼고 돌아 쓰레기가 흩어진 곳을 지나 집으로 돌아가면서 발길질하는 소리가 들렸다. 레브는 헤드라인을 읽었다. 프리스, 작품을 완성하다. 그 아래에 수백 개의 전구가 박힌 굽은 흰색 판자 사진이 실려 있었다. 레브는 사진을 들여다보다 그 아래 설명으로 시선을 옮겼다.

버블랩. 하위 프리스 作作. 이것은 밴더 메르베 갤러리에 전시된 여섯 점의 신작 중 하나다. 프리스는 작업실 조수를 두 명 고용해 에폭시 수지와 60와트짜리 전구로 이 복잡한 대칭 구조물을 조립했다.

니컬러스 밴더 메르베는 이렇게 평한다. "이 작품의 유동적인 형체는 경직성의 교활한 부재를 암시합니다. 한 물체가 모방적인 전용을 통해 다른 물체에 새로운 의미를 부여하는 방법을 탐색한 이 작품은 프리스가 오늘날 영국에서 활약하는 가장 흥미로운 예술가 중 한 사람임을 확인시켜줍니다."

"내 말이 무슨 말인지 알겠죠? 이런 건 프랭키도 만들 수 있어요. 빌어먹을 전구라니!" 크리스티가 말했다.

"프리스가 직접 만든 것도 아니에요. 조수가 만든 거잖아요."

"나 원, 짜증나지 않아요? 자기 손톱은 더럽히지도 않고. 제 시간은 들이지도 않고."

레브는 잡지를 넘겼다. 하위 프리스의 다른 작품 사진이 실려 있었다. 제목은 〈윔블던〉이었다. 얼핏 보면 네모나고 선명한 초록색 잔디 같았다. 잔디를 깎는 기계의 육중한 롤러로 줄무늬를 낸 자국이 나 있었다. 레브는 사진 설명을 읽었다.

〈윔블던〉을 제작하는 데 많은 노력과 시간이 소요되었다. 이 작품에 1인치 길이의 못이 만 천 개 이상 사용되었다. 프리스는 말한다. 못은 잔디에서 펼쳐지는 테니스 선수권 대회에 대한 강렬한 상징이다. 우리가 여기서 보는 것은 치명적인 잔디다.

치명적인 잔디라. 레브는 손가락으로 사진을 짚어봤다. 작품 속의 잔디가 폭신하다는 착각이 들기는 했다. 밤사이 이슬이 맺힌 잔디처럼 실크 같은 광채마저 느껴졌다. 그는 잡지를 돌려 크리스티에게 밀었다. "이건 좀 나은데요. 꽤 기발한 것 같기도 하고……"

크리스티가 차를 마시며 힐끗 〈윔블던〉을 보았다. 찻잔에서 차한 방울이 사진 위로 떨어졌다. 그는 각질이 잔뜩 인 야윈 손으로 그것을 닦아냈다. "프리스와 윔블던이 무슨 상관이 있는 걸까요?" 크리스티가 말했다. "테니스공으로 유전자 나부랭이를 만들기도 했잖아요. 아마 이자는 톱스핀 기술도 터득하지 못했을 텐데."

레브와 크리스티는 차와 함께 초콜릿 다이제스티브 비스킷을 먹었다. 하나둘씩 먹다보니 접시가 비었다. 그들은 멍하니 빈 접시를 쳐다보았다. "그게 다일 거예요." 크리스티가 말했다. "한 봉지를 다 먹은 거 같은데. 우리 어머니가 이걸 좋아해서 나도 따라 좋아하게 됐어요. 어머니는 한밤중에도 이걸 찾곤 했죠. 어머니가 그랬어요. '인생이 식욕을 앗아갔구나, 크리스티, 아무렴, 그랬지. 하지만 아직 이것만은 목구멍에 넘길 수 있단다.'"

"그래요? 과자가 맛있고 부드러워서 그러셨을 거예요."

"이 과자는 위안을 주는 것 같아요. 입안에 넣어 씹는 순간 흐물흐물해지니까. 우리가 살던 집엔 늘 쥐가 있어서 그 과자 부스러기 때문에 고놈들이 분주했죠. 하지만 어머니는 쥐덫을 놓지 않았어요. 그러잖아도 세상에 잔인한 일이 너무 많은데 거기에 더 보태고 싶지 않다고요. 길고양이들이 뒷문으로 살짝 들어와 고놈들의 냄새를 찾아 킁킁거리곤 했는데, 어머니는 고양이들마저 내쫓았어요. 그런 분이었어요."

"언제 돌아가셨어요?"

"오래전에요. 쉰도 안 되었을 때였어요. 그냥 비스킷을 먹고 눈을 감더니……"

레브는 피곤했지만 식탁에서 일어설 마음이 없었다. 침대에 누우면 지난 스물네 시간 동안 일어난 일들에 대한 생각으로 괴로울 것 같았다. 그런 상상만 해도 공허하고 참담한 기분이었다. "어머니에 대해 좀더 말해줘요."

크리스티가 눈을 비볐다. "글쎄요. 무슨 이야기를 해야 하나. 어머니는 리머릭 카운티에서 돼지 치는 일꾼의 딸로 태어났어요. 리머릭이 어딘지 알아요?"

"아뇨."

"아일랜드 남서부에 있어요. 세상 어느 곳 못잖게 아름답지만 엄청 가난한 곳이죠. 외할아버지는 술주정꾼이었어요. 여러 사람을 힘들게 했죠. 온갖 '난봉꾼' 짓을 했어요. 자식들을 벨트로 때리기도 하고요. 그 생각만 하면 속이 다 울렁거려요. 어머니는 미인이었어요. 엘라 슬레인. 나를 보면 그게 안 믿기죠? 하지만 사실이에요. 눈은 체꽃처럼 보랏빛에 가까운 파란색이었어요. 체꽃이 어떤 꽃인지 알아요?"

"아뇨."

"야생화예요. 파란색 데이지처럼 목초지에서 자라요. 엘리자베스 테일러의 눈이 그 색이에요. 어머니 무릎에 앉아 그 체꽃색 눈을, 그러니까 엘리자베스 테일러의 눈이 아니라 어머니의 눈을 올려다보던 기억이 선명해요. 하지만 그런 가난한 지방에서 벗어날 수 없는 삶이 어떻겠어요?"

레브는 고개를 끄덕였다. 그의 생각이 오로를 더듬었다. 나지막

한 집들과 제 몸을 긁적이는 동물로 가득한 그 집들의 마당, 여기 저기 웅덩이가 파인 도로.

"하지만 어머니는 그곳을 벗어났어요." 크리스티가 말을 이었 다. "내 아버지 지미 슬레인과 결혼해서 말이에요. 아버지는 우체 국 직원이었어요. 돼지 치는 집안에서 출세한 거죠. 정말 그랬어 요. 아버지는 제복도 입고 연금도 보장받았으니까요."

"더블린으로 가셨나요?"

"네, 리머릭을 떠났죠. 내가 어머니한테 푸르른 시골이 그립지 않느냐고 물을 때마다 늘 어머니는 그립지 않다고 대답했어요. 어 머니의 마음속에서 그곳은 푸르지 않고 검었거든요."

"검었다고요?"

"아마 밤의 어둠을 두고 한 말일 거예요. 아니면 겨울의 토탄 습 지나. 어쩌면 아무도 모르는 다른 어떤 추악한 일을 생각한 걸 수 도 있고. 문제는 부모들이 곧잘 종잡을 수 없는 얘기를 꺼내는데, 그래놓고는 돌아가신다는 거예요. 그러면 자식들은 의문을 품은 채 평생 살아야 하죠."

"맞아요. 혹은 우리 아버지처럼 말도 안 되는 얘기를 하든가. 그 러면 속으로 생각하죠. 어떻게 그런 걸 믿을 수 있지. 나는 속으로 아버지와 입씨름을 해요. 아직까지도요."

"그래요? 나는 어머니와 입씨름은 안 해요. 가엾은 어머니. 그저 어머니의 체꽃 같은 파란 눈을 떠올리며 눈이 너무 아깝다는 생각 만……"

"더블린에서 무슨 일이 있었어요?"

"부모님은 공영 주택에서 허리띠를 졸라매며 사셨어요. 나는 거기서 자랐죠. 좁아터진데다 난방도 안 됐어요. 생쥐가 신나게 돌아다니던 바로 그 집이에요. 어머니는 세탁소에서 일했어요. 직모였던 머리칼이 세탁소의 스팀 때문에 점점 곱슬머리로 변했대요. 그러다 차츰 다른 일이 벌어지기 시작했죠. 아버지가 술을 입에 대기 시작한 거예요. 그러다 우체국 일자리를 잃고 모든 게 하염없이 나락으로 떨어지기 시작했어요. 간혹 아들의 얼굴 모양을 바꿔놓으려는 시도도 포함해서. 그림처럼 잘생긴 얼굴은 아니라는 건 알아요. 다소 재편성할 필요가 있는 얼굴이긴 하죠. 하지만 그게 어머니의 죽음을 재촉했어요. 바로 그게 원인이었다고 장담해요. 과거가 반복되는 것을 본다는 게……"

"네?"

"하지만 그건 집안 내력 아니겠어요? 양쪽 집안 다 술이 문제였어요. 그건 내 핏속에도 흐르고 있다는 의미이고. 그래서 내가 자꾸 술을 입에 대는 거예요. 하지만 맹세컨대, 진실로 단 한 번도 프랭키를 때린 적은 없어요."

크리스티는 자리에서 일어나 창가로 가서 나트륨등이 켜진 벨리샤 로드의 어둠을 내다보며 담배에 불을 붙였다. 잠시 후 그가 돌아서며 말했다. "있잖아요, 레브."

"네?"

"음. 당신한테는 지난 하루가 재수없는 날이었죠. 빌어먹을 스물네 시간. 정말 유감이에요. 하지만 나한테는 아주 좋은 하루였어요. 아니, 그저 좋은 정도가 아니라 아주 특별한 날이었어요. 완전히 고물이 된 재스미나의 보일러가 다시 가동되자 예기치 않게도 어떤…… 황홀감을 느꼈어요. 무슨 말인지 알겠어요? 바보나 느낄 법한 완벽한 기쁨이었다고요! 그때 그런 생각이 들었어요. 이럴 수가, 크리스티 슬레인, 너 드디어 술을 끊고 다시 일할 수 있겠다. 그런 생각이 든 게 몇 달 만인지 몰라요. 나는 정말이지 배관 일을 좋아하거든요. 이 일이 싫어진 적은 없어요. 컴프레서 설비가 잘 작동하는 걸 바라보면 성적 감흥까지 생겨요. 농담 아니에요."

"그거 잘됐네요, 크리스티. 아주 잘됐어요."

"네, 그럼요. 갑자기 다시 정상적인 생활로 돌아가고 싶어졌어요. 정말이에요. 새 출발에 관해서라면 당신한테서 배운 점이 한두 가지 있기도 해요. 내게도 어딘가에는 그럴 수 있는 자질이 있다는 걸 알아요."

"그럼요……"

"재스미나가 뭐랬는지 알아요? '당신이 나를 구해줬어요, 슬레인 씨!' 이랬어요. 바로 그때 황홀감인지 뭔지를 느낀 거예요."

레브가 세시 삼십분에 식당에 도착했을 때 지케이 애시는 주방에서 그를 기다리고 있었다. 왈도가 디저트를 만들고 있었기 때문에 주방은 레몬과 초콜릿 향으로 가득했다. 하지만 왈도는 주방에 들어온 레브를 쳐다보지도 않았다. 주방은 쥐죽은듯 고요했다.

애시는 채소 냉장고에 기대서 있었다. 검은색 티셔츠와 크림색 면바지, 크림색과 빨간색이 섞인 스웨이드 운동화 차림이었다. 그는 팔짱을 끼고 있었다. 요리사 모자를 쓰지 않은 머리가 마구 헝클어져 소년 같은 분위기를 풍겼다. 하지만 표정은 엄숙했다.

"레브, 식당으로 가서 앉지." 애시가 말했다.

날이 흐린데다 블라인드까지 쳐놔 식당은 좀 어두컴컴했다. 그들은 요리사들이 늘 앉는, 식당 뒤쪽의 바 가까이에 있는 큰 테이블에 앉았다. 레브가 담배를 꺼내려 하자 애시가 말했다. "그래, 피우고 싶으면 피우게."

"아뇨, 괜찮습니다, 주방장님."

"아니야, 어서 피워. 재떨이 여기 있네. 하지만 담배가 죽음을 재촉한다는 것 정도는 알고 있겠지?"

레브는 리즐라 담배종이를 더듬더듬 말았다. 손이 떨렸다. "제 죽음을 재촉하는 건, 어제 제가 늦었다는 사실입니다. 늦은 정도가 아니었죠. 하지만 자초지종을……"

"이봐." 애시가 레브의 말을 끊었다. "나는 자네를 존중해. 사실 자네가 여기서 일했던 방식을 아주 높이 사네. 자네는 일을 아주 잘했어. 이 업계에서 계속 일할 수 있을 거야. 오랜 시간 일하는 걸 겁내지 않고 족제비만큼이나 캐묻기 좋아하니까. 다른 사람의 일도 단단히 눈여겨보고. 그런 걸 대신할 수 있는 건 없어. 이 서커스 같은 업계에서 성공할 수 있는 능력이지. 하지만 단도직입적으로 결론을 말하겠네. 레브, 자네를 보내야겠어."

레브가 고개를 들어 그를 쳐다보았다. 그의 말을 제대로 들은 건가? 그의 말을 이해한 건가? "보내야겠어"라는 말은 그가 두려워하던 그것을 의미하나?

"미안해." 애시가 말을 이었다. "빈말이 아니라 정말이야. 좀전에도 말했지만 자네의 일솜씨에 대해서는 불만이 없어."

"어제 일 말인데요, 주방장님…… 자초지종을 설명할 수 있어요…… 제발……"

"날 힘들게 하지 말게. 내 마음은 바뀌지 않아."

"안 좋은 일이 있었어요, 지갑을 잃어버리고 아프기까지……"

"어제 일 때문만은 아니야, 레브. 분위기가 엉망진창이라고."

"주방장님, 그게 무슨 말씀이세요?"

"분위기가 개판인 상태에서는 주방을 이끌어갈 수 없어. 나는 무엇이든 질척거리는 건 견딜 수 없어. 여기는 배처럼 좁은 곳이야. 나는 배가 파선되지 않도록 잘 돌봐야 해. 그런데 자네와 소피가 그 일을 제대로 망쳐놓고 있다고. 알겠나? 내게는 일이 우선이야."

레브는 잠자코 있었다. 그가 만 담배는 축 늘어져 불을 붙이기도 뭣했지만 어쨌든 그는 니코틴의 위안을 바라며 떠는 손으로 불을 붙여 한 모금 깊이 빨았다.

"나는 무슨 일이 벌어지고 있는지 이미 낌새를 채고 있었어." 애시가 말했다. "묘한 분위기를 느꼈지. 그런데 이제 모든 게 분명해졌어, 알겠나? 하나하나 말이야. 소피한테 모두 말하라고 다그쳤지. 프리스와 어떤 일이 있었는지까지도. 주방이 이렇게 개판이 된 마당에 두 사람을 모두 데리고 있으면 일에 큰 지장이 생길 거야. 내가 상상할 수 있는 가장 큰 손해가 발생하겠지. 그러니 유감이네, 레브. 자네한테 쉽지 않은 상황이겠지만 나도 별다른 방법이 없어."

레브는 고개를 들어 애시를 쳐다보았다. 레브는 거의 침통하다시피 한 애시의 표정을 보고 용기를 얻어 조용히 말했다. "주방장님, 이 일은 제 인생에서 최고의 일이었습니다. 이 주방에서 일하는 게 정말 행복해요. 말로 표현할 수 있는 것보다 훨씬요. 이제는 채소 담당이라 특히 더 그렇고요. 저는 늘 주문보다 한발 먼저 요리사들이 쓸 재료를 모두 준비하려고 노력하고……"

"나도 알아." 애시가 말했다. "이런 말이 무슨 위로가 되겠냐만, 나도 괜찮은 사람을 해고하는 게 고역이야. 하지만 어쩌겠나? 내 주방에서 감정이 질퍽거리는 건 받아들일 수 없어. 인생상담소를 운영하는 게 아니니까. 이런 사정을 이해해주게, 레브. 이제 결과를 인정하고 앞일을 생각해."

앞일을 생각해.

레브의 시선이 바를 지나 왈도가 페이스트리 반죽을 얇게 밀고 있는 주방으로 향했다. 왈도 뒤로 그가 처음 일했던 2.5미터 길이의 스테인리스 건조대가 보였다. 어떤 보호본능에서 발동하는 애정에 목이 메었다. 어느 특별한 장소에 대해 느껴본 그 어떤 감정보다 강렬했다. 수납장과 열판, 버너와 철판, 오븐과 냉장고, 접시 선반과 싱크대, 자동 식기세척기와 철제 걸이와 행주 등 그 모든 게 그의 것이었다고 해도 이만큼 서럽지는 않았을 것이다. 순간 눈물이 앞을 가려 그는 당황했다.

"이보게." 애시가 말했다. "선심을 좀 베풀겠네. 내가 인심이 후한 사람이 아니란 건 모두가 알지만 자네는 예외로 할 만한 것 같아. 그래서 준비한 게 있어."

"주방장님, 제발 한 번만 더 기회를 주세요."

"이제 다 끝났다니까. 미안하지만 끝이라고. 이미 결정은 내려졌어. 자, 잘 듣게, 알겠지? 자네에게 일주일분 급료에 보너스로 백 파운드를 얹어 모두 삼백팔십 파운드를 지급할 생각이야. 그 정도면 상당히 후하다고 생각해. 그리고 추천서도 썼네. 자, 여기."

애시는 주머니에서 종이 한 장을 꺼내 레브에게 주었다. 레브는 그것을 바라보았지만 눈물이 앞을 가려 내용을 읽을 수 없었다. 그러나 지케이 애시, 그의 서명이 편지 하단에 쓰여 있는 건 보였다. 그는 막연히 그게 가치 있는 것임을 알았지만 당장은 눈앞이 캄캄했다.

레브는 복받치는 설움을 누르며 최대한 침착하게 말했다. "주방장님, 제발 생각을 바꿔 한 번만 기회를 주신다면 맹세코…… 제 인생을 걸고 맹세코 초심으로 돌아가겠습니다. 최선을 다해 열심히 일하겠습니다. 원하신다면 소피와는 말도 하지 않겠습니다. 서로 모르는 사람들처럼요. 계속 일할 수 있게만 해주신다면……"

애시는 고개를 가로저었다. 헝클어진 머리를 손으로 한번 획 쓸어넘겼다. "그럴 순 없어. 자네와 소피 중 한 사람은 나가야 해. 그런데 무리하게 소피를 나가게 할 생각은 없어. 소피는 인맥이 워낙 좋으니까."

레브는 무력하게 앞만 바라보았다. 가느다란 담배에서 잿빛 담뱃재가 흰색 식탁보에 떨어졌다. 그는 바다에 던져진 것처럼 얼음장같이 차가워지는 기분이 들었다.

애시는 가만히 기다렸다. 레브는 눈에서 눈물을 훔쳤다. 애시가 크림색 면바지에서 두툼한 봉투를 꺼내 레브에게 건넸다. "돈은 여기 있네. 이 장사의 비용 구조를 자네도 잘 알고 있으니 이 정도면 섭섭하게 여기지 않을 거라고 생각해."

애시는 말을 마치고 자리에서 일어섰다. 그리고 레브에게 손을 내밀어 악수를 청했고, 레브는 어쩔 수 없이 손을 잡았다.

"행운을 빌겠네. 자네의 눈썰미를 잘 이용하게. 한눈팔지 말고."

레브는 팔러먼트힐 공원의 거친 잔디에 앉아 연을 구경했다. 매트리스처럼 생긴 연들이 초록빛 저녁 하늘에서 붕붕거리며 급강하하기도 했다. 그는 이따금 시선을 떨어뜨려 연 날리는 사람들을 보기도 했다. 그들은 제멋대로 나는 연이 추락하지 않도록 열중하고 있었다. 대부분 어린아이들을 데리고 나온 남자들이었다. 어린아이들은 그들 주변에서 뛰놀고 있었다. 레브는 생각에 잠겼다. 이거야말로 남자들이 정말 원하는 것이다. 아이들의 장난감을 빼앗아 어린아이가 되는 것, 다시 어린 시절을 경험하는 것. 온 세상이 다 느리게 움직이던 시절, 하늘에서 춤추는 물체를 사랑할 줄 알았던 시절을……

레브는 담배를 피우며 머릿속으로 계산을 해봤다. 공기가 선선해지며 주변이 어둑해졌다. 아직 4월이었다. 연을 날리던 사람들은 집으로 돌아가고 없었다. 저멀리 서 있는 키 큰 나무들이 그 뒤로 저무는 태양빛을 받아 검게 보였다. 마지막 빛 속에서 여전히 새들이 우짖는 소리가 들렸다.

애시가 준 삼백팔십 파운드 중에서 크리스티에게 그 주 방세로 구십 파운드를 줘야 했다. 다음주 방세까지 주면 백팔십 파운드였다. 이나에게 송금할 돈은 이미 일주일 밀린 상태였다. 그러니 그녀에게 사십 파운드를 송금해야 했다.

크리스티에게 이 주 치 방세를 다 주고 이나에게 삼십 파운드를 보낸다면 백칠십 파운드가 남을 것이다. 그것으로 불확실한 앞날을 버텨야 했다. 만약 이나에게 사십 파운드를 보내면 백육십 파운드가 남을 것이다. 리디아에게 꾼 돈을 어떻게 할지도 생각해야 했다. 어떻게든 조금씩이라도 갚으려는 노력을 하지 않으면 스스로를 경멸하게 되리라는 걸 알고 있었다. 하지만 그녀에게 얼마를 갚을 수 있을까? 리디아에게 오십 파운드를 보내고서 백십 파운드만 가지고 버틸 수 있을까?

단순한 계산이었지만 레브는 머릿속으로 계속 다시 계산했다. 좀더 유리한 결론을 얻기 위해 지출할 금액을 이리저리 조정해봤다. 예를 들어 크리스티는 구십 파운드만 내도 순순히 받을 것이다. 그런 다음 이나에게 사십 파운드를 송금하고, 리디아에게 갚을 돈은 다른 일자리를 찾을 때까지 '잊는다'면 이백칠십 파운드가 남으리라. 만약 이나에게 송금하지 않으면 이 이백칠십 파운드가 삼백십 파운드로 늘어날 테니 한층 더 안심할 수 있을 것이다. 아니…… 어딘가 잘못되었다. 크리스티에게 줘야 할 돈이 최소한 구십 파운드니까 삼백팔십 파운드에서 구십 파운드를 제하면 이백구십 파운드였다.

이십 파운드가 빗나갔다……

귀에 익은 소리가 돈에 대한 골치 아픈 공상에서 그를 깨웠다. 휴대폰 소리였다. 주머니에서 휴대폰을 꺼내 작은 액정화면을 들여다보았다. 거의 어두워진 주변에서 화면만이 유일하게 빛을 발했다. 화면에 소피의 이름이 뜨기를 한편 바랐지만 그게 부질없는 희망이라는 것도 알았다. 전화를 건 사람은 비타스였다.

"비타스, 잘 지내?"

"네, 잘 있어요." 비타스가 목소리를 높여 말했다. 전화의 감이 멀었다. "여긴 서퍽이에요. 채소 수확하는 일을 하는데 이 주쯤 있으면 아스파라거스를 수확하러 가요. 여기 살기 좋아요. 트레일러 밴이 있어서 방세도 안 들고요. 글릭에서 온 친구 야체크와 같이 살고 있어요."

"그래, 잘됐구나. 일이 잘 풀린다니 다행이다……"

"우리는 인원이 적어요. 대부분이 우리 나라 사람이고, 중국 사람도 두 명 있어요. 불법체류자지만 아무도 상관하지 않아요. 이름이 소니 밍과 지미 밍이에요."

"소니 밍과 지미 밍?"

"우리는 그렇게 불러요. 진짜 중국 이름이 있겠지만, 그런 거 신경쓰는 사람은 없어요. 걔들 영어 발음은 정말 웃겨요, 우리 모두를 즐겁게 해준다니까요. 그리고 사장은 미지라는 사람인데 나쁜 사람은 아니에요. 돼지처럼 뚱뚱한데, 그 똥 같은 놈 애시보다 우리를 훨씬 인간적으로 대해주죠. 그나저나 그 개자식은 어때요?"

레브는 잠자코 있었다. 슬슬 추워졌다. 바람이 나무를 스치는 소리가 들렸다. 그는 일어나 잔디밭을 가로질러 하이게이트힐을 향해 걷기 시작했다.

"아저씨, 듣고 있어요?"

"응, 그래. 잠깐 안 들렸어. 뭐라고 했니?"

"애시는 어떠냐고요."

"비타스…… 나 이제 거기서 일 안 해. 애시한테 잘렸어."

"잘렸다고요? 해고당했단 말인가요?"

"그래."

"왜요? 아저씨는 거기서 빌어먹을 노예처럼 일했잖아요. 혼자 다섯 명 몫을 했는데."

"나도 알아. 그런데 애시도 나름 이유가 있었어. 설명하자면 길다. 내일부터 당장 다른 일자리를 알아봐야 해."

"젠장. 아저씨는 그런 취급을 받으면 안 돼요. 아저씨는…… 아저씨는…… 나한테 정말 잘해줬는데. 사디스트 같은 놈. 나는 그놈을 증오해요. 이제 어쩌실 거예요?"

"몰라. 가능하면 요식업계에 있어야지."

"뭐하러 그래요? 끔찍한 계급 집단인데. 고향의 지주와 농노 시대나 마찬가지잖아요. 기차 타고 여기로 내려오는 건 어때요? 내가 미지한테 말할게요. 밍이 쓰는 트레일러 밴에 자리가 있어요. 게다가 우리는 야외에서 생활하잖아요. 푸르른 시골이에요. 위스키라는 이름의 농장 개도 있어요. 잡종이지만 괜찮은 개예요. 간혹 우리가 갈 때 따라나와 차 뒤를 쫓아요."

"얼마나 받고 일하니?"

"최저임금이에요. 하지만 말씀드렸듯 방세가 안 들잖아요. 식료품도 조합에서 싸게 사고요. 게다가 미지가 감자는 거저 줘요."

"감자를 거저? 괜찮구나."

"네. 고약한 런던보다야 낫다니까요. 오세요."

"그래, 한번 생각해볼게."

레브는 천천히 집을 향해 걸었다. 아무도 없는 테니스 코트와 개화기에 맞춰 말끔하게 제초 작업을 한 장미꽃 화단을 지났다. 자신도 모르게 비타스의 생활을 머릿속에 그려봤다. 들판 한가운데 살면서 1구짜리 버너 스토브에 감자를 굽고, 줄지어 심긴 불투명한 양상추를 새벽에 내려다보는 생활.

하숙집에 돌아온 레브는 콩 통조림을 데워 숟가락으로 게걸스럽게 퍼먹었다. 그런 다음 색이 바랜 기린 무늬 베개를 침대에 세워 목을 받치고 누워 『햄릿』을 읽기 시작했다.

그 어려운 책을 악전고투하면서까지 읽을 생각은 없었다. 그는 리디아를 그렇게밖에 대하지 못한 것에 대해 일종의 속죄를 하는 차원에서 책을 읽기 시작했다.

책을 펼쳤다. 리디아가 쓴 헌사나 학술적인 개론은 들여다보지도 않고 1막 1장으로 바로 갔다.

누구냐?

좋아. 어쨌든 첫 줄은 이해했다. 연극이 시작할 때 흥미를 유발하는 방법이라는 생각이 들었다. 누구냐? 책 뒤의 주석을 보니 버나도를 비롯한 이 등장인물들은 대포가 설치된 포루에서 보초를 서는 병사들이라고 설명되어 있었다. 그렇다면, 맞다. 그건 보초병이 긴장해서 외친 소리였다. 하지만 그 말은 그가 계속 자신에게 던지던 질문이 아니었나? 이제 내 인생에 누가 있지? 내 편이든 적이든, 누가 남아 있지? 누가 아직 더 남아 있지?

레브는 다시 병사들에게로 돌아갔다. 아주 오랜 옛날 덴마크의 병사들을 상상하기가 쉽지 않았다. 그저 배린이나 다른 도시에서 보곤 했던 군인들의 얼굴이 떠오를 뿐이었다. 그들은 언제나 자신들을 바라보는 사람들을 그냥 지나쳐 먼 곳을 응시했다. 다른 사람들은 그 일부가 될 수 없는 어떤 질서정연한 경치를 보듯이. 레브는 그런 군인들을 두려워하면서도 동정했다. 그들이 쓴 군모는 초콜릿 상자처럼 딱딱하고 둥글었다. 그리고 가슴에는 낡은 칼라시니코프 소총을 단단히 안고 있었다.

날이 호되게 춥네.

기분도 우울하고.

레브는 이 구절도 마음에 들었다. 그가 군인들 앞을 지났을 때, 그들의 무표정한 얼굴에서 벗어났을 때 그들에게서 바로 이런 느낌을 받았기 때문이었다. 지나친 다음에야 이런 생각이 들었다. 그 군인들은 외로운 초소에서 처량하게 왔다갔다하며 추위에 떨고 있겠지. 글릭의 한 장관의 요새 앞에서 보초를 서는 소년 징집병 앞을 지나갈 때 루디가 말하지 않았던가. "쟤네들, 마음이 아파 보이는군. 너무 일찍 젖을 뗀 아이들처럼 말이야."

유령 등장한다.

중간에 이해하지 못한 내용들을 대충 건너뛰었다가 레브는 오른쪽 페이지에서 이 지문을 보았다.

그럼, 죽은 자에 대한 이야기인가보군. 리디아가 크리스마스 선물로 이 책을 고른 까닭이 여기에 있을 것 같았다. 그녀는 레브가 인정했던 것보다 더 그를 잘 알고 있었다. 그가 아직도 아버지와 함께 제재소에서 보낸 지난날과 마리나에게 사로잡혀 있다는 것을.

그런데 이제는 그를 따라다니며 괴롭히는 것이 더 생겨버렸다. 지케이 애시의 주방, 소피의 아파트 창밖으로 보이는 검은 나무들, 한때 그의 길을 밝혔다 꺼져버린 섬광 같은 행복이.

그 모든 일을 떠올리느니 계속 책을 읽으며 『햄릿』에 몰두하는 편이 나을 듯했다. 레브는 섬광 같은 행복처럼 갑자기 의미가 실종

된 대사를 힘들게 읽어나갔다.

　유령이 말하려는 찰나에 새벽닭이 울다니.

　레브는 눈을 감고 책을 떨어뜨렸다. 말도 안 되게 어려운 글이었다. 대부분의 일상적인 일들에서 겪는 어려움과는 차원이 달랐다. 그런데 리디아가 비판적인 눈으로 바라보는 느낌이 들었다. 그녀의 시선은 이렇게 말하고 있었다. 나를 실망시키지 마요, 늘 그랬던 것처럼 나를 옆으로 밀어내지 마요. 그래서 그녀의 말에 따라보기로 했다. 다시 책을 집어들고 악전고투하며……
　왕과 왕비가 시종들에게 둘러싸여 등장했다. 그런데 그들과 유령은 어떤 관계지? '비'는 뭐고? 젊은 포틴브래스와 노르웨이 왕은 누구일까? '비애의 옷'은 뭐지? 레브는 주석과 본문을 번갈아가며 보았다. 그러다가 노르웨이 왕에 관한 부분에서 머뭇거리지 않고 햄릿이 나오는 부분으로 건너뛰었다. 햄릿이 혼자 남아 우리에게 직접 말하면 모든 게 명료해질지 모른다는 생각이라도 한 것처럼. 그는 이 지문을 골똘히 응시했다. 햄릿만 남고 모두 퇴장한다.
　레브는 담배에 불을 붙였다. 한 모금 깊이 빨며 햄릿이 홀로 무대에 남아 가슴에 담아둔 말을 하려고 준비하는 장면을 상상했다. 그는 젊은 사람일 것이다. 아마 서른 살 정도, 젊고 마른 체격이겠지. 겨울이면 일거리를 찾아 배린 제재소로 오곤 했던 청년들처럼. 그들은 덴마크의 왕자가 아니라 노동을 모르는 소년들이었다. 그들은 희미한 조명 아래서 말없이 둘러선 채 톱이 날카로운 소리를 내며 소나무를 파고들 때 튀기는 불꽃과 주홍색 톱밥을 구경하곤 했다. 사시사철 노동하며 매주 집에 돈을 가져가는 사내들의 세계에 발을 들인다는 건 과연 어떤 일일까 상상하면서. 그 세계는 눈 오는 우중충한 오후에 아크등 불빛 아래서도, 새소리가 알리는 이른 봄비가 휘몰아치는 몹시 추운 날에도 어김없이 일하는 세계였다. 레브는 그곳에 청년들이 오는 게 싫었다. 그들의 얼굴을 보고 싶지 않았다. 그들의 얼굴에서 자기 자신의 얼굴을 보는 게 두려웠기 때문이다.

　　……오, 하느님, 오, 하느님!
　　이 세상의 모든 관례가 나에게는
　　지긋지긋하고 퀴퀴하고 답답하고 무익하게 보이는구나!

　이 부분은 그래도 좀 나았다. 조금 더 많은 단어를 이해할 수 있었다.

　　아, 정말이지! 그 기억을 떠올려야 하는가?

　무슨 기억을 말하는 거지? 주석을 보기 위해 책의 앞뒤를 왔다 갔다하는 그의 마음은 언어의 단단한 껍질을 힘들게 파고들며 날카로운 소리를 내는 톱과 같았다.

　　짧디짧은 한 달……
　　……그 한 달도 안 되어…… 어머니는 결혼했다.

그러니까 그게 이 말이었다. 여자의 배신! 역시 그렇구나, 레브
는 생각했다. 우리의 파멸을 재촉하는 건 여자들의 행동이니까. 남
자끼리라면 우리는 제재소의 추운 어둠 속에서도 살아남는다. 우
리는 쌓인 눈 위에 발자국을 찍고 낡은 보온병에 담긴 차를 마신
다. 누군가가 우스갯소리도 한다. 우리는 영원한 멍에를 짊어진 황
소처럼 어깨가 아프지만, 서로 악수를 나누고 낚시 계획을 세우고
함께 술을 마시고 계속해서……

레브는 초인종 소리를 들었지만 나가보지 않았다. 자정이 넘은
시각이었다.

　　…… 숙부와, 아버지의 동생과
　　결혼하다니. 헤라클레스와 내가 다른 만큼이나
　　아버지와 다른 그와.

초인종이 울리고 또 울렸다. 레브는 지친 몸을 일으켜 발을 질질
끌며 이층 입구로 갔다. 그리고 인터폰의 수화기를 들었다.

"나 소피예요. 문 좀 열어줘요."

레브는 아무 말도, 아무런 행동도 하지 않았다. 추가 지시라도
기다리듯 수화기를 귀에 대고만 있었다.

"레브, 제발 문 좀 열어요."

그녀의 목멘 소리를 들은 순간 이미 느꼈다. 그녀를 돌려보내
고 싶다는 걸. 그녀와 관련된 모든 것, 터무니없는 업적을 이룬 그
녀의 유명인 친구들, 그를 멸시하는 그들의 태도 등 그녀를 둘러싼
모든 것과 단절하고 싶다는 걸. 하지만 왠지 그녀를 돌려보낼 수

없었다. 그녀의 섹시한 음성을 듣고는 더욱 그랬다.

레브는 문을 여는 버튼을 눌렀다. 계단을 올라오는 발소리가 들렸다. 그는 현관문을 열어주고 자신의 방으로 들어가버렸다. 마치 그녀가 자려고 하지 않았던 방이 그녀로부터 그를 안전하게 지켜주기라도 할 것처럼.

소피가 방문 앞에 서서 그를 쳐다보았다. 밤공기 때문인지 뺨이 발갰다. 머리칼은 자전거 헬멧에 눌려 납작했고, 몸에서는 주방 냄새가 났다. 레브는 그 멋진 스테인리스스틸 주방에서 추방당한 몸이었다. 그는 담배에 불을 붙이고 방바닥에 떨어져 있던 『햄릿』을 주워서 읽고 있던 페이지를 표시하려 모서리를 접었다.

이건 좋지 않은 일이며, 좋게 될 수도 없는 일이다.

"와, 『햄릿』을 읽고 있었네요?"
"네."
"어렵지 않아요?"
"물론 어렵죠. 어렵지 않은 게 어디 있겠어요."

자전거를 타는 복장으로 문가에 선 소피는 섹시하면서도 멋쩍어하는 듯 보였다. 그녀가 스카프를 풀기 시작했다. 레브가 좋아했던 그 노란색 스카프였다. 그는 그녀에게서 눈길을 돌렸다. 그녀가 방으로 들어와 바닥에 앉았다. 프랭키의 장난감가게가 있던 자리였다. 그녀는 빨간색과 검은색 줄무늬 스타킹과 검은색 부츠를 신고 있었다. 그녀가 검은색 벨벳 재킷을 벗었다.

"레브, 미안하다는 말을 하러 왔어요." 소피가 부드럽게 말했다.

"미안하다뇨?"

"그렇게 될 줄은 몰랐어요. 하지만…… 나도 모르겠어요……
하위에게 완전히 압도당했다고나 할까. 그렇게 어처구니없이 사랑
에 빠졌다고 느낀 적은 한 번도 없었어요."

소피는 고개를 숙였다. 어린아이처럼 뉘우치는 듯이. 프리스의
몸이 그녀의 몸을 내리누르는 상상을 하기는 어렵지 않았다. 그녀
가 고개를 들고 말했다. "우리가 친구로 지냈으면 좋겠어요. 당신은
나한테 중요한 사람이에요, 레브. 그러니 친구로 남으면 좋겠어요."

친구.

짧디짧은 한 달……
……한 달도 안 되어……

한 달이랄 것도 없었다. 겨우 며칠…… 몇 시간이었다. 그녀에게
새 애인이 생겼다. 돈도 많고 유명해서 그녀가 원하는 것은 무엇이
든 사줄 수 있는 애인. 하지만 레브는 아무것도 없었다. 사랑도, 직
장도, 아무것도. 그는 담배를 피우며 그녀를 응시했다. 말없이 쳐
다보는 시선에 그녀가 불편해하리라는 것을 알기에.

"레브?"

그는 그녀의 무릎을 쳐다보았다. 거기에 손을 얹고 천천히 위로
올라가 스타킹 끝을 더듬어 찾아 손을 멈추고, 그녀의 반응을 기다
리며 그녀의 숨소리를 듣고 다시 한번 가까이 그의……

"애시의 결정 때문에 당신이 곤란해졌다는 거 알아요. 아주 곤
란한 상황일 텐데 미안해요. 내가 그렇게 하라고 부탁한 건 아니에

요. 하지만 그것밖에 별다른 수가 없었을 거예요……"

레브는 그녀와 말하고 싶지 않아서 계속 담배를 피웠다.

"레브, 부탁이에요. 이해해주면 안 될까요?"

그는 보조개가 팬 상기된 그녀의 얼굴을 보지 않았다. 그저 그녀의 옷과 그 옷이 가리고 있는 그녀의 몸만 보았다. 둥근 복부를 가로지르며 꼭 조인 빨간색 스커트, 역시 빨간색으로 그녀의 가슴을 부드럽게 덮고 있는 점퍼를 보았다. 그는 청록색 브래지어와 G스트링 팬티, 벽난로 앞에서 그를 향해 들려 있던 엉덩이를 떠올렸다……

"사실, 여러 번 당신한테 말하려고 했어요. 멀리 봤을 때 우리 관계는 희망이 없다고. 내 친구들은 모두 그걸 알았죠. 누구보다 나도 알고 있었고. 우리는 서로 아주 달라요. 하지만 좋았던 때도 있었잖아요. 그렇죠? 실버스트랜드에 갔던 날도 그랬고요."

그녀는 지금 G스트링을 입고 있을까? 하위 프리스 앞에서도 그때처럼 팔다리를 짚고 엎드려 매끈한 피부의 음란한 암캐처럼 엉덩이를 쳐들었을까? 프리스에게도 아프게 해달라고 애원했을까?

"크리스티와 프랭키가 파도 속에서 팔짝팔짝 뛰었던 거 기억나요? 햇빛이 어떻게 비쳤는지 기억나요?"

그래, 하지만 그때는 이미 해가 진 뒤였다. 그걸 잊었단 말인가? 아니면 그걸 알아차리지 못했었나? 지금 소피는 그저 앉아서 그에게 주절거릴 뿐이었다. 그것도 명랑하다 싶을 정도로. 마치 그에게 감정도, 갈망도, 남아 있는 감성도 없다는 듯이.

"레브, 제발 무슨 말 좀 해봐요……"

레브는 담배를 비벼 끈 다음 무릎을 꿇고 앉았다. 여전히 그녀의 얼굴을 보지 않은 채로. 그러고는 불쑥 팔을 쳐들었다. 갑작스러운 동작에 그녀가 깜짝 놀랐다. 레브는 쇄골을 꽉 누르며 그녀를 벽에 밀어붙였다. 그의 다른 한 손은 그녀의 사타구니를 파고들었다. 스타킹의 끝단, 도발적인 가터벨트에 달린 도발적인 꽃봉오리 모양의 클립, 탄탄한 살이 손에 느껴졌다.

소피는 그를 밀어내려 애썼다.

그의 몸이 그녀를 덮쳤다. 그는 그녀의 머리 옆 벽에 자신의 머리를 댄 채 힘을 주며 손으로 계속 찾았다…… G스트링이 없었다…… 속바지도 없었다…… 아무것도 없었다…… 그저 세상을 향해 열린 짜디짠 음부뿐이었다. 그는 속으로 말했다, 이미 알고 있던 사실을. 이 여자는 창녀야. 그녀는 창녀보다 나을 게 없었다. 아주 오래전 루디와 함께 드나들었던 배린 사창가의 쓰레기보다 훌륭할 게 전혀 없었다. 그녀가 영국인이라는 것, 그것만이 유일한 차이점이었다. 크리스티의 말이 옳았다. 영국 여자는 모두 인종차별주의자이고 성생활이 문란하고 뻔뻔하다. 그들은, 누구보다도 그녀는 그가 하려는 짓을 당해 마땅했다. 그들은 치욕을 당해 마땅했다.

"레브, 우리는 이제 더이상 이런……"

그녀는 하위 프리스의 여자였다. 그녀의 얼굴과 베개에 나란히 놓이는 건 턱살이 축 늘어진 그자의 얼굴이었다. 그녀의 입속을 탐색하는 건 그의 혀였다. 잠에서 깼을 때 그녀의 고혹적인 목소리를 듣고 꿈틀거리는 성기로 그녀의 손을 가져가는 것도……

"레브……"

그는 손마디뼈만큼이나 단단하게 꿈쩍도 하지 않았다. 그녀도 레브와 섹스할 때 늘 거칠게 굴지 않았던가?

그는 이제 그녀를 초록색 카펫 위에 내리눌렀다. 그녀의 머리칼이 웬디의 집 문에 닿았다. 그는 눈을 감았다. 눈을 감고 그녀에게 키스했다. 몇 달 전 그녀가 붐비는 술집에서 그에게 키스했을 때처럼. 그의 이가 그녀의 이에 부딪혔다. 그녀의 입을 더듬는데 그녀의 혀가 느껴졌다…… 그 모든 일에도 불구하고…… 지금 그의 난폭한 행동에도 불구하고…… 그녀의 혀가 그의 혀와 엉켜들기 시작했다. 기억하고 있던 욕정이 다시 그녀를 덮친 듯했다. 그녀의 저항은 약해지며 변하고……

그는 그녀의 종아리가 그의 등을 감도록 그녀의 다리를 위로 끌어당겼다. 그의 입은 그녀의 입에서 잠시도 떨어지지 않았다. 그녀는 울먹이며 신음했지만 두려워하지 않았다. 그는 알 수 있었다. 그렇지 않겠는가? 그녀의 두려움이 사라지고 욕정이, 만족할 줄도 억제할 줄도 모르는 사내에 대한 탐욕이 전부 되살아났다는 걸 그가 알 수 있지 않았겠는가……

소피.

여우처럼 신음하는, 하위 프리스의 창녀가 그의 몸 아래서 준비하고……

그는 힘주어 삽입했다. 그녀는 기름을 바른 듯 부드러웠다. 곧바로 그에게 맞춰 움직이기 시작했다. 그를 꼭 붙잡고. 그는 힘줄이 불거진 팔뚝으로 그녀를 단단히 감싸안았다. 파도가 출렁이는 바다를 요동치며 헤쳐나가는 배처럼 마구 흔들었다. 그녀의 머리가 장난감 나무집에 부딪히는 소리가 났다. 그녀의 부츠가 그의 엉덩이를 쳐 멍이 든 것 같았다. 그는 그게 좋았다. 더 깊이 넣으라며 넙다리뼈를 내리누르는 그 통증이 좋았다.

레브는 여전히 눈을 뜨고 그녀를 보려 하지 않았다. 그녀에 대한 사랑의 감정을 느끼고 싶지 않았다. 그는 속으로 말했다. 그녀는 그저 동물일 뿐, 아무것도 아니야. 그녀가 그의 입술을 깨물었다. 심술궂은 여우 같으니. 피가 흐르자 다시 깨물었다. 몹시 아팠지만 그 통증이 그의 방아쇠를 당기기 시작하는 게 느껴졌다. 이런……턱이 피범벅이 되었다. 그녀를 저주하고 욕하고 그녀의 이름을 부르고 싶었지만 그 말들이 피로 가득한 입안에서 맴돌다 마는 소리만 났다. 그러고는 방아쇠가 팽팽해지다 늦춰지고, 다시 팽팽해지다 떨리더니, 세게 팽팽해지며 발사되었다.

밑에 있던 그녀가 단호히 그를 옆으로 밀어내고 빠져나가자 그는 어둠 속에서 다시 의식의 표면으로 떠올랐다.

고개를 돌려보니 그녀가 사랑스러운 머리를 숙이고 줄무늬 스타킹에 가터벨트를 채우고 있었다. 한 치의 거짓도 없는 깊은 후회의 감정이 밀려왔다.

"소피, 미안해요. 거칠게 굴어서. 그럴 생각은 아니었는데……"

그녀는 대꾸하지 않았다. 그저 계속 스타킹을 매만지고 스커트의 주름을 펼 뿐이었다.

"소피." 그가 다시 입을 열었다. "아팠어요?"

"네, 아팠어요." 그녀는 그에게서 돌아서서 벨벳 재킷을 집어 입었다.

그는 일어서서 다가가 그녀를 잡으려고 했다. 그녀는 몸을 빼고는 바닥에 놓인 스카프를 집어 목과 턱에 둘둘 말았다.

후회와 수치심이 들었다. 그의 몸은 여전히 그녀와의 섹스로 인

한 무아경에 떨었지만 덮쳐오는 수치심이······

그녀는 스카프로 얼굴에 묻은 피를 가리고 문으로 갔다.

그는 그녀의 손을 잡으려 했다. 단 한 번의 포옹, 용서의 몸짓, 예전의 열정이 여전하다는 걸 인정하는 몸짓, 그게 그가 바라는 전부였다.

하지만 그녀는 손을 거두었다. "잘 있어요, 레브. 내 집에 온다거나 하는 짓은 삼가줘요. 서로 두 번 다시 보지 않는 게 낫겠어요."

17
채소의 여왕

'미지' 미점이 낡은 랜드로버를 몰고 아침 일곱시 반에 세 대의 트레일러 밴이 세워져 있는 곳에 나타났다. 그는 외국인 노동자들을 차에 태워 자신의 30에이커 규모의 아스파라거스 농장으로 데려갔다. 그곳에는 트랙터와 수레가 준비되어 있었다.

트랙터는 고랑을 따라 똑바로 수레를 끌어야 했다. 수레가 튀어오른다든지 고랑에서 미끄러져 벗어나면 곤란했다. 제대로 천천히 움직이며 아스파라거스 커터, 즉 인간 농기들이 보조를 맞추게 해야 했다. 폭이 넓은 수레의 철제 가로대에 대여섯 개의 플라스틱 상자가 일렬로 들어 있었다. 상자의 수는 뒤를 따르는 커터의 수와 같았다. 그 방식은 단순하지만 효과적이었다. 커터는 허리를 굽히고 왼손으로 꽃을 그러모으듯 아스파라거스 줄기 부분을 한 움큼 잡은 다음, 낭비되는 부분이 없도록 바로 땅 밑에서—땅 위에 남는 부분이 없도록—자른 뒤 그것을 순이 한 방향으로 향하도록 상자에 가지런히 담아야 했다. 과거에는 수확 노동자들 각각이 바구니를 들고 다니다 바구니가 다 차면 밭 가장자리에 있는 상자로 옮겨 담느라 많은 시간을 허비했었다. 하지만 이제는 트랙터와 이에 딸린 장비 덕분에 아스파라거스를 자르자마자 한번에 깔끔하게 일을 처리할 수 있었다. 상자는 하루에 두 번 랜드로버에 실려 미지의 외양간 냉장저장고로 운반됐다.

농장 주인은 작업을 잘 지켜보기만 하면 되었다. 운전대에 눌릴 정도로 배가 불룩한 미지는 트랙터를 운전하는 내내 고개를 반쯤 돌리고 커터들이 어떻게 일하는지 지켜보았다. 혹 아스파라거스를 상자에 던져넣는 장면을 보기라도 하면 소리를 질렀다.

"이봐, 잘 들어." 그들이 처음 일을 시작한 날 그가 이렇게 말했다. "아스파라거스는 사탕무가 아니야! 젠장, 방울양배추도 아니고. 혈통이 훌륭한 채소야. 채소 세계의 여왕이라고. 하룻밤 사이에 자라기 때문에 신속하게 수확해야 해. 그러지 않으면 씨가 맺혀. 그리고 쉽게 손상되니까 정중하게 다루도록 해. 깍듯이 대하라고. 안 그러면 이 농장에서 쫓겨날 줄 알아."

미지는 롱마이어암스의 농사꾼 친구들에게 말했다. "동유럽에서 온 이 녀석들은 밭일에 익숙해. 아마 어렸을 때 고향집에서 기르는 닭한테 모이를 주려고 새벽에 일어났을 거야. 학교에 다녀와서는 소젖을 짜거나 배추밭에 물을 주는 등 여러 가지 일을 했겠지. 그래선지 수확할 때 쓸 만해. 땅을 알거든."

미지가 중국 청년 소니와 지미 밍에 대해서는 이렇게 말했다. "걔들은 발음이 어떻게 안 되나봐. 게다가 소니 밍, 걔는 일할 때 툭하면 공상에 잠기는지 너무 위를 자른단 말이야. 하지만 착하기는 해. 그건 인정해. 웃기도 잘 웃고. 무엇 때문에 웃는지는 모르지만 그게 무슨 상관이겠나? 또 걔들은 비가 와도 전혀 개의치 않는 것 같아."

올해 미지가 고용한 커터는 일곱 명이었지만, 현실적으로는 아홉이나 열 명 정도가 필요한 상황이었다. 봄비가 적당히 온데다 지난 늦가을에 밭에 깔아둔 해초 덮개가 심했던 겨울 서리에 분해되어 비료가 된 덕에 아스파라거스가 풍작이었기 때문이다. 작물의 상태도 적당히 좋아 줄기가 너무 굵지도 너무 가늘지도 않았다. 게다가 올해 4월은 기후가 따뜻해 아스파라거스가 자라는 게 실제로 보일 정도였다. 그래서 비타스가 레브를 고용해달라고 부탁하자 미지는 말했다. "그가 중국인들과 함께 기거해도 괜찮다고 하면 난 오케이야. 더불어 열심히 일하겠다면야."

레브는 남들과 함께 빗물이 새는 낡은 트레일러 밴에서 생활하는 것에 신경쓰지 않았다. 그런 불편함은 런던의 생활을 망친 데 대한 벌로 받아들이기로 했다. 이제야 그곳에서의 삶이 얼마나 멋졌는지 깨달았으니까. 크리스티 슬레인과의 우정, 그와 함께 티와 토스트를 먹으며 즐겼던 유쾌한 시간이 그에게 위안을 주었는데, 직장생활도 좋아지기 시작한 참이었는데. 양로원에서 일요일 반나절 동안 자원봉사하는 여자, 아름답고 섹시한 한 여자의 사랑도 받았었는데. 하지만 이제 그는 그 모든 것을 잃은 상태였다.

"모든 걸 망쳤어." 그는 루디에게 말했다. "예전처럼 성질이 폭발해 아주 바보 같은 짓을 저질렀어. 모든 사람의 손에 석탄을 쥐여준 꼴이었어."

"사랑은 사람을 돌게 해. 너무 자책하지 마." 루디가 말했다.

"자책하지 말라고? 난 그래야 마땅해. 그 극장에서 소피를 목 졸라 죽일 뻔한데다 또⋯⋯"

"또 뭐?"

"소피가 나를 보러 집에 왔는데 거칠게 굴었어. 무슨 말인지 알겠어? 소피가 늘 화끈했기 때문에 그때도 그걸 원한다고 멋대로 생각해버렸어. 그런데 실은 강간과 다를 게 없었던 거지."

루디는 잠자코 있었다. 레브는 그가 무슨 말을 해야 할지 전전긍긍하는 모습을 떠올릴 수 있었다. 잠시 후 크게 한숨 쉬는 소리가 들리더니 루디가 웅얼댔다. "21세기는 남자들이 참 살기 힘든 시대야. 남자들은 자기가 어디에 있는지조차 모르는 것 같아."

"내가 어디에 있는지는 말해줄 수 있어. 난 다시 모든 걸 잃은 사람들과 함께야."

트레일러 밴의 창문에 커튼이 없어서 레브는 거의 매일 동이 트는 아침 여섯시면 잠을 깼다. 잠에서 깬 후에는 대개 작은 2구짜리 버너로 차를 우려 머그잔에 담아 밖으로 나갔다. 밴 안의 퀴퀴한 공기에서 벗어나 죽 늘어선 포플러나무 뒤쪽에서 떠오르는 태양을 바라보며 신선한 공기를 호흡하기 위해서였다.

비가 자주 내렸다. 밴이 세워져 있는 터는 늘 진흙투성이였다. 지친 노동자들이 터벅터벅 오가며 남긴 자국이었다. 0.5에이커쯤 되는 이 진흙투성이 터는 빨랫줄이 있는 곳까지 이어졌다. 장대 사이에 매달린 빨랫줄에는 대개 타월이나 싸구려 침대보, 낡은 티셔츠, 회색 속옷 등이 널려 있었다. 또한 이곳에는 버려진 화물 운반대 더미, 상자, 자투리 목재, 다양한 길이의 회색 파이프, 받침쇠, 플라스틱 선반 등이 널려 있었다. 그리고 공중전화 부스처럼 좁은 간이화장실이 콘크리트블록에 올라가 있었다. 화장실은 일주일에 한 번 비워내고, 드라이 마티니처럼 강하게 코를 자극하는 초록색 세척제를 채워넣었다.

레브는 담배를 피워 물고 차를 마시며 이슬이 맺혀 반짝이는 잔디밭으로 걸어갔다. 그쪽에는 산사나무 울타리와 아직 잎이 거의 돋지 않은 나무딸기밭이 있었다. 나무딸기밭 너머에는 푸릇푸릇한 목초지가 둔덕에 자리잡고 있었다. 때때로 미지의 거위들이 그곳을 돌아다니며 꽥꽥거리는가 하면 자리를 틀고 앉기도 했는데, 그 모습이 눈처럼 하얀 머랭 같았다. 그 너머로는 포플러나무와 광활한 하늘이 펼쳐졌다. 조용한 아침에 롱마이어 농장의 이 자리에 서 있을 때면 레브는 간혹 비타스가 묘사했던 것과 비슷한 감상을 느꼈다. 그런대로 괜찮다고, 진흙투성이지만 오래전 영국의 외딴곳 같은 웬만한 다른 곳들보다 낫다고.

하지만 그의 등이 문제였다. 하루종일 아스파라거스밭에서 구부정한 자세로 일한 탓도 있겠지만 그에게 배정된 침대 때문이기도 했다. 트레일러 밴에 있는 것은 전부 오래되고 낡고 중고에다 지저분했다. 그는 단단한 기포고무 매트리스를 깔고 잤다. 이 매트리스를 낮에는 접어 세워두었다가, 접이식 포마이카 테이블을 펼 일이 생기면 부피 큰 의자로 사용했다. 기포고무 매트리스는 깔끄러운 천으로 싸여 있었고, 이 천 위에 깐 나일론 침대보는 툭하면 벗겨지기 일쑤였다. 그는 밤새도록 몸이 따가워 뒤척였다. 벨리샤 로드의 침대가 그리웠고, 크리스티에게 작별인사를 하며 눈물이 날 것 같았던 기억이 떠올랐다.

어느 날 아침, 밤새 거의 한숨도 자지 못한 레브는 미지 미점에게 부드러운 담요든 누비이불이든 뭐든 매트리스와 나일론 침대보 사이에 깔 만한 것을 달라고 부탁했다. 하지만 미지는 그냥 돌아서더니 트랙터가 세워져 있는 곳으로 성큼성큼 걸어가버렸다. 레브는 미지가 듣고 싶은 이야기만 듣는 사람이라는 걸 알고 있었기에 딱히 놀라진 않았다.

미지 미점. 중국 청년들은 그에게 '배불뚝이'라는 별명을 붙였다. 커터들이 하루 일을 시작하러 모이면 미지는 트랙터를 천천히 앞으로 몰며 큰 소리로 이것저것 지시하곤 했는데, 그럴 때면 중국 청년들의 얼굴에 미소가 번졌고, 이따금 이 미소는 걷잡을 수 없는 웃음으로 바뀌었다. "호호호호! 호호호호호호!" 레브는 그들을 구경하는 게 재미있었다. 소니와 지미 밍은 고랑 위로 몸을 구부리고 배불뚝이의 모습을 보며 눈물을 흘릴 정도로 웃었다. 운전대에 눌려서 겹겹이 접혀 힘들어 보이는 배와 커터들의 작업 속도를 감시하려고 굵은 목을 꼬아 뒤를 돌아보는 그의 딱부리눈 때문이었다.

"쟤들은 왜 저래?" 미지는 간혹 순진하게 물었다. 잡종견 위스키가 발꿈치를 물려고 달려들며 짖어대도 그들은 신경쓰지 않았다. 웃음은 그들에게서 떼어놓을 수 없는 달콤한 중독인 듯했다.

"중국에서는 사람들이 저것보다 더 잘 웃어요." 비타스가 의견을 내놓기도 했다.

그러면 금발에 혈색이 좋은 야체크가 친구의 말을 거들었다. "신경쓰실 거 없어요. 미지 씨를 보고 웃는 게 아니니까요. 무슨 계획을 꾸미는 건지도 모르죠. 위스키를 납치하는 계획 같은 거요.

중국인들은 모두 개고기를 먹어요!"

"쟤들한테 말해, 만일 내 개에 손대면 눈알을 빼버리겠다고."

아침 시간은 그런 식으로 지나갔다. 회갈색 고랑, 초록색 줄기, 줄기 밑동을 깔끔하게 자르기, 도랑의 잡초, 등에 쏟아지는 햇볕 혹은 비, 맑은 공기를 더럽히는 트랙터의 디젤 배기가스. 레브의 세계는 이런 것들에 한정되어버렸다.

일꾼들 사이에는 동지애 같은 것이 있었다. 레브는 모국어가 이 목소리 저 목소리로 들려오는 게 좋았다. 그 목소리를 들으면 어렸을 때 토끼나 비둘기를 잡으러 오로 뒤의 숲을 헤매던 일이 떠올랐다. 디젤 배기가스를 들이마셨을 때는 배린 제재소에서 훅 끼치던 냄새가 떠올라 얼떨결에 목재 가장자리에 서 있는 옛친구들의 얼굴을, 안전모를 쓴 그 유령 같은 얼굴을 보려고 고개를 들 뻔하기도 했다.

레브는 대개 침묵을 지키며 비타스와 다른 일꾼들이 나누는 말을 듣기만 했다. 협동조합 매점의 계산대 여직원이나 롱마이어암스의 여자애들을 마음에 두고 있다거나, 오토바이를 사서 뽐내고 싶어 몸이 근질근질하다거나, 어떤 맛이 가미된 감자칩이 좋다거나, 컵라면을 먹어봤다거나, 돈을 저축하고 있다거나, 바가텔식 빌리어드*가 어쩌고저쩌고 하는 얘기들이었다.

어느 날 오후, 레브는 밭 한쪽 구석에서 점심으로 파슬파슬한 롤빵에 콘비프, 피클, 가공 치즈를 넣은 샌드위치를 펩시콜라와 함께 먹으면서, 동료들에게 체비를 사서 얼어붙은 도로를 달려 집으로

---

* 구멍 앞에 있는 나무조각을 건드리지 않고 공을 쳐넣는, 당구와 비슷한 게임.

돌아오는 길에 차 앞유리에 서리가 앉는 바람에 보드카를 부었었던 일을 들려줬다. 그리고 그들은 리디아의 머스웰힐 친구들처럼 레브의 이야기에 푹 빠졌다. 모두 그를 뚫어지게 쳐다보았다. 비타스와 야체크, 또다른 동포인 오스카와 파벨과 칼 모두. 오직 중국 청년들만 멍한 표정이었다. 레브가 모국어로 말해서 소니와 지미는 한 마디도 못 알아들었던 것이다.

"미국 차 한번 몰아봤으면 좋겠다." 비타스가 말했다.

"나는 루디를 만나봤으면 좋겠어." 야체크가 말했다.

다른 청년들이 고개를 끄덕이며 공감을 표했다. 그들은 루디를 만나고 그 차를 운전해보고 싶어했다. 레브는 생각했다. 그래, 루디는 이 이야기에서 내가 언급한 그대로야. 아니, 그 이상이지. 그는 자연의 힘이었다. 번개였다. 결코 꺼지지 않는 불꽃이었다.

레브는 루디에게 자주 전화했다. 다시 루디가 세상에서 유일한 친구처럼 여겨졌다. 그는 이나에게 보내야 할 돈이, 리디아에게 갚아야 할 돈이 전화비로 새어나간다는 걸 알았지만 사무치는 외로움에 어떻게든 루디를 가까이 두려고 했다. 그러지 않으면 미쳐버릴 것 같았다.

어느 날 저녁, 루디가 레브에게 말했다. "나한테도 문제가 생겼어. 체비가 또 말썽이야, 젠장."

"그래?"

"응. 들어봐. 719번 도로를 타고 마을에서 아주 멀리 떨어진 피라틴 쪽으로 나가던 중이었어. 얼굴에 돼지기름이 번들번들한 할머니를 태우고. 할머니는 살아 있는 닭 두 마리를 넣은 닭장을 가지고 뒤에 탄 상태였고, 나는 이 할머니한테 택시비를 낼 돈이 없을까봐, 빌어먹을 달걀로 계산한다고 할까봐 속으로 전전긍긍하고 있었어. 그런데 갑자기 보닛에서 증기가 올라오는 거야, 증기가! 뭉게구름처럼 자욱하게. 순간 탱크 기관차가 나오는 공산주의 시대의 공포 영화에 출연하는 줄 알았지 뭐냐."

레브는 웃음을 참을 수 없었다. "그래서 어떻게 했는데?"

"어떡하긴, 별다른 수가 있나. 길옆으로 차를 세우고 시동을 껐지. 할머니는 좌석에 등을 기대더라. 그런 게 정상인 줄 아는지 그냥 눈을 감았어. 닭들도 자고. 죽은 건지도 모르지만. 아무튼 밖으로 나가 보닛을 열어보니 그 안이 온통 펄펄 끓고 있더라고. 로라가 수건을 삶을 때처럼 보글거리는 소리도 나고, 너무 뜨거워서 어디고 손을 댈 수 없겠더라. 아무튼 나는 오도 가도 못하게 됐다는 걸 알았지. 거기서 차가 식을 때까지 기다렸다 다시 시동을 걸어보는 수밖에. 바위와 덤불과 고목나무 한 그루 말고는 아무것도 보이지 않는 719번 도로 한복판에서 말이야. 날씨도 이상했어. 30도까지 올라갔거든. 그때 번뜩 생각났지. 피라틴까지 아직 8, 9마일이나 남았는데 그 빌어먹을 냉각기를 채울 물이 없다는 게."

"그랬구나. 그래도 이 얘기를 하는 걸 보니 살아남은 거네."

"그렇지. 그런데 상황이 정말 말도 안 되게 흘렀어. 할머니한테 사과하고는 마냥 기다렸지. 실패자가 된 기분이었어. 지금 네 기분보다 더 형편없었다고. 그런데 할머니가 차에서 미적미적 내리더니 여기저기 기운 낡은 치마를 홱 채면서 볼일을 봐야겠다는 거야. 그 말을 듣고, 그래 바로 이거야, 액체잖아! 하는 생각이 들었지. 그래서 할머니한테 '혹시 이 불쌍한 아픈 차를 위해 할머니의 체액을 받아주실 수 있을까요?' 하고 물으려는 찰나, 딱 생각난 거야.

'아니, 안 되지, 그걸 받을 용기는 없어.' 그걸 받을 만한 게 아무것도 없는 거야."

루디의 목소리에 웃음이 섞였다. "그래서 내가 어떻게 한 줄 알아? 할머니가 덤불로 들어가자마자 손수건을 손에 둘둘 말고 뜨거운 냉각기 뚜껑을 연 다음 몸을 구부려 그 안에 오줌을 누었지 뭐. 불알을 데일 뻔했지만 어쩌겠어. 참 기가 막힐 노릇이지!"

레브는 루디를 따라 웃었다. 웃음이 어디에 숨어 있다 거품처럼 솟아나오는 느낌이었다. 루디가 기침을 하더니 숨을 고르고 말을 이었다. "어쨌든 우리는 목적지에 도착했어. 좌석 커버가 닭똥으로 범벅이었지만, 요산尿酸이 엔진에 무슨 짓을 했는지 모르겠지만, 어쨌든 우리는 죽지 않고 잘 도착했지. 피라틴, 그 구질구질한 마을이 반가웠던 건 생전 처음이었어. 거기서 뇌물을 주고 냉각수를 구해 차에 채워넣었어. 피라틴 주민은 남녀노소 할 것 없이 모두 암시장에서 잔뼈가 굵은 게 틀림없어. 그 망할 정비소 놈들은 체비를 마치 테러용 폭탄이라도 장착된 차 보듯 하더라니까. 어쨌든 그 바람에 받은 택시비를 거의 다 썼어. 반나절 번 걸 그렇게 날린 데다 엔진에서는 아직도 오줌 냄새가 나지, 냉각기는 줄줄 새는데 고치지도 않았지, 모터를 떼서 그걸로 펌프를 새걸로 갈지 않는 이상 도무지 고칠 방법이 없어. 레브, 정말이지 어떨 때는 이놈의 나라가……"

그가 말을 뚝 멈췄다. 목제 뻐꾸기시계의 부서진 뻐꾸기가 둥지에서 나오며 날카롭게 우는 소리가 들렸다. "뭐, 너한테 말할 필요는 없지." 루디가 한숨을 쉬었다. "너도 아주 잘 아니까. 그러니까 네가 영국의 진흙탕에서 아스파라거스를 베고 있는 거지."

오후 시간은 길게만 느껴졌다. 날씨가 좋은 날은 아홉 내지 열 시간을 일했다. 땅거미가 질 무렵까지, 떼까마귀가 높은 나뭇가지로 부산하게 몰려들기 시작할 때까지, 채소 여왕의 초록색 줄기가 거의 보이지 않을 때까지. 그러고 나서야 일꾼들은 랜드로버에 쓰러지듯 올랐다. 온몸이 쑤시고 허기져 아무 말 없이 트레일러 밴에 도착하면 그들은 미지가 냉장저장고 옆 넓은 빈터에 마련해준 샤워장에서 차례대로 씻었다. 그리고 자기들이 구할 수 있는 가장 값싼 통조림 음식, 즉 라비올리나 구운 콩, 멀리거토니 수프를 데워 굶주린 어린아이처럼 퍼먹었다. 모자라는 양은 두툼하게 자른 빵으로 채웠다. 단 게 당길 때는 복숭아 통조림이나 귤, 초콜릿바로 해결했다. 날씨가 괜찮은 밤이면 바깥을 돌아다니며 담배를 피우기도 하고, 고요한 대지 위로 빛나는 맑고 밝은 별을 쳐다보기도 했다.

아홉시경이면 거의 예외 없이 비타스와 그의 친구들은 얼마 떨어지지 않은 곳에 있는 술집에 갔다. 중국 청년들도 그들의 뒤를 따랐고 레브만 홀로 남았다.

기분좋은 정적 속에서 레브는 흰 거위들이 앉아 쉬던 곳을 거닐었다. 울타리 문에 기대어 담배를 피우며 심란한 마음을 떨쳐버리려 했다. 5월의 어둠과 달의 반사광, 살아 있다는 느낌만 남도록. 그러나 종종 머릿속에서 갑자기 영사기가 켜지듯 지케이 애시 식당의 모습이 밀려들었다. 웨이터들에게 소리치는 애시, 무거운 프라이팬을 스테인리스 건조대에 쾅 내려놓는 니제르 출신 간호사, 주방의 단단한 모든 표면에 반사되어 울리는 소음. 그리고 소음이 가라앉으며…… 칼을 골라 능숙한 칼놀림으로 농어의 뼈를 발라내는 소피가 보였다. 편지봉투를 찢어 여는 것만큼이나, 해부용 메스로 정맥을 가르는 것만큼이나 수월하게……

그는 문을 떠나, 여우나 밤짐승에게 신경을 곤두세우고 있는 거위들을 떠나 다시 걷기 시작했다. 탈출이라도 하려는 듯, 소피의 칼로부터 도망이라도 치려는 듯. 하지만 달리 갈 곳이 없었다. 포플러나무가 바다처럼 탄식하는 더욱 깊은 어둠만 있을 뿐이었다. 발길을 돌려 천천히 트레일러 밴으로 돌아오면서 레브는 간혹 미지네 농가에 켜진 불빛을 바라보았다. 소피에 대한 생각을 몰아내기 위해 그는 미지에 대해 생각했다. '배불뚝이', 과일과 채소 왕국의 외로운 군주, 몸이 너무 뚱뚱해 옷이 맞지 않고, 개에게 다정하고, 평생 낯선 이들을 고용하는 사람. 그는 결혼한 적이 있을까? 탱고를 춰본 적은? 이러한 질문에 대한 답에 관심을 가질 사람이 있을까?

그러고 나면 레브는 접힌 침대 매트리스를 의자 삼아 테이블 앞에 앉아서 『햄릿』을 읽었다. 밴의 천장을 가로지르는 검은 전선에 달린 전등 아래서. 세 대의 트레일러 밴은 모두 냉장저장고의 외벽에 붙은 콘센트에서 전원을 끌어다 썼다. 전선을 갈색 테이프로 단단히 말아 미닫이창을 통해 안으로 들였다. 바람이 불면 테이블 위쪽에 매달린 전등이 좌우로 흔들렸다. 혼령을 기리는 띠처럼 사방에 그림자를 드리우면서.

천사와 은총의 사자 들이 우리를 보호하기를!
네가 자비로운 영혼이든 저주받은 악마든……?

396

레브는 책을 눈 가까이에 대고 들여다보았다. 너무 어려웠다. 자기에게 너무 많은 것을 기대하는 리디아를 원망했다. 하지만 달리 읽을 게 없어 끙끙거리면서도 계속 읽어나갔다. 그런데 무슨 영문인지 유령이 나타나는 장면이 나오면 모르던 것도 갑자기 알 것 같았다.

나는 네 아버지의 영혼……

레브는 눈이 감길 때까지 책을 읽다 까칠한 침대 매트리스에 시트를 깔고 누웠다. 대개 밍 형제가 술집에서 돌아올 때쯤이면 이미 잠든 뒤였지만 그들의 웃음소리에 깨버렸다. 그리고 칸막이로 쳐놓은 커튼 반대편에 불이 들어오는 것을 보았다. 가끔 지미(나 소니)가 포복절도하며 비틀비틀 커튼 밖으로 나오기도 했다. **호호호호호**…… 그러다 레브가 일어나 앉아 있는 걸 보고 멀뚱멀뚱 쳐다보다 말하기도 했다. "미안해요, 레브, 오줌 누는 걸 깜박해서요."

커튼 뒤에서는 억누르지 못한 웃음소리가 계속 흘러나왔다. **호호호호호!** 그러다 미안한 마음이 들었는지 잠시 조용해지면서 커튼 사이로 불쑥 검은 머리가 나타났다. "미안해요, 레브, 우리 때문에 깼죠?"

"괜찮아."

"맥주를 많이 마신 바람에 그만!"

"재미있었어?"

"뭐라고요?"

"술집에서 즐거웠냐고."

"네, 네. 재미있었어요. 소니가 바 빌리어드에서 이겼어요. 그럼 잘 자요."

레브는 다시 잠이 들었다가 또다시 깨곤 했다. 중국 청년들이 말하는 소리, 자면서 한숨을 쉬거나 신음을 하거나 훌쩍이는 소리 때문이었다. 레브가 보기에 그들은 잠깐씩 찔끔찔끔 자는 것 같았다. 그래도 아침이면 늘 밝은 얼굴로 레브를 반겼다. "잘 잤어요, 레브? 오늘은 기분이 어때요?"

비 오는 날이면 그들은 턱까지 지퍼를 올려 비옷을 입고 숱 많은 검은 머리에 방수모까지 갖춰 쓰고 나왔다. 랜드로버에 올라탄 뒤에는 서로 꼭 붙어 앉았다. 레브는 그들을 보고 예전에 같은 학교에 다닌 두 형제를 떠올렸다. 온순한 형제는 나이 차가 별로 안 났는데 어디든 함께 다녔고 서로 떨어지는 것을 못 견뎌했다. 루디는 그들에게 '케이지비'라는 별명을 붙였다. 그들 집안에 누설되면 절대 안 되는 무시무시한 비밀이 있어서 누구도 입을 열지 못하도록 밤이고 낮이고 서로를 감시해야 한다면서. 밍 형제는 비타스나 다른 사람들에게 말을 거는 경우가 거의 없었다. 간혹 그저 배불뚝이를 보고 웃을 뿐이었다. 아니면 냉장저장고에서 일할 차례가 되었을 때 장갑 낀 손을 비비며 "굉장히 춥네, 저장고가! 중국의 겨울처럼 추워"라고 할 뿐이었다.

냉장저장고는 외양간으로 쓰이던 네모나고 지붕이 처진 건물이었고 섭씨 8도를 유지했다. 커터들은 저녁때 그곳에서 두 시간씩 교대로 아스파라거스를 씻고, 무게를 달아 봉지에 담고, 다시 상자에 담아 지역 가게나 마트에 배달할 준비 작업을 했다. 그들은 저

인망 어선의 선원처럼 방수복과 고무장갑과 고무장화를 착용했다. 짝을 지어 희미한 공업용 조명 밑에서 일했고, 몸을 따뜻하게 하려고 서로 얘기를 나누었다.

아랫입술 밑에 삼각형 모양으로 공들여 수염을 기르고 있는 비타스와 냉장저장고에서 일하던 레브가 물었다. "너는 여름 내내 여기서 일할 거니?"

"네. 이 일이 끝나면 토마토 비닐하우스에서 일하고, 그다음엔 콩과 딸기 수확하는 일을 할 거예요. 그리고 8월에 여행가방에 돈을 채워 집에 갈 거예요. 9월에 요르에서 엔지니어 공부를 시작할 계획이거든요."

"엔지니어가 되고 싶니?"

비타스는 모직 스카프를 붕대처럼 머리에 둘둘 말고 일했다. "뭔가 중요한 사람이 되고 싶어요."

레브는 잠자코 있었다. 그는 아스파라거스 봉지에 쓰인 글자를 응시했다. 서퍽 롱마이어 농장 생산품. '최상품!' 그리고 생각했다. 그래, 비극과 상실을 겪었음에도 그동안 너를 지탱해온 건 성공을 거둘 수 있으리라는 생각이었구나. 한 주 한 주, 한 달 한 달, 천천히 세월이 쌓여가다가 멈춰 서서 감탄할 법한 사람이 되려는 것이구나. 다름 아닌 최상품이.

"아저씨는 뭘 하실 거예요?" 비타스가 물었다.

레브는 손을 놓지 않고 계속 일했다. 지케이 애시에서 애써 배워 적어놓은 그 모든 조리법을 생각했다. 그는 벨리샤 로드를 떠날 때 그것들을 가방에 챙겼다. "모르겠다. 아직 생각해보지 못했어."

5월의 어느 날 저녁, 미지 미점이 레브를 집에 초대했다. 술 보관장 구석에서 보드카 한 병을 발견했는데 레브가 좋아할 것 같아 불렀다고 했다.

그들은 거실에 앉아 리츠 비스킷을 안주 삼아 작은 잔에 보드카를 따라 마셨다. 미지의 개 위스키는 벽난로 앞의 해진 깔개에서 잠이 들었다. 한쪽 창문을 열어놓을 만큼 따뜻하지만 바람이 부는 밤이었다.

배불뚝이. 그의 거실은 먼지투성이였다. 소파 커버에서 퀴퀴한 냄새가 났고, 벽난로 선반과 그 위에 비스듬히 세워진 백랍 접시 위에도, 그리고 벽난로 양쪽에 초병처럼 서 있는 오래된 거대한 스피커 위에도 먼지가 뽀얗게 앉아 있었다.

"음악을 좋아하세요?" 레브가 물었다.

미지가 안락의자에 앉은 채 몸을 틀어 스피커를 쳐다보았다. 잠시 무슨 말을 해야 할지 모르겠다는 듯이. "내 아내 도나가 팝 음악을 좋아했지. 알이엠, 스트록스, 킨, 비욘세 놀스. 이 거실에서 그런 음악에 맞춰 춤을 추곤 했네. 티나 터너처럼 머리를 흔들어대면서. 나이 마흔일곱에도 몸매가 좋았지. 나는 그놈의 음악이 싫었어. 조용한 걸 좋아하거든. 굳이 듣는다면 바브라 스트라이샌드나 들을까. 그래도 그런 아내를 보면 나도 덩달아 신이 나곤 했어. 엉뚱하지. 아내가 그러는 걸 보려고 그런 음악을 참고 듣다니."

"그래요?"

"응. 아내는 그전에도 결혼한 적이 있었어. 그런데 지금 또 결혼해서 살고 있지. 자신의 머리를 만져주던 미용사하고. 나는 뭐랄까, 단지 막간의 여흥이었던 거지. 그런데 그 여자가 내 농장을 빼앗으려 했었어. 나는 정말 화가 났지. 나는 이 농장에 내 인생을 쏟아부었는데, 그 여자는 도대체 뭘 했다고? 과일이나 좀 딴 게 전부였으면서. 간혹 거위 모이나 주고……"

레브는 동정심에 고개를 가로저었다. 보드카는 비스킷만큼이나 오래된 것이었지만 위로가 되었다.

"이 나라에서 변호사 비용이 얼마나 드는지 아나? 그것 때문에 거의 파산할 지경이었지. 하지만 농장을 지키려고 끝까지 싸웠고 결국 승소했어. 만일 졌으면 무슨 짓을 저질렀을지 몰라. 정말이야. 그 여자를 죽여버렸을지도. 어느 날 내 인생에 굴러들어와 삼사 년 있다가 내가 가진 것의 절반을, 내가 평생 일군 것 전부를 빼앗아가려 했으니까. 이게 말이 돼? 말이 되느냐고."

미지가 잔에 있는 보드카를 단숨에 들이켜더니 일어나서 얼음을 가져온 다음 다시 잔을 채웠다.

레브는 리바스 국장의 모습, 거대한 책상 앞에 자득한 표정으로 앉아 있는 그의 모습이 갑자기 떠올랐다. "안 되죠. 옳지 않아요."

"내 말이 그 말이야. 자네 나라에서는 그런 일이 없겠지?"

"그야, 공산정권에서는 사유재산이란 게 없었으니까요. 지금은 사람들이 가진 거라야 작은 아파트나 집 정도죠. 그것도 운이 좋으면요. 혹은 우리 어머니처럼 염소나 닭 몇 마리, 작은 오두막집 정도……"

"그렇군. 공산주의자들은 작은 악마 같았잖아, 응? 모든 사람의 자유를 구속하고 말이야. 이 나라에는 공산주의자가 없어서 다행이야. 그런데 자네는 무슨 사연인가? 내가 좀 궁금했는데…… 왜 그 나이에 젊은 애들하고 채소나 캐고 있는지 말이야. 아내한테 농장이라도 빼앗겼나?"

"아뇨, 아내는 죽었어요."

레브는 미지의 커다란 손이 아이스트레이에서 얼음을 떼어내다 움찔하는 것을 보았다. 미지가 고개를 들고 반질반질한 이마에 흘러내린 흰머리 몇 가닥을 쓸어넘기며 레브를 쳐다보았다. "그거 딱하군. 나이도 별로 안 많았을 텐데?"

"서른여섯이었어요."

"저런, 세상에, 정말 안됐군. 내가 공연한 걸 물었어. 자, 여기……" 그는 레브의 잔에 술을 채워주었다. 그리고 CD가 먼지를 뒤집어쓴 채 쌓여 있는 곳으로 가더니 하나를 골랐다. "바브라 스트라이샌드의 노래 어때?"

"좋죠."

미지가 CD를 넣자 감미로운 오케스트라의 선율이 롱마이어 농장으로 퍼져나가 나뭇가지에 스치는 바람의 탄식 소리와 어우러졌다. 깔개에 엎드려 자던 위스키가 부스스 일어나더니 몸을 털었다. 미지가 다시 의자에 앉자 위스키가 그의 무릎에 앞발을 올렸다. 미지가 개의 머리를 쓰다듬었다. "이 녀석이 이제 내 유일한 친구야. 요즘은 이주노동자 말고는 농사일 할 사람을 구할 수가 없어. 영국인들, 특히 서퍽 지방 사람들은 땅을 사랑했는데 그 애정이 어디로 가버린 건지 모르겠어. 한때 여기서 세 사람이 나와 함께 일했는데, 지금은 나와 커터들과 개뿐이야."

"사람들……
사람을 필요로 하는 사람들은

세상에서 가장 운이 좋은 사람들……"

바브라 스트라이샌드의 노래가 계속 흘러나왔다. 레브는 의자에
몸을 기대고 긴장을 풀었다.

"밴의 상태가 좋지 않다는 건 알아." 미지가 잠시 후에 말했다.
"그래서 세를 받지 않는 거야. 금년에 수리하려고 했는데 현금이
안 돌아서 말이야. 도나가 더이상 성가시게 굴지 않게 2004년에
목돈을 떼어줘야 했지. 그러고 났더니 망할, 완전히 바닥이야."

"밴은 괜찮아요. 단지……"

"알아, 창문이 제대로 안 닫힌다는 거. 빗물이 들이치지?"

"그게 아니라 제 침대 말인데요. 전에도 말하려고 했는데, 침대
에 피부가 긁혀서요. 침대 시트 밑에 깔 만한 부드러운 뭔가가 있
나 해서요."

미지는 그가 돈을 빌려달라거나 아스파라거스 수확량에 따른 인
센티브를 요구하기라도 한 양 놀란 표정으로 레브를 쳐다보았다.

"그래, 뭐가 있을지 모르겠는데, 세탁물 건조기를 한번 보겠네.
도나라면 알 텐데. 내가 보기에 여자가 잘하는 거라곤 그런 것밖에
없어. 집을 꾸미는 거 말이야."

레브는 보드카 기운에 비틀거리며 밴으로 돌아왔다. 잠을 자고
싶은 생각이 간절했다. 밴에 들어가보니 밍 형제가 테이블에서 마
작패를 치우고 있었다. 그들이 걱정스러운 표정으로 레브를 쳐다
보았다.

"레브, 계속 전화가 왔어요, 계속……"

"네, 대여섯 번……"

레브는 눈을 크게 뜨고 두리번거렸다. 늦은 시간이었다. 오로는 더 늦은 시간이었다. 불안감이 엄습하며 가슴이 철렁 내려앉았다. 휴대폰을 찾아 화면을 보니 부재중 전화가 네 통이나 와 있었다. 전부 루디에게서 온 것이었다. 그는 전화하라는 음성메시지를 남겼다. 힘없고 목멘 소리였다.

레브는 휴대폰을 들고 다시 어둠 속으로 나갔다. 구름이 빠르게 흘러가며 밝은 달을 가렸다 드러내기를 반복했다. 줄에 널린 빨래가 바람에 퍼덕였다. 레브는 보드카 기운을 몰아내려고 몇 번 심호흡을 한 다음 전화를 걸었다.

로라가 전화를 받았다. "아, 레브. 마을에 슬픈 일이 생겼어요. 내 입으로는 말 못하겠어요. 그이를 바꿔줄게요……"

루디가 전화를 받았다. "어디 갔었나?" 그가 쌀쌀하게 말했다. "밤새 전화했는데."

"아무데도 안 갔어. 술 한잔……"

"그래, 어차피 이제 술이 필요할 테니까. 안 좋은 소식이야. 믿기지 않는 소식."

"어서 말해."

"도저히 입이 안 떨어지네."

"어서 말해, 루디."

침묵이 흐르다 한숨소리가 나더니 루디가 아주 조용히 말했다. "이 친구야, 안 좋은 소식이야. 배린에 댐을 건설한대."

아주 잠깐 동안 안도감이 들었다. 마야나 이나 때문에 건 전화가 아니었다는 데서 온 안도감이었다. 하지만 그래도 댐 소식에 집중

하기 전에 마야와 이나의 안부를 분명히 확인해야 했다. "그보다, 마야하고 어머니는 괜찮은 거지?"

"현재까지는 그렇지. 하지만 이 사실을 알면…… 오로 주민들 모두가 내일 아침에 일어나 이 사실을 알게 되면…… 괜찮지 않을 거야."

딸에게는 아무 일도 없었다. 어머니에게도 아무 일 없었고, 루디와 로라도 별일 없었다. 하지만 이제 끔찍한 일이 다가오고 있었다. 레브는 쉴새없이 술을 권한 미지를 저주하며, 향기로운 밤공기를 계속 들이쉬어 머리를 맑게 하려고 했다…… "루디, 그럼 이제 댐 이야기 좀 해봐."

"아, 망할……" 루디가 한숨을 길게 내뱉고는 말했다. "네가 예측했던 대로야. 측량사들이 왔어. 로라한테는 식수 수질을 검사하는 척했다더군. 하지만 우리가 그자들을 죽 살펴봤지. 그놈의 측량 기기인지 뭔지를 가지고 계속 강을 따라 오르내리더라고. 내가 로라한테 말했어. '언제부터 수질을 검사하는 데 색깔 막대와 비싼 렌즈가 필요했지?' 그러던 참에 오늘밤 내가 체비를 몰고 배린에서 돌아오는데 그림자들이 눈에 띄더라고. 그 유령 같은 것들이 마을을 슬금슬금 돌아다니며 여기저기 벽에 전단을 붙이는 거야. 원, 세상에! 어떻게 그럴 수 있지! 공고문을 붙이다니. 주민회의도 거치지 않고. 사전에 예고도 없이. 이 빌어먹을 자식들이, 이 비겁한 놈들이 그냥 종잇조각을 탁탁 붙이고 다니더라니까! 주민들이 다 잠들어 아무도 못 볼 거라고 생각한 거야. 내가 자동차 헤드라이트로 그놈들을 비추니까 망할 토끼 새끼들처럼 눈을 크게 뜨고 노려보더군. 차를 세우고 내려서 전단지 한 장을 뜯어 헤드라이트 불빛에 대고 읽어봤지."

"뭐라고 쓰여 있었어?"

"지금 내 코앞에 있어. 여기에 쓰인 말들을 보면 도저히 믿기지 않을 거야. 개자식들! 완전 폭발할 뻔했다니까. 그래서 시 공무원복을 입은 한 유령 같은 놈의 목덜미를 잡고 말했지. '이게 뭐야? 도대체 이 염병할 게 뭐냐고? 이 빌어먹을 공고문이 무슨 지랄이냐고?'"

레브는 잠자코 기다렸다. 루디가 천식 환자처럼 힘들게 씩씩거리는 소리가 들렸다. 헝클어진 머리에 격자무늬 가운을 걸치고 현관 복도의 테이블에 몸을 기댄 루디의 모습이 떠올랐다.

"미안하다." 루디가 씩씩거리며 말했다. "그 생각 때문에 심장이 어떻게 됐는지 숨도 제대로……"

"괜찮아. 천천히 말해. 로라는 옆에 있어?"

"주방에서 차 우려. 아무래도 밤을 새울 것 같아. 하긴 이런 상황에서 누가 잠을 잘 수 있겠어? 마리나가 살아 있었다면 벌써 알았을 텐데. 그러면 어떻게든 미리 준비를 할 수 있었을 테고. 상황이 달라지지 않았을지도 모르지만. 누가 알겠어. 그건 리바스가 승인한 게 아니라 요르의 중앙개발국이 내린 지시니까. 그래도 로라와 나는 계속 말해. '마리나가 살아 있었다면……'"

"응."

"너한테 할 말은 아니란 걸 알지만, 젠장 도저히 그 생각을 안 할 수가 없어. 자꾸만 생각이 나더라고. 마리나가 우리에게 나쁜 일이 일어나지 않게 수도 없이 막아줬던 게. 마리나는 관청이 어떻게 돌아가는지, 거기에 대항해 어떻게 싸워야 하는지 알았잖아. 그런데 이젠 싸울 수 있는 사람이 없으니."

"알아, 루디, 알아……"

"아, 미안하다 레브. 내가 왜 자꾸 마리나에 대해 우는소리를 하는지 모르겠다. 그럼 이제 그 빌어먹을 공고문을 읽어줄게."

레브는 차가운 잔디에 앉아서 기다렸다. 바짓가랑이가 바람에 맥없이 펄럭였다.

"자, 읽는다." 루디가 말했다. "'오로군 주민 여러분에게 공지합니다…… 중앙개발국은…… 공공사업(미공사)의 현안으로 배린 댐 건설 계획에 1순위를 부여했습니다…… 이에 따라 중앙개발국은…… 오로군 주민 여러분에게 금년 말까지 주거 건물과 상용 건물을 비롯한 모든 부동산을 의무적으로 매각해야 한다는 명령을 공지합니다. 그리하여 자랑스럽게……' 자랑스럽게란다! '공공사업에 착수하고자 합니다. 현재 오로군에 거주하는 모든 주민이…… 배린 외곽의 93지구에 현재 건설중인 아파트에 입주하는 경비는 주정부가 부담할 것입니다……'"

잠시 루디의 현관 복도에 침묵이 흘렀다. 그러더니 다른 소리가 들려왔다. 쌕쌕거리던 루디의 가슴에서 새어나온 흐느낌이 한동안 지속되다 격렬한 울음으로 터져나왔다.

레브는 아득해지며 속이 울렁거렸다. 루디가 우는 모습을 본 건 평생 단 한 번이었다. 마리나를 화장한 뒤 그 재를 뿌릴 때였다. 레브는 뭔가를 붙들고 싶었다. 빨랫줄을 건 장대가 흔들거리는 게 보였지만 손을 뻗쳐 붙들기에는 너무 멀었다. 그는 휴대폰을 귀에 댄 채 무릎 사이에 머리를 묻었다. 루디를 위로하는 로라의 목소리가 들렸다. 루디 곁에 그녀가 있어 안심이었다. 고향 마을이 물에 잠겨 없어지게 된 마당에 그녀가 없었다면 그렇게 멀리 떨어져 있는 자신이 루디에게 무슨 말을 해줄 수 있었겠는가? 수백만 톤의 콘크리트가, 남쪽의 높은 언덕들 사이에 그 댐이 해일처럼 높이 솟는 모습이 레브의 눈앞에 보이는 듯했다.

루디는 계속 울었다. 레브는 울렁거리는 속을 가라앉히려 안간힘을 썼다. 로라가 속수무책으로 루디의 이름만 부르는 소리가 들렸다. "루디, 루디…… 제발, 그만, 루디……"

서퍽 지방에 부는 바람은 멈출 줄 몰랐다.

18
향기

고향이 그런 운명에 처한 건 자기 잘못이라는, 자기가 고향을 등졌기 때문이라는 생각이 오한처럼 레브에게 스며들기 시작했다. 말도 안 되는 생각이라는 걸 알았지만 그 생각에서 벗어나지 못했다. 끈끈한 죄의식의 열병에 걸렸다. 마치 댐을 건설하기로 결정을 내린 게 자신인 것 같은, 루디를 울게 만든 게 자신인 것 같은 생각이 들었다.

어머니와 전화 통화를 하고 나서 열병은 더욱 깊어졌다. 이나는 레브에게 말했다. "나는 누가 뭐래도 오로를 떠나지 않을 거다. 누구도 나를 배린의 궤짝 같은 곳에 들어가 살게 할 순 없을 거야. 내가 물에 빠져 죽은 다음에는 모를까."

악몽에 시달린 레브는 온몸이 땀으로 젖었다. 오로가 물에 잠겼을 뿐 아니라 어머니가 돌아가시는 꿈을 꾸었기 때문이다. 때로 어머니는 길 한복판에 누워 강물이 불어 덮치기를 기다렸다. 마을 사람들이 모여들어 그녀에게 사정했다. "이나, 어서 가요, 늦기 전에 어서 갑시다." 하지만 어머니는 꼼짝도 하지 않았다. 또다른 꿈에서 어머니는 고개가 절로 숙여질 정도로 무거운 주석목걸이를 목에 걸고, 야윈 발목에는 월계관 모양으로 납작하게 편 발찌를 차고서 절룩절룩 저수지로 걸어들어갔다. 레브는 저수지 가장자리에서서 아주 잠깐 진줏빛 수면 위로 떠오른 이나를 지켜보았다. 소리를 지르지도 못하고 속수무책으로 바라보기만 했다. 주석 조각이 햇빛을 받아 반짝거렸다. 그녀는 이내 소리 없이 물속에 잠겼다. 그녀가 사라진 자리에 잔물결이 일며 주변으로 번져나갔다.

레브는 일만 했다. 화창한 5월 아침의 뭔가가 그를 몰아댔다. 잠깐씩 낙관적인 생각이 찾아들 때면 그는 자신과 가족의 미래를 위해 해야 할 일, 세워야 할 계획이 머잖아 생길 거라고 스스로에게 다짐하듯 말했다. 그래서 돈을 모으려 노력했다. 휴대폰은 거의 하루종일 꺼놓았다. 담배도 적게 피우고 콜라도 마시지 않았다. 협동조합 매장에서도 콩과 라비올리, 라비올리와 콩처럼 가장 세일을 많이 하는 값싼 식품을 찾았고, 물과 마른 빵, 미지가 무료로 제공하는 감자를 주식으로 삼았다.

그처럼 처절하게 아끼는 생활을 하는 가운데 그는 모든 것을 내던지고, 그 고된 모든 계획을 집어치우고 오로로 돌아가야 하는 게 아닌지 생각했다. 가끔 그는 고향에 돌아갔을 때를 상상해봤다. 요르의 중앙개발국을 상대로 시위를 조직하고, 피켓과 플래카드를 만들어 들고 비를 맞으며 행진하는 모습이 떠올랐다. 그러나 그게 부질없는 짓이라는 걸 알았다. 중앙개발국이 어떤 곳인지 알기 때문이었다. 그들이 문제삼기에는 오로의 주민 수가 터무니없이 적었다.

집에 전화했을 때 마야가 속삭이듯 말했다. "무서워요, 아빠. 언제 와요? 언제?"

레브는 이렇게 대답할 수밖에 없었다. "아직은 못 가, 우리 공주님. 기다리렴. 스케이트 연습도 계속하고. 이제 스케이트를 아주 잘 탄다면서. 네가 멋지게 회전하는 모습을 보고 싶구나……"

하지만 마야는 여전히 속삭이듯 말했다. "이제 스케이트를 타러 가지 못해요, 아빠."

"왜?"

"버스가 제 시간에 안 와요."

"루디 아저씨가 태워다주지 않니?"

"아저씨 차는 아파요."

그는 마야가 작게 웅얼거리는 통에 무슨 말을 하는지 잘 알아들을 수 없었다. "얘야, 뭐라고? 뭐라고 했니?"

"체비요. 나를 배린으로 데려가지 못해요. 움직이지 못해요."

그렇게 해서 그를 괴롭히는 일이 한 가지 더 늘었다. 마야가 좋아하는 것을 빼앗겼다는 사실을, 그래서 자신에게 위안이 되었던 작지만 우아하게 빙판 위를 미끄러지듯 나아가는 마야의 모습을 상상하는 건 이제 부적절하기에 접어둬야 한다는 사실을 알았기 때문이다. 통화하면서 레브는 나중에 루디와 부루퉁하게 말했다. "차로 배린까지 가지 못한다는 게 사실이야?"

"그래, 사실이야." 루디가 지친 목소리로 천천히 말했다. "체비가 결딴났어."

"뭐? 또 냉각장치가 문제인 거야?"

"이젠 다른 게 말썽이야. 타이어가 다 닳았어. 팬벨트도 끊어지고. 이젠 그냥 고철덩어리야."

레브는 그게 무엇을 의미하는지 잘 알았다. 택시 영업을 못하면 수입도 없었다. "고칠 순 없어?"

"못 고쳐. 부품도 구할 수 없고 타이어를 살 형편도 안 되고. 끝장이야. 모든 게 끝났어."

올 게 오고야 말았다. 레브가 싸워야 할 상황이었다. 오한 같은 죄의식뿐 아니라 파국이 닥쳤다는 생각에 맞서 싸워야 했다. 오로에서는 이제 아무도 싸우지 않으니까. 루디마저도. 투쟁의 불꽃이 꺼지지 않게 할 수 있는 사람은 레브뿐이었다.

하지만 어려운 일이었다. 아직은 어떻게 해야 할지 몰랐다. 그의 생각은 제자리에서 맴돌았다. 잿빛 고랑을 따라 나아가는 트랙터의 수레 뒤를 따르면서도 자꾸 미지의 농장에서 계속 일하는 건 잘못된 결정이 아닐까 하는 생각이 들었다. 생활비는 거의 안 들지만 그렇다고 돈이 모이는 것도 아니었다. 당장 런던으로 돌아가 아무 일이나 닥치는 대로 할까? 대출을 받아 어머니와 마야를 영국으로 데려올까? 그러면 어디서 살지? 식구들을 어떻게 먹여 살리지? 조건이 복잡하긴 해도 사회보장제도의 혜택을 받을 수 있는지 알아볼까? 그러려면 누구의 도움을 받아야 하지? 하지만 뭔가 대책을 마련한다 해도 영어를 한마디도 모르는 어머니가 런던에서 견뎌낼 수 있을까? 그렇게 생각은 쌓여갔지만 항상 제자리에서 빙빙 돌았다……

"레브, 거지 같은 일이 생겼군요." 소니 밍이 유감스럽다는 듯 말했다. "우리도 알아요. 중국도 댐을 많이 세웠거든요. 마을이 많이 없어졌어요. 아주 거지 같은 일이죠."

"네. 우리도 정부가 어떤지 알아요. 힘없는 사람들을 쓸어버리죠."

"이제 어떡할 거예요, 레브?"

"몰라."

"어떡할 건데요?"

"진짜 모른다니까. 아직 생각중이야."

그들은 레브가 형제라도 되는 것처럼 다정하게 대했다. 그에게 마작도 가르쳐주려 했고, 마작을 하면서 이따금 레브의 손을 쓰다듬기도 했다. 아스파라거스밭에서 일할 때 레브가 보조를 맞추지 못하면 그들도 덩달아 속도를 늦췄다. 어쨌든 계속 일하는 것만이, 일하려고 노력하는 것만이 하루하루 그를 건디게 해주었다. 그는 일하는 날이 많아 최대한 돈을 벌 수 있도록 날씨가 계속 좋기를 간절히 바랐다. 또 조금이라도 더 벌기 위해 냉장저장고의 초과 근무를 자원했다.

미지 미점도 그가 처한 곤경을 알았다. 어느 날 저녁, 그가 아스다의 마트에서 산 새 매트리스 커버를 가지고 밴을 찾았다. "그 망할 댐 문제로 걱정하느라 잠도 제대로 못 잘 것 같아서. 이걸 씌우게, 그러면 잠자기가 좀 나을 거야."

레브는 잘 알지 못하는 사람들이 베푸는 친절에 감동했다. 오로나 그와 비슷한 곳을 본 적도 없는 사람들이었다. 비타스만 펄펄 뛰었다. "그거 봐요. 지난겨울에 오로의 댐에 관해 얘기했는데 안 믿었잖아요. 지케이 애시가 개자식이라는 말을 아직까지도 안 믿는 것처럼."

사느냐, 죽느냐……

갑자기 비가 내리기 시작한 어느 밤, 레브는 이 유명한 구절에 이르렀다. 새 매트리스 커버의 감촉은 부드러웠고, 밍 형제는 편치 않은 잠을 자며 한숨을 쉬기도 하고 훌쩍이기도 했다. 그는 버스에서 리디아가 그 구절과 비앤드비를 혼동한 일이 생각나 웃었다. 그는 그 부분을 계속 읽어나갔다.

사느냐, 죽느냐, 그것이 문제로다.
어느 쪽이 더욱 고결한 정신일까,
잔인한 운명의 돌팔매와 화살을 견디는 쪽일까,
아니면 고통의 바다에 맞서 무장하고
대항해 종지부를 찍는 쪽일까……

레브는 드러누워 책을 옆에 내려놓았다. 이해력이 아직 부족했지만 그 질문의 간결함에 감탄하지 않을 수 없었다. 그는 언어가 늘 그처럼 단순하고 달콤하고 명료하다면 인생도 덜 복잡할 거라는 생각을 붙들고 씨름했다.

사느냐, 죽느냐.

그는 이 구절을 몇 번이고 되뇌었다. 모국어로 번역해보려고도 했다. 그렇게 되뇌다 잠이 들어 꿈을 꾸었다. 꿈속에서 마리나가

죽자 자신도 죽기를 원했던 때를 떠올렸다. 하지만 다음날 이른아침 떠오르는 태양과 함께 잠을 깼을 때 그는 죽을 의지가 없었다. '고통의 바다' 가운데 있었지만 그는 그것에 대항해 '무장'할 방법을 찾을 작정이었다. 그게 무엇이든, 찾을 것이었다.

그의 전화가 울렸다. 리디아였다. 아주 늦은 시간에 파리에서 건 전화였다. 그녀는 레브가 보내준 오십 파운드짜리 수표를 잘 받았다며 고맙다는 인사를 했다. "오로의 댐에 관한 얘기 들었어요. 표토르도 저도 굉장히 놀랐어요. 그래서 그이한테 말하고 당신한테 전화하는 거예요."

"마음써줘서 고마워요……"

그녀의 목소리는 상냥하고 나정했다. 짜증나거나 화난 기색은 없었다. "여긴 크리용호텔이에요. 우리가 묵는 객실의 거실에서 전화하는 거예요." 그녀가 명랑하게 말했다. "표토르는 옆방에서 자고 있어요. 오늘밤 콘서트가 있어서 많이 지쳤거든요. 시벨리우스의 유별나게 까다로운 곡들을 연주했어요. 악보가 얼마나 복잡한지 몰라요."

"그래요? 엘가의 곡보다 더요?"

"그런 거 같아요. 그런데 엘가 얘기를 할 때는 아닌 것 같아요, 레브. 배린 얘기를 해야죠. 그래도 그 얘기를 나누기 전에 여기 욕실이 어떤지 말해줄까요?"

"네, 말해봐요, 리디아."

그녀는 욕실에 세면대가 두 개 있고, 바닥은 대리석이라고 설명했다. 샤워실과 거대한 욕조 옆의 벽은 모두 대리석 타일로 마감했고, 할로겐등 열세 개가 욕실을 밝혔고, 수도꼭지는 황금색이라고 했다. 무엇보다 그녀는 목욕 가운이 가장 마음에 든다고 했다. 그녀만을 위한 솜뭉치처럼 두툼하고 하얀 가운이 준비되어 있다고 했다.

레브는 금방이라도 부서질 것 같은 밴의 가구, 지저분한 2구짜리 버너, 기운 수납장, 설거지하지 않은 그릇이 쌓여 있고 구운 콩 냄새가 진동하는 싱크대를 쳐다보았다. 하지만 그는 밝은 목소리로 말했다. "말해줘서 고마워요, 리디아. 이제 크리용호텔에 있는 당신을 머릿속에 그려볼 수 있어요. 지금 그 가운을 입고 있어요?"

"네, 사실은 그래요. 전에는 내가 뭘 입든, 그 아래에 무엇이 있든 전혀 관심도 없었잖아요? 아무튼, 내가 할 수 있는 말은 가운이 아주 편하다는 거예요. 자, 그럼 당신 생각은 어떤지 말해봐요."

"지금 당신이 한 말에 대해서요?"

"아뇨, 배린 댐에 대해서요."

담배가 필요했다. 주위가 어두컴컴해서 여기저기 더듬은 끝에 담배를 찾아 불을 붙였다. 커튼 반대편에서는 밍 형제가 코를 골며 자고 있었다.

레브는 담배 연기를 깊이 빨아들였다. "어떻게 생각하느냐고요? 어머니는 마을과 함께 물에 잠기시겠다고……"

"너무 마음에 두지 마요." 리디아가 코를 한번 훌쩍이고 말했다. "그런 감정적 비관주의 혹은 비관적 정서는 그분 세대의 특징이잖아요! 제발 그런 건 무시하세요."

"음, 나는……"

"어머니는 그러지 않으실 거예요. 당신도 알잖아요. 그러겠다고

416

계속 위협하실지는 몰라도. 그게 멋지고 극적이니까요. 하지만 그걸 끝까지 밀고 나가지는 않으실 거예요. 두고 봐요. 당신 어머니는 배런에서 새로 시작하실 거예요. 당신은 그런 어머니를 도울 거고요."

레브는 잠자코 있었다. 손을 쳐다보았다. 영국의 뙤약볕에 검게 그은 손에 반쯤 피운 담배가 들려 있었다. 그가 말했다. "어머니를 어떻게 도와야 할지 모르겠어요. 리디아. 정말 모르겠어요. 누구를 어떻게 도울 수 있을지 모르겠어요."

"잠깐만요. 표토르가 깰지 모르니 근사한 욕실로 가야겠어요."

육중한 문이 닫히는 소리가 들렸다. 레브는 호텔의 수도꼭지, 거울, 세면대가 조명을 받아 은은히 빛나는 모습을 상상했다.

리디아가 다시 전화를 받았다. "레브, 거기 있어요? 좋아요, 자, 그럼 내 말 잘 들어요. 제일 먼저 해야 할 가장 중요한 일은 배런에 새로 마련되는 주택 중에서 가장 좋은 걸 얻는 거예요."

"네. 그런 다음에는요?"

리디아가 한숨을 쉬었다. "한 번에 하나씩만 생각하기로 해요, 레브. 일단 집 문제부터 해결해요. 집에는 여전히 송금하고 있죠?"

"네, 보낼 수 있을 때만요. 지금 버는 돈이 너무 적어서요."

"일단 그건 접어둬요. 어머니한테 신규 주택을 담당하는 부서에 가보라고 하세요. 루돌프라는 당신 친구와 함께요."

"루디예요."

"네, 루디요. 당신한테 들은 말을 종합해보면 그 친구분은 해결사예요. 그에게 돈을 많이 쥐여서 보내요. 오십 파운드쯤 보내서 그걸 전부 쓰라고 해요. 주택 담당 공무원들은 보나마나 뒷거래를 할 텐데 영국 돈 오십 파운드면 적은 돈이 아닐 거예요. 친구분한테 새 아파트 가운데 강이 내다보이는 곳으로 두 채를 확보하라고 하세요. 하나는 그 부부가 쓰고, 다른 하나는 당신 가족이 쓰도록요."

"강변에요? 강이 없어질 텐데요. 도시의 하류 쪽은."

"무슨 말이에요, 강이 없어지다니! 당신, 엔지니어들과 일하지 않았어요? 댐을 세우면 저수지가 생기고 폭포가 형성될 거예요. 그 폭포가 있어야 전력 터빈을 돌릴 테니까요. 폭포가 없으면 전력이 어디서 생기겠어요?"

"알아요. 그렇죠, 하지만……"

"그러면 폭포는 떨어져 어디로 흐를까요? 배린으로 들어가 다시 반대편으로 흘러나오겠죠. 그러면 새로 조성될 '외곽 지구'를 지나가겠죠. 어쨌든 물이란 건 보기 좋은 풍경이잖아요. 아파트에서 공장 건물이나 사창가 입구가 내다보이면 좋겠어요?"

그는 그때 처음으로 얼핏 보았다. 궁극적으로 그가 살아야 할 곳을. 작지만 깨끗하고, 하얀 페인트칠이 되어 있고, 흰색 벽에 전기 히터가 붙어 있는 곳. 그는 창밖으로 저수지에서 떨어진 물이 여전히 요동치며 굽이쳐 흐르는 모습을 떠올렸다.

"레브? 듣고 있어요? 어떨 때 보면 당신은 정말 둔한 것 같아요. 내가 왜 이렇게 당신을 도와주려 하는지 나도 모르겠다니까요."

"맞아요. 나도 왜 당신이 나를 애써 도와주려 하는지 모르겠어요. 하지만 고마워요. 그리고 걱정 마요, 당신에게 아직 갚지 못한 돈은 잊지 않았어요……"

"돈은 이제 그만 보내요. 그랬으면 좋겠어요. 내가 입고 있는 이 호텔 가운만 해도 이백 파운드는 족히 될 거예요. 내가 말만 하면 표토르가 사줄 거고요. 그 돈은 루디한테 보내요."

"빚진 건 갚아야죠, 리디아."

"좋아요, 하지만 지금은 아니에요. 좀 머리를 썼어요. 표토르한테 꽤 많은 돈을 받았어요. 당신은 상상도 못할 만큼요. 그가 오늘은 점심으로 굴과 서대기 요리를 사줬어요. 그런 다음 에르메스에 가서 굉장히 아름다운 실크 블라우스를 샀는데 가격이 거의 삼백 유로예요……"

그녀는 자부심을 숨기지 못했다. '뮤즐리'라고 놀림받았었던 여자에 대한 사랑이 최상의 사치품으로 보여지는 것에 대한 자부심이었다.

레브는 미소를 지었다. "리디아, 새로운 생활이 어떤지 좀더 말해줘요. 그레츨러 씨와 지내는 건 행복해요?"

"내가 이렇게 살다니 정말 믿기지 않아요."

"내 질문은 그게 아니었는데."

"네."

리디아는 잠시 침묵을 지키다 속삭이듯 말했다. "요즘 표토르의 장이 아주 안 좋아요. 콘서트로 인한 스트레스 때문에 사는 게 고역이라니까요. 나는 시벨리우스를 죽일 수도 있어요. 이미 죽은 사람이지만. 그래도 사랑스러운 마에스트로를 위로하려고 최선을 다해요. 그러고 보니 그이가 배린에 대해 한 말을 당신에게 해줘야겠어요……"

"행복한지 말해줘요. 내가 정말 알고 싶은 건 그거예요."

"네, 행복해요, 레브. 표토르는 현명한 사람이라 이제 배린 같은 도시가 앞으로 어떻게 될지 내다볼 수 있어요."

"잠자리는 같이해요?"

"이봐요. 그건 당신이 신경쓸 문제가 아니잖아요."

"맞아요, 그래요."

"얘기하자면, 맞아요. 우리는 잠자리를 같이해요. 장에 통증만 없으면 아주 격렬하기도 해요. 이제 만족해요?"

레브는 팔꿈치를 대고 누워 담배를 피웠다. 바깥 어둠 속에서 밤새가 혼자 우는 소리가 들렸다. "알았어요. 표토르가 배린에 대해 뭐라고 했는지 말해줘요."

"아주 좋은 소식이에요. 좋은 소식을 말하면 귀를 기울일 건가요?"

"네."

"좋아요. 표토르의 생각으로는 일단 댐이 완성되면 배린은 상당히 번창할 거래요. 그런 도시에 전력이, 안정적인 전력이 공급되면 많은 게 따라붙는다는 거죠. 사업체들이 새로 생겨날 거고, 새 주택들이 들어설 거예요. 온갖 편의시설, 근사한 카페와 상점들도 생길 거고요."

"배린에 근사한 카페와 상점이 많이 생긴다니, 상상이 안 되는걸요." 그가 말했다.

"알아요. 낙후된 도시니까요. 하지만 앞으로는 사정이 달라질 거예요. 그럴 가능성이 없다면 정부에서 왜 댐을 세우겠어요? 표토르는 그곳의 입지가 좋다는 데 주목하더군요. 근사한 전원지대에 둘러싸여 있잖아요. 적어도 남쪽은요. 나무를 전부 베어버리지 않았으니까요. 겨울이야 춥지만 여름이 꽤 기니 새 저수지에 부유층을 위한 휴양지가 생길지도 모르죠. 잘은 모르겠지만, 생각할 수 있는 건 무엇이든 때가 되면 생길 거예요. 어쩌면 축구장이나, 관람석이 있는 새 스케이트장도요."

"새 스케이트장?"

"네, 아무렴요. 안 될 거 없잖아요?"

레브는 잠시 잠자코 있다 입을 열었다. "제발 그렇게 되면 좋겠어요. 마야가 스케이트 타는 걸 정말 좋아하거든요. 얼마 안 있으면 토루프를 할 수 있을 거예요."

다음날 이른아침, 레브는 미지와 함께 트랙터를 타고 좁은 시골길을 달렸다. 트랙터 뒤에는 여름 과일용으로 쓸 짚단을 실을 나무 수레가 달려 있었다. 미지의 개 위스키가 두 사람 사이에 냄새를 풍기며 앉아 있었다. 개는 코가 차가웠고, 꼬리를 흔들어댔다. 길 양쪽에 포플러나무가 늘어서 있었다. 나뭇잎들이 햇빛을 받아 회색빛으로 반짝였고 밑동에 레이스 무늬 같은 흔적이 있었다. 미지가 딱부리눈으로 그 모습을 쳐다보는 바람에 하마터면 트랙터가 길을 벗어날 뻔했다.

"저걸 보면 겨울을 지낸 보람이 있지 않나? 그 음울한 날들을 지낸 보람이." 미지가 말했다.

레브는 흐드러진 5월의 신록 속에 드러난 하얀 자수 무늬 같은 것을 쳐다보았다. 그것의 덧없음과 영원함을 떠올리며 마냥 바라보았다. 바로 그때 일생일대의 아이디어가 떠올랐다.

기막힌 아이디어였다.

그는 잠시 숨을 쉴 수 없었다. 그를 향해 손짓하는 그 아이디어를 뿌리칠 수 없을 것 같았다. 그것은 일말의 의심도 남기지 않고 증명되는 수학의 어떤 정리처럼 분명하고 명쾌해 보였다.

그는 얼떨결에 미지에게 불쑥 말해버릴 뻔했다. 하지만 그 아이디어는 나무울타리의 레이스 무늬처럼 은밀히 자라야 한다는 걸 깨달았다. 마음속에 담아두어야 했다. 그는 그 아이디어를 실천에 옮기기로 맹세했다. 오래전, 어렸을 때 그는 비밀이 어떤 힘을 지닌 듯한 느낌을 준다는 것을 알았다. 특히 루디에게조차 말할 수 없는 비밀을 가졌을 때 그런 느낌은 가장 강렬해졌다.

그 아이디어는 세 가지를 필요로 했다. 정보와 돈과 의지.

그것들을 어떻게 얻을 수 있을까 하는 생각에 가슴이 걷잡을 수 없이 뛰었다. 그의 마음이 대담한 사업 아이디어와 희망으로 소용돌이쳤다. 5월의 이른아침, 레브는 미지를 도와 수레에 짚단을 실으면서도 머릿속으로는 이미 목록을 작성하기 시작했다. 개가 레브 주변에서 깡충거리며 요란하게 짖어댔다. 마치 홀연이 새롭게 펼쳐진 세상의 냄새를 맡기라도 한 듯이.

"위스키가 왜 저러지? 혹시 자네 주머니에 초콜릿 조각이라도 숨겨둔 거 아닌가?" 미지가 말했다.

레브는 공책을 한 권 사서 뭔가를 쓰기 시작했다. 연이어 떠오른 생각을 놓치지 않으려 빨리 적다보니 나중에는 무슨 글자인지 거의 알아볼 수 없을 정도였다. 밤이면 침대에 누워 그 모든 것이 실현되는 상상을 했다. 그는 그 모든 것을 볼 수 있었고, 그것을 원했다. 간절히 원했다. 마치 집착하는 대상이 생긴 청년이 된 기분이었다. 그 아이디어의 마력이 이루 말할 수 없이 강렬해 향내마저 나는 듯했다. 집착이란 게 다 그렇듯 그것은 그를 지치게 했고 잠시도 쉴 수 없게 만들었다. 잠 못 드는 나날이 오륙 일쯤 지나자 그 상태를 벗어나고픈 마음이 굴뚝같았다.

마흔세번째 생일을 맞은 레브는 저녁 어스름에 비타스와 야체크, 밍 형제와 함께 롱마이어암스로 갔다. 애써 모은 돈이지만 신나게 쓰기로 마음먹고 모두에게 맥주와 보드카를 차례로 샀다. 그는 요동치는 마음이 술기운에 누그러지기를 기다렸다.

언제나 레브의 기분을 살피는 밍 형제가 가까이 서서 지켜보며 그의 표정을 관찰했다. 마치 최근 들떠 있는 그의 상태가 의아했다는 듯이.

"레브, 괜찮아요?"

"레브, 정신이 약간 이상해진 거 아니에요?"

"응, 그럴지도 몰라. 오늘이 내 생일이거든. 좀 이상한 게 맞아." 하지만 정확히 말하면 이상한 게 아니라 뭔가에 몰두해 있는 거라고 말하고 싶었다. 비밀에, 그 아이디어에 몰두해 있다고.

레브는 그들의 어깨에 팔을 둘렀다. 그들에게 부탁하고 싶었다. 내가 다른 데로 갈 수 있게 너희와 보디츠카가 나 좀 도와주렴, 평화로운 시간을 가질 수 있게……

그들은 술을 마시고 또 마셨다. 그리고 바 빌리어드를 쳤다. 이상한 방식으로 치다가 당구대의 녹색 천을 찢어놓았다. 주인이 그들에게 소리를 질렀다. "이 망할 놈의 얼간이 이민자들이!" 밍 형제의 전염성 강한 웃음보가 터졌다. **호호호호! 호호호호호호!** 그들은 모여 서서 무슨 음악인지 격렬한 곡에 맞춰 몸을 흔들어댔다. 비타스와 야체크는 자리를 떴지만 레브와 밍 형제는 남았다. 그들은 맥주잔을 흔들고, 보드카잔을 흔들고, 감자칩과 땅콩을 오독오독 씹고, 옆구리가 결릴 때까지 웃어젖혔다. 배불뚝이, 뒷간 같은 밴, 노란 방수복, 아스파라거스 때문에 웃고, 콩을 먹었을 때 배에 차는 가스 얘기, 살아 있기에 겪는 인생의 불행과 기쁨 때문에 웃었다. 가진 돈이 슬금슬금 줄어들더니…… 주머니가 비었다.

"돈 다 썼어요, 레브?"

"응."

"젠장. 이제 어떡하죠?"

호호호호! 호호호호호호!

그들은 밝은 달빛을 받으며 집까지 비틀비틀 걸었다. 여우 우는 소리가 들렸다. 밍 형제가 양쪽에서 레브를 부축했다. 그들은 그의 형제요 친절한 보호자였다.

그들은 레브를 자신들의 침대에 눕혔다. 침대에서 그들의 체취가 났다.

"레브. 우리가 보살펴줄게요. 좋죠?"

"뭐?"

"그럴 거라 생각해요. 외로우니까. 이제 우리가 보살펴줄게요."

부드러운 손길이 그의 옷을 벗겼다. 벗은 몸에 시원한 공기가 느껴졌다. 그를 내려다보며 다정하게 미소 짓는 두 얼굴이 보이더니 그의 성기에 조심스럽고 부드러운 손가락이 닿았다. 향내 나는 기름을 발랐는지 미끈거리고, 소녀의 손가락처럼 촉감이 보들하고 움직임이 찬찬했다. 작은 돌이 물수제비를 뜨듯 한결 나직하고 요란하지 않은 웃음이 퍼져나갔다.

레브는 생각했다. 그러니까 밤마다 내가 들은 게 바로 이거였군. 한숨과 울먹임, 편치 않은 잠을 자는 듯한 소리의 정체가. 하지만 이처럼 언제나 부드럽게…… 아무런 일도 일어나지 않는 것처럼…… 키스하듯 조용히……

그의 얼굴에 눈물이 느껴졌다. 그의 눈물인가, 그들의 눈물인가? 감사의 눈물인가? 아니면 그가 그들의 제안을 거절하리라는 데서 오는 슬픔의 눈물인가?

레브는 그들의 손을 치우려고 손을 뻗쳤다. 하지만 자신을 쉬지 못하게 하는 그 마음을 진정시키고픈 욕구가 너무 간절했다.

"레브, 우리가 보살펴줄게요. 싫어요?"

"레브, 이젠 동지를 원하지 않아요?"

그들의 목소리는 처량하면서도 다정했다……

"지미, 소니…… 모르겠어. 내가 너무 취해서……"

"쉿, 당신을 아프게 하려는 게 아니라 보살펴주려는 거예요. 그게 전부예요."

"오늘 생일이잖아요. 그러니 푹 자요."

레브는 자신의 침대에서 잠을 깼다. 침대보와 담요를 덮고 있었다. 경사창으로 보이는 아침이 레몬빛처럼 흐렸다.

머리가 지근거렸다. 하지만 마음은 차분히 가라앉아 잔잔했다. 밍 형제 쪽의 커튼을 보니 여느 때처럼 처져 있었다. 낮게 코고는 소리가 들렸다. 규칙적이고 잔잔했다.

그는 조용히 옷을 입고 휴대폰을 챙겨 밖으로 나갔다. 나무딸기 밭을 대충 살펴보니 줄기에 어느새 푸른 잎이 돋아나고 있었다. 그는 생각했다. 모든 일은 보이지 않는 가운데 일어난다. 그리고 예상을 뛰어넘는다. 후회를 할 때는 따로 있다.

그는 샤워실로 가 한참 동안 따뜻한 물 아래 서 있다 몸을 닦은 다음 옷을 입고 빨랫줄 근처 양지바른 곳에 앉았다. 새로 자라난 잔디 사이로 밀고 나온 조그마한 제비꽃들이 보였다.

크리스티에게 전화하기에는 너무 이른 시간이었지만 그는 벨리샤 로드의 방이 어떻게 되었는지 알아봐야 했다. 집전화로 걸었지만 음성사서함으로 넘어가기에 크리스티의 휴대폰으로 다시 걸었다. 잠에 취해 목이 잠긴, 귀에 익은 목소리가 들렸다.

"크리스티 슬레인입니다."

"크리스티, 저 레브예요. 이렇게 일찍 미안해요."

"괜찮아요. 잠깐만요······"

크리스티가 누군가에게 말하는 소리가 들리더니 문 닫히는 소리가 났다.

"크리스티, 물어볼 게 있어요. 내가 쓰던 방 혹시 세를 놓았나요?"

"아뇨. 부동산중개소에 내놨는데 아직 나가지 않았어요. 이층침대를 바꾸라더군요. 그런 침대가 있으면 감옥에서 자는 느낌이라 사람들이 싫어한대요. 하지만 프랭키가 쓰던 침대라 도저히 버리지 못하겠어요."

"당연하죠, 프랭키 침댄데."

"당신은 내가 왜 주저하는지 이해하는군요. 언제고 프랭키가 여기서 하룻밤이라도 잘 수 있는 허락을 받을지 모른다는 생각을 포기하지 못하겠어요."

"압니다. 그런데 크리스티, 내가 런던으로 돌아가야 하는데 그 방을 다시 쓸 수 있을까요?"

"그럼요. 아주 잘됐네요. 다시 본다니 기쁜걸요. 그건 그렇고, 요즘 어떻게 지내요?"

"잘 지내요. 집에 가서 얘기해줄게요."

"'집'이라. 벨리샤 로드의 집을 그렇게 부르다니 듣기 좋네요. 내가 집에 있는 날이 많았다면 당신이 많이 그리웠을 텐데 그렇지 않았어요."

"일 때문인가요?"

"네, 명함도 멋지게 새로 만들었죠. 크리스티 슬레인이 여러분의 모든 배관 문제를 해결해드립니다. 신뢰할 수 있는 공정한 가격으로 모십니다. 어때요?"

"좋아요. 마음에 들어요."

"일을 다시 할 수 있는 활기를 되찾았어요. 그게 중요하죠. 술을 입에 대지 않아서일 거예요. 내가 술 마시는 걸 재스미나가 좋아하지 않거든요."

"재스미나요? 그럼 지금 파머스그린에 있어요?"

"단번에 맞히네요. 내가 참 운이 좋죠? 습진도 싹 사라졌어요. 당신이 돌아오면 재스미나를 소개시켜줄게요. 그런데 런던에는 언제 돌아올 거예요?"

"아마도 오늘밤요?"

"오늘밤? 글쎄요, 집에 먼지가 좀 많을 텐데. 한동안 가보지 않았거든요. 파이렉스 유리그릇에 담아둔 오렌지에 먼지가 앉아 분명 회색이 되었을 거예요. 그래도 괜찮겠죠?"

"괜찮아요."

"그리고 또 한 가지 말할 게 있는데, 저번에 앤젤라가 와서 웬디의 집을 가져갔어요. 그래서 내가 그랬죠. '아하, 이제 그 집에 들어가 살려고? 토니 마이어슨힐한테 내쫓긴 모양이지?' 그러자 성질을 부리더라고요."

레브는 미지의 집 쪽으로 걷기 시작했다. 외로운 사람들은 일찌감치 일어난다는 것을 알고 있었다. 개가 그에게 뛰어왔다. 그는 개의 목덜미를 쓰다듬어줬다. 뒷문이 살짝 열려 있었다. 그 틈으로 주방에서 식탁과 스토브 사이를 느릿느릿 왔다갔다하는 미지 미점이 보였다.

"오트밀 좀 먹겠나?" 그가 말했다.

그들은 함께 앉아 식사를 했다. 낡고 갈라진 고리버들 바구니에 들어가 앉은 위스키가 조바심을 치며 하루 일과를 시작하길 기다렸다.

"그러니까, 떠나겠다는 말을 하러 온 거지?"

"짐작하셨어요?"

"얼굴을 보니 그런 거 같아서."

레브는 고개를 들어 미지를 쳐다보았다. 배불뚝이. 그는 생각했다. 저렇게 진흙덩어리처럼 아둔해 보여도 속은 예상외로 깊은 구석이 있구나.

"일주일이라도 더 있길 원하시면 그러겠습니다." 레브가 말했다.

"가고 싶을 때 가야지. 망할 댐 문제 때문에 신경이 곤두서 있는 거 알아. 아무렴. 그 때문에 신경써야 할 일이 있다는 것쯤은 알 수 있지."

오트밀을 먹으니 속이 풀리며 편해졌다. 언젠가 애시가 한 말이 떠올랐다. "나는 아침으로 언제나 그걸 먹어. 그러면 하루종일 아무것도 안 먹어도 속이 든든해."

미지가 얼룩진 파란색 찻주전자에서 차를 따랐다. 블랙에 가까운 아주 진한 맛이었다. 위스키가 바구니 안에서 빙빙 돌더니 결국 엎드렸다. 바깥 햇살이 어느새 따스해졌다.

"일기예보로는 날씨가 좋다더군." 미지가 창밖을 내다보며 말했다. "날씨 운이 좋을 것 같아. 오늘도 그렇고 내일도 아홉 시간 이상 수확할 수 있겠어. 자네한테는 그렇게 긴 시간이 힘들겠지만 저 녀석들은 개의치 않는 것 같아. 비타스와 그 무리가 좀 퉁명스럽게 굴기는 하지만. 밍 형제는 인정해줘야 해. 개들은 언제 봐도 즐거워하는 것 같지 않나?"

"네." 레브가 말했다.

"무슨 비결이 있겠지? 나는 그런 적이 없어. 개들 같았으면 좋겠군. 항상 웃고, 농담이나 하고. 언제나 펀치와 주디 부부*처럼 히죽거리잖아. 그 비밀이 뭔지 모르겠어."

"그건……" 레브가 말했다.

"응?"

"아마도 영국에 오니…… 중국에서보다 더 자유로워서 그런 걸 거예요. 그 자유 때문에 행복한 거죠."

"그렇게 생각하나?" 미지는 그의 대답에 대해 한참 생각하는 듯했다. "우리는 이런 생활이 '자유롭다'고 생각하지 않지, 그렇지? 그저 긴 교대 근무라고 생각해. 자유가 무엇을 의미하냐고 묻는다

---

* 영국의 익살스러운 인형극 〈펀치와 주디〉의 주인공.

면, 나는 어떻게 대답해야 할지 몰라할 텐데. 어쩌면 이 나라에 사는 우리는 많은 것을 당연하게 여기는지도 몰라. 잘은 모르겠지만. 도나가 나에게 싫증난 것도 그래선지 모르지. 사실 머리에 든 건 없는 여자였지만 나는 그녀에게 이렇게 말하곤 했어. '나한테 묻지 마, 나도 아는 게 전혀 없으니까 귀찮게 좀 하지 말라고. 아스파라거스라면 모를까. 암, 그거야 잘 알지. 그것들 상태나, 그것들이 좋아하고 싫어하는 게 뭔지. 그래서 내가 이걸로 먹고살 수 있는 거야. 그게 내가 아는 전부야.'"

미지는 아침식사를 마치고 사이드보드에서 임금 장부를 꺼냈다. 도나가 살았던 짧은 기간 동안에는 유리잔이나 접시가 진열되어 있었지만 이제는 농기구 카탈로그나 잡지, 신문, 낡은 지퍼백, 지도, 망가진 펜, 전지가위, 노끈 뭉치가 잔뜩 쌓여 있었다. 그는 안경을 쓰고 눈을 가늘게 뜨더니 글씨가 어수선하게 쓰인 장부를 들여다보았다.

"자네한테 줄 돈이 백삼십삼 파운드인 것 같군. 이번주에 냉장저장고에서 네 시간 더 일했으니까. 그렇지?"

"네."

"나중에 딸기를 수확할 때까지 있으면 좋을 텐데 유감이군. 주말마다 '직접 수확 날Pick Your Own Fruit'을 하거든."

직접 수확하는 날이라.

레브는 문득 버스에서 리디아가 창밖으로 그 문장을 보고 무슨 뜻인지 모르겠다고 말한 게 기억났다.

"'직접 수확 날'이 뭐죠?"

"과일. 자기 과일을 직접 따는 거야. 일반인들이 딸기밭에 들어

갈 수 있게 허용하는 거야. 날씨가 좋으면 사람들이 떼로 몰려온다고. 그때 어떤 사람을 만나게 될지 누가 알겠나."

직접 수확하는 날이라.

레브는 빙긋 웃었다. 연한 색 여름옷을 입은 여인들의 웃음소리에 롱마이어 농장의 적막이 깨지는 상상을 해봤다. "좋겠네요, 미지. 금년에 누구든 새 여자를 만날지도 모르니까요."

"알 수 없지. 하지만 그게 무슨 의미가 있을까? 에잇, 그 모든 악감정을 생각하면. 그냥 나랑 저 개, 단둘이 있는 게 가장 좋을지도 몰라."

미지는 주방에서 나가더니 잠시 후 레브에게 줄 돈봉투를 들고 돌아왔다.

"백삼십오 파운드를 넣었네. 잔돈이 없어서."

"잔돈을 드릴까요?"

"아니야, 그냥 가지게. 그만한 값어치를 했어. 그래야 공정해. 자네가 그만두다니 유감이야."

레브는 한편으로는 밍 형제에게 작별인사를 하지 않고 슬쩍 떠나고픈 마음이 들었다. 정과 당혹감이 뒤섞여 있었기 때문이다.

짐을 싸는 레브를 본 그들이 가까이 다가와 서서 그를 슬픈 표정으로 쳐다보았다.

"레브, 왜 가는 거예요?"

"레브, 이제 우리를 미워하는 거예요?"

"마음 상하게 하려던 건 아니었어요, 레브……"

"당신 분위기가 이상해서 위로해주려고 그런 것뿐이에요."

레브는 손을 뻗어 그들의 손을 쥐었다. 그들이 그에게 다가섰고, 그는 그들을 어린아이처럼 가까이 끌어당겼다. 그리고 자기를 위로해줘서 고마웠다고, 언제나 그들을 기억할 거라고 말했다.

세 사람은 서로를 꼭 붙잡고 잠시 동안 그렇게 서 있었다. 미지의 랜드로버가 빵빵 울렸다. 아스파라거스밭으로 가야 하는 밍 형제를 부르는 소리였다. 그들은 점심이 든 낡은 캔버스 가방을 집어 들고 장화를 신은 다음 햇빛이 내리쬐는 바깥으로 서둘러 나갔다. 그들은 차에 이르기 전에 돌아서서 손을 흔들었다.

"당신은 좋은 사람이에요!" 소니가 외쳤다.

지미가 그 말을 되풀이했다. "그래요, 당신은 좋은 사람이에요!"

19
색유리병의 방

크리스티 슬레인의 그리스인 친구, 대개 '파노'라고 불리는 바비스 파나이오티스는 하이게이트빌리지에서 인기 있는 그리스 식당을 운영했다. 크리스티는 최근에 파노의 식당 주방에 배관을 새로 해주었다. 온수 보일러와 유리잔 세척기, 바닥이 깊은 싱크대, 자동제어식 건조기를 설치하고, 가스 숯불 그릴 설치를 감독했다. 파노가 그에게 말했다. "정말 훌륭해, 크리스티. 아주 마음에 들어. 이제부터 가끔 자네를 식당에 손님으로 초대할게."

파노의 식당은 직원들이 자주 바뀌었다. 그는 그리스 사람이나 키프로스섬 출신을 선호했다. 런던이 다양한 문화가 혼재하는 도시인지라, 실제로 자신이 그런 것을 표방하는 사람임을 손님들은 확인받고 싶어한다는 게 파노의 생각이었다. 하지만 크리스티에게는 그리스인 직원을 고용하기가 쉽지 않다고 속내를 털어놓았다. "그리스 사람은 런던에 오면 대다수가 불행해져. 그건 그들 잘못이 아니야. 여기 기후에 견디지 못할 뿐이지."

크리스티가 파노에게 레브 얘기를 했다. 스스로 알아서 일을 열심히 하고 지케이 애시에서 일한 경력도 있다고 하자 파노가 물었다. "그리스인처럼 생겼어?"

레브는 파노의 식당에 웨이터로 취직했다. 급료는 시간당 육 파운드에 팁이 있었다. 일주일에 육 일, 저녁 여섯시부터 자정까지 근무했다. 식당이 벨리샤 로드에서 걸어서 이십 분 거리라 차비도 안 들고 시간도 절약되었다. 게다가 그는 파노가 마음에 들었다. 등이 구부정한 파노는 우수에 젖은 얼굴에 이마에는 숯불에 덴 자국이 있는 오십대 남자였다. 그는 악수하는 손이 레슬링 선수처럼 단단했고, 눈에는 그리스인의 격렬한 자부심이 어려 있었다.

지케이 애시에 비해 파노의 메뉴는 단순했다. 생선, 치킨, 양고기 케밥, 스테이크, 향료를 가미해 그릴에 구운 그리스 소시지. 소고기 스티파도*, 오븐에서 약한 불로 은근히 조리한 양고기 구이인 클레프티코. 채소와 고기에 베샤멜 소스를 두툼히 얹고 세이지 향을 가미해 구운 무사카. 초록색 칠리 소스를 뿌린 새우와 문어 튀김. 애호박 리솔**. 버섯과 토마토와 포도나무 잎으로 소를 넣은 요리. 기름진 후무스와 타라마 소스. 흰강낭콩 스튜. 가지 파테***. 할루미 치즈 구이. 그릇에 담긴 다육질의 초록색 올리브. 숯불에 구운 피타빵과 그리스 샐러드……

---

* 고기에 양파, 와인, 허브, 토마토 등을 넣어 만든 그리스식 스튜.

** 반죽에 소를 넣고 굽거나 튀긴 요리.

*** 고기, 생선, 채소 등을 다져서 가공한 것.

"절대로 바뀌지 않아." 파노가 레브에게 설명했다. "단골손님은 우리 메뉴를 줄줄 꿰고 있지. 그 메뉴 때문에 오고 또 오는 걸세. 고급 음식이면서도 수수하니까. 진짜 아드리아해 연안의 음식이지. 간혹 시장에서 싱싱해 보이는 재료를 발견하면 그에 따라 다른 생선을 올리거나 해물 수프를 만들기도 하네만, 만일 메뉴를 바꾸면 하이게이트에 폭동이 일어날걸세!"

레브는 사복을 입으라는 지시를 받았다. "검은색이나 회색 바지에 흰색 셔츠를 입게. 항상 산뜻하고 깨끗한 차림이어야 하네." 허리에는 식당의 마크인, 그리스 국기처럼 파란색과 하얀색 줄무늬가 쳐진 앞치마를 둘렀다. 레브는 면으로 된 앞치마의 두툼한 질감이 마음에 들었다. 그것이 일종의 유니폼이었지만 아무래도 괜찮았다.

식당은 거의 매일 밤 만원이었고, 금요일과 토요일은 특히 붐볐다. 레브와 다른 웨이터 요르고스와 아리가 여섯 시간 동안 주방을 오고가는 거리가 족히 10킬로미터는 되었다. 레브는 아스파라거스 밭에서 일한 덕에 근력이 강했다. 민첩하고 빨랐다. 일을 시작하고 얼마 되지 않아 요리 접시 세 개를 한쪽 팔로 나르는 기술을 터득했고, 와인병을 높이 들어 보이는 손님을 시야에서 놓치지 않는 요령을 습득했다. 그는 홀에 나와 일하는 것에 개의치 않았다. 지케이 애시의 정신없이 바쁜 주방이라는 홀 뒤의 공간에서 일한 경험이 있던 터라 또다른 무대인 홀에 나와 손님들에게 음식을 나르는 것도 흥미로웠다.

손님들은 그리스산 맥주, 와인, 레치나*, 라키**를 마시고 취했다. 레브는 그들이 대개 흥겨운 시간을 보낸다는 점에 주목했다.

몇 시간 동안 그리스섬에서 휴가를 보내고 있기라도 한 듯 음식은 그들에게서 자유분방함과 자유로운 감정 표현을 이끌어냈다. 그들은 많이 웃었고, 약간씩 언쟁을 하기도 했고, 몇몇은 울기도 했다. 대개의 경우 그들은 팁을 후하게 주었다.

술 취한 마지막 손님이 비틀거리며 여름밤 속으로 나갈 때 파노는 반백의 머리를 흔들며 "영국인에겐 그리스가 필요해"라고 말하는 걸 좋아했다. "언제나 그랬어. 바이런 경 전에도. 그들이 가장 큰 마음의 자유를 느끼는 곳이거든."

레브는 주방에 있는 시간이 거의 없어 요리가 어떻게 준비되는지 잘 살펴보지 못했지만, 그래도 공책을 가지고 다니며 메모했다. 그는 양고기의 값싼 정강이 살로 육즙이 풍부한 클레프티코를 만드는 방법을 알아냈다. 마늘, 와인, 양파, 토마토를 넣고 푹 삶는 게 비법이었다. 클레프티코는 1800년대에 터키의 지배를 받을 당시 그들에 대항해 싸운 도적떼를 일컫던 클레프테스에서 유래한 이름이었다. 또한 스티파도에 들어가는 소고기를 연하게 만들기 위해 식초를 사용하거나, 새우의 등을 갈라 폭죽처럼 숯불에 확 타오르게 해서 '나비' 모양으로 벌어지게 하는 방법, 축성식을 거행하듯 모든 요리에 올리브오일을 넘치게 치는 방법 등도 익혔다.

"레브, 자네 눈썰미가 좋군." 어느 날 두 사람이 일을 마치고 뒷정리를 하는데 파노가 레브에게 말했다. "내가 다 봤어. 그런데 놀랍군. 자네 나라에서 온 사람들은 고급 음식에 별로 관심이 없

* 수지 향을 첨가한 그리스산 와인.
** 동유럽과 중동 지역에서 주로 마시는 독주의 일종.

던데."

"맞습니다." 레브가 말했다. "육십 년 동안이나 공산주의 음식을 먹었으니까요. 하지만 이제 달라지고 있어요."

레브는 어둠을 헤치고 파노의 식당에서 집까지 걸었다. 보통 스웨인스 레인을 따라 걷다가 무단침입자나 유태인의 무덤을 훼손하는 자들을 막기 위해 문을 잠가놓은 하이게이트 공동묘지를 지나는 길을 택했다. 크리스티는 칼 마르크스가 '망명의 기나긴 불면의 밤'을 보낸 끝에 그곳에 묻혔다고 했다. 레브는 그의 무덤에 가 묘석 앞에 서서 그 아래 묻힌 유골에게 마지막 숨을 거둘 때까지 낡은 마르크스의 사상을 철석같이 신봉한 사람이 오로 북쪽의 무덤에 묻혀 있다고 말해줄까 하는 생각도 했다. 그러고 나서 이렇게 덧붙일 것이다. "그런데 마르크스 씨, 일 년 뒤에는 그 무덤들이 깊은 물속에 잠길 겁니다. 그 무덤의 주인들은 어디론가 이장될지도 모르지만."

간혹 새벽 한시에 공동묘지의 울타리를 이룬 관목숲과 먼지투성이 나무들 안쪽의 잡초로 무성한 곳에서 무슨 소리가 들릴 때도 있었다. 쓰레기와 타이어, 망가진 아이용 자전거도 눈에 띄었다. 한 번은 고양이 한 마리가 울타리 틈으로 몸서리치며 튀어나와 유령처럼 그의 앞을 쏜살같이 지나갔다. 언젠가 레브는 걷다가 멈춰 서서 구슬피 우는 소리에 귀를 기울였지만 야생동물의 소리인지 사람 소리인지 구분할 수 없었다.

길 건너편에는 플라타너스나무의 뿌리가 위로 뻗어나와 인도가 갈라진 곳이 있었는데, 그 근처에 낡아빠진 캠핑용 밴 두 대가 주차해 있었다. 커튼이 드리워진 창 안에서 어떤 황홀경 혹은 비애가 펼쳐지고 있을지 알 수 없었다. 그 밴들은 한 번도 그 자리를 떠난 적이 없었다. 커튼도 걷힌 적이 없었고, 쓰레기봉지만 가끔 밴 옆 도랑에 놓여 있을 뿐이었다. 레브는 토사물이 자동차 바퀴에 묻어 있거나 오줌이 인도의 갈라진 틈을 따라 흐르다 넘치는 장면을 심심찮게 목격했다. 어느 날 밤엔가는 경찰차가 그곳에 서 있었다. 경찰차의 파란색 불빛이 천천히 돌아갈 뿐 차 안에는 아무도 없었고, 밴들은 늘 그렇듯 굳게 문이 닫힌 채 그 자리에 있었다.

레브는 아무도 없는 거리를 혼자 걸어 집으로 가는 게 좋았다. 밤공기도 훈훈했다. 거의 일 년 전 처음 영국에 도착했을 당시의 밤을 생각나게 하는 날씨였다. 파노의 식당에서 일을 마친 뒤 피곤한 몸을 이끌고 걸으며, 그는 자신의 일생일대의 아이디어를 머릿속에서 마음대로 날뛰도록 내버려두었다. 런던에 있으니 아이디어가 더욱 현실적으로 다가오는 것 같았다. 그는 자신이 어디까지 왔는지 생각하며 자축했고, 한편으로는 얼마나 더 갈 수 있을지 자문했다.

벨리샤 로드의 집에 돌아온 그는 차를 우려서 들고 창가에 앉아 공상의 나래를 펴다 졸음을 이기지 못해 고개가 툭 떨어지면 그제야 방에 들어가 잠들었다. 혹 크리스티가 집에 있을 때면 둘이 얘기를 나누다 잠이 들어 의자에 앉은 채 코를 골기도 했다.

어느 날 밤 크리스티가 레브에게 말했다. "뭔가 궁리하고 있는 모양이네요, 레브? 얼굴에 다 드러나요. 뭔지 말해줄래요?"

"네, 곧 말해줄게요. 모든 게 좀더 확실해지면요."

"좋아요. 하지만 아일랜드인은 비밀을 잘 지키거든요. 우리 아일랜드인의 머릿속이 워낙 비밀로 가득차서 그런지도 모르지만요. 우리 어머니가 그러셨어요. '벽이 우리의 마음을 들여다볼 수 있다면 아마 집이 산산이 부서져내릴 거다.'"

그즈음 크리스티는 밤이면 주로 재스미나 얘기를 했다. 그녀의 티 하나 없이 깨끗한 피부색과 아몬드 오일로 향을 낸 윤기 있는 머리칼, 발톱의 선홍색 페디큐어, 인도인 특유의 섹시한 우아함이 배어나는 그녀의 목소리에 대해. 레브는 그녀를 본 적이 없었지만 이미 그녀를 아는 듯한 느낌이 들었다. "당신처럼 재스미나도 요리에 푹 빠져 살아요. 아침식사로 시리얼에 오이와 민트를 얹은 라이타 소스를 뿌려서 줘요. 어떤 때는 같이 침대에 누워 있다가 작은 사모사와 작은 미트볼을 가져오기도 하고요. 그걸 서로 먹여주죠. 그래서 내가 몸이 불긴 했지만, 그럼 어때요? 인간은 고깃덩어리에 불과한데. 성모마리아님, 이런 말을 한 저를 용서해주세요. 우리 몸이 불어나는 거니 안 될 게 뭐 있겠어요?"

재스미나는 한 번 결혼한 적이 있었다. 힌두교식의 중매결혼이었는데, 아이를 못 낳는다고 남편 아난드에게 이혼당했다. 아난드는 재혼해서 딸 다섯을 얻었고 아들은 잃었다. 재스미나는 이제 마흔 살이었고, 오랜 세월 독신으로 지냈다. 서양인과 사랑에 빠지리라고는 꿈에도 생각지 못했지만, 크리스티 슬레인이 보일러를 고친 게 결정적인 계기가 되었다. "그녀의 등을 좀 따뜻하게 만들어줘 그렇게 됐나봐요." 크리스티는 올라가는 입꼬리를 억제하지 못하며 말했다. "자신이 얼마나 차게 살았는지 깨달은 거죠."

레브는 재스미나를 대하는 크리스티의 행동을 보고 자신이 소피에게 보였던 행동을 떠올렸다. 크리스티는 재스미나를 이삼일이라도 보지 못하면 초조해했다. 한밤중이든 새벽이든 십 분마다 전화하거나 메시지를 보냈다. 입만 열면 그녀에 관해 얘기했고, 그녀의 이름을 말할 때면 목소리로 그녀를 애무하는 것 같았다. 재스미나. 재스미나. 그는 급기야 파머스그린마저 좋아하게 되었다고 말했다. 그 동네 집들의 앞뜰에는 분홍색 목련이 자랐다. 인도 음악이 현관에서 흘러나와 테라스 쪽으로 흘러갔다. 아이들은 깨끗한 흰색 양말을 신고 다녔다.

"물론 마약 문제가 심각한 동네기는 해요. 재스미나의 집이 두 차례나 도둑을 맞기도 했고요. 하지만 그 정도야 런던 어디서나 다 반사니까요. 당신도 그 집 거실을 직접 봐야 하는데. 거기에 뭔가가 있어요. 그 거실의 색깔 때문인지 거기만 들어서면 난 황홀경에 빠진다니까요."

리디아가 시킨 대로 레브는 루디에게 오십 파운드를 보내고, 배린의 주택 분양 사무소에 뇌물로 주라고 했다. 그랬는데 로라가 울며 레브에게 전화해서는, 루디가 십삼 일간 꼼짝 않고 침대에 누워 지난 자동차 잡지를 읽거나 벽만 쳐다보고 있다고 말했다.

"저렇게 누워만 있다가는 죽을 거예요." 로라가 흐느껴 울었다. "침대에서 일어날 생각을 않으니 내가 뭘 어떻게 하겠어요?"

레브는 아무 말도 하지 않았다. 자신이 루디를 엄청나게 의지하고 있다는 걸, 루디가 그를 엄청나게 실망시킨 적이 없었다는 걸 생각했다. 그는 그런 관계가 언제까지고 계속되리라 생각하고 있었다.

레브는 숨을 크게 들이쉰 다음 말했다. "지금 계획을 세우는 중이에요. 하지만 그전에 아직 할일이 있어요. 돈이 있어야 하거든요. 다른 것도 있어야 하고. 저를 믿어야 해요."

"무슨 '계획'인데요?"

"루디와 로라가 인생을 다시 시작할 수 있는 계획이요. 나중에 배린에서요. 하지만 그러려면 아파트 두 채를 확보해야 해요. 하나는 루디와 당신을 위해, 하나는 우리 어머니와 딸을 위해. 혹시 당신이 분양 사무소에 가볼 수 있겠어요?"

"노력해볼게요. 그런데 내가 바빠요. 요즘 앞날이 궁금해 별자리 운세를 보려는 사람이 많거든요. 이제는 손금도 봐요."

"잘됐네요, 로라."

"루디가 그러는데, 그건 사기래요. 알 수 없는 걸 말해주고 사람들의 돈을 챙기는 짓이라고."

"사람들이 위로를 받고 살아갈 힘을 얻는 데 도움이 된다면 그렇지 않아요."

전화기 너머로 루디의 목소리가 들렸다. 그는 다 돈 낭비니 그만 전화를 끊으라며 로라에게 소리를 질렀다.

"이제 그만 끊어야겠어요." 그녀가 말했다.

"아뇨. 루디 좀 바꿔주세요." 레브가 말했다.

로라와 루디 사이에 언쟁이 오갔다. 루디는 누구와도 말하려 하지 않았다. 로라가 그에게 통사정을 했다. "레브와 얘기 좀 해봐." 결국 욕설과 함께 수화기가 떨어지는 소리가 났다. 이어 수화기를 집는 소리가 들리더니 루디가 피곤한 목소리로 말했다. "레브, 난 할말 없어. 미안해."

"돈은 받았어?"

"그래. 그런데 배린에는 못 가. 체비 꼴이 나보다 더 엉망이야."

"알았어. 하지만 체비가 없을 때 우리는 어떻게 배린에 다녔지?"

"뭐?"

"배린에 어떻게 다녔냐고."

"너도 알잖아. 염병할 자전거를 타고 다녔지. 그 지독히 추운 겨울에. 얼굴이 얼어붙어 떨어져나갈 것 같았잖아. 난 이제 더는 그런 짓 안 해."

"지금은 겨울이 아니잖아."

"겨울이야, 여기는 겨울이라고! 망할 내 가슴은 겨울이야. 너, 이해를 못한 모양이구나. 런던에서 너를 고양이밥 취급이나 하는 그 반반하고 밝히는 영국 계집애하고 노느라. 하지만 여기서 사는 우리들은 이제 끝장이야. 모두 다. 직장도 없고, 집도 없고, 차도 없고, 돈도 없어. 우리는 죽은 목숨이야. 알겠냐? 이제 완전히 끝장났다고!"

수화기를 탕 내려놓는 소리가 났다. 레브는 방에 가만히 서서 멍하니 밖을 내다보았다. 터프넬 파크의 땜질한 경사진 지붕들이 보였다. 그 위 하늘에 비행운이 기다란 흔적을 남겼다. 루디가 죽을지 모른다는 생각만으로도 레브는 정신이 아득했다.

몇 분 후 다시 루디에게 전화했다. 로라가 운세를 보러 손님이 왔다고 말했다.

"잠깐이면 돼요." 레브가 말했다. "일단 배린에 가요. 가서 아파트 문제를 해결해요."

"해볼게요, 레브. 하지만 우리가 버는 돈은 별자리 운세와 손금을 봐주고 받는 게 전부예요. 그러니 여기 있어야만 해요."

"아침 반나절이면 될 거예요. 아침 일찍 버스를 타요. 제발 그래 줘요. 나머지는 나한테 맡기고."

나머지는 나한테 맡기고.

그 호언장담이라니! 되지못하게 자신만만한 허풍선이 꼴이었다. 그 말은 온통 거짓말투성이였다. 확실성을 암시하는 거짓말. 하지만 확실한 것은 없었다. 터무니없는 꿈만이, 그가 일생일대의 아이디어라고 부르는, 오직 희망만으로 세운 그것만이 있을 뿐이었다. 레브는 로라에게 그 아이디어를 흘린 자신을 저주했다. 루디가 무슨 말을 할지 뻔했다. "그래서 그 자식은 도대체 뭘 할 생각이라는 거야? 댐에 손가락이라도 쑤셔넣어 물을 막겠다는 거야 뭐야?"

어느 월요일 오후, 레브는 지케이 애시에게 사정해서 약속을 잡았다.

"나는 자네를 다시 고용할 생각이 없어." 애시가 전화에 대고 통명스럽게 말했다. "이미 다른 사람을 고용했다고. 알겠나?"

"일자리를 부탁하려는 게 아닙니다. 정말이에요. 하이게이트에 있는 식당에서 일하고 있어요. 제 딸을 걸고 맹세해요."

"알았네. 그래, 원하는 게 뭐지?"

"시간 좀 내주세요, 한 시간만요. 제가 가진 아이디어에 대한 조언과 정보가 필요해서요. 한 시간만 내주세요. 주방장님, 부탁입니다."

긴 침묵이 흘렀다. 마침내 애시가 입을 열었다. "좋아. 한 시간만이야. 더는 안 돼. 한 번만 인정을 베풀지. 세시에 오게."

레브는 데이미언의 바 가까이에 있는 친숙한 테이블에 그와 함께 앉았다. 그곳의 냄새가 고뇌의 감정과 기쁨의 감정을 모두 불러

일으켰다. 왈도는 커피를 내오며 레브에게 보일 듯 말 듯 동정의 미소를 지었다.

레브는 애시 앞에 공책을 펼쳤다. 애시의 파란 눈이 그를 쳐다보고 있었다. 레브는 어항의 물고기가 된 기분이었다. 공책을 펼쳐 쥔 두 손이 떨렸다. 그는 숨을 한번 들이쉬었다. 지금 이 순간까지 머릿속에서만 존재했던 것을 현실로 바꾸는 작업을 시작해야 했다. 그는 말하는 동안 목소리를 떨지 않으려 애썼다.

"바로 이겁니다. 제 레스토랑을 열려고요."

레브는 말을 멈췄다. 꿀꺽 침을 삼키고, 애시가 비웃는 표정 혹은 믿기지 않는다는 표정을 짓길 기다렸다. 하지만 그런 표정은 찾아볼 수 없었다. 이에 고무된 그는 목소리에 더욱 힘을 주어 말했다. "레스토랑은 배린에 차릴 겁니다. 새로 생기는 수력발전소에서 전기를 공급하게 될 지역이에요. 그러면 많은 사업체들이 배린에 들어설 거고, 레스토랑을 차리기에는 좋은 시점일 것 같습니다."

레브는 다시 기다렸다. 자신을 깎아내리는 말이 곧 튀어나오리라 확신하며 고개를 들어 애시를 쳐다보았다. 하지만 애시는 이렇게만 말했다. "자네 영어가 늘었군."

레브는 공책을 계속 넘기며 거기에 적어놓은 희망에 찬 모든 말들에서 용기를 얻으려 했다. "처음에는 작게 시작할 계획입니다. 손님을 사십 명, 혹은 최대 오십 명쯤 받을 수 있는 규모로요. 저는 주방장 겸 사장이 되어 우리 나라 사람들이 한 번도 맛보지 못한 요리를 제공할 겁니다. 여기 지케이 애시의 요리 같은 걸 말하는 건 아니고요. 그러고 싶어도 절대로……"

"여기 요리 같은 게 안 될 건 뭔가?"

"주방장님은 오랫동안 요리를 배우고 일하셨잖아요. 재능도 특별하시고요. 그러니 저는 절대로……"

"목표를 높게 잡지 못할 게 뭐 있다고? '한 번도 맛보지 못한 요리'라고 했잖아. 그게 확장되는 새로운 자본주의의 장이라면 자네가 '헤이즐넛 버터'라는 말을 미처 다 끝내기도 전에 레스토랑으로 넘쳐날 텐데. 그러면 어떻게 자네의 레스토랑을 최고로 만들 거지?"

레브는 입을 다물지 못하고 애시를 쳐다보았다. 하지만 곧 애시가 자신을 가볍게 보지 않는다는 사실에 기쁨으로 가슴이 두근거렸다.

"주방장님, 물론 저는 그러고 싶습니다. 제 레스토랑이 최고였으면 좋겠어요. 하지만 우리 나라 사람들은 대부분이 여전히 가난해요. 최고급 요리를 사 먹을 수 없어요."

"좋아. 그럼 무슨 요리를 할 작정이지?"

"주방장님……"

"간단한 질문이야. 무슨 요리를 할 거냐고?"

레브는 한 뭉치의 레시피에 의지하고 있었다. 대부분 애시의 메뉴에서 슬쩍한 것이었다. "아직 결정하지 못해서……"

"그렇군. 좋아. 종이 좀 줘보게. 이게 말이 좀 되게 해보자고."

레브는 공책 한 장을 찢었다. 애시가 그것을 홱 채가더니 호주머니에서 펜을 꺼냈다. 그는 자기 옆에 놓인 커피는 건드리지도 않았고, 큼직하고 제멋대로인 필체로 빠르게 써내려갔다. 잠시 후 자신이 쓴 것을 레브 쪽으로 돌려놓았다. 그리고 손가락으로 하나하나 짚어가며 말했다.

"1번은 요리 스타일이야. 그걸 정해. 그리고 끝까지 밀고 나가. 거기에 자네 이름을 걸라고. 진짜만 내놓게. 알겠나?"

"네."

"내 조언을 원한다니 하는 말인데, 그놈의 퓨전 근처에 얼씬거리는 바보짓은 하지 마. 카터몬* 꼬투리에 찝쩍거리다 망한 런던 식당을 들라면 열 군데도 더 들 수 있어. 파리에 한 발, 염병할 뭄바이에 한 발을 걸치다니. 그건 실패의 지름길이야. 손님들이 무슨 맛을 어떻게 즐겨야 하는지 도무지 알지 못하거든. 알겠나? 자, 그럼 다시 묻겠네. 무슨 요리를 하고 싶은가?"

레브는 눈을 비볐다. "그러니까…… 제가 생각하는 건…… 여기 요리 같은 겁니다. 여기와 같은 종류의 요리요. 아주 신선한 재료를 사용하고, 고기는 절대 과하게 익히지 않고요. 맛있는 소스와 육즙. 훌륭한 채소……"

"알았어, 하지만 그걸 체계화해야 하네. 내 요리의 상당수는 프랑스에서 배운 거야. 하지만 현대적이지. 꽤 미니멀리즘에 치우쳐 있기도 하고. 런던에서야 그런 요리가 딱 시의적절하지만, 자네 고향에서는 무엇이 적절할지 잘 결정해야 해."

"제 고향 사람들은 고급 요리를 먹어본 적이 없어요."

"알아, 안다고. 좋아. 자네는 모든 준비를 갖췄어. 하지만 또한 사람들을 교육시켜야 할 거야. 스물네 시간 뒤면 화장실로 빠져나갈 것에 많은 돈을 들일 가치가 있다고 그들을 설득해야 해. 돈 얘기가 나왔으니 원가 계산을 살펴볼까."

---

* 인도가 원산지인 생강과에 속하는 식물의 종자에서 채취한 향신료.

애시는 다시 종이에 뭔가를 쓰기 시작했다. 그리고 레브를 올려다보며 말했다. "요식업에서 이익은 크지 않아. 술은 예외지만. 음식 가격을 너무 낮게 잡으면 뒤로 허우적허우적 노를 젓다 빚의 개울에 처박힐 거야. 반대로 너무 높게 잡으면 손님이 없을 거고. 그 저수지가 들어올 지역에서 어느 정도의 수준이 먹힐지 판단해야 해. 제대로 된 판단을 해야 해."

"압니다…… 정말 어려운 일이네요."

"내가 해줄 조언은 이걸세. 메뉴를 단출하게 할 것. 열다섯 가지를 하려 들지 말고 네다섯 가지만 메뉴에 올려. 아니면 고정 메뉴 세 가지 정도에 스페셜 메뉴 한두 가지로 해서, 그날그날 시장에 나가 좋아 보이는 걸로 정하든가."

"네. 저도 그렇게 생각하고 있었습니다. 최소한 시작은 그렇게 하기로요."

"응, 잘했어. 단출한 메뉴. 그러면 3번으로, 아주 중요한 3번으로 넘어가지. 재료 공급. 이게 자네의 요리 종류를 결정한다는 사실을 기억하게. 고기를 공급하는 사람이 없으면 고기 요리를 할 수 없고, 토마토를 재배하는 사람이 없으면 파스타를 만들 수 없으니까. 자네 말로 판단해보자면 자네 나라 사람들은 지난 백 년 동안 염소고기와 피클밖에 못 먹어본 것 같아. 자, 그러면 자네는 재량껏 해보겠다고 해도 재료를 구하지 못하니 그 재량을 펼칠 수 없는 거지. 그건 생각해봤나?"

"네." 레브가 말했다. 그리고 서둘러 공책의 다음 장을 넘겼다. "재료 공급은 계속 생각해왔던 문제입니다. 식당을 시작하기 전에 먼저 승용차나 픽업트럭을 사려고요. 고향에는 작은 규모의 농장이 많아 차로 그런 데를 돌아다니려고요. 그전에는 국영 농장이었지만 지금은 개인 소유가 되어서 사람들이 아주 열심히 일해요. 그 사람들과 얘기해서 매주 필요한 재료를 주문하는 거죠. 닭이나 거위, 오리, 돼지 고기 등을요. 그 밖에 지역 대여 농장에서 채소를 공급받고요. 직거래를 하는 거죠. 고향에 있는 대여 농장의 한계는 압니다. 키위나 아보카도는 꿈도 꿀 수 없어요."

"그렇군. 붉은 고기는 어떻게 할 건가?"

"같은 방식으로 지역에서 구입하려고요. 제 아버지가 그랬듯 사냥꾼한테 토끼나 멧돼지 고기를 사는 거죠. 생선도 그렇고요. 처음에는 힘들겠지만 배린에 새 저주지가 생길 테니까요. 굉장히, 굉장히 큰 저수지가. 때가 되면 송어나 강꼬치고기, 연어, 민물장어 같은 걸 생각할 수 있겠죠."

"응, 좋아. 가까이서 얻는 재료가 최고지. 하지만 준비하고 요리하고 양계장도 다니고 사냥꾼의 추억담을 들어주는 일을 하루에 다 할 순 없어. 일을 분담해야 할 걸세."

"압니다."

"그러니 그것도 원가 계산에 포함시켜야 해. 배달을 담당하거나 자네가 물리적으로 직접 할 수 없는 일을 전부 대신할 사람한테 나갈 비용을. 거저 일해줄 사람은 아무도 없으니."

"압니다, 주방장님."

"주재료는 어떤가? 거기서는 아직도 그런 게 부족하지 않나? 밀가루, 쌀, 버터, 기름, 설탕 같은 거 말이야."

"아뇨. 그런 건 살 수 있어요. 배린 시장에서요."

"안정적으로? 갑자기 끊기는 일 없이? 기억해두게, 식당은 일

년 내내 매일 돌아가야 해. 그러지 않으면 손님이 떨어져나가."

"네."

"그럼 4번으로 넘어가지. 외관. 브라세리*를 할 것인가? 아니면 답답한 비스트로**를 할 것인가? 아니면 향수를 느끼게 하는 러시아식 찻집인가? 어떤 손님을 대상으로 할 것인가? 도시의 어느 지역에 입점할 것인가? 레스토랑을 찾을 동네 사람들은 어떤 사람들인가? 스타일에 맞춰 외관을 정해야 하네. 레스토랑을 시작하기 전에 이 모든 걸 숙지해야 해. 그럼 5번을 볼까. 실은 이게 1번이 되어야 해. 창업비용. 도대체 그 비용은 어떻게 마련할 생각인가?"

"주방장님, 사실은 그 문제 때문에 온 건데요……"

애시의 표정이 확 굳었다. 그는 펜을 툭 던졌다. "자본금을 빌려달라고 온 건가?"

"아뇨, 당연히 아닙니다. 혹시 제게 모든 게 담긴 목록을 주실 수 있는지 부탁드리려고요. 제가 레스토랑을 운영하기 위해 갖춰야 할 모든 것이요. 설비 말입니다. 그러면 총액을 계산해볼 수 있을 것 같아서요."

애시는 헝클어진 머리를 손으로 쓸어넘겼다. 그리고 거의 겁난다는 표정으로 레브를 빤히 쳐다보다 다시 종이를 내려다보고는 펜을 집어 입에 물었다. "그래, 그러지." 잠시 후 그가 말했다. "이건 해줄 수 있어. 오십 명이라고 했나?"

"네."

---

* 그리 비싸지 않은 프랑스식 식당.
** 규모가 작고 편안한 분위기의 식당.

"그리고 주방에는 자네와 조수 둘인 거지? 둘이 모든 걸 준비하고?"

"네."

"웨이터 두 명, 간호사 한 명, 맞나?"

"네. 그리고 승용차나 트럭 한 대. 중고로요."

"좀 생각해봐야겠네. 자네한테 제대로 알려주려면. 여기에 있는 설비 중 절반은 자네한테 필요 없는 거야. 식당 이름은 정했나?"

"네. 마리나로 할 겁니다, 제 아내 이름을 따서요."

애시가 빙긋 웃었다. 그는 다시 펜을 내려놓았다. "그렇군. 최소한 그것만큼은 해결되었군."

그는 자리에서 일어나 바로 갔다. 그리고 코냑을 꺼내 두 잔을 따라 테이블로 돌아왔다. 그가 마리나를 위해 건배하자고 제안했고, 그들은 함께 잔을 비웠다. 레브는 심장이 너무 세게 뛰어 그 요란한 소리를 가라앉히기 위해 단숨에 술을 들이켰다.

그러고 나서 그와 애시는 자리에 앉았다. 레브는 담배를 피워 물었고, 그들은 앞날에 대해 얘기했다. 누구든 인생에 적어도 한 번은 일생일대의 아이디어, 뭔가 신념을 품을 수 있는 아이디어를 갖는 게 중요하다고. 그러다 애시의 아버지에 대한 얘기가 나왔다. 그의 아버지는 애시가 변호사가 되기를 원했다. 요리사는 모두 괴팍하거나 동성연애자이거나 가난하다는 선입견을 갖고 있었던 것이다. 그래서 아들이 어떻게 그런 직업을 택할 수 있는지 이해하지 못했고, 아들이 요리사가 되었을 때도 무관심했다.

"여기에 식사하러 오신 적은 있나요?"

"아니, 한 번도. 개업식에 오신 게 전부지. 그것도 한 삼십 분쯤

계셨나. 내가 도체스터나 뭐 그런 식당의 수석 주방장이 되면 식사하러 오실까. 하지만 그래도 오실 것 같지는 않아. 결국 내가 감수해야 할 몫이지. 그럴 수밖에. 그저 이렇게 말할 수밖에 없을 때가 있어. '부모라니, 염병할.' 그러고는 신경 끄는 거야."

"그 맘 압니다, 주방장님. 아주 잘 알아요." 레브가 말했다.

시간이 흘렀다. 주방 옆문으로 사람들이 출근하고, 직원들의 식사를 차리는 소리가 났다. 레브는 그만 가야 할 시간이라는 걸 알았다. 소피가 오기 전에 일어나야 했다. 하지만 애시는 계속 말하고 싶은 눈치였다. 그는 어머니에 대해 말했다. M4 고속도로에서 교통사고로 숨진 '정말 아름다운 여인'이라고, 그리고 어머니의 자리를 대신한 계모에 대해서도 얘기했다. 그런 일들을 통해 인생이 '꿈의 한심한 모조품'이라는 걸 알았다고 했다. 애시는 다시 잔을 채웠다. 코냑 때문에 그의 목소리가 약간 바뀌었고 푸른 눈빛이 좀 더 부드러워졌다. 레브는 갑자기 애시가 고용주에서 친구가 된 듯한 느낌이 들었다. 이 친구 관계가 일종의 광채를 내뿜었다. 그 빛을 기분좋게 쐬고픈 유혹이 일었다.

그때 귀에 익은 목소리가 끼어들었다. "무슨 일이에요, 주방장님?"

소피가 바 옆에 서서 그들을 물끄러미 쳐다보고 있었다. 두 사람은 동시에 고개를 돌려 그녀를 바라보았다. 그녀의 머리는 더 짧아지고 뾰족뾰족해져 있었다. 얼굴은 그가 기억하던 것보다 더 갸름해졌다. 거리가 있었지만 레브는 그녀의 향기를 맡을 수 있었다. 아직도 그를 압도하는 힘을 가진 향기를. 그는 눈길을 거두고 공책과 메모지를 챙기기 시작했다.

"아무것도 아니야." 애시가 말했다. "레브가 나한테 물어볼 게 있다고 해서. 레스토랑을 차린다는군."

소피는 입을 다물지 못했다. 레브는 그녀의 생각이 들리는 것 같았다. 아무것도 아닌 사람인데, 보잘것없는 사람인데. 어떻게 아무것도 아닌 사람이 자기 레스토랑을 차릴 수 있지?

"레스토랑을요?"

"응, 자기 나라에서."

레브는 그녀를 쳐다보지 않았지만 그녀가 긴장을 푸는 게 느껴졌다. 그의 나라에서라면. 그렇다면 괜찮아. 멀리 떨어진 나라에서라면……

레브는 당장 일어나 애시와 악수하고 그 자리를 떠야겠다고 생각했다. 하지만 그의 본성에 자리잡은 고집스러운 반항심이 그가 그곳에 머물 권리가 있다며 버텼다.

"고향으로 돌아가기로 한 거예요?" 소피가 레브에게 말했다.

그는 고개를 까딱했다. 이 작은 동작이 고개를 끄덕인 것으로 받아들여져야 했지만, 레브는 그들이 기다리는 것을 보았다. 소피와 애시, 두 사람 모두 레브가 그녀에게 말하기를 기다렸다. 그는 그녀에게 말하고 싶지 않았다. 그는 생각했다. 이제 그녀와의 모든 대화는 빈 술통에서 찌꺼기를, 앙금을 긁어내려고 애쓰는 거나 다름없었다. 그러고 나면 술통은 생채기가 나기 마련이다.

두 사람은 레브를 바라보았다. 하지만 그는 입을 열지도, 그들에게 눈길을 주지도 않았다. 그렇지만 그녀는 레브가 모든 대답을 주었다는 걸 이해한 듯했다. 그가 공책을 움켜쥐는 바람에 손의 힘줄이 팽팽해져 마디가 허예지는 것을 보는 사이에 그녀는 주방으로 들어갔다.

애시는 잠시 기다리다 조용히 말했다. "프리스 때문에 소피가 스트레스를 받고 있어. 하지만 중요한 인물을 많이 데려와 퍼마시니 내가 불평할 수 있겠나? 더러운 세상이 굴러가는 방식인걸."

"네, 그게 더러운 세상이 굴러가는 방식이죠." 레브가 동의했다.

레브는 자신이 떨고 있음을 알아챘다. 차갑게 식은 커피를 한 모금 마셨다. 충격을 받은 상태였지만, 무엇 때문에 더 혼란스러운 건지 알 수 없었다. 그의 아이디어에 대한 애시의 예상치 못한 놀라운 지지 때문인지, 아니면 소피의 갑작스러운 등장 때문인지. 그는 아직도 그녀를 원했고, 그게 그 순간의 쓰라린 진실이었다. 그녀를 잠깐 본 것만으로도 그녀와 섹스하고픈 강렬한 욕망을 느꼈다. 그녀의 목소리, 체취, 옷, 웃음, 보조개 팬 뺨, 풍만한 가슴, 문신, 엉덩이, 짭짤한 음부 모두를 먼 훗날에도 여전히 기억하고 또 그녀를 여전히 원할 것 같았다. 그녀가 하위 프리스와 몸을 섞는 상상을 하자 그는 끝을 알 수 없는 적막감 속으로 빠져들었다.

레브가 재스미나를 만난 건 시간이 한참 흐른 뒤였다.

"몸가짐이 조신한 사람이라 프랭키 방에 당신이 있으니 여기 와서 나와 자는 걸 불편해해요." 크리스티가 설명했다.

"그래요? 그러면 다른 데 가 있을까요?"

"아니, 아니에요. 딱히 그래서만은 아니니까. 재스미나는 이 집에서 앤젤라의 흔적을 보게 될까봐 두려운 모양이에요. 알겠어요? 아니면 앤젤라가 나타나 침대를 뒤엎을까봐 그런지도 모르고요."

그러던 6월의 어느 일요일, 따뜻하고 건조한 저녁에 재스미나가 파머스그린의 집으로 레브를 초대했다. 그와 크리스티는 크리스티의 밴을 타고 갔다. 배관도구들이 뒤에서 쨍그랑거리고 덜커덕거렸다. 마치 어린아이들로 구성된 오케스트라가 만들어내는 소리 같았다. "에잇, 조용히 해!" 크리스티가 이 오케스트라를 향해 두어 번 소리를 질렀다. "운전하는 소리가 들려야 말이지." 노스서큘러 로드를 달리는데 스패너 한 개가 앞좌석 사이로 날아와 기어 레버에 부딪혔다. "이런 젠장, 이것 좀 봐요. 연장이 제멋대로인데 어쩌질 못한다니까요. 언제나 이 모양이에요."

이윽고 그들은 퇴창이 나 있고 앞뜰이 잘 손질된 낮은 연립주택이 늘어선 조용한 거리에 도착했다. 크리스티는 밴의 속도를 줄이고 앞을 보며 말했다. "망사 커튼이 툭툭 움직이는 것 좀 봐요. 이웃에 무슨 일이 일어나고 있는지 서로 모르는 게 없는 동네예요. 리머릭보다 더해요. 내가 처음 재스미나의 집에 다니기 시작했을 때 나를 불한당 보듯 하더라니까요. 하지만 지금은 모두 자기네 주방을 수리해달라고 나를 찾아요. 세상 어디서도 이 거리에서처럼 인기를 끌었던 적은 없어요."

그들이 밴에서 내리자마자 재스미나의 현관이 열리더니 그녀가 양팔을 벌리고 석양빛 속으로 나왔다. 몸집이 풍만해 입고 있는 사리가 많이 조여 보였다. 도수 높은 안경 렌즈 때문에 눈은 크게 보였다. 그러나 안경 아래로 미인의 미소가 드러났다. 그녀의 모습을 본 크리스티의 얼굴이 붉어졌다. 그녀가 크리스티를 포옹했다. 그때 바람이 훅 불어 사리 자락이 날리며 그의 좁은 어깨를 감싸자 크리스티의 모습이 거의 사라지다시피 했다.

크리스티가 그녀에게서 빠져나오더니 레브를 소개했다.

"어서 오세요." 그녀가 말했다. "자, 안으로 들어오세요. 오늘 날씨가 믿을 수 없을 정도로 좋네요. 자, 자, 어서……"

현관으로 이르는 길에는 화강암처럼 보이는 돌이 깔려 있었고, 거기에 박힌 운모 조각들이 은은한 석양빛을 받아 반짝였다. 둥근 퇴창 아래에 심긴 풍성한 수국은 파란 꽃을 피우기 직전이었다. PVC 소재의 현관문은 밝은 흰색이었고, 그 위에 사자 머리 모양의 황동 도어노커가 달려 있었다.

재스미나는 카펫이 깔린 현관 복도를 지나 거실로 그들을 안내했다. 크리스티가 레브를 처다보았다. "레브, 이런 거 본 적 있어요?"

작은 거실의 벽에 높이가 6, 7피트쯤 되는 유리선반이 죽 둘려 있었다. 천장에 달린 할로겐 스포트라이트 등이 색색의 유리병, 단지, 술병, 꽃병, 물약병 등이 무수히 진열된 선반을 비추고 있었다. 천장에서 밝은 전등이 내리비치고 창살로 잘게 나뉜 창문으로 시시각각 변하는 석양빛이 들어오자 유리병들이 끊임없이 움직이는 무지갯빛을 내며 파르르 떠는 듯했다. 루비처럼 붉은 빛이 주변의 칙칙한 분홍빛에 영롱한 빛을 비췄다. 더 안쪽에서는 춤추는 무지갯빛이 보라색과 남색, 푸른 바다색, 엷은 청록색으로 누그러졌다. 왼쪽을 보니 벽 전체가 진녹색, 연두색, 은색, 레몬색으로 빛났다. 서쪽으로 난 창문으로 가니 꿀빛 같은 호박색과 노란색에 휩싸이는 듯했다……

"세상에, 환상적이네요……" 레브가 말했다.

재스미나가 사리를 여기저기 잡아당기며 옷매무새를 만졌다. 자신의 차림새에 흡족해진 그녀가 전혀 다른 미소를 지으며 레브에게 말했다. "저는 이 방을 '독수공방'이라고 불러요. 여자가 오랜 세월 혼자 지내다보면 유리병이나 그릇을 모은다든지 하는 이런 짓을 하게 돼요. 처음에는 몇 개뿐이었는데 어쩌다보니 계속 모으게 됐죠."

"아주 예뻐요, 재스." 크리스티가 말했다. "그 오랜 세월을 바친 보람이 있어요."

"아뇨, 그렇지 않아요." 재스미나가 재빠르게 말했다. 그녀의 미소가 사라졌지만 크리스티는 모른 척했다.

"봐요, 레브." 그가 말했다. "아주 멋지게 진열되어 있지 않아요? 할로겐 불만 좀 밝혀주면 그만이라니까요. 투명한 선반을 통해 모든 게 반사되는 걸 봐요. 저런 게 예술이죠."

"네. 저도 그렇게 생각해요. 진짜 예술이에요."

"그런 것 같아요. 하지만 모두 일일이 먼지를 닦아줘야 해요. 한 달에 한 번, 저걸 모두 꺼내 물에 씻고 선반을 닦아요. 위아래 모두요. 미친 짓이죠."

"나는 저게 너무 좋아요." 크리스티가 말했다. "뭐라 표현할 수 없을 정도로요. 레브한테도 이 방 얘기를 했어요. 그렇죠, 레브? 색색의 유리병이 있는 방에 대해 얘기했잖아요."

"네, 그랬죠. 저는 이런 건 본 적이 없어요."

"아, 그야 뭐, 햇빛이 비치면 제법 예쁘긴 한 것 같아요. 자, 이제 어서들 앉으세요. 제가 먹을 걸 좀 가져올게요."

크리스티와 레브는 앉지 않고 거실 한복판에 서서 전시회에 온 관람객처럼 이따금 위치를 옮기며 유리 제품을 구경했다. 그들은 아무 말도 하지 않았다. 레브는 이 믿기 힘든 규모의 수집품을 모으는 동안 있었을 각각의 거래를 상상해보려 애썼다. 분명 평생에 걸친 거래였을 것이다. 그 유리병들을 사는 데 얼마나 많은 시간을, 얼마나 많은 여윳돈을 썼을지 생각하자 그저 놀라울 따름이었다. 레브는 배린 시장에서 마리나에게 파란색 유리단지를 사줬던 일이 떠올랐다. 집안에서 단 하나뿐인 단지는 아직도 그들의 침실 테이블에 놓여 있었다. 레브는 헝겊으로 그 단지를 닦아 반짝반짝 윤을 내고 가끔 꽃을 꽂아두기도 하던 마리나의 긴 손가락도 떠올렸다. 그녀가 그에게 했던 말도. "왠지 저 파란 단지에 내가 좋아하는 뭔가가 있는 것 같아, 레브."

재스미나가 거실로 돌아와 커피테이블에 백랍쟁반을 내려놓았다. 쟁반 위에는 음식이 담긴 작은 하얀 접시들이 놓여 있었다. 반짝거리는 쟁반 위의 접시들 사이에 백장미 꽃잎이 흩뿌려져 있었다. 재스미나의 통통한 손이 음식 위로 부드럽게 잔물결치듯 움직였다. 팔찌들이 맞부딪혀 짤랑거렸다.

"칵테일 코프타, 매콤한 캐슈, 살짝 튀긴 새우, 오이 소스, 시금치와 리코타 사모사예요. 알아서들 드세요. 저는 가서 보드카를 가져올게요."

그녀는 다시 거실을 나갔다. 크리스티는 하얀 접시와 흩뿌린 장미꽃잎을 가만히 바라보았다. "재스미나가 당신을 위해 보드카를 샀어요." 그가 소곤거렸다. "그걸 좋아한다고 내가 말해줬거든요."

재스미나는 뒤뜰 테라스에 저녁식사를 차리고 싶어했지만 크리스티가 거실에서 식사하면서 끊임없이 아롱거리는 색색의 유리병에 비치는 석양빛을 보고 싶다고 했다. 그래서 그들은 밝은색 쿠션을 깔고 바닥에 앉았다. 재스미나가 계속 들락거리며 요리 접시를 날랐다. 족히 십 인분은 될 정도의 음식이었다.

그녀는 물만 마셨지만 그들에게는 기다란 주전자에 담긴 시원한 인도산 맥주를 따라주었다. 레브의 마음은 다시 현재의 달콤함으로 채워졌다. 그는 가정집에서 요리한 인도 음식을 먹어본 적이 없었다. 그 음식을 입에 넣을 때 향기가 코에 닿는 게, 음식을 삼킬 때 그 향기가 함께 빨려들어오는 게 좋았다. 그 재료들이 변형되며 핏속으로 스며드는 느낌이었다. 몇 입 먹지도 않았는데 머리에서 코코넛 향이 나고 피부에서 쿠민과 생강빛이 나는 기분이었다.

아른아른 빛나는 유리 제품들이 그의 시야 언저리에서 반짝거렸다. 재스미나의 목소리는 감미로웠고, 은둔생활을 하는 늙은 공작 부인에게 영어를 배우기라도 한 듯 모음 발음이 독특하면서도 완벽했다. 그녀가 무슨 말을 하든 크리스티는 넋을 잃고 들었다. 레몬 치킨에 달*과 콜리플라워를 곁들여 먹는 내내 그녀가 얘기한 건 허트퍼드앤드웨어 빌딩 소사이어티의 융자상담원인 그녀의 일에 관한 것이었지만, 크리스티의 얼굴에 떠오른 환희와 열렬한 시선은 조금도 흐트러지지 않았다.

"재스는 정말 중요한 일을 해요. 사람들이 재산을 소유하는 첫 단계를 밟을 수 있도록 도와주죠. 내 생각에 그건 자선사업이에요."

재스미나가 한 손을 뻗어 크리스티의 손목에 살짝 얹었다. "그렇지 않아요." 그녀가 말했다. "저도 처음에 그 일을 시작할 때는 그렇게 생각했지만 지금은 아니에요. 주택 담보 대출은 여러 가지

---

* 콩을 삶아서 향신료를 넣고 수프 형태로 만든 인도 요리.

측면에서 아주 안 좋아요. 금액이 아주 클 때는 특히요."

그녀가 레브를 돌아보며 말했다. "영국의 개인 부채는 엄청난 수준이에요. 부채의 에베레스트죠. 게다가 허트퍼드앤드웨어는 매일 거기에 일조하고 있어요. 저는 그런 사실에 점점 더 마음이 불편해져요. 반면 무슬림에게는 더욱 호의적이게 되었어요. 그들의 율법은 대출 이자를 금하거든요. 그래서 전통적인 융자 과정을 밟지 않아요. 지난 금요일, 한 백인 부부가 찾아왔어요. 두 사람 수입의 스물아홉 배나 되는 돈을 빌리려고요. 그 돈을 언제 다 갚을 수 있겠어요?"

"끝이 안 보이겠네요." 크리스티가 말했다. "사람들은 항상 소유하길 갈망해요. 재스미나는 그들이 그런 갈망을 채울 수 있도록 도와주는 것뿐이에요."

"저는 그걸 '꿈을 위한 대출'이라고 불러요." 재스미나가 말했다. "저는 꿈을 이루기 위해서는 평생을 노력하는 거라고 배워왔어요. 그러다 마침내 꿈을 이루기도 하죠. 제가 이 유리 제품을 수집한 것처럼요. 그런데 요즘 영국인들은 모든 걸 순식간에 가지려고 해요. 새 집, 새 차, 새 냉장고, 새 주방……"

"바로 그래서 내 역할이 생기는 거죠." 크리스티가 자랑스럽게 말하며 맥주를 더 따랐다. "이 거리에 있는 집들만으로도 일 년은 거뜬히 일할 수 있을 거예요. 그렇죠, 재스?"

재스미나가 열이 나는 어린아이의 이마를 쓰다듬듯 크리스티의 이마를 어루만졌다. "네, 그렇지만 다시 맥주를 너무 많이 마시기 시작하면……"

"이봐요, 재스, 당신이 이 망할 맥주를 내놨잖아요. 나는 손님으로서 예의를 갖춰 주인이 주는 걸 마실 뿐이에요."

"당신이 거칠게 말하는 게 싫어요. 크리스티. 알잖아요."

크리스티가 재스미나의 손을 와락 붙잡더니 자신의 입으로 가져가 손바닥에 키스하면서 우물거렸다. "미안해요. 거칠게 말한 거 취소할게요. 그 말은 철회. 이렇게 보내는 시간이 정말 좋아요. 저 유리들 좀 봐요, 해가 지기 직전에 비치는 바로 저 일광을요, 레브."

"네, 보고 있어요. 아주 아름다워요, 재스미나."

"오직 재스처럼 특별한 마음을 가진 사람만이 저런 색깔을 생각해낼 수 있을 거예요."

재스미나가 긴장을 풀며 다시 아름다운 미소를 지었다. 크리스티는 그녀의 손을 가슴께에 얹은 채 달을 한입 떠먹었다. 재스미나의 눈이 촉촉해졌다.

"당신은 정말 어린아이 같아요, 크리스티. 로맨틱해요. 그렇지 않나요, 레브?"

"네, 로맨틱해요. 맞아요."

"그렇든 말든 누가 신경이나 써요?" 크리스티가 말했다. "여기서 누가 신경이나 쓰겠어요? 그러니까, 여기서 누가 신경쓰냐는 말이에요."

"내가요." 재스미나가 말했다. "나는 당신이 변하지 않았으면 좋겠어요."

"저 말 좀 들어봐요." 크리스티가 기쁨에 넘쳐 미소를 지었다. "정말 예쁘게 말하지 않아요? 이것 참. 나와 결혼해줄래요, 재스미나? 내 이혼이 완전히 마무리되면 내 아내가 되어주겠어요?"

갑자기 방안에 침묵이 흘렀다. 거리에서 아이들이 스케이트보드를 타고 노는 소리가 들렸다. 바퀴의 고무가 닳아 덜걱거리는 소리, 울려퍼지는 웃음소리가. 레브는 크리스티를 보다가 재스미나에게 시선을 돌렸다. 그녀는 입을 다물지 못한 채 크리스티를 쳐다보고 있었다. 크리스티는 여전히 그녀의 손을 자신의 좁은 가슴에 올려놓은 채 움켜쥐고 있었다.

"크리스티, 그냥 하는 말이죠?" 재스미나가 조용히 물었다.

"아니에요. 어쨌든 내가 하는 말이긴 하죠. 하지만 흔히들 말하는 그냥 하는 말은 아니에요. 재스미나, 진심이에요. 나와 결혼해줬으면 좋겠어요. 그러니까, 당신도 그러고 싶다면……"

그녀가 창문 쪽으로 고개를 돌리는 바람에 그녀의 옆얼굴이 보였다. 태양의 마지막 섬광이 유리 제품에 눈부신 레몬색과 호박색 스펙트럼을 그리더니 기울었다. 그녀가 다시 고개를 돌려 크리스티를 바라보았다.

그녀가 엄숙하게 말했다. "네. 저도 그러고 싶어요."

레브는 포크를 내려놓았다. 몸을 숙여 서로를 붙잡는 재스미나와 크리스티를 꼼짝 않고 바라보았다. 크리스티가 바짝 마르고 하얀 몸으로 재스미나의 풍만한 황갈색 몸을 끌어안은 모습을 보자 레브는 말로 표현할 수 없을 만큼 마음이 뭉클했다. 두 사람이 키스하자 그는 시선을 돌렸다. 그는 재스미나가 고독하게 수집한 유리병들을 다시 한번 살펴보았다. 그리고 생각했다. 어떤 수집가에게든 언젠가는 '됐어, 이제 완벽해' 하고 말하는 순간이 오는가보다. 아마 지금이 그런 순간이겠지.

20
꿈을 위한 대출

파노의 식당에서 일을 마치고 새벽 한시쯤 귀가하던 레브는 로라의 전화를 받았다. 하이게이트 공동묘지 정문 근처에서였다. 한 사람이 마트 쇼핑백에 쓰레기를 잔뜩 담아 버리는 모습이 눈에 들어왔다. 앞쪽에는 어둠에 잠긴 스웨인스 레인이 있었다.

로라는 돈을 더 보내달라고 부탁했다. 목소리가 멀게 들렸다. 그녀는 루디 때문에 절망하고 있다고 말했다. 우울증이 몸까지 잠식해 루디가 온몸이 쑤시고 근육 경련을 일으키고 발에 땀이 나는 상태라고 했다. 잠결에 울기도 한다고 했다.

레브는 그 모습을 상상하니 견딜 수 없었다. 루디를 생각할 때면 웃고 다투고 술 마시고 우락부락한 큰 손으로 사람들의 어깨를 토닥이는 모습을 떠올리고 싶었다. "더 보낼게요." 그는 망설이지 않고 말했다.

"이런 부탁 하기 정말 싫어요. 당신은 우리 모두에게 잘해줬으니까요. 하지만 희망을 거는 게, 기대를 거는 게 있어요. 루디가 체비를 다시 몰 수 있다면, 더는 저렇게 세상이 끝난 것처럼 굴지 않을 거예요. 나한테 계속 자동차가 결딴난 것처럼 우리 인생도 결딴났다는 말만 하거든요."

레브는 어두운 거리에 서서 캠핑용 밴의 창문에 켜진 희미한 불빛을 멍하니 쳐다보았다. 배린에 레스토랑을 차릴 계획인데 그 계획이 모두를 구할 거라고, 루디가 거기서 중요한 역할을 담당할 거라고 말하고 싶은 마음이 굴뚝같았다. 하지만 아직은 말할 수 없었다. 그 일생일대의 아이디어가 처음 떠올랐을 때에 비해 구체화된 게 거의 없었기 때문이다.

로라는 새 타이어 가격과 냉각기 수리비용을 알아봤다며 레브에게 필요한 금액을 말했다. 그가 이백 파운드만 보내주면 일주일 안에 체비가 다시 굴러갈 수 있을 것이었다.

이백 파운드.

그는 일주일치 방세를 밀리고, 이나에게는 이 주째 송금을 하지 못하는 상태였다. 그는 스웨인스 레인으로 들어서면서 다음번 급여를 받으면 돈을 보내줄 수 있을 거라고 말했다. 그렇게 말하면서도 돈을 보내고 나면 자기는 어떻게 생활할 수 있을지 막막했다.

그는 캠핑용 밴이 세워진 곳에 이르렀다. 곁눈으로 보니 흑인 아이 하나와 백인 아이 하나가 밴 뒤의 컴컴한 구석에서 나왔다. 기껏해야 열두 살밖에 안 되어 보이는데 이렇게 늦은 시간에 거리에 있다니. 레브가 이런 생각을 하는데 그들이 공동묘지 쪽 길로 뛰어가는 게 보였다.

"……창밖도 내다보지 않아요." 로라가 계속 말했다. "누가 체비를 훔쳐갔으면 좋겠대요. 거기에 서 있는 차를 보지 않아도 되게……"

레브의 머릿속에 체비를 타고 모래투성이 길을 덜컹거리며 달려 에셀 호수로 가던 일이, 강렬한 헤드라이트로 물고기의 정신을 빼놓으면 된다던 루디의 설명과 어리벙벙해진 물고기들이 전기불꽃 같은 이상한 파란색으로 변한 일이 떠올랐다. 그 파란색이 유해한 것이었을까?

"잘 들어요, 로라." 레브가 말했다. "루디한테 병원에 가보자고 해요. 단순히 우울한 게 아니라 병이 든 건지도 몰라요. 근육 경련이 있다면 심각한 걸 수도 있어요. 예전에 호수로 놀러갔을 때 뭔가에 오염되었을지 몰라요."

로라가 한숨짓는 소리가 들렸다. "아무도 안 보려고 해요. 당신이 여기 있으면 좋겠어요. 당신이라면 그이를 도와줄 수 있을 테니까요. 당장 내가 생각할 수 있는 건 차를 한번 고쳐보자는 것뿐이에요."

"루디한테 의사를 만나보라고 해요."

"루디가 하란다고 하는 사람이 아니란 건 당신도 잘 알잖아요."

"알아요, 알아. 그래도 일단 루디한테 그 파란색 물고기 얘기를 해봐요."

"내가 무슨 생각을 하는지 알아요? 우리한테 아이가 있었다면 어땠을까 하는 생각이 자꾸만 들어요. 그러면 그이가 아이를 위해서라도 계속 노력했을 거예요. 당신이 마야를 위해 그러는 것처럼요."

레브는 자신이 얼마나 오랫동안 수렁에 빠져 지냈는지 로라에게 상기시켜주려다 말을 멈췄다. 두 아이가 그를 향해 빠른 속도로 달려오는 것을 보았기 때문이다. 희미한 불빛에 그들의 얼굴이 더욱 희고 검게 강조되어 보였다. 백인 아이는 동그란 안경을 썼고, 다리가 길어 더 빨리 달리는 흑인 아이보다 키가 작았다. 흑인 아이가 잠깐 속도를 늦추고 백인 아이와 보조를 맞췄다. 그 아이들이 자신을 향해 돌진하고 있다는 생각이 아주 짧은 순간에 소용돌이치듯 레브의 머릿속에 떠올랐다. 그가, 그와 그의 휴대폰이 그들의 목표물이었다.

마음의 준비를 할 시간이 있었지만 그뿐이었다. 곧바로 왼쪽 뺨이 얼얼해지나 싶더니 오른쪽 어깨에 타격이 가해졌다. 레브는 한순간 비틀거렸다. 뺨을 친 흑인 아이를 잡으려 몸을 날리려는 순간 자신의 손에 휴대폰을 쥐고 있다는 걸 떠올렸다. 그사이 아이들은 그를 지나 오르막길로 달아났다.

그가 돌아보니 아이들이 공동묘지 정문 쪽으로 쿵쾅거리며 달려가고 있었다. 전화기를 다시 귀에 댔다. 로라의 목소리가 들렸다. "무슨 일이에요, 레브? 무슨 일이에요?"

"애들이. 애들이……" 아버지의 숨소리가 그랬던 것처럼 그의 숨소리가 힘겹게 들렸다. "내 휴대폰을 훔치려고 했어요. 세상에!"

"괜찮아요, 레브?"

"네……"

그는 벨리샤 로드가 더 가까웠으면 좋았을 거라는 생각을 하며 걸음을 재촉하기 시작했다. 등뒤에서 웃음소리가 들렸다. 다시 돌아보니 아이들이 공동묘지 정문 옆의 쓰레깃더미에서 악취나는 쓰레기봉지를 집어 공중으로 던지고 있었다. 그는 아이들의 공격이 끝나지 않았다는 것을 알았다.

레브는 로라에게 전화를 끊어야겠다고, 루디에게 조만간 돈을 보내주겠다는 말을 전해달라고 했다. 그리고 돈을 받기 전이라도 타이어와 냉각기 부속을 주문하라고 일러두었다.

탁! 쓰레기봉지가 그의 등허리를 쳤다. 숨이 멎는 듯했다. 달리고 싶었지만 자신이 열두 살짜리 아이들보다 빨리 달릴 수 없다는 걸 알고 있었다. 침착함을 잃지 않고 단호한 걸음걸이를 유지하면서 휴대폰을 안전하게 주머니에 넣는 게 나았다. 단순한 장난일지도 몰랐다. 밤늦게 이 어두운 길을 택한 낯선 사람들을 상대로 하는 장난. 어쩌면 그의 평범한 싸구려 휴대폰은 거들떠보지 않을 수도 있었다. 아이팟이나 블랙베리를 비롯해 별별 것을 줄곧 훔쳐왔다면 그까짓 싸구려 휴대폰 때문에 시간을 들여 그를 해칠 가치가 있다고는 생각하지 않을 것이다.

탁! 또다른 쓰레기봉지가 날아왔다. 이번에는 어깨로 날아왔고, 부딪히는 순간 봉지가 터져 쓰레기가 쏟아져나왔다. 봉지에는 빈 깡통이나 병이 들어 있어 무겁고 모서리가 날카로웠는데, 그것들이 와르르 길에 떨어졌다. 그걸로 머리를 내려친다면 그건 더이상 장난이 아닐 것이다.

아이들이 그를 향해 내리막길을 달려오는 소리가 들리자 그는 분노가 치밀었다. 피부색이야 어떻든, 이런 어린아이들이 무슨 이유로 낯선 사람을 공격하는 거지? 그 아이들이 불이익이나 고통에 대해 무엇을 안다고? 그들의 아버지가 지긋지긋한 제재소에서 입에 풀칠하기도 힘들 정도로 싼 임금을 받으며 하루에 아홉 시간씩 일을 하기라도 했나? 그들의 어머니가 서른여섯의 나이에 백혈병으로 죽기라도 했나? 그들의 집이 사라질 위험에 놓여 있기라도 한

가? 그는 다시 돌아섰다. 하지만 너무 늦은 뒤였다. 아이들이 그의 몸을 쿵 받았다. 그가 균형을 잃고 비틀거리다 넘어지자 아이들이 썩은 고기에 달려드는 까마귀처럼 그를 덮쳤다. 길가 도랑에 그의 머리를 처박고 옷을 여기저기 찔러대더니 휴대폰을 끄집어내고 셔츠를 찢었다.

그는 그들의 다리와 홀쭉한 엉덩이, 구린내나는 운동화를 신은 발을 향해 발길질을 했지만 헛수고였다. 그는 루디라면 내뱉었을 법한 소리를 모국어로 내지르기 시작했다. 레브의 몸을 뒤지던 아이들이 익숙하지 않은 언어를 듣고 잠시 멈칫했다. 이내 그의 귀에 욕설이 쏟아져들어왔다. "이거 망할 놈의 외국인이잖아!"

"쓰레기 같은 이민자 새끼!"

아이들이 다시 그의 따귀를 쳤다. 그는 학교 불량배한테 맞았을 때처럼 시시하고 치욕스럽고 모멸감으로 속이 쓰렸다. 아이들은 열쇠, 지갑, 잔돈, 담배까지 모든 것을 뜯어냈다.

그는 다시 버둥거렸다. 그의 발이 뭔가에 부딪혔고, 어떤 손이 그의 머리를 탁 쳤다. 다시 욕설이 날아왔다. "이 빌어먹을 망명자!"

"테러리스트!"

"개새끼!"

입에 흙맛이 느껴지더니 이내 아이들이 운동화 고무창을 직직 끌며 어둠 속으로 달려가는 소리가 들렸다.

그는 달음질 소리가 멀어질 때까지 기다렸다가 일어섰다. 다치지는 않았지만 얼굴이 아리고 다리가 후들거렸다. 거리를 아래위로 살폈지만 아무도 없었다. 밴의 불빛은 꺼져 있었다.

그는 비틀거리며 걸어가 공동묘지의 철창 울타리에 기댔다. 그들이 무엇을 가져갔는지 보려고 주머니를 뒤적였다. 담배라도 남 겼으면 했지만 아무것도 없었다. 아무것도. 벨리샤 로드의 집열쇠 마저 없었다. 레브는 크리스티가 재스미나와 함께 파머스그린에 있다는 것을 알고 있었다. 어디로든 가려 해도 야간버스 요금조차 없었다……

다시 오르막길을 달려올라가려 했지만 이러다 심장이 멈추지 않을까 할 정도로 쿵쾅거렸다. 천천히 걸으면서 쓰러지지 않으려고, 분노를 누그러뜨리려고 애썼다. 어린 영국인 비행소년들이, 시장 근처를 얼쩡거리며 푼돈이나 빼앗고 퇴락해가는 오래된 야외 스케이트장에서 스케이트를 훔쳐 시장의 가판대에 내다 팔아 그 돈으로 마약을 사는 배린의 하찮은 십대 불량배들과 다를 바 없다는 사실을 떠올리려 애썼다. 그들은 그저 빈민가의 아이들일 뿐이었다. 편견과 궁핍에 절은 가난한 집의 불쌍한 아이들. 몰락했거나 마약에 빠져 있거나 분노로 가득하거나, 아니면 그 세 가지에 다 해당되는 부모를 둔 가엾은 아이들. 벌써부터 앞날을 망치고 있는 불쌍한 아이들.

그는 파노의 식당이 있는 마지막 블록까지 간신히 달려갔다. 주방에 아직 불이 켜져 있는 것을 보고 문을 쿵쾅 두드렸다.

파노가 나왔다. 그의 쓸쓸한 얼굴에 놀라 기겁하는 기색이 번졌다.

파노는 다음번 주급에서 얼마간 가불을 해주기로 했다. 그는 레브에게 다행이라고, 그나마 다행이라고 말했다. 병에 맞아 머리가 깨졌을 수도 있었기 때문이다. 레브는 다행이라는 파노의 말에 동의하면서도 안절부절못했다. 자신 안의 뭔가가 조각난 느낌이었다.

레브는 새 휴대폰을 구했다. 그것을 손에 들자 어떻게 그토록 오랫동안 휴대폰 없이 살았는지 알 수 없다는 생각이 들었다. 잠시 후 전화벨이 울렸다. 애시였다.

"창업비를 산출했네. 내일 두시 반에 오게."

숫자가 적힌 종이 한 장이 눈에 익은 테이블에 놓여 있었다. 그 전날 저녁에 구운 크로스티니 냄새가 여전히 공기 중에 희미하게 맴돌았다. 애시가 이번에는 신선한 레모네이드를 권했다.

"타이핑을 했네. 자네가 알아보기 쉽게. 한번 보게."

레브는 떨리는 손으로 종이를 집어들고 읽기 시작했다.

6구 버너와 오븐이 두 개 달린 업소용 가스레인지(2): 신품 한 대당 2,200파운드, 식당에서 쓰던 중고는 대당 400파운드(?)

구이용 철판(2): 개당 500파운드

스팀 추출기: 최소 1,000파운드

업소용 가스 그릴: 650파운드

식기세척기와 싱크대: 900파운드

저장고와 작업대: 최소 3,000파운드

칼과 칼꽂이: 300파운드

냄비, 절단기, 여과기, 볼, 도마 등: 300파운드

40인이 앉을 수 있는 테이블과 의자: 중고? 가격 알 수 없음

식기와 유리 제품: 500파운드?

식탁보……

레브는 목록을 끝까지 읽었지만 고개를 들 엄두가 나지 않았다.

그는 목록의 제일 윗줄로 돌아갔다. 근사한 6구 버너 가스레인지에 양순한 파란 불길이 이는 광경을 마음속에 그려봤다. 그는 간절히, 간절히 그 앞에 서고 싶었다. 다시 한번 목록을 읽어내려가다 저장고와 작업대 항목에서 멈췄다. 비용이 그렇게 충격적으로 불어나는 것을 도저히 감당하기 힘들었다.

레브는 애시의 동정어린 시선을 느꼈다. "그건 설비 목록일 뿐이야." 애시가 말했다. "레스토랑 부지를 얻는 데 비용이 얼마나 들지 잘 모르겠네. 고분고분한 목수나 전기기술자를 알고 있나? 말보로나 팬티스타킹을 박스로 주고 일을 시킬 만한 사람들이 여전히 있을까? 아니면 시급을 계산해서 줘야 하나?"

"시급으로 일합니다. 하지만 임금이 아주 쌉니다."

"그렇군. 어쨌든 나는 그 비용이 얼마나 들지 감을 잡을 수 없네. 레스토랑 부지에 따라, 그리고 이미 설비된 게 무엇이냐에 따라 달라질 문제이기도 하고."

레브는 14,000파운드라는 총액을 말없이 응시했다.

그는 일생일대의 아이디어의 본모습을 깨달았다. 그건 터무니없는 상상에 불과했다. 실체가 없는 것이었다. 그는 어렸을 때 끊임없이 공상에 잠기곤 했다. "집중 좀 해라, 집중 좀!" 학교에 가는 길이나 강가로 내려가는 길에 발을 잘못 디뎌 비틀거리기라도 하면 종종 어머니와 아버지가 그런 잔소리를 하곤 했다. "구름 좀 그만 쳐다봐." 그랬는데 또다시 몽상에 빠졌던 것이다. 또다시 허상에 정신이 나가 있었던 것이다. 그뿐이었다. 하지만 이번에는 그의 미래와 그가 세상에서 가장 사랑하는 사람들의 미래까지 그 몽상에 달려 있었다. 생각이 거기에 미치자 두려움에 속이 울렁거렸다.

"레모네이드 좀 들게." 애시가 말했다.

레브는 레모네이드를 마셨다. 톡 쏘면서도 달콤한 맛이 좋았다. 진정한 요리사라면 잠깐일지라도 사람들이 위안을 받을 수 있는 맛과 질감을 예측하고 제공할 수 있어야 한다는 생각이 들었다. 그것이 반영하는 건 결국 인생이란, 그리고 늘 우리와 함께 나아가는 인생의 추억이란 그런 일시적인 순간순간으로 구성된다는 사실이었다.

"레브." 애시의 목소리가 들렸다. "내가 배린의 물가를 전혀 모른다는 걸 명심하게. 이 숫자는 여기서 운영할 주방을 갖추는 데드는 최소 비용이야. 몇 가지는 중고로 살 수 있다고 가정하고. 하지만 자네 나라에서는 분명 적게 들 거야. 이를테면 총액을 만 파운드 정도로 낮춰 잡아도 되지 않을까 싶어."

만 파운드.

모든 계획은 순전히 백일몽이었다. 다음번 급료를 받아도 이나에게 조금 송금하고 로라에게 체비를 고칠 비용으로 이백 파운드를 보내고 나면 사십 파운드도 안 남을 것이다. 게다가 크리스티에게 백팔십 파운드도 줘야 하는데……

그는 자신을 비웃고 싶었다. 만 파운드라니! 한때 포인세티아 몇 그루로 행복을 증진시킬 수 있다고 믿었던 바보 같은 인간이, 슬쩍한 목재 몇 조각을 지고 끙끙거리며 자전거를 타고 집에 가다 짚더미에 밀려 떨어져 십자가에 매달린 듯한 자세로 도랑에 처박혔던 한심한 위인이 보였다. 이제 나이 마흔셋인데 그의 계획, 그 일생일대의 아이디어는 웃음밖에 안 나오는 수준이었다. 일 년 안에 그의 집은 물에 잠길 것이고, 마리나라는 레스토랑 같은 건 없을 것이다.

어머니는 어떻게 될까? 지케이 애시에서 나온 레브는 무엇보다 이 문제에 대한 걱정 때문에 다시 고민하기 시작했다. 어머니가 그곳에서 한 발자국도 벗어나지 않으리라는 것을 알기 때문이었다. 오로는 그녀의 인생이었다. 오로가 물에 잠긴다면 그녀도 마을과 함께 저수지 바닥에 잠길 것이다.

"어머니." 그는 전화로 사정했다. "배린의 아파트도 아주 좋을 거예요. 전기 난방도 들어올 거예요. 강이 내다보이는 곳도 있다니까 그런 집을 얻기로 해요."

"뭐가 내다보이든 나하고는 상관없다. 내 나이 일흔이야. 내가 살던 마을에서 죽을 거야."

"어머니, 마야를 생각하세요. 마야한테 어머니가 얼마나 필요한지."

"아니, 마야는 네가 생각해야지. 네 자식이니까. 집에 돌아와서 아비 노릇을 해. 그리고 사람들더러 나 좀 편하게 내버려두라고 하고."

"어머니, 제발요……"

"피곤하구나, 레브. 네 얘길 듣고 있자니 너무 피곤해. 나 좀 내버려두거라."

그녀는 그런 말로 그를 참담하게 만들 수 있는 사람이었다. 그녀는 그걸 아주 잘 알고 있었다. 왜 어머니는 그를 참담하게 만들려고 했을까. 그는 자문했다. 왜 어머니는 그에게 그토록 화가 난 걸까?

그가 실패자였기 때문이다. 그는 노던라인 전철을 타고 터프넬 파크로 가던 중 이 단어에서 답을 찾았다. 그 단어가 모든 사람이 분명히 볼 수 있도록 지하철역에 붙은 포스터에 인쇄되어 있고, 그을음투성이인 벽에 그래피티로 쓰여 있는 것 같은 느낌이었다.

　다음날 아침 그는 궁지에 몰리면 항상 그랬듯 리디아의 휴대폰으로 전화를 걸었다.

　리디아는 뉴욕의 리츠칼튼호텔에 있었다. 그곳은 새벽 다섯시였다. 마에스트로 그레츨러는 그녀 옆에 누워 자고 있었다.

　"미안해요, 리디아." 레브가 말했다. "미국에 있는지 몰랐어요. 어딘가 지금 시간이 낮인 곳에 있을 줄 알았어요."

　그녀가 발소리를 내지 않고 침실에서 나가 욕실로, 불빛이 가득하고 소리가 울려 그녀의 마음이 즐거워지는 욕실로 들어가는 소리가 들렸다. 리디아는 레브에게 자신이 실크 파자마 위에 호텔이 제공해주는 가운을 걸치는 동안 잠깐 기다려달라고 했다.

　레브는 스웨인스 레인에서 습격당한 일과 이로 인해 얼마나 충격을 받았는지부터 얘기하고 싶었지만 그러지 않기로 했다. 거리에서 강도를 당하는 게 특별하지도 않고, 세상 어느 도시를 가든 흔한 일이라는 것을 리디아가 일깨워주리라는 걸 알았기 때문이다.

　"레브, 무슨 일이에요? 나 무척 피곤한데."

　그는 마음을 가장 무겁게 짓누르는 일인, 어머니가 내비친 자살에 대한 암시부터 말하기 시작했다. 말을 하고 있는데 뭔가 짤랑 부딪히는 소리가 들렸다. 레브는 리디아가 집중하고 있지 않다는 걸 알았다. 짤랑거리는 소리를 낸 물건과 관련이 있을 듯했다.

　"그게 무슨 소리예요?"

　"아무것도 아니에요. 알카셀처*를 타고 있었어요. 계속해요."

　"어디 아파요?"

"아뇨. 미국에서는 일인분이라도 음식 양이 아주 많아요. 저녁 식사로 내가 좋아하는 도버 서대기 구이를 주문했는데 생선이 아주 크더라고요. 애피타이저로 이미 토마토 렐리시 소스를 얹은 가재 꼬리를 먹은 뒤였는데. 게다가 그전에 자리에 앉자마자 내오는 샐러드에 치아바타를 올리브유에 찍어 먹었고요. 또 두말할 것 없이 표토르가 서대기 요리에 어울리는 훌륭한 상세르 와인을 주문해서 꽤 많이 마셨고요. 나는 알카셀처를 마실 테니 당신은 어머니 얘기를 계속해요. 그런데 전에도 말한 적이 있지만 그분은 감정적인 협박을 하고 있는 거예요. 거기에 꺾이면 안 돼요."

리디아가 알카셀처를 마시고 트림을 했다.

"알겠어요." 리디아의 트림이 끝난 듯하자 그가 말했다. "사실 어머니 문제로 전화한 건 아니에요."

"그럼 무슨 일이죠?"

리디아가 그렇게 지치고 책망하는 투로 말한 적은 한 번도 없었다. 그는 숨을 한번 들이쉬었다. 본의 아니게 한창 자고 있던 그녀에게 전화를 건 자신을 저주했다. "이렇게 전화한 건, 미래에 대한 계획을 세웠기 때문이에요."

"네? 그래요? 무슨 계획인데요?"

"그러니까…… 아주 좋은 계획이긴 한데 돈이 없으면 소용없어요."

"돈 없이 할 수 있는 건 아무것도 없어요. 이제 그런 것쯤은 알 거라 생각했는데요."

---

* 물에 타 마시는 소화제.

"알기야 알죠. 그래서 이렇게 전화한 거예요."

"그렇군요. 그럼 그 '계획'이 뭐예요? 어서 말해봐요."

그녀가 하품하는 소리에 레브는 얼른 말을 꺼내지 못했다. 레브는 그녀가 레스토랑에 관한 그 모든 계획을 어떻게 생각할지 알았다. 터무니없고 오만한 몽상이라고 할 것이다. 하지만 그는 그녀의 마음이 움직이길 바라며 밀어붙였다. "기억해요?" 그가 조용하고 진지한 목소리로 말했다. "버스에서 당신이 해준 엘가와 악기점 이야기."

"네? 지금 무슨 얘기를 하는 거예요, 레브?"

"기억 안 나요? 나한테 엘가 얘기를 해준……"

"아뇨, 아니에요. 당신 완전히 잘못 알고 있어요. 그건 나중에 해준 얘기예요. 콘서트가 있었던 날에요. 엘가 얘기는 그때 했어요. 당신이 나를 내버려두고 가기 전에. 기억력이 아주 안 좋은 것 같네요."

콘서트가 있었던 날. 창피스러웠던 그날 밤.

하지만 그녀의 말이 맞았다. 그는 다른 것들뿐만 아니라 기억력까지 상실했는지도 몰랐다.

"나는 지금 엘가 같은 상황이에요." 그가 말을 이었다. "그 슬픈 악기점에 있어요."

"레브, 미안하지만 당신이 무슨 말을 하는지 정말 한마디도 못 알아듣겠어요. 술 취했어요?"

"아뇨. 도움이 필요한 것뿐이에요. 엘가가 강가인가 어디에서 그런 소리들을 들었을 때 그랬던 것처럼 나도 인생의 다음 단계로 넘어가야 해요. 고향 사람들에게 쓸모 있는 사람이 될 수 있는 위치에 도달해야 해요."

"그래서 계획을 세웠다는 거군요. 그런데 그게 뭔지 아직 말해주지 않았잖아요. 공연히 종잡을 수 없게 엘가 얘기로 새기나 하고. 그럼 나는 이만 침대로 돌아가야겠어요. 내일, 미국 시간으로 내일 전화하는 게 어때요? 당신 정신이 말짱할 때."

"아뇨, 리디아! 술 취하지 않았다니까요. 끊지 마요. 요점을 말할게요."

그녀가 한숨 쉬는 소리가 들렸다. 그녀가 피곤한 목소리로 말했다. "그럼 그 '요점'이 뭐예요?"

그는 침을 꿀꺽 삼키고 숨을 한번 들이쉬었다. "요점은 만 파운드가 필요하다는 거예요."

"뭐라고요?"

"만 파운드가 필요해요."

잠시 침묵이 흐르는 사이 리디아가 작게 트림하는 소리가 들렸다. "만 파운드라고요? 레브, 도대체 무슨 일이에요? 마피아의 협박이라도 받고 있어요?"

"아뇨. 내가 알기로 여기엔 마피아가 없어요."

"어디에나 마피아 같은 게 있기 마련이에요. 어쨌든 그 얘기는 그만두죠. 제발 당신한테 무슨 일이 있는 건지 좀 차근차근 말해봐요. 도무지 한마디도 못 알아듣겠으니까."

그제야 그는 요점을 말하기 시작했다. 단도직입적이라기보다는 다소 에둘러 고백하는 사람처럼 일생일대의 아이디어에 대해 그녀에게 들려줬다. 그는 그 아이디어를 다시 떠올리며 말했다. 배린에 차릴 레스토랑이 눈에 보이는 듯, 냄새가 나는 듯, 손에 만져지는 듯하다고. 모든 사람이 찾고 싶어하는 곳, 훌륭한 음식을 제공하는 최초의 레스토랑. 유명 요리사의 주방에서 일하며, 서쪽의 시골길을 거닐며, 영국에서 온갖 기쁨과 고통을 겪으며 꿈꿔온 그의 레스토랑 마리나……

리디아는 잠자코 그의 얘기를 들었다. 전화 너머로 뉴욕의 밤을 질주하는 경찰차의 날카로운 사이렌 소리가 들렸다. 그는 잠시 '고백'을 멈추고 사이렌 소리가 지나가기를 기다렸다. 두 사람 사이에 침묵이 흘렀다. 이 침묵에는 둘의 연결고리를 끊는 듯한 절대적인 뭔가가 있는 것 같았다. 그렇지만 그녀의 숨소리가 들렸다.

"무슨 말이든 해봐요, 리디아."

"무슨 말을 해야 할지 모르겠어요. 진짜 엉뚱한 얘기라."

"레스토랑이 잘될 거라고 생각하지 않는군요?"

"모르겠어요. 열심히 하면 잘될지도 모르죠. 또 당신이 훌륭한 요리사가 된다면요. 그런데 레브, 정말이지 그런 엉뚱한 계획을 말하려고 한밤중에 전화할 필요는 없잖아요. 배린에 레스토랑이라니! 어디서 그런 계획을 생각해냈는지 모르겠네요."

"말했잖아요, 그냥 갑자기 떠올랐고 그게 말이 된다는 걸 깨달았다고요."

"말이 된다고요? 유감이지만 나는 그게 어떻게 말이 된다는 건지 모르겠어요. 우리 나라 사람들은 고급 음식에 관심이 없어요. 그래본 적이 없다고요."

"그저 기회가 없었을 뿐이에요. 내가 그런 기회를 만들어줄 겁니다."

"그래요, 레브. 그럼요. 그런데 지금 진짜 늦은 시간이거든요.

내일 일정이 아주 빡빡하거든요. 링컨센터에서 공연이 있어서요. 지금 욕실 창밖을 보니 곧 동이 트겠어요. 가서 좀 자둬야겠어요."

"알겠어요. 하지만 내 계획에 대해 생각 좀 해볼래요? 그래서 혹시 이 얘기를 언급해볼……"

"네? 그게 무슨 말이죠?"

"어쩌면 당신이 이 계획을 얘기해볼 수 있지 않을까……"

"표토르한테요?"

"네."

"세상에! 말하려던 게 그거예요? 그래서 전화한 거였어요? 표토르에게 말해서 만 파운드를 빌려달라고?"

"당신이나 나한테는 큰돈이지만 그분한테는…… 대수롭지 않은 돈일 수도 있다고 생각해서……"

"레브." 리디아가 길게 한숨을 내뱉었다. "당신한테 정말 실망했어요. 그 이상이에요. 사실 이건 정말 불쾌한 일이에요. 비열하다고요! 내가 당신을 어떻게, 어떻게 대해줬는데, 뻔뻔하게 이런 어처구니없는 금액을 요구할 수 있죠?"

그녀가 옳았다. 어처구니없었다. 그 모든 것이 어처구니없었다.

레브가 말을 더듬었다. "난 단지 마에스트로 그레즐러가 이 계획을 들으면 출자하고 싶어하지 않을까 생각했을 뿐이에요. 그래서 그분이 배린에 오면……"

"그는 배린에 갈 일이 전혀 없어요. 그가 좋아하는 곳이 아니에요."

"알겠어요. 하지만 혹시라도 오면…… 그러면……"

"레브, 미안하지만 이제 전화 끊어야겠어요."

"끊지 마요. 리디아. 화내지 마요."

"화내지 말라고요? 지금 당신이 어떤 비열한 짓을 했는지 몰라요? 미안해요, 정말 미안하지만 이제 그만 끊을게요. 그리고 당신의 부탁은 절대로 표토르에게 언급하지 않을 거예요. 그가 당신을 경멸하길 원치 않으니까. 잘 있어요, 레브."

전화가 끊겼다. 아래층 뜰에서 개가 짖어댔다. 무더운 아침이었다. 레브는 꼼짝하지 않고 창백한 하늘을 물끄러미 쳐다보며 생각했다. 재스미나의 말이 맞았다. 꿈은 사람을 무모하게 만들어 정상적이라면 절대 택하지 않을 길로 내몬다.

하지만 그에게 이 꿈 말고 붙잡을 게 무엇이 있겠는가?

그는 크리스티에게 그 얘기를 했다. "앞일에 대해 달리 어떻게 생각해야 할지 모르겠어요."

"그거 딜레마네요." 크리스티가 말했다.

그들은 재스미나가 처음으로 벨리샤 로드를 방문한다고 해서 집 안 청소를 하는 중이었다. 주방 청소를 시작했다. 레브가 식사를 준비하기 전에 두 '간호사'는 구석구석을 윤이 날 정도로 닦았다. 크리스티가 청소하다 말고 찬장을 열더니 자기가 기억도 못하는 물건들을 발견하고 딴전을 피웠다.

"이것 좀 볼래요?" 그가 꼬챙이 여섯 개가 든 변색된 구리 퐁뒤 세트를 꺼내며 말했다. "한 번도 안 쓴 거예요. 결혼선물이었던 것 같은데, 쓰지 않아 이 모양이 됐네요." 잠시 뒤 이번에는 은으로 된 토스트 받침대가 나왔다. 그것도 오래되어 시커멓게 변색됐다. "가보로군!" 그가 그것을 조리대에 탕 내려놓으며 말했다. "리머릭에 사는 거만한 숙모가 우리 어머니한테 준 선물이에요. 전당포에서

난 거겠지."

크리스티는 한참 동안 토스트 받침대를 쳐다보았다. 그리고 그의 과거와 관련이 된 물건은 모두 없애버리겠다고 말했다. '하나도 남김없이' 모두 없애서 인생을 다시 시작하는 기분을 느끼고 싶다고 했다.

그들은 레브가 출근할 시간이 될 때까지 청소했다.

집을 나서기 전에 레브는 잠시 서서 깨끗한 주방을 휘 둘러보았다. 반짝이는 표면을 뿌듯한 마음으로 쳐다보고 표백제 냄새를 훅 들이쉰 다음 밖으로 나왔다. 요즘 그는 다른 길로 다녔다. 스웨인스 레인과 공동묘지를 피해 정크션 로드를 따라 가다 아치웨이에서 왼쪽으로 꺾어 하이게이트로 들어섰다. 날씨가 따뜻했다. 앞날에 대한 불안을 잠깐이라도 잊으려 그는 간혹 아스파라거스를 수확하던 일, 거친 잔디 사이에서 자라던 제비꽃, 걷잡을 수 없이 터져나오던 지미와 소니 밍의 웃음소리를 생각했다.

호호. 바 빌리어드에서 이겼어요, 레브!

호호호호!

레브는 재스미나를 위해 클레프티코를 요리하기로 했다. 벨리샤 로드의 길모퉁이에 있는 그리스인의 정육점에서 양 정강이 살을 싸게 샀다. 그리고 파노가 가르쳐준 대로 고기에 기름을 바르고 재빨리 구워낸 다음, 톡 쏘는 토마토와 로즈메리 소스에 담가 저온에 맞춘 오븐에 넣어 송아지 고기처럼 연해질 때까지 몇 시간 동안 뭉근히 익혔다. 사프란을 넣은 쌀밥과 올리브와 페타 치즈를 넣은 그리스식 샐러드를 양고기 요리와 함께 낼 생각이었다. 재스미나가 단것을 몹시 좋아한다는 걸 크리스티한테 들어, 디저트는 진한 초 콜릿 타르트로 할 생각이었다.

조용한 일요일 오후, 밀가루 반죽을 밀고 녹인 초콜릿에 크림을 넣어 저으며, 레브는 갑자기 다시 한번 마음이 편안해지는 것을 느 꼈다. 그는 왈도의 레시피에 따른 타르트를 제대로 만들 자신이 있 었다. 또한 그 순간 자신의 장래 계획이 자신에게 꼭 맞는 옳은 선 택임을 알았다. 그때까지 해본 어떤 일보다 요리를 좋아하리라는 걸 알았다. 불현듯 그는 혼잣말을 했다. 무슨 일에든 마음을 충분 히 쏟으면 어떻게든 이루어진다……

크리스티는 옆방에서 안절부절못하고 서성거리며 식탁에 자주 색 종이 냅킨을 놓고, 표면에 잔금이 간 오래된 도자기병에 하얀색 카네이션을 꽂고서 이리저리 매만지고 있었다. 그러나가도 불쑥 주방에 들어와 물었다. "어떻게 돼가요?"

"잘돼갑니다."

"재스미나가 했던 것처럼 우리도 뭔가 애피타이저를 준비해야 하지 않을까요?"

"네, 걱정 마요. 남은 반죽으로 작은 치즈 타르트를 만들 거니까."

크리스티가 그 자리에서 머뭇거리며 말했다. "오늘밤을 잘 보내 고 나면 다음에는 재스미나를 프랭키에게 소개시켜주려고요."

레브는 타르트 외피 반죽에 밀가루를 더 넣고 얇게 밀었다. "재 스미나는 프랭키를 좋아할 거예요."

"네, 그런데 프랭키가 재스미나를 좋아할까요? 나는 그게 더 걱 정이에요. 마이어슨힐이 빌어먹을 인종차별주의자일지도 모르거 든요. 그 확신에 찬 태도하며, 온통 흰색 칠을 한 집하며. 아무튼 프랭키가 그런 것에 영향을 받았을 수 있으니까요."

"그가 그런 사람인지는 알 수 없잖아요……"

"그렇죠. 나도 모르죠. 하지만 어떤 건 추측만으로도 알 수 있으니까요."

"프랭키는 재스미나를 좋아할 거예요. 재스미나는 마음이 고운 사람이니까요."

"뭐, 그건 나도 알죠. 당신도 알고. 하지만 이제 다른 사람들도 알았으면 좋겠어요. 내 딸뿐 아니라 온 세상 사람들이 재스미나의 발치에서 그녀를 예찬했으면 좋겠어요."

재스미나는 일곱시에 도착했다. 타고 온 낡은 르노 클리오는 먼지로 뒤덮인 거리 건너편에 주차했다. 크리스티는 깨끗한 리넨 셔츠 차림이었고, 그의 얼굴은 걱정과 흥분으로 창백해 보였다. 좁은 집안이 가구 광택제와 초콜릿 냄새로 진동했다.

재스미나는 파란색 사리에 테가 파란 새 안경을 썼다. 잡티 없는 피부에 커다란 눈, 이마의 가지런한 앞머리. 그녀는 자신이 쓴 안경의 광고 모델 같았다. 그녀는 안경을 쓴 눈으로 잔금이 간 도자기병에 꽂힌 카네이션을, 와인잔에 꽂아둔 자주색 종이 냅킨을 한참 바라보았다.

"아주 근사해요, 크리스티." 그녀가 말했다.

"온 집안이 좀 휑하죠." 그가 안절부절못하며 변명했다. "앤젤라가 거의 다 가져가서요."

"좋은데요."

"다른 데도 구경할래요?"

"그래도 될까요?"

"레브, 당신이 안내 좀 해줘요. 그사이에 나는 와인을 딸게요."

레브는 그녀에게 집안을 구경시켜줬다. 그녀는 크리스티의 침실이나 욕실 문지방은 넘지 않았다. 그저 문 앞에서 들여다보고 말없이 고개를 끄덕일 뿐이었다. 하지만 프랭키가 쓰던 레브의 방에 이르렀을 때는 이층침대에서 어린아이가 자고 있기라도 한 것처럼 뒤꿈치를 들고 살금살금 안으로 들어갔다. 그녀는 창가에 꼼짝도 않고 서서 창밖의 하늘을 쳐다보다 창턱에 놓인 헝겊인형 하나를 집어들었다. 호랑이 인형이었다. 재스미나는 인형을 물끄러미 보다가 말을 꺼냈다. "있잖아요, 나는 어떻게 아이의 엄마 노릇을, 새엄마 노릇을 해야 할지 모르겠어요. 하지만 한번 시도해볼 기회가 있었으면 좋겠어요."

"그렇게 될 겁니다. 반드시 그렇게 될 거예요." 레브가 말했다.

"그나마 프랭키가 여자아이라서 다행이에요. 사내아이라면 정말 어쩔 줄 몰라할 거예요."

그들은 음식을 하나도 남기지 않고 다 먹었다. 진한 초콜릿 타르트도 거의 남기지 않았다. 재스미나는 의자에 등을 기대고 앉아 두 손을 가지런히 배에 얹었다. "휴우, 배가 터질 것 같아요. 요리 솜씨가 정말 좋네요, 레브. 레스토랑 개업 계획은 틀림없이 잘될 거예요."

침묵이 뒤따랐다. 깨끗이 세탁해 창가에 매단 망사 커튼이 저녁 미풍에 살랑살랑 흔들렸다. 크리스티가 화이트와인을 따라 쭉 들이켰다.

"영국에서 개업할 계획이라면, 당신도 소기업 대출을 받을 수 있을지 몰라요. 허트퍼드앤드웨어에서 주선해줄 수 있을지도 모르고요. 우리 회사가 요즘 담보대출 외에 사업을 다각화하고 있거든요. 내가 당신의 대출 상담을 담당할 수도 있어요!" 재스미나가 조용히 말을 이었다.

"그러면 좋겠네요, 재스미나."

"네, 그러면 정말 신나지 않겠어요? 하지만 우리 회사는 영국 밖의 일이라면 일절 관여하지 않을 거예요. 그건 확실해요. 그러니까 당신의 사업과 관련해 여기에 공적으로 무엇이 조직되어 있는지 봐야 해요."

레브는 무슨 말인지 이해하지 못했다. '여기에 조직되어 있는 것'이라는 게 무슨 뜻이지?

"그러니까, 당신 나라에서 제공하는 자본상의 혜택을 말하는 거예요. 기본적으로는 자국에 새로운 투자를 유치하기 위한 보조금을 말해요. 동구권의 여러 나라들은 어떤 종류가 됐든 서구식 비즈니스 프로젝트에 굶주려 있어요. 소규모 사업일지라도요. 그러니까 아마 개인 사업 중에서도 가능성이 있는 영역에는 기꺼이 자본을 제공할 거예요. 내가 무슨 말을 하는 건지 이해해요?"

"네."

"좋아요. 내 생각은 이래요. 대사관에 가서 당신에게 맞는 대출 제도가 있는지 한번 알아봐요."

"대사관에 가보라고요?"

"거기서부터 시작하는 게 순리예요. 거기 가서 당신의 계획과 예상 창업 비용을 설명하세요. 그런 다음 그들이 어떻게 나오는지 보세요. 그들이 당신에게 도움이 될 만한 어떤 종류의 제도라도 알고 있는지 알아보세요."

"꿈을 위한 대출이군요." 레브가 말했다.

"맞아요." 재스미나가 인상이 확 달라지게 웃음을 지으며 말했다. "하지만 아주 훌륭한 꿈이죠. 그렇죠, 크리스티?"

"물론이죠." 크리스티가 말했다. "물론이고말고요. 아주 마음에 드는 꿈이에요."

레브는 의자 등받이에 편안히 머리를 대고 앉아 있는 크리스티를 쳐다보았다. 크리스티의 마음은 이미 대출과 보조금 얘기를 떠나 멀리 딴 데 가 있었다. 사실 크리스티는 대출 얘기뿐 아니라 그 어떤 얘기도 안중에 없었다. 다가오는 밤과 그의 곁에 누운 재스미나의 육체에 대한 생각뿐이었다.

21
사진 구경

대사관은 레브가 한때 일했던 아메드의 가게가 있는 얼스코트 로드에서 멀지 않은 흰색 회사벽灰沙壁의 높은 건물에 있었다. 건물 외벽은 산뜻했는데 현관에 들어서자 왠지 모르게 어두컴컴하고 방치된 곳에서 날 법한 냄새가 풍겨 레브는 당황했다. 불안할 정도로 낯익은 이 어둠과 방치된 분위기는 대사관 건물과는 충격적일 정도로 어울리지 않아 보였다.

한쪽 벽에 방문자를 위한 지시사항이 적힌 노란 종이가 붙어 있었다. 복도 왼쪽에 있는 방의 프런트에서 접수하라는 내용이었다. 콩팥 모양의 철제 책상에 젊은 여성이 앉아 있고, 그 위로 그 나라의 대통령인 포드로르스키의 초상화가 걸려 있었다. 초상화는 전체적으로 핏빛 색조를 띠고 있었다. 색이 바래고 낡은 아프가니스탄 카펫 위에 책상이 놓여 있어 그 무게에 카펫 모양이 일그러져 있었다. 초상화와 마찬가지로 핏빛을 띤, 높은 창문에 걸린 커튼이 여름의 눈부신 일광을 일부 차단하고 있었다.

방의 다른 쪽 끝에 바가 있었다. 레브는 바에 몸을 기대고 보드카를 마시며 담배를 피우는 짙은 색 정장을 입은 남자들을 응시했다. 아침 열시 삼십분이었다. 옷감의 길이를 재듯 팔을 양쪽으로 벌려 카운터를 짚은 채 머리를 앞으로 숙인 바텐더가 담배 연기에 휩싸여 있었다. 레브가 들어서자 바텐더가 눈을 획 치켜떴다. 다른 사람들도 모두 고개를 돌려 레브를 쳐다보더니 곧바로 다시 시선을 거두었다. 술꾼들은 중요하지 않은 사람을 단번에 알아볼 수 있는 능력을 가진 듯했다.

레브는 무슨 말을 할지 따로 준비하지 않았다. 대출 제도와 창업 자본에 대해 재스미나가 해준 말을 잘 기억할 수 있길 바랄 뿐이었다. 레브는 여자가 앉아 있는 쪽으로 다가갔다. 여자는 먼지부성이 커튼과 카펫 냄새에 더해진 담배 냄새를 들이마시며 책상에 앉아 쌀쌀한 시선으로 그를 쳐다보고 있었다. 그 모든 것이 배린 공공사업국의 리바스 국장 사무실을 생각나게 했다. 그러자 단 한 번도 이길 수 없었던 리바스에 대한 증오가 되살아났다. 그는 마음 한편으로는 그대로 돌아서 나가버리고 싶었다.

젊은 여자가 영어로 말했다. "뭘 도와드릴까요?"

그녀의 극도로 정확한 발음에 그는 리디아 생각이 났다. 이 순간만은 생각나지 않았으면 좋았을 텐데. 레브는 책상 앞에 섰지만 기억과 죄의식 때문에 꿀 먹은 벙어리가 되었다. 뱃속이 거북했다. 이러다 자신이 화장실이 어디인지 물어보는 것은 아닐까 생각했다.

여자가 앉은 채로 그를 올려다보았다. 그녀는 머리칼을 뒤로 빗어넘겨 동그랗게 묶은 상태였다. 피부는 뼈처럼 희고, 심홍색 립스틱을 바른 가느다란 입술은 반질반질했다. 바깥은 그렇게 환한데 실내에는 햇살이 단 한 번도 비친 적이 없는 것처럼 냉기가 느껴졌다.

레브는 목청을 가다듬었다. 그리고 가죽재킷 주머니에 손을 집어넣었다. "여기에 혹시……" 그가 말을 꺼냈다.

젊은 여자는 괴롭다는 듯 눈을 찡그렸다.

"여기에 혹시…… 대사관에 혹시…… 민간사업을…… 관장하는 부서가 있나요?"

"뭐라고요?" 젊은 여자가 말했다.

"그냥 문의하는 겁니다. 대사관에 가면 도움을 받을 수 있을지 모른다며…… 누가 가보라고 해서요."

"네, 그런데 무슨 도움을 말씀하시는 거죠?"

"저기, 영리 사업 지원에 관한 건데요."

그녀는 여전히 눈을 찡그리고 있었다. 괴로운 듯했다. 뒤로 빗은 머리가 피부를 잡아당겨 얼굴이 고통스러울 정도로 창백한 것이, 레브의 눈에는 귀 뒤에 못이라도 박은 것처럼 보였다.

"무슨 말씀인지 모르겠네요. 선생님이 필요로 하는 도움이 정확히 뭐죠?"

"내가 문의하고 싶은 건, 대사관에서 어떤 부서든, 어떤 단계든, 간혹 사업 문제……와 관련해 도움을 줄 수 있는가 하는 겁니다."

"죄송하지만, 좀더 이해하기 쉽게 말씀해주셔야겠는데요. 영어로 말씀하고 싶으세요?"

레브의 입술에 엷은 웃음이 스쳤다. "아뇨. 영어로 말하고 싶지 않습니다. 내가 묻고 싶은 것은, 배린에서 영리 사업을 시작하는

데 필요한 자본금의 신청과 관련해 상담해줄 수 있는 사람이 여기에 있느냐는 겁니다."

"배린이요?"

"네."

"여기는 런던 주재 대사관이에요."

"런던에 있는 대사관이라는 건 잘 알아요."

"우리는 자국 국민이 개인적으로나 외교적으로 어려움을 겪을 경우에 도움을 주려고 이곳에 있는 겁니다. 외교적인 어려움에 처했나요?"

"외교적인 어려움은 지금 이 방에서 발생한 것 같네요. 그쪽이 내 말을 이해하지 못하니 말입니다. 혹시 좀더 직책이 높은 분과 약속을 잡아야 하는 건 아닌지 모르겠군요. 내 질문에 대답해줄 수 있는 누군가요."

"제가 그 질문에 대답해드릴게요. 선생님께서 알고 싶으신 게 뭐죠?"

레브는 리바스의 사무실에 있던 의자와 매우 비슷한 가죽의자에 앉은 채 담배를 꺼냈다.

"아니, 안 됩니다. 미안하지만 여기서는 담배를 피울 수 없습니다." 여자가 그에게 손가락을 흔들며 말했다.

레브는 몸짓으로 정장 차림의 사내들을 가리켰다. "저기 있는 사람들은 담배를 피우는데요."

"저기는 바잖아요."

"같은 방인데요."

"아니죠. 여기는 프런트고 저기는 바죠."

레브는 그런 유의 불합리에 익숙했다. 그런 상황에서는 체념할 수밖에 없다는 것도, 권위적인 위치에 있는 사람들은 절대로 양보하지 않는다는 것도 잘 알았다. 그는 담배를 도로 집어넣었다. 그리고 수의 같은 커튼이 쳐진 창문과 거리 쪽으로 시선을 돌렸다. 그때 책상에 놓인 전화가 울리자 그녀가 수화기를 홱 잡아챘다. "좋은 오후입니다, 대사관입니다."

레브는 가만히 있었다. 열시 삼십분인데, 그녀는 오후 인사를 했다. 그는 여자에 대한 노여움에 사로잡히지 않으려고 애썼다. 바가 있는 쪽에서 웃음소리가 터져나왔다. 부싯돌이 닳아 점화가 불안정한 라이터 소리가 키득 키득 키득 들렸다.

여자는 전화 통화에 몰두했다. 고개를 돌리고 조용히 말했지만, 시시덕거리는 그 목소리에 갑자기 생기가 돌았다. "…… 칼리, 네 목소리가 아닌 줄 알았어. 너는 전화할 때 나를 놀리려고 목소리를 꾸미는 것 같아…… 아니, 정말 그런 것 같다니까. 꼭 러시아인 같아…… 그래. 러시아 사업가랄지 뭐 그런…… 뭐? ……아니, 러시아 남자와 데이트해본 적은 한 번도 없는데! 왜 내가 러시아 사람과 데이트를 하겠니? ……뭐? ……그런 말은 처음 들어보는데. 그 사람들 물건이 크다고 누가 그래? 네가 그냥 꾸며낸…… 잠깐만."

그녀는 레브를 돌아보았다. "저기 가서 기다리시겠어요?" 그녀가 창가의 가죽소파를 가리키며 말했다. "중요한 전화라서요."

레브는 그녀의 녹갈색 눈을 뚫어지게 쳐다보았다. "아뇨. 기다릴 수 없어요. 약속을 잡고 싶습니다. 대사님과요."

"아니, 안 돼요." 여자가 수화기를 귀에서 약간 떼고 둥글게 묶은 머리를 격렬하게 저었다. "그건 불가능합니다. 대사님과 약속을 잡아드릴 수 없어요. 서면으로 신청하세요. 거기에 용건과 경력을 밝히고…… 칼리, 잠깐만 기다려. 여기 처리할 문제가 좀…… 뭐? ……아니야, 그 남자는 멍청한 러시아인이 아니라 핀란드인…… 아시겠죠? 서면으로 신청하셔야 해요. 용건과 이름, 본국 주소, 직업, 영국 내 주소, 영국에서의 직업, 그리고 선생님께서 요청하는 면담과 관련된 모든 정보를 적으셔야 해요. 모든 신청서는 서면으로 제출해야지 이메일은 안 됩니다. 어떤 경우에도 이메일로 보내는 신청서는 접수하지 않아요."

"여기에 인터넷이 연결되어 있지 않아 그런가요?" 레브가 물었다.

"아뇨. 인터넷이야 당연히 연결되어 있죠. 단지 이메일 신청서는 받을 수 없다는 거예요."

"왜요?"

이제 여자는 레브에게 노골적인 적개심을 드러냈다. "대사관 방침이에요. 그 외엔 할말이 없군요."

"대사관 방침이라. 그렇군요. 그런데 대사님한테 편지는 쓸 수 있다고 했던가요?"

"용건과 이름, 본국 주소, 영국 내 주소……"

"그리고 시간도 적어야겠죠, 아마. 당신이 밤인지 낮인지 분간할 수 있도록."

"그게 무슨 말이죠?…… 아니, 끊지 마, 칼리, 지난밤에 대해 얘기해야 하는데…… 네? 뭐라고 하셨죠?"

"아무것도 아니에요." 레브가 말했다. "신경쓰지 마세요."

그는 일어서서 걸어나왔다. 등뒤에서 육중한 현관문이 닫히는 소리를 들으니 뜻하지 않은 만족감이 잠시 스쳐지나갔다. 그는 햇볕을 쬐며 담배를 피웠다. 위를 쳐다보니 흰색 깃대에 걸린 고국의 국기가 활기 없이 축 늘어져 있었다. 바람이 불지 않았기 때문이다.

레브는 걷기 시작했다. 정확히 어디로 가야 할지 알고 있었다. 그는 문득 오래전 이 도시에 도착했던 때를 다시 더듬어보고 싶었다. 아메드가 준 전단이 가득 든 쇼핑백을 들고 뙤약볕 아래서 터벅터벅 걸어다녔었다. 원래의 장소로 돌아가 그때를 회상해보면, 그 모든 것을 온 마음으로 회상해보면, 그가 이때까지 살아남은 것처럼 앞날을 향한 큰 꿈도 실현할 수 있으리라는 자신감을 얻을 수 있을 것 같았다.

마침 아메드는 가게에 있었다. 조명을 환하게 밝힌 케밥집 안에서 수직 그릴을 닦고 있었다. 덥수룩하게 기른 수염에 윤기가 흘렀고, 허리둘레는 여전히 인상적이었으며, 팔뚝은 번들거렸다.

"아메드 씨."

아랍인 아메드가 돌아섰다. 레브가 빙긋 웃었지만 아메드는 몇 초가 지나서야 레브를 알아보았다. 아메드는 큼직한 손을 앞치마에 문질러 닦고 카운터 건너로 악수를 청했다.

"아아! 전단을 뿌리던 바로 그 친구 아냐, 그렇죠?"

"맞아요. 레브예요."

"레브, 그렇죠. 기억나요. 어떻게 지내요? 말쑥해졌네요. 좋은 일자리가 생겼나보군요, 그렇죠?"

"네. 하이게이트에서 일해요. 그리스 식당에서."

"그리스? 저런! 그리스인을 조심하라! 그런 말 들어봤어요? 그래도 여기서 일하는 것보다는 낫겠죠? 돈도 더 많이 받고?"

"네. 괜찮아요. 한동안은 지케이 애시에서 일했는데 그건……"

"지케이 애시? 그 돈 많은 펑크족? 정말이에요?"

"네."

"왜 거길 그만뒀어요? 잠깐, 내가 맞혀보지. 그자가 한시도 쉬지 못하게 당신을 들들 볶은 모양이군요."

"그게 아니라, 흔히들 말하는 여자…… 문제가 있었어요."

아메드는 자신을 항상 굽어보는 하늘을 향해 갈색 눈을 치켜뜨더니 카운터에 받침접시 두 개를 놓았다. "그렇다면 커피를 마시고 정신을 차려야죠. 여자 문제는 남자를 돌아버리게 만드니까."

레브는 좁은 실내를 둘러보았다. 오전 시간이라 손님이 없었다. 지난해 여름에도 그랬듯 더웠고 조명은 눈부셨다. 바닥은 청소가 필요한 상태였고, 지난해 마신 적이 있는 초록색 생수캔이 있는 음료수 냉장고에는 공지문이 붙어 있었다. 고장. 미안합니다. 알라의 뜻이라면 곧 고쳐질 것입니다.

"요즘 장사는 어때요?" 레브가 물었다.

아메드는 능숙한 솜씨로 커피머신에서 에스프레소 두 잔을 뽑아 받침접시에 조심스럽게 내려놓았다. 레브는 아메드의 눈에 갑자기 슬픈 기색이 어리는 것을 보았다.

"당신은 나처럼 이 나라 사람이 아니니 말해도 되겠죠. 요즘 손님이 떨어졌는데, 그 이유는 알아요."

레브는 잠자코 기다렸다. 아메드가 설탕그릇을 레브에게 밀었다. "설탕 타지 않아도 돼요? 지케이 애시가 들들 볶아 파죽음이 되었어요?" 아메드가 낄낄 웃더니 수염을 쓱쓱 쓰다듬고 눈을 내리깔았다. "그렇게 됐어요. 손님이 왜 떨어졌느냐면, 여기 사람들이 아랍인에 대해 편견을 갖기 시작했기 때문이에요. 그게 나 같은 사람한테도 소리 없이 다가온 거죠. 요즘에는 어떤 나라에서 왔든, 우리를 보면 '더러운 아랍인, 자살 폭탄 테러범, 무슬림 쓰레기'라고 생각해요. 농담 아니에요. 그게 지금 우리가 처한 현실이죠. 우리는 모두 그런 식으로 분류됐어요."

"네, 그런 걸 본 적이 있어요."

"나는 카타르 사람이잖아요? 오사마 빈 라덴이나 그 망할 광신자들과는 아무런 상관도 없어요. 나는 그 바그다드 블로거보다 친절하고 괜찮은 사람이에요. 당신은 알잖아요, 내가 친절하게 대해 줬으니까. 그렇죠? 나는 당신에게 공평했잖아요."

"네, 아메드 씨. 그랬죠."

"맞아요. 하지만 영국인은 남녀노소를 막론하고 내가 자기들을 독살이라도 할 사람처럼 본다니까요. 어떤 날은 밤에도 손님이 한 명도 없어요. 옆에 있는 망할 피자집은 손님이 넘쳐나는데 여기는 한 명도 없다고요. 술집이 문 닫을 무렵 여기 케밥 꼬챙이에선 신선한 고기가 지글거리고 채소 냉장고에는 맛있는 샐러드가 그득한데 내 가게로 들어오는 사람이 아무도 없어요! 그럼 정말 여기 서서 울고 싶어요."

"안됐네요, 아메드 씨."

"그래요. 운다고요. 당신이 여기 화장실에서 울었던 것처럼. 그러다 알아챘어요. 내가 더는 금언을 지어내지 않는다는 사실을. 마음도 지쳐버린 거죠."

레브는 진지하게 고개를 끄덕였다. 두 사람은 서로 가까이 선 채 카운터에 기대고 있었다. 바깥에서는 행인들이 밝은 햇살에 눈을 깜박이거나 눈살을 찌푸리며 우르르 지나갔다.

"이 상황도 지나갈 거예요." 잠시 후 레브가 말했다. "사람들이 아메드 씨를 그렇게 생각하는 상황이요. 지금 시대가 그럴 뿐이니 지나갈 겁니다."

"네. 당신 말이 맞을 거예요. 폭탄 테러가 더는 발생하지 않는다면. 그런데 문제는, 그때까지 어떻게 버티냐는 거예요. 냉장고를 수리할 형편도 안 되는데. 그놈의 전단지를 인쇄할 형편도 안 되는데! 먹여 살릴 처자식이 있어요. 이런 상황에서 두세 달은 어떻게 버틸지 몰라도, 그 이상이면 끝장이에요. 이건 내 꿈이었는데. 내 가게를 갖는 것. 내 이름을 창문에 거는 것 말이에요."

레브는 커피를 한 모금 마시고 조용히 말했다. "그건 내 꿈이기도 해요."

"그게 무슨 말이에요, 전단꾼?"

"저한테 정신 나간 계획이 있어요. 고향으로 돌아가 배린이라는 도시에 레스토랑을 차리려고요."

아메드의 눈이 놀라 휘둥그레졌다. "그래요? 진심이에요?"

"진심이긴 하죠. 알잖아요? 애시가 비용도 뽑아줬고……"

"그렇군요. 알겠어요. 세상만사 결국 돈이 문제지. 그래서 사람들이 종교를 좋아하는 거예요. 수판 튕기는 소리가 지긋지긋할 테니."

레브는 지하로 내려가는 계단을 밟았다. 노란색 현관이 보였다. 고양이가 파란색 수국 옆에서 졸고 있었다. 그는 가만히 서서 물끄러미 그 광경을 바라보았다. 고양이는 꼼짝도 하지 않았다. 햇빛이 무성한 수국꽃과 조각처럼 다듬은 월계수를 쓱 훑고 지나갔다. 양철 물뿌리개가 벽에 붙은 수도꼭지 아래에 놓여 있었다.

그는 코왈스키의 뜰로 들어섰다. 예전과 마찬가지로 조용하고 평화로웠다. 셰퍼드와 코왈스키는 집에 있을까? 초인종을 누르고 그들에게 얘기해줄까? 그가 한때 그들의 땅에 무단 침입해 밤을 보내고, 거리 아래쪽에 숨어 잠을 자고, 수도꼭지 옆에서 소변을 봤다고. 그의 마음속에 있는 뭔가가 이렇게 말하고 싶어했다. 그때 처음으로 그 도시에서 행복의 향기를 맡았기에 그들에게 이중으로 빚을 졌다고. 하지만 그는 계단을 절반 정도 내려가다 멈춰 서서 주의를 기울이며 조용히 서 있었다. 고양이는 계속 잠들어 있었다.

그때 휴대폰이 울렸고, 그는 돌아서서 계단을 도로 올라와 거리로 나왔다. 얼굴에 햇빛을 받으며 난간에 기대섰다.

"레브 씨?" 여자 목소리였다. "레브 씨 맞아요?"

"네."

"아, 다행이에요. 당신 휴대폰으로 이렇게 전화해도 괜찮은지 모르겠네요. 전화번호는 소피한테서 받았는데."

"누구시죠?"

"펀데일하이츠 양로원의 맥너턴 원장이에요. 부탁을 좀 하려고 전화했는데, 지금 통화할 수 있나요? 혹시 바쁘세요?"

펀데일하이츠 양로원 원장. 레브는 그녀를 기억했다. 유능하고 엄하지만 인정 많게 생긴 여자였다. "바쁘지 않습니다."

"잘됐네요. 난처한 문제가 생겼거든요. 레브 씨, 비거스 부인하고 딸 제인을 기억하세요? 여기 주방에서 일했었는데."

"네."

"유감스럽게도 우리가 아주 부당한 일을 당했어요. 두 사람이

어제 사전 통지도 없이 그냥 일을 그만뒀어요. 아무 언질도 없이요. 그냥 걸어나가더니 그걸로 끝이었어요. 어떻게 사람들이 그럴수 있는지 도무지 이해할 수 없지만, 아무튼 그런 일이 생겼어요. 그런데 문제는 새로 사람을 구하기가 쉽지 않다는 거예요. 지금은 부분적인 도움을 받고 있을 뿐이고요. 브라더턴 함장 댁을 청소하던 부인의 딸이 일을 잘 감당하고는 있지만, 너무 어리고 경험이 없어서 전부 맡겨두기엔 무리가 있어요. 그렇잖겠어요?"

"네, 그렇겠네요."

"물론 나도 거들긴 해요. 다른 방법이 없으니까요. 그런데 켄트에 사는 여동생이 대상포진에 걸린 바람에 이번 일요일에 내가 병문안을 가야 해요. 그래서 말인데…… 당신이 그날 점심식사 준비를 해줄 수 있을까요? 예전에 여기에 계신 분들이 레브 씨 요리를 맛있게 먹은 기억이 나서요. 너무 촉박하게 부탁드린다는 건 알지만……"

"그렇게 하겠습니다."

"아, 정말요? 고마워요. 물론 적절한 수고비는 드릴 겁니다. 정말 감사드려요."

"괜찮습니다, 원장님. 점심을 몇 인분 정도 준비하면 되죠?"

"음, 이제 입주해 계신 노인은 열여섯 명이에요. 홀랜더 할머니가 돌아가셨거든요. 정말 슬픈 일이죠. 정말…… 귀감이 되는 분이셨는데. 민티 홀랜더 할머니 기억하시죠?"

"네. 크리스마스 크래커 게임도요."

"바로 그분이에요. 항상 모든 게임을 독점하려 하셨죠. 하지만 사실 아무도 그걸 싫어하지 않았어요. 그런데 갑자기 돌아가셨어요. 모든 분이 할머니를 그리워하고 있어요."

"네. 그렇겠네요."

"다 그런 거죠. 분을 두껍게 발라도 결국 해골이 될 수밖에 없다."

"뭐라고 하셨죠?" 레브가 말했다.

"아, 그냥『햄릿』에 나오는 말이에요."

"햄릿이 무덤 파는 사람한테 하는 말, 맞죠?"

"맞아요, 맞고말고요. 그런데 그건 어디서 배웠어요?"

햇볕 아래 서 있던 레브는 자신의 얼굴에 미소가 떠오른 것을 알았다. 그 구절을 알았을 뿐 아니라 리디아가 그 희곡을 읽으라고 준 이유도 문득 알 것 같았다. 그녀는 아주아주 오래전에 쓰인 글이 인생의 여정에 동행하다 길이 보이지 않을 때 도움을 준다는 사실을 레브에게 알려주고 싶었던 것이다.

"친구가 가르쳐줬어요."

"좋아요. 아무튼 레브 씨가 일요일에 그 일을 해줄 수 있다니 정말 안심이에요. 처음에는 소피를 생각했는데, 안타깝게도 어느 미술 전시회 때문에 바쁘다더군요."

"그래요?"

"네. 전시회가 일요일에도 열린다는 건 몰랐어요. 예전엔 안 그랬는데 시대가 변했나봐요."

"그런가보네요."

"아무튼 레브 씨, 그날 아홉시 반까지 오시면 돼요. 한시가 식사 시간이거든요. 그리고 다음주 중에 한번 오시면 수고비를 정산해드릴게요. 그러면 되겠죠?"

"네. 좋습니다. 그런데 한 가지만요. 원장님, 무슨 요리를 해야 하죠?"

"아, 그렇지. 어떤 고기든 구이 종류면 돼요. 여기선 일요일에 항상 그걸 먹거든요. 양고기는 어때요?"

"그러죠, 양고기로 하죠. 제가 허브를 좀 가져갈게요."

"허브요? 아, 네, 좋아요. 하지만 저분들은 담백한 걸 좋아하세요. 여기가 영국이란 걸 잊지 마요, 레브 씨."

"네, 한시도 잊은 적이 없습니다."

레브는 휴대폰을 집어넣고 돌아서서 한번 더 코왈스키의 뜰을 바라보며 언제까지고 지워지지 않게 마음에 아로새겼다. 그런 다음 그곳을 떠났다.

편데일하이츠의 주방에선 기름 탄내와 양배추를 삶을 때 나는 구린내가 났다.

레브는 주방 창문을 모두 연 뒤 가스레인지 요리판을 닦고, 오븐에서 구이용 팬을 있는 힘껏 끄집어내 손가락에서 피가 나도록 벅벅 문질렀다. 그런 다음 감자 껍질을 벗기기 시작했다.

그의 어린 흑인 보조가 소리도 없이 도착해 문가에 서 있었다. 그녀는 자기가 쓸 깨끗한 앞치마를 움켜쥐고 있었다. 레브는 뒤돌아서서 그녀를 보았다. 열여섯이나 열일곱쯤 되어 보였다. 뺨은 여드름투성이였고 머리칼은 철사로 만든 후광처럼 사방으로 쭉쭉 뻗쳐 있었다.

"제 이름은 시몬이에요." 그녀가 말했다.

시몬과 악수한 레브는 자신이 외국인이라서 그녀가 자신을 못 미더워한다는 걸 알았다. 그는 애시가 그랬듯 지체하지 않고 그녀에

게 할일을 일러주었다. 감자를 마저 깎고, 껍질은 육수를 만드는
데 쓸 수 있게 깨끗이 씻어놓은 다음 당근을 준비하라고 했다. 그
리고 그녀가 보는 앞에서 육즙 과립 봉지와 고형 육수 원료, 인스
턴트 매시트포테이토를 모두 꺼내 쓰레기통에 버렸다. 그녀의 눈
이 휘둥그레졌다.

"내가 일하는 주방에서는 진짜 음식을 만들 거야. 동의하니, 시
몬?"

"알아서 하세요." 시몬이 말했다. "아저씨가 책임자니까."

"오늘 나는 주방장이야. 자, 오늘 양고기 구이와 함께 차려낼 음
식은 감자와 양파 그라탱, 맛있는 소스, 완두콩, 당근 퓌레……"

"그럼 아저씨를 뭐라고 불러요? 주방장님?"

"그래." 레브가 유혹을 이기지 못하고 말했다. "주방장님이라고
불러."

고깃덩이가 아주 컸고, 피가 배어 있었다. 진공 포장을 벗기니
미끈거렸다. 레브는 고기를 깨끗이 씻고 물기를 닦아냈다. 그리고
가져온 가방에서 마늘 한 뿌리와 싱싱한 로즈메리를 꺼냈다. 가방
에는 루바브도 한 묶음 들어 있었다. 시몬이 돌아서서 그가 새 재
료들을 꺼내는 것을 지켜보았다.

"거기에 장비가 들었어요? 요리사의 장비가?"

"그래. 나는 이 주방을 잘 알거든."

"엉망이죠?"

"그래, 엉망이야. 하지만 오늘은 우리가 잘해보자."

레브는 루바브를 꺼낸 다음 연달아 육두구, 정향, 버터, 크림을
가방에서 꺼냈다. 시몬이 고개를 가로저었다. "비거스 아줌마는 요

리의 '요'도 몰랐는데. 자격이 안 되는데 어떻게 여기서 일자리를 얻었는지 모르겠어요."

"그래. 이제 그 아줌마가 그만뒀으니 모두에게 잘된 일이구나."

이내 낡고 희끄무레한 공간에 향기로운 양고기 냄새와 자극적인 그라탱 냄새가 퍼지기 시작했다. 레브는 크럼블을 만들기 위해 버터를 넣은 밀가루 반죽을 네모나게 잘랐다. 그동안 시몬은 루바브를 썻어 다졌다. 레브가 보니 시몬은 일하는 품이 느릿했지만 꼼꼼했다. 그는 양파를 설탕에 졸인 다음 자투리 채소로 만든 육수를 양파 냄비에 부어 소스 만드는 법을 보여줬다. 시몬이 코를 킁킁거리며 만족스럽다는 듯 웃었다. "끝내주는데요! 엄마한테 보여줘야겠어요."

레브는 일손을 잠시 멈추고 문밖으로 나가 담배를 피우며 펀데일의 잔디를 내다보았다. 비둘기들이 잔디에서 무리 지어 구구거리며 어기적어기적 몰려다녔다. 불현듯 소피에 대한 옛 그리움이 가슴을 파고들었다. 그녀가 바로 저 비둘기들 사이에 앉아 있는 모습이 떠올랐다. 머리에 햇빛을 받으며 양팔로 무릎을 안고 앉아 그를 향해 빙긋 웃는 소피를. 그러자 그녀가 크리스마스 때 부른 노래가 생각났다.

무지개 너머 어딘가
저 높은 곳……

그녀의 목소리에 펀데일의 노인들은 모두 말없이 과거의 꿈으로 젖어들었고, 노래가 끝나자 박수 치며 환호했었다.

레브는 담배를 비벼 끄고 주방으로 돌아와 시몬에게 물었다. "너 혹시 일요일에 소피라는 요리사와 일한 적 있니?"

"네?" 그녀는 질문하듯 말했다. 그리고 덧붙였다. "좋은 분이에요, 그렇죠? 그런데 더이상 안 오네요. 유명한 애인이 생겼다면서요?"

레브는 펀데일의 노인 대부분을 알아보았다. 버클리 브라더턴, 팬지 에이딘, 더글러스, 조앤, 몸을 떨며 경련을 일으키는 파킨슨병 부대, 몇 명의 휠체어 여단…… 새로 온 노인도 서너 명 있었다. 하지만 민티 홀랜더는 없었다. 그녀는 그들의 스타요, 다이아몬드로 치장한 공작부인이었다. 한때 레슬리 캐런과 일했고, 낭랑한 모음 발음과 황소고집, 애교만점의 매력으로 모든 양로원 노인들을 휘어잡았다. 그런 그녀가 이제는 그들 곁을 떠나고 없었다.

어쩌면 노인들은 그녀의 죽음에 안도했을지도 모른다. 레브가 보기에 그들은 분명 그녀가 있을 때보다 다투는 일도 별로 없는 듯했다. 그와 시몬이 점심식사를 차리기 시작하자 그들은 입을 다물고 안경을 벗었다 꼈다 하며, 눈을 가늘게 뜨고서 앞에 놓인 접시에 담긴 낯설어 보이는 음식을 응시했다. 그러다 음식을 먹기 시작했고, 얼마 안 있어 팬지 에이딘이 음식을 한입 가득 문 채 말했다. "이 감자 요리는 누가 했지?"

"주방장님이 했어요, 에이딘 할머니." 시몬이 말했다.

"그렇구나. 정말 맛있어. 얘, 주방장한테 전하렴. 우리가 늘 먹던 돼지밥보다 훨씬 맛있다고."

루비 콘스태드는 보이지 않았다. 그녀의 자리에도 식사를 차렸지만 의자는 비어 있었다. 레브가 버클리 브라더턴에게 그녀는 어디 있느냐고 묻자 그가 대답했다. "몰라. 분명 자기 방에서 찔끔거리고 있겠지. 몹쓸 자식들이 루비 할멈을 찾아오지 않으니까. 이기적인 놈들 같으니." 한 주간 간호사가 버클리의 쭈글쭈글하지만 당당한 목에 냅킨을 둘러주며 끼어들었다. "콘스태드 부인은 오늘 점심을 안 드시겠대요. 점심식사는 의무 사항이 아니거든요."

레브와 시몬은 두 명의 주간 간호사와 함께 테이블을 돌아다니며 음식을 혼자 자르지 못하는 노인들을 도왔다. 간혹 입을 벌리거나 성찬용 빵을 받을 때처럼 혀를 내민 채 떨리는 손으로 음식을 떠넣으려 애쓰는 노인들을 돕기도 했다. 그 가운데는 레브를 기억하는 사람도 있고 전혀 기억하지 못하는 사람도 있었다. 노인들은 복잡한 장엄 미사와도 같은 일요일 식사를 하는 동안 아무런 대화도 나누지 않았다. 비거스 부인과 제인 이야기가 나오기 전까진.

"내 생각에 제인 비거스는 정신박약아야." 팬지가 말했다.

"그 비명소리가 좀 그렇지." 더글러스가 말했다. "그놈의 〈사이코〉에 나오는 비명 같단 말이야."

"걔 엄마도 나을 게 없었어." 허마이어니라는 창백하고 내성적인 할머니가 말했다. "한번은 내 팔을 비틀었다니까."

"팔을 비틀었다고? 버클리가 말했다.

"그래. 그래서 팔이 빠졌어. 그 여자는 마르크스주의자야."

"사디스트라는 거겠지, 맞지?" 팬지가 말했다.

테이블에 앉은 사람들이 웃었다.

레브는 그들이 무엇 때문에 웃는지 몰랐다. 몸집이 무지막지한 비거스 부인이 허마이어니 할머니의 야윈 팔을 비틀려고 달려드는

모습을 상상한 건가? '마르크스주의자'라는 말을 잘못 사용했다고
그러나?

"비거스 모녀는 주방에서 물건을 쌔비기도 했어요……" 루바브
크럼블을 한 차례 더 나르던 시몬이 말했다.

"쌔벼?" 조앤이 말했다. "그게 무슨 말이야?"

"속어를 모르는군." 더글라스가 말했다. "슬쩍한다는 뜻이야. 훔
친다는 말."

이 자극적인 말들에 경의를 표하는 침묵이 따랐다.

"그랬어? 시몬, 그 얘기 좀 해봐, 어서."

시몬이 숟가락으로 크럼블을 나눠주었다. 몇 개의 디저트 접시
가 순식간에 싹 비었다. "네. 그 얘기를 원장님한테 하려고 했지만,
그들한테 목이라도 졸릴까봐 못했어요."

"목을 졸린다! 아, 그거 재미있군. 그런데 그들이 뭘 훔쳤는데?"

"이것저것 많이요. 주방에 자동거품기, 과일압착기 같은 게 있
었는데 비거스 모녀가 쌔벼갔어요. 저울도 마찬가지고요. 나이프
나 포크, 양념병, 과일칼 같은 자잘한 것도……"

"칼도!"

"시몬, 그들이 그런 짓을 하는 걸 목격했니?"

"그게, 바로 앞에서 직접 보지는 못했지만, 그들이 그랬다는 건
알아요. 무슨 말인지 아시겠죠? 비거스 아줌마는 큰 자루 같은 가
방을 들고 출근했어요. 그 가방에 여러 가지 물건을 챙겨넣는다는
걸 알아요. 정말이에요."

"어쨌든 우리가 할 수 있는 말은 그들이 없어져서 속이 후련하
다는 것뿐이야." 버클리 브라더턴이 말했다. "해군이었다면 진작

에 불명예제대를 당했을 텐데. 도무지 요리란 걸 할 줄 몰랐으니까!" 그가 듣기 싫은 소리로 웃어댔다. 켁켁켁켁! 웃음은 곧바로 숨넘어갈 듯한 기침으로 바뀌었다. 그는 손수건에 가래를 뱉었다.

"앞으로는 음식이 좀 좋아지는 건가?" 조앤이 하소연하듯 레브에게 물었다.

"'주방장'이라고 불러야죠." 시몬이 키득거렸다.

"아, 주방장, 그렇지, 미안해, 주방장. 이제부턴 오늘 점심처럼 음식이 좋아지는 거야?"

레브는 테이블 끄트머리에 서 있었다. 사람들이 모두 고개를 돌려 그를 쳐다보았다. 식사실이 조용해졌다. "모르겠습니다." 그가 조용히 말했다.

"그러니까, 계속 일하는 게 아니라는 건가?" 버클리가 물었다.

레브는 고개를 가로저었다. "그냥 오늘만 도와준 겁니다."

"대단히 유감이네." 버클리가 쌔근거리며 말했다.

"그래, 그래." 더글러스가 말했다. "이번만은 함장과 동감이야."

점심시간이 끝나자 간호사들이 노인들을 바깥의 양지바른 곳이나 방으로 데려다줬다. 레브는 시몬에게 그릇을 식기세척기에 넣으라고 이르고 루비 콘스태드의 방으로 갔다.

문을 두드리자 힘없는 대답 소리가 들렸다. 루비는 무릎에 사진첩을 놓고 안락의자에 앉아 있었다. 그녀는 레브가 들어오자 그가 사진첩을 빼앗아가기라도 할 것처럼 가슴에 끌어안았다.

"콘스태드 할머니, 저 레브예요. 소피와 함께 왔었죠."

그녀가 그를 가만히 쳐다보았다. "누구라고?"

레브는 그녀에게 가까이 다가섰다. 그녀의 얼굴이 예전보다 마르고 핼쑥해져 있었다. 불과 몇 달 전만 해도 통통했는데. 한때 아름다웠을 그녀의 눈에 놀란 빛이 어렸다.

"저 레브입니다." 그가 다정하게 말했다. "지난 크리스마스에 왔었잖아요. 그리고 한번 더 왔고요. 요리를 도왔죠."

그녀의 표정이 누그러졌다. 그녀가 노쇠한 손을 내밀었다. 레브가 그녀의 손을 잡고 입을 맞췄다. 루비가 미소를 지었다.

"기억나." 그녀가 말했다. "늘 무척 정중하네."

"점심식사를 가져다드릴까 해서 여쭤보러 왔습니다. 그라탱이 맛있게 됐거든요…… 루바브 크럼블도요."

"고맙지만 나는 괜찮아. 배고프지 않아. 요즘엔 초콜릿 막대과자를 먹고 살지. 좀 먹어보겠나?"

그녀는 의자 옆에서 초콜릿 막대과자 상자를 집어 레브에게 권했다. 그는 한 개를 집어들었다. 루비가 말했다. "저 스툴을 가져다 앉게. 내가 옛날 사진을 보여줄 테니."

그가 그녀 곁에 앉자 루비는 무거운 사진첩을 레브 쪽으로 들어 올렸다. "여긴 인도라네. 전쟁 직전이었지. 이게 나야. 우리 수녀원 부속학교에서 총독 환영 행사를 할 때 사진이라네."

레브는 색이 바랜 사진에서 발목까지 내려오는 긴 드레스를 입은 어린 여학생들을 보았다. 그들은 이상하게 뒤틀린 자세로 몸을 구부린 채 무대를 가로질러 죽 늘어서 있었다. 레브는 소피와 함께 들은 이야기가 생각났다. "몸으로 '환영합니다'라는 글자를 만들었지."

"'O' 자 보이지? 내가 이 글자의 절반을 맡았어. 여기, 왼쪽 절반. 그때는 머리색이 짙었는데."

레브는 사진 속의 소녀를 들여다보았다. 아름다운 'O' 자의 절반을 만들기에 여념이 없는 날씬하고 튼튼한 소녀. 그는 옆에 있는 루비에게 시선을 돌렸다. 육중한 의자에 앉아 있는 그녀는 주름투성이에 쇠약한 모습이었다. 그는 사진 속의 루비가 예쁘다고, '환영합니다' 퍼포먼스가 정말 기발하다고 말했다.

그녀는 사진첩을 넘기고 웃고 있는 수녀의 사진을 가리켰다. "베네딕타 수녀님이야. 내가 제일 좋아했던 수녀님. 그분을 통해 책을 접하게 되었어. 우리는 수녀님 방에서 토머스 하디나 A. E. 하우스먼의 시를 읽곤 했지. 아주 온화한 성품을 지닌 분이셨어."

"그분을 다시 만나보셨어요?"

"아니. 그분이 어떻게 되었는지 몰라. 남편이 죽고, 70년대 말에 인도에 다시 가봤는데, 수녀원 부속학교가 폐쇄되었더라고. 학교 건물에는 봉제공장이라는 게 들어앉았고. 안에 들어가면 안 됐지만 무작정 들어가봤지. 그 안의 소음을 지금도 잊을 수 없어. 그 형편없는 재봉틀에 앉아 일하던 수많은 여자들의 모습도. 하나만 해도 끔찍한데 그렇게 수많은 재봉틀이라니! 그 불쌍한 사람들이 얼마나 긴 시간을 일해야 했는지 누가 알겠나. 그걸 보고 다시는 옷을 사지 말자고 마음먹었던 기억나."

루비는 사진첩을 덮고 레브에게 소피 없이 어떻게 지내느냐고 물었다. 그는 담배를 피워 물었다. 아직도 소피에 대한 관능적인 꿈을 꾼다는, 통통하고 부드러운 그녀의 팔뚝을 떠올리기만 해도 발기한다는 말을 할머니에게 할 순 없었다. 그래서 그는 이렇게 말했다. 오로에 건설될 댐 때문에 고향 마을이 곧 물에 잠겨 사라질 처지라, 그에 대한 상실감이 소피를 잃은 상실감을 덮어버렸다고.

"오, 레브." 그녀가 말했다. "그런 끔찍한 일은 들어본 적이 없어. 사람 사는 집이 물에 잠기다니! 세상에, 그 말을 들으니 총독이나 그런 누군가가 있으면 좋겠다는 생각마저 드는군. 그 무정하고 비열한 관리들에게 '안 돼, 그건 도리에 어긋나는 일이야!'라고 호령할 만한 사람이."

레브는 빙긋 웃었다. 그리고 댐 건설 때문에 레스토랑을 차리려는 무모한 생각을 하게 되었다고 조용히 말했다. "제 나라에서 진짜 맛있는 요리를 내놓는 최초의 레스토랑이 될 겁니다."

"아, 레스토랑이라!" 그녀가 외쳤다. "정말 멋지군. 그 일을 반드시 하도록 해. 그런데 어떤 레스토랑을 열 생각이지?"

"음, 별로 크진 않을 거예요. 오십 명쯤 받을 수 있는 규모로요. 제 생각은 이래요. 모든 것을 아주 정갈하고 단순하게. 바닥에는 나무를 깔고요. 식탁보는 흰색으로 하는 거예요. 유리 식기나 잔은 근사하면서도 단순한 걸로 하고요. 한쪽에 작은 바를 낼 수도 있고요. 그러면 바에 가죽의자를 놓을 거예요. 어쩌면 겨울에는 벽난로를……"

"아, 그렇지, 벽난로. 그 나라는 겨울에 추우니까. 좋은 생각이야."

"벽은 좀 근사한 색으로 칠하려고요. 황갈색 같은 걸로요. 거기에 할머니 사진첩에 있는 것과 같은 옛날 사진들을 걸어놓는 거예요. 우리 나라의 과거 사진들을."

"사진이라. 좋은 생각이야. 과거를 기억하는 거지. 우리 모두에게 중요한 일이야. 방금 든 생각인데, 사진을 걸어두면 약속에 늦거나 다른 이유로 도착하지 않은 일행을 기다리는 손님이 식당을 한 바퀴 돌며 구경할 수도 있잖아. 어정쩡하게 앉아 허공만 쳐다보며 남의 이목을 의식하는 얼간이가 된 기분을 느끼는 대신."

"그렇네요. 저는 그 생각까진 못했는걸요."

"직원은? 잘 생각해서 고용해야 해. 비거스 같은 사람은 안 돼!"

"네, 네. 저는 모든 직원이, 특히 웨이터가 똑똑했으면 하거든요. 유능하고 정중하고요. 과거 공산주의 시절의 식당과는 다르게 말이에요. 모두가 기꺼운 마음으로 일하고 제 꿈에 동참하는……"

"아주 좋은 생각이야, 레브." 그녀가 말했다. "벌써 그 모습이 보이는 것 같아. 모든 게 보이는 것 같군."

그녀는 시종일관 미소를 지었다. 레브는 그녀의 핼쑥한 볼에 살짝 혈색이 도는 것을 보았다. 그는 담배를 끄고 말했다. "할머니, 제가 음식을 좀 가져올게요. 뭘 좀 드셔야 해요."

"알아." 그녀가 한숨을 쉬며 말했다. "하지만 더는 뭘 먹고 싶은 마음이 없어. 미안해. 먹을 수 있으면 먹을 텐데. 내 건강이 좋아지면, 그런 날이 올지 모르지만, 그 나라로 신나는 모험 여행을 떠나 그 레스토랑에서 식사도 하고, 음식을 기다리는 동안 노란색 벽에 걸린 사진도 구경할 텐데."

22
마지막 야영지

편지가 도착했다. 봉투의 글씨를 보니 이나였다. 봉투 안에는 편지도, 돈을 보내줘 고맙다는 메모도 하나 없이 마야가 크레용으로 그린 그림 한 장이 들어 있을 뿐이었다. 청록색 물에서 밝은색 물고기들이 꼬리를 물고 헤엄치고, 까딱거리는 해마들이 한 줄로 늘어선 그림이었다. 종이의 윗부분, 물과 하얀 하늘이 맞닿은 곳에 노아의 방주 같은 선상 가옥이 떠 있었다. 그런데 방주는 해마보다도 작았고 갑판에는 아무것도 없었다. 청록색 바다 한구석에 삐뚤빼뚤한 글씨로 간단한 글이 적혀 있었다. "마야가 아빠에게." 그게 다였다. 사랑한다는 말도, 키스를 전하는 표시도 없었다.

레브는 그 그림을 크리스티와 재스미나에게 보여줬다. 크리스티가 말했다. "물고기 좀 봐요, 아주 예쁘게 그렸는데요." 재스미나는 이렇게 말했다. "할머니가 마을이 물에 잠기면 방주에서 살게 될 거라고 말해서 이렇게 그렸을 거예요."

레브는 그림을 창턱에 받쳐 세워두고 물끄러미 쳐다보며, 딸이 무슨 생각을 하고 있는지 상상해보려 했다. 흙먼지에 몸을 씻는 닭과 염소와 참새에게 말을 걸던 딸을 떠올리자 마음이 쓸쓸해졌다. 배린의 아파트에서 살게 되면 마야는 누구 혹은 무엇과 이야기를 나누지?

그는 맥너턴 원장이 주기로 한 수고비를 받기 위해 그녀를 만나러 갔다. 그녀에게 돈을 받은 뒤 레브는 비거스 모녀의 후임을 찾지 못했으면 자기가 펀데일하이츠 양로원에서 정규직으로 일할 용의가 있다고 말했다. 맥너턴 원장이 열렬히 기도하듯 두 손바닥을 모으고 말했다. "아, 세상에. 레브 씨, 진짜 잘됐네요. 당신한테 그렇게 좀 해달라고 사정하려고 했는데."

그는 계산도 끝내놓은 상태였다. 아홉시에 펀데일 양로원으로 출근해 서너시까지 일하면서 따끈한 점심을 차려내고 저녁으로 간단한 음식을 준비해둔다. 그런 다음 다섯시까지 파노의 식당으로 출근해 자정이나 새벽 한시까지 일한다. 새벽 두시까지는 귀가해 잠을 자고, 아침 일곱시에 일어나 아홉시까지 다시 펀데일로 출근한다. 물론 일하는 시간이 길지만, 그건 그저 시간일 뿐이었다. 감당할 수 있을 것이었다. 그는 되뇌었다. 그렇게 긴 시간도 추운 한겨울 배린 제재소의 한 시간보다 호되지는 않을 것이다. 그는 거의 이십 년 동안 그런 환경을 견뎌냈었다……

맥너턴 원장은 시급으로 십칠 파운드를 주겠다고 했다. 레브는 가슴이 쿵쾅거렸지만 그 제안을 거절했다. 주방장 역할을 하는 것이니 이십 파운드는 받아야 한다고 말했다. 그녀는 주저했지만 곧 긴장을 풀더니 그러겠다고 대답했다. 효율성을 의식한 미소와 함께 그녀는 펀데일 양로원이 레브와 같은 요리사를 얻은 게 얼마나 행운인지 잘 안다고 말했다.

그는 계산을 해봤다. 펀데일하이츠에서 시급 이십 파운드에 매일 여섯 시간씩 주 칠 일을 일하면 일주일에 팔백사십 파운드, 세금을 제하면 육백오십 파운드를 벌 수 있었다. 파노에서는 일주일에 현금으로 약 이백십육 파운드를 받았다. 절약한다면 파노의 급여로 생활비와 방세를 충분히 충당할 수 있었다. 펀데일에서 시급 이십 파운드를 받으면 매달 거의 이천오백 파운드를 저축할 수 있었다. 그렇게 네다섯 달만 일하면, 그로서는 불가능해 보였던 만 파운드를 모을 수 있을 것이다.

이런 생각을 하자, 정부의 도움이나 대출, 후원자가 없어도 투잡의 균형을 맞춘다면 스스로 돈을 마련할 수 있다는 자각을 하자, 전율이 흐르며 숨이 막혀왔다.

그는 생전 처음으로 흰색 요리사복을 충동 구매했다. 요리사복을 입고 자신을 바라보았다. 요리사 모자를 써봤다. 요리사 모자가 그 자체로 보면 우스꽝스럽기도 하고, 지케이 애시도 '멍청이나 쓰는 모자'라며 비웃었지만 그는 개의치 않았다. 그 차림을 하고 크리스티와 재스미나 앞에 나서자 두 사람이 싱글싱글 웃었다.

"웃는 거 아니에요." 재스미나가 말했다.

"그럼, 절대로 아니에요." 크리스티가 말했다. "웃을 생각도 없었어요. 그저 그게 눈처럼 희어서 눈이 부셨던 거예요."

레브는 펀데일하이츠 양로원의 노인들이 이런 구식의 우아한 복장을 한 요리사를 보고 싶어할 것 같다고 애써 설명했다. 그들의 세상은 축소되고 변했지만, 이제 흰색 요리사복을 입고 일하는 그를 통해 누군가 그들을 보살피는 사람이 있다는 사실을 상기하게 될 거라고.

"알았어요." 크리스티가 말했다. "참 훌륭한 발상이에요, 그렇죠, 재스?"

"네." 재스미나가 말했다. "그분들은 리츠호텔에 있다고 생각할 거예요. 누구더라, 민토 할머니인가, 그분이 이 모습을 보지 못하는 게 유감이네요."

등이 쑤실 때면 그는 짚더미에 떠밀려 도랑에 처박혔던 때가 떠올랐다. 늦은 밤 파노의 음식점에서 테이블 사이로 무거운 발걸음을 옮길 때면 등이 쑤셨고, 그는 온기와 잠을 절실하게 바랐다. 하지만 그런 건 아무것도 아니었다. 그가 내린 결정에 수반되는 불가피한 부분이었다. 그는 진통제를 먹으며 행군을 계속했다. 펀데일하이츠의 주방은 서서히 변모해갔다. 레브와 시몬은 모든 찬장과 서랍을 깨끗이 닦았다. 비거스 모녀가 오랫동안 머물며 남긴 기름때와 음식때를 모두 씻어냈다.

"진짜 지저분하고 게으른 여자들이었던 것 같아요, 그렇지 않나요?" 시몬이 냄비를 물에 담가 벅벅 문지르고, 선반의 기름때를 긁어내고, 오래된 커스터드 분말과 수프용 과립 봉지들을 쓰레기봉지에 담으며 말했다. "분명 여기를 온통 오염시켰을 거예요."

그곳은 오염되어 있었다. 레브는 그렇게 느꼈다. 방치와 무관심으로 오염되어 있었다. 그는 마리나와 함께 갔던 초라한 식당을 떠올렸다. 맛있는 음식을 기대하고 갔는데 이런 과거의 잔해가, 이런 배려 없는 태도가 그들을 맞이했었다.

"내가 하고 싶은 게 있는데." 이 주일이 지난 뒤 레브가 시몬에게 말했다. "점심 메뉴를 선택할 수 있게 하는 거. 두 가지 메인 코스와 두 가지 디저트를 준비해두고 좋아하는 걸 선택하게 하는 거지. 괜찮을 것 같지 않니?"

"물론이죠." 시몬이 말했다. "하지만 원장님한테 말하면 발작을 일으킬걸요."

"왜?"

"비용 때문이죠, 주방장님. 무슨 말인지 아시겠어요? 선택은 그 뭐냐, 너무 낭비가 많으니까요."

"아냐." 레브가 말했다. "우리가 메뉴를 만들면 그렇지 않아. 메뉴를 하루나 이틀 전에 정해서 돌려, 다들 미리 결정해서 알려줄 수 있게 하면 돼. 그럼 우리는 닭은 얼마, 생선은 얼마가 필요한지 등 미리 필요한 재료를 알 수 있겠지. 버릴 게 없을 거야."

"그래요?"

"응. 못할 거 없잖아?"

"그래요? 난 잘 모르겠어요. 하지만 원장님은 안 된다고 할 거예요."

맥너턴 원장은 안 된다고 하지 않았다. 일명 '한 달 동안 제한적인 실험'을 해보자고 했다. 그리고 매일매일 비싼 재료와 값싼 재료의 균형을 맞추라고 레브에게 주의를 주었다.

그가 시몬에게 그 말을 전하자 그녀가 말했다. "그렇군요. 그럼 메뉴는 제가 쓸게요. 주방장님은 철자가 엉망이잖아요?"

레브가 동의했다. "그래, 네가 써. 그리고 그걸 원장님한테 드리고 컴퓨터로 입력해달라고 해. 요리 이름은 모두 근사하게 짓고."

　시몬은 그 일을 집으로 가져가 엄마와 함께 의논한 다음, 주의를 기울여 메뉴를 적어 가지고 왔다. 그리고 레브에게 자랑스럽게 내밀었다.

수요일 메뉴

버섯과 샬롯과 허브로 속을 채운
기막히게 맛있는 방목형 닭고기 가슴살에
맛이 그만인 소스

또는

가시를 발라내고 보슬보슬한 빵가루를 뿌린
주방장의 환상적인 생선 그라탱

그리고

냉동 제품이 아닌 브로콜리 또는 콩 중에서 선택,
또는 원할 경우 둘 다

❧

주방장이 '지케이 애시'에서 쌔빈 레시피로 만든 크렘브릴레

또는

검은 씨나 기타 이물질을 싹 뺀 수박 셔벗

레브는 시몬이 작성한 메뉴를 하나도 바꾸지 않고 맥너턴 원장에게 가져갔다. 원장은 안경을 끼고 읽었다. 그녀의 얼굴에 미소가 번졌다. "음, 이대로 하죠. 모든 분에게 메뉴는 시몬이 썼다고 말해줘야겠어요. 불평이 좀 있을지도 모르겠지만 대체로 재미있어하실 거예요. 무엇이 됐든 저분들을 즐겁게 하는 일이 저분들의 어두운 현실에 잠깐이라도 빛이 되어줄 거예요."

그렇게 해서 점심 메뉴를 소리 내어 읽는 것이 입주자들에게 가장 인기 있는 하루 일과 중 하나가 되었다. 메뉴에 쓰인 표현이 극단적이면 극단적일수록 펀데일하이츠의 노인들은 더 좋아했다. 요리를 먹기도 전에 표현이 그 맛을 부여하는 형국이었다. 몇 주가 지나면서 (재료 비용은 안정적이 되었고 한 달간의 '실험'은 편의상 잊혔다) 메뉴의 어휘는 점점 더 기상천외해졌다. 점심시간에 버클리 브라더턴이 언성 높여 "나는 '쌈박하게 맛있는 채소 소시지에 엉터리 인스턴트가 아닌 으깬 감자'를 먹을 거야"라고 말하는 소리가 레브 귀에 들려오기도 했다. 팬지 에이딘이 레브에게 다정하게 말했다. "아, 이런, 내가 뭘 먹기로 했는지 기억이 안 나네, 레브. '기네스 맥주에 재운 정말 장난 아닌 아일랜드 스튜'였나? 아니 그건 목요일 건가?"

점심시간이 시끌벅적해졌다. 사람들은 더 많이 먹고, 더 많이 떠들며, 더 오래 식탁에 남아 있었다. "이건 정말 기적이야." 어느 이른 오후에 더글러스가 말했다. "이젠 술집에서보다 여기서 더 잘 먹잖아."

"그렇지." 조앤이 말했다. "하지만 분명 오래가지는 않을 거야."

"그건 왜?"

"오래가는 건 아무것도 없으니까. 좋은 건 오래가지 않아."

"오늘만으로도 충분한걸. 엉터리 인스턴트가 아닌 으깬 감자가 우리보다 더 오래 살아남을 게야."

루비 콘스태드만이 이 모든 일에 끼지 않았다. 그녀가 위암에 걸려 곧 양로원을 나갈 거라는 이야기가 펀데일하이츠에 돌았다.

"어디로 가신대요?" 레브가 물었다.

"사람들이 그 몹쓸 곳을 무어라 부르든…… 거긴 마지막 야영지지." 버클리 브라더턴이 말했다.

루비는 침대에 누워 가구만 쳐다보고 있었다. 간혹 오래된 그레고리오 성가 테이프를 듣기도 했다. 그녀가 연약한 손으로 초콜릿 막대과자 상자를 레브에게 내밀었다. 레브는 그녀가 더는 과자조차 먹지 않는다는 것을 알았다.

어느 날 레브는 루비 옆에 중년의 남녀가 말없이 앉아 있는 것을 보았다. "내 자식들이야." 루비가 조용히 말했다. "얘는 노엘이고, 얘는 알렉산드라."

그들은 의자에서 일어서지도 않았고 악수를 청하지도 않았다. 그저 고개만 까딱 숙였다. 아들인 노엘은 방안이 더운데도 얇은 오버코트를 벗지 않고 있었다. 딸인 알렉산드라는 백발을 길게 늘어뜨렸고 긴 데님 스커트에 샌들을 신고 있었다. 다리의 피부가 창백하고 건조했다.

"여기서 일하세요?" 그녀가 레브에게 물었다.

"레브는 우리의 요리사야." 루비가 자랑스럽게 말했다.

"아, 네." 알렉산드라가 말했다.

"어머니, 이제 제대로 된 음식을 드시지 못하죠?" 노엘이 물었다.

"응, 못 먹어." 루비가 말했다. "하지만 레브가 주방을 맡은 뒤로 음식이 훌륭해졌다는 건 알지. 레브, 그 메뉴 얘기 좀 해봐. 내 손님들이 재미있어할 거야."

내 손님들. 그녀는 아들과 딸을 그렇게 불렀다. 문가에서 어물거리던 레브의 눈길이 여전히 종이 포장지에 싸인 채 덩그러니 인도산 테이블 위에 놓여 있는 값싼 카네이션 다발에 머물렀다. "사실 좀 우스꽝스러운데요, 새 메뉴에 쓰이는 재료가 얼마나 싱싱한지 알리려고……"

"그렇지, 하지만 제대로 설명해야지." 루비가 말했다. "무슨 말이냐면, 시몬이라는 주방 일을 돕는 여자애가 있는데, 메뉴를 쓰면서 일부러 아주 별난 말들을 집어넣어. '손수 만든 보슬보슬한 빵가루'랄지 '주방장이 지케이 애시에서 쌔빈 레시피로 만든 셔벗' 같은 문구들을 집어넣어 훨씬 재미있게 만드는 거지."

'손님들'은 피곤한 듯 힘없는 미소를 지었다. 베개에 기댄 루비의 얼굴이 창백했다. "웃기지 않니?" 그녀가 자식들에게 물었다.

"별로요." 노엘이 말했다. "어머니는 그런 걸 하나도 못 드시니까요."

"그건 중요하지 않아." 루비가 말했다. "여기 있는 모든 사람들이 즐거워한다는 게 중요한 거지."

루비는 베개를 베고 누웠다. 그녀가 레브에게 말한 적이 있었다. 말하는 게 피곤하다고, 그냥 자리에 누워 옛일을 추억하는 게 좋다고. 그래서 실재하는 곳이 아닌, 펀데일하이츠는 더더욱 아닌 그녀가 상상해낸 곳, 하늘 색깔을 그녀가 원하는 대로 마음껏 바꿀 수 있는 곳에 있는 기분을 느끼고 싶다고 했다. "멋진 것들이 보여." 그녀는 말했다. "흰색 제복祭服이 빨랫줄에서 펄럭이는 게 보여. 조련사들이 코끼리에게 물을 뿌려주는 모습도 보이고. 독수리들이 거대한 암석 위에 앉아 있는 모습도……"

레브는 '손님들'이 그가 나가기를 기다린다는 걸 알았다. 그가 카네이션을 꽂을 화병을 찾아보러 나가겠다고 하자 루비가 말했다. "아니, 아니야. 나한테도 화병은 많아. 알렉스가 할 거야. 그렇지, 얘야?"

"네." 딸 알렉산드라가 말했다.

하지만 그녀는 의자에서 꿈쩍도 하지 않았다. 레브는 그녀가 창백하고 건조한 다리로 일어서는 것이 일종의 사적인 행위, 낯선 사람에게 보여줄 수 없는 무엇이기라도 한지 궁금했다.

레브와 마리나는 큰 방에 있었다. 톱밥이 깔린 향내나는 바닥에 햇빛이 사각형 무늬를 그렸다. 그들은 쪽모이 세공을 한 마룻바닥이 드러나도록 빗자루로 톱밥을 쓸고 있었다. "바로 여기야." 마리나가 거듭해서 말했다. "바로 여기."

그녀는 햇빛이 잘 드는 그 방이 한때 악기점이었다고 말했다. 얼마 전까지만 해도 악기와 악보 상자가 잔뜩 들어차 있었다고. "엘가가 유명해지기 전에 살던 곳이야."

슬픈 구석이라곤 없는 기분좋은 꿈이었다. 톱밥이 조금씩 한쪽 귀퉁이로 쓸리면서 마룻바닥이 드러나 반짝이기 시작했다. 그러자 마리나가 텅 빈 악기점의 장점을 계속 격찬했다. "채광이 아주 좋아. 저기에 벽난로가 있어. 저기 좀 봐, 여보. 테이블을 열대여섯 개는 놓을 수 있겠어. 그래도 바를 만들 자리가 남을 거야."

레브는 주방이 들어설 자리는 어딘지 묻고 싶었다.

그곳에 다른 방이 있다는 걸 그는 알고 있었다. 옐가가 좁은 침대에 누워 악상을 떠올리던, 악기점 뒤편의 방. 하지만 레브는 그 방에 작곡가의 관이 놓여 있을까봐, 방안이 어둡고 비좁아 답답할까봐 두려웠다. 그래서 방문이 닫힌 채 내버려두고 주방 얘기는 꺼내지 않았다. 그리고 아름다운 방을 계속 비질했다. 쓱쓱 비질하는 소리가 감미로웠다……

꿈에서 깨어난 레브는 편안하고 행복한 기분이었다. 하지만 주방에 서서 차를 우리던 중 그 꿈이 뭔가를 상기시켰다는 걸 깨달았다. 바로 고향 오로에서 앞으로 나아가는 건 아무것도 없다는 사실을. 다행히 그가 마련해 보내준 돈으로 체비는 다시 굴러가고 있지만, 루디는 여전히 말이 없고 화가 난 상태였다. 그는 레브에게 택시 운전사 노릇을 할 날도 얼마 남지 않았다고, '배린의 빌어먹을 택시 마피아와 그들의 똥차'를 상대로 씨름할 마음이 없다고 말했다. 그건 체비의 품위를 떨어뜨리는 짓이라고, 그럴 바에야 차라리 드러누워 죽는 편이 낫다고 했다.

그것만이 아니었다. 배린의 아파트와 관련해 몹시 곤란한 문제가 있었다. 로라가 주택 분양 사무소의 관리와 약속을 잡았는데,

관리는 조금도 머뭇거리지 않고 냉큼 오십 파운드의 뇌물을 받았다. 하지만 강이 내다보이는 아파트를 보장할 순 없으니 한 달 뒤에 다시 와보라고 했다. 그녀가 문을 나서는데 관리가 손가락으로 돈을 세는 시늉을 해 보였다.

"대놓고 뒷돈을 요구하는 거예요?"

"그런 것 같아요."

"오십 파운드를 더 보낼게요." 레브가 말했다.

로라는 레브에게 아파트 부지로 예상되는 곳에 가봤지만 아직 아무것도 시작되지 않았다고, 건물을 지을 조짐이 전혀 보이지 않는다고 말했다. 그 땅은 갈매기나 여우가 쓰레깃더미를 뒤지는 '쓰레기하치장'으로 쓰이고 있었다.

"그럼 오로 댐 건설이 연기되었다는 건가요?"

"아뇨, 그렇지 않아요. 측량사와 건축기사들이 항상 강을 오르락내리락해요. 오는 겨울에 공사를 시작할 거래요. 우리가 집도 없이 내몰려도 아무도 신경쓰지 않을 거예요."

레브는 그녀에게 모든 대책을 세워두었다고 말하고 싶었다. 내년 1월이나 2월까지만 쉬지 않고 일하면 자신의 위대한 사업을 시작할 돈을 모을 수 있을 거라고. 하지만 왠지 그럴 수 없었다. 감히 그럴 수 없었다. 그가 그랬던 것처럼 그들도 그걸 구원으로 여기지 않을까 두려웠다. 가장 두려운 건 루디가 그 얘기를 듣고 비웃는 것이었다. "배린에 고급 레스토랑이라니! 완전 돼지 불알 같은 아이디어잖아, 이 친구야. 어떤 우라질 손님을 생각하는데? 지지리도 가난한 동네에서 누가 자본주의의 음식을 사 먹을 수 있겠냐?"

돈을 손에 쥐고 고향으로 돌아가 마음에 드는 가게터를 찾고, 루디와 마주앉아 얘기를 하면 그 계획이 모두에게 현실로 다가갈 것이라고 레브는 스스로를 다독였다. 그러면 그들은 비웃지 않을 것이다. 하지만 악기점 꿈이 그가 그려봤던 것들, 즉 몸과 마음을 보듬어주는 난롯불, 저절로 성공할 사업 등이 여전히 공허한 상상에 지나지 않는다는 걸 보여줬다. 아름다운 햇빛, 마룻바닥이 깔린 향내나는 방, 마리나의 존재, 꿈에 나타난 이 모든 것에 그는 위로를 받았다. 하지만 사실 그것들은 상실한 삶을 다시 움켜쥐고 싶은 갈망의 표현이 아니었을까?

어느 늦은 밤, 레브가 낮에는 펀데일 양로원에서, 몇 시간 동안은 파노의 음식점에서 허리가 휘게 일하고 지친 몸을 이끌고서 집에 들어오는데 전화벨이 울렸다. 루디였다.

"이봐. 로라가 그러던데, 너한테 '계획'이 있다면서. 도대체 그놈의 계획이 뭐냐? 왜 말을 하지 않는 거야?"

루디는 술을 마시고 있었다. 콧소리를 내며 말했고 침을 뱉는 것으로 구두점을 대신했다. 레브는 침대에 앉아 발을 털어 신발을 벗어던진 다음 기린 무늬 베개에 기댔다. "말 못해." 그는 최대한 차분하게 말했다. "어느 정도 돈을 모아야 가능한 계획인데 아직은 그 돈이 없거든."

"그런데 왜 굳이 로라한테 말한 거야? 멍청한 자식! 왜 로라가 희망을 갖게 만드냐고?"

"왜 나한테 멍청한 자식이라고 하는 거야? 소독용 보드카라도 마셔서 그래?"

그는 옛 농담이 루디의 기분을 풀어주길 바랐지만 소용없었다.

"내가 이걸 마시는 건," 루디가 말했다. "사는 게 좆같아서야. 네가 그 '계획'이라는 걸로 우리를 감질나게 하는 바람에 만사가 더 나빠져서라고!"

"그 말을 하지 말았어야 했던 거구나. 난 로라를 안심시켜주고 싶었을 뿐……"

"맞아, 그 염병할 말을 하지 말았어야 했어. 그런데 그 생각을 못했지? 망할 놈의 런던 생활에 들떠서는 여기 상황이 어떤지 다 잊어버린 거야, 그렇지?"

레브는 한숨을 쉬었다. 이렇게 죽도록 피곤하지만 않으면 좋을 것 같았다. "잊어버리지 않았어. 그래서 그 상황을 바꿀 뭔가를 찾아보려고 아등바등하는 거야."

"도대체 그게 뭔데? 왜 이렇게 비밀이 많은 건데? 배린 광장에 버킹엄궁전이라도 세울 계획이냐? 아니면 뭐야?"

"루디, 내 말 좀 들어봐. 내가 지금 말할 수 있는 건 네가 나를 믿어줘야 한다는 거야."

"그거 아냐?" 루디가 말했다. "그게 바로 내가 할 수 없는 거야. 더는 너를 믿을 수 없어. 눈꼽만큼도! 로라한테도 말했지만 실은 나도 네 어머니와 같은 생각이야. 네가 돌아오지 않을 거라는 생각 말이야. 그래, 돈이야 이따금 보내겠지. 뒤에 남은 불쌍한 놈들한테 적선하는 셈치고. 하지만 너는 우리가 어떻게 되든 전혀 신경쓰지 않을걸. 나나 로라는 말할 것도 없고 심지어 마야까지도."

"그 말 취소해, 루디!"

"왜? 나는 그렇게 생각하는데. 너도 서구로 가는 다른 사람들과 다를 게 없어. 자기밖에 모르는 후레자식. 그전엔 좋은 사람, 좋은 친구였는데……"

"난 여전히 너의 좋은 친구야. 네가 체비를 고치도록 도와준 게 누구냐?"

"그래. 허리 굽혀 인사하마. 너한테 알랑거려야지. 하지만 그건 돈일 뿐이야, 동무. 지금 너한테는 쉬운 일이겠지. 돈을 보내고, 또 보내고, 또 보내고! 방귀 뀌는 것처럼 쉬울 거야. 사실 내가 보기엔 네 몸에 있는 구멍에서 돈이 줄줄 흘러나오는 거 같거든. 하지만 그 대가를 치를 날이 다가오고 있는데, 모르겠냐?"

"'대가를 치를 날'이라니? 루디, 너 나한테 왜 이래?"

"왜 이러냐니? 뭘!"

"왜 내 속을 긁어놓느냐고."

"네가 너무 늦었기 때문이야! 빌어먹을, 너무 늦었다고! 나는 이제 미래 따윈 믿지 않아. 네가 모를까봐 하는 얘긴데, 미래를 안 믿는 건 네 어머니도 마찬가지야. 그러니까 그 금쪽같은 '계획' 가지고 잘 먹고 잘살아라. 영국에 그냥 눌러앉아서 근사하게 살라고. 영국 계집애들도 좀더 후리지 그러냐? 여기 있는 우리는 잊고. 진심이야, 우리도 너를 싹 잊었으니까!"

루디가 전화를 끊었다. 레브는 휴대폰을 켠 채 그대로 누워 있었다. 루디가 술에 취해 한 말이니 신경쓸 필요 없다고 속으로 되뇌었다. 하지만 이 느낌, 그를 잊을 거라는 말이 그의 영혼에 낸 구멍으로 스며드는 공포의 느낌은 어찌할 수 없었다. 한쪽 팔을 뻗어봤다. 뭔가 잡고 싶었다. 뭔가를 꼭 움켜쥐고 자신의 지친 몸 가까이에 두고 싶었다. 하지만 침대에는 아무것도 없었다. 낡고 해진 양말을 신은 채 누워 있는 자신의 몸뚱이뿐.

이제 그는 언제 어디서나 의식했다. 잊히고 있다는 것을. 고향 사람들이 모두 그에게 등을 돌렸다. 리디아마저.

그는 리디아의 부모님이 사는 야블의 주소로 수표를 보냈지만 결제는 되지 않았다. 그녀의 휴대폰으로 대여섯 번 전화를 걸었지만 아무런 응답도 없었다. 휴대폰 화면에 그의 이름이 뜨면 그냥 꺼버리는 게 아닌가 싶었다. 레브는 노상강도를 당한 날 돈을 부탁해서 미안했다는 메시지를 남겼다. 그날 스웨인스 레인에서 그런 일을 겪어 제정신이 아니었다고, 제발 전화해달라고 했다. 하지만 그녀는 전화하지 않았다.

어느 일요일 아침, 레브는 다시 한번 전화를 걸었다. 신호가 갔다. 그는 브뤼셀이나 암스테르담의 널찍한 호텔방에 있는 그녀를 상상했다. 그녀가 또다른 멋진 대리석 욕실과 벨벳처럼 부드러운 또다른 가운에 대해 흥분해서 하는 이야기를 무척이나 듣고 싶었다.

하지만 딸깍 소리가 나더니 귀에 익은 목소리로 음성메시지가 흘러나왔다.

마에스트로 표토르 그레츨러의 비서 리디아입니다. 죄송하지만 지금 전화를 받을 수 없으니 나중에 다시 연락을 주시거나 메시지를 남겨주시기 바랍니다.

레브는 한숨을 내쉬었다. 그리고 전화기에 대고 부드럽게 말했다. "리디아, 레브예요. 메시지를 여러 번 남겼어요. 귀찮게 굴려는 건 아니에요. 일정이 바쁘겠지만, 나를 용서했는지 궁금해서요."

그는 거기서 잠시 멈췄다. 그리고 다시 말을 이었다. "정말 당신과 얘기하고 싶어요. 어떻게 지내는지 궁금하고…… 그게 다예요. 다만 나는…… 어떻게 말해야 할지 모르겠어요. 고향 사람들이 모두 나를…… 그냥 놓아버린 것 같아요. 이 느낌을…… 뭐랄까, 못 견디겠어요."

그는 전화를 끊으려다 덧붙였다. "참, 한 가지 물어볼 게 있어요. 버스에서 뜨던 그 '점퍼'는 다 완성했나요? 그걸 입은 당신을 한 번도 보지 못해서요. 소매도 다 떴는지 정말 궁금하네요."

그는 기다렸다. 마음 한편으로는 그녀가 점퍼에 대해서만이라도 말해주러 곧바로 전화해주기를 바랐다. 그는 휴대폰을 무릎에 놓고 앉아 담배를 피우며 진눈깨비가 내리는 벨리샤 로드를 내다보았다. "전화해요." 그는 가만히 그녀에게 사정했다. 하지만 시간은 천천히 흘러갔고 전화는 오지 않았다.

그는 일어나 차를 우렸다. 이제야 마침내 리디아가 더는 그와 연관되고 싶어하지 않는다 해도 놀랄 일이 아니란 걸 알았다. 그럼에도 그는 정말 놀랐다. 리디아와 표토르 그레츨러가 자신의 미래의 삶에서 어떤 역할을 할 거라고 늘 생각해왔기 때문이다. 하지만 그런 일은 없을 것이다. 이제부터는 그녀로부터 쏟아지는 침묵의 비난만이 있을 터였다.

어느 날 아침 레브가 펀데일하이츠에 도착했을 때 맥너턴 원장이 그를 사무실로 불렀다. "간밤에 콘스태드 할머니가 세인트존으로 이송됐어요. 당신에게 병원에 가보라고 말하겠다고 할머니와 약속했어요."

"세인트존이라뇨?"

"호스피스 병원이에요. 여기서 멀지 않아요. 오늘 가봐요. 점심 식사가 끝나면 바로 갈 수 있게 저녁식사 준비는 나랑 시몬이 할게 요."

레브는 딱딱한 의자에 앉은 채 침묵을 지켰다. 맥너턴 원장이 말했다. "세인트존은 좋은 곳이에요. 가톨릭 수녀들이 운영하죠. 콘스태드 할머니는 인도의 수녀원에서 로마 가톨릭 신자로 자랐으니 아주 편안하게 지내실 거예요. 물론 당신한테는 당황스러운 일이 겠지만요."

레브는 고개를 끄덕였다. 마지못해 찾아왔다는 듯 할머니의 침대 옆에 꼼짝 않고 앉아 있던 뚱한 중년의 자녀들이 떠올랐다.

"그거 아세요?" 레브가 말했다. "수녀원 학교에서 총독을 환영하는 행사를 개최했는데 콘스태드 할머니가 거기에 참가했었대요."

"아뇨, 몰랐어요."

"그러셨대요. '환영합니다'라는 글자에서 'O' 자의 절반을 맡았대요."

세인트존 호스피스 병원은 햇빛을 가리느라 커튼을 쳐두어 컴컴했다. 향초가 타는 냄새와 더불어 다른 냄새들이 났다. 오래전 그에게 익숙했던 암병동의 악취였다.

레브는 수녀복 위에 비닐 앞치마를 두른 수녀에게 자신의 이름을 밝혔다. 수녀는 그에게 작은 현관 로비의 의자에 앉아 기다리라고 했다. 그의 맞은편에는 한 할아버지가 신문지에 싼 라일락 한 다발을 들고 기다리고 있었다. 레브는 꽃다발을 보고 루비 콘스태드에게 줄 선물을 가져오지 않았다는 걸 깨달았다. 뒤이어 마리나가 죽기 전에 그녀에게 가져다주곤 했던 것들이 떠올랐다. 야생화를 가져다줄 때도 있었지만 대개는 그녀가 애착을 느끼고 그리워하던 것들이었다. 가족사진이나 마야가 처음으로 그린 그림, 미키마우스 시계, 초록색 돋보기, 나무 새……

"따라오세요. 지금 콘스태드 부인을 만날 수 있어요. 하지만 가족이 아니니까 몇 분 이상은 안 돼요. 우리는 부인이 평온하게 지내실 수 있게 노력하고 있어요."

레브는 수녀를 따라갔다. 일부러 어둡게 해놓은 복도에서 티라이트 양초의 불빛들만 가물거렸다. 주위가 워낙 조용해서 자신의 발소리가 이곳에 어울리지 않는 누군가의 발소리처럼 크고 무겁게 들렸다. 그는 숨이 막힐 것 같았다. 속이 약간 울렁거렸다. 거리의 신선한 공기가 각별하게 느껴졌다.

루비의 방은 수도실처럼 아주 작았다. 침대가 높아 사람이 떨어지지 않도록 가장자리에 철제 난간이 둘려 있었다. 스탠드가 희미하게 켜져 있었고, 침대 옆에는 침실용 테이블과 짚방석이 깔린 낡은 의자가 있었다. 침대 위쪽 하얀색 벽에는 나무십자가가 걸려 있었다.

루비는 누워 있었다. 위를 향하고 있는 코가 고집스러워 보였다. 수녀가 그렇게 해주었는지 두 손을 가슴에 포개고 있었다. 그녀의 포갠 손 밑으로 호흡에 따라 천천히 부풀고 가라앉는 가슴이 보였다.

레브는 서서 그녀를 내려다보았다. 적어도 눈앞의 모습으로는 그녀가 죽음을 맞이하는 과정이 마리나가 겪었던 것과 달리 고통스럽지 않은 듯했다. 그녀는 음식을 거부하고 사진첩을 넘기며 죽음을 친구 삼아 함께 조용히 지냈던 듯했다. 그리고 사진첩의 마지막 장을 넘겼을 때 그녀는 최후의 절대적인 어둠이 찾아오기 전에 세인트존으로, 부분적인 어둠의 공간으로 온 것이었다.

레브가 그녀의 이름을 부르자 루비의 손이 꿈틀거렸다. 하지만 머리는 움직이지 않았다.

"누구요?" 어린아이의 목소리처럼 고음의 목소리가 갈라져나왔다.

"레브입니다."

그제야 그녀는 고개를 돌려 레브를 올려다보았다. 레브는 불빛이 어둑해 루비가 자신을 볼 수 있을까 궁금했다. 그는 의자에 앉아 얼굴을 가까이 가져갔다.

"아, 그래……" 이윽고 그녀가 말했다. "수녀님들한테 말했었는데. 흰 머리칼이 멋진 사람이라고."

그녀의 입가에 미소가 어렸다. 숨에서 시큼한 냄새가 났다.

"자……" 그녀가 말했다. "이제……"

그녀는 철제 난간을 잡고 상체를 일으키려 했지만, 가쁘게 숨을 쉬다 구역질을 하기 시작했다. 테이블에 오물을 받아내는 그릇이 있었다. 레브는 그것을 집어 그녀의 턱에 대주었다. 그녀는 더러운 가래침 한 줄기를 뱉고 도로 침대에 드러누웠다.

"노년은 새가슴으론 어림없다." 그녀가 말했다. "누가 그랬더라? 기억이 안 나는군. 어쨌든 맞는 말이야."

레브는 그녀의 입가를 닦아주고 그릇을 치웠다. 탐스러운 라일락을 한아름 가져왔다면 그녀와 함께 꽃향기를 맡을 수 있었을 텐데.

그는 기다렸다. 손등으로 루비의 관자놀이를 부드럽게 쓰다듬었다. 잠시 후 그녀가 말했다. "저 테이블…… 물컵 옆에…… 봉투가 있네. 레브. 자네 거야. 보이나?"

그는 관자놀이를 어루만져주는 것이 그녀를 편안하게 해준다는 걸 알아챘다. 그래서 손을 떼기가 망설여졌지만 봉투가 보이기에 집어들었다. 겉에 가느다란 글씨로 '레브에게'라고 적혀 있었다.

"찾았어요." 그가 말했다.

"음, 당신 거야. 수표야. 얼마 안 되는 금액이지만. 그…… 도시 이름이 뭐더라…… 거기에 레스토랑을 차리는 데 보태."

"배린이에요."

"배린, 그렇지. 지금 봉투를 열지는 마. 나와 입씨름을 하게 될지 모르니까. 그러기에 난 너무 기운이 없어. 그러니까 그냥 내 말대로 해. 알겠지?"

"네."

"곧바로 은행으로 가. 은행 계좌는 있지?"

"네. 클러켄웰 지점에요."

"그래. 당장 가서 현금으로 바꿔. 내가 죽으면 내 계좌가 동결될 테니 그전에 은행에 수표를 가져가야 해. 알아들었어?"

레브는 봉투를 내려다보았다. 거의 무게를 느낄 수 없었지만 그의 손에는 무겁게 느껴졌다. 그는 그런 선물을 받을 만한 어떤 일도 한 기억이 없었다. 그것을 받을 수 없다고, 잘 알지도 못하는 사람에게 수표를 주는 건 바람직하지 못하다고 말하려는데 방문이 열리며 비닐 앞치마를 두른 수녀가 들어왔다. 향을 풍기며 가물거리는 복도의 불빛이 살며시 방안을 비추자 레브는 안도감 같은 걸 느꼈다. 노란빛의 촛불에서 생명의 정수가 타고 있기라도 한 듯했다.

"미안하지만 이제 가주세요." 수녀가 말했다. "콘스태드 부인은 그만 쉬셔야 하거든요."

레브는 고개를 끄덕였다. 목이 메어 말이 나오지 않았다. 천천히 자리에서 일어나 루비의 손을 잡고 입을 맞췄다. 그가 흘린 눈물이 루비의 쇠약한 손에 떨어져 손등을 적셨다. "고맙습니다." 그는 더듬더듬 말했다.

"이봐, 레브." 그녀가 말했다. 그는 그녀의 얼굴에 희미한 미소가 번지는 것을 보았다. "자네는 항상 아주 정중해. 레스토랑이 번창하길 바랄게."

레브는 출근 시간보다 일찍 파노의 식당에 도착했다. 파노는 숯불을 다시 피우기 위해 재를 치우고 있었다.

"여!" 파노가 레브를 보자 외쳤다. "주인공이 왔군. 자네한테 제안할 게 있네. 근사한 제안이야, 친구. 다음주면 주방에 공석이 생기는데, 어때, 하겠나?"

레브는 멍한 표정으로 파노를 쳐다보았다. 그 전날만 되었어도 그 제안을 덥석 받아들였겠지만 그는 주저했다. 내가 할 수 있을까? 매일 열서너 시간씩 주 육 일을 가스불 앞에서 일하며 버텨낼 수 있을까?

"뭐가 문제가?" 레브가 망설이는 모습을 보고 파노가 말했다. "자넨 요리사잖아, 안 그래? 지케이 애시한테 좋은 추천서도 받았고! 그동안 자네는 능력을 썩히고만 있었어. 이제 여기 주방에서 그리스 음식을 배워보게."

레브는 고개를 끄덕였다. 더듬거리며 파노에게 고맙다고, 일을 맡겠다고 말했다.

"좋았어." 파노가 말했다. "시급 십칠 파운드를 주겠네. 괜찮지? 그러면 하룻밤에 구십 내지 백 파운드를 벌 거야. 앞으로도 계속 현금으로 줄 거고. 그러면 국민보험료와 세금을 안 내도 돼, 안 그래? 자네가 자립할 준비를 할 수 있는 기회야."

"고맙습니다."

"고맙긴, 나한테 좋은 일인데. 그럼 그렇게 하기로 하고 우리 악수나 하자고."

두 사람은 악수를 나누었다. 바깥에서 갓 들어온 레브의 손은 차가웠고, 숯재를 치우던 파노의 손은 따뜻하고 먼지투성이였다. 레브는 싱크대로 가서 물을 한 잔 받아 마셨다. 그리고 속으로 대충 계산을 해봤다. 이제 그는 일주일에 천사백 파운드를 벌 터였다. 지금까지 펀데일하이츠와 파노에서 일하면서 이천 파운드가량을 모았다. 게다가 오늘 그는 루비 콘스태드가 준 삼천 파운드짜리 수표를 은행에 입금했다. 이미 목표액의 절반을 해결한 것이다.

그는 파란색과 하얀색 줄무늬가 쳐진 앞치마를 두르고 테이블을 세팅하기 시작했다.

허공을 걷는 듯한 기분이 들어야 마땅하다고 생각했지만, 그는 다리가 무겁고 머릿속이 걱정으로 온통 달아오르는 느낌이었다. 그건 피곤해서도, 루비가 죽어간다는 슬픈 생각 때문도 아니었다. 그의 꿈이, 그의 가슴에서 우러난 열망이, 일생일대의 아이디어가 이제 그 어느 때보다도 가까이 다가왔기 때문이었다. 하지만 그를 두렵게 만드는 극복할 수 없는 문제가 하나 있었다. 멀리 떨어진 배린, 그의 계획이 실현될 그곳에 정작 그의 계획을 기다리는 사람이 아무도 없다는 것이었다. 그가 너무나 돌아가고 싶어하는 그의 고국에서, 그것은 감상적인 공상 속의 텅 빈 악기점조차 아니었다. 그것은 무의미했다. 더이상 아무도 그를 신뢰하지 않기 때문에 그것은 무의미했다.

23
공산주의 사회의 음식

레브는 한겨울에 집으로 향하는 비행기를 탔다. 런던은 포근하고 습했지만 오로는 몹시 추웠다.

그는 자신의 귀국을 아무에게도 알리지 않았다. 새삼 낯설게 느껴지는 세상에 이방인처럼 도착해 글릭공항에서 배런까지 버스를 타고 간 다음, 다시 고향 마을까지 혼자 천천히 가고 싶었다.

레브는 낯익은 낡은 버스 가운데 제일 앞차에 올랐다. 매연으로 시커매진 버스의 어떤 기계장치에서 열기가 뿜어져나왔다. 그는 창가를 택해 앉아 습기 낀 창유리에 맺힌 물방울을 닦아냈다. 버려진 농장과 가동되지 않는 공장, 폐쇄된 저탄장과 제재소, 새로 들어선 고층 아파트와 환하게 번쩍이는 미국 프랜차이즈 체인들의 불빛, 그리고 공산주의의 어두운 암벽과 유혹적이고 휘황찬란한 자유시장의 공허 사이에 솟은 벼랑에서 미끄러져 활강하는 세상이 공존하는 고향 땅을 내다보기 위해서였다.

레브는 바깥이 눈의 장막으로 덮여 있어 고마웠다. 도시 변두리의 초라함을 완화해주고, 시골 마을의 낮은 집들을 그림처럼 보이게 해주고, 보랏빛으로 물든 오후에는 여기저기 흩어져 앙상한 등에 짚더미를 지고 가는 노새들마저 아름답게 보이게 해주었기 때문이다. 레브는 오로에 도착하는 시간을 늦출 수 있도록 배린에서 나가는 도로가 통제되었으면 하고 바라기까지 했다.

날이 어두워져서야 버스는 배린 터미널에 도착했다. 어둠이 그날 밤에는 길을 더 가지 않아도 된다는 핑곗거리가 되었다. 어차피 그를 기다리는 사람도 없었다. 음식을 준비하고 있지도, 등불을 밝히거나 난롯불을 지피고 있지도 않을 터였다. 그는 오로에는 아침에 들어가는 게 좋겠다고 생각했다. 희망에 찬 햇빛으로 눈이 깨끗하게 보이고, 마야는 학교에 있고, 이나는 작업장에서 일하고, 루디는 택시 운전을 하고 있을 아침에. 푸른 하늘을 보며 도착하는 게 나았다.

레브는 2성급 호텔 크라이스의 더블베드에 오래된 텔레비전이 있는 방에 들었다. 텔레비전이 놓인 플라스틱 장이 무게에 눌려 휘어져 있었다. 호텔 레스토랑에서 나온 음식은 통조림 수프와 정체를 알 수 없는 스튜였다. 식탁보는 얼룩졌고 포크 끝은 변색되었다. 그는 시커먼 레드와인 한 병을 마시고 잠자리에 들었다. 창밖에서 삐걱삐걱 철컥철컥 전차 소리가 났고 방 아래위에서 배관을 따라 소음이 들렸다. 지도에 없는 내해內海가 천천히 벽 속의 공간을 채우기라도 하는 듯했다. 그는 몹시 지쳐서 꿈도 꾸지 않고 깊은 잠에 빠져들었다.

아침이 되자 햇빛이 비치고 날씨가 풀리기 시작했다.

레브는 오로 외곽에서 버스를 내린 후 마을 쪽을 쳐다보다 그 뒤의 언덕으로 시선을 돌렸다. 그는 텅 빈 길에 조용히 서서 사방의 정적에 귀를 기울였다. 그곳에서 그렇게 오랜 날들을 살았는데도 그는 한 번도 오로가 얼마나 쓸쓸한 곳인지, 번화한 세상에서 얼마나 멀리 떨어져 있는 곳인지 알아채지 못했었다. 설정을 둘러보아도 움직이는 것이라곤 없었다. 눈이 녹으면서 산울타리에 맺혀 희미하게 반짝이는 물방울만 뚝뚝 떨어질 뿐이었다.

그때 문득 낮게 우르릉거리는 소리가 들리기 시작했다. 발전기 소리 같았다. 그가 서 있는 곳에서는 강이 보이지 않았지만 레브는 그쪽을 바라보았다. 나무들 위로 철제 크레인의 윗부분이 올라오는 게 보였다. 그때 **쿵쿵쿵쿵**, 말뚝 박는 기계의 둔중한 소음이 우르릉거리는 소리와 합쳐졌다. 드디어 시작된 것이다. 오로와 인접한 곳에 세워지는 917번 댐으로 알려진 현안 공공사업의 공사가.

레브는 가방을 집어들었다. 강바닥에 쿵쿵 말뚝을 박는 기계 소리에 장단을 맞추듯 가슴이 쿵쾅거렸다. 마을의 집들이 시야에 들어오자 그는 주춤하며 멈춰 섰다. 집에 돌아온 이 순간, 왜 이토록 괴로운 걸까? 그가 오랫동안 상상해왔던 건 이런 게 아니었다. 공항 입국장의 난간 뒤에서 낯익은 얼굴들이 웃음으로 그를 맞이하는 가운데 마야가 뛰어와 그를 얼싸안는 그런 장면이었다. 그런데 지금 그는 유령처럼 스르륵 소리 없이 마을로 들어가고 있었다. 레브든 마을이든, 아니면 둘 다 어떤 끔찍한 직무유기의 죄를 짓기라도 한 듯.

누구냐?

아니, 그건 내가 물을 말. 게 서서 누군지 밝혀라!

레브는 문득 그날이 토요일이라는 게 생각났다. 상황이 좋지 않았다. 다들 어디에 있을지 알 수 없었기 때문이다. 그들이 뭘 하고 있다고 상상하는 게 최선일지 알 수 없었다. 어머니는 작업장에서 일하고 있을까? 마야는 눈 속에서 친구들과 놀고 있을까? 아니면 함께 난롯가에 앉아 있다 깜짝 놀란 표정으로 집에 들어오는 그를 맞이할까?

그는 어이없게도 크리스티 슬레인이 옆에 있으면 좋겠다는 생각을 했다. 크리스티는 레브의 친구이고 일면식도 없는 낯선 사람이니 다들 예의바르게 반겨야 할 테니까. 그러면 자신은 그를 방패삼아 그 뒤에 모든 감정을 숨길 수 있을 테니까. 레브는 막막한 백색 풍경 속에 이렇게 홀로 서 있자니 추악하게 벌거벗겨진 기분이 들었다. 그의 가족이 예전에 한 번도 그를 보지 못한 것처럼, 그의 진짜 모습을 보지 못한 것처럼. 그들은 이제 그의 본모습을 보게 될 것이고, 그가 어떤 사람인지 알면 그에게 혐오감을 느끼며 등을 돌릴 것 같은 기분이었다.

그는 다시 발걸음을 뗐다. 익숙한 비탈길이 시작되었다. 잠시 후면 그의 집이 보일 것이다. 쿵쿵쿵 말뚝 박는 기계 소리가 점점 더 크고 가까워졌다. 문득 자동차 소리가 들렸다. 비탈길 위에 도달하자 체비임을 한눈에 알아볼 수 있는 파란색과 흰색 차체가 천천히 그를 향해 달려왔다. 레브는 다가오는 차를 바라보았다. 낮은 무게중심이 예나 다름없이 인상적이고 아침햇빛에 반짝이는 크롬 장식도 여전한 체비가 느릿느릿 움직여 오고 있었다. 운전대를 잡은 사람은…… 다른 사람일 리 없었다. 뒷자리에 손님은 없었다. 루디 혼자였다. 분명 배린으로 일찌감치 아침 일을 나가는 길이리라.

레브는 가방을 내려놓았다. 체비는 속도를 늦추지 않고 조심스럽게 언덕을 올랐다. 낡은 미국산 엔진이 여전히 대형 선박의 외부 모터같이 부릉거리고 덜덜거렸다. 눈에 반사된 빛 때문에 짙은 선글라스를 낀 루디가 보였다. 레브는 반갑게 손을 들어 보이려 했지만 팔이 무겁게 느껴져 그냥 그 자리에 서서 루디가 자신을 알아보기를 기다렸다.

차는 조금 속도를 늦췄지만 거의 알아차릴 수도 없을 정도였다. 길을 지나가는 외부인에게 예의를 표한 정도였다. 차는 멈추지 않고 그를 지나쳤다. 차에서 라디오 소리가 들렸다.

쿵쿵쿵…… 쿵쿵쿵…… 쿵쿵쿵…… 말뚝 박는 기계, 자동차에서 흘러나오는 음악의 비트, 두근거리는 레브의 가슴. 이 모두가 합쳐져 그를 추운 슬픔의 동굴 속에 격리시켰다. 친구가 자신을 보고도 멈추지 않고 지나가버리다니!

레브는 체비가 가는 방향으로 돌아서서 절망적인 몸짓으로 양팔을 쳐들었다. 그러자 브레이크등이 켜지더니 내리막길에서 차가 멈췄다.

레브는 기다렸다. 주변의 눈이 녹으면서 반짝이고 있었다.

그는 가방을 내버려둔 채 체비 쪽으로 걷기 시작했다. 운전석 문이 여느 때처럼 거칠게 확 열리더니 루디가 등을 구부리고 차에서 내렸다. 루디는 배린 시장에서 스페어타이어 두 개를 주고 바꾼 캐나다제 럼버 코트를 입고 있었다. 그의 회색 머리칼은 마구 헝클어져 있었다.

"야!" 그가 외쳤다. "레브! 어떻게……?"

그는 몸을 기대려는 듯 한 손으로 열린 문을 잡고 섰다.

레브는 의아했다. 루디가 왜 저러지? 아픈가? 절름발이라도 됐나? 왜 가만히 서 있지?

하지만 레브가 가까이 다가오자 루디는 그를 향해 걸음을 뗐다. 걸음은 이내 달음질로, 아니 그보다는 레브에게 익숙한 뻐딱한 경보로 바뀌었다. 어렸을 때부터 루디가 몸으로 낼 수 있는 유일한 속도의 표현이었던 비딱한 경보로.

"야!" 그가 다시 외쳤다. "야, 이 친구야!"

두 사람은 서로 다가가 부둥켜안았다. 헤비급 권투선수들이 시합이 종료될 즈음 서로 부대끼듯 구부정하고 기진맥진한 자세로. 레브는 루디의 이름을 부르고 싶었고, 부르려 했지만, 말이 나오지 않았다.

레브는 루디네 집 주방에 앉았다. 로라가 레브의 팔을 잡으며 옆에 앉았다. 루디는 두 사람 맞은편에 앉았다. 그는 여전히 친구에게서 놀란 눈을 떼지 못하고 있었다.

"지금 나는 비통해하는 예수의 제자가 된 기분이야." 루디가 말했다. "무덤에 갔다가 발등에 못 구멍이 있는 채로 무덤에서 걸어 나오는 예수를 본 제자."

그들은 시나몬 케이크를 먹으며 커피를 마셨다. 좁은 집에 담배 냄새와 장작 타는 냄새가 가득찼다. 레브는 그을음으로 시커메진 난로 위의 천장을 보았다. 팔뚝에 느껴지는 로라의 따뜻한 손에 마음이 편안해졌다.

"자, 이제 어떻게 할 거야?" 루디가 얼마 후에 물었다. "다음은 뭐야?"

레브는 케이크를 한 조각 더 덜고 커피를 한 모금 마셨다. 순간의 중압감이 느껴졌다.

다음은 뭐야?

"좋아." 그가 말을 시작했다. "다음에 할 일을 말할게. 돈을 모았어. 제법 큰 금액이야. 너나 내가 그렇게 오랫동안 제재소에서 일해 번 돈보다 더 많아. 그 돈으로 우리가 할 일은……"

이상하게도 그는 말을 하는 동안 마음이 차분해졌다. 그는 배린에 차릴 레스토랑의 청사진에 대해 설명했다. 몇 달이 지났는데도 흐릿해지기는커녕 색깔이 분명해진 기억을 완벽하게 묘사하는 사람처럼. 그는 악기점과 벽난로, 마룻바닥, 흰색 식탁보, 바에 대해 말했다. 그리고 가급적 빨리 배린에서 장소를 물색해볼 거라고 덧붙였다. 그는 요리에 대해 얼마나 많이 배웠는지, 인간이 하루하루 살아갈 힘을 얻고 절망에 굴복하지 않는 데 훌륭한 음식이 중요한 영향을 미친다는 걸 어떻게 믿게 되었는지 설명했다. 자신이 펀데일하이츠 양로원에 어떤 변화를 일으켰는지, 그 변화가 살날이 얼마 남지 않은 노인들의 기운을 얼마나 북돋워줬는지도 말했다. 레브는 모든 배린 시민의 삶을 개선시킬 거라며 자랑스레 말했다.

현관 복도에서 부서진 뻐꾸기시계가 몇시인지 모를 시간을 알렸고, 전화가 두어 번 왔지만 아무도 받지 않았다. 잠시 후 루디가 질문을 던지기 시작했다.

"아까 '우리'라고 했는데, 우리는 뭘 어떻게 하면 되지?"

레브가 말했다. "내가 생각하는 건 이거야. 내가 원하는 건 모두가 자신이 제일 잘하는 일을 하는 거야."

"내가 제일 잘하는 게 뭔데?" 루디가 말했다. "술에 취하는 것. 이십오 년 된 차를 운전하는 것. 엔진 냉각기에 오줌을 누는 것. 내가 어디에 쓸모가 있겠어?"

"지배인." 레브가 손가락을 탁 튕기며 강조했다. "레스토랑 지배인. 홀 담당자. 레스토랑 업무를 관장하는 거야."

"농담이겠지."

"농담 아니야. 안 될 게 뭔데? 음료 주문을 받고, 손님들이 환영받는다는 기분을 느끼게 해주고, 너는 이런 일을 아주 잘할 거야. 웨이터들 군기도 잡고. 농담도 슬쩍슬쩍 던지고. 너는 얼굴마담이 되는 거야."

로라가 웃음을 터뜨렸다. "멋져요!" 그녀가 말했다. "얼굴마담이라! 루디한테 그토록 제격인 일이 있을 줄은 생각도 못했어요."

"그게 왜 나한테 제격이야? 빌어먹을 잘생긴 얼굴도 이젠 옛말인데. 요즘은 농담도 변변찮고. 농담할 거리가 아무것도 없으니까."

"이제 생길 거야." 로라가 말했다. "한번 생각해봐, 여보. 당신만의 바와 와인으로 가득한 저장실을."

"그건 좋지만 나는 어울리지 않아, 레브. 술을 너무 많이 마실 거고, 손님에게 무례한 말을 내뱉는 어처구니없는 짓을 할 거야. 아주 어설플 거야."

"그럴지도 몰라." 레브가 말했다. "나도 지케이에서 일할 때 처음에는 어설펐거든. 너도 일하는 법을 터득하게 될 거야."

루디는 광이라도 내듯 눈을 비볐다. 그래선지 레브를 쳐다보았을 때 그의 눈이 반짝였다.

"세상에, 레브 이 망할 자식! 어째서 그걸 이렇게 오랫동안 비밀로 한 거야?"

"뭘, 이제 알았잖아, 친구. 망할 얼굴마담과 마주앉아 직접 얘기했잖아!"

그들의 웃음소리가 울려퍼지며 아침의 정적을 깨뜨렸다.

"로라는 뭘 하지?" 웃음이 가라앉자 루디가 물었다. "거기서 무슨 일을 하면 될까? 아내를 내 밑의 웨이트리스로 부리는 건 곤란한데."

"알아." 레브가 말했다.

"난 괜찮아." 로라가 말했다. "집에서 계속 별자리 운세나 보지, 뭐."

"그놈의 별자리 운세!" 루디가 말했다. "내 귀에 한 번만 더 그 '목성'이란 말이 들리면 밤하늘에 총질을 해댈 거야."

"생각해봤는데, 로라는 나와 함께 주방에서 일하면 어떨까?" 레브가 말했다.

"나는 요리사가 아니에요, 레브."

"잠깐만, 당신 요리 잘하잖아." 루디가 말했다. "첫발을 떼는 건데 그 정도면 되지, 안 그래? 종종 로라는 소시지 *끄트머리*랑 마른 빵이랑 뭔지 모를 쌉쌀한 이파리로 요리를 만들어낸다니까."

"바로 그거야." 레브가 말했다. "로라, 내가 좋은 식재료를 구해서 지케이 애시와 그리스인 파노한테 배운 걸 모두 가르쳐줄게요."

로라가 몸을 기울여 그의 볼에 살짝 입을 맞췄다. "우리 모두 당신을 그리워했어요. 그렇지, 루디?"

"응, 엄청나게 그랬지. 네가 다시는 돌아오지 않을 거라 생각하니 더 그렇더라고. 아, 젠장, 아침 열한시밖에 안 됐지만, 몇 시가 됐든 축하주 한잔 하자. 보디츠카로!"

루디가 잔과 보디츠카를 내오려고 일어났다.

레브는 익숙한 방을 휘 둘러보며 생각했다. 친구들과 함께 언제까지고 여기에 앉아 있겠다고, 시간이 쌓이고 흘러가는 동안 그들 곁을 절대 떠나고 싶지 않다고.

그는 보드카잔을 받았다.

다음날 아침, 레브는 루디의 집 소파에서 눈을 떴다. 세상이 얼음으로 뒤덮여 있었다. 얼었다 녹은 물방울들이 응고되어 셀 수 없이 많은 유리 조각처럼 빛났다. 해가 떠오르자 이 눈부신 유리 조각 세상이 장관을 이루었다.

레브는 루디와 로라와 함께 주방 식탁에 앉아 환타에 마른 라이스 케이크를 먹으며 숙취를 달랬다. 창밖에서는 얼음을 매단 나무들이 삭풍에 흔들리며 샹들리에의 숲인 양 짤랑거렸다.

그곳에 계속 머물고 싶은 유혹이 일었다. 장작난로 앞에서 하루 종일 꼼짝도 하지 않고, 오후에는 졸기도 하면서 날이 저물 때까지 루디와 로라와 두런두런 이야기를 나누고 또 나누고 싶었다. 하지만 레브는 딸이 너무도 보고 싶었다.

이제 집에 돌아갈 날이었다.

"야, 내가 먼저 가서 어머니한테 마음의 준비를 시킬게." 루디가 말했다. "안 그랬다가는 너를 보시고 장작더미에 쓰러지실 거야. 너는 뒤에 와."

"아니야. 일요일 아침에 어머니가 어디 계실지는 내가 알아. 교회에 계실 거야. 내가 교회 밖에서 기다릴게. 성스러움으로 충만하실 테니, 운이 좋으면 나한테 소리지르지 않으실지도 몰라."

"그래. 그래도 어머니의 심장이 멎을지도 모르는데."

레브는 한숨을 내쉬었다. "그러면 복된 결말이 되겠지. 어쨌든 탕자가 돌아온 걸 알고 교회 앞에서 죽는 거니까."

레브는 샤워를 하고 가방을 챙겨 길을 나섰다. 그는 천천히 마을을 걸었다. 닫힌 창문 뒤에서, 망사 커튼 뒤에서 한두 사람이 그를 쳐다보았다. 아무도 없는 아침에 혼자 길을 걸어가는 사람이 누군지 그들은 미처 알아보지 못했다.

그는 자기 집 앞에 서서 집을 바라보았다. 아무런 움직임도, 아무런 소리도 없었다. 강에서 공사하는 기계 소리도 나지 않았다. 목제 베란다의 마룻바닥이 계절의 변화를 겪으며 회백색으로 바랬다. 작은 보라색 자전거가 현관 옆 벽에 기대어 있었다.

레브는 몸을 떨었다. 오로의 추위에 익숙하지 않은 탓이었다. 제재소에서 어떻게 그 겨울들을 이겨냈는지 의아했다. 제재소의 일에는 뭔가 비인간적인 데가 있었다. 그는 줄곧 어떤 무언의 형벌, 단순히 복잡한 시대에 살아 있다는 죄에 대한 형벌을 받아온 듯한 느낌이 들었다.

그는 계단을 올라 현관 앞에 섰다. 그리고 상상했다. 등뒤에서 물이 차올라 망가진 연장, 썩은 감자 포대, 플라스틱 양동이, 개들이 뜯다 만 닭뼈 등 마당에 널린 것들을 집어삼키고 집의 벽을 휘감아돌기 시작해 이내 깊어지는, 푸르고 어두워 보이기 시작하는 모습을…… 문밖에 서서 덜덜 떨며 그는 생각했다. 그래도 괜찮아, 오로는 어차피 쓸쓸한 곳이고 시간으로부터 버림받은 곳이니까. 물에 잠겨도 마땅해. 오로 사람들은 흙먼지 길과 혼령을 기리는 띠를 뒤로하고 21세기의 세상에 합류하는 게 마땅해.

교회에 가는 대신 레브는 집으로 들어가 장작난로 앞에 웅크리고 몸을 녹이려 했다. 집안에서 눅눅한 양모 냄새가 났다. 마야의 작은 옷 몇 벌을 나무옷걸이에 걸어놓고 말리는 중이었다. 마야가 릴리라고 이름 붙인 인형이 눈을 감은 채 의자에 앉아 있었다. 레브는 어머니와 딸에게 주려고 사 온 선물을 가방에서 꺼내서 이나가 조화를 꽂아둔 테이블 위의 유리화병 옆에 올려놓았다. 그는 담배를 피우며 기다렸다.

시간이 한참 흐른 것 같았다. 드디어 그들의 목소리가 들렸다. 얼어붙은 공기 중에 꼬마요정같이 밝은 마야의 목소리와 이나의 근심에 찬 낮은 목소리가 울렸다. 그가 일어나서 문을 열었다. 좁은 길을 따라 걸어오는 그들이 보였다. 이나가 비명을 지르더니 검은 숄로 덮은 가슴을 쥐었다. 마야는 가만히 서서 그를 빤히 쳐다보았다. 그는 무엇을 해야 할지, 무슨 말을 해야 할지 몰라 그저 빙긋 웃으며 두 팔을 활짝 벌렸다. 그러자 마야가 기뻐 어쩔 줄 몰라하며 소리치기 시작했다. "아빠! 아빠! 아빠! 아빠!" 그리고 그에게 달려갔다. 그는 마야를 번쩍 들어올려 빙빙 돌다가 아이의 뺨과 방울 달린 털모자를 쓴 머리에 뽀뽀했다. 그런 다음 마야를 가슴에 꼭, 단단히 껴안고 아빠가 집에 왔다고, 아주 돌아왔다고, 이젠 모든 게 괜찮을 거라고 말해줬다.

이나는 떨어져 서서 어깨에 두른 숄을 껴안듯 팔짱을 낀 채 그를 쳐다보았다. 그렇게 그와 냉담하게 떨어져 있어야 자신의 노여움을 온전히 유지할 수 있었기 때문이다. 그녀의 얼굴은 더욱 늙어 보였고 눈은 더욱 작아 보였다. 그녀도 떨고 있었다.

"살쪘구나." 그녀가 말했다.

루디와 레브는 차를 몰고 배린으로 가서 크라이스호텔에 방을 잡았다. 레브는 사흘간 머물며 해야 할 일에 대한 계획을 세워놓았다. "낮에는 레스토랑 자리를 알아보는 거야." 그가 말했다. "저녁과 점심시간에는 레스토랑과 카페를 돌아다니며 어떤 음식들을 제공하는지 살펴보고."

배린의 도로를 달리는 동안 루디는 고대하던 데이트 자리에 나가는 사람처럼 급하게 차를 몰았다. 라디오를 크게 틀어놓고 더 시끄럽게 떠들어댔다. 얼굴마담 노릇뿐 아니라 체비의 트렁크에 뿔닭이나 상추 상자도 실어나르며 '재료 공급자의 군기'도 잡겠다고 했다.

"사람들이 이 차만 봐도 겁먹을 거야! 토마토든 뭐든 준비해두지 않으면 소금광산에서 죽는 게 나을 뻔했다는 생각이 들게 할 테니까."

레브는 부피가 있는 물건들을 날라야 하니 중고 픽업트럭을 사자고 제안했다. 그러나 루디는 반대했다. "거지 같은 픽업트럭은 몰지 않을 거야. 체비가 건재한 이상 절대 안 돼."

"알겠다." 레브가 말했다. "트럭은 내가 몰게."

"너 운전할 줄 모르잖아."

"배우면 되지. 네가 배운 것처럼."

첫날 저녁, 그들은 마켓 스퀘어의 잘 아는 '카페 보리스'에서 저녁을 먹기로 했다.

그런데 가보니 카페 보리스는 '배런'이라는 프랑스식 레스토랑으로 바뀌어 있었다. "아, 이런, 저 꼴이 영 마음에 안 드는걸, 레브. 웬 똑똑한 척하는 요리사놈이 벌써 여기를 꽉 잡은 거 아냐?"

그들은 안으로 들어갔다. 실내는 파란색으로 칠해져 있었다. 독일산 라거를 광고하는 파란색 네온사인이 켜져 있었고, 식당의 네 귀퉁이에는 잎이 반들거리는 종려나무 화분이 놓여 있었다. 하지만 주방에서는 레브가 금세 알아챌 수 있는 냄새가 풍겨나왔다. 비트루트 수프, 이름 모를 스튜, 해초 라비올리. "아무 지장 없을 거야." 레브가 루디에게 말했다. "이건 공산주의 사회의 음식 냄새거든. 여기 메뉴가 뭔지 보지 않아도 짐작할 수 있겠어."

레스토랑에는 거의 손님이 없었다. 그들은 중년의 지배인에게 맥주 두 잔을 주문했다. 지배인은 자신의 일이 너무 지겹고 세상마저 너무 지겹다는 듯, 건물이 기차처럼 기울어지기라도 한 듯 의자 등받이를 잡아가며 힘겹게 걸음을 옮겼다. 그의 바지 뒤쪽은 니스 칠이라도 한 것처럼 번들번들했고, 구두에는 먼지가 뽀얗게 앉아 있었다.

"정말 놀라운데." 루디가 말했다. "여기 광고 한번 잘되겠다! 얼굴마담이 저런 꼴이라니!"

그들은 아이처럼 키득거렸다. 한번 웃기 시작하자 멈출 수 없었다. 몸을 웅크리고 웃는데 에바가 테이블로 왔다.

그녀는 나무쟁반에 맥주를 담아 댄서처럼 걸어왔다. 검은색 원피스에 하얀 앞치마를 두르고 핀으로 명찰을 달고 있었다. 검은 머리칼은 뒤로 모아 벨벳 리본으로 묶었다. 테이블에 맥주를 놓는 손이 하얗고 가늘었다.

레브와 루디가 올려다보자 그녀는 터진 웃음보를 수습하려고 안간힘을 쓰는 그들의 모습을 보고 빙긋 웃었다. 그 순간 레브와 루디는 똑같은 생각을 했다. 그녀는 마리나를 닮았어.

그녀가 기름투성이인 비닐에 싸인 메뉴판을 가지고 다시 테이블로 돌아왔다. 그녀의 존재가 긴장감을 불러일으켰다. 루디와 레브는 잠자코 메뉴판을 받았다. 에바는 앞치마 주머니에서 종이 한 장을 꺼냈다. "오늘 저녁 특별 메뉴를 말씀드릴까요?"

"네, 궁금하네요." 레브가 말했다.

"죄송하지만 오늘 특별 메뉴는 두 가지뿐이에요. 주니퍼베리로 요리한 토끼고기와 삶은 달걀이 함께 나오는 차가운 사슴고기요. 달걀은 완숙이고요."

"고마워요." 레브가 말했다. 그리고 서둘러 덧붙였다. "뭘 먹을지 결정할 동안 와인 리스트 좀 가져다주겠어요?"

"네, 손님."

"아, 당신이 추천하는 요리도 말해줄래요? 토끼고기겠죠, 아마?"

그녀는 두 남자의 시선에 얼굴을 붉히더니 그 순간 무의식적으로 웨이트리스 유니폼을 입은 자신의 날씬한 몸을 흘끗 내려다보았다.

"토끼고기가 맛있을 거예요." 그녀가 말했다.

그녀가 자리를 떠나자 레브와 루디는 독일 맥주를 마시기 시작했다. 그들은 잠시 아무 말도 하지 않았다. 얼굴에서 웃음기도 사라졌다. 두 사람은 비닐로 싼 메뉴판을 자세히 들여다보다 텅 빈 주변을 돌아보았다. 다른 손님이 몇 명 더 있었고, 지배인은 바의 카운터에서 꼼짝도 않고 서 있었다. 네온사인의 섬뜩한 파란 불빛이 깜박이며 그의 얼굴을 비췄다.

루디가 말했다. "에셀 호수 기억나?"

"당연히 기억하지. 그때부터 우리는 죽어가고 있었는지도 몰라." 레브가 말했다.

"우리는 죽어가고 있었지." 루디가 말했다. "내가 느낀 게 바로 그거야. 하지만 이제부터 우리는 되살아날 거야."

에바가 와인 리스트를 가지고 오자 레브가 받았다. 리스트에 있는 와인의 절반에 줄이 그어져 있었다. "왜 여기에 줄이 그어져 있는 거죠?"

그녀가 다시 얼굴을 붉혔다. "저도 잘 모르겠어요. 프랑스산 와인이 모두 말라버린 모양이에요. 아, 미안해요, 진짜로 말랐다는 건 아니고, 여기까진 들어오지 않았다는 거예요."

레브는 고개를 끄덕였다. 곁눈으로 보니 루디가 미소를 짓고 있었다. 레브는 갑자기 에바를 돌아보며 말했다. "오로의 댐에 대해 뭐 들은 게 있어요?"

"오로의 댐이요? 네. 그 댐을 모르는 사람은 없는걸요. 이 근방에 사시는 분이 아닌가봐요. 사람들이 그러는데, 오로 댐이 우리의 삶을 바꿔놓을 거래요."

"그럴까요?"

"그랬으면 좋겠어요." 그녀는 텅 빈 식당을 한번 휘 둘러보았다. "그러면 사람들이 더 많아지고 번창하겠죠. 때가 되면……"

그녀는 레브 곁에 아주 가까이 서 있었다. 엉덩이가 그의 어깨와 수평을 이루었다. 그녀에게서 좋은 향기가 났다. 뭔가 톡 쏘는 듯하면서도 유혹적인 향기가.

그들은 저녁을 먹으며 다음날 일정을 검토할 예정이었다. 가봐야 할 곳이 세 곳이었는데, 모두 폐점한 가게였다. 루디가 길을 찾을 수 있도록 그들은 지도를 챙겨왔었다. 하지만 그들은 침묵을 지켰다. 아무도 마리나를 입에 담지 못했다. 두 사람 모두 에바가 마리나와 닮았다는 생각을 입 밖에 내지 못했다. 하지만 한 번도 음악소리가 난 적이 없던 곳에서 느닷없이 옛날 음악이 들려오기 시작한 것처럼 뭔가 신경쓰이는 일이 발생했다는 건 알았다. 나중에 딱딱한 침대에 누운 뒤에야 야간전차 소리에 귀기울이던 루디가 입을 열었다. "그 여자 괜찮은 웨이트리스던데. 나중에 고용할 사람들의 연락처를 알아두는 것도 우리가 여기 있는 동안 해야 할 일일 것 같아."

다음날 아침 가볍게 눈발이 날리는 가운데 그들은 배린의 좁은 거리를 돌아다녔다. 체비를 세울 수 있는 곳이면 어디든 종종 보도에 두 바퀴를 걸쳐놓아야 할 때도 있었다.

"나는 저 꼴이 보기 싫어." 루디가 말했다. "스커트를 슬쩍 들춰올리는 창녀 같아서. 도랑에 한쪽 다리를 들고 오줌을 싸는 강아지 같기도 하고. 체비의 품위가 떨어진다니까. 그래서 말인데, 주차 공간이 뒷간 같은 곳에 레스토랑을 내는 건 쓸데없는 짓 같아."

그들이 가본 세 군데의 가게터는 지난여름 혹은 그 전해부터 비어 있던 상태라 습하고 어두웠다. 세 군데 모두 레브가 꿈에서 본 악기점과 전혀 달랐다. 유일한 장점이라곤 임대료가 싸다는 것뿐이었다. 그는 만 이천 파운드 정도면 이 도시에서 꽤 오랫동안 버틸 수 있을 거라는 데 희망을 걸었다.

늦은 오후, 크라이스호텔로 돌아가는 길에 레브가 말했다. "지금 막 생각났는데, 리디아가 마켓 스퀘어 근방에 진짜 악기점이 있다고 그랬었어. 거길 한번 가보자."

"레브." 루디가 말했다. "나는 네가 몽상가 노릇은 그만둔 줄 알았는데."

"아냐, 난 그런 말 한 적 없어. 지금까지 나를 버티게 해준 게 꿈인걸."

그들은 배린 레스토랑 밖 광장에 주차를 하고, 지나가던 사람에게 근처에 악기점이 있는지 물었다. 루디에게 체비를 판 수학 교수와 닮은 사람이었다.

그가 말했다. "바로 저기, 길모퉁이에 있어요."

그들은 육중한 문을 열고 악기점 안으로 들어갔다. 위에 달린 종이 딸랑딸랑 소리를 냈다. 좁고 낡고 답답한 공간이었다. 바닥에서 천장까지 선반이 짜여 있고, 선반에는 악보와 구식의 33rpm 레코드판, 종교서적 혹은 찬송가집으로 보이는 것들이 쌓여 있었다. 가게 한복판에 놓인 오크테이블 위에는 벨벳 천이 깔려 있었고, 그위에 바이올린 두 개와 변색된 색소폰 한 개가 진열되어 있었다. 나이가 지긋한 주인이 의자에 조용히 앉아 있었다.

레브는 가게를 빙 둘러본 다음 꼼짝도 하지 않는 주인을 돌아보았다. 레브는 생각했다. 표토르 그레즐러가 가게에 들어왔다면 놀라움과 기쁨을 이기지 못해 의자에서 벌떡 일어나 다가왔을 텐데.

루디가 속삭였다. "레브, 여긴 아니지? 가자."

"응." 레브가 말했다. 그리고 난처해하며 주인을 돌아보고 말했다. "미안합니다. 잘못 왔나보네요. 가게가 나왔다는 얘기를 들었거든요."

노인은 손수 만 담배를 집어들고 성냥갑으로 손을 뻗었다. 그의 손이 떨렸다. "내년에 다시 오시오." 그가 말했다. 담배 때문에 갈라진 목소리로. "그때쯤이면 내가 죽고 없을 테니."

레브는 놀라 입을 다물지 못했다.

"옆집에 한번 가보시오. 43번지에. 그 정비소가 문을 닫는다니까. 동독산 자동차를 팔던 곳인데, 이제는 그 깡통들을 원하는 사람이 없으니까."

레브는 악기점 주인에게 고맙다고 인사한 다음 바람이 부는 거리로 나왔다.

"젠장." 루디가 말했다. "우리도 담배를 끊어야 할 것 같은데. 저 노인네처럼은 되고 싶지 않아."

그들은 포드로르스키가 43번지 앞에 섰다. 대통령이 살아 있을 때 그의 이름을 붙인 거리였다. 정비소에 들어가보니 정비공 둘이 받침대에 들린 구식 시트로엥 데에스 밑에서 수리를 하고 있었다. 엔진오일 냄새를 맡은 루디가 늦은 오후의 무기력감에서 깨어나 주위를 열심히 둘러보기 시작했다. 잠시 후 그가 말했다. "여기는 공간이 많은데, 레브. 주차도 문제없겠고 교통도……"

오래된 건물이었다. 아마도 지금까지 여남은 개의 다른 가게가 거쳐갔을 것이다. 거리 이름이 여남은 번은 바뀌었을 것처럼. 일층의 절반 정도가 자동차 정비소로 쓰이고는 있었지만 건물 자체에는 낡은 장엄함 같은 것이 보존되어 있었다. 철제 대들보가 높은 지붕을 떠받치고 있었다.

왼쪽 벽에 부피가 큰 벽돌 축조물이 있었다. 레브가 가까이 가서 보니 생각했던 대로 벽난로 윗부분이었다. 그는 차가운 벽돌을 어루만졌다. 정비공들은 그에게 신경도 쓰지 않았다. 루디는 상상의 벽난로 불과 사랑에 빠진 레브를 보면서 정비공에게 다가갔다. 그리고 자기가 쉐보레 피닉스를 가지고 있는데 부속을 구해줄 수 있느냐고 물었다.

"아뇨, 미안합니다." 한 정비공이 말했다. "여기는 다음달이면 문을 닫아요. 그런데 쉐보레 피닉스가 무슨 차죠?"

"체비." 루디가 말했다. "대형 미국산 자동차인데, 한 번도 본 적 없어요?"

"아뇨. 그런데 그게 어떻게 여기까지 온 거죠? 날아서요?"

그들은 그날 저녁도 '배린'에서 먹기로 했다.

에바가 수줍은 듯 미소를 지었다. 그들은 맥주를 주문했고, 맥주를 가져온 에바가 다시 말했다. "특별 메뉴를 말씀드릴까요?"

"내가 맞혀볼게요." 레브가 말했다. "주니퍼베리로 요리한 토끼고기와 차가운 사슴고기."

"아, 오늘 저녁 토끼고기는 겨자씨로 요리한 거예요."

"그렇군요. 어떤 게 좋을까요?" 레브가 물었다.

"글쎄요……"

"어제 저녁에 먹은 토끼고기는 좀…… 질기더라고요."

"전 잘 몰라서요. 해초 라비올리가 맛있어요."

"그래요?"

"우리 엄마 솜씨보다는 못하지만요."

루디가 맥주가 그득하게 담긴 큰 잔을 들어올렸다. "에바의 어머니를 위하여!"

"그래." 레브도 잔을 들어올리며 말했다. "에바의 어머니를 위하여!"

에바가 키득거렸고 지배인이 쳐다보는지 곁눈으로 살폈다.

그때 레브가 말했다. "당신도 요리를 좋아해요?"

"네." 그녀가 말했다. "하지만 저는 게을러요. 엄마와 함께 살아서 엄마가 차려주는 걸 먹거나 여기서 먹죠."

"여기서는 얼마나 일했어요?"

"한 일 년 정도요."

"이 일이 좋아요?"

"할 만해요. 하지만 뉴배린을 고대하고 있어요. 그러면 일자리가 늘어날 테니까요."

"뉴배린요?"

"네. 댐이 완공되면 시의 이름을 바꾼대요. '뉴배린'이 공식 명칭이 될 거래요."

그들은 비트루트 수프와 해초 라비올리를 골랐다. 식사를 마치고 나니 손님이라곤 그들뿐이어서 에바에게 술 한잔하자고 청했다. 그녀는 그들이 주문한 화이트와인을 함께 마셨다. 레브는 그녀에게서 눈을 뗄 수 없었다. 머리를 뒤로 묶은 벨벳 리본을 풀어보라고 말하고 싶은 마음이 간절했다.

잠시 잡담을 나눈 뒤 루디가 에바에게 자신들은 오로에서 왔다고 말했다.

그러자 그녀가 갑자기 난감해하며 그들을 쳐다보았다. "미안해요, 아, 정말 미안해요. 댐에 대해 그런 얘기를 하지 말았어야 했는데……"

레브는 기회를 놓치지 않고 그녀의 팔에 살짝 손을 댄다. "괜찮아요. 우리에겐 계획이 있거든요. 큰 계획이. 우리도 뉴배린의 일부가 될 거예요."

"그래요?"

"네. 그렇지, 루디?"

"우리는 뉴배린이 될 거예요! 신도시의 새 정신을 구현할 겁니다."

"그래요? 어떻게요?"

레브는 여전히 에바의 팔에 손을 얹고 있었다. 그가 계속 그러고 있는데도 에바는 팔을 빼지 않았다. 지배인이 자기 자리에서 파란색 조명을 받으며 그녀를 응시했다. 루디가 말했다. "지금은 비밀이에요. 하지만 어때요, 내게 중형 미국산 차가 있는데, 우리랑 드라이브하지 않을래요? 그러면 그게 뭔지 귓속말로 살짝 말해줄 수 있는데."

그녀가 얼굴을 붉혔다. 그리고 팔을 들어 레브의 손을 치웠다. "안 돼요. 집에 가야 해요. 엄마가 걱정하실 거예요. 하지만 다음에 또 오신다면…… 차가운 사슴고기를 맛보실래요?"

"네." 레브가 말했다. "내일 밤에 올까요?"

레브와 루디가 식당에서 나왔을 때는 이미 늦은 시간이었지만,

루디는 충동적으로 강 북쪽의 외곽 지역으로 차를 몰았다.

그들은 체비를 주차하고 차에서 내렸다. 가볍게 눈발이 날리고 있었다. 쓰레기하치장이 사라지고 아파트 건물 다섯 동이 올라가고 있었다.

그들은 건축 현장과 차가운 달빛이 비치는 강물을 물끄러미 바라보았다. 그들의 마음속에는 똑같은 생각이 자리잡고 있었다. 레스토랑을 내겠다는 계획을 실현시키려는 그 모든 노력에도 불구하고 이 노후한 변두리에, 쓰레기 악취가 여전한 이곳에 삶의 터전을 일궈야 한다는 사실이 믿기 힘들었다. 레브는 주변을 둘러보았다. 쓰레기가 뒤섞인 흙더미, 누런 토사로 메운 웅덩이, 녹슨 크레인, 조잡한 콘크리트블록. "여기를 집으로 상상하기는 쉽지 않은데."

"그러게." 루디가 말했다.

그들은 잠자코 눈을 맞으며 그 자리에 서 있었다. 낡고 황폐하고 근심에 초췌해진 마을 오로를 생각하자 레브의 가슴에 슬픔이 솟구쳤다.

24
포드로르스키가 43번지

그들이 영원히 오로를 떠나는 날, 이나는 미망인의 검은 옷차림으로 집에서 나와 레브와 루디를 지나쳐 흙먼지가 자욱한 길에 누웠다. 레브와 루디는 중고 픽업트럭에 마지막 가구를 싣는 중이었다. 그들은 그녀를 쳐다보았지만 둘 다 움직이지는 않았다.

"어머니가 무슨 기도라도 하시나?" 루디가 말했다.

"몰라." 레브가 말했다. "어머니가 뭘 하시는지, 무슨 생각을 하시는지 전혀 모르겠어."

그들은 계속 짐을 실었다. 이나가 땅바닥에서 흙을 긁어모아 자신의 어깨와 머리에 뿌리더니 통곡하기 시작했다.

레브는 가만히 트럭에 기대섰다. 그는 그런 일이 벌어질 걸 알고 있었다. 리디아의 장담에도 불구하고 어머니가 미래를 망칠 거라고 직감했다. 그는 주먹 쥔 손으로 트럭 지붕을 탕 내려쳤다. 그 소리가 그의 머릿속에 폭발음처럼 메아리쳤다. 혀로 느껴질 만큼 쓰디쓴 울분이 치밀었다. 순간 그는 땅바닥에 뻗어 있는 이나를 짓밟아 목이 부러지는 소리라도 듣고 싶은 심정이었다. 그때 루디가 말했다. "내가 가서 일어나시게 할까?" 레브가 대답했다. "아냐. 그냥 내버려둬."

마야가 인형 릴리를 꼭 껴안고 집에서 나왔다. 길에 누워 있는 할머니를 보더니 괴로워하며 몸을 이상하게 배배 꼬기 시작했다. 레브는 달려가 마야를 안았다. "괜찮아. 다 괜찮을 거야."

하지만 마야는 하얗게 질린 채 뻣뻣하게 굳어버렸다. 이나가 흙먼지를 뒤집어쓰고 누워 있는데 어떻게 다 괜찮을 수 있겠는가?

레브가 딸에게 말했다. "자, 우리 이제 릴리를 트럭에 태울까? 릴리한테 편안한 자리를 만들어줄까?"

하지만 마야는 레브의 품에 얼굴을 파묻기만 했다. 아무것도 쳐다보지 못하고, 아무 말도 하지 못했다. 레브는 마야의 머리를 쓰다듬었다. 요즘 마야는 머리칼을 뒤로 넘겨 작고 이상한 모양으로만 다음 선명한 연두색 고무줄로 묶고 다녔다. 그 머리 모양 때문에 레브는 심란했다. 그로 인해 마야의 얼굴이 너무 넙적하고 연약하고 무방비해 보였기 때문이었다. 그는 연두색 고무줄을 풀어 마야의 검은 머리가 흘러내리도록 했다. 머리칼은 귀를 덮었고 곧 눈물에 젖었다.

극도의 피로가 레브를 엄습했다. 레스토랑 개업 준비를 하느라 매일 열대여섯 시간씩 일을 했다. 포드로르스키가 43번지를 공사하면서 나온 잡석들 틈에 매트리스를 놓고 자기도 하고 새벽에 운전해서 집으로 돌아오기도 했다. 운전중에도 그는 머릿속으로 끊임없이 해야 할 일들과 해결하고 구입해야 할 것들의 목록을 정리했다. 그러면서도 가장 중요한 것을 등한시하고 있다는 생각에 걱정이 끊이지 않았다. 바로 요리였다. 그가 가진 돈이 다 떨어지지 않아서, 암시장에서 살 수밖에 없는 모든 감미료를 사는 데 돈이 다 들어가지 않아서, 마침내 레스토랑을 열 준비를 다 끝내놓았을 때 정작 머릿속은 텅 비어 있을 것만 같았다. 레시피를 한 가지도 기억하지 못할지도 몰랐다. 간절히 요리사가 되고자 했던 마음이 사라지고 없을지도 몰랐다.

그는 가까스로 마음을 추스른 다음 마야를 살살 달랬다. 내일 스케이트를 타러 갈 거고, 할머니가 스케이트장 밖에서 마야의 루프와 점프를 구경할 거라고. "그때쯤이면 할머니도 괜찮아지실 거야." 그는 자신없었지만 그렇게 말했다. "할머니가 너를 보고 싱글벙글하실 거야."

길에 누운 이나를 다시 쳐다보니 루디가 그 옆에 무릎을 꿇고 앉아 있었다. 레브는 자기도 모르게 한숨을 쉬었다. "그래." 그가 괴로운 한숨을 길게 내쉬며 웅얼거렸다. "나 좀 도와줘, 친구. 나 좀 살려달라고."

루디는 마침내 이나를 트럭에 태웠다. 마야는 이나의 무릎에 앉아 그녀를 껴안았다. 그리고 그들은 출발했다. 픽업트럭 짐칸에서 색 바랜 방수포로 덮은 가구들이 덜컹거렸다.

아무도 오로를 뒤돌아보지 않았다. 레브는 가파른 도로만 뚫어지게 쳐다보았다. 마야는 엄지손가락을 입에 문 채 이나의 가슴에 머리를 대고 잠들었다. 이나의 머리칼에 여전히 흙먼지가 엉겨붙어 있었지만 그녀는 모르는 듯했다. 아예 아무것도 알고 싶어하지 않는 듯했다. 그녀는 해진 낡은 의자에 꼼짝 않고 앉아 눈도 깜박하지 않았다.

"어머니, 잘 들으세요." 차가 마을 어귀를 빠져나와 배린의 도로를 빠른 속도로 달리자 레브가 말했다. "한 번만 말씀드릴게요. 다시 같은 말을 반복하지 않을 겁니다. 상황이 이렇게 되어서 죄송해요. 어머니 마음이 아프다는 거 알아요. 하지만 제 잘못이 아니잖아요. 세상이 달라졌어요. 저는 그저 거기에 적응하려는 것뿐이에요. 누군가는 그래야 하니까요. 아셨죠?"

그는 곁눈으로 흘끔 그녀를 보았다. 그녀는 마치 그의 말을 듣지 못한 것 같았다. 그녀가 입을 다물고 있는 모양이 지도의 가느다란 선 같았다.

이나의 침묵은 계속되었다. 마야를 제외하고는 누가 무슨 말을 해도 알은척하지 않았다. 새 아파트에 대해서도 아무 말 하지 않았다. 절대 끊기지 않는 전기에 대해서조차 마찬가지였다. 레브가 이 삿짐에서 장신구를 만들 때 쓰는 공구들을 꺼내 마야와 이나가 같이 쓰는 방 선반에 정렬해놓자, 그녀는 묵묵히 그것들을 도로 그러모아 오로에서 고집을 부려 가지고 온 낡은 옷장에 하나씩 하나씩 던져넣었다.

레브는 어떻게 해야 할지 몰랐다. 포드로르스키가 43번지에서 진행되고 있는 일을 이나에게 보여주면 다시 그에게 말을 하게 되기를 간절히 바랄 따름이었다. "이제 멋진 모습이 드러나기 시작했어." 레브가 슬쩍 루디의 의중을 살폈다. "사람들은 멋진 곳을 보면 뭔가 한마디 하고 싶어하잖아?"

"그럼." 루디가 말했다. "정상적이라면 그렇지. 하지만 이 경우는 정상이 아닌 것 같아."

한 달 뒤 루디와 레브는 반쯤 완성된 식당에 이나를 데려갔다. 그들은 예전 정비소의 녹슨 미늘문을 떼고 새로 단 육중한 유리문을 열고 들어갔다. 어머니의 시선이 황갈색 벽, 연한 마룻바닥, 벽돌 벽난로, 밝은 부분조명 등을 훑더니 천장에 페인트칠을 하는 인부들에게로 향했다. 그들이 이 장소가 아니라 인부들을 보라고 그녀를 데려오기라도 한 것처럼.

이나는 걱정스러운 표정으로 천천히 인부들에게 다가갔다. 인부들이 검은색 상복 차림에 몹시 야위고 병약해 보이는 그녀를 내려다보았다. "안녕하세요?" 알루미늄 사다리 위에서 한 인부가 공손하게 인사했다. 하지만 그녀는 대꾸하지 않고 인부들에게서 시선을 거두더니 빛이 쏟아져들어오는 거리 쪽으로 돌아서서 손차양을 했다.

"어떠세요, 어머니?" 레브가 말했다. "벽에 칠한 색이 마음에 드세요? 벽난로는 보셨어요?"

하지만 그녀는 전과 다름없이 그를 무시했다. 그녀는 천천히 의자로 가서 앉아 새 테이블에 팔을 얹었다. 레브는 섬유판으로 된 테이블 표면을 여기저기 만져보는 그녀를 가만히 쳐다보았다. 그녀는 테이블을 만져본 뒤 가시가 박혔나, 먼지나 묻었나 확인하듯 자신의 손바닥을 살폈다.

"품질이 안 좋구나." 그녀가 속삭이듯 말했다.

레브는 루디를 쳐다보았다. 루디는 앞으로 맡게 될 얼굴마담이라는 직책을 생각해 레브가 사준 새 정장을 벌써부터 입고 다녀 레브를 약간 실망시키고 있었다.

"어머니가 한마디 하셨어." 루디가 목소리를 낮춰 말했다. "그렇지?"

레브는 고개를 끄덕였다.

루디는 곧바로 이나 옆으로 날아갔다. "어머니, 테이블은 신경 쓰시지 마세요. 제 정장 어때요? 아르마니 제품인데, 네? 조르조 아르마니 아세요? 이런 고급 정장은 처음 입어봐요. 이건 당연히 '품질이 나쁘지' 않죠. 감촉이 어떤지 한번 만져보시겠어요?"

그는 소맷부리를 내밀었다. 이나는 테이블 위에 올려놓았던 마디가 굵고 정맥이 불거진 손을 천천히 들어, 루디의 털투성이 팔뚝을 감싸고 있는 부드러운 감청색 옷감을 꼭 쥐었다.

"어때요?" 루디가 말했다. "근사하죠? 이 실크 안감 보이세요? 어머니 아들이 사준 정장이에요. 영국에서 벌어온 돈으로요. 이 장소, 이 정장, 모든 게 다 레브 덕분에 가능한 거예요. 어머니, 이제 어머니도 그 사실을 받아들이셨으면 좋겠어요."

이나는 루디의 아르마니 정장 소매에서 손을 거두었다. 그리고 아주 천천히 고개를 돌려 레브를 쳐다보았다. "배가 좀 고프구나." 그녀가 약간 떨리는 목소리로 말했다. "여기가 레스토랑이라면 먹을 것 좀 내오너라."

레브는 입을 다물지 못했다. 주방을 사용하려면 몇 주는 더 있어야 했다. 글릭에서 주문한 오븐과 가스레인지가 아직 도착하지 않았고, 가스 사용 계약도 승인되지 않은 상태였다. 계속 뒷돈을 요구하고 있었기 때문이다. "어머니……" 그가 말을 꺼냈다. "죄송해요, 아직 준비가 덜 되어서……"

"아냐, 아냐, 아냐, 잠깐만!" 루디가 끼어들었다. "음식이 무슨 문제라고. 어머니, 제가 나가서 뭐 좀 사 올게요. 여기서 기다리세요. 레브, 포장 풀어서 그릇 몇 개만 꺼내고 테이블 좀 준비해."

루디가 밖으로 뛰어나갔다. 레브는 그릇을 찾지 않고 이나의 맞은편에 앉았다. 그는 루디가 어디로 갈지 알고 있었다. 최근 마켓 스퀘어에 문을 연 뚱보 샘의 아메리칸 햄버거였다. 금요일과 토요일 저녁이면 자리가 나기를 기다리거나 음식을 포장해 가려는 손님들 때문에 출입문 밖까지 길게 줄이 이어지는 가게였다. 레브는 뉴배린의 시민들이 매우 좋아하는 듯한 그곳에 대해서는 가능한 한 생각하지 않으려 했다. 하지만 루디와 로라가 그 가게에 자주 간다는 건 알고 있었다. 루디의 배가 그곳에서 즐겨 먹는 기름진 고기와 진한 소스와 롤빵으로 이미 불룩해졌다는 것도. 그대로 가다가는 조만간 아르마니 정장이 맞지 않을 터였다.

레브는 어머니를 쳐다보았다. 그녀는 다시 테이블 표면을 더듬기 시작했다. 상상으로 카드게임을 하듯 손을 냈다 거두었다 하기를 반복했다.

"어머니 말이 맞아요." 그가 최대한 상냥하게 말했다. "싸구려 테이블이에요. 하지만 흰색 식탁보를 씌울 생각이거든요. 그러면 제법 근사해 보일 거예요."

이나는 루디가 음식을 가지고 오는지 보려는 듯 레브에게서 고개를 돌렸다. 레브가 하는 말이 그녀가 이해하길 기대해선 안 되는 외국어이기라도 한 듯 행동했다.

루디가 스타이렌 수지 용기에 든 햄버거를 들고 돌아왔다. 인부들을 포함해 사람 수대로 사 왔다.

레브는 배고프지 않았다. 그래서 자기 것은 그대로 둔 채 이나의 햄버거를 흰색 사기접시에 놔주었다. 그녀는 고개를 낮게 숙이고 그것을 들여다보았다. 루디가 그녀 대신 조그마한 토마토케첩 봉지를 뜯어 빵을 들어올리고 고기 위에 뿌렸다.

"드세요." 그가 말했다. "이렇게요."

그는 커다란 손으로 자기 햄버거를 집어 크게 한입 베어물었다. 양파의 고약한 냄새가 공기 중에 퍼지자 레브는 런던 지하철을 탔을 때의 기억이 떠올랐다. 그는 그 자리에서 일어나고 싶었다. 루디에게서, 이나에게서 벗어나고 싶었다. 피로와 좌절감에 살이 떨리는 기분이었는데 이상하게도 성적 욕구가 일었다. 어두운 방에서 여자와 침대에 눕고 싶은 마음이 간절했다.

레브는 이나가 햄버거를 집는 모습을 지켜보았다. 그녀는 가느다란 입술을 벌려 햄버거 한쪽을 약간 베어물었다.

"맛있죠?" 루디가 말했다. "육즙이 많죠?"

그녀는 양처럼 조금씩 먹었다. 턱에 기름이 묻어 번들거렸다. 레브는 기름을 닦아주고 싶었지만 그렇게 하지 않았다. 꼼짝 않고 앉아 있기만 했다. 지친 마음 속에 소피의 모습이 떠올랐다. 그 모습을 떨치려 했지만 소용없었다.

루디는 자기 것을 다 먹더니 레브의 햄버거까지 먹기 시작했다. 그는 이나와의 대화를 단념하고 레브에게 말했다. "조금 전에 갔다오다 뭘 봤는지 알아? 옆집에 뭐가 들어서는지 이제 알았어."

레브는 가슴이 서늘해졌다. 뉴배런에서 일어나는 일이라면 전부 그에게 영향을 줄 터였다. 사업의 성공은 그가 얼마나 훌륭한 요리사로 판명되는가에 달려 있었지만, 그의 주변에서 일어나는 일들도 중요한 변수가 될 것이었다. 그는 자신이 복잡하고 고된 또다른 여정의 출발점에 섰다는 것을 알았다.

"찬송가나 부식된 고물 오보에는 그림자도 안 보여." 루디가 말을 이었다. "골초인 전주인과 함께 땅 밑에 묻혔을 거야. 아무튼 거기에 뭐가 들어서는지 너는 짐작도 못할 거다."

"설마." 레브가 기운 없이 말했다. "또 레스토랑이야?"

"아니." 루디가 말했다. "들어봐. 갤러리야."

이 낯선 말이 떨어지기가 무섭게 이나가 고개를 들었다. 그리고 살며시 트림을 했다.

레브는 에바와 잠자리를 같이했다.

그녀는 이제 엄마와 따로 살았다. 포드로르스키가에서 멀지 않은 곳에 방을 얻어 나왔다. 오래된 벽돌 건물 꼭대기 처마에 붙은 방이었다. 비둘기들은 경사진 지붕 위에서 어슬렁거리고 시위하고 구애하느라 쥐들이 분주히 돌아다니는 것처럼 시끄럽게 굴었다. 덕분에 레브는 잠을 제대로 자지 못했다.

레브는 이른아침 밝아오는 빛 속에서 에바를 바라보았다. 살짝 휜 코. 베개에 흐트러진 검은 머리. 희고 보드라운 아담한 가슴. 그렇다, 에바는 아름다운 여자다. 그렇다, 그녀가 그를 원한 건 그에게 행운이다, 그는 스스로에게 상기시켰다. 하지만 그녀에게 갈 때마다 죄책감을 느꼈다. 간혹 그녀를 품에 안았는데도 발기가 되지 않았다.

"왜 그래?" 루디가 말했다. "이해할 수 없어. 에바는 서른한 살이고 모나리자처럼 미소 짓잖아. 게다가 너를 아주 좋아하고. 그런데 뭐가 문제야?"

"몰라." 레브가 말했다. "그냥 그렇게 됐어."

"뭐가 그렇게 됐다는 건데? 설명 좀 해봐. 도무지 말이 안 되잖아."

레브에게는 말이 되었다. 하지만 난처했고 약간 창피하기도 했다. 그래서 루디에게조차 말할 수 없었다. 처음에 에바를 만났을 때는 그녀를 사랑할 수 있을 것 같았다. 미래를 함께할 수도 있다고 생각했다. 어느 날 밤, 경사진 다락방 창문으로 보름달 빛이 비쳐드는데 그녀가 아기를 가지고 싶다고 속삭였다.

"레브." 그녀가 말했다. "어때요? 다시 아빠가 되는 거?"

그는 그녀 옆에 누운 채 담배를 피워 물었다. 어떻게 대답해야 할지는 알았다. 하지만 그 단어를 떠올리자 흑빵처럼 무겁고 시큼한 기분이 들었다. 그는 마야의 아버지 노릇을 하는 것만으로도 벅차다고 말했다. 그 모든 과정을 다시 시작할 생각이 없다고 말했다. 지금은 레스토랑을 자식처럼 생각하고 싶을 뿐이고, 그것만이 그의 인생에 의미를 부여한다고 말했다. 고백을 하고 나자 그는 마음이 홀가분해지면서 느닷없는 행복감에 젖었다. 진실을 말했기 때문이었다.

에바가 울기 시작했다. 그녀는 침대에서 일어나 가운을 입고 창가에 섰다. 달빛에 비친 그녀가 유령처럼 보였다. 레브는 생각했다. 그래, 저것도 문제의 일부야. 그녀와 사랑을 나눌 때 꼭 유령과 하는 느낌이야.

거기에는 또다른 요인이 있었다. 마리나를 잃고 에바를 찾았지만 그 사이에 소피가 있었다. 이미 일어난 일이니 어쩔 수 없었다.

소피는 상처를 치유해주더니 또다른 상처를 주었다. 사실 그녀는 레브의 생각과 꿈속에서 떠나지 않은 채 여전히 웃고 비명을 지르고 주먹으로 그를 치고 있었다. 그는 아직도 그녀의 입술을 느낄 수 있었다. 그녀의 머리뼈가 뼈와 뼈를 짓이기듯 그를 압박하는 것을 느낄 수 있었다.

"미안해, 에바." 그가 말했다. "미안해……"

"그럼 난 어떻게 해야 하죠? 배린을 떠날까요?"

"당신이 하고 싶은 대로 해야겠지." 레브가 말했다. "당신이 옳다고 생각하는 대로."

에바는 떠나지 않았다. 그녀는 루디에게 말했다. 레브가 아직 마리나의 죽음에서 벗어나지 못했지만 시간이 흐르면 자기를 사랑하게 될 거라고.

"그런데 에바 말이 맞아?" 어느 날 아침, 레스토랑 간판이 올라가는 것을 지켜보기 위해 밖으로 나오면서 루디가 물었다.

"아니." 레브가 말했다.

"하지만 둘 사이가 끝난 건 아니지? 네가 여전히 에바랑 잔다는 거 알아."

"응, 그래. 하지만 그만둬야지. 이제 다시는 가지 않을 거야."

"우리가 에바를 만났을 때 기억 안 나?" 루디가 말했다. "그전 카페 보리스에 갔던 날 밤, 기억해?"

"난 기억력을 빼면 시체야, 루디." 레브가 말했다. "그러니 하나하나 상기시켜줄 필요 없어."

그들은 간판이 올라가는 모습을 바라보았다. 마리나. 군청색 바탕에 은색 글자였다. 인부 둘이 간판을 벽에 대고 볼트를 단단히 조였다.

"멋진데." 루디가 말했다.

레브는 물끄러미 간판을 바라보았다. 그리고 생각했다. 날이 가고 해가 가면서 이 단어는, 유령 같은 이 이름 '마리나'는 도시와 호흡하며 살아 있을 텐데, 그가 감당하기엔 너무 우울하다고.

"간판 내려요." 그가 인부들에게 지시했다. "생각이 바뀌었어요."

루디는 광장에 새로 생긴 이탈리아 커피숍으로 레브를 잡아끌었다. 상쾌한 가을날이라 사람들은 여전히 바깥의 철제 의자에 앉아 카페라테나 카푸치노를 마셨다. 여기에 앉자 레브는 금세 런던에 있는 듯한 느낌을 받았다.

"자, 무슨 일이야?" 커피가 나오자 루디가 물었다.

레브가 눈을 비볐다. "루디. 그냥 내 친구만 해라, 응? 그냥 그것만 해."

"그게 무슨 말이야? 나 네 친구야."

"그게 아니라…… 더는 꼬치꼬치 캐묻지 말라고. 그냥 우정만 지켜줘."

"지금 내 우정을 의심하는 거야? 세월이 얼만데. 우리가 함께한 시간이 얼만데?"

"그런 거 아냐."

"그럼 뭐야? 뭐냐고?"

"너도 뭔지 알잖아. 나는 뒤가 아니라 앞으로 나아가야 해."

루디는 한 숟갈씩 카푸치노의 거품을 떠먹었다. 그 지저분한 거품이 다 없어질 때까지. 그의 눈빛이 진지해졌다. 무엇 때문에? 분노해서? 이해하지 못해서? 그는 남은 커피를 들이켜고 테이블에 돈을 탕 내려놓으며 일어섰다. "난 너를 이해하지 못하겠어. 처음부터 지금까지 '마리나'였잖아. 네가 그랬잖아. 이 모든 게 그 이름으로부터 시작되었다고. 그런데 이제 와서 그 이름을 배신하다니."

"그게 아니야." 레브가 말했다. "나는 내 미래를 배신하지 않으려는 거야."

"수수께끼 같은 말이나 하고." 루디가 말했다. "네가 무슨 천재 철학자인 줄 알아?"

루디는 쿵쿵거리며 광장을 가로질러 갔고, 레브는 천천히 그 뒤를 따랐다.

레브는 포드로르스키가에서 악기점 자리에 들어선 갤러리 앞에 서 있는 루디를 따라잡았다. 그는 창문 안을 들여다보고 있었다. 인간 토르소를 반으로 잘라놓은 것 같은 조형물이 자동받침대 위에서 밝은 조명을 받으며 천천히 회전하고 있었다.

"저 엉터리 좀 봐!" 루디가 말했다. "저 쓰레기 조각 좀 보라고. 저게 뭘로 만든 건지 알겠냐?"

"금속이잖아." 레브가 말했다.

"자동차 부속이야!" 루디가 분통을 터뜨렸다. "저 소화관 부위를 봐. 라디에이터 호스야. 개자식들! 저 '동맥'은 스파크 플러그 도선이고. 저 '심장'은 빌어먹을 배전기. 타락한 쓰레기 같은 놈들!"

레브도 안을 가만히 들여다보았다. 맵시 나는 정장을 빼입은 갤러리 주인이 보였다. 그가 창가로 오더니 빙긋 웃으며 섰다. 레브와 루디가 진열된 조형물의 잠재 고객일지 모른다고 생각한 듯했다.

루디도 그를 쳐다보았다. "내 시야에서 저놈 좀 치워! 내 빌어먹을 인생의 절반을 자동차 부속을 찾는 데 허비했어. 한밤중에도 속이 타들어가 한숨도 못 잤다고. 그런데 이게 뭐야? 어떤 얼간이 조각가놈이 이런 식으로 부속을 함부로 쓰는 거야? 아무런 가치도 없는 것처럼. 아무것도 더는 가치가 없다는 듯 말이야."

레브는 가만히 서 있었다. 갤러리 주인은 눈에 띄지 않는 곳으로 사라졌다.

"가치를 어떻게 환산할 수 있겠어?" 그가 말했다. "오직 구매자가 지불하고자 하는 가격으로만 환산할 수 있는 건데."

레브의 레스토랑은 한겨울에 개업했다.

간판도, 이름도 없었다. 그저 사람들은 포드로르스키가 43번지라고만 알고 찾아왔다.

가끔 레브는 테이블 세팅을 점검하고 유리잔의 청결 상태와 광택을 확인하다가, 어둑해지기 시작하는 늦은 오후에 사람들이 문앞에서 기웃거리는 것을 보았다. "그냥 구경꾼들이에요." 로라는 그들을 그렇게 칭했다. 하지만 차츰 그런 구경꾼이 손님이 되어가는 것 같았다. 새 건물이 들어서고 새 사업체가 옛것을 밀어내고 있어도 이곳은 아직 작은 도시였다. 포드로르스키가 43번지에서 적당한 가격에 고급 요리를 맛볼 수 있다는 소문이 한동안 좋은 날씨가 이어질 거라는 매일의 일기예보처럼 뉴배린을 휩쓸었다. 겨울이 끝나갈 무렵에는 예약이 이삼 주 전에 꽉 찰 정도가 되었다.

루디는 매일 밤 매력적인 권위를 풍기며 마술사처럼 테이블에서 바로, 또 주방으로 바삐 움직였다. 그리고 얼굴마담을 맡은 사람이라면 종종 놀라운 인심을 제때에 발휘해 공짜 술을 줄 줄도 알아야 한다고 주장했다. 그는 예약이 줄을 잇자 레스토랑이 더 컸어야 했다며 지적했다. 하지만 레브는 아니라고, 이게 적당하다고, 이게 딱 그가 원하는 정도라고 말했다. 이 테이블 수, 이 메뉴, 이 신선한 재료만 쓰는 일관된 방침, 이 친밀감과 조명이……

레브는 자신만의 영역이자 자신이 흠모해 마지않는 주방에 서서 얌전히 타오르는 파란 가스불에서 돌연 노란색 불꽃이 치솟게 만들며 자신만만하게 불을 다루었다. 철판이 불카누스의 빨간색으로 달아올라 열기가 어른거렸다. 레브는 종종 이 모든 무지갯빛 열기를 보면서 그전에는 한 번도 느껴보지 못했던 절대적인 희열을 느꼈다. 그는 불을 정복한 것이었다. 마침내 그의 인생에서, 이 포효하는 계측 불가능한 경이가 그의 뜻에 순종하게 된 것이었다.

그는 매일 밤 겨우 몇 시간밖에 자지 못했다. 일찍 일어나 장을 봐야 했기 때문이다. 그는 애시가 해준 말을 기억했다. "준비하고 요리하고 양계장도 다니고 사냥꾼의 추억담을 들어주는 일을 하루에 다 할 순 없어. 일을 분담해야 할 걸세." 하지만 업무 분담은 가능하지 않았다. 루디는 매일 밤 폭음과 폭식을 일삼느라 일찍 일어나지 못했다. 루디 역시 지배인 노릇에 만족할 뿐, 사업에 대한 레브의 열정을 공유하려 하지 않았다. 그런 사람은 아무도 없었다. 결국 레브는 사냥한 짐승을 사기 위해 혼자서 산속 외진 농가들을 찾아가고, 와인을 사기 위해 요르까지 길고 힘겨운 길을 다녀야 했다. 하지만 개의치 않았다. 여전히 일생일대의 아이디어를 향한 정열로 불탔다. 그의 가슴은 아직도 뜨겁고 번쩍거리는 흥분으로 두근거렸다.

그는 운전을 하다 간혹 남쪽의 글릭과 국경으로 향하는 장거리 버스를 지나치곤 했다. 버스에서 뿜어져나오는 검은 배기가스를 보고 오래전의 유럽 횡단 여행을 떠올렸다. 그때 그는 희미한 전등 아래서 이십 파운드짜리 영국 지폐를 관찰했었다. 납작한 휴대용 술병에 담긴 보드카를 마시며, 그의 옆자리에 앉은 리디아와 함께 삶은 달걀과 초콜릿을 먹었었다.

리디아.

그는 그녀에게 편지를 써서 리디아 부모의 집주소로 부쳤다. 레스토랑에 대해 얘기하고 메뉴를 동봉했다. 그리고 언제든 그녀와 표토르 그레츨러에게 식사를 대접하겠다고 제안했다. 꿈에 여러 번 그녀가 나타났다. 그녀는 포드로르스키 43번지의 문 앞에 서 있었다. 그녀가 마에스트로의 팔짱을 끼고 안으로 들어왔다. 루디가 그레츨러와 리디아를 테이블로 안내하는 동안 식당에 있던 손님들이 모두 일어나 박수를 쳤다. 그때 레브가 주방에서 나와 그들을 맞이했다. 그가 리디아를 포옹하자 그녀가 그의 귀에 몇 마디 속삭였다. 항상 같은 말이었다. 당신을 용서해요, 레브. 당신을 용서해요.

하지만 현실에서 그들은 오지 않았다. 레브는 루디에게 리디아와의 우정에 관한 그 모든 멋쩍은 얘기를 했다. 그 얘기가 끝나자 루디가 말했다. "그 여자가 나타나길 기대한다는 게 참 놀랍다."

"알아." 레브가 말했다. "만 파운드 얘기를 꺼낸 순간 마지막 지푸라기가 끊어진 거야."

"그래." 루디가 말했다. "그래서 화가 난 거야. 하지만 그 여자가 오지 않는 건 그것 때문이 아니야. 너에 대한 감정이 여전한 게 두려운 거지. 그러니까 너도 그만 인정하고 그 여자는 잊어."

레브는 그 점에 대해 생각해봤다. 그는 자기가 살아온 인생의 아주 많은 부분에 어둠의 수의를 드리우려 했다. 하지만 그 어둠 밑에 있는 사람과 장소들은 끈질기게 공명하며 끊임없이 그를 호출했다. 그들은 밝은색 옷을 입고 있었다. 계절마다 변화하는 빛이 여전히 그들을 비추고 있었다.

레브에게 전화를 하는 사람 중 하나는 크리스티 슬레인이었다.

크리스티는 캠든 타운의 호적등기소에서 재스미나와 결혼했다. 재스미나는 흰색과 황금색 사리를 입었고 프랭키가 신부 들러리를 섰다. 프랭키는 오랫동안 계속된 축하연 내내, 입고 있던 어린이용 사리를 몸에 칭칭 감았다 풀기를 반복했다.

크리스티는 재스미나와의 결혼식 날이 '그의 인생에서 가장 가슴 뛰는 날'이었다고 편지에 썼다. 그리고 파머스그린의 정원을 새로 가꾸는 중이며 요가 클래스에도 다닌다고 했다. 벨리샤 로드의 집은 세를 놓았다고, 런던 북부와 작별하고 그는 이제 주방 설비를 전문으로 하는 교외 사람이 되었다고, 또한 재스미나가 만들어주는 치킨 코르마 때문에 갈수록 살이 쪘다고 했다.

그러다 레브가 개업한 그해 초여름, 크리스티가 전화해 재스미나와 함께 동유럽으로 휴가 여행을 떠나기로 했다고, 그래서 배린을 여행 일정에 포함시키려 한다고 알렸다. 크리스티는 말했다. "내가 보고 싶어하는 몇 안 되는 사람 중 하나가 당신이라는 걸 재스미나도 알거든요."

8월의 어느 금요일 아침, 그들은 렌터카를 몰고 배린에 도착했다. 크리스티는 포드로르스키 43번지에 들어서며 말했다. "세상에! 레브, 아주 특별한 곳을 차린 것 같은데요."

두 사람은 서로 부둥켜안았다. 이제 크리스티한테서 니코틴중독으로 찌든 타르 냄새가 나지 않았다. 그의 혈색 좋은 얼굴에는 습진의 흔적도 남아 있지 않았다.

재스미나가 팔로 레브의 목을 감싸안았다. "축하해줄래요?" 그녀가 웃었다. "이제 나는 신부 슬레인 부인이에요."

"어서 와요, 슬레인 부인." 레브가 말했다. "내가 꿈꾸던 가게에 오신 걸 환영합니다."

그들은 안내를 받아 레스토랑을 돌아보았고, 테이블마다 놓인 가느다란 화병에 꽂혀 있는 수레국화, 반짝거리는 식탁용 날붙이, 벽난로 가의 가죽의자, 갖가지 술이 가득찬 바를 보고 감탄했다. 레브는 그들을 안쪽 테이블로 안내했고, 루디가 샴페인을 땄다.

크리스티가 루디에게 말했다. "당신이 진짜 살아 있는 사람이라니 믿기 힘든걸요. 내 마음속에선 신화적인 존재거든요."

레브는 점심을 차려냈다. 잎채소를 깐 토끼 테린에 허브 마요네즈를 얹은 요리, 그리고 주니퍼베리 소스를 얹은 오리 가슴살과 감자 그라탱이었다. 초콜릿 타르트는 오래전 재스미나를 벨리샤 로드로 초대했을 때 만든 것과 거의 같았지만, 그때보다 외피가 더 완벽하고 놀랍도록 바삭해서 퍼지처럼 혀에서 살살 녹았다.

"이럴 수가." 크리스티가 마지막 한 입을 먹고 말했다. "요리는 엄청 발전했는데요. 그건 분명해요."

이나와 마야도 이 자리에 초대되었다. 어른들이 커피를 마시는 동안 마야는 재스미나의 무릎에 올라앉았다. 재스미나는 웃으며 마야가 귀걸이를 살펴보고 흠치르르한 머리를 만지도록 내버려두었다.

이나로 말하자면, 그녀가 레브의 요리에 대해 한마디라도 한 것이 그때가 처음이었다. 초콜릿 타르트를 먹고 나서 그녀는 느닷없이 말했다. "맛이 좋구나. 잠이 생각나게 해."

크리스티와 재스미나는 배린에 사흘 동안 머물 계획이었다.

"우리가 여기 있는 동안 정말 가보고 싶은 곳은," 크리스티가 레브에게 말했다. "오로가 있던 곳이에요. 당신이 말한 그 산들과 새 저수지를 보고 싶어요. 그 모든 걸 마음에 담아 영국으로 돌아가고 싶어요."

레브는 망설였다. 저수지에는 거의 발을 끊은 상태였다. 가볼 시간도 없었지만 가보고 싶지도 않았다. 댐의 엄청난 규모, 폭포수의 굉음, 수력발전기가 그의 마음속에 완고한 경외감을 불러일으켜 감상을 몰아냈다. 물이 마을을 덮치고 산골짜기로 침투하며 펼쳐진 댐 위쪽의 가파른 길을 운전해 올라가면 그는 우수에 젖었다. 옛날 집들을 잃은 것보다 더 안타까웠던 건 스테판이 묻힌 조용한 시골 공동묘지의 유골이 모두 배린의 시립 공동묘지로 이장된 일이었다. 공사 차량들이 그 묘지 앞을 끊임없이 우르릉거리며 지나다녔다. 그는 스테판의 묘지 근처에 야생 마거리트가 피는 꿈을 자주 꾸었다. 그의 상상 속에서 그 꽃들은 봄의 향기였다. 그런데 이제 그 향기는 사라지고 없었다.

하지만 그는 크리스티의 부탁을 물리치지 못했다. 루디에게 체비를 타고 가자고 했다. 그가 어떤 감정에 압도되더라도, 친구가 곁에서 그런 그를 이해해줄 수 있도록.

그들은 일요일 아침에 길을 나섰다. 새벽빛이 화창하고 포근한 날씨를 약속했다. 루디와 레브가 새로 윤을 낸 좌석 앞쪽에 타고 크리스티와 재스미나가 뒷자리에 앉았다.

엄청나게 연료를 먹는 대형 엔진을 단 체비가 그들을 가뿐하게 싣고 시내를 빠져나가 오로로 가는 옛길에 접어들었다. 차는 폐쇄된 제재소와 여전히 나무가 없는 그 위쪽의 회색 비탈길을 지났다. 댐에 도착하기 한참 전부터 굉음이 들렸다.

그 소리가 점점 격렬해질수록 그들은 침묵에 잠겼다. 레브가 보니 크리스티가 근심스러운 표정으로 창밖을 내다보고 있었다. 그 소리가 지진의 첫 굉음이거나, 피할 길 없는 어떤 다른 재난이기라도 한 듯.

댐 가장자리에 도착한 그들은 차에서 내렸고, 이내 놀라움을 금치 못했다. 재스미나는 일회용 카메라로 사진을 찍었다. 8월의 뜨거운 태양이 엄청난 경관을 밋밋하게 비췄다. 폭포수에서 튄 물보라가 비처럼 그들의 머리를 적셨다.

"세상에." 크리스티가 말했다. "인간이 생각해내는 것들 좀 봐요! 정말 두렵네요."

그들은 다시 차를 타고 댐 위쪽으로 올라갔다. 수심이 수십 미터가 넘는 지점이었다. 그곳은 아주 조용해 새소리와 작은 벌레 우는 소리를 다시 들을 수 있었다. 루디는 체비를 키 큰 소나무 그늘 아래에 주차했다. 네 사람은 차에서 내려 물가로 내려갔다. 잔물결이 발치에 부서졌다.

"물고기가 많아졌네." 루디가 말했다. "그렇지, 레브?"

레브는 생각했다. 그래, 이것에 집중하자. 호수의 물고기에, 햇빛에 눈부신 수면에. 저 아래의 어둠 속에 묻힌 오로는 생각하지 말자. 과거는 생각하지 말자.

그는 꼼짝하지 않고 서 있었다. 담배를 피워 물었다가 그 맛이 맘에 안 들어 던져버렸다. 잠시 후 크리스티가 레브의 팔을 잡고 조용히 말했다. "여기 오래 있지 않기로 해요. 당신이 어떤 기분인지 알 것 같거든요. 정말이에요. 왜 그런지 알아요? 뭔가 아일랜드를 떠올리게 하는 게 있어요. 극단적인 뭔가가. 안 그래요? 내 말 알죠? 황량하면서도 아름답고 비애로 가득한 뭔가가."

감사의 말

먼저 잭 로즌솔에게 깊은 감사를 드린다. 그는 내게 올바른 아스파라거스 수확법을 가르쳐주고, 폴란드인 농장 노동자들을 소개해줬는데, 나는 그들에게서 동유럽의 진실되고 소중한 이야기들을 들었다. 앨런 저드에게도 감사를 드린다. 엔진은 물론 자동차 전반에 대한 그의 놀라운 지식 덕분에 나는 자신 있게 '체비' 이야기를 쓸 수 있었다. 협조적이고 친절한 경찰관들에게 나를 연결시켜준 수전 힐에게 감사한다. 또한 데이비드 라이트바디와 비비언 그린, 캐럴라인 미셸, 앨리슨 새뮤얼의 실질적인 중재에 감사한다. 리처드 홈스, 엘과 조니 라이트바디, 이 책의 헌사를 받는 브렌다와 데이비드 리드에게 변함없는 사랑과 감사를 보낸다. 마지막으로 나의 편집자 퍼넬러피 호어에게 언제나처럼 사랑과 감사를 보낸다. 내가 그녀에게 진 은혜는 하해와 같다.

옮긴이 **공진호**
뉴욕시립대학교에서 영문학과 창작을 전공했다. 옮긴 책으로 윌리엄 포크너의 『소리와
분노』, 허먼 멜빌의 『필경사 바틀비』, 샤를 보들레르의 『악의 꽃』, 하퍼 리의 『파수꾼』,
밥 딜런의 『타란툴라』, 조지 오웰의 『1984』 등이 있다.

문학동네 세계문학
집으로 가는 길

초판 인쇄 2023년 5월 19일 | 초판 발행 2023년 5월 30일

지은이 로즈 트러메인 | 옮긴이 공진호
책임편집 고선향 | 편집 류현영 오영나
디자인 김유진 이원경 | 저작권 박지영 형소진 최은진 오서영
마케팅 정민호 김도윤 한민아 이민경 안남영 김수현 왕지경 황승현 김혜원
브랜딩 함유지 함근아 박민재 김희숙 고보미 정승민
제작 강신은 김동욱 임현식 | 제작처 영신사

펴낸곳 (주)문학동네 | 펴낸이 김소영
출판등록 1993년 10월 22일 제2003-000045호
주소 10881 경기도 파주시 회동길 210
전자우편 editor@munhak.com | 대표전화 031) 955-8888 | 팩스 031) 955-8855
문의전화 031) 955-1927(마케팅) 031) 955-1917(편집)
문학동네카페 http://cafe.naver.com/mhdn
인스타그램 @munhakdongne | 트위터 @munhakdongne
북클럽문학동네 http://bookclubmunhak.com

ISBN 978-89-546-9924-2 03840

잘못된 책은 구입하신 서점에서 교환해드립니다.
기타 교환 문의 031) 955-2661, 3580

www.munhak.com